MONICA McCARTY

Der geheimnisvolle Highlander

Buch

Die feurige Meg Mackinnon benötigt einen starken Ehemann an ihrer Seite, um die Rechte ihres Clans zu schützen. Aber ihre Suche wird behindert durch die leidenschaftlichen Träume, in denen ihr der berühmte, attraktive Söldner Alex MacLeod mit den blauen Augen den Atem raubt. Leider ist er nicht der Mann, den sie für die Bedürfnisse ihres Clans benötigt, und sie drängt ihr Verlangen beiseite. Doch die Persönlichkeit des harten, nur dem Geld gegenüber loyalen Söldners ist nur Fassade. MacLeod ist selbst auf einer Mission zum Schutz seines Clans. Wenn Meg davon erfahren würde, wäre dies vielleicht eine Möglichkeit, dass sich ihre Liebe erfüllt – doch das Schicksal der MacLeods wäre besiegelt.

Autorin

Monica McCarty studierte Jura an der Stanford Law School. Während dieser Zeit entstand ihre Leidenschaft für die Highlands und deren Clans. Sie arbeitete dennoch mehrere Jahre als Anwältin, bevor sie dieser Leidenschaft nachgab und zu schreiben anfing. Heute lebt sie mit ihrem Mann und ihren Kindern in Minnesota. Weitere Informationen unter: www.monicamccarty.com

Außerdem von Monica McCarty lieferbar:

Mein ungezähmter Highlander (37035)

Monica McCarty

Der geheimnisvolle Highlander

Roman

Ins Deutsche übertragen
von Anita Nirschl

blanvalet

Die amerikanische Originalausgabe erschien
unter dem Titel »Highlander Unmasked«
bei Ballantine, New York.

FSC
Mix
Produktgruppe aus vorbildlich
bewirtschafteten Wäldern und
anderen kontrollierten Herkünften

Zert.-Nr. SGS-COC-1940
www.fsc.org

Verlagsgruppe Random House FSC-DEU-0100
Das für dieses Buch verwendete FSC-zertifizierte Papier
Holmen Book Cream liefert Holmen Paper, Hallstavik, Schweden.

1. Auflage
Deutsche Erstveröffentlichung Februar 2009
bei Blanvalet, einem Unternehmen der
Verlagsgruppe Random House GmbH, München.

Umschlaggestaltung: HildenDesign, München
Umschlagmotiv: Paar: © Accornero, Franco via
Agentur Schlück GmbH
Hintergrund: © stockxng
Redaktion: Regine Kirtschig
HK · Herstellung: RF
Satz: DTP Service Apel, Hannover
Druck und Einband: GGP Media GmbH, Pößneck
Printed in Germany
ISBN: 978-3-442-37061

www.blanvalet.de

Teil I

1

Lochalsh, Inverness-shire, Juni 1605

Nach Hause.

Alex MacLeod trieb sein Pferd schneller den schmalen Pfad entlang. Das mächtige schwarze Streitross gehorchte sofort und preschte durch den dichten Wald, als hätten sie erst eine Meile und nicht schon hundert zurückgelegt. Alex steigerte das halsbrecherische Tempo, das er vor drei Tagen vorgelegt hatte, sogar noch, je näher sie ihrem Ziel kamen. Er wusste, dass er seinen Männern alles abverlangte, doch sie waren solche Härte gewohnt, ja, sie liefen dabei sogar zu Höchstform auf. Sie waren schließlich nicht durch Verweichlichung zur meistgefürchteten Kriegerschar des schottischen Hochlands geworden. Sein Bruder, Rory MacLeod, Clanoberhaupt der MacLeods, hatte Alex wegen einer wichtigen Mission nach Hause beordert. Und wenn sein Chief ihn brauchte, dann zögerte Alex keine Sekunde.

Rorys Botschaft war knapp und vorsichtig formuliert, doch Alex wusste genau, was sie bedeutete. Die Gelegenheit, auf die er gewartet hatte, war zum Greifen nah. Alex war bereit. Kampfgestählt, scharf geschmiedet wie die Klinge seines Claymore und für jede Aufgabe gerüstet, die ihm sein Bruder aufzutragen gedachte.

Fast drei Jahre waren vergangen, seit er das letzte Mal die zerklüftete, felsige Küste der Isle of Skye und die trutzigen Steinmauern von Dunvegan Castle, seit nahezu vierhundert Jahren Festung der MacLeods, erblickt hatte. Er hatte nicht vorgehabt, so lange fortzubleiben. Doch er hatte im Leben eines Gesetzlosen, unter primitivsten und brutalsten Bedingungen, seine Berufung gefunden.

Auf dem Schlachtfeld war er in seinem Element. Es war der einzige Ort, an dem er seine Dämonen und die Rastlosigkeit, die ihn umtrieb, zum Schweigen bringen konnte. Doch selbst die Jahre andauernden Kampfes konnten das Feuer, das in ihm brannte, nicht löschen. Im Gegenteil, die Flamme loderte noch heißer.

Denn nun hatte sich der Kampfschauplatz in die Nähe seines Heims verlagert.

Heim. Eine Welle von etwas, das fast an Schwermut erinnerte, erfasste ihn. Alex erlaubte sich selten, darüber nachzudenken, was er alles zurückgelassen hatte. Seine Familie. Frieden. Sicherheit. Diese Dinge waren nicht für ihn bestimmt. Sein Schicksal lag woanders, das wusste er.

Als sie an eine Lichtung kamen, zügelte er das Pferd und gab seinen Männern Gelegenheit, ihn einzuholen. Sein Knappe Robbie schloss zu ihm auf. Obwohl er noch keine siebzehn Jahre alt war, war der Junge bereits auf dem besten Wege, ein geschickter Krieger zu werden. Wer durch das Schwert lebte, durfte sich nicht viele Fehler erlauben. Jungen wurden entweder schnell zu Männern … oder zu Leichen.

Robbie schnaufte heftig, und Schweiß strömte ihm über das Gesicht, doch Alex wusste, dass sich der Junge lieber einen Dolch in die Eingeweide rammen lassen würde, als zuzugeben, dass er erschöpft war.

»Glaubt Ihr, dass wir es schaffen?«, wollte Robbie wissen.

Alex folgte seinem Blick. »Bevor es anfängt zu regnen?«

Der Junge nickte.

Alex sah durch das Blätterdach der Bäume zum immer dunkler werdenden Himmel hinauf. Ein Sturm braute sich zusammen, der schwülen Luft und den dicken schwarzen Wolken nach zu urteilen würde er ziemlich heftig. Er schüttelte den Kopf. »Nein, Junge. Ich befürchte, wir werden ordentlich durchnässt.« Während er sich den Schweiß von der Stirn wischte, fügte er hinzu: »Und das können wir alle gut gebrauchen.«

Der Junge schnitt eine Grimasse und Alex fühlte einen seltenen Anflug von Heiterkeit. In letzter Zeit hatte es reichlich wenig Grund zu lachen gegeben. Es war nicht das erste Mal, dass sie bei solch heimtückischem Wetter unterwegs wären. Zumindest mussten sie dieses Mal nicht den Gefolgsmännern des Königs ausweichen.

Sie waren bereits ungefähr eine weitere Meile geritten, als ein schwacher Laut an Alex' Ohr drang. In den letzten drei Jahren hatte er sich den Tod nicht allein durch sein Geschick im Umgang mit dem Breitschwert vom Leib gehalten. Er hatte auch gelernt, seinen Instinkten zu vertrauen. Und in diesem Moment schlugen alle seine Instinkte Alarm.

Er zügelte das Ross und gab den Männern mit erhobener Faust den stummen Befehl, es ihm gleichzutun. Die Krieger brachten ihre Pferde sofort hinter ihm zum Stehen.

Mit einem leisen Rascheln trieb ein leichter Windstoß verstreute Blätter über den Waldboden und trug zugleich den kaum hörbaren Klang eines Schreis mit sich.

Alex' Blick traf den seines obersten Wachmanns. »Vielleicht ein Tier?«, meinte Patrick fragend.

Alex schüttelte den Kopf. »Das glaube ich nicht.« Völlig bewegungslos lauschte er erneut. Er wusste, dass er einfach weiterreiten sollte. Er hatte eine Aufgabe zu erledigen. Doch bevor er seinen Männern befehlen konnte, wieder aufzubrechen, hörte er einen weiteren Schrei.

Dieses Mal eindeutiger.

Eindeutig weiblich.

Verdammt! Nun konnte er es nicht mehr ignorieren. Die Worte seines Bruders schossen ihm durch den Sinn. *Halte deine Identität geheim!*

Alex wischte die Ermahnung beiseite. Nach so vielen Jahren würde ihn kaum jemand noch erkennen. Er hatte sich verändert. Der Krieg hatte ihn härter gemacht. Nicht nur im Geiste.

Lass dich nicht aufhalten ...

Er würde sich nicht aufhalten lassen.

Das hier würde nicht lange dauern.

Er fühlte, wie das Blut schneller durch seine Adern rauschte, das vertraute Gefühl, wenn sein Körper sich auf den bevorstehenden Kampf einstellte. Er riss das Streitross herum und jagte an der Spitze der Männer nach Süden in den Wald hinein, in die Richtung, aus der die Schreie kamen.

Unmittelbar bevor der Himmel die Schleusen öffnete und seine reißenden Fluten losbrechen ließ.

Es würde anfangen zu regnen. Großartig. Meg Mackinnon zog sich das wollene *earasaid*, das bodenlange Plaid, das sie zum Schutz vor den Elementen um sich geschlungen hatte, enger um den Kopf und verfluchte erneut die Notwendigkeit dieser Reise. Sie waren gerade erst aufgebrochen, da graute ihr schon vor den langen Tagen im Sattel, an denen sie auf den holprigen Pfaden der Viehhändler unterwegs wäre. Selbst wenn ihr Vater eine Kutsche hätte organisieren können, wäre die auf diesen Wegen nutzlos. Die »Straße«, die von der Isle of Skye nach Edinburgh führte, war kaum breit genug, dass zwei Reiter nebeneinander reiten konnten, der mit ihrem Reisegepäck beladene Karren war auf diesem unwegsamen Gelände schon belastend genug.

Vor Meg lag noch mindestens eine Woche voller Unbequemlichkeiten. So lange würden sie nämlich brauchen, bis sie Edinburgh erreichten, wo sie sich dann ernsthaft auf die Suche nach einem Ehemann machen musste.

Das vertraute Gefühl der Besorgnis überkam sie, als sie an all die Dinge dachte, die vor ihr lagen. Ihr Vater hatte ihr die Aufgabe anvertraut, den richtigen Mann für ihren Clan zu finden, und sie würde ihn nicht enttäuschen. Doch die mit dieser Entscheidung verbundene Verantwortung lastete schwer auf ihr. Manchmal wurde der Druck unerträglich. Ein gequältes Lächeln spielte um ihre Mundwinkel. Vielleicht war eine Reise von einer Woche nicht lange genug.

Andererseits konnte es einem Teil von ihr gar nicht schnell genug gehen. Es wäre eine Erleichterung, wenn die Entscheidung bereits getroffen wäre und hinter ihr läge. Natürlich wäre sie dann *verheiratet*. Und das brachte eine ganze Menge neuer Sorgen mit sich.

Meg seufzte schwer. Sie wusste, dass sie die Reise an den Königshof nicht länger aufschieben konnte. Das hatte die kürzliche Erkrankung ihres Vaters nur allzu deutlich gemacht. Ohne ihre Hilfe wäre die Stellung ihres Bruders als Clanoberhaupt in Gefahr. Denn kaum dass ihr Vater an einem rätselhaften siechenden Leiden erkrankt war, hatten schon die Aasgeier angefangen zu kreisen. Ihr einst kerngesunder Vater, der mächtige Chief der Mackinnon, hatte bereits beunruhigend viel Gewicht verloren und war immer noch zu schwach, um zu reisen.

Meg blickte zu ihrer Mutter hinüber, die neben ihr ritt, und fühlte Schuldgefühle in sich aufsteigen, weil sie sie so weit von zuhause fortschleppte. Es war Meg schon schwer genug gefallen, Vater und Bruder zu verlassen. Sie konnte sich gar nicht vorstellen, wie ihre Mutter sich fühlen musste.

»Es tut mir leid, Mutter.«

Rosalind Mackinnon sah ihre Tochter erstaunt an. »Was denn, mein Kind?«

»Dass ich dich in einer so schweren Zeit von Vater trenne.« Meg biss sich auf die Unterlippe. Sie hatte das Bedürfnis, ihrer Mutter zu erklären, was sie meinte. »Ich könnte es einfach nicht über mich bringen, zu akzeptieren …«

»Unsinn«, fiel ihre Mutter ihr ins Wort, und ein seltenes Stirnrunzeln verfinsterte das schöne Gesicht. »Deinem Vater geht es schon viel besser. Ein Ausflug an den Königshof ist genau das, was ich jetzt brauche. Du weißt ja, ich liebe die neueste Mode und die neuesten Frisuren.« Sie lächelte verschwörerisch. »Und all den neuesten Klatsch.«

Meg erwiderte das Lächeln. Sie wusste, dass ihre Mutter nur versuchte, sie aufzumuntern, obwohl sie es tatsächlich liebte, an den Hof zu reisen. Meg dagegen hasste es. Sie passte nicht so gut dorthin wie ihre Mutter. Zum Teil war das ihre eigene Schuld. Sie teilte die Begeisterung ihrer Mutter für Flitterkram und Klatsch nicht, und sie war auch nicht besonders gut darin, so zu tun, als interessiere sie sich dafür. Aber diesmal würde sie es versuchen, das hatte sie sich geschworen. Wenn schon nicht um ihrer selbst willen, dann doch zumindest ihrer Mutter zuliebe.

»Außerdem lasse ich nicht zu, dass du einen Mann heiratest, den du nicht liebst«, schloss ihre Mutter und verhinderte damit Megs Entschuldigung, die ihr auf der Zunge lag.

Meg schüttelte den Kopf. Rosalind Mackinnon war eine hoffnungslose Romantikerin. Liebe war nicht der Grund, warum Meg den Heiratsantrag des Chieftains ihres Vaters abgelehnt hatte. Hätte sie den Antrag angenommen, dann wäre diese Reise hier nicht nötig gewesen.

Doch Megs Wahl eines geeigneten Ehemannes war für den

ganzen Clan wichtig, und Thomas Mackinnon war nicht der richtige Mann für sie. Zugegeben, er war ein fähiger Krieger, aber er war auch ein Hitzkopf. Ein Mann, der erst zu seinem Schwert griff und dann nachdachte. Meg suchte einen starken Krieger, jedoch einen, der beherrscht handelte. Ebenso wichtig war, dass er Verhandlungsgeschick besaß, damit er einen König besänftigen konnte, dessen Autorität über seine aufsässigen Untertanen in den Highlands stetig wuchs. Die Spannungen zwischen beiden Parteien waren immens. Da die Zeiten uneingeschränkter Autorität der Chiefs sich dem Ende zuneigten, musste sie einen Ehemann finden, der ihr helfen konnte, ihren Clan mit Geschick in die Zukunft zu führen.

Sein Mangel an politischem Scharfsinn war jedoch nicht der einzige Grund, weshalb sie Thomas abgewiesen hatte. Sie hatte auch gespürt, dass er ein wenig zu ehrgeizig war. Ein Ehrgeiz, der die Stellung ihres Bruders als nächstes Clanoberhaupt gefährdete.

Vor allem anderen brauchte sie einen Mann, der absolut loyal war, einen Mann, dem sie vertrauen konnte.

Liebe war nicht Teil des Geschäfts. Meg war realistisch. Sie bewunderte die tiefe Zuneigung ihrer Eltern zueinander, beneidete sie vielleicht sogar darum, doch sie wusste, dass ihr selbst so etwas nicht bestimmt war. Ihre Pflicht war klar. Den richtigen Mann für ihren Clan zu finden, stand an erster Stelle. Und an zweiter Stelle.

»Ich erwarte nicht, dass ich in der Ehe so viel Glück habe wie du, Mutter«, sagte Meg. »Was du und Vater miteinander teilt, ist etwas sehr Seltenes.«

»Und etwas Wunderbares«, fügte Rosalind hinzu. »Deshalb wünsche ich es mir ja auch für dich. Wenn ich deinen Vater auch liebe, so heißt das nicht, dass wir immer in allem einer Meinung sind. In dieser Angelegenheit verlangt er zu viel von dir«, meinte sie, das spitze Kinn stur vorgeschoben. Da Meg ihre Mutter noch nie so von ihrem Vater hatte sprechen hören, dauerte es einen Moment, bis sie registrierte, was sie da gerade sagte. Ihre Mutter schüttelte den Kopf. »Du verbringst schon viel zu viel Zeit mit der Nase in den Büchern.«

»Meine Pflichten machen mir Spaß, Mutter«, entgegnete Meg geduldig.

Doch ihre Mutter fuhr fort, als habe sie sie nicht gehört. In einer dramatischen Geste schüttelte sie sich und rümpfte die zarte Nase. »All die vielen Zahlen. Mir schwirrt schon der Kopf, wenn ich nur daran denke.«

Meg musste ein Lächeln unterdrücken. Das klang schon eher nach ihrer Mutter. Sie konnte Megs Faszination für Mathematik oder allgemein für wissenschaftliche Beschäftigungen einfach nicht verstehen. Mit einem schmerzlichen Stich in der Brust dachte Meg daran, dass das Lernen ihr im Gegensatz zu ihrem Bruder immer leichtgefallen war. Mit Zahlen zu arbeiten bereitete ihr großes Vergnügen. Es hatte etwas Befriedigendes an sich, zu wissen, dass es nur eine einzige richtige Lösung gab.

»Und nun erwartet er von dir, dass du dein zukünftiges Glück opferst«, klagte ihre Mutter, als wäre es etwas äußerst Ungewöhnliches, dass eine Tochter zum Wohle ihres Clans heiratete. Dabei war es in Wirklichkeit eher ungewöhnlich, dass Meg ihren Ehemann selbst wählte, auch wenn er bestimmte Kriterien erfüllen musste.

»Wirklich, Mutter, es ist kein Opfer. Vater verlangt nichts von mir, was ich nicht selbst will. Wenn ich den richtigen Mann finde, um Ian zur Seite zu stehen, dann wird er auch der richtige Mann für mich sein.«

»Wenn es nur so einfach wäre. Aber du kannst dein Herz nicht zwingen, deinem Kopf zu folgen.«

Vielleicht nicht, doch sie konnte es versuchen.

Als ob sie wüsste, was Meg gerade dachte, meinte Rosalind beschwichtigend: »Mach dir keine Sorgen. Überlass es einfach mir.«

Bei Meg läuteten die Alarmglocken. »Mutter … du hast mir versprochen, dich nicht einzumischen!«

Ihre Mutter starrte mit einem viel zu unschuldigen Gesichtsausdruck geradeaus. »Ich weiß gar nicht, wovon du sprichst, Margaret Mackinnon.«

Meg ließ sich nicht täuschen, sie kniff die Augen zusammen. »Du weißt genau …«

Doch ihre Worte gingen in dem ohrenbetäubenden Krachen des Donners unter, als sintflutartig der Regen einsetzte. Unter der plötzlichen Gewalt des Sturms schien der Boden regelrecht zu beben.

Der panische Angstschrei ihrer Mutter machte Meg schlagartig bewusst, dass das Beben von mehr als nur dem Sturm herrührte.

Dennoch dauerte es einen Augenblick, bis sie begriff, was geschah, so schnell überstürzten sich die Ereignisse. Eben wollte sie noch ein ernstes Wort mit ihrer Mutter über deren Heiratsstifterei sprechen, schon im nächsten Moment befand sie sich mitten in einem Albtraum.

Eine Bande von Wegelagerern griff aus den Schatten heraus an wie dämonische Reiter. Riesige, wild aussehende Männer in schmutzigen Hemden und zerschlissenen Plaids schwangen unbarmherzig ihre tödlichen Breitschwerter. Sie schienen sogar aus den Bäumen zu fallen und umzingelten Meg und ihre Begleiter von allen Seiten.

Angst schnürte ihr die Kehle zu und erstickte ihren Schrei.

Einen endlosen Augenblick lang konnte sie keinen klaren Gedanken fassen, sondern nur hilflos mit ansehen, wie das Dutzend Clanmänner, das ihr Vater zu ihrem Schutz abbestellt hatte, sich einem unbarmherzigen Kampf gegen mindestens zwanzig Räuber gegenübersah.

Das Blut gefror ihr in den Adern.

Es waren zu viele.

Gütiger Gott, die Männer ihres Vaters hatten keine Chance! Sofort hatten die Männer vom Mackinnonclan, so gut es in dem beengten Terrain möglich war, einen schützenden Kreis um Meg und ihre Mutter gebildet. Einer nach dem anderen wurde vor ihren Augen niedergeschlagen.

Mit nacktem Entsetzen musste Meg zusehen, wie Ruadh, einer der Chieftains ihres Vaters, ein Mann, den sie schon ihr ganzes Leben lang kannte, der sie auf seinen Knien geschaukelt und ihr Lieder über die ruhmreiche Vergangenheit ihres Clans vorgesungen hatte, den tödlichen Schlag eines Claymore nicht abwehren konnte. Das Breitschwert schnitt ihm tief in den Bauch und hieb ihn beinahe in zwei Hälften. Tränen schossen ihr in die Augen, als sie sah, wie seine Augen brachen.

Der Schrei ihrer Mutter durchdrang das Entsetzen und riss Meg aus ihrer Erstarrung. Der Augenblick der Panik wich einer plötzlichen Klarheit. Von einem einzigen Gedanken getrieben nahm sie allen Mut zusammen. Sie musste ihre Mutter beschützen.

Megs Herz raste. Sie sprang vom Pferd und riss Ruadh den Dolch aus der leblosen Hand, die den blutigen Griff noch immer umklammert hielt. Die Waffe lag so plump und schwer in ihrer Hand, dass sie sich zum ersten Mal im Leben wünschte, sie hätte nicht so viel Zeit im Haus über den Büchern verbracht. Sie hatte überhaupt keine Erfahrung mit

Waffen. Doch sie verdrängte den Anflug von Unsicherheit. Das war nicht von Bedeutung. Was ihr an Geschick fehlte, würde sie durch wilde Entschlossenheit wettmachen. Sie packte den Dolch fester und stellte sich schützend vor ihre Mutter, bereit, sie zu verteidigen.

Zuerst müssen sie mich töten, schwor sie sich stumm.

Doch ihre Tapferkeit geriet ins Wanken, als ein weiterer Gefolgsmann ihres Vaters tot zu Boden sank. So wie die Schlacht verlief, würde es ihnen selbst bald ebenso ergehen. Nur noch sechs Männer ihres Vaters waren übrig.

Das *earasaid* war ihr vom Kopf geglitten, und der Regen, der ihr über das Gesicht strömte, trübte ihr die Sicht. Sie hatte längst die Nadeln verloren, die ihr Haar hielten, die welligen Strähnen verfingen sich in ihren Wimpern. Doch Meg bemerkte es kaum, so konzentriert war sie auf den Kampf, der sich wie eine Schlinge immer enger um sie zog, während der Kreis ihrer Beschützer zusehends kleiner wurde.

Sie kämpfte die Angst nieder, die in ihr aufstieg. Noch nie hatte sie sich so gefürchtet. Doch sie musste stark bleiben. Für ihre Mutter. Wenn sie eine Chance haben wollten, zu überleben.

Megs mutiges Handeln schien Rosalind aus ihrem Schockzustand zu reißen, sie hörte auf zu schreien. Megs Beispiel folgend glitt sie vom Pferd und zog mit zitternden Händen Ruadhs Speisemesser aus seinem Gürtel.

Sie wandte sich wieder um, und Megs Herz zog sich schmerzhaft zusammen, als sie die Entschlossenheit auf dem Gesicht ihrer Mutter sah und sich das ganze schreckliche Ausmaß ihrer Situation in deren Blick spiegelte. Sogar völlig durchnässt, das Haar und die Kleidung ein einziges aufgeweichtes Durcheinander, sah Rosalind Mackinnon wie ein Engel aus – wenn auch wie ein Racheengel. Obwohl sie schon vierzig war, hatte das Alter ihrer Schönheit nichts anhaben können. Guter Gott, was würden diese Unholde ihr antun? Meg schluckte. Ihnen beiden?

Obwohl Meg wusste, dass sie dasselbe denken musste, klang die Stimme ihrer Mutter seltsam ruhig. »Wenn du eine Lücke zwischen ihnen erkennst, dann lauf«, flüsterte sie.

»Aber ich kann dich nicht zurücklassen …«, protestierte Meg, doch ihre Mutter fiel ihr ins Wort.

»Du wirst tun, was ich sage, Margaret.« Der stählerne Ton ihrer sonst so sanften Stimme brachte Meg so aus der Fassung, dass sie nur nickte. »Wenn du das Messer benutzen musst, dann stoß hart und ohne Zögern zu.«

Eine unerwartete Welle von Stolz erfüllte Meg. Ihre süße, sanfte Mutter wirkte wild wie eine Löwin, die ihr Junges verteidigt. Es steckte viel mehr in Rosalind Mackinnon, als Meg je geahnt hatte.

»Das werde ich«, sagte sie, Mut vortäuschend. Doch welche Chance hatten zwei Frauen, noch dazu zwei zierliche Frauen wie sie, gegen eine solch starke Übermacht?

Ein schmutziger, hünenhafter Unhold wankte auf ihre Mutter zu. Ohne nachzudenken stieß Meg ihm den Dolch in den Arm. Mindestens ein Drittel der langen Klinge drang tief ins Fleisch ein und hinterließ eine klaffende Wunde in seinem Unterarm. Er brüllte vor Schmerz auf und schlug ihr hart mit dem Handrücken ins Gesicht. Betäubt von dem Schlag entglitt der Dolch ihren Fingern und fiel zu Boden, wo ihn der Mann sofort außer Reichweite kickte.

Instinktiv fuhr Meg sich mit der Hand an die nasse, schmerzende Wange.

»Miststück!«, zischte er. »Dafür bringe ich dich um!« Er fuhr herum und schwang das Claymore in einem tödlichen Bogen über ihrem Kopf. Ihre Mutter sprang ihr zu Hilfe und stach mit dem Speisemesser auf seine Schulter ein, doch er blockte den Angriff mühelos mit dem Unterarm ab und stieß ihre Mutter hart zu Boden. Voller Entsetzen sah Meg, wie ihr Kopf mit einem dumpfen Schlag auf einem Felsen aufprallte.

Panik stieg in ihr hoch. »Mutter!«, schrie sie und eilte an ihre Seite. Sie schüttelte den leblosen Körper, doch ihre Augen öffneten sich nicht. *Lieber Gott, nein!*

Hinter sich fühlte sie, oder besser gesagt roch sie an seinem üblen Gestank, dass der Mann sich ihr näherte. Eine Wut, wie sie sie noch nie gespürt hatte, wallte in ihr auf. Er hatte ihre Mutter verletzt. Meg ergriff das Messer, das ihre Mutter fallen gelassen hatte, wirbelte herum und überrumpelte ihn dadurch für einen Augenblick. Erneut stach sie auf ihn ein, dieses Mal zielte sie auf seinen Hals. Doch er war zu groß, und ohne die nötige Kraft gelang es ihr nur, ihm einen kleinen Schnitt zuzufügen.

Sie hatte ihren Vorteil eingebüßt.

Er stieß einen wüsten Fluch aus. Sie spürte seine riesigen, schmutzigen Hände auf sich, als er sie packte und zu Boden schleuderte. Aus harten, schwarzen Augen starrte er sie an und verzog den Mund zu einem höhnischen Lächeln, wobei er hässliche, braune Zähne entblößte. Zitternd vor Abscheu krümmte sie sich zusammen, als er auf sie zukam.

»Das genieße ich, du kleine Wildkatze!«

Rückwärts kroch Meg durch den Schlamm von ihm fort, doch er kam immer näher. Lachend. Mit wild pochendem Herzen blickte sie sich um, es war niemand da, der ihr zu Hilfe kommen konnte. Die von den Männern ihres Vaters übrig waren, mussten sich gegen ihre eigenen Angreifer verteidigen. Verzweifelt grub sie die Hände in den aufgeweichten Boden und versuchte, ihm Schlamm in die Augen zu schleudern, doch das machte ihn nur noch wütender.

Sie durften nicht sterben! Was würde aus Ian? Heiße Tränen stiegen ihr in die Augen. Ohne Meg und ihre Mutter gab es niemand, der ihn beschützte. *Denk nach*, befahl sie sich. *Benutz deinen Kopf*. Doch ihr logischer Verstand, auf den sie sich immer hatte verlassen können, ließ sie diesmal im Stich. Es gab kein Entrinnen.

In dem schwarzen Glitzern seiner erbarmungslosen Augen sah Meg nur Tod.

Bitte, hauchte sie.

Zwei endlose Herzschläge später brach die Antwort auf ihr Gebet auf einem furchterregenden schwarzen Streitross durch die Bäume.

Ein Ritter. Nein, ein Krieger! Nicht in schimmernder Rüstung, sondern in einem gelben, mit Kettenpanzer besetzten *cotun*, der ihn als Chieftain auszeichnete – obwohl ihn allein schon seine Körpergröße von anderen Männern abgehoben hätte. Selbst ohne diese wattierte Kriegsbekleidung wäre er immer noch einer der größten Männer, die Meg je gesehen hatte. Hochgewachsen und muskulös, mit einer Brust so breit wie ein Schild. Als wäre er aus Stahl geschmiedet, wirkte jeder Zoll an ihm hart und abweisend.

Und gefährlich.

Ein Angstschauer lief ihr über den Rücken, und einen Moment lang fragte Meg sich, ob sie nicht einfach nur einen Schurken gegen einen anderen ausgetauscht hatte.

Als ihre Blicke sich trafen, sog Meg erschrocken den Atem ein. Sie blickte in die kristallklarsten blauen Augen, die sie je gesehen hatte, in einem Gesicht von rauer Männlichkeit, das zum Teil von den dichten Stoppeln eines mehrere Tage alten Bartes verdeckt war.

Der Blickwechsel dauerte nur einen kurzen Moment, doch sie las sofort die absolute Befehlsgewalt in seinen Augen, die trotz ihrer Wildheit eine seltsam beruhigende Wirkung auf sie hatten.

Jetzt erst bemerkte sie, dass er nicht allein war, sondern dass ihm etwa ein halbes Dutzend Reiter folgten. Eine furchterregendere Schar von Kriegern konnte sie sich nicht vorstellen. Jeder Einzelne von ihnen war stark, muskelbepackt und sah absolut unbarmherzig aus. *Gebrochene Männer*, erkannte sie mit instinktiver Sicherheit. Männer ohne Land, ohne Clan, die die Highlands als Gesetzlose durchstreiften. Doch jagten ihr diese aus unerfindlichem Grund keine Angst ein. Ihr Blick kehrte zu dem Krieger zurück. War ihr Anführer der Grund, fragte sie sich.

Mit einem bloßen Nicken und einem stummen Befehl seiner Augen brachte er seine Männer auf Position. Sie bewegten sich wie eine Einheit, mit der Disziplin römischer Legionäre und einer Leichtigkeit, die ihre grobschlächtige Erscheinung Lügen strafte.

Obwohl sie in der Unterzahl waren, wusste Meg ohne Zweifel, dass sich die Schlacht gerade zu ihren Gunsten gewendet hatte. Dieser Mann würde nicht besiegt. Nur ein Narr würde ihn herausfordern.

Mit seinen Männern auf Position ritt der Krieger direkt auf sie zu. Nun endlich bemerkte auch ihr Angreifer, dass etwas nicht stimmte, blickte über die Schulter, und sein schreckliches Lachen verstummte. Meg nutzte die Ablenkung, rannte zu ihrer Mutter und zog sie behutsam in Richtung der Bäume. Vor Erleichterung hätte sie beinahe laut aufgeschluchzt, als sie sah, dass Rosalinds Wangen wieder Farbe bekommen hatten und ihre Augenlider anfingen zu flattern. Doch die ganze Zeit behielt sie auch ihren Retter im Auge.

Er griff mit der Hand über die Schulter und zog ein mächtiges Breitschwert aus dem Wehrgehänge an seinem Rücken, als wäre es leicht wie eine Feder, obwohl die Klinge allein ihr schon bis zum Kinn reichen musste. Immer noch einhändig schwang er die Waffe mit beeindruckender Leichtigkeit hoch über dem Kopf und ließ sie mit einem mächtigen Schwung auf die Rippen ihres Angreifers niedersausen. Meg konnte das Knacken der Knochen hören, als der Schurke zu Boden stürzte.

Mit einem Satz sprang der Krieger vom Pferd, zog einen Dolch aus der Scheide am Gürtel und schnitt ihrem Peiniger ohne mit der Wimper zu zucken die Kehle durch. Eine Woge der Erleichterung erfasste sie. Eigentlich sollte sie Bedauern über den Verlust eines Lebens verspüren, doch sie konnte es nicht. Ihre Blicke trafen sich, und sie fühlte eine so starke Verbindung, dass es sie erschreckte.

»Danke«, flüsterte sie lautlos, zu aufgewühlt, um es laut auszusprechen.

Er nahm ihre Dankbarkeit mit einem kurzen Nicken zur Kenntnis. Dann riss er mit einem wilden Schlachtruf – gälische Worte, die sie nicht richtig verstand – sein Schwert hoch und stürzte sich in die wütende Schlacht. Er schwang die Klinge mit tödlicher Finesse und Präzision und schlug jeden nieder, der sich ihm in den Weg stellte. Ihre verblüfften Männer sammelten sich hinter ihm.

Während Meg sich so gut es ging um ihre Mutter kümmerte, flog ihr Blick immer wieder zu dem Kampf, der um sie herum tobte.

Und zu dem Krieger, dessen Stärke und Geschick wahrhaft ehrfurchtgebietend anzusehen waren.

Seltsam unbeteiligt von dem blutigen Durcheinander, das sie umgab, beobachtete Meg entsetzt und fasziniert zugleich, wie er drei Männer mit stählerner Effizienz tötete. Jede Bewegung war ein präziser Todesstoß. Für einen Mann seiner

Größe bewegte er sich mit erstaunlicher Anmut. Wie ein Löwe. Zwei Räuber bedrängten ihn und schlugen von zwei Seiten auf ihn ein. Er hob das Claymore. Die Klinge blitzte über seinem Kopf wie ein silbernes Kreuz, bevor er die Hiebe einen nach dem anderen mit stählernem Klirren abwehrte. Die Briganten waren geschickte Kämpfer und versetzten ihm wie ein eingespieltes Team Hieb um Hieb. Er musste doch sicher bald ermüden. Doch der Krieger schien es geradezu zu genießen, so als ob die Herausforderung ihm nur noch mehr Kraft verliehe.

Mit dem Schwert hielt er sich den einen Mann vom Leib, während er mühelos den anderen mit dem Dolch niederstreckte. Rasend vor Wut stürmte der zweite Gegner auf ihn los. Der Krieger wich zur Seite, doch dabei rutschte er mit dem Fuß im Schlamm aus, und dem Räuber gelang es, ihn niederzuschlagen. Erschrocken hielt Meg den Atem an, als der Mann zum Todesstoß ansetzte. Doch mit der mutigsten – oder waghalsigsten – Bravourleistung, die sie je gesehen hatte, wartete der Krieger, bis das Breitschwert nur noch wenige Zoll von seinem Kopf entfernt war, bevor er sich flink zur Seite rollte und dem Mann seinen Dolch in den Bauch stieß.

Wie betäubt beobachtete Meg, wie er aufsprang und ihn fast augenblicklich ein weiterer Straßenräuber von hinten angriff.

»Vorsicht …!« Noch bevor Meg Zeit hatte, ihn zu warnen, wirbelte ihr Krieger herum und stieß den Dolch tief in die Seite des Briganten.

Der Krieger schien unverwundbar zu sein, als könne ihm nichts etwas anhaben. Aber sein Können hatte etwas an sich, das über bloße Stärke und Geschick hinausging. Er schien völlig im Kampf aufzugehen. Er kämpfte wie ein Mann, der keine Furcht vor dem Tod hatte. Nicht rücksichtslos, dazu war er zu beherrscht, doch absolut zielgerichtet. Eine Aura von Gefahr umgab diesen ungezähmten Krieger, der sie sich nicht entziehen konnte.

Es dauerte nicht lange, bis die verbliebenen Räuber die Aussichtslosigkeit ihrer Anstrengungen erkannten und wie Käfer unter einem umgedrehten Stein in alle Richtungen flohen.

Der Krieger sah sich um, als wollte er sich vergewissern, dass sie in Sicherheit war. Ihre Blicke trafen sich erneut. Meg war, als wäre sie vom Blitz getroffen worden. Mit jeder Faser ihres Körpers war sie sich seiner Gegenwart bewusst. Ihr geheimnisvoller Krieger war mehr als nur gut aussehend. Seine Gesichtszüge waren von klassischer Schönheit und dennoch gleichzeitig auf eine raue Weise männlich. Welliges braunes Haar, dessen Farbe durch die Nässe nicht zu erkennen war, fiel ihm gerade bis unter das Kinn und betonte die kräftige, kantige Linie seines Kiefers. Regen strömte über eine breite Stirn, hoch angesetzte Wangenknochen und eine fein gemeißelte Nase. Obwohl er den Mund zu einer schmalen Linie zusammengepresst hatte, konnte sein grimmiger Gesichtsausdruck die volle, sinnliche Kontur der Lippen nicht verbergen.

Doch was ihren Blick gefangen nahm, waren seine auffallend blauen Augen. Eisblau. Wie ein zugefrorener See im tiefsten Winter. Die Farbe wurde noch durch die tiefe goldene Bräune seiner Haut betont. Und doch fühlte sie keine Kälte, als er sie ansah, sondern eine Wärme, die sich von ihrem Nacken aus durch den ganzen Körper bis zu den Fußspitzen ausbreitete. Er schien geradewegs in ihr Innerstes zu blicken, mit einer raubvogelartigen Intensität, die ihr den Atem raubte und ihr Herz rasen ließ.

Durch ihn fühlte sie sich nervös, verunsichert, verletzlich. Ungewohnte Gefühle, die ihren Argwohn weckten. Mit einem letzten zögerlichen Blick auf den Krieger wandte Meg sich ab, um ihrer Mutter zu helfen.

Der Regen hatte aufgehört. Der Kampf war vorbei.

Als die Feiglinge die Flucht ergriffen, bedeutete Alex zwei von seinen Männern, ihnen zu folgen, um sicherzugehen, dass sie nicht zurückkamen. Die anderen wies er an, sich um die Verletzten zu kümmern und die Leichen so gut es ging zu beseitigen. Doch erst als er einen ersten Lagebericht von Patrick erhielt, wurde Alex klar, dass er ein Problem hatte.

Mackinnons. Verdammt! Unglaubliches Pech, dass er gerade einem Nachbarclan von Skye zu Hilfe gekommen war. Wenigstens schien ihn niemand erkannt zu haben. Doch er wusste, je länger er blieb, umso größer war die Chance, dass jemand Fragen stellte. Trotz des Bartes würde es nicht lange dauern, bis jemand seine frappierende Ähnlichkeit mit dem berüchtigten Chief der MacLeod bemerkte. Sein Bruder war beileibe kein Unbekannter in dieser Gegend.

Sie sollten verschwinden.

Sein Blick schweifte zu dem Mädchen. Sie kümmerte sich um die Frau, die er zuerst für tot gehalten hatte, die aber nun langsam wieder zu Bewusstsein zu kommen schien. Zwischen den sanften Worten, mit denen sie die Frau beruhigte, gab das Mädchen gleichzeitig ihren Männern mit generalstabsmäßiger Effizienz Befehle, Ordnung in das Chaos zu bringen. Pferde wurden gefüttert und getränkt, der Karren, der ihre Truhen beherbergte, wurde wieder aufgerichtet, und Vorbereitungen wurden getroffen, um die Toten und Verletzten nach Dunakin zurückzubringen.

Für jemanden, der so jung war – sie konnte nicht viel älter

als zwanzig Jahre sein – schien sie die Nachwirkungen des Angriffs bewundernswert gut zu bewältigen.

Mehr als bewundernswert. Ihre Gefasstheit unter diesen Umständen war außergewöhnlich. Vom ersten Augenblick an hatte sie ihn mit ihrem Mut beeindruckt. Als er am Schauplatz des Geschehens angekommen war, hatte er gerade noch gesehen, wie sie versuchte, den Mann zu erstechen, der sie angriff. Für so ein winziges Ding hatte sie ihm einen gehörigen Schaden zugefügt. Als der Unhold ihr nachsetzte, hatte Alex augenblicklich reagiert. Er hatte getötet, ohne zu zögern. Bei Männern, die Frauen Leid zufügten, kannte er keine Gnade. Der Feigling hatte es verdient, zu sterben, einen schlimmeren Tod noch als das schnelle Ende, das ihm gewährt worden war.

Doch natürlich war ihr Mut nicht das Einzige, was ihm aufgefallen war.

Als sie mit großen, grünen Augen, die das zarte, herzförmige Gesicht beherrschten, zu ihm aufsah, war es ihm nahezu unmöglich, den Blick abzuwenden. Wärme durchströmte ihn, etwas regte sich in ihm, das er schon lange Zeit nicht mehr gefühlt hatte. Verlangen.

In den letzten Jahren hatten seine Affären mit Frauen nur der Befriedigung körperlicher Bedürfnisse gedient. Er hatte weder die Zeit noch das Interesse für etwas anderes. Doch wie sie dort stand, mit ihrem Haar, das ihr feucht am Kopf klebte, und den Regentropfen, die ihr über das Gesicht rannen und an den Wimpern hingen, sah sie aus wie eine nasse Waldnymphe. Süß, verletzlich und auf geradezu schmerzhafte Weise bezaubernd. Alex fühlte sich unmissverständlich von ihr angezogen. Eine Anziehungskraft, die, nachdem das Kämpfen vorbei war, an Intensität gewonnen hatte.

Er nutzte die Gelegenheit, sie zu beobachten, während sie

sich um ihre Mutter kümmerte. Sie war völlig anders als die auffallenden Schönheiten, die ihn normalerweise anzogen. Ihre Schönheit war feiner, weniger offensichtlich. Wären da nicht die außergewöhnlichen Augen gewesen, hätte er sich vielleicht gar nicht die Mühe gemacht, genauer hinzusehen. Es wäre eine Tragödie, wenn ihm die zarte Rundung ihrer Wangen, die kecke kleine Nase oder der sanft geschwungene, volle Mund entgangen wären. Sein Blick blieb an ihren Lippen hängen.

Teufel, sie war bezaubernd.

Und unschuldig.

Seine Gedanken waren im Augenblick alles andere als unschuldig, sondern erfüllt mit lebhaften, leidenschaftlichen Visionen von nackter Haut und sanfter, seidiger Hitze. Davon, die Energie zu entfesseln, die sich durch den Kampf in seinem Körper angestaut hatte. Auf geradezu widernatürliche Weise hungerte er nach ihrer Unschuld. Als könne ihre Reinheit all die Abscheulichkeit auslöschen, die ihn umgab.

Was um Himmels willen machte er da? Nach allem, was sie durchgemacht hatte. Entschlossen schüttelte er diese verworrenen Gedanken ab. Er wollte sie beschützen und nicht wie seine marodierenden Wikingervorfahren zu seinem eigenen Vergnügen erbeuten. Das primitive Leben eines Gesetzlosen hatte anscheinend bereits seine Spuren hinterlassen.

Er machte ein paar Schritte auf sie zu, um zu sehen, ob es ihr gut ging, doch in diesem Moment richtete sich die Frau, um die sie sich kümmerte, auf, und Alex konnte zum ersten Mal ihr Gesicht erkennen. Mitten im Schritt hielt er inne. *Verdammt!* Die Frau des Mackinnon. Er betrachtete das Mädchen erneut und nun fiel ihm auch die Ähnlichkeit auf. Sie musste seine Tochter sein.

Schnell wandte er das Gesicht ab. Rosalind Mackinnon würde ihn erkennen.

Er durfte nicht länger bleiben. Alex drehte sich um und befahl seinen Männern, sich fertig zu machen. Sehr zur Erleichterung der Wachmänner der Mackinnon hatte Alex ihnen drei seiner Männer zur Verfügung gestellt, um sie zu begleiten, bis ihre Verstärkung eintraf. Das Mädchen und ihre Mutter wären in Sicherheit.

Seine Arbeit hier war erledigt.

Bereit aufzubrechen schwang er sich aufs Pferd, doch er konnte der Versuchung nicht widerstehen, sie noch einmal anzusehen. Alex war kein Mann, der sich von einem Mädchen ablenken ließ. Doch dieses Mädchen hatte etwas an sich … Vielleicht erinnerte sie ihn an all das, was er zurückgelassen hatte. Heim. Herd. Familie. Dinge, nach denen er sich sehr lange Zeit nicht gesehnt hatte. Ihre natürliche Schönheit bildete einen krassen Gegensatz zu all dem Tod und der Zerstörung, die ihn in den letzten Jahren umgeben hatten.

Ihre Blicke trafen sich, und er sah, dass sie zögerte, fühlte ihre Unsicherheit. Als ob sie etwas sagen wollte, doch sich möglicherweise ein wenig fürchtete. *Vor ihm*. Die Erkenntnis traf ihn hart. Mit einem Blick auf die Leichen, die über den Waldboden verstreut lagen, wurde ihm klar, dass er ihr diesbezüglich wohl keinen Vorwurf machen konnte.

Aber es gefiel ihm nicht. Es gefiel ihm überhaupt nicht.

Eben erst hatte er sie gerettet, und trotzdem sah sie ihn voller Furcht in den Augen an.

Das war es nun einmal, was er machte. Es war nicht hübsch anzusehen, doch das war Krieg nie.

Ärger stieg in ihm hoch und ließ ihm zusammen mit seiner primitiven Reaktion auf das Mädchen das Blut noch heißer durch die Adern strömen. Fast war er versucht, ihr einen

Grund für ihre Furcht zu geben. Sie in seine Arme zu reißen und sich seine Siegesbeute zu nehmen. Doch so unzivilisiert war er nicht. Noch nicht.

»Bereit, Sir?« Robbie sah ihn merkwürdig an.

Alex schüttelte die trüben Gedanken ab und zwang sich zu einem gleichmütigen Tonfall, obwohl er sich absolut nicht so fühlte. »Ja«, antwortete er. »Wir haben uns schon viel zu lange aufgehalten.«

Ohne länger zu zögern wendete er sein Pferd und gab ihm die Sporen.

Er sah nicht zurück.

2

Holyrood House, Edinburgh, Juli 1605

Der Königshof war genau so, wie sie erwartet hatte: die reinste Folter. Meg hatte sich wirklich Mühe gegeben, doch sie würde niemals hierher passen. In Holyrood House war nichts so, wie es schien. Intrigen, versteckte Anspielungen, Spitzfindigkeiten. Die Leute bei Hofe könnten genauso gut griechisch sprechen. Nein, halt, griechisch verstand sie. Sie könnten genauso gut arabisch sprechen, verbesserte Meg sich. Die Sprache der Höflinge würde sie nie verstehen. Es waren erst zwei Wochen vergangen, und schon konnte sie es nicht mehr erwarten, wieder auf ihr geliebtes Skye zurückzukehren. Doch noch war es nicht so weit. Nicht, bevor sie gefunden hatte, wofür sie hierhergekommen war.

Wie jeden Abend seit ihrer Ankunft stand Meg mit ihrer Freundin Elizabeth Campbell in der Nähe des Eingangs vom großen Thronsaal, eine Position, die ihr den besten Überblick über den Raum bot, und beobachtete sorgfältig die Menge der Höflinge, die sich im Palast James VI. von Schottland, nun James I. von England, tummelten.

König James regierte Schottland bereits seit fast drei Jahren von Whitehall in England aus, doch das war angesichts der Zahl der Menschen, die jeden Abend in den Palast strömten, kaum zu glauben. Edinburgh war immer noch das Machtzentrum Schottlands, mit oder ohne den König. Nun buhlten die Herden von Schmeichlern um die Gunst des Lordkanzlers Seton oder seiner Geheimräte anstelle um die

Gunst des Königs. Wie Bienen schwirrten sie um den Honig, dachte Meg ironisch. Unter all dem üppigen Samt und feinen Brokat ihrer kunstvoll gefertigten Höflingskleidung war jeder in diesem Raum aus einem bestimmten Grund hier. Jeder Einzelne von ihnen wollte irgendetwas von irgendjemandem: Macht, Rang, Ränkespiele oder, wie sie selbst, einen Ehemann.

Sie musste diese unglückselige Wahrheit akzeptieren und zwang sich dazu, erneut den Raum mit Blicken abzusuchen, in der Hoffnung, dass sie etwas, oder vielmehr jemanden, beim ersten Mal übersehen hatte.

»Irgendwelche neuen Kandidaten?«, fragte Elizabeth.

Meg drehte sich zu ihrer Freundin um und schüttelte den Kopf. »Nein.« Sie machte sich nicht die Mühe, die Frustration in ihrer Stimme zu verbergen. Elizabeth wusste nur allzu gut, was Meg bei ihrer anhaltenden Suche nach einem Ehemann durchmachen musste. »Ich glaube, mir wurde jeder unverheiratete Mann in Schottland zwischen zwanzig und fünfzig Jahren vorgestellt.«

Elizabeth verbarg ein Kichern hinter der behandschuhten Hand. »Vergiss nicht Lord Burton, er ist mindestens schon fünfundsechzig!«

Meg verzog das Gesicht. »Du hast recht. Ich nehme alles zurück.«

»Gib deiner Mutter etwas Zeit«, meinte Elizabeth in neckendem Tonfall und tätschelte Meg die Hand. »Ich bin sicher, sie findet jede Menge mögliche Verehrer für dich.«

Meg unterdrückte ein Stöhnen. Die Kuppeleiversuche ihrer Mutter waren alles andere als subtil.

»Es könnte schlimmer sein«, fügte Elizabeth mitfühlend hinzu. »Zumindest bevorzugt sie die Gutaussehenden.«

Meg seufzte und schüttelte den Kopf. Das musste sie allerdings zugeben. In dieser Beziehung war auf ihre Mutter Verlass. Natürlich war Meg nicht gegen ein attraktives Äußeres immun, aber sehr gut aussehende Männer weckten ihren Argwohn. Sie wusste aus eigener Erfahrung, wie schnell ein charmantes Lächeln einen den gesunden Menschenverstand vergessen lassen konnte. Wenn man sich auf Anziehungskraft verließ, führte das geradewegs ins Verderben. Aber sie brachte es nicht übers Herz, ihre Mutter zu entmutigen, da ihr diese Aufgabe solches Vergnügen zu bereiten schien.

»Wahrlich, wenn es ein hübscher Geck wäre, wonach ich suchte, dann wäre ich jetzt bereits wieder auf Skye.« Meg biss sich auf die Lippe und sah sich verstohlen um, erleichtert, dass sie niemand gehört hatte. Sie hatte wieder einmal unverblümt ausgesprochen, was sie dachte. Ein weiterer Grund, warum sie nicht gut an den Königshof passte. Nur Elizabeth war anders. Sie schien sich an Megs Hang zur Offenheit nicht zu stören. Elizabeth und ihr Bruder Jamie waren das einzig Gute an diesem Besuch in Edinburgh. Sie hatte sie vor zwei Jahren bei ihrer Einführung bei Hofe kennen gelernt, und seitdem waren sie Freunde.

»Von denen hast du mit Sicherheit mehr als genug kennen gelernt«, stimmte Elizabeth ihr zu. »Aber ich fürchte, bei deiner Liste von Anforderungen an einen Ehemann wirst du deine Suche etwas ausweiten müssen.«

Meg zog interessiert eine Augenbraue hoch. »Inwiefern?«

Elizabeths Augen blitzten schalkhaft. »Vielleicht ist ja ein Mann nicht genug.«

Am liebsten hätte Meg laut gelacht, wenn es ihr nicht so vorgekommen wäre, als ob Elizabeth damit recht haben könnte. Fast zwei Wochen waren bereits vergangen, und sie war ihrem Ziel, einen Ehemann zu finden, noch kein bisschen näher gekommen als am Tag ihrer Ankunft. Ihre Aufgabe stellte sich als viel schwieriger heraus, als Meg anfangs erwartet hatte. Sie fing beinahe an zu verstehen, warum Ehen von Vätern arrangiert wurden. Zu Beginn hatte sie geglaubt, sie könne sich glücklich schätzen, dass sie sich ihren Gemahl selbst wählen konnte. Nun war sie da allerdings nicht mehr so sicher. Ihnen blieb weniger als ein Monat, bevor sie zu den Vorbereitungen für den Michaelistag nach Dunakin zurückkehren mussten. Doch trotz der Dringlichkeit der Situation konnte sie einfach nicht die nötige Begeisterung für die vor ihr liegende Aufgabe aufbringen, sosehr sie sich auch bemühte.

Wie um ihren Standpunkt zu bestätigen, stolzierte in diesem Moment ein Mann mit einer galanten Verbeugung in ihre Richtung. Er war kaum größer als sie, von Kopf bis Fuß in glänzenden weißen Satin gekleidet, seine ausgestopfte Pluderhose war so rund wie ein Kürbis. Es war kein Geheimnis, dass Meg einen Ehemann suchte, und ihr Vermögen weckte großes Interesse. Mühsam rang sie sich ein Lächeln ab und quittierte seine Aufmerksamkeiten mit einem leichten Nicken, obwohl sie wusste, dass er niemals in Frage käme. Wenn sie im Geiste die Liste von Anforderungen abhakte, konnte sie sich einfach beim besten Willen nicht vorstellen, wie dieser Mann die schneidigen Krieger der Mackinnons an der Seite ihres Bruders in die Schlacht führte.

Unglücklicherweise war er ein ziemlich typisches Exemplar für die Edelmänner aus dem schottischen Tiefland, die sich häufig am Königshof aufhielten. Die Männer der Lowlands waren den Engländern viel ähnlicher als ihre Landsmänner aus den Highlands. Die Abneigung des Königs gegen die »Barbaren« aus den Highlands war wohlbekannt, was in gewisser Weise zu diesem Besuch bei Hofe geführt hatte, nämlich um ihre Suche nach einem Gatten auf einflussreiche Männer mit Verbindungen zur Regierung von König James auszudehnen.

Doch wie sollte sie in diesem Garten voll herausgeputzter Pfauen einen starken und tapferen Mann finden?

Nicht zum ersten Mal wanderten Megs Gedanken zu dem Wäldchen und dem geheimnisvollen Krieger zurück, der sie gerettet hatte. Schön wie Adonis, mit der Tapferkeit von Ares. Beide Eigenschaften beunruhigten sie. Doch noch beunruhigender war die Erkenntnis, dass sie sich zu dem Mann hingezogen gefühlt hatte. *Trotz* seines zu schönen Gesichts und dem Grauen, das sie auf dem Schlachtfeld mit angesehen hatte.

Er war absolut nicht die Art Mann, die sie normalerweise attraktiv fand. Schon seine Körpergröße war zu überwältigend. Große, schneidige Männer machten sie … nun … nervös. Sie runzelte die Stirn. Wenn sie so darüber nachdachte, war eigentlich alles an ihm überwältigend. Von dem grimmigen, schönen Gesicht bis zu der grenzenlosen Kampfkunst und seiner unverhohlenen Männlichkeit.

Dennoch konnte sie ihn nicht vergessen, was angesichts ihrer Aufgabe gelinde gesagt beunruhigend war. Das war eine ungewöhnliche Erfahrung für sie. Meg war absolut nicht die Art Frau, die sich von einem gefälligen Äußeren ablenken ließ. Sie wusste es besser.

Es war lächerlich. Sie wusste nicht einmal, wer er war, und da sie es normalerweise tunlichst vermied, sich mit Gesetzlosen einzulassen, würde sie ihn höchstwahrscheinlich auch nie wiedersehen. Ihre geschickten Versuche, von den Kriegern, die sie durch den Wald begleitet hatten, mehr über ihn zu erfahren, waren erfolglos geblieben. Das Schweigen der Männer überzeugte sie noch mehr davon, dass sie Gesetzlose waren. Sie stellten keine Fragen und beantworteten keine. Eine vorsichtigere Eskorte hätte sie sich nicht vorstellen können. Es war sogar eine Herausforderung gewesen, ihre Namen zu erfahren. Sie hatten sich als Murrays ausgegeben. Ein Name, den ihres Wissens viele MacGregors angenommen hatten, nachdem deren Clan geächtet worden war. Konnte es sein, dass ihr Krieger ein MacGregor war? Das würde sie nicht überraschen. Aber was machten MacGregors so nahe der Isle of Skye?

Natürlich trug seine Identität, oder vielmehr das Fehlen derselben, noch zu dem Geheimnis bei, das ihn umgab. Das erklärte zweifellos diese unlogische Faszination für einen Mann, über den sie rein gar nichts wusste.

Außer, dass er uns gerettet hat. Vielleicht war das alles, was sie wissen musste.

Sie war überrascht und enttäuscht darüber, dass er sie verlassen hatte, ohne mit ihr zu reden, und wünschte sich, dass sie den Mut gehabt hätte, ihm wenigstens zu danken. Sie hätte ihre Bedenken beiseite legen, zu ihm gehen und es einfach tun sollen. Doch um die Wahrheit zu sagen, hatte sie mehr als nur ein wenig Angst gehabt. Die beherrschte Raserei seiner Art zu kämpfen hatte sie erschreckt, und sie war von ihm zu stark beeindruckt und sich selbst zu unsicher gewesen.

Also tröstete sie sich mit dem Gedanken, dass sie wahrscheinlich nur wegen der ungewöhnlichen Umstände so auf ihn reagiert hatte. Ein griechischer Gott, der im letzten Moment zur Rettung geritten kommt, hätte auf jeden Eindruck gemacht. Selbst auf jemanden, der sonst so vernünftig war wie Meg.

Unglücklicherweise konnte sie sich den Luxus eines Märchens nicht leisten. Sie brauchte einen echten Mann und keinen Märchenprinzen. Und zwar bald. Der Gedanke, mit leeren Händen nach Dunakin zurückzukehren, war ernüchternd. Ihr Vater wäre enttäuscht. Und Enttäuschung konnte Meg schlecht ertragen.

Sie hatte ihre Entscheidung schon lange genug hinausgezögert. Sie durfte nicht zulassen, dass die Gedanken über ihren geheimnisvollen Krieger sie noch länger von ihrer Pflicht ablenkten.

»Du hast wieder diesen abwesenden Blick«, stellte Elizabeth fest und riss Meg dadurch aus ihren Gedanken. »Träumst du schon wieder von deinem gut aussehenden Retter?«

Megs Wangen glühten. Nicht zum ersten Mal wünschte sie sich, sie hätte ihrer Freundin nicht so viele Einzelheiten über den Mann, der sie gerettet hatte, anvertraut, sie versteckte ihre Verlegenheit hinter einem Stirnrunzeln. »Ich träume nicht.«

»Aber du hast an ihn gedacht.«

Meg sah ihre Freundin scharf an, doch Elizabeth ließ sich nicht so schnell einschüchtern. »Nun gut. Ja, ich habe an ihn gedacht.«

»Das ist so romantisch«, seufzte Elizabeth verträumt.

Meg verdrehte die Augen. »Du klingst wie meine Mutter. Ich versichere dir, an der Begegnung war nichts Romantisches.« Unwillkürlich erschauerte sie leicht, als ihre Gedanken zu dem Handgemenge im Wald zurückkehrten. »Es war schrecklich. Wir hatten großes Glück, dass wir mit dem Leben davongekommen sind und Mutter nur eine Beule am Kopf davongetragen hat. Viele andere hatten weniger Glück«, sagte sie und dachte dabei an Ruadh und die anderen Krieger der Mackinnons, die an diesem Tag ihr Leben verloren hatten.

»E-e-es t-tut mir l-leid, Meg. Ich w-w-wollte nicht u-u-unsensibel klingen. Ich k-kann mir g-gar nicht v-vorstellen, was du d-d-durchgemacht hast.«

Meg hörte ihre Freundin stottern und bedauerte schon, dass sie sie nervös gemacht hatte. Bei Meg stotterte Elizabeth nur selten, im Gegensatz zu allen anderen. Sie nahm Elizabeths Hände und zwang sich zu einem fröhlichen Lächeln. »Was geschehen ist, ist vergangen, und ich muss in die Zukunft blicken. Ein Gesetzloser, wie heldenhaft er auch sein mag, ist nicht der richtige Mann für mich.«

Wenn sie nur wüsste, wer dann.

Es sollte nicht so schwierig sein, einen geeigneten Ehemann zu finden. Einen Krieger, dem ihre Clansleute in die Schlacht folgen würden. Einen geschickten Diplomaten, der den Geheimen Rat besänftigte. Einen integren und loyalen Mann, der ihren Bruder unterstützte. Doch es *war* schwierig. Mit jedem Tag, der verstrich, wurde deutlicher, dass es nur einen einzigen Mann gab, der in Frage käme: Jamie Campbell, der Bruder ihrer besten Freundin.

Elizabeth drückte leicht ihre Hände. »Mach dir keine Sorgen, Meg. Du wirst den Richtigen finden. Vielleicht hast du ihn schon gefunden?«, fragte sie hoffnungsvoll. Es war kein Geheimnis, dass Elizabeth sich wünschte, Meg würde ihren Bruder heiraten.

»Vielleicht«, antwortete Meg mit einem ermutigenden Lächeln.

In vielerlei Hinsicht verkörperte Jamie Campbell den Typ Mann, den sie auf Wunsch ihres Vaters finden sollte. Als Cousin von Archibald »dem Grimmigen« Campbell, dem Earl of Argyll, konnte Jamie keine besseren Beziehungen haben. Die Campbells waren der mächtigste Clan in den Highlands, was zu einem großen Teil Argylls Einfluss beim König zu verdanken war. Jamie hatte etwas von seinem gerissenen Cousin an sich, und Meg wusste, dass Argyll sich zunehmend auf den jungen Mann verließ, wenn es darum ging, seinen Einfluss bei Hofe auszuüben und seine Autorität in den Highlands zu stärken.

Durch seine ungewöhnliche Körpergröße und natürliche Autorität verfügte Jamie über das Rüstzeug zu einem großen Anführer. Mit vierundzwanzig Jahren war er nur zwei Jahre älter als Meg und hatte noch die Statur eines Jünglings, doch in ein paar Jahren, wenn er noch etwas an Körperumfang zulegte, wäre er ein stattlicher Mann. Ein starker, mächtiger Mann, der mehr als fähig wäre, Dunakin zu verteidigen.

Am wichtigsten aber war, dass Jamie ein Mann von Ehre, Integrität und unerschütterlicher Loyalität war.

Er schien die perfekte Wahl zu sein.

Doch irgendetwas hielt sie zurück. Seine Jugend vielleicht? Und seine Verbindung zu Argyll würde von vielen Highlandern als Makel angesehen. In manchen Gegenden war der Name Argyll so verhasst wie der des Teufels. Die Macht des Campbell-Clans in den Highlands war nicht ohne Disput oder Blutvergießen entstanden. Vornehmlich MacGregor-Blut.

Plötzlich fühlte Meg, wie Elizabeth sie mit dem Ellbogen heftig in die Rippen stieß. »Sieh dir das an. Ich glaube, ich habe ihn gefunden. Den perfekten Mann für dich.«

Meg unterdrückte ein undamenhaftes Schnauben und folgte Elizabeths verträumtem Blick. Zuerst glaubte sie, Elizabeth spräche von Jamie, doch dann trat ein anderer Mann in ihr Blickfeld. Er stand mit dem Rücken zu ihr, und sie musste zugeben, dass es ein sehr beeindruckender Rücken war. Unter der reich bestickten Seide des schwarzen Wamses konnte Meg breite Schultern und muskulöse – sehr muskulöse – Arme erkennen. Ihr Herzschlag beschleunigte sich. Seine kräftigen, in enge schwarze Kniehosen gekleideten Beine ließen keinen Zweifel an seiner Stärke. In einem Raum voller bunter Satin- und Seidenstoffe hob er sich durch seine dunkle Männlichkeit von der Masse ab. Selbst neben Jamie, der fast sechseinhalb Fuß maß, beherrschte er den Raum. Obwohl er etwa ein oder zwei Zoll kleiner als Jamie war, wirkte er durch seinen kräftigen, muskulösen Körperbau größer.

»Wer ist das?«, fragte Meg, wie sie hoffte in angemessen gleichgültigem Tonfall.

»Ich habe ihn schon Jahre nicht mehr gesehen«, antwortete Elizabeth. »Aber ich bin mir so gut wie sicher, das ist Alex MacLeod.«

Meg zog eine Augenbraue hoch und versuchte, ruhig zu bleiben. »Der Bruder von Chief Rory MacLeod von Dunvegan?« Rory war einer der am meisten geschätzten Chiefs der Inseln und ein langjähriger Verbündeter ihres Vaters. Eine Allianz mit den MacLeods wäre eine ausgezeichnete Verbindung.

Elizabeth nickte.

Vage erinnerte Meg sich an einen hochaufgeschossenen Jüngling mit von der Sonne gebleichtem blondem Haar und einem atemberaubenden, schiefen Grinsen. Vor vielen Jahren hatte Alex seinen Bruder zu den Highland-Wettkämpfen begleitet, die in jenem Frühling auf Dunakin Castle abgehalten worden waren. Obwohl Meg selbst noch zu jung gewesen war, erinnerte sie sich daran, dass er mit diesem Grinsen viele weibliche Herzen auf Dunakin dazu gebracht hatte, schneller zu schlagen.

Sie runzelte die Stirn, als sie sich plötzlich noch an etwas anderes erinnerte. Meg hoffte, es wäre für ihre Freundin nicht unangenehm, Alex wiederzusehen. Denn es hatte eine Zeit gegeben, da war Elizabeth Chief Rory MacLeod zur Ehefrau versprochen gewesen.

Nachdem sie sich davon überzeugt hatte, dass Elizabeth keinerlei Anzeichen von Unbehagen zeigte, wandte Meg ihre Aufmerksamkeit wieder dem Neuankömmling zu. Es war eigenartig, wie unbeweglich er dastand. Wie aus Stein. Wachsam. Völlig aufmerksam seiner Umgebung gegenüber. Wie ein Soldat. Seine Haltung hatte etwas an sich, das ihr einen leichten Schauer der Beunruhigung über den Rücken jagte.

Argwöhnisch zog sie die Brauen zusammen. »Ich habe seit Jahren nichts von Alex MacLeod gehört.«

»Ich auch nicht«, antwortete Elizabeth. »Das ist seltsam, nicht wahr?«

»Ja, sehr«, stimmte Meg, die sich immer von einem Geheimnis faszinieren ließ, ihrer Freundin zu.

Als Jamie sie erblickte, lächelte er, zeigte in ihre Richtung und kam auf sie zu. Der Mann drehte sich um, vor Erwartung fühlte sie ein Kribbeln im Nacken, als erst das kräftige, kantige Profil und Augenblicke später ein atemberaubend gut aussehendes Gesicht in ihr Blickfeld kamen. Erschrocken sog Meg den Atem ein. Durchdringende blaue Augen trafen sie bis ins Mark.

Ihr Herz sank.

Diese eisblauen Augen würde sie überall wiedererkennen.

Er war es.

Ihr Krieger.

Sie hätte die kampfgestählte Statur wiedererkennen müssen. Zugegeben, er sah jetzt anders aus. Doch eine Rasur und ein Haarschnitt konnten den Mann nicht tarnen, der sie in ihren Träumen heimsuchte.

Ohne den Bart kam die wahre männliche Schönheit seines

Gesichts noch vollkommener zum Vorschein. In ihm vereinten sich die edlen Züge der nordischen Vorfahren der MacLeods mit der rohen Männlichkeit der Kelten. Seine Haut hatte einen dunklen Bronzeton, der von den vielen Stunden zeugte, die er draußen in der heißen Sommersonne verbracht hatte. Die kräftigen Wangenknochen und das kantige Kinn waren genauso, wie sie sie in Erinnerung hatte. Nun, vom Bart befreit, konnte sie die leichte Kerbe in seinem Kinn und die Vielzahl kleiner Narben sehen, die über Nase und Wangen verstreut waren. Eine weitere dünne Narbe durchschnitt die linke Braue und verlieh dem ansonsten beinahe zu perfekten Gesicht etwas Diabolisches.

Überrascht bemerkte sie, dass sein Haar eher blond als braun war, viel heller, als sie erwartet hatte. Es leuchtete wie ein goldener Heiligenschein.

Doch an diesem Mann war nichts Engelhaftes.

Der finstere Ausdruck auf seinem Gesicht brachte sie aus der Fassung, denn sein Blick glitt ohne einen Funken des Wiedererkennens über sie hinweg. Über ihr Bewusstsein legte sich der Schatten eines Zweifels.

Er *war* es doch – oder etwa nicht?

Zum Teufel, dachte Alex. *Sie ist es.*

Die Frau, von der Jamie Campbell ununterbrochen redete, seine »Meg«, war genau diejenige, die Alex nicht vergessen konnte. Sie hier zu finden, sollte ihn eigentlich rasend vor Wut machen. Wenn sie ihn erkannte, konnte sie mit einem einzigen unbedachten Wort – ganz besonders an Jamie gewandt – seinen sorgsam ausgearbeiteten Plan zunichtemachen, was die Aufgabe ungleich schwieriger gestalten würde. Doch es war nicht Wut, was er fühlte.

Zur Hölle! Wäre Alex nicht so diszipliniert und auf seine

Aufgabe konzentriert, dann hätte er sogar glauben können, dass er ein kurzes Aufflackern von Freude verspürt hatte.

Offensichtlich war sein Körper nicht so diszipliniert, denn er reagierte sofort. Dieselbe intensive Anziehungskraft, die er an jenem Tag im Wald gespürt hatte, nahm erneut von ihm Besitz. Es war eigenartig. Sie war nicht unbedingt die Art von Frau, die bei einem Mann sofortige Lust erweckte. Doch verdammt sollte er sein, wenn es nicht genau das war, was er fühlte. Rohes, ungezügeltes Verlangen. Ein Verlangen, das sich in ihm zusammenballte wie eine Faust und ihn nicht mehr losließ.

Sie sah jetzt anders aus, was nicht verwunderlich war, da sie das letzte Mal, als er sie gesehen hatte, völlig durchnässt gewesen war. Nun war sie statt in einen einfachen *earasaid* nach Art der Highlands in eine prunkvolle höfische Robe gekleidet, obwohl die blassgelbe Farbe ihres Kleides der makellosen elfenbeinfarbenen Haut nicht schmeichelte. Er sah genauer hin. Das Kleid schien ihr auch nicht allzu gut zu passen, denn es hing formlos an ihrem zierlichen Körper.

Ihr Haar war von einem helleren Braun, als er gedacht hatte. Anstatt in verführerischen, feuchten Strähnen offen um die Schultern zu fallen, war es zu einem strengen Knoten am Hinterkopf festgesteckt. Doch es war mehr als nur die veränderte Kleidung und die Frisur. Ihr Ausdruck war anders. Diese Frau, die ihn ernst anstarrte, sah überhaupt nicht wie seine verletzliche Waldnymphe aus.

Und doch zweifelte er nicht daran, dass sie es war. Das zarte, herzförmige Gesicht und die riesigen, sanften grünen Augen waren unverkennbar.

Ebenso wie die Hitze, die ihn durchströmte, als sich ihre Blicke trafen.

Er sah schnell wieder fort, dennoch hatte er den Ausdruck

auf ihrem Gesicht bemerkt. Schock, unmittelbar gefolgt von Wiedererkennen. *Was definitiv ein Problem darstellte.* Auf keinen Fall wollte er auf seine Anwesenheit in der Nähe von Skye vor nur wenigen Wochen angesprochen werden.

Er würde nicht zulassen, dass irgendetwas oder irgendjemand ihm bei seinem Auftrag in die Quere kam. Und ganz sicher kein kleines Mädchen, egal wie sehr sie sein Blut in Wallung brachte.

Alex war im Auftrag seines Bruders und der anderen Chiefs der Inseln an den Hof gesandt worden, um so viel wie möglich über die Gerüchte herauszufinden, dass der König einen zweiten Versuch plante, die Isle of Lewis mit Lowlandern zu kolonisieren. Die Kolonisten aus dem Tiefland, die sogenannten »Abenteurer von Fife«, waren schon einmal von Lewis zurückgeschlagen worden. Alex hatte nur ein einziges Ziel, nämlich sicherzustellen, dass sie erneut scheiterten, wenn sie es noch einmal versuchen sollten.

»Kolonisieren« war die beschönigende Bezeichnung des Königs dafür, die Highlander zu vertreiben und ihnen ihr Land zu stehlen. Überzeugt davon, dass die Highlands eine unerschlossene Quelle von Reichtümern seien, mit denen er die unersättlichen königlichen Schatzkammern füllen konnte, hatte der König eine Reihe von Gesetzen erlassen, die darauf zielten, den Clans ihr Land zu rauben, das sie seit hunderten von Jahren besaßen.

In vielerlei Hinsicht war das Schicksal von Lewis maßgebend für den Rest der Inseln. Rory und die anderen Inselchiefs waren sich bewusst, dass ihre Ländereien als Nächstes an der Reihe wären, sollte es dem König gelingen, die Isle of Lewis zu kolonisieren, indem er die Highlander durch Lowlander ersetzte.

Alex hatte auch persönlichere Gründe.

Da sie wussten, dass die Lowlander bei Hofe jedem Highlander in ihrer Mitte gegenüber misstrauisch wären, sah es der Plan vor, Alex von Rory zu distanzieren und das Gerücht zu streuen, die Brüder hätten sich überworfen. Alex' Abwesenheit der letzten Jahre kam da gerade recht. Auch lieferte es eine Erklärung für seine Anwesenheit bei Hofe. Er gab vor, ein Söldner auf der Suche nach Arbeit zu sein, der kürzlich von den Kämpfen mit den irischen Galloglass, den Elitekämpfern der Söldnertruppen unter dem berühmten irischen Chief der O'Neill, zurückgekehrt war. Dadurch hoffte Alex, an Informationen von der Sorte Männer zu kommen, die man vielleicht anwerben würde, um die Kolonisten von Lewis zu beschützen.

Dieser Auftrag bot Alex die Gelegenheit, einen harten Schlag gegen die Ungerechtigkeit des Königs zu führen und im selben Zug ein altes Unrecht zu sühnen.

Er würde nicht versagen.

Meg Mackinnon könnte die Dinge für ihn komplizieren. Besonders da sie einem der Männer nahezustehen schien, auf die er es wegen Informationen abgesehen hatte – Jamie Campbell, Cousin und rechte Hand des Earl of Argyll. Wenn es einen Plan gab, Lewis zu kolonisieren, dann konnte man sicher sein, dass Argyll darüber Bescheid wusste. Der gierige Bastard hatte ohne Zweifel seine Finger im Spiel.

Sich mit Jamie anzufreunden, war ein wichtiger Teil von Alex' Plan. Zugegebenermaßen war Jamie anders als der Junge, den er in Erinnerung hatte. Härter. Nicht leicht zu täuschen. Alex konnte verstehen, warum Argyll angefangen hatte, sich auf seinen jungen Cousin zu verlassen, um seine zweifelhaften Machenschaften in den Highlands durchzusetzen. Es war eine Schande, dachte Alex. Obwohl der Junge fast acht Jahre jünger war als er selbst, hatte Alex ihn immer gern gemocht. Doch Alex' Interessen hatten sich verändert, inzwischen standen er und der junge Campbell sich auf verschiedenen Seiten gegenüber. Allerdings würde er es vorziehen, wenn sich Jamie dieser Tatsache nicht bewusst wurde. Was ihn wieder zu dem Mackinnon-Mädchen zurückbrachte.

»Halt deine Identität geheim!« Die Warnung seines Bruders, niemanden wissen zu lassen, dass er nach Skye gereist war, kam ihm wieder in den Sinn. Dennoch bereute er nicht, dass er ihr zu Hilfe gekommen war, selbst wenn es seine Aufgabe erschwerte. Er musste sie einfach nur überzeugen, dass sie sich täuschte, was seine Identität anging.

Und zwar sofort. Bevor sie Gelegenheit hatte, ihren Verdacht auszusprechen.

Alex ließ sich von Jamie durch den Saal zu ihr führen, wo sie mit Jamies Schwester Lizzie stand.

Er fühlte den Blick des Mackinnon-Mädchens auf sich, als sie sich ihr näherten. Sie musterte ihn so scharf, dass es einem Adler alle Ehre gemacht hätte. Ohne irgendwelche Anzeichen des Wiedererkennens zu zeigen, wies er sie mit seinem Blick in die Schranken und hoffte, sie dadurch in Verlegenheit zu bringen. Doch sie schien keinerlei Reue darüber zu verspüren, dass sie dabei ertappt worden war, wie sie ihn so unverhohlen anstarrte.

Offensichtlich war Meg Mackinnon keine Frau, die sich einschüchtern ließ. Aber das beunruhigte Alex nicht übermäßig. Er konnte überzeugend sein. Sehr überzeugend. Geübt setzte er eine steinerne Miene auf und konzentrierte sich ganz auf die Aufgabe, die vor ihm lag – und nicht auf ihr beunruhigtes kleines Gesicht.

Je näher er kam, umso stärker spürte er ihren Argwohn. Er war es gewohnt, dass allein schon seine Größe bei den Damen eine gewisse Bestürzung hervorrief, doch ihm war auch bewusst, dass sie mehr Grund hatte, sich vor ihm zu fürchten. Sie hatte ihn in der Hitze der Schlacht gesehen. Er wollte ihr keine Angst einjagen, aber er erkannte, dass eine gewisse Vorsicht ihrerseits seinem Ziel dienlich wäre. Vielleicht würde sie ihrem Erinnerungsvermögen weniger vertrauen, wenn er sie etwas aus der Fassung brachte.

Erst als er direkt vor ihr stand, bemerkte er, dass sie noch kleiner war, als er gedacht hatte. Ihr Kopf reichte ihm nicht einmal bis an die Schulter. Unter dem steifen Mieder, dem Reifrock und den weiten Röcken war sie ein zierliches kleines Ding. So zart, dass sie aussah, als könnte sie zerbrechen. Doch er wusste, dass diese Zartheit täuschte. Er hatte ihren Mut gesehen.

Ihre Taille war so schmal, dass er sie vermutlich mit den Händen umfassen konnte, plötzlich verspürte er den Drang, das zu beweisen. Er sehnte sich danach, seine rauen Hände um die seidige, weiche Haut ihrer Taille und Hüften zu legen, sie hochzuheben und …

Er stöhnte beinahe. Wie ein Mönch zu leben hatte ihm offensichtlich zugesetzt und ihn dazu gebracht, sein Ziel aus den Augen zu verlieren. In seiner Jugend war er unersättlich gewesen. Doch wie viele Dinge aus seiner sorgenfreien Jugend war auch das regelmäßige Vergnügen mit Mädchen einer stählernen Entschlossenheit und einer unerschütterlichen Bestimmung gewichen, er konzentrierte sich so sehr auf seine Aufgabe, dass er kaum Zeit für etwas anderes hatte. Er war eindeutig zu lange nicht mehr mit einer Frau zusammen gewesen, da der schwache Rosenduft, der aus ihrem Haar emporstieg, seltsame Dinge bei ihm bewirkte.

Jamie begann mit der förmlichen Vorstellung. Nach so vielen Jahren, in denen er praktisch im Dreck gelebt hatte, die meisten Nächte nicht einmal mit einem Dach über dem Kopf, kamen Alex der Pomp und das Zeremoniell bei Hofe nervenaufreibend und die gesellschaftlichen Feinheiten schlicht absurd vor. Der Königshof war so ziemlich der letzte Ort, an dem ein Soldat sich aufhalten wollte. Aber er hatte einen Auftrag zu erledigen. Also würde er seinen Widerwillen ablegen. Zumindest für den Augenblick.

Er fühlte noch immer ihren Blick auf seinem Gesicht. Sie versuchte, ihn dazu zu bringen, sie wieder anzusehen, und das nicht gerade auf subtile Weise. Es war deutlich, dass sein Mangel an Interesse sie ärgerte. Aus dem Augenwinkel konnte er sehen, wie sie die Lippen schürzte, wobei sie auf so bezaubernde Weise verdattert aussah, dass er gegen das seltsame Bedürfnis zu lachen kämpfen musste.

Als sie an der Reihe war und Alex sich letztendlich gezwungen sah, sich ihr zuzuwenden, sah sie ihm fest in die Augen und sagte: »Wir sind uns schon begegnet.«

Geradeheraus, stellte er fest.

Tatsächlich brachte ihre Direktheit ihn für einen Augenblick aus dem Konzept. Das war kein Charakterzug, den er bei Damen am Hofe oder überhaupt bei jemandem ihres Alters erwartete.

Der herausfordernde Unterton in ihrer Stimme war unverkennbar. Obwohl er ihren direkten Angriff bewunderte, wenn er bedachte, dass sie ihr Kinn in schwindelerregende Höhen heben musste, um ihn nur ansehen zu können, so fand er es auch irgendwie amüsant.

»Ich bin überrascht, dass Ihr Euch erinnert«, sagte er. »Ihr wart noch ein Kind, als ich das letzte Mal die Gastfreundschaft von Dunakin genießen durfte.«

Sie runzelte die Stirn, und bezaubernde kleine Linien erschienen zwischen ihren zusammengezogenen Brauen. »Aber das ist es nicht, was …«

Er fiel ihr ins Wort, indem er sich an Lizzie wandte. »Es ist schön, dich wiederzusehen, Lizzie.«

Das arme Mädchen errötete bis unter die Haarwurzeln und murmelte etwas Unverständliches. Offensichtlich hatte Elizabeth Campbell die extreme Schüchternheit nicht verloren, die er noch aus der Zeit, als sie ein kleines Mädchen gewesen war, in Erinnerung hatte.

Jamie musste Megs Verwirrung über Alex' informelle Begrüßung bemerkt haben und setzte zu einer Erklärung an. »Alex und sein Bruder sind mit unserem Cousin Argyll aufgewachsen. Meine Schwester und ich haben in unserer Jugend viel Zeit auf Inverary Castle verbracht, ebenso wie Alex' Schwester Flora.«

»Wenn ich mich recht erinnere«, sagte Alex zu Lizzie, »dann seid du und Flora ständig in der Gegend umhergestromert und habt irgendetwas ausgeheckt.« Seine Lippen kräuselten sich bei der Erinnerung an das hübsche flachsblonde Kind, das seinem eigenwilligen kleinen Satansbraten von Schwester hinterhergetrippelt war. Es war schon viel zu lange her, dass er Flora gesehen hatte, er fragte sich, ob sie wohl zu der Schönheit herangewachsen war, die sie damals zu werden versprach. Er hoffte es. Bei ihrem Temperament könnte sie es brauchen. Lizzie war immer noch hübsch, auf eine ruhige, zurückhaltende Weise. So wie ihre Freundin.

»Flora?«, fragte Meg.

»Meine jüngste Schwester.« Auf ihren überraschten Gesichtsausdruck hin erklärte er: »Sie hat bei meiner Stiefmutter Janet Campbell, Argylls Tante, gelebt, nachdem unser Vater gestorben war.«

»Dann ist Eure Cousine …«

»Auch Argylls Cousine, ja«, beendete er ihren Satz. Nicht gerade eine Verbindung, die er vergessen konnte.

Alex wandte sich wieder Elizabeth zu. »Wie lange ist es her, Lizzie?«

»Ü-ü-über f-fünfzehn J-j-jahre …«, begann Lizzie, und ihre Wangen glühten.

Meg hatte endlich den Blick von ihm abgewandt und beobachtete nun, wie ihre Freundin sich mit kaum verborgener Not abmühte. Ihr Blick flog zu ihm zurück, als wolle sie seine Reaktion abschätzen. Alex wurde ärgerlich. Was zur Hölle erwartete sie denn, dass er ihre Freundin auslachen würde?

Ja, wurde ihm mit einem Schlag bewusst. Da er die bösen Zungen bei Hofe kannte, konnte er sich vorstellen, dass das die typische Reaktion auf Lizzies Stottern war.

»Vor fünfzehn Jahren?«, unterbrach Meg sanft, offensichtlich hatte sie das schon öfter getan. »Du warst wirklich noch ein Kind, Elizabeth.« Sie drehte sich zu Alex um und fixierte ihn mit diesen riesigen Augen. Die Wirkung traf ihn unvermittelt. Gütiger Gott, er konnte in diesen leuchtenden Tiefen versinken. Aus der Nähe konnte er die glatte, durchscheinende Haut und das sanfte Grün ihrer Augen sehen, die von langen dichten Wimpern umrahmt waren. Er spürte das mächtige Verlangen, sie zu berühren und über die zart gerundete Wange zu streicheln, um zu sehen, ob sie so unglaublich weich war, wie sie aussah. Dieses Mal war er derjenige, der starrte. »Seid Ihr erst kürzlich in Holyrood angekommen, Laird MacLeod?«, fragte sie und riss ihn damit aus seiner Entrückung.

Dennoch war Alex nicht entgangen, wie sie geschickt die Kontrolle über die Unterhaltung übernahm und dadurch ihre Freundin vor weiterer Verlegenheit schützte. Auch die kaum verhohlene Bewunderung auf Jamies Gesicht bewies ihm das, und es verfehlte seine Wirkung auf Alex nicht. Lizzie hatte in Meg eine ziemlich gute Beschützerin gefunden. Er schüttelte den Anflug von Bewunderung ab. Besser, er konzentrierte sich auf Jamie Campbell, und nicht auf Meg Mackinnon. Er hatte keine Zeit, sich von einem Mädchen ablenken zu lassen, egal wie faszinierend sie war.

Alex nickte. »Ich bin erst gestern angekommen.«

»Von woher?«, fragte Meg wenig unschuldig. »Skye?«

Jede Spur freundlicher Gedanken verflog. Alex bedachte sie mit einem harten Blick, der weitere Fragen unterbinden sollte. »Nein.« Seine Stimme musste schärfer geklungen haben, als er beabsichtigt hatte, denn sie wich kaum merklich einen Schritt zurück. In etwas sanfterem Ton fragte er: »Wie ist es mit Euch, Mistress Mackinnon? Seid Ihr schon länger bei Hofe?«

Er konnte sehen, dass sie das Thema weiter verfolgen wollte, es sich dann aber anders überlegte. »Erst seit zwei Wochen.«

Jamie, dem es offensichtlich nicht gefiel, dass die Unterhaltung praktisch zu einem Zwiegespräch geworden war, stellte sich besitzergreifend neben Meg, nahm ihre Hand und drückte sie tröstend. »Meg und ihre Begleiter wurden auf dem Weg zum Königshof angegriffen«, erklärte Jamie.

Alex hob in gespielter Überraschung eine Augenbraue. »Wie bedauerlich. Ich hoffe, Euch ist nichts geschehen.«

Meg sah ihm erneut fest in die Augen, er konnte nicht umhin, ihre Stärke zu bewundern. »Nein, obwohl sechs Männer meines Vaters getötet wurden und meine Mutter einen Schlag auf den Kopf erlitt. Sie hätten uns alle getötet, doch wir hatten Glück im Unglück und wurden von einer geheimnisvollen Truppe von Kriegern gerettet.«

»Wahrlich, Glück im Unglück«, stimmte Alex zu. Die Art, wie sie ihn ansah, verhieß nichts Gutes. Seine Muskeln spannten sich. Gleich würde sie etwas sagen …

»Ehrlich gesagt«, meinte sie mit einem provozierenden kleinen Lächeln, »sah der Anführer Euch bemerkenswert ähnlich.«

Verdammt! Schnell verbarg Alex das jähe Aufflammen von Ärger hinter einem Lachen, als hätte sie gerade etwas unglaublich Komisches gesagt. Doch ihm entging nicht, dass Jamie ihn fast unmerklich schärfer fixierte.

»Auch wenn ich den Dank dafür gerne entgegennehmen würde, Mistress Mackinnon, so muss ich doch sagen, dass Ihr Euch irrt. Ihr wisst ja, wie man hierzulande sagt: Wir Barbaren sehen alle gleich aus.«

Sie lachte nicht, sondern musterte sein Gesicht nur noch intensiver.

Jamie runzelte die Stirn.

Alex ließ sich besser schnell etwas einfallen. Plötzlich kam ihm eine Idee. »Tatsächlich klingt das eher nach etwas, das mein Bruder tun würde. Wir sehen uns sehr ähnlich, nicht wahr, Jamie?«

Jamie musterte ihn sorgfältig und nickte schließlich. »Ja. Sehr ähnlich.«

Doch Alex konnte sehen, dass der Schaden bereits angerichtet war. Jamies Argwohn war geweckt. Alex musste sehr vorsichtig vorgehen.

»Hmm«, meinte Meg. »Ich bin mir sicher, das ist es.« Aber er sah ihr an, dass sie ihm nicht glaubte.

»Diese Gesetzlosen werden immer dreister«, stieß Jamie hervor. Seine Züge verfinsterten sich, und für einen Augenblick konnte Alex einen Blick auf den skrupellosen Mann erhaschen, der er einmal würde. »Gebrochene Männer sind eine Plage in diesem Land. Sie bedrohen unschuldige Frauen«, meinte er empört. »Ich werde jeden Einzelnen von ihnen zur Strecke bringen und ihn dafür bezahlen lassen.«

Alex rang um Beherrschung. *Dein Cousin leistet darin bereits ganze Arbeit!*

Er war erleichtert, als Meg beschloss, das Thema bezüglich seiner Identität nicht weiterzuverfolgen. »Wie lange werdet Ihr bei Hofe sein, Laird MacLeod?«

»Nicht lange«, antwortete er wahrheitsgemäß. Sobald er herausgefunden hatte, weswegen er gekommen war, wäre er fort. »Ich hoffe, dass ich meine Geschäfte bald beendet habe und mich wieder auf den Weg machen kann.«

»Dann seid Ihr im Auftrag Eures Bruders hier?«, fragte sie.

Ihre Hartnäckigkeit war beinahe schon bewundernswert. Wenn er nicht so wütend gewesen wäre, hätte er ihr Beifall gezollt. Doch sie hatte für einen Tag genug Schaden angerichtet. »Nein.«

»Alex ist Soldat«, erklärte Jamie. »Erst vor Kurzem aus Spanien und Flandern zurückgekehrt.«

»Oh!«, rief Meg überrascht aus, und ihre Augen weiteten sich vor Überraschung.

Alex sah, wie die Erkenntnis ihr langsam dämmerte. Irgendwie ahnte er, wie sie reagieren würde.

Enttäuschung flackerte in ihren Augen auf. Diesen verdammt betörenden Augen.

Die Nachricht, dass er ein Söldner war, hatte erreicht, was er nicht geschafft hatte – ihre Fragen hatten ein Ende. Sie studierte sein Gesicht nicht länger, sondern wandte ihre Aufmerksamkeit wieder Jamie zu. Eine subtile Zurückweisung, doch überraschend wirkungsvoll.

Eigentlich sollte er darüber erleichtert sein. Doch als sie sich verabschiedeten und ihr Blick mit kaum verhohlenem Bedauern über ihn glitt, tat es ihm beinahe leid, dass er zu dieser List greifen musste.

3

Am nächsten Abend fand Meg sich an genau derselben Stelle im Thronsaal wieder, an der sie sich schon die letzten zwei Wochen befunden hatte. Doch an diesem Abend gab es einen deutlichen Unterschied. *Er* war hier.

Unglücklicherweise war sie nicht die Einzige, die das bemerkt hatte.

Sie entschuldigte sich aus dem Kreis der Damen und ging hinüber zu dem offenen Fenster, das auf den Rosengarten hinausblickte, da sie hoffte, die frische Luft würde ihr helfen, den Kopf frei zu bekommen. Er war gerade erst angekommen, und schon hatte sie mehr als genug über Alex MacLeod gehört. Selbst wenn sie ihn vergessen wollte, wäre das nahezu unmöglich.

Meg erkannte, dass es nur eine einzige Sache gab, über die die Damen bei Hofe noch lieber klatschten als über einen gut aussehenden Mann – nämlich über einen gut aussehenden *unverheirateten* Mann. Fügte man noch eine kräftige Dosis rauer Highland-Männlichkeit, einen Hauch des Verbotenen, einen Schuss Geheimnis hinzu, dann erwies sich das Thema als absolut unwiderstehlich. Wie man an dem nicht gerade geringen Aufsehen, das Alex' Erscheinen auf Holyrood erregte, deutlich sehen konnte.

Wilde Spekulationen wurden über den Grund seines Besuches angestellt. Nicht wenige Damen, mit denen Meg gesprochen hatte, hofften, dass er auf der Suche nach einer Ehefrau war. Sie brachte es nicht übers Herz, ihnen ihre Illusionen zu rauben. Sie würden es bald selbst herausfinden.

Er war ein Söldner. Ein käufliches Schwert auf der Suche nach einem Auftraggeber. Ein Mann ohne Loyalität.

Meg wollte es nur ungern glauben.

Fast wünschte sie sich, er wäre ein Gesetzloser. Wenigstens könnte sie dann glauben, dass er ein Mann mit Prinzipien war, der für etwas kämpfte, an das er glaubte. Dass er sich entschieden hatte, seine beträchtlichen Fähigkeiten an den Höchstbietenden zu verschachern, stellte gelinde gesagt einen hässlichen Makel an seiner schimmernden Rüstung dar.

Was war es, das sie an Alex MacLeod so faszinierte? Das sie *immer noch* faszinierte, obwohl sie erfahren hatte, womit er sich sein Brot verdiente.

Mehr als einmal hatte sie sich an diesem Abend bereits dabei ertappt, dass sie unbewusst nach ihm Ausschau hielt. Er war nicht schwer zu finden. Sein Haupt überragte alle anderen, und das goldene Haar schimmerte im Kerzenlicht. Die breiten Schultern und die dunkle Kleidung hoben ihn aus der Menge hervor. Ebenso wie die Kraft und Stärke, die er ausstrahlte. Er wirkte unnahbar, unberührbar, und ein unergründlicher Ausdruck war in sein schönes Gesicht gemeißelt.

Er gehörte nicht hierher. Er war ein Highlandkrieger inmitten von Höflingen der Lowlands. Es waren die Höflinge, die bei diesem Vergleich schlecht abschnitten. Er glich einem mächtigen goldbraunen Löwen, der in einem Meer aus in Seide gekleideter Papageien Hof hielt.

Frauen drängten sich um ihn, doch er schien keiner von ihnen besondere Aufmerksamkeit zu schenken – Meg eingeschlossen. Er hatte sie den ganzen Abend keines Blickes gewürdigt. Doch das kümmerte sie nicht.

Wirklich nicht.

Sie konnte wohl kaum erwarten, dass sie mit den schönen Frauen konkurrieren konnte, die sich ihm zu Füßen warfen. Nicht, dass sie das überhaupt wollte, versicherte sie sich selbst.

Doch sie wusste, dass sie sich etwas vormachte, als er den Kopf in den Nacken legte und über eine Bemerkung seiner Gesprächspartnerin lachte. Bei seinem Lächeln blieb ihr das Herz stehen. Sie konnte sich an dem Anblick von Erheiterung nicht sattsehen, die diese Finsternis durchbrach, die normalerweise sein Gesicht überschattete. Da war dieses Lächeln wieder, das sie von seinem Besuch auf Dunakin vor langer Zeit in Erinnerung hatte. Sie fragte sich, wo es so lange gewesen war.

Sicher war es eine Sünde, so herrlich auszusehen. Neugierig wanderte ihr Blick zu der glücklichen Frau, die es geschafft hatte, ein Lächeln auf sein Gesicht zu zaubern, schockiert stellte sie fest, dass er sich mit ihrer Mutter unterhielt.

Mit einem wehmütigen Lächeln auf den Lippen wandte Meg sich wieder der kühlen Nachtluft zu und schüttelte ungläubig den Kopf. Sie wusste nicht, warum sie so überrascht war. Rosalind Mackinnon war nicht nur außerordentlich schön, sondern auch charmant. Zwei Eigenschaften, die Meg kaum für sich selbst beanspruchen konnte. Megs Züge waren völlig annehmbar, sogar hübsch in gewisser Hinsicht, doch im direkten Vergleich mit der lebhaften Schönheit ihrer Mutter wirkte sie geradezu unscheinbar. Meg widmete ihrem Aussehen keine große Aufmerksamkeit, es war ihr einfach nicht so wichtig. Ihre Mutter hatte immer wieder versucht, Megs Interesse für Kleider, Frisuren und anderen weiblichen Zierrat zu wecken, doch meistens war Meg viel zu beschäftigt gewesen, um sich darum zu kümmern. Was den Charme betraf, nun, ihre oft unverblümte Sprache schloss alle Vermutungen diesbezüglich von vornherein aus.

Ihr Mangel an höfischen Qualitäten hatte sie bisher nie sonderlich beunruhigt. Es war höchst beunruhigend festzustellen, dass es ihr nun doch etwas ausmachte.

Doch sie hatte kaum Zeit, länger über die Ursache ihrer seltsamen Melancholie nachzugrübeln, weil eine wohlbekannte Stimme an ihr Ohr drang.

»Margaret, sieh mal, wen ich dir hier vorstellen möchte. Unseren reizenden Nachbarn von Skye.«

Meg warf einen vorsichtigen Blick über die Schulter, nur um zu sehen, wie ihre Mutter übers ganze Gesicht strahlend mit einem finster dreinblickenden Alex im Schlepptau auf sie zusteuerte. Das ging ja schnell, dachte Meg mit widerstrebender Anerkennung. Selbst für ihre Mutter. Unglücklicherweise war es zu spät für Meg, sich zu verstecken.

Der entsetzte Ausdruck auf dem Gesicht ihrer Mutter beim Anblick von Megs Kleid entging ihr nicht. Fragend sah sie an sich herunter. Was war denn falsch an Orange?

Tapfer stellte sie sich der Folter durch ihre Mutter. Sie konnte nur erahnen, welch schändliche Pläne ihre Mutter ausgeheckt haben mochte. Bei Hofe einen gut aussehenden Highlander zu finden – noch dazu von einem mächtigen Nachbarclan – hatte sie vermutlich in einen Rausch aufgeregter Hochzeitsvorbereitungen versetzt. Doch Meg konnte ihr wegen ihrer guten Absichten – oder ihrem Geschmack – keinen Vorwurf machen. Rosalind Mackinnon wünschte sich eine Märchenhochzeit für ihre Tochter, ob Meg nun damit einverstanden war oder nicht. Und zu einem Märchen gehörte eben immer auch ein schöner Prinz.

Seufzend ergab sie sich in ihr Schicksal. Zumindest schien Alex ebenso wenig auf dieses Treffen erpicht zu sein wie sie selbst, falls ihr das irgendwie ein Trost sein sollte. Sie fragte sich, was ihre Mutter zu ihm gesagt haben mochte, um ihn dazu zu bringen, mit ihr herüberzukommen. Beinahe hatte Meg Mitleid mit ihm. Mit einem geringeren Mann hätte sie das empfunden. Sie wusste, wie es sich anfühlte, in die entschlossenen Machenschaften ihrer Mutter verstrickt zu werden. Seit Meg sich ernsthaft auf die Suche nach einem Ehemann begeben hatte, hatte Rosalind Mackinnon die Rolle eines Heiratsstifters zu einer Kunstform erhoben. Doch sie war sich sicher, dass Alex MacLeod sich gut selbst verteidigen konnte. Sogar gegen einen so würdigen Gegner wie ihre Mutter.

Meg senkte leicht den Kopf zu einem Gruß. »Laird MacLeod.«

Ihre Stimme klang sicherer, als sie sich selbst fühlte. Offen gesagt machte dieser Mann sie nervös. Allein neben ihm zu stehen, ließ ihren Puls rasen. So wie am Abend zuvor war sie sich ihrer gravierend unterschiedlichen Körpergröße unangenehm bewusst. Sie musste den Kopf in den Nacken legen, um ihn ansehen zu können. Allerdings war es die Anstrengung zugegebenermaßen wert. Er war wirklich recht stattlich. Beeindruckend. Er ließ sie sich ihrer eigenen Verletzlichkeit bewusst werden, doch gleichzeitig hatte sie sich noch nie so sicher gefühlt. Zweifellos eine eigenartige Ambivalenz.

Er antwortete mit einer knappen Verbeugung. »Mistress Mackinnon.«

Meg wandte sich erklärend an ihre Mutter. »Ich hatte gestern Abend bereits das Vergnügen, Laird MacLeods Bekanntschaft zu machen.«

Ihre Mutter hob ein bisschen zu stark die Augenbrauen, um glaubhaft zu wirken. »Ach ja?« In ihren Augen blitzte es übermütig. Sie versetzte Alex mit ihrem Fächer einen kleinen, tadelnden Klaps auf den Arm. »Das habt Ihr mit keiner Silbe erwähnt.«

»Ehrlich gesagt hatte ich das …«, hob Alex an.

»Ich habe diesem lieben Jungen gerade von unserem Unglück auf der Reise erzählt«, unterbrach ihre Mutter ihn munter.

Nur ihre Mutter brachte es fertig, einen gut sechs Fuß großen Mann von über dreißig Jahren einen »lieben Jungen« zu nennen und es auch so zu meinen.

»Aber hat er es dir denn nicht erzählt?« Megs unschuldiges Lächeln glich aufs Haar dem ihrer Mutter, als sie zu Alex hinüberblickte. »Laird MacLeod kennt alle Einzelheiten unseres Überfalls.«

»Ist das wahr?«, fragte ihre Mutter, diesmal mit echter Überraschung in der Stimme.

Meg konnte schwören, dass sich Alex' Kiefermuskeln spannten. Möglicherweise ein Beweis für seinen Täuschungsversuch? Sie sah ihm fest in die Augen, während sie ihrer Mutter antwortete. »Ja, ich habe ihm gestern Abend alles darüber erzählt.«

Sein Blick verengte sich, als ob sie ihn überrascht hätte. Meg mochte es zwar genießen, ihn zu provozieren, doch sie war nicht so dumm, ihren Verdacht vor ihrer Mutter zu äußern.

»Hat der Laird dir erzählt, dass er ein Soldat ist?«

Faszinierend, dachte Meg. Ihre Mutter hätte einen ausgezeichneten Inquisitor abgegeben.

»Wir könnten auf Skye mehr Männer wie ihn gebrauchen, um unsere Straßen zu schützen, vor allem in der Nähe von Dunakin, denkst du nicht auch, Meg?«

Meg murmelte etwas, um ihre plötzliche Verlegenheit zu verbergen. Ihre Mutter hielt wirklich nicht viel von Feingefühl. Allerdings nahm Meg an, dass das auch auf sie selbst zutraf.

Völlig unbeeindruckt fuhr ihre Mutter fort. »Es ist ein herrlicher Abend, um zu tanzen, nicht wahr, Mylaird?«

»Würdet Ihr gerne tanzen, Mylady?«

Schnell tarnte Meg ihren kurzen Lachanfall mit einem Husten. Der Anflug trockenen Humors war unerwartet, aber erfrischend. Sie schenkte ihm ein anerkennendes Lächeln, und ihre Blicke trafen sich in einem Augenblick geteilten Verstehens, das sie seltsam berührte. An diesem abweisenden Soldaten war mehr, als man auf den ersten Blick vermuten mochte. Trotz seines Berufes verspürte sie einen Anflug von Interesse.

Nicht im Mindesten abgeschreckt lächelte ihre Mutter keck. »Ich?« Sie stupste ihn erneut spielerisch mit dem Fächer, als wäre er ein ungezogener Schuljunge. »Oh, Ihr seid ein schrecklicher Schelm. Ich bin viel zu alt, um zu tanzen. Aber …« Sie sah Meg an.

Diesmal gab Alex nicht vor, sie falsch verstanden zu haben. »Mistress Mackinnon, würdet Ihr gerne tanzen?«

Meg antwortete nicht sofort. Alex MacLeod hatte etwas an sich, das sie zögern ließ. Genauso wie am Abend zuvor, als er so dicht bei ihr gestanden und sein herber männlicher Duft sie eingehüllt hatte, reagierte ihr Körper mit unglaublicher Sensibilität. In seiner Nähe fühlte sie sich, als wäre jeder Nerv ihres Körpers zum Zerreißen gespannt. Wartend. Hoffend. Worauf, wusste sie nicht.

Das gefiel ihr nicht.

Andererseits stellte Megs Mutter wahrscheinlich im Geiste bereits die Gästeliste für die Vermählung zusammen und suchte die Farbe für das aufwändige Brautkleid aus. Ehrlich gesagt, wenn Meg sich noch länger in der Nähe ihrer Mutter aufhielt, würde Rosalind Alex womöglich noch fragen, welche Farbe er bevorzugte. Im Moment war Tanzen wahrscheinlich ihre einzige Möglichkeit, einer noch peinlicheren Situation zu entkommen.

Ein Tanz konnte doch sicher nicht schaden.

Also nickte Meg zustimmend und ließ sich von Alex auf die Tanzfläche führen, um einen Reel zu tanzen. Als sie ihm die Hand auf die Armbeuge legte, unterdrückte sie erschrocken den Impuls, sie sofort wieder wegzuziehen. Seine Muskeln zuckten unter ihren Fingerspitzen. Gütiger Gott, er war stark! Und hart wie ein Felsen.

Ihr Herz klopfte ein wenig schneller.

Er legte ihr die Hand auf den Rücken, um sie in Richtung der Tanzfläche zu führen, und ein jäher Blitz durchzuckte sie. Ihr war, als hinterließe seine Berührung ein Brandmal auf ihrer Haut. Sie konnte ihn regelrecht *fühlen*.

Meg errötete, und eine seltsame Hitze durchströmte sie. Die Heftigkeit ihrer Reaktion verwirrte sie. Was war nur mit ihr los? Sie hatte schon mit vielen Männern getanzt, doch noch nie war sie sich jeder Berührung, jeder Bewegung so intensiv bewusst gewesen. Alex MacLeod war gefährlich. Er brachte sie auf nie gekannte Gedanken. Intime Gedanken. Sehnsüchte, von denen sie geglaubt hatte, sie hätte sie schon vor langer Zeit begraben.

Sie stellten sich mit einem anderen Paar in einem kleinen Kreis auf, und der Reel begann. Jedes Mal, wenn sie sich trafen und sich an den Händen fassten oder er ihr die Hand fest an die Taille legte, um sie durch die Schritte des schwungvollen Tanzes zu führen, jagte ihr ein heißer Schauer durch den Körper. Sie konnte sich kaum auf die Tanzschritte konzentrieren, weil ihr ganzes Denken von dem warmen Prickeln erfüllt war, das sein besitzergreifender Griff in ihr auslöste.

Sie nutzte die Gelegenheit, um ihn unter gesenkten Wimpern hervor genauer zu betrachten. Das Zeugnis eines harten Lebens ließ sich an den feinen Linien um die Augen und den dünnen Narben, die Nase und Wangen überzogen, ablesen, den verräterischen Merkmalen eines Kriegers. Die leichte Kerbe in seinem Kinn und die kantige Linie des Kiefers gaben ihm ein hartes und abweisendes Aussehen. Doch seine Wimpern waren lang und dicht und ließen zusammen mit dem sinnlichen Mund das ansonsten unerbittliche Gesicht weicher wirken.

Sein Gesichtsausdruck war wie immer unergründlich. Sie fragte sich, was er wohl gerade dachte. Konnte er erkennen, was seine Berührung in ihr auslöste?

Meg biss sich auf die Unterlippe. Sie hoffte nicht. Im Gegensatz zu ihm war sie nicht darin geübt, ihre Gedanken zu verbergen.

Je schneller dieser Tanz zu Ende war, desto besser.

Dieser Tanz war ein Fehler.

Alex war Meg Mackinnon den ganzen Abend erfolgreich aus dem Weg gegangen, bis Rosalind Mackinnon ihn in die Fänge bekommen hatte. Diese Frau konnte seinen Männern in Bezug auf eiserne Entschlossenheit noch etwas beibringen.

Er fühlte Megs Blick schwer auf sich, während sie tanzten, und zwang sich, wie er es bereits den ganzen langen Abend hindurch getan hatte, den Blick nicht zu erwidern. Mit den großen Augen und dem zierlichen Gesicht sah sie wie ein neugieriges kleines Kätzchen aus, und jedes Mal, wenn er sie ansah, regte sich etwas in ihm.

Sie zu berühren, war die reinste Qual. Noch nie war er sich dessen so verdammt bewusst gewesen, wie oft man sich bei einem Reel berührte. Jedes Mal, wenn er ihre kleinen Hände hielt oder ihr die Hand an die Taille legte, um sie durch die Schritte zu führen, wollte er sie nicht mehr loslassen. Der sanfte Schwung ihrer Hüfte schmiegte sich perfekt in seine Handfläche. Zu perfekt. Er sehnte sich danach, jeden süßen Zoll ihres Körpers zu streicheln, die Hände über die Brüste zu den Hüften und ihrem Hintern hinuntergleiten zu lassen und jeden köstlichen Zoll von ihr zu erkunden. Sie war zierlich, doch die Berührung ihrer Hüften ließ wohlversteckt unter dem Reifrock üppigere Rundungen erahnen.

Aber es war der Anblick der kleinen weißen Zähne, die an ihrer vollen Unterlippe nagten, der ihm heftige Schauer der Lust durch den Körper jagte. Hitze schwoll in seinen Lenden. Diese erotische Geste durchbrach die kühle Zurückhaltung, die er so mühevoll aufrechterhalten hatte, und das primitive Verlangen, das er auf dem Schlachtfeld gespürt hatte, traf ihn erneut mit voller Wucht. Er sehnte sich danach, sie zu kosten, sie in die Arme zu reißen und zu spüren, wie sich ihr Körper an ihn presste. Jedes Mal, wenn er sie berührte, schien der schmale Abstand zwischen ihnen vor Erwartung zu knistern. Es wäre so leicht, sich zu ihr hinunterzubeugen und ihren weichen Mund mit seinem zu bedecken, mit der Zunge den Spalt zwischen den Lippen nachzuzeichnen, hineinzugleiten …

Zur Hölle! Er war schon beinahe hart. Intensiv konzentrierte er sich auf die vergoldete Wand hinter ihr.

Die Musik war langsamer geworden und bot nun Gelegenheit für eine Unterhaltung, die er ganz sicher nicht wünschte. »Ihr braucht Euch keine Sorgen zu machen«, brach Meg das Schweigen. »Euer Geheimnis ist bei mir sicher.«

Er sah ihr in die Augen, doch sein Blick verriet nichts. »Welches Geheimnis?« Dass sein Mund jeden Zoll ihres Körpers erobern wollte? Dass er wollte, dass sie vor Verlangen zitterte? Dass er die Leidenschaft wecken wollte, die sich unter dieser ernsten Fassade verbarg, und hören wollte, wie sie seinen Namen rief, wenn sie in seinen Armen den Gipfel erreichte?

»Ich *weiß*, dass Ihr es wart, der uns gerettet hat.«

Ach, *das* Geheimnis. Ein kleiner, widersinniger Teil von Alex freute sich darüber, dass sie sich so sicher war, wenngleich er sich auch nicht über ihre Hartnäckigkeit freute. Ein schiefes Lächeln spielte um seine Mundwinkel. »Wie ich sehe, habt Ihr die Beharrlichkeit Eurer Mutter geerbt.«

Sie wirkte überrascht, als ob sie die Ähnlichkeit bisher nie bemerkt hätte. Ein schüchternes, bezauberndes Lächeln glitt über ihr Gesicht und wischte alle Überreste des angestrengten und sorgenvollen Ausdrucks fort, der darauf eingemeißelt zu sein schien.

So sollte sie immer aussehen, dachte er. Welche Last sie auch trug – und er war sicher, dass sie eine trug –, sie war zu schwer. Er ertappte sich dabei, dass er sie beobachtete und sich fragte, warum sie so ernst aussah. Sie war jung und bezaubernd. Sie sollte sich amüsieren. Und doch hatte sie eine Reife an sich, die nicht zu ihrem Alter passte.

Aber das ging ihn nichts an, rief er sich in Erinnerung.

»Danke«, antwortete sie.

Er hatte es nicht als Kompliment gemeint, doch das wusste sie.

»Das war keine Antwort«, erinnerte sie ihn.

»Hattet Ihr eine Frage gestellt?«

Sie bedachte ihn mit einem tadelnden Blick. »Indirekt. Aber wenn Ihr darauf besteht, spreche ich es aus: Wart Ihr es, der uns gerettet hat?«

»Ihr scheint es zu glauben.«

»Ich *weiß* es.«

»Was macht Euch so sicher?«

»Ich könnte wohl schwerlich den Mann vergessen, der mir das Leben gerettet hat.«

Alex musste über ihren empörten Gesichtsausdruck lächeln. »So gern ich auch die Lorbeeren für diese Tat annehmen würde, fürchte ich doch, dass ich das nicht kann. *Falls* dieser Mann mir so ähnlich sieht, wie Ihr behauptet, so muss es sich um meinen Bruder handeln.«

»Das erwähntet Ihr bereits gestern Abend«, meinte sie wegwerfend. »Aber wie ich schon sagte, Euer Geheimnis ist sicher.« Sie machte eine Pause, und etwas, das Alex sehr nervös machte, glomm in ihren Augen auf: Neugier. »Obwohl ich mich frage, warum es von Bedeutung ist, ob Ihr in Lochalsh wart oder nicht. Es sei denn, es gibt einen Grund dafür, dass Ihr nicht wollt, dass Eure Anwesenheit in der Nähe von Skye bekannt wird.«

Verdammt, sie hatte einen flinken Verstand. Bei Hofe hielt man Meg Mackinnon für etwas sonderbar. »Ungewöhnlich belesen« war der Ausdruck, den er gehört hatte. Eine Umschreibung für eine kluge Frau, die wenig schmeichelhaft gemeint war. *Lowlander sind solche Narren*, dachte er verächtlich. Wenn er sein Leben mit einer einzigen Frau verbringen müsste, dann würde er verdammt sichergehen, dass sie intelligent war. »Ihr seid sehr misstrauisch, Mistress Mackinnon. Warum sollte es von Bedeutung sein, ob ich so nahe meiner Heimat war?«

»Ja, warum? Es ist völlig normal, dass Ihr Euren Bruder sehen wollt, nachdem Ihr so lange fort wart. Er ist Euer Chief.«

Es lag ihm auf der Zunge, das Gerücht zu bestätigen, dass er sich mit seinem Bruder überworfen hatte. Doch aus irgendeinem Grund wollte er sie nicht mehr als nötig belügen.

Vielleicht, weil er bereits ahnte, wie sie auf die Nachricht reagieren würde.

»Das ist nicht nötig. Mein Bruder wird in ein paar Wochen bei Hofe erscheinen, um sich dem Geheimen Rat zu präsentieren«, erklärte er und schluckte den Groll über diese weitere lästige Forderung des Königs hinunter, die dazu dienen sollte, seine Untertanen der Highlands im Zaum zu halten. Der König hatte ein Gesetz, das sogenannte »General Band« erlassen, wodurch er die Chiefs dazu zwang, einmal im Jahr in Edinburgh vorzusprechen, um wie aufmüpfige Kinder ihr »gutes« Betragen zu demonstrieren.

»Hmm«, meinte sie, aber es war deutlich, dass sie ihm nicht glaubte.

Alex fürchtete, dass sein Leugnen Meg Mackinnons Neugierde nur noch weiter anstachelte. »Nun gut, Ihr habt mich enttarnt, ich war es.«

Ihre Augen verengten sich und musterten ihn eingehend. »Das sagt Ihr nur so.«

Er zuckte die Schultern. »Spielt das eine Rolle? Ihr seid davon überzeugt, dass Ihr recht habt, und ich habe genau das zugegeben. War es nicht das, was Ihr wolltet?«

Sie zog die Brauen zusammen. »Nein. Ja.«

Er lächelte. »Ihr könnt nicht beides haben.«

Sie sah so frustriert aus, dass er für einen Moment daran dachte, die Wahrheit zuzugeben. Obwohl er sie kaum kannte, spürte er, dass er ihr vertrauen konnte. Doch er wollte kein Risiko eingehen. Er musste sich an den Plan halten. Fürs Erste.

»Wie lange seid Ihr fort gewesen?«, wollte sie wissen.

»Eine Weile.« Bevor sie noch mehr Fragen stellen konnte, kam er ihr zuvor: »Was ist mit Euch, Mistress Mackinnon? Was führt Euch an den Königshof?«

Er erwartete, dass sie erröten und irgendeine Entschuldigung murmeln würde. Doch der Blick aus ihren großen, grünen Augen hatte nichts Gekünsteltes an sich. Die Farbe war wirklich außergewöhnlich. Sanftes Moosgrün mit winzigen goldenen Sprenkeln. Er hatte noch nie etwas Vergleichbares gesehen.

Sie sah ihn eine Zeit lang nachdenklich an. »Darf ich offen sein?«

Beinahe musste er lachen. Konnte sie denn überhaupt etwas anderes sein? »Ja, natürlich«, murmelte er, seine Erheiterung verbergend.

»Was führt die meisten jungen Frauen an den Hof?«

Alex starrte sie an, ohne sich die Mühe zu geben, seine offene Bewunderung zu unterdrücken. Diese Freimütigkeit war verflucht erfrischend. Er kannte die Wahrheit bereits, doch er hatte nicht erwartet, dass sie sie auch zugeben würde. Jamie Campbell war nur allzu begierig darauf gewesen, Alex über den Grund ihrer Anwesenheit bei Hofe in Kenntnis zu setzen. Vermutlich wollte er dadurch ein mögliches Interesse, das Alex an dem Mädchen haben könnte, im Keim ersticken. Jamie hatte ihre Lage recht deutlich geschildert. Sie war an den Königshof geschickt worden, um einen Ehemann zu finden, der ihren Bruder unterstützen sollte. Eine Notwendigkeit, die durch die kürzliche Erkrankung ihres Vaters höchst dringlich geworden war. Während er auf Dunvegan gewesen war, hatte Rory Alex von der plötzlichen Erkrankung des Chiefs der Mackinnons erzählt, doch Alex hatte vergessen, dass Megs Bruder einfältig war. Er erinnerte sich daran, wie schnell sie Lizzie beigestanden hatte, und vermutete, dass dies etwas war, das sie recht oft tat.

Laut Jamie war Meg dazu erzogen worden, die Ländereien des Clans zu verwalten. Ein enormes Unterfangen für jemanden, der so jung war, erkannte Alex. Kein Wunder, dass das Mädchen müde aussah. Sie trieb sich selbst zu sehr an. Irgendwann würde es zu viel für sie. Und nun sollte sie sich auch noch selbst einen Ehemann suchen? Dass ein Vater seiner Tochter ein solches Mitspracherecht in der Wahl des Gemahls einräumte, sprach selbstverständlich für ihren klugen Verstand. Doch Alex vermutete, dass dies auch zu dem hohen Maß an Besorgnis beitrug, das er in ihrem Verhalten bemerkte.

Trotz seiner politischen Meinungsverschiedenheiten mit Jamie Campbell musste Alex zugeben, dass sie es weit schlechter treffen könnte als mit Jamie.

Meg Mackinnon, so verführerisch sie auch sein mochte, war nicht für ihn bestimmt. Das sollte er besser nicht vergessen.

»Also ist es an der Zeit, einen Ehemann zu finden?«

Sie beobachtete aufmerksam seine Reaktion. »Ich fürchte, ja.«

»Warum erzählt Ihr mir das? Das geben junge Damen üblicherweise ungern zu.«

Ein trockenes Lächeln kräuselte ihre Lippen. »Es ist nicht gerade ein Geheimnis. Wozu etwas verbergen, was ohnehin allgemein bekannt ist?« Sie senkte verschwörerisch die Stimme. »Ich finde, es hilft dabei, die ungeeigneten Bewerber auszusortieren.«

Das kann ich mir vorstellen. »Eine praktische Vorgehensweise.«

Sie strahlte. »Genau!«

Meg war so völlig anders als die spröden, abgestumpften Damen bei Hofe. Sie war wie ein frischer Wind, wie die warme, salzige Brise, die über Dunvegan wehte. »Habt Ihr jemand gefunden, der sich eignet?«, fragte er mit mehr Interesse an ihrer Antwort, als er zugeben wollte.

Die feinen Linien erschienen wieder zwischen ihren Brauen. »Die Entscheidung ist komplizierter, als ich erwartet hatte.«

Sie wirkte so entmutigt, dass Alex sich bei dem Wunsch ertappte, ihre Sorgen zu lindern. Er wollte sie zum Lachen bringen. Dieses Gefühl hatte er schon sehr lange Zeit nicht mehr gehabt.

Er beugte sich zu ihr hinunter und flüsterte ihr ins Ohr: »Ach, aber Ihr habt eines auf Eurer Seite, das Euch garantiert zum Erfolg verhelfen wird.«

»Und was wäre das?«

»Mit Eurer hilfreichen Mutter glaube ich nicht, dass Ihr Euch wegen irgendetwas Sorgen machen müsst.«

Meg lachte. Er zog sie auf. Dieser gewaltige, furchteinflößende Krieger versuchte, sie zum Lachen zu bringen. Als er zurücklächelte, sie richtig anlächelte, wurde Meg etwas sehr Beunruhigendes bewusst. Sie konnte sich in diesem Mann verlieren.

Der reine Zauber dieses sinnlichen Lächelns traf wie ein Pfeil geradewegs in ihr Innerstes. Einen quälenden Augenblick lang war Meg unfähig wegzusehen, unfähig, das kleine, aufgeregte Flattern ihres Herzens zu unterdrücken. Seine Anziehungskraft war nicht zu leugnen.

Die Musik hörte auf, und sie bemerkte, dass seine Hand immer noch an ihrer Taille lag. Er hätte sie loslassen sollen. Stattdessen presste er die Hand fester an sie, zog sie unmerklich noch näher zu sich. Sie hielt den Atem an. Er strich mit dem Daumen über ihren Rücken. Sie sollte sich ihm entziehen, doch sie konnte sich nicht bewegen.

Ihre Blicke verschmolzen miteinander, gegen besseres Wissen tat ihr Herz unwillkürlich einen Satz. Es war derselbe

Blick, mit dem er sie auf dem Schlachtfeld angesehen hatte. Ein Blick voller Verlangen. Als er sich näher zu ihr beugte, schnappte Meg nach Luft, da sie glaubte, dass er sie küssen wollte, mitten auf der Tanzfläche. Vor hunderten von Leuten. Das Schlimmste war, dass sie das nicht kümmerte.

Sein Gesicht kam so nah, dass sie das kristallklare Blau seiner Augen und die weichen goldenen Spitzen seiner Wimpern sehen konnte. Einen Augenblick lang spürte sie seinen warmen, würzigen Atem auf der Wange.

Doch es war ein Flüstern – nicht seine Lippen –, das ihr Ohr streifte.

»Wisst Ihr, dass Ihr bezaubernd seid, wenn Ihr lächelt?« Die Worte waren nicht als Frage gemeint. Seine raue, tiefe Stimme sandte ihr Schauer über den Rücken und ließ keinen Zweifel an der Aufrichtigkeit seiner Worte. Auch konnte sie die Freude nicht leugnen, die sie ihr bereiteten. Er fand sie attraktiv.

Verlegen senkte sie die Wimpern, da sie nicht wusste, wie sie reagieren sollte. Im Gegensatz zu ihrer Mutter war Meg es nicht gewohnt, Komplimente zu erhalten oder sich an dem koketten höfischen Geplänkel zu beteiligen. Megs Neigung zu sagen, was sie dachte, schreckte so manchen Verehrer ab, doch Alex schien sich an ihrer Offenheit nicht zu stören. Tatsächlich fühlte sie, dass er sie bewunderte. Bei dieser Erkenntnis wurde ihr warm ums Herz.

»Ihr seht Eurer Mutter sehr ähnlich, nur …«

Meg versteifte sich und zog sich instinktiv zurück, weil sie wusste, was er gleich sagen würde. Enttäuschung breitete sich als dumpfer Schmerz in ihrer Brust aus. Wie konnte sie auch nur einen Moment lang so töricht sein, zu glauben, dass er sie attraktiv fand? Sie lächelte schief und beendete den Satz für ihn. »Nur anders.«

»Ja«, sagte er entschieden. »Anders.«

Natürlich. Seine Worte überraschten sie nicht. Es überraschte sie nur, wie sehr seine Ehrlichkeit sie schmerzte. Sehnsucht versetzte ihr einen schmerzhaften Stich. Wie wäre es wohl, schön und begehrenswert zu sein?

Er musste in ihrem Gesicht etwas gelesen haben. »So habe ich es nicht gemeint …«, setzte er an, doch der nächste Tanz begann, und Meg ergriff schnell die Gelegenheit zu entkommen. Sie fühlte sich lächerlich. Einen Augenblick lang war sie töricht genug gewesen, zu glauben, dass er sich für sie interessierte. Doch Alex MacLeod würde niemals ein unscheinbares Ding wie Meg begehren. Es sollte sie nicht überraschen, dass er es nicht tat. Sie wäre nie so schön wie ihre Mutter, deshalb hatte sie schon vor langer Zeit aufgehört, es zu versuchen. Doch sie wollte auch nicht so unverblümt darauf hingewiesen werden. Es war nicht wichtig, redete sie sich ein.

»Ihr müsst mich entschuldigen. Ich sehe gerade Elizabeth und Jamie und muss dringend mit ihnen sprechen.« Sie konnte nicht verhindern, dass ihre Antwort übertrieben fröhlich klang. Wie ein Feigling schoss sie davon, bevor er ihre überraschte Verletztheit bemerken konnte.

Einen Augenblick lang war sie nicht auf der Hut gewesen. Hatte sich dem angenehmen Traum hingegeben, dass sich jemand wie Alex MacLeod für sie interessierte, doch er wollte niemals jemanden wie sie. Er hatte die Wahl unter all den schönen, willigen Frauen in diesem Raum. Meg war keine von ihnen.

Sie hasste dieses Gefühl von Verletzlichkeit. Dieses Gefühl, dass er einen Teil von ihr geweckt hatte, den sie angestrengt unterdrückt hatte. Meg hatte sich ganz ihrer Familie und ihrem Clan gewidmet. Sie hatte hart gearbeitet und vieles geopfert und sich dadurch eine ungewöhnliche Stellung in der Verwaltung der Mackinnon-Ländereien geschaffen. Ihr gefiel die Verantwortung, die sie sich erarbeitet hatte. Das sollte doch genügen.

Alex MacLeod hatte Sehnsüchte in ihr wachgerufen, die sie angestrengt zu vergessen versucht hatte.

4

Jamie trat ihrer Flucht von der Tanzfläche mit einem Glas Rotwein in der Hand in den Weg. Trotz seiner Jugend schaffte er es, durch einen grimmigen Ausdruck auf dem Gesicht ziemlich furchteinflößend auszusehen.

»Ist alles in Ordnung? Hat Alex etwas gesagt, das dich aufgeregt hat?«

Offensichtlich hatte er sie beobachtet. Meg schüttelte den Kopf. »Nein. Natürlich nicht«, antwortete sie und nahm das Glas von ihm entgegen.

»Alex MacLeod scheint hier ganz schön viel Interesse zu erregen.«

Meg hörte einen scharfen Unterton in seiner Stimme, der verdächtig nach Eifersucht klang. Nicht zum ersten Mal registrierte Meg, dass Jamie kein jugendlicher Kamerad mehr war, sondern ein Mann mit dem Stolz eines Mannes. »Tut er das?«, meinte sie gleichmütig.

Doch Jamie ließ sich nicht täuschen. Er betrachtete Alex abschätzend. »Du schienst gestern Abend ziemlich sicher zu sein, dass es Alex war, der deinen Clanmännern geholfen hat, den Angriff im Wald zurückzuschlagen.«

Absolut sicher. Doch Meg biss sich auf die Zunge. Aus irgendeinem Grund wollte Alex MacLeod nicht, dass jemand erfuhr, welche Rolle er bei ihrer Rettung gespielt hatte. Na schön. Das war wohl das Mindeste, das sie ihm für ihre Rettung schuldete. Ihren Verdacht für sich zu behalten war ein geringer Preis für das Leben ihrer Mutter und ihrer Clanmitglieder. Außerdem hatte sie kein Verlangen danach, sich

Elizabeths Neckereien anzuhören, wenn sie herausfinden sollte, dass Alex Megs geheimnisvoller Krieger war. Gott allein wusste, was ihre Mutter mit dieser Information anstellen würde. Meg unterdrückte ein Schaudern. Alex MacLeod sollte sein Geheimnis wahren. Obwohl sie sich fragte, warum er es so wollte.

»Ich hoffe, ich habe ihn nicht in Verlegenheit gebracht. Ich hätte nichts sagen sollen. Jetzt, da ich Gelegenheit hatte, ihn genauer anzusehen, bin ich sicher, dass er es nicht war«, sagte sie bestimmt. »Ich habe mich geirrt.« Meg fühlte heftige Schuldgefühle angesichts dieser Lüge und der Tatsache, wie leicht sie ihr über die Lippen kam. Normalerweise log sie niemals.

Jamie betrachtete sie aufmerksam und schien zufrieden. »Es ist wahrscheinlicher, dass es Rory war. Alex war schon viele Jahre nicht mehr auf Skye.

Sie fuhr mit dem Finger über den Rand ihres Glases. »Wirklich?«, fragte sie, darauf bedacht, nicht zu interessiert zu klingen.

Sie spürte Jamies Blick auf sich, wie er sie aufmerksam beobachtete. »Ja. Offensichtlich haben Alex und Rory sich vor einiger Zeit entzweit.«

Ihr Blick flog zu Jamies Gesicht. Dieses Mal konnte sie ihre Überraschung nicht verbergen. »Hat Laird MacLeod dir das gesagt?«

Er schüttelte den Kopf. »Nein. Das ist nur eins der Gerüchte, die bei Hofe die Runde machen. Aber es klingt glaubhaft. Rory war angeblich nicht gerade glücklich darüber, dass sein Bruder für die O'Neill kämpfte. Alex ist Rorys *tanaiste*, sein ausgewählter Nachfolger. Besser gesagt, er war sein *tanaiste*. Rory forderte, dass Alex' Loyalität ihm gehörte. Nur ihm allein.«

Das war auch richtig so. Meg würde niemals einen Mann in Betracht ziehen, der seiner Verpflichtung seinem Clan gegenüber nicht nachkam. Loyalität zur Familie war von allerhöchster Wichtigkeit.

Erneut versetzte ihr die Enttäuschung einen heftigen Stich, wie schon am Abend zuvor, als sie erfahren hatte, dass der Mann, an den sie in den letzten Wochen so oft gedacht hatte, ihr edler Ritter in gelbem *cotun*, nicht das war, wofür sie ihn gehalten hatte. Sie biss sich auf die Lippe, unfähig, den seltsamen Schmerz zu vergessen, den sie am letzten Abend verspürt hatte. Er war ungeeignet, selbst wenn er an ihr interessiert wäre – was er offensichtlich nicht war. Sie hätte auf die leise Stimme in ihrem Kopf hören sollen. Die Stimme, die sie gewarnt hatte, dass er der Falsche für sie war.

Hatte sie es nicht mit eigenen Augen gesehen? War es nicht genau das, was sie an diesem Tag im Wald so beunruhigt hatte? Jeder Zoll an ihm war der eines kampfgestählten Kriegers. Er war ein Mann, der mit dem Schwert in der Hand geboren worden war. Er ging völlig im Kampf auf. Er war kein Hitzkopf wie Thomas Mackinnon, dazu war er viel zu diszipliniert. Doch er begab sich für ihren konservativen Geschmack viel zu nah an den Rand der Gefahr. Sie brauchte eine stabilisierende Kraft, keinen Kriegstreiber, der die Kriege anderer kämpfte.

Wenn sie noch Zweifel an seiner mangelnden Eignung hatte, so waren die nun ausgeräumt. Wenn Alex MacLeod seinem eigenen Bruder gegenüber schon nicht loyal war, wie konnte er dann ihrem Bruder die Treue halten?

Sie sollte nicht so enttäuscht sein.

Doch das war sie.

Sie hatte einen Mann romantisch verklärt, über den sie rein gar nichts wusste. Genau darin lag das Problem, wenn man dem zweifelhaften Charme der Anziehungskraft erlag. Meg war über sich selbst erstaunt. Normalerweise war sie vernünftiger. Wenn er sie mit dieser alles durchdringenden Intensität ansah, dann fühlte sie etwas so Mächtiges, dass sie darauf reagierte, ohne erst wie üblich nachzudenken.

Was nur bewies, was sie bereits wusste. Sie musste sich ihren Ehemann mit dem Verstand und nicht mit dem Herzen auswählen. Sie hatte sich schon einmal der Verlockung eines hübschen Gesichts und dem heftigen Klopfen ihres Herzens ergeben, und es hatte in einer Katastrophe geendet. Das würde sie niemals wieder zulassen.

Warum dachte sie überhaupt darüber nach? Er wollte jemanden wie sie ohnehin nicht. Er hatte nur mit ihr getanzt, weil ihre Mutter ihn dazu genötigt hatte. Was hatte sie nur dazu bewogen, ihm von ihrer Suche nach einem Ehemann zu erzählen? Vielleicht wollte sie ihn entmutigen. Nicht dass er Entmutigung nötig hätte.

»Hast du ihn auf die Gerüchte angesprochen?«, fragte sie.

Jamie nickte. »Ja. Er hat es nicht geleugnet, aber er sagte auch, es ginge mich einen …«, er räusperte sich, »… nichts an.«

Meg lenkte ihre Aufmerksamkeit wieder auf Jamie und sah ihn nachdenklich an. »Warum erzählst du mir das alles, Jamie?«

Er zuckte die Schultern. »Ich dachte einfach, dass du das wissen solltest.«

Er gab sich die größte Mühe, gleichgültig zu wirken, doch Meg erkannte, dass ihr offensichtliches Interesse an Alex MacLeod womöglich unbeabsichtigt zur Folge hatte, dass Jamies noch jugendlicher Stolz verletzt worden war. Das musste sie wiedergutmachen.

»Loyalität ist für mich von höchster Wichtigkeit, Jamie«,

sagte sie wahrheitsgemäß. »Du und Elizabeth seid mir immer treue und loyale Freunde gewesen. Ich schätze eure Freundschaft sehr.«

Jamie bemühte sich gar nicht erst, seine Freude zu verbergen. »Ich freue mich, das zu hören. Ich möchte einfach nicht, dass du enttäuscht wirst.«

Das bin ich schon. Mühsam erwiderte Meg sein Lächeln. »Wie könnte ich das? Ich kenne den Mann ja nicht einmal.«

»Ich dachte, dass ich ihn kenne, aber Alex hat sich sehr verändert, seit wir uns das letzte Mal gesehen haben.«

»Wie lange ist das her?«

Er überlegte einen Moment. »Fünf, vielleicht sechs Jahre. Obwohl er schon vor fünfzehn Jahren aus den Diensten meines Cousins geschieden ist.«

»Zeit genug, um sich zu verändern.«

»Alex ist völlig anders, als ich ihn in Erinnerung habe. Die Jahre haben ihn härter gemacht. Er ist nicht mehr der fröhliche Junge, der immer zu einem Scherz aufgelegt war. Ob du es glaubst oder nicht«, meinte er mit einem kurzen Nicken in Alex' Richtung. »Er war der Fröhlichere von den beiden.« Meg hätte das kaum glauben können, wäre da nicht die Erinnerung an ihren Besuch vor langer Zeit und der kurze Anflug von Scherzhaftigkeit, dessen sie auf der Tanzfläche Zeuge geworden war. Sie fragte sich, was ihn so hart gemacht hatte.

Jamie machte eine nachdenkliche Pause. »Rory war der Ernsthafte, Alex eher ein Unruhestifter. Aber sie standen sich immer sehr nahe. Eigenartig, dass sich daran so viel verändert haben sollte. Aber ich denke, als Alex zu einem Mann heranwuchs, muss es schwer für ihn gewesen sein, der jüngere Bruder einer solchen Legende wie Rory Mor zu sein – Rory der Große.«

Alex MacLeod schien ihr nicht der Typ zu sein, der sich in irgendjemandes Schatten verlor – egal wie riesig dieser Schatten war. Dazu war er viel zu beherrscht. Zu selbstsicher. Zu sehr selbst ein Anführer. Doch Meg behielt ihre Meinung für sich.

Ihr Blick glitt zu Alex hinüber, nur um überrascht festzustellen, dass er sie beobachtete. Oder vielmehr finster anstarrte. Er sah beinahe wütend aus. Da war etwas Dunkles und beängstigend Primitives in seinen Augen. Die heiße Intensität seines Blickes hüllte sie ein, umschlang sie und nahm ihr den Atem.

Aus seinem Blick sprach roher Besitzanspruch in einer Sprache, die sie nie zuvor gehört hatte, von Verlangen, Leidenschaft und Lust. Einen Moment lang fühlte sie sich hilflos in seiner mächtigen Falle gefangen. Sein Blick hielt sie fest, als ob er quer durch den Raum nach ihr gegriffen und sie in seine Arme gezogen hätte. Sie hasste es, dass sie den Blick nicht von ihm lösen konnte.

Stattdessen tat er es. Er blinzelte. Bevor sie Atem holen konnte, brach er die Verbindung zwischen ihnen, drehte sich auf dem Absatz um und verließ den Saal. Und ließ sie völlig aufgewühlt zurück.

Was machte dieser Mann nur mit ihr? Er raubte ihr den Verstand, indem er sie nur ansah.

»Ist alles in Ordnung, Meg?«, fragte Jamie besorgt. »Du bist plötzlich kreidebleich.«

Sie nahm einen tiefen Schluck Rotwein, und die süße Flüssigkeit beruhigte ihren rasenden Puls. »Es geht mir gut. Ich bin wohl nur ein wenig hungrig, das ist alles.«

Jamie bot ihr seinen Arm an. »Erlaubst du mir, dich in den Speisesaal zu führen?«

Meg unterdrückte den Impuls, sich nach Alex umzusehen.

Lass es sein, Meg. Er ist nichts für mich. Ich brauche einen Mann wie …

Jamie.

Jamie war die Antwort. Auf ihn sollten sich ihre Anstrengungen konzentrieren. Warum zögerte sie? Es sah ihr gar nicht ähnlich, Ausflüchte zu suchen. Aber es stand so viel auf dem Spiel, wenn sie sich falsch entschied. Die Entscheidung war zu wichtig, um sie überstürzt zu treffen. Sie brauchte ausreichend Zeit, um zu überlegen und abzuwägen. Doch Zeit war das Einzige, das sie nicht hatte.

Sie hatte ihren Vater immer für unbesiegbar gehalten, doch seine Erkrankung kürzlich hatte ihr gezeigt, wie zerbrechlich das Leben sein konnte. Wie sich alles in einem einzigen Augenblick verändern konnte.

Sie sollte es eigentlich besser wissen. Eine lebhafte Erinnerung blitzte vor ihrem inneren Auge auf, an einen heißen Frühlingstag, als sich der Lauf ihres Lebens ebenso schnell geändert hatte …

Meg lief in die Bibliothek, die Hand auf den Mund gepresst, um das Lachen zu unterdrücken, das in ihr emporstieg. Sie war mit den Dorfkindern im See schwimmen gewesen, und Ian hatte sich eine Krone aus Butterblumen gemacht und sich selbst zum Maikönig ernannt. Ian machte immer so lustige Sachen, um sie zum Lachen zu bringen. Sie konnte es nicht erwarten, ihrer Mutter davon zu erzählen. Sie war in letzter Zeit immer so traurig, sicher würde das wieder ein Lächeln auf ihr Gesicht zaubern. Die Tür stand offen, und das Weinen ihrer Mutter ließ sie auf der Stelle innehalten.

»Ist sie sich sicher?«, fragte ihr Vater.

Meg vernahm das unterdrückte Schluchzen ihrer Mutter.

»Keine Kinder mehr«, wiederholte ihr Vater. »Keine Söhne

mehr.« Meg konnte die niederschmetternde Enttäuschung in seiner Stimme hören. »Wer wird Chief, wenn ich nicht mehr bin?«, murmelte er, fast wie zu sich selbst.

»Eigenartig«, dachte Meg. »Ian wird Chief, wer sonst?«

»Ian wird niemals alleine zurechtkommen«, sagte er. Diese Worte zwangen Meg zu akzeptieren, was sie lange nicht wahrhaben wollte. Etwas in ihr wusste, dass fünfzehnjährige Jungen keine Kränze aus Butterblumen machen und um Bäume tanzen sollten.

»Es tut mir leid«, schluchzte ihre Mutter mit erstickter Stimme.

»Schhh, mein Liebes. Davon will ich nichts hören. Wir lassen uns etwas einfallen. Aber Männer sind in unserer Familie schwer zu finden. Wenn ich einen Bruder hätte oder einen Onkel, Cousin, irgendjemanden … Nein, Ian ist die einzige Möglichkeit. Aber selbst wenn ich Ian zu meinem tanaiste *ernenne, wird seine Nachfolge als Chief angefochten werden. Wenn schon nicht innerhalb des Clans, dann sicher von außerhalb, sobald ich nicht mehr bin.« Sie hörte ihren Vater seufzen, ein Geräusch voll enttäuschter Resignation. »Wenn Meggie doch nur ein Junge wäre, sie würde einen prächtigen Chief abgeben.«*

Meg konnte immer noch fühlen, wie ihr vor Mitleid mit Ian das Herz brach. Ihr großer, starker, hübscher älterer Bruder, der so liebenswert und unschuldig war. Wen kümmerte es, dass er nicht so gut lesen oder rechnen konnte wie sie? Oder dass er Fremden gegenüber manchmal unbeholfen war. Meg liebte ihn, so wie jedes Mädchen ihren großen Bruder lieben würde. Vielleicht liebte sie ihn noch ein bisschen mehr, weil er sie so sehr brauchte. Sie war sein Schutz vor einer grausamen Welt. Doch sie konnte ihn nicht vor allem schützen. Er verstand viel mehr, als die Leute glaubten. Er wusste, wann er etwas falsch oder nicht gut genug machte. Das Schlimmste war, mit anzusehen, wie er immer frustrierter wurde, während er versuchte, seinen Vater zufriedenzustellen.

»*Wenn Meg doch nur ein Junge wäre, sie würde einen prächtigen Chief abgeben.*« Diese belauschte Bemerkung hatte einen Plan in ihr reifen lassen. Sie würde Ian helfen. Während der letzten zehn Jahre hatte sie sich völlig ihrem Clan gewidmet. Sie hatte gelernt, wie man die Ländereien verwaltete und die finanziellen Angelegenheiten des Mackinnon-Clans führte.

Doch sie musste einen Mann finden, der ihrem Bruder dort zur Seite stand, wo sie es nicht konnte, bei seinen Verhandlungen mit den Männern des Königs, und der neben ihm kämpfte, wenn es nötig war. Ein Clan war nur so stark wie sein Anführer. Sobald ihr Bruder sein Erbe antrat, würde ihr Land ernsthaft Gefahr laufen, von mächtigeren Clans angegriffen zu werden – Clans, die ständig nach mehr Land für ihre stetig wachsende Bevölkerungszahl strebten. Die Männer ihres Vaters waren nicht mehr die Jüngsten. Sie wären vielleicht nicht in der Lage, Ians Position zu schützen, deshalb war Megs Wahl von größter Bedeutung.

Mit ihrer Hilfe und der Unterstützung ihres Ehemannes wäre Ian ein sehr guter Chief. Ian war der *tanaiste* ihres Vaters, sein ernannter Nachfolger. Eine Position, die ihm von Geburt an zustand. Doch aufgrund von Überbleibseln der alten Brehon-Gesetze glaubten manche, dass diese Position angefochten werden konnte. Auf Skye wurde er spöttisch »Ian Balbhan« genannt. Ian der Einfältige. Sie hasste diesen Spottnamen und hatte ihr Bestes gegeben, um ihren Bruder vor der Grausamkeit anderer zu schützen.

Und vor der Enttäuschung ihres Vaters.

Die Brust wurde ihr eng, so schwer lastete die Erwartung auf ihr. Sie hatte hart gearbeitet, um ihrem Vater zu beweisen, dass sie es schaffen konnte. Sie musste das Richtige tun. Sie konnte sich keine Fehler erlauben. Es gab nur eine einzige Wahl.

Und es lag an ihr, sie zu treffen.

So viel zum Thema Märchen. Niemand würde auf einem stolzen Schimmel dahergeritten kommen und ihr die Entscheidung abnehmen.

Alex MacLeod war nicht für sie bestimmt. Sie fühlte sich zu ihm hingezogen wie zu noch keinem anderen Mann. Doch das war nicht von Bedeutung. Sie würde sich dadurch in ihrer Entscheidung nicht beeinflussen lassen. Er war ein Söldner. Ein Krieger. Ein Mann der Vergangenheit. Männer wie Alex gehörten einem vergangenen Zeitalter an. Einer Zeit der Fehden und Raubzüge und der uneingeschränkten Autorität des Chiefs. Die Rolle des Highland-Chiefs veränderte sich. Er war nicht mehr nur ein Kriegsherr, er musste auch in der Lage sein, mit dem König und seinen Männern umzugehen.

Sie brauchte einen Mann, der die Männer des Königs besänftigte. Alex strahlte etwas Bedrohliches aus, sobald er den Raum betrat. Er war durch und durch ein Highland-Krieger, und damit genau die Art mächtiger Mann, die diese Lowlander fürchteten.

Sie sah Jamie, der geduldig neben ihr stand, lange an und erlaubte ihren Gedanken nicht, zu dem abweisenden Mann zurückzukehren, der eben den Saal verlassen hatte. Dem Mann, der ihre Gefühle in Aufruhr versetzte.

Sie holte tief Luft und legte die Hand auf Jamies Armbeuge. Dieses Mal erschrak sie nicht. Die schlanken Muskeln unter ihren Fingern lösten keine verbotenen, wilden und unkontrollierbaren Gefühle aus.

Sie war diese Scharade leid. Meg war hier bei Hofe fehl am Platz und wusste es. Jamie Campbell war die passendste Wahl als Ehemann.

Es gab nur diese einzige Entscheidung, die sie treffen konnte.

5

Alex verließ den Saal mit einem unbestimmten Gefühl von Gereiztheit, wenn nicht gar Ärger. Das Schlimmste war, dass er nicht wusste, weshalb.

Er eilte durch die Palasttore hinaus auf den *Vai Regius*, den Königsweg, eine vor Kurzem von König James erbaute, mit Kopfsteinen gepflasterte Straße, die sich zwischen Holyrood und Edinburgh Castle erstreckte. Obwohl er sich nicht die Mühe gemacht hatte zu verheimlichen, dass er den Palast verließ, achtete er dennoch sorgsam darauf, dass ihm niemand folgte. Die meisten Leute schienen die Geschichte, dass er ein Söldner auf der Suche nach Arbeit war, zu glauben, doch Highlander wurden immer mit Argwohn betrachtet. Er wollte kein Risiko eingehen.

Alex war spät dran. Er sollte seinen Knappen Robbie in der White-Hart-Taverne treffen, um zu berichten, was er bisher herausgefunden hatte, doch er hatte sich aufhalten lassen. Von einer kleinen Verführerin mit großen, grünen Augen. Anstatt die Männer des Königs zu beobachten, um mehr Informationen herauszubekommen, hatte er sich dabei ertappt, wie er Megs Unterhaltung mit Jamie Campbell mit wachsendem Ärger verfolgt hatte. Er hatte etwas in ihren Augen gesehen.

Er vermutete, dass sie ihre Wahl getroffen hatte.

Aber das ging ihn nichts an, rief er sich in Erinnerung. Alex hatte seine eigene Wahl schon vor langer Zeit getroffen, sie beinhaltete keine Ehefrau. Seine Zukunft war bestenfalls unsicher, im schlimmsten Falle kurz.

Er war nahe daran gewesen, ihr hinterherzulaufen, nachdem er ihr auf der Tanzfläche dieses unbeholfene Kompliment gemacht hatte. Sie hatte ihn falsch verstanden, doch ihm war klar geworden, dass er bei seinem unklugen Vergleich mit ihrer Mutter einen wunden Punkt getroffen hatte. Rosalind Mackinnon war zweifellos eine schöne Frau, doch das war ihre Tochter ebenfalls. Alles an ihr war … liebenswert. Von einer Sanftheit, die für einen Mann, der so lange Zeit nur Härte gekannt hatte, unwiderstehlich war. War Meg denn nicht bewusst, wie bezaubernd sie war? Mit einem Mal erkannte er, dass sie sich geradezu anzustrengen schien, ihre Schönheit nicht zu betonen, indem sie sich hinter schlecht sitzenden Kleidern und wenig schmeichelhaften Frisuren versteckte. Selbst ihm wäre sie beinahe nicht aufgefallen.

Das kurze Aufblitzen von Schmerz in ihren Augen hatte ihn tief berührt. *Verdammt*, dachte er verärgert. *Sie* hatte ihn tief berührt. Meg war die erste Frau, die ihn in vier Jahren an etwas anderes denken ließ als an Rache, Gerechtigkeit und Wiedergutmachung.

Er würde sein Möglichstes tun, sich in Zukunft von ihr fernzuhalten.

Je näher er der Stadt kam, umso stärker stieg ihm der stechende Gestank von Exkrementen in die Nase und brannte in seiner Kehle. Die ekelhafte Jauchegrube von Intrigen und Korruption, die den Königshof durchtränkte, schien sich bis auf die Straßen ergossen zu haben. Im wahrsten Sinne des Wortes. *Und die glauben, wir sind die Barbaren*, dachte er angewidert. Zumindest schütteten Highlander ihren Abfall nicht einfach aus dem Fenster in die offenen Rinnsteine, nur begleitet von dem kurzen Warnruf »Gardyloo«.

Der Geruch war übelkeiterregend und in einer warmen Nacht wie dieser unerträglich. Selbst für einen Mann, der die primitiven Bedingungen gewohnt war, die das Leben eines Gesetzlosen mit sich brachte, war der Schmutz Edinburghs nahezu unvorstellbar.

Angewidert presste er den Saum seines Umhangs über Mund und Nase, um den Gestank zu dämpfen. In der Wolle hing noch ein schwacher Duft von Lavendel, was wohl Isabel, der Frau seines Bruders, zu verdanken war. Bei seiner Ankunft auf Dunvegan hatte sie ihm damit gedroht, seine gesamte Kleidung ins Feuer zu werfen, und erst nachgegeben, nachdem er ihr erlaubt hatte, sie waschen zu lassen.

Dank dieser süßen Erinnerung an zuhause brannte er nur noch mehr darauf, diesen unseligen Ort zu verlassen. Der Königshof war ein unliebsamer, aber notwendiger Zwischenstopp, um Informationen zu sammeln, bevor er sich auf den Weg zur Isle of Lewis machte. Sollten sich die Gerüchte bewahrheiten, dass die Abenteurer von Fife einen zweiten Versuch planten, Lewis zu kolonisieren, dann würde Alex so viel Informationen wie möglich aufspüren, um seinen Verwandten, den MacLeods von Lewis, dabei zu helfen, den Angriff abzuwehren. Auf Lewis würde der wahre Kampf ausgefochten – und gewonnen.

Am liebsten würde er sich jetzt sofort auf den Weg nach Lewis machen.

Immer einen Schritt nach dem anderen, rief er sich zur Vernunft. Doch verdammt noch mal, er brannte darauf, anzufangen. Es würde einen bedeutenden Sieg für die Chiefs der Inseln darstellen, wenn der König daran gehindert werden könnte, die Isle of Lewis einzunehmen, doch indem Alex seinen Verwandten auf Lewis half, konnte er zudem auch endlich ein Unrecht wiedergutmachen, das seit fünf langen Jahren wie ein Schatten über ihm lag.

Er wusste, dass er einen gefährlichen Weg eingeschlagen

hatte. Wenn er erwischt wurde, hier oder später auf Lewis, dann konnten ihm seine Taten sehr leicht als Hochverrat ausgelegt werden.

Doch das Risiko war es wert.

Wegen dieses Risikos hatte sein Bruder versucht, ihn davon abzubringen, doch letztlich hatte Alex Rory überzeugt, dass kein anderer dieser Aufgabe gewachsen war. Alex verfügte sowohl über den nötigen Rang als auch über die Vertrautheit mit dem Königshof, darüber hinaus hatte er Zugang zu Jamie Campbell und anderen wichtigen politischen Führern. Was seine Fähigkeit betraf, die Schlacht auf Lewis anzuführen, so waren zwei Stunden mit Rory auf dem Übungsplatz nötig gewesen – die nur geendet hatten, weil Isabel damit gedroht hatte, sie mit kaltem Wasser zu überschütten, um sie zu trennen –, um seinen Bruder davon zu überzeugen, dass Alex für diese Aufgabe bereit war.

Anfangs hatte Rory vorgehabt, die Rebellion selbst anzuführen, doch das stand außer Frage. Als Chief galt Rorys oberste Pflicht seinem Clan. Er musste den König versöhnlich stimmen, zumindest dem Anschein nach.

Alex musste das nicht.

Er hatte Rory um dessen Rolle als Chief nie beneidet. Im Gegensatz zu seinem Bruder konnte Alex frei nach eigenem Gewissen und dem eigenen Sinn für Gerechtigkeit handeln. Genau das hatte er die letzten drei Jahre getan. Nicht lange nach seinem Abschied von Dunvegan hatte Alex sich einer Handvoll enteigneter Krieger angeschlossen, die einst den Namen MacGregor geführt hatten. König James hatte die MacGregors zu Gesetzlosen auf ihrem eigenen Land gemacht, sie wie Ungeziefer gejagt, verfolgt und grundlos eingesperrt. Es war ihnen sogar bei Todesstrafe verboten, den Namen MacGregor zu führen. Die Ungerechtigkeit und

Grausamkeit des Königs machten ihn krank, und es dauerte nicht lange, bis Alex der Anführer der Geächteten wurde. In seinen Feldzügen durch die Highlands hatte er ein kleines Stück Frieden gefunden.

Die Kirchturmuhr schlug zehn. Er beschleunigte seine Schritte und durchquerte Lawnmarket, wobei er sich an die Hauptstraßen hielt und das Labyrinth aus engen Gassen und Hinterhöfen mied, das die Stadt durchzog. Dann bog er links in die West Bow und eilte den steilen Hügel nach Grassmarket hinunter. Grassmarket war nicht nur ein blühender Marktplatz, sondern hatte auch die zweifelhafte Ehre, der Ort für öffentliche Hinrichtungen zu sein. Da diese Gegend nicht gerade häufig von Höflingen aufgesucht wurde, hoffte Alex, niemanden aus dem Palast zu treffen.

An seinem Ziel angekommen öffnete Alex die Tür des White Hart Inn und trat ein, wobei er den Kopf tief unter dem niedrigen Türrahmen senken musste. Abgestandene Luft und der Geruch ungewaschener Leiber schlugen ihm entgegen. Nur wenig Licht erhellte den kleinen Hauptraum, in dem vielleicht an die zwanzig Gäste auf kleine Tische verteilt saßen. Ein paar weitere standen in der Nähe des Tresens, wo die Wirtin der Taverne darauf wartete, ihr Gebräu auszuschenken. Bei einer Kellnerin bestellte er einen Krug Grozet, ein fruchtiges Bier, das mit Stachelbeeren gebraut wurde, und ging dann durch den Raum in ein angrenzendes Zimmer, das ein wenig kleiner als das erste war. Auch hier war die Decke niedrig, und Alex musste sich immer wieder unter den hölzernen Deckenbalken ducken, während er den Raum durchquerte.

Wandschirme aus braunem Papier trennten die Tische voneinander und boten ein gewisses Maß an Abgeschiedenheit. Schnell fand er Robbie und glitt ihm gegenüber mit Blick auf die Tür auf die hölzerne Bank. Erfreut stellte er fest, dass der Junge seinen Anweisungen gefolgt und einen Tisch in der hinteren Ecke des Raumes gewählt hatte, was das Risiko, von neugierigen Ohren belauscht zu werden, verringerte.

Sein Knappe schien erleichtert, ihn zu sehen.

»So froh darüber, mich zu sehen, Junge?«, meinte Alex amüsiert über Robbies offensichtliche Sorge um sein Wohlergehen. »Anscheinend habe ich meine Pflicht vernachlässigt. Ich muss wohl zusehen, dass dein Training verstärkt wird, wenn ich hier fertig bin.«

Robbie wurde blass. Es dauerte einen Moment, bis er erkannte, dass Alex ihn nur aufzog, und er ein zaghaftes Grinsen wagte. Dann sah er sich misstrauisch ein paar Mal um. »Dieser Ort hier gefällt mir nicht besonders«, flüsterte er und rümpfte die Nase. »Hier riecht's wirklich furchtbar.«

Mir gefällt es hier auch nicht. Aber es wäre nicht gut, den Jungen mit Samthandschuhen anzufassen, schließlich hatten sie eine Aufgabe zu erledigen. Also fragte Alex stattdessen: »Irgendwelche Probleme?«

Edinburgh war ein gefährliches Pflaster für einen MacGregor, da sich so viele Männer des Königs hier aufhielten. Normalerweise hätte Alex seinen Knappen mit an den Hof genommen, doch er konnte nicht riskieren, dass der Junge erkannt wurde.

Robbie schüttelte den Kopf. »Nein, Mylaird.«

»Patrick und die anderen?«

»Sie sind bereit.«

»Gut.« Während Alex so viel wie möglich bei Hofe in Erfahrung brachte, kümmerten sich Patrick und der Rest von Alex' Kriegern um die von den Soldaten und Söldnern besuchten Tavernen und Wirtshäuser und hörten sich um, ob es Gerüchte gab, dass sich Truppen mobilisierten, um die Inseln anzugreifen. Robbie überbrachte die Nachrichten zwischen Alex und dessen Männern. Seine Jugend und die relativ unbeeindruckende Statur machten es ihm leicht, unbemerkt zu kommen und zu gehen.

»Sind unsere Freunde angekommen?«, fragte Robbie. Das war ein geheimer Code, der sich nicht auf Freunde bezog, sondern auf die Lowlander, die nach Lewis segeln wollten.

»Wie wir erwartet hatten, haben es nicht alle geschafft.«

Robbies Augen leuchteten auf, als er verstand. Die Abwesenheit bedeutender Edelmänner der Lowlands bei Hofe stützte das Gerücht, dass die »Abenteurer von Fife« sich zu einem zweiten Angriffsversuch auf Lewis sammelten.

»Machen sie sich in diesem Sommer auf die Reise?«

»Ich weiß es noch nicht. Aber wenn sie es noch vor dem Winter schaffen wollen, müssen sie bald aufbrechen. Ich hoffe, dass ich bis Ende der Woche mehr in Erfahrung gebracht habe.«

Robbie nickte.

Prüfend ließ Alex den Blick durch den Raum schweifen, um sicherzugehen, dass sie keine unangebrachte Aufmerksamkeit erregten. »Wir treffen uns am Samstag in einer Woche wieder. Dann sollten wir freier sprechen können.«

»Wo?«

»Außerhalb der Stadtmauern. An einem Ort namens Sheep's Heid Inn. Hast du schon davon gehört?«

Robbie schüttelte den Kopf. »Nein, aber ich werde es schon finden.«

»Es liegt am östlichen Ende von Holyrood Park, hinter Archer's Seat, im Dorf Duddingston. Warte dort auf mich. Ich weiß nicht, wann ich mich davonschleichen kann.«

Alex sah ihn fest an. Robbie war zwar flink mit dem Messer, dennoch konnten viele Dinge schieflaufen. »Pass auf dich auf, Robbie. Die Stadt ist ein gefährlicher Ort für einen Jungen, der auf sich allein gestellt ist.«

Stolz darüber, dass sein Herr sich um ihn sorgte, konnte der Junge seine Freude kaum verbergen. Alex wusste nicht, was über ihn gekommen war. Anscheinend hatte eine Woche auf Dunvegan bei seinem Bruder und dessen Frau ausgereicht, um ihn weich werden zu lassen. Doch emotionale Bindungen und Krieg passten nicht zusammen, das wusste er.

Unaufgefordert kehrten seine Gedanken zu der kleinen grünäugigen Verführerin zurück.

Robbie glitt aus der Bank und stand auf. »Passt Ihr auch auf Euch auf, Mylaird!«

Alex lachte in sich hinein. »Raus hier, sonst entschließe ich mich noch dazu, dein Training sofort zu steigern!«

Mit einem frechen Grinsen verschwand Robbie, bevor Alex seine Worte in die Tat umsetzen konnte.

Entspannt lehnte Alex sich zurück und musterte den Raum und die Menschen, die sich darin aufhielten. Tavernen und Wirtshäuser machten alle Menschen gleich. Wohl ein Dutzend Männer aller Gesellschaftsschichten saßen gemütlich in trunkener Kameradschaft beisammen. Ein paar Männer schlüpften in das abgetrennte Abteil vor ihm. Da er in der Ecke im Schatten verborgen saß, bezweifelte er, dass sie ihn sehen konnten. Doch ebenso wenig konnte er sie sehen. Gerade als er aufstehen und gehen wollte, fing einer der Männer an, auf Gälisch zu sprechen, in einem Dialekt, der ihn als Highlander auswies.

»Du bekommst mehr Geld von mir, sobald der Auftrag erledigt ist.«

»Ich habe beim ersten Angriff schon die meisten meiner Männer verloren«, beschwerte sich der zweite Mann. »Ich muss mir Ersatz suchen, bevor ich es noch mal versuchen kann.«

Ebenfalls ein Highlander, erkannte Alex.

»Das interessiert mich nicht. Du bist für deine Dienste gut bezahlt worden.« Die Stimme des Mannes wurde vor Zorn lauter. »Zu gut offensichtlich, wenn du von einer Bande Herumtreiber besiegt wirst.«

»Das waren keine Herumtreiber, sondern geübte Krieger. Ich habe noch nie einen Mann so kämpfen gesehen wie ihren Anführer. Er hat mit der Kraft von fünf Männern gekämpft.«

Der erste Mann schnaubte ungläubig. »Das sagtest du schon. Aber das erklärt nicht, wie eine Handvoll Männer zwanzig deiner gedungenen Halsabschneider besiegen konnte.«

»Das kommt nicht noch einmal vor. Es war Pech, dass sie uns in die Quere gekommen sind. Ich erledige den Auftrag, aber es dauert etwas. Schließlich ist es schwieriger, in Edinburgh eine gute Gelegenheit abzupassen.«

Alex hörte, wie ein Krug mit lautem Knall auf dem Tisch abgestellt wurde. »Das wäre nicht nötig, wenn du die Sache gleich beim ersten Mal richtig gemacht hättest! Ich will keine Entschuldigungen hören. Erledige es einfach. Sofort! Oder du wirst derjenige sein, der gejagt wird.«

Es war offensichtlich, dass die Männer Übles im Schilde führten, doch da war noch etwas anderes an dieser Unterhaltung, das ihn beunruhigte. Ein Gefühl. Sie könnten von dem Angriff auf die Mackinnons sprechen. Alex hatte angenommen, dass der Angriff unwillkürlich gewesen war. Doch was, wenn nicht? Konnte es jemand auf Meg oder ihre Mutter abgesehen haben? Zu welchem Zweck?

Alex schüttelte den Kopf. Das war lächerlich. Es gab nichts an der Unterhaltung der Männer, das sie mit dem Angriff auf

Meg in Verbindung bringen konnte. Es war sicher nur ein Zufall.

Alex wandte sich wieder seinem Bierkrug zu, dennoch konnte er die nagende Unsicherheit nicht abschütteln. War es ein zu großer Zufall? Konnte es einen anderen Angriff in den Highlands gegeben haben, der von einer Gruppe geübter Krieger vereitelt worden war?

Die Männer standen auf, um zu gehen. Alex rutschte gerade so weit aus der Bank, um einen Blick auf sie werfen zu können. Der erste Mann war von dünner Statur und durchschnittlicher Größe, mit dunklem Haar und scharf geschnittenen Gesichtszügen. Seine Nase war lang und leicht gebogen, die Augen lagen unter schweren Lidern tief in ihren Höhlen. Der zweite Mann stand mit dem Rücken zu Alex. Er war groß und gedrungen, mit dünnem, dunkelrotem Haar. Beide Männer trugen schlichte Kniehosen und Wamse aus Leder. Keiner von ihnen kam ihm bekannt vor, aber Alex hatte an jenem Tag nicht alle Angreifer gesehen, denn manche der Schurken hatten schnell die Flucht ergriffen.

Das war töricht. Meg Mackinnon war eine Ablenkung, die er sich nicht leisten konnte. Er musste sich ausschließlich auf seine Mission konzentrieren. Entschlossen nahm er einen letzten Schluck Ale und setzte den Krug fest auf dem hölzernen Tisch ab.

Doch was, wenn …

Alex fluchte. Er wollte sich nicht in das Netz von Meg Mackinnon ziehen lassen. Er sollte die Sache *wirklich* einfach auf sich beruhen lassen, aber diesen Hauch eines Verdachts konnte er einfach nicht ignorieren. Er würde sie eine Weile im Auge behalten, nur um sicherzugehen. Doch sobald diese unvernünftige Sorge ausgeräumt war, beabsichtigte er, Meg Mackinnon völlig aus seinem Gedächtnis zu streichen.

6

Nun, da sie ihre Entscheidung getroffen hatte, brannte Meg darauf, die Angelegenheit abzuschließen. Jamie hatte ihr deutliche Zeichen gegeben, dass er vorhatte, um ihre Hand anzuhalten, und Meg beabsichtigte, ihm dazu jede Gelegenheit zu geben. Doch in den letzten paar Tagen hatte sie ihn kaum zu Gesicht bekommen.

Sobald sie einen Antrag vorzuweisen hatte, konnte sie auf Dunakin Castle und die Isle of Skye zurückkehren. Sie war schon viel zu lange von Vater und Bruder fort. Ganz zu schweigen davon, dass sie haufenweise Berichte durchgehen müsste, sobald sie zurück war. Doch das war nicht der einzige Grund, warum sie so begierig darauf war, Holyrood zu verlassen. Meg wollte von Alex MacLeod und den seltsamen Gefühlen fort, die er in ihr auslöste. Sosehr sie es auch versuchte, sie bekam diesen verwünschten Mann einfach nicht aus dem Kopf. Es war geradezu beschämend. Sie hatte sich immer schon bemüht, die Dinge logisch anzugehen und niemals zugelassen, dass Gefühle über ihren Verstand regierten. Und doch konnte sie nicht vergessen, wie er sie angesehen hatte oder wie es sich angefühlt hatte, als seine Hände – seine großen, geschickten Hände – sie berührt hatten. Auch konnte sie die Heftigkeit ihrer Reaktion auf ihn nicht vergessen, oder wie sehr es sie verletzt hatte, dass er ihr Aussehen unzureichend fand.

Doch sie hatte ihre Entscheidung getroffen. Um Jamie, nicht um Alex MacLeod sollte sie sich Gedanken machen.

Als Jamie sie nicht wie üblich zu einem morgendlichen Spaziergang in den Gärten abholte, beunruhigte Meg das noch nicht. Doch als er nicht zum Mittagsmahl erschien, fragte sie sich, was ihn wohl davon abhalten mochte. Normalerweise war Jamie so aufmerksam, dass es ihr eigenartig erschien, nun so wenig von ihm zu Gesicht zu bekommen. Elizabeth hatte erwähnt, dass ihm am Morgen eine Botschaft von ihrem Cousin, dem Earl of Argyll, überbracht worden war und er daraufhin etwas mit Lordkanzler Seton besprechen wollte. Seitdem hatte sie nichts mehr von ihm gehört.

Doch was Meg noch mehr beunruhigte, war ihre Mutter. Sie führte zweifellos irgendetwas im Schilde. Rosalind hatte vor Kurzem mit Jamie gesprochen und hinterher wie eine zufriedene Katze ausgesehen. Und ihre Mutter hatte ihr den Weg zu den Räumen des Lordkanzlers beschrieben.

Leider kannte sich Meg in diesem Flügel des Palastes – dem zweiten Wohnsitz Lordkanzler Setons und des Geheimen Rats – überhaupt nicht aus. Anders als auf Dunakin vermied Meg es bei Hofe nach Möglichkeit, sich an politischen Diskussionen zu beteiligen. Sie konnte beide Seiten verstehen, die Highlander und deren Gegenspieler aus den Lowlands, doch Holyrood war kein Ort für vernünftige Diskussionen. Auf Holyrood ging es nur um Macht. Und die Macht des Königs war jetzt größer als damals, als der Titel der »Lordship of the Isles« im Jahre 1493 an James IV. gefallen war. Den Highlands standen große Veränderungen bevor, ob es den Chiefs gefiel oder nicht.

Wenn die Mackinnons als Clan bestehen und gedeihen wollten, dann mussten sie lernen, sich in dem tückischen Labyrinth der aus Lowlandern bestehenden Regierung zurechtzufinden.

Zielstrebig schritt sie den Gang entlang und blieb bei jedem üppig eingerichteten Raum, an dem sie vorbeikam, stehen, um einen Blick hineinzuwerfen. Im ganzen Palast waren die Räume mit vergoldeten Wänden und kunstvoll geschnitzten Zimmerdecken ausgestattet, und die Möbel waren mit üppigem Samt in leuchtenden Farben bezogen. Der König hatte während seiner Regierungszeit große Schulden angehäuft, doch seine Paläste zeigten keine Anzeichen von Sparsamkeit.

Die meisten Zimmer waren menschenleer, doch in ein paar von ihnen, so wie in diesem, hielt sich jemand auf. Schnell suchte sie mit den Blicken unter den Männern in dem kleinen Vorzimmer nach einem großen Mann mit einem dichten Schopf kastanienbrauner Haare. Keine leichte Aufgabe in einem Palast voller Schotten.

Doch Jamie hatte etwas an sich, das ihn aus der Menge rothaariger Männer hervorhob. Es lag nicht nur an seiner Körpergröße oder seinem guten Aussehen. Diese Erkenntnis traf sie unvorbereitet. Jamie war tatsächlich sehr gut aussehend. Sie runzelte die Stirn. Seltsam, dass ihr das bisher nie aufgefallen war. In mancherlei Hinsicht war Jamie wie ein Bruder für sie, genauso wie Elizabeth ihr wie eine Schwester war. Die drei verbrachten viel Zeit miteinander. Neben Literatur und Philosophie unterhielten sie sich auch über Landverwaltung, Spannungen zwischen den Clans und über Politik. Die beiden Campbells waren aufgeschlossen und gebildet. Meg wusste, wie Jamie dachte. Sie verstand ihn. Und er verstand, wie hart sie dafür gekämpft hatte, sich selbst zu beweisen. Jamie würde ihrem Bruder helfen, damit sie sich darum kümmern konnte, die Ländereien des Clans zu verwalten. Mit Jamie als ihrem Ehemann wäre Ians Position gesichert.

Noch dazu mochte sie Jamie Campbell wirklich sehr. Und er hatte sie sehr gern.

Das musste genügen. Ihr Vater wäre von ihrer Wahl begeistert.

Meg wollte die Suche schon aufgeben, als sie Stimmen aus einem Raum am Ende eines dunklen Korridors dringen hörte, den sie übersehen hatte. Sie hob die schweren Röcke und eilte in die Richtung, aus der die Geräusche kamen. In der Tür einer kleinen Bibliothek hielt sie kurz inne und suchte mit den Blicken die Gruppe Männer ab, die sich dort zusammengefunden hatten, um den Nachmittag mit den altehrwürdigen männlichen Beschäftigungen Trinken und Spielen zu verbringen.

Schließlich fand sie ihn. Er saß an einem Tisch und spielte Karten mit der Person, der sie am allerwenigsten begegnen wollte – Alex MacLeod. Sie kämpfte den Impuls nieder, sofort wieder umzukehren. Schließlich sollte sie sich inzwischen an seine Anwesenheit gewöhnt haben. Doch die Wirkung, die die Nähe dieses Mannes auf sie ausübte, hatte kein bisschen nachgelassen. Meg bemühte sich, ihren rasenden Herzschlag unter Kontrolle zu bringen. Diese überwältigende Empfindsamkeit der Sinne schien sie zu befallen, sobald sie sich ihm auf hundert Schritte näherte.

Entschlossen, sich nicht davon beeinflussen zu lassen, wandte sie sich sofort an Jamie. »Hier bist du, Jamie. Ich habe dich gesucht.«

Jamie sah ein wenig verwirrt aus. »Es tut mir leid, Meg. Waren wir irgendwo verabredet?«

»Nein, aber da gibt es etwas, das ich gerne mit dir besprechen möchte.« Ihr Blick huschte kurz zu Alex. »Unter vier Augen, wenn es dir nichts ausmacht.«

Alex schien sich über die Unterbrechung zu ärgern. Er lehnte sich zurück und verschränkte die Arme vor der breiten Brust, wobei sich der Stoff seines Wamses gefährlich über den ausgeprägten Armmuskeln spannte. Der Mund wurde ihr trocken. Einen Augenblick lang war sie wie betäubt von dieser rohen Demonstration männlicher Stärke. Noch nie war ihr aufgefallen, wie verlockend Arme sein konnten. Wie mochte es sich wohl anfühlen, von diesen starken Armen umfangen und an diese breite Brust gedrückt zu werden?

»Wie Ihr seht, Mistress Mackinnon, befinden Jamie und ich uns gerade mitten in einer Partie Maw«, sagte er, wobei er auf die Karten vor ihm deutete. Mit einem bedeutsamen Blick sah er sich um. »Sicher kann Eure Unterredung warten.«

Jamie bedachte Alex mit einem Stirnrunzeln. »Natürlich können wir auch eine kurze Pause machen …«

»Das ist schon in Ordnung, Jamie«, unterbrach ihn Meg. »Es macht mir nichts aus zu warten.« Nun, da sie Jamie gefunden hatte, wusste sie nicht genau, was sie zu ihm sagen wollte. Nervös kaute sie auf ihrer Unterlippe. Wie ließ man eigentlich einen Mann wissen, dass man bereit war, einen Heiratsantrag anzunehmen, der noch gar nicht gemacht worden war?

Sie fühlte, dass Alex sie ansah. Sein Blick ruhte auf ihrem Mund. Als seine Augen sich verdunkelten, presste Meg plötzlich verlegen die Lippen zusammen.

Stumm blieb sie neben dem Tisch stehen und versuchte in einem Raum, in dem sich kein anderes weibliches Wesen aufhielt, möglichst nicht aufzufallen. Wenn sie sich die Zeit genommen hätte, sich vor dem Eintreten erst einmal umzusehen, wäre sie nicht so überstürzt hereingeplatzt.

Um nicht aus Versehen einen der neugierigen Blicke aufzufangen, die sie streiften, versuchte Meg lieber, sich auf das Kartenspiel zu konzentrieren. Obwohl Maw das beliebteste Kartenspiel am Hofe von König James war, bevorzugte sie logische Spiele wie Schach. Zum Kartenspiel gehörte zu viel Glück.

Doch was sie so beunruhigte, war nicht einfach nur die Tatsache, dass sie die einzige Frau im Raum war. Sondern genauer gesagt, *wer* im Raum war.

Die Männer, die sich hier versammelt hatten, bildeten die Elite der schottischen Regierung in Abwesenheit des Königs. Sie waren es, die die Staatsgeschäfte leiteten, während der König seine neuen englischen Untertanen umwarb. Sekretär Balmerino unterhielt sich mit Lordschatzmeister Scone und Lordadvokat Hamilton. Der Marquis of Huntly, einer der Großen Lords, spielte Schach mit dem einzigen Geheimrat aus den Highlands, Kenneth Mackenzie. Eine Handvoll Geheimräte waren über den ganzen Raum verstreut. Die einzigen beiden Männer, die fehlten, waren Lordkanzler Seton und Lordoberrichter Earl of Argyll – der andere Große Lord.

Diese Männer waren die Herrscher Schottlands – abhängig von den Weisungen des Königs, natürlich. Obwohl Meg sich durchaus der Tatsache bewusst war, dass die Erlasse des Königs Schottland nicht immer erreichten. Ohne Zweifel war es viel einfacher, die Worte eines Königs zu ignorieren, wenn sie hunderte von Meilen weit weg zu Papier gebracht wurden, als sich dem König von Angesicht zu Angesicht zu widersetzen.

Bemerkenswerterweise waren die Gentlemen bis auf die beiden Männer vor ihr und den Chief der Mackenzie ausnahmslos Lowlander. Jamie Campbells Anwesenheit unter diesen Männern ließ sich durch die enge Verbindung mit seinem Cousin Argyll erklären, doch was tat Alex hier? Sie hätte nicht gedacht, dass der Bruder eines Highland-Chiefs mit der aus Lowlandern bestehenden Führungsriege des Königs sympathisierte. Aber sie wusste genug über die Clanfehden auf Skye, um sich darüber im Klaren zu sein, dass die MacLeods und die Mackenzies sich gegenseitig verachteten. Alex' Bruder, der Chief der MacLeods, hatte vor ein paar Jahren den Vater des Mackenzie getötet.

Warum sollte ein Highlander, und ein Söldner noch dazu, mit seinen Feinden gesellige Kontakte pflegen?

Megs Augen weiteten sich bei einem verstörenden Gedanken. Es sei denn, sie waren nicht seine Feinde.

Alex kochte innerlich vor Wut über Megs Störung. Seit seiner Ankunft war er den Günstlingen des Königs, den tatsächlichen Herrschern Schottlands, nicht so nahe gekommen wie in diesem Moment. Er musste mit sehr viel Umsicht vorgehen, um sich bei diesen Männern einzuschmeicheln. Doch Meg Mackinnon hatte alle seine Bemühungen zunichtegemacht.

Ständig schien sie ihm Stolpersteine in den Weg zu legen. Zuerst, indem sie Jamie von ihrem Verdacht erzählt hatte, dass Alex sich in der Nähe von Skye aufgehalten hatte, dann, indem sie ihn am vergangenen Abend von seinem Auftrag abgelenkt und ihn in ein belauschtes Mordkomplott in einer Taverne verwickelt hatte, und nun, indem sie mitten in die Gespräche geplatzt war, von denen er gehofft hatte, mehr zu hören.

Seine dürftigen Fortschritte in der letzten Woche waren frustrierend. Man konnte auch durch aufmerksames Beobachten viel erfahren, dennoch hatte er gehofft, zumindest ein oder zwei flüchtige Bemerkungen aufzuschnappen. Doch bis jetzt hatte er nichts über die Isle of Lewis oder die Abenteurer von Fife gehört.

Vielleicht sagte das Schweigen schon genug.

Die Männer des Königs waren ihm gegenüber argwöhnisch, und das zu Recht. Seine Aufgabe erforderte Fingerspitzengefühl. Er wollte die Rolle als gedungener Schwertkämpfer, der sich mit seinem Bruder überworfen hatte, nicht überstrapazieren. Doch Fingerspitzengefühl brauchte Zeit, einen Luxus, den er sich nicht leisten konnte. Alex wusste, dass er ein paar Risiken eingehen musste, wenn er irgendwelche nützlichen Informationen erfahren wollte.

Eindringlich beobachtete er Meg über den Rand der Karten hinweg. Sie bemühte sich nach Kräften, gleichgültig zu wirken, doch die leichte Röte ihrer Wangen und die glänzenden Augen verrieten ihm, dass sie sich unbehaglich fühlte. Gut. Ihm ging es ebenso. Das Mädchen war zu einem Stachel in seinem Fleisch geworden, und das aus mehr als einem Grund. Sie trieb ihn in den Wahnsinn. Ihre bloße Anwesenheit verwirrte seine Sinne. Musste sie denn verdammt noch mal immer nach Rosen duften? Musste sie mit diesem liebenswert nachdenklichen Gesichtsausdruck auf ihrer Lippe kauen? Er konnte beinahe hören, wie ihr Verstand arbeitete. Schlimmer noch, er ertappte sich dabei, dass er sich fragte, was sie als Nächstes sagen würde. Er konnte sich auf nichts anderes konzentrieren, wenn sie im Zimmer war.

Die unschuldigste Geste oder Bewegung wirkte bei ihr sinnlich und provozierend. Gebannt beobachtete er, wie sie immer wieder versuchte, sich eine widerspenstige Locke hinters Ohr zu streichen, die sich aus dem strengen Knoten gelöst hatte. Die zarten Finger lenkten seine Aufmerksamkeit auf die zierliche rosige Ohrmuschel und den schlanken, cremeweißen Hals. Er wollte die Nadeln, die das kastanienbraune Haar bändigten, lösen, das Gesicht darin vergraben und den berauschend intensiven, süßen Duft einatmen. Er würde mit den Lippen der samtig weichen Linie ihres

Halses folgen, sanft an ihrem Ohr knabbern und sie küssen, bis sie in seinen Armen erbebte. Und das wäre noch lange nicht alles. Er fühlte, wie ihm das Blut in die Lenden schoss. Schon allein bei der Vorstellung, was er alles tun wollte, wurde er hart.

»Habe ich vielleicht einen Schmutzfleck im Gesicht?«, fragte sie.

Ihre Frage riss ihn aus seiner lüsternen Verzückung, doch der Schmerz in seinen Lenden wollte nicht so schnell verschwinden. Er war hart wie ein verdammter Fels und pulsierte vor Verlangen. »Nein. Warum?« Seine Stimme klang rau, selbst für seine eigenen Ohren.

»Weil Ihr mich anstarrt.«

Nur Meg konnte auf so unschuldige Weise direkt sein. Beinahe wäre Alex rot geworden, als wäre er ein liebestrunkener Knappe, und nicht ein Mann mit genug Erfahrung, mehr als genug Erfahrung, der es besser wissen sollte. Was zum Teufel war nur los mit ihm? Er setzte eine gleichmütige Miene auf und hob bewusst langsam eine Augenbraue. »Wirklich? Das war mir nicht bewusst. Vielen Dank, dass Ihr mich darauf hingewiesen habt.«

Doch entweder entging Meg der beabsichtigte Sarkasmus, oder sie zog es vor, ihn zu ignorieren. »Ihr hattet auch einen recht wütenden Gesichtsausdruck«, fügte sie spröde hinzu. »Ihr werdet die Leute noch zu Tode erschrecken, wenn Ihr nicht lernt, Eure finsteren Blicke zu mäßigen.«

»Ich werde versuchen, dies zu beherzigen«, gab Alex trocken zurück.

Jamie sah äußerst selbstgefällig aus, weshalb Alex ihm einen finsteren Blick entgegenschleuderte, damit er es ja nicht wagen sollte, zu lächeln.

Da sie nun offensichtlich seine Chancen, irgendetwas

Wichtiges zu belauschen, bereits ruiniert hatte, konnte er genauso gut versuchen, seine andere Sorge zu beruhigen. Die Sorge um ihre Sicherheit.

Alex warf eine weitere Karte auf den Tisch und bedachte Meg mit einem betont flüchtigen Blick.

»Habt Ihr schon erfahren, ob die Männer, die Euch angegriffen haben, gefasst wurden?«

Sie schüttelte den Kopf. »Nein. Mein Vater ist überzeugt davon, dass sie die Gegend verlassen haben.« Strahlend sah sie Jamie an. »Jamie haben wir es zu verdanken, dass sein Cousin Männer geschickt hat, um bei der Suche zu helfen. Sie haben jeden Zoll von Lochalsh durchkämmt, doch ohne Erfolg.«

Darauf möchte ich wetten, dachte Alex. Er wusste aus eigener Erfahrung, wie gründlich Argylls Männer sein konnten. »Habt Ihr irgendwelche der Angreifer wiedererkannt?«

Sie schien überrascht. »Sollte ich das?«

Alex zuckte nur die Schultern.

»Nein. Ich habe keinen der Männer schon einmal gesehen.« Ihre Augen wurden schmal. »Ihr glaubt doch nicht etwa, dass der Angriff auf uns geplant war?«

Wieder einmal war Alex beeindruckt von ihrer schnellen Auffassungsgabe. »Der Gedanke ist mir gekommen, ja.«

»Ihr wart zu lange in der Schlacht, Mylaird. Ihr seht einen Krieg, wo keiner ist.«

Alex' Zorn flammte auf. Nicht weil sie sich irrte, sondern weil sie vielleicht recht hatte. War er schon so misstrauisch geworden, dass er überall nur Ärger witterte?

»Welchen Grund sollte jemand haben, Meg und ihre Mutter anzugreifen?«, fragte Jamie.

Darüber hatte Alex sich fast die ganze Nacht den Kopf zerbrochen. Er hatte ein paar Vermutungen. »Es ist kein Geheimnis, dass Mistress Mackinnon über ein großes Vermögen verfügt.«

»Unsere Angreifer hatten kein Interesse an meinem Vermögen. Wenn sie das gehabt hätten, dann hätten sie versucht, mich zu entführen. Aber die Halsabschneider waren darauf aus, zu töten, nicht darauf, Gefangene zu machen.«

»Was ist mit Fehden?«, wollte Alex wissen. »Befindet sich Euer Vater mit jemandem im Krieg?«

Sie schüttelte den Kopf. »Die letzten Jahre waren ruhig. Nichts außer ein paar Viehdiebstählen zwischen uns und den MacDonalds.«

Alex krampfte die Finger um sein Glas, das einzige äußere Anzeichen für den Aufruhr, den der Name MacDonald in ihm auslöste. Doch so gern er auch seinen Feinden die Schuld geben würde, hatte Meg doch recht. Viehdiebstahl war kein Grund, um Frauen zu ermorden.

»Wenn Ihr dort gewesen wärt«, sie machte eine bedeutsame Pause, »dann hättet Ihr es selbst gesehen. Das war ein zufälliger Angriff von Straßenräubern, mehr nicht.«

»Leider kommt das in den Highlands viel zu häufig vor«, meinte Jamie. »Hast du denn einen Grund, zu glauben, dass der Überfall kein Zufall war?«

Hatte er den? Eine undeutliche Unterhaltung über einen Mordplan in einer Taverne in Edinburgh reichte wohl kaum aus. Er schüttelte den Kopf. »Nein.«

Jamie starrte Alex einen Moment lang an, bevor er sich wieder Meg zuwandte. »Vielleicht solltest du dich ein bisschen vorsehen, nur um sicherzugehen.«

Meg lachte. »Würde jemand mir oder meiner Mutter wirklich etwas antun wollen, dann wäre der Hof wohl der allerletzte Ort, um es zu versuchen. Hier sind überall Leute, ich sehne mich regelrecht nach ein bisschen Privatsphäre.« Sie schenkte Jamie ein süßes Lächeln. »Außerdem habe ich ja dich, um auf mich aufzupassen.«

Alex erstarrte. Sein ganzer Körper wehrte sich gegen die Vorstellung, dass ein anderer Mann sie beschützte. Doch es war deutlich, dass sie sich entschieden hatte, auch wenn Jamie das noch nicht klar geworden war.

Jamie rutschte verlegen auf seinem Stuhl herum. »Nun ja, was das betrifft, Meg. Es sieht so aus, als ob ich eine Weile fort wäre.« Offensichtlich spielte er unkonzentriert, denn er warf fälschlicherweise eine Trumpfkarte auf den Tisch, die Alex stach. »Ich muss unerwartet morgen abreisen, um etwas Geschäftliches für meinen Cousin Argyll zu erledigen.«

Etwas, das, wie Alex vermutete, mit dem Plan der Abenteurer von Fife, die Isle of Lewis anzugreifen, zu tun hatte. Nachdem Jamie den Brief erhalten hatte, war er sofort zu den Gemächern des Lordkanzlers gegangen. Etwas lag in der Luft, und Alex würde herausfinden, was es war.

Bestürzung breitete sich auf Megs Gesicht aus. »Aber du kannst jetzt nicht gehen, nicht jetzt, da ich …« Sie unterbrach sich mitten im Satz, doch Alex wusste, was sie hatte sagen wollen. Jetzt, da sie sich für Jamie entschieden hatte. »Wie lange wirst du fort sein?«, fragte sie stattdessen.

»Ein paar Tage, vielleicht etwas länger. MacLeod hier hat sich bereit erklärt, deiner Mutter, dir und Elizabeth die nächsten Abende Gesellschaft zu leisten.« Jamies Worte kamen in etwa mit so viel Begeisterung aus seinem Mund wie ein gezogener Zahn. Es war deutlich, dass ihm die Vorstellung, dass Alex sie überallhin begleitete, nicht gefiel.

»Das wird nicht nötig sein«, beteuerte Meg schnell. »Ich bin überzeugt, Laird MacLeod hat andere Verpflichtungen, die seine Aufmerksamkeit verlangen. Ich möchte behaupten, dass wir ein paar Tage lang ganz gut alleine zurechtkommen.«

Alex blickte ihr fest in die Augen. »Ich fürchte, es ist bereits entschieden.«

»Was meint Ihr?«

»Habe ich schon erwähnt, dass Eure Mutter dieses Arrangement vorgeschlagen hat?«

Meg stöhnte.

Alex konnte es ihr nachfühlen. Rosalind Mackinnon war eine Naturgewalt. Irgendwie war er zur Eskorte von drei Damen erklärt worden, ohne dass er dazu auch nur ein Wort äußern konnte. Doch das würde ihm die Gelegenheit geben, ein Auge auf Meg zu haben und sich zu vergewissern, dass der Überfall wirklich nur ein Zufall war, so wie sie glaubte.

Er wusste nicht, was Meg so aus der Fassung brachte, die Tatsache, dass Jamie fortging, oder dass Alex blieb. Aber es war offensichtlich, dass die Nachricht sie sehr aufwühlte.

»Kein Wunder, dass sie …«, murmelte Meg mehr zu sich selbst.

»Kein Wunder, dass sie was?«, fragte Alex.

»Nichts«, beschwichtigte sie schnell. »Wusste meine Mutter denn, dass du fortmusst?«, wandte sie sich an Jamie.

»Deine Mutter hat uns zufällig im Korridor auf dem Weg hierher getroffen«, erklärte er. »Sie erwähnte den Maskenball …«

»Du wirst zum Maskenball nicht hier sein?« Meg klang so enttäuscht, dass Alex das seltsame Bedürfnis verspürte, sie in die Arme zu nehmen und ihre offensichtliche Not zu lindern.

»Ich fürchte, das ist unvermeidlich«, entschuldigte sich Jamie. »Ich werde nicht vor Ende der Woche aus Argyllshire zurück sein.«

Sie ließ die Schultern sinken. »Bist du sicher, dass du jetzt schon fortmusst?« Alex konnte die Anspannung in ihrer Stimme hören. Ganz offensichtlich wollte sie von der Last der Entscheidung, die so schwer auf ihr wog, erlöst werden. Der Drang, sie zu trösten, wurde stärker. Sie wirkte zerbrechlich und sehr jung in diesem Moment.

»Leider lässt es sich nicht vermeiden, Meg. Du kennst meinen Cousin. Argyll duldet keinen Aufschub.«

»Nun, scheint so, als wäre alles bereits beschlossen«, meinte sie trotzig. »Ich sehe dich dann, wenn du zurück bist.«

»Aber ich dachte, du wolltest mit mir sprechen«, warf Jamie ein. »Wir sind hier so gut wie fertig.«

»Offensichtlich muss das warten.« Sie war wütend, doch auf wen, konnte Alex nicht sagen. Mit kerzengeradem Rücken drehte sie sich auf dem Absatz um und rauschte aus dem Zimmer.

Die ungezwungenen Unterhaltungen, die verstummt waren, als Meg den Raum betreten hatte, wurden nach ihrem hastigen Abgang wieder aufgenommen. Sie beendeten ihr Spiel, doch Alex gefiel die Art und Weise, wie Jamie ihn ansah, überhaupt nicht.

Er stand auf, um zu gehen. Hier würde er nichts mehr in Erfahrung bringen, er hatte noch eine andere mögliche Informationsquelle, die es zu erkunden galt. Doch Jamie hielt ihn auf.

»Was hast du gehört?«, fragte Jamie mit stählerner Stimme.

Alex musterte seinen früheren Freund mit kalkuliertem Interesse. Jamie hatte erkannt, dass mehr hinter der Geschichte steckte, als Alex zugegeben hatte. Campbell war ungewöhnlich schlau für sein Alter, mit Argyll als Mentor sollte ihn das eigentlich nicht überraschen.

Er beschloss, ihm die Wahrheit zu sagen. »Nichts Genaues …« Er erzählte ihm von der Unterhaltung, die er in der Taverne belauscht hatte.

»Du hast recht. Damit ist nicht viel anzufangen.« Jamie machte eine nachdenkliche Pause. »Bist du sicher, dass es Highlander waren?«

»Ja.«

»Sie haben keine Frauen erwähnt?«

Alex schüttelte den Kopf. Er hatte sich die ganze Nacht dieselben Fragen gestellt. »Höchstwahrscheinlich ist es nur ein Zufall.«

»Zweifellos«, stimmte Jamie zu. »Gesetzlosigkeit ist in den Highlands weit verbreitet. Ich bin mir sicher, dass Meg und ihre Begleiter nicht die einzigen Reisenden waren, die in letzter Zeit überfallen wurden.«

Die beiden Männer schwiegen und sannen über die Situation nach, keiner von beiden war völlig überzeugt. Alex wettete, dass Jamie dasselbe dachte wie er: Was, wenn sie sich irrten?

»Ich werde bleiben«, beschloss Jamie. »Der Auftrag meines Cousins kann warten.«

Alex stieß ein kurzes schnaubendes Lachen aus. Er kannte Argyll. »Was willst du ihm sagen? Dass du seinem Ruf nicht nachkommst wegen einer Unterhaltung, die jemand in einer Taverne belauscht hat?«

Jamie biss die Zähne zusammen, aber er sagte nichts.

Immer deutlicher wurde Alex bewusst, dass Jamie Campbell zu einem Problem für ihn werden konnte. Bisher hatte er Alex' Worten geglaubt, doch er wusste nicht, wie lange das noch anhielte. Er vermutete bereits, dass Jamie ein ebenso großes Interesse daran hatte, Alex in seiner Nähe zu behalten, wie es umgekehrt der Fall war. Jamie war misstrauisch. Es wäre eine Katastrophe, wenn er Alex' wahren Grund für seinen Aufenthalt bei Hofe herausfinden und es für seine Pflicht halten sollte, seinen Cousin zu warnen. Wenn die Chiefs der Inseln auch nur den geringsten Erfolg haben wollten, einen weiteren Versuch der Abenteurer von Fife, Lewis zu kolonisieren, abzuwenden, dann durfte Alex das nicht zulassen. Da immer deutlicher wurde, dass Alex von Jamie nichts weiter erfahren würde, wäre es für seinen Auftrag das Beste, wenn Jamie den Hof verließe.

»Geh nur. Ich werde sie mit meinem Leben beschützen«, sagte Alex und stellte fest, dass er es auch so meinte.

Jamies Blick wurde schärfer. »Welches Interesse hast du an Meg Mackinnon?«

Alex setzte eine ausdruckslose Miene auf. »Keines.«

»Du willst sie.«

Er gab sich nicht die Mühe, das zu leugnen. »Wer nicht?«

Jamie sah ihn seltsam an. »Also findest du Meg attraktiv?«

Alex lächelte schief über Jamies Scherz. Es dauerte einen Moment, bis ihm klar wurde, dass Campbell nicht scherzte. »Natürlich. Du etwa nicht?«

Jamie sah verwirrt aus. »Doch, aber bei Hofe wird Meg nicht wegen ihrer Schönheit geschätzt, sondern ist eher für ihre außergewöhnliche Intelligenz und ihr unverblümtes Wesen bekannt.«

Alex schnaubte. »Blinde Narren.«

Jamie verzog den Mund zu einem leichten Lächeln. »Da sind wir einer Meinung.« Doch das Lächeln von Alex' altem Freund erstarb sogleich, und sein Blick wurde eisig. »Aber du wirst diesbezüglich nichts unternehmen, denn du weißt, dass du ihr *nichts* zu bieten hast.«

Jamies Worte trafen ihn wie ein Hieb vor die Brust. Er biss

die Zähne zusammen, doch sonst zeigte er keine Anzeichen, dass die Worte ihn getroffen hatten.

»Ich habe vor, sie zu heiraten«, sagte Jamie. »Bietest du ihr dasselbe?«

Nein. Und einen Augenblick lang bereute Alex das. Während er zur Tür schritt, meinte er: »Ich bin mir sicher, sie wird sehr glücklich.«

Das Schlimmste war, er wusste, dass es die Wahrheit war.

Eine Stunde später hatte Meg ihre Mutter immer noch nicht entdeckt. *Feigling*, dachte sie. Sich vor der eigenen Tochter zu verstecken. Der Weg zu ihren Gemächern führte sie an den Quartieren der Dienstboten vorbei, und gerade als sie den Gang entlangblickte, trat ein großer Mann aus einer der Türen.

Sofort erkannte sie die hochgewachsene, muskulöse Figur und erstarrte. Alex MacLeod. Was machte er im Zimmer eines Dieners? Ein unbestimmtes, unangenehmes Gefühl erfasste sie. Einen Augenblick später bekam sie die Antwort, als eine hübsche, blonde und sehr vollbusige Dienstmagd hinter ihm aus dem Zimmer kam, um ihn zurückzurufen.

Ihr war, als würde ihr plötzlich der Boden unter den Füßen weggezogen. Es sollte ihr nichts bedeuten, dass er sich mit einem Dienstmädchen vergnügte, schließlich war das keineswegs ungewöhnlich, doch der dumpfe Schmerz in ihrer Brust sagte ihr, dass es das doch tat. Was für eine Ironie, erinnerte es sie doch an ein anderes Mal, dass sie einen Mann, dem sie gern vertraut hätte, beim Tändeln mit einer Magd erwischt hatte.

Ewen Mackinnon, der Sohn des ältesten Chieftains ihres Vaters, war so gut aussehend, wie die Sommersonnenwende lang war. Mühelos hatte er es geschafft, das naive sechzehnjährige Mädchen zu verzaubern, das sie damals gewesen war, mit leidenschaftlichen Küssen, die ihr den Atem raubten und Gefühle in ihr weckten, die alle anderen Gedanken auslöschten. Selbst ihre Pflichten hatte sie vernachlässigt, weil sie darüber nachsann, wie sie sich davonstehlen und ihn treffen konnte. Sie hatten von Heirat gesprochen, von einer Familie, einer Zukunft. Doch sie war eine Närrin gewesen.

Eines Nachmittags schützte sie Kopfschmerzen vor, anstatt ihrem Vater mit den Rechnungsbüchern zu helfen, und schlich sich dann aus ihrem Zimmer, um Ewen zu finden, weil sie auf mehr von seinen aufregenden Küssen hoffte. Stattdessen ertappte sie den Mann, den sie heiraten wollte, dabei, wie er in den Ställen ein Dienstmädchen verführte.

Das Mädchen kicherte aufreizend und gab ihm einen Klaps auf die Hand, die auf ihrem drallen Hintern lag. »Was ist mit Meg Mackinnon? Ich habe gehört, Ihr wollt sie heiraten?«

»Das tu ich auch. Und du wirst meine Geliebte. Sie kann mich niemals so glücklich machen wie du.«

Das Mädchen schien über sein Angebot nachzudenken. »Findet Ihr sie denn nicht hübsch?«

»Meg?« Er lachte grausam, und Meg fühlte, wie ihr Herz in tausend Stücke zerbrach. »Das kleine unscheinbare Ding? Zu schade, dass sie ihrer Mutter nicht ähnlicher sieht. Aber eines Tages, wenn ich ihren schwachsinnigen Bruder losgeworden bin, dann werde ich durch sie Chief.«

Das Wissen darüber, dass Ewen ihr nur aus Ehrgeiz den Hof gemacht hatte, und wie leicht sie seinem Charme erlegen war, hatte ihr eine bittere Lektion erteilt. Eine Lektion, die sie nie vergessen würde.

Der Schmerz jenes Moments traf sie erneut mit voller

Wucht, als sie Alex mit seiner hübschen Magd beobachtete. Die Wangen des Mädchens waren gerötet, während sie kicherte und kokett mit den Wimpern klimperte. Neid versetzte ihr einen Stich, und einen Augenblick lang wünschte Meg sich, sie wäre die Art Frau, die bei Männern Lust erregte.

Alex lächelte und flüsterte dem Mädchen etwas ins Ohr, dann gab er ihr einen zärtlichen Klaps auf den Hintern, als wolle er sie wegscheuchen. Doch die hübsche Magd wollte sich nicht so leicht abwimmeln lassen. Als Alex ihre dezente Einladung ignorierte, wurde das Mädchen deutlicher. Sie stellte sich auf die Zehenspitzen und schlang ihm die Arme um den Hals. Dabei schmiegte sie sich an ihn wie eine Katze, presste die drallen Brüste an sein ledernes Wams und bettelte nicht gerade zurückhaltend um einen Kuss.

Meg war, als beobachte sie ein schreckliches, vertrautes Schauspiel. Mit zugeschnürter Kehle wartete sie auf die Bestätigung dessen, was sie einfach nicht glauben wollte. Sie musste wohl ein Geräusch von sich gegeben haben, denn er fuhr herum, und ihre Blicke trafen sich.

Stumme Anklage schoss zwischen ihnen hin und her. Sie fühlte sich bloßgestellt, nackt. Überzeugt davon, dass er geradewegs in ihr Innerstes sehen konnte, den Schmerz und die Enttäuschung, die in ihr tobten. Sie hasste es, dass er ihre Verletzlichkeit sehen konnte. Meg war eine vernünftig denkende Frau. Sie wusste, dass sie keine Ansprüche an ihn stellen konnte. Im Gegensatz zu Ewen hatte Alex sie nie umworben.

Sein Gesicht verfinsterte sich vor Wut. Doch worüber war er so wütend? Dass er erwischt worden war? Obwohl sie nichts Falsches getan hatte, bekam Meg es mit der Angst zu tun.

Hastig riss sie den Blick los, wirbelte herum und rannte den Gang entlang. Nichts wollte sie mehr, als möglichst viel Abstand zwischen sich und Alex MacLeod zu bringen.

Sie kam nur wenige Schritte weit, da packte eine Hand sie an der Taille, sie wurde in seine Arme gerissen und gegen die granitharte, breite Brust gedrückt. Sie hatte ihn nicht einmal kommen hören.

Meg hatte Angst, doch nicht so sehr, dass ihr entging, wie hart und warm sich sein Körper anfühlte. Oder wie wunderbar er roch. Nach Seife und Gewürzen, mit einem Hauch Myrte. Seine Arme umschlangen sie wie Bänder aus Stahl. Sie konnte sich nicht bewegen, selbst wenn sie gewollt hätte.

»Was macht Ihr hier?« Seine Stimme bebte vor Zorn. »Spioniert Ihr mir nach?«

Sie versuchte, unter dem Ansturm seines Zorns nicht zusammenzuzucken, obwohl jeder Narr starr vor Angst gewesen wäre. Mit äußerster Anstrengung straffte sie die Schultern und wagte es, seinem Blick standzuhalten. Oder vielmehr seinem zornigen Funkeln. »Natürlich nicht«, sagte sie entrüstet. »Ihr habt Euch nicht gerade diskret verhalten.«

»Warum taucht Ihr überall dort auf, wo ich bin? Was macht Ihr in diesem Teil des Palastes?«

Meg fühlte Zorn in sich aufsteigen. »Welches Recht habt Ihr eigentlich, mich auszufragen?« Sie hob das Kinn. Das war möglicherweise ein Fehler. Ihre Gesichter waren sich so nahe, dass sie die goldenen Spitzen seiner Wimpern sehen konnte. Erstaunlich dichte und geschwungene Wimpern. Seine auffallend blauen Augen starrten sie durchdringend an. Sie konnte jede kleine Narbe auf seinem auf raue Weise schönen Gesicht erkennen. Diese kleinen Unvollkommenheiten ließen ihn noch attraktiver wirken und zeugten von seinem Leben als Krieger. Besonders die dünne Narbe, die sich durch eine seiner Brauen zog, verlieh ihm etwas Diabolisches und brachte etwas in ihr zum Erbeben. Doch vor allem war sie sich der Nähe seiner Lippen bewusst, die nur wenige Zoll von ihren entfernt waren.

»Antwortet mir.« Seine Stimme klang tief und rau und eigenartig heiser, als ob er Qualen leide.

»Ich suche meine Mutter. Eigentlich könnte ich Euch dieselbe Frage stellen. Was macht Ihr hier?«

»Das geht Euch verdammt noch mal nichts an.«

Sie fühlte sich plötzlich seltsam kraftlos. Ein Teil von ihr hatte gehofft, dass er es leugnen würde. »Ihr habt recht. Es geht mich nichts an. Und was Ihr getan habt, ist ziemlich offensichtlich. Ihr könnt Euch vergnügen, mit wem und wo Ihr wollt«, stieß sie mit zugeschnürter Kehle hervor. »Doch nächstes Mal tut das lieber nicht in der Öffentlichkeit, wo jeder Euch sehen kann.«

Er zog sie noch enger an sich. »Wenn ich einen Rat von dir möchte, meine Süße, dann werde ich dich danach fragen.«

Hitze durchströmte sie. Sie konnte schwören, dass sie spürte, wie sein Herz wild gegen ihre Brust pochte. Eine Vene an seiner Kehle pulsierte heftig. Jeder Muskel seines Körpers schien zum Zerreißen gespannt, als hinge seine Selbstbeherrschung nur noch an einem seidenen Faden.

Ihr eigener Atem ging schnell und unregelmäßig. Deutlich war sie sich dessen bewusst, wie sich ihre Brust hob und senkte. Er hielt sie so fest an sich gepresst, dass ihre Brüste weit aus dem Mieder quollen. Eine heiße Röte überzog sie, als sie bemerkte, dass die Knospen ihrer Brüste sich ihm hart entgegenreckten. Die Spannung, die zwischen ihnen knisterte, ließ all ihre Sinne vibrieren. Sein Blick glitt zu ihren Lippen. Gütiger Gott, er würde sie küssen! Heftiges Verlangen stieg in ihr auf und drohte sie mit sich fortzureißen, doch mit äußerster Kraft kämpfte sie dagegen an. Sie war Jamie verpflichtet. Als sie endlich sprechen konnte, klang ihre Stimme rau. »Lasst mich los!«

An seinem Gesichtsausdruck konnte sie erkennen, wie erschüttert er war. Ohne ein weiteres Wort gab er sie frei. Und dieses Mal rannte Meg.

7

Margaret, hör auf zu zappeln!«

»Autsch!«, beschwerte Meg sich und versuchte, der Folter zu entkommen, mit der ihre Mutter sie quälte, indem sie mit einem Kamm Megs zerzauste Locken entwirrte. Der Abend des Maskenballs war gekommen, und mit ihm die Erfüllung des Versprechens, das sie ihrer Mutter gegeben hatte. Ein unter Zwang abgerungenes Versprechen, dachte Meg verdrießlich. »Ich zapple nicht. Ich weiß wirklich nicht, warum ich mich überhaupt dazu bereit erklärt habe, besonders nachdem du auch noch unsere Begleitung für den Abend arrangiert hast.«

»Du hast dich dazu bereit erklärt, weil du deine Mutter glücklich machen willst«, flötete ihre Mutter. »Und es macht mich glücklich, wenn ich mich heute Abend um dein Kleid und deine Frisur kümmern darf.« Sie stieß einen dramatischen Seufzer aus. »Du bist ein wunderschönes Mädchen, mein Liebling. Wenn du doch nur deinem Äußeren so viel Aufmerksamkeit widmen würdest wie deinen Rechnungsbüchern.«

»Die Bücher sind wichtig; die Art, wie ich mein Haar trage, nicht«, antwortete Meg geduldig, als wäre es das erste und nicht das hundertste Mal, dass sie diese Unterhaltung führten. »Du siehst ja, wie schwierig es ist, dieses widerspenstige Durcheinander zu bändigen.«

Ihre Mutter schüttelte ungläubig den Kopf und versuchte, eine strenge Miene aufzusetzen, was ihr gründlich misslang. Ihre Mutter konnte einfach niemanden böse ansehen. »Ich weiß nicht, warum du dich über unsere Begleitung heute Abend so ärgerst. Alex MacLeod ist doch ein absolut reizender Mann.«

»Ich ärgere mich, weil du versprochen hattest, dich nicht einzumischen. Außerdem sind deine Bemühungen umsonst. Ich habe bereits entschieden, dass ich Jamie heiraten werde, wenn er mich darum bittet.«

Ihre Mutter runzelte die Stirn. »Aber du liebst Jamie nicht. Ich habe gesehen, wie du Laird MacLeod ansiehst. Du fühlst dich ganz offensichtlich zu ihm hingezogen. Alles, was ich tat, ist zu arrangieren, dass du ein wenig Zeit mit ihm verbringen kannst. Du solltest mir dankbar sein!«

Megs Wangen glühten. Ihre Mutter war eine viel zu gute Beobachterin. »Ich bin nicht blind, Mutter. Natürlich gebe ich zu, dass er gut aussieht. Aber es gibt einen Unterschied zwischen körperlicher Anziehungskraft und aufrichtiger Zuneigung. Außerdem ist er nicht an mir interessiert.«

Ihre Mutter legte den Kamm weg und verschränkte die Arme vor der Brust. »Papperlapapp!«

Ungläubig riss Meg die Augen auf. Für ihre Mutter, die sonst immer leise und gewählt sprach, kam das geradezu einem Fluchen gleich.

»Du *bist* blind, wenn du nicht siehst, dass Alex MacLeod weit mehr ist als nur ein schönes Gesicht. Er ist ein Laird, der Bruder eines der mächtigsten Chiefs der Highlands, eine gebieterische Erscheinung, ein höchst geschickter Krieger, intelligent und geistreich. Und was noch wichtiger ist, er kann die Augen einfach nicht von dir lassen.«

»Das bildest du dir nur ein«, meinte Meg, wobei sie die freudige Erregung niederkämpfte, die die Worte ihrer Mutter in ihr auslösten. »Um Himmels willen, Mutter, er ist ein Söldner. Er verkauft sein Schwert dem Höchstbietenden.«

»Nun, du hast mehr als genug Gold zu bieten.«

»Mutter!«

Ihre Mutter hob das spitze Kinn in einer bemerkenswerten Imitation von Sturheit. »Wir könnten einen guten Krieger auf Dunakin gut gebrauchen.«

»Wir brauchen mehr als nur einen guten Krieger. Was ist mit Loyalität? Hast du nicht von dem Zwist mit seinem Bruder gehört? Wie könnte ich da auf seine Loyalität Ian gegenüber vertrauen?«

Rosalind machte eine wegwerfende Handbewegung, als wären Megs Einwände völlig bedeutungslos. »Gerüchte.«

Meg konnte ihre Frustration nicht verbergen, besonders da ihre Mutter genau das ausgesprochen hatte, was sie selbst sich nicht erlaubte, in Betracht zu ziehen. Sie konnte die Zukunft ihres Bruders, ihres Clans nicht für einen Unbekannten riskieren. Was wusste sie denn letztendlich über Alex MacLeod?

Er war ein Mann mit fragwürdiger Loyalität, dessen Ankunft bei Hofe von einer Aura von Geheimnis und Täuschung überschattet war. Warum wollte er nicht, dass jemand erfuhr, dass er in der Nähe von Skye gewesen war? Warum suchte er Kontakt zu Männern, die eigentlich seine Feinde sein sollten? Warum hatte er sie so schnell beschuldigt, ihm nachzuspionieren? Er hatte etwas zu verbergen, dessen war sie sich sicher.

Zugegeben, er war ein außergewöhnlich guter Krieger. Er hatte die natürliche Autorität und Befehlsgewalt eines Kriegers ohne das übliche arrogante Gehabe. Doch obwohl seine Führungsqualitäten sie auf dem Schlachtfeld beeindruckt hatten, so wusste sie doch nicht, ob er scharfsinnig genug war, mit den Männern des Königs zu verhandeln und so ihren Clan in die Zukunft zu führen. Und was am wichtigsten war, würde er ihrem Bruder gegenüber loyal bleiben, oder würde er versuchen, die Macht für sich selbst zu beanspruchen? Da war noch etwas, das sie beunruhigte. Sie spürte etwas unter seiner Oberfläche brodeln, etwas, das er mit großer Anstrengung zurückhielt. Alex MacLeod war ein Mann mit gefährlichen Leidenschaften.

Sie konnte ihm nicht vertrauen. Nicht genug, um die Zukunft ihres Bruders und ihre eigene zu riskieren. Nichts hatte sich geändert. Jamie war die einzige Möglichkeit. »Hör auf, dich einzumischen, Mutter!«, sagte sie scharf. »Ich weiß, was ich tue.«

Bei Megs harschem Ton füllten sich die Augen ihrer Mutter mit Tränen. »Es tut mir leid, Liebes. Ich will doch nur, dass du glücklich bist.«

Als Meg ihrer Mutter ins Gesicht blickte, geriet sie in Panik. Genau das war es, was sie überhaupt erst in diese Situation, wie ein Pfau herausgeputzt zu werden, gebracht hatte. Leider litt Meg unter derselben Krankheit wie ihr Vater – sie konnte ihre Mutter einfach nicht weinen sehen. »*Bitte, Liebes, nur dieses eine Mal*«, hatte Rosalind sie angefleht. Anstelle also wie gewöhnlich abzulehnen, wenn ihre Mutter ihr anbot, ihr bei der Garderobe zu helfen, hatte Meg nachgegeben.

Sie ergriff die Hände ihrer Mutter und drückte sie. »Ich weiß, Mutter. Verzeih mir. Ich weiß, dass du nur das Beste für mich willst. Ich werde glücklich sein. Mit Jamie.«

Ihre Mutter öffnete den Mund, um zu widersprechen, doch Meg fiel ihr ins Wort.

»Ich glaube, wir rufen besser nach Alys, wenn wir noch rechtzeitig fertig werden wollen.«

Sie konnte deutlich sehen, dass ihre Mutter noch mehr sagen wollte, doch stattdessen nickte sie dankbar und rief nach der Magd.

Nach scheinbar stundenlangem Herumgezupfe und Gepiekse steckte Alys die letzte Locke in Megs neuer Frisur fest und trat einen Schritt zurück. Meg schalt sich gerade innerlich dafür, dass sie diesem Unsinn zugestimmt hatte, als sie hörte, wie ihre Mutter nach Luft schnappte. Sie wirbelte herum. »Was ist los?«, rief sie und fuhr sich mit den Händen an den Kopf. »Ist es so schlimm? Ich habe dir ja gesagt, dass es reine Zeitverschwendung ist.«

Ihre Mutter hatte die Hände an die Wangen gelegt und starrte sie mit vor Ehrfurcht weit aufgerissenen Augen an. »Margaret.« Sie stockte. »Du siehst wunderschön aus!«

Meg lächelte. Sie wusste, wie sehr ihre Mutter zu dramatischen Übertreibungen neigte – besonders, wenn es die Leistungen ihrer Kinder betraf. »Oh bitte, Mutter«, wiegelte Meg ab und drehte sich zu Elizabeth um, die gerade das Zimmer betreten hatte. Doch auch Elizabeth sah überwältigt aus.

»Du siehst wirklich wunderschön aus, Meg«, bekräftigte Elizabeth. »So habe ich dich noch nie gesehen. Du siehst absolut hinreißend aus.«

An so ungewohnt ehrliche Komplimente nicht gewöhnt, fühlte Meg, wie ihr die Röte in die Wangen stieg. »Unsinn!« Was für einen Unterschied konnten eine neue Frisur und ein Kleid schon machen? Dennoch konnte sie nicht widerstehen, einen kurzen Blick in den Spiegel zu werfen.

Die Frau, die ihr daraus entgegenblickte, war eine Fremde. Ausnahmsweise waren ihre widerspenstigen Locken gebändigt und sehr schmeichelhaft am Hinterkopf festgesteckt. Alys hatte es ein paar der goldbraunen Löckchen erlaubt, locker über Rücken und Schultern zu fallen. Ein leichter Hauch Puder verbarg die weniger hartnäckigen Sommersprossen auf der Nase, und eine leichte verlegene Röte überzog noch immer ihre Wangen.

Die vor Verwunderung aufgerissenen Augen schienen ihr ganzes Gesicht zu beherrschen. Im Vergleich dazu wirkte der Rest ihrer Züge geradezu ungewöhnlich zart: das kleine, spitze Kinn, die zierliche Stupsnase, die sanft geschwungenen rosigen Lippen. Diese Kombination verlieh ihrem Gesicht eine zerbrechliche Verletzlichkeit, die Meg nicht für möglich gehalten hatte.

In Anbetracht des Maskenballs an diesem Abend hatte Rosalind ein schlichtes Seidenkleid gewählt, dessen moosgrüner Ton genau der Farbe ihrer Augen entsprach. Ohne die Hüftpolsterung und den Reifrock schmiegte sich das Kleid in weichen Falten an ihre schlanke Figur und betonte die sanfte Rundung der Brüste, anstatt sie wie die steifen Mieder und gefältelten Rüschen ihrer üblichen höfischen Garderobe flach zu pressen.

Die Frau, die ihr aus dem Spiegel entgegenblickte, sah ihrer Mutter ähnlicher, als sie je zu träumen gewagt hätte. Meg sah tatsächlich hübsch aus, stellte sie überwältigt fest.

Ihr fehlten die Worte. Sie hatte nie die Zeit gehabt, oder besser gesagt, sich nie die Zeit genommen, ihrem Aussehen besondere Aufmerksamkeit zu schenken. Es war bisher nicht wichtig gewesen. Doch in diesem Moment wurde ihr klar, dass es mehr als nur ihre Pflichten gewesen waren, die sie davon abgehalten hatten, sich um ihr Äußeres zu kümmern. Sie hatte Angst gehabt. Angst davor, herauszufinden, dass es womöglich keinen Unterschied machte.

Von Gefühlen überwältigt fühlte sie einen Kloß im Hals. »Danke, Mutter«, flüsterte sie mit einem Lächeln und gab Rosalind einen sanften Kuss auf die Wange.

Ihre Mutter erwiderte das Lächeln mit Freudentränen in den Augen. »Gern geschehen.« Doch als Mutter konnte sie einfach nicht umhin hinzuzufügen: »Obwohl ich wünschte, du hättest dich nicht so lange gegen das Offensichtliche gewehrt.« Rosalind musterte ihre Tochter. »Ich glaube, heute Abend wirst du überrascht sein, wie viel Freude dir das kleine bisschen Mühe bringt.«

Nur wenige Minuten später konnte Meg die Worte ihrer Mutter wahrhaftig nicht leugnen, sosehr sie es sich auch wünschte. Rosalind hatte recht, Meg war erfreut. Überaus erfreut.

Als Alex MacLeod den kleinen Salon betrat, um sie zu dem Maskenball zu begleiten, und förmlich wie angewurzelt stehen blieb, fühlte Meg sich zum ersten Mal in ihrem Leben schön. Dieses Mal bestand kein Zweifel daran, dass er sie attraktiv fand. Die offenkundige Bewunderung in seinen aufgerissenen Augen war die Stunden der Mühsal wert. Obwohl ihr verändertes Aussehen ihn deutlich überraschte, wirkte er doch interessanterweise nicht so geschockt wie Elizabeth.

Er starrte sie viel länger an, als schicklich war. Lange genug, dass Meg anfing, sich unwohl zu fühlen. Sie fummelte an dem geschnitzten Elfenbeingriff ihres Fächers herum, was bemerkenswert war, da sie *niemals* herumfummelte. Seine Augen verdunkelten sich, während er sie langsam und intensiv von Kopf bis Fuß musterte und jeden Zoll ihrer neuen Aufmachung in sich aufnahm, wobei sein Blick einen beschämend langen Moment auf ihren Brüsten verweilte. Ein prickelnder Schauer überzog ihren Körper, dort wo sein Blick sie gestreift hatte. Als er ihr in die Augen sah, traf sie das glühend heiße Verlangen in seinem Blick wie ein Blitz.

Doch er schien seltsamerweise wütend zu sein. Er hatte den Mund zu einer harten, schmalen Linie zusammengepresst, und ein Muskel an seiner Wange zuckte. Selbst in der kunstvollen höfischen Kleidung schien sein ganzer Körper sich anzuspannen, als bereite er sich auf einen Kampf vor.

Alex MacLeod wirkte wild und gefährlich wie ein Highland-Krieger, wie an jenem Tag im Wald.

Was war denn nur los mit ihm?

Mit einem letzten flammenden Blick auf sie drehte er sich zu ihrer Mutter um und bot ihr seinen Arm an. Meg runzelte die Stirn. Er benahm sich wirklich sehr merkwürdig.

Alex kochte innerlich. Seine mühsam aufrechterhaltene Selbstbeherrschung war bis aufs Äußerste strapaziert. Mit jeder Minute dieses verfluchten Maskenballs, die verstrich, wuchs sein Ärger. Er versuchte, sie nicht zu beobachten, doch es half nichts. Nur zu sehr war er sich all der verdammten lüsternen Narren bewusst, die an ihr klebten. Eine kleine Armee von Männern umringte Meg, von ihrer Mutter und Elizabeth war nirgends etwas zu sehen. Wo zum Teufel steckten sie? Wussten sie denn nicht, dass man ein unschuldiges Lamm nicht alleine in einem Rudel hungriger Wölfe zurücklassen durfte?

Man könnte fast meinen, die Männer bei Hofe hätten noch nie zuvor eine schöne Frau gesehen.

Alex, der es gewohnt war, Probleme mit dem Schwert zu lösen, fiel es schwer, zumindest einen Anschein von Höflichkeit aufrechtzuerhalten. Er sehnte sich danach, ein paar dieser lüstern blickenden Augen herauszureißen, die viel zu oft ihren erstaunlich üppigen Busen fixierten.

Meg Mackinnon strapazierte seine Geduld, und andere Teile von ihm ebenso. Er fühlte sich ruhelos und gereizt wie ein Löwe in einem Käfig. Für einen Mann, der es gewohnt war, seinen Instinkten zu folgen, war es frustrierend, diese Instinkte zu unterdrücken.

Vom ersten Augenblick an, als er an diesem Abend den Salon betreten und Meg erblickt hatte, war ihm klar gewesen, was geschehen würde. Und das hatte ihn rasend gemacht. Er wusste, wie diese Männer reagieren würden, weil er selbst genauso reagierte. Mit einer heißen Welle von Lust.

Sie sah wie eine verdammte Göttin aus, mit dieser Kaskade weicher Locken, ihren großen unschuldigen Augen und der zarten roten Rosenknospe von einem Mund. Doch es war das Kleid, das ihn halb wahnsinnig machte. Wegen des Maskenballs waren die üblichen steifen Mieder und weiten Röcke sanfteren, fließenderen Kleidern gewichen. Kleider, die den Körper umschmeichelten und ihre hoch angesetzten festen Brüste, die winzige Taille und schlanken, schmalen Hüften betonten.

Er brauchte sich ihre wohlgeformten Kurven, die sich unter der höfischen Kleidung verbargen, nicht länger vorzustellen; er konnte jeden üppigen, köstlichen Zoll ihres Körpers sehen. Fluchend ballte er die Fäuste. Denn jeder andere Mann konnte das auch. Seine kleine belesene Nymphe war so sinnlich, dass ihm das Wasser im Mund zusammenlief.

Verfluchte Hölle! Warum musste sie denn ausgerechnet heute Abend der ganzen Welt ihre anbetungswürdige Schönheit enthüllen? Sie war immer schon von den älteren Männern wegen ihres Verstandes und beträchtlichen Vermögens begehrt worden, doch dass jetzt auch noch Schönheit dazu kam, versüßte die Sache geradezu unglaublich. Heute Abend warben sowohl die alten als auch die jungen Männer um sie. Letztere waren es, die Alex Sorgen machten. Gott allein wusste, in welche Schwierigkeiten ein übereifriger junger Bewunderer sie bringen konnte. Dieselbe Art von Schwierigkeiten, in die er sie in dem Korridor beinahe gebracht hatte.

Er sollte seine Aufmerksamkeit auf etwas anderes lenken. Bisher hatte er nichts bemerkt, das darauf schließen ließ, dass Meg in Gefahr war. Die Unterhaltung, die er in der Taverne mit angehört hatte, musste ein Zufall gewesen sein. Da er zugestimmt hatte, als ihre Begleitung zu fungieren, sagte er sich, dass es seine Pflicht war, auf sie aufzupassen, so unerfahren, wie sie im Umgang mit Männern sein musste – besonders mit diesen Männern. Doch er verbrachte viel mehr Zeit damit, ein Auge auf Meg und ihre aufdringlichen Verehrer zu haben als auf Lordkanzler Seton.

Das einzig Gute, das das Debakel mit Setons Dienstmagd in dem Korridor vor ein paar Tagen gebracht hatte, war die Neuigkeit, dass Seton vorhatte, am Maskenball teilzunehmen. Alex hatte ein wenig mit der Magd geflirtet, in der Hoffnung, mehr zu erfahren. Doch offenbar war sie die Einzige der Dienstboten im ganzen Palast, die an den Unterhaltungen um sie herum kein Interesse hatte.

In anderer Hinsicht hatte sie ein überraschend aggressives Interesse gezeigt. Er war gerade dabei gewesen, sich aus ihren schraubstockartigen Fangarmen zu befreien, als er Meg erblickt hatte. Ohne nachzudenken, hatte sich sein ganzer Ärger darüber, in einer verfänglichen Situation erwischt worden zu sein, gegen sie gerichtet. Das Aufblitzen von Schmerz in ihren Augen war ihm nicht entgangen, doch er hatte einen Auftrag zu erfüllen. Meg in den Armen zu halten, war ein Fehler gewesen, den er jedoch nicht bereuen konnte. Dazu hatte sie sich verflucht noch mal viel zu gut angefühlt.

Dieser kleine Appetithappen hatte seinen Hunger noch verstärkt.

Er ertappte sich wieder dabei, dass er Meg anstarrte. Sie hatte sich verändert, und doch auch wieder nicht. Ihr Haar mochte zwar kunstvoller frisiert sein, doch sie hatte noch immer diesen nachdenklichen, sachlichen Gesichtsausdruck. Völlig ungekünstelt, das allein hob sie von den anderen ab und machte sie weit attraktiver als die abgestumpften Höflinge um sie herum. Meg Mackinnon hatte nichts Verstelltes an sich. Das war eines der Dinge, die er an ihr am meisten bewunderte. Ihr Selbstbewusstsein und die Fähigkeit, zu sagen, was sie dachte.

Doch heute Abend war etwas ein klein bisschen anders an ihrem Ausdruck. Sie wirkte entspannter, als er sie je gesehen hatte. Glücklicher. Dies war das sorglose junge Mädchen, das er unter der ernsten Fassade erahnt hatte. Er wollte sie lachen und lächeln sehen. Nur nicht mit anderen Männern.

Sie lächelte über etwas, das ihr der Mann neben ihr zuflüsterte, viel zu nahe an ihrem Ohr für Alex' Geschmack, dieses Lächeln ließ ihr Gesicht mehr als nur lieblich erstrahlen. Er konnte den Blick nicht von ihr abwenden. Das betörende Funkeln in diesen sanften grünen Augen, die Art, wie sie die kleine Stupsnase amüsiert krauszog, und der sanfte Schwung dieses knospenden rosigen Mundes schlugen ihn in den Bann. Er sehnte sich danach, sie zu kosten, sie eng an sich zu pressen und herauszufinden, ob sie so unglaublich süß schmeckte, wie sie aussah.

Er fühlte ein schmerzhaftes Ziehen in den Lenden.

Meg bewegte sich mit solch ungekünstelter, unschuldiger Anmut. Sie war vielleicht keine solch auffallende Schönheit wie ihre Mutter oder seine Schwägerin Isabel, doch auch wenn ihre Schönheit unaufdringlicher war, war sie doch ebenso betörend.

Leider war er nicht der Einzige, der das bemerkte.

Aus dem Augenwinkel sah er, wie sie den Kopf in den Nacken warf und laut über etwas lachte, das einer ihrer Bewunderer gesagt hatte. Ein Bewunderer, der viel zu nahe bei ihr stand und der seine verdammten Augen nicht von dem tiefen Tal zwischen ihren Brüsten lassen konnte. Hinter Alex' Stirn begann es zu pulsieren, er sah nur noch rot.

Es reichte! Mit seiner kleinen Verführerin musste er einmal ein ernstes Wörtchen reden.

Seit sie im Saal angekommen waren, hatte jede von Megs Bewegungen für merklichen Aufruhr gesorgt. Sie ertappte sich dabei, dass sie ihre neugewonnene Beliebtheit erstaunlicherweise in vollen Zügen genoss. An Verehrern hatte es ihr nie gemangelt. Schon allein ihr Vermögen veranlasste viele Männer dazu, ihr den Hof zu machen, doch heute Abend bemerkte sie einen leichten Unterschied in der Intensität ihres Interesses.

Sie wollten sie nicht nur wegen der Macht und der Stellung, die eine Verbindung mit ihr bringen würde – sie wollten *sie*. Es überraschte Meg, dass dieser Unterschied ihr etwas bedeutete.

Plötzlich fühlte sie ein nervöses Prickeln im Nacken. Sie hatte bereits bemerkt, dass Alex sie beobachtete – er tat es so offensichtlich, dass man es unmöglich übersehen konnte –, doch als er nun mit einem wilden Gesichtsausdruck auf sie zugestürmt kam, entschied sie, dass es vielleicht klüger wäre, ihm aus dem Weg zu gehen. Er hatte äußerst üble Laune, sie vermutete, dass er aus irgendeinem Grund ihr dafür die Schuld gab. Obwohl sie sich beim besten Willen nicht vorstellen konnte, warum. Also wandte sie sich zu einem der Gentlemen an ihrer Seite um, um sich an dessen angebotenem Arm fortführen zu lassen, nur um feststellen zu müssen, dass Alex es irgendwie schaffte, ihr den Weg abzuschneiden.

Das leichte Prickeln verwandelte sich in einen ausgewachsenen Angstschauer. Die Art, wie er sie ansah, gefiel ihr nicht. Kein bisschen. Doch sie hatte nichts Falsches getan, rief sie sich in Erinnerung.

»Entschuldigt mich«, sagte sie mit überraschend ruhiger

Stimme. »Ich wollte gerade etwas frische Luft schnappen mit …«

»Gute Idee«, fiel er ihr ins Wort. »Ich führe Euch hinaus. Lord Maxwell hat sicher nichts dagegen.« Er packte sie am Arm und zog sie zum Balkon. Lord Maxwell schien sehr wohl etwas dagegen zu haben, doch er hatte nicht den Mut zu protestieren. Unter gesenkten Wimpern lugte Meg zu Alex hoch und bemerkte den harten Zug um seinen Mund und die angespannten Kiefermuskeln. Dann war da auch noch die Tatsache, dass Alex fast einen Kopf größer als Lord Maxwell und seine Schultern doppelt so breit waren. Deshalb konnte sie es dem armen Mann schwerlich vorwerfen, dass er sich zurückzog. Es schien fast so, als habe Alex sie für sich beansprucht und jeden anderen Mann herausgefordert, sich ihm in den Weg zu stellen. Doch sie verdrängte dieses Gefühl wieder. Das war lächerlich.

Für einen Mann seiner Größe bewegte sich Alex erstaunlich anmutig. Doch so wie er sie hinter sich her zerrte, fiel es ihr schwer, mit seinen langen, kraftvollen Schritten mitzuhalten. Kühle Luft schlug ihr entgegen und belebte ihre Sinne, als sie den Saal verließen. Die Nachtluft war eine willkommene Erlösung von der abgestandenen Hitze in dem überfüllten Raum. Schnell sah sie sich um, um sicherzugehen, dass sie allein waren, dann schüttelte sie seinen Griff ab. Er kochte vor Wut, doch sie war fest entschlossen, sich nicht von ihm einschüchtern zu lassen.

Überrascht stellte sie fest, dass sie keine Angst vor ihm hatte, obwohl er genauso furchteinflößend aussah wie an jenem Tag auf dem Schlachtfeld. Egal wie wütend er war, sie wusste, dass er ihr nie etwas antun würde. Selbst wenn er vor Wut raste, fühlte Meg sich bei ihm absolut sicher.

Gleichermaßen erfreut und ermutigt durch diese Erkenntnis baute sie sich dicht vor ihm auf. »Das war äußerst unhöflich«, wies sie ihn zurecht und widerstand dem Drang, ihn mit dem Finger in die Brust zu pieken. »Was ist nur mit Euch los? Den ganzen Abend starrt Ihr mich schon finster an. Ihr könnt doch nicht immer noch darüber wütend sein, was gestern geschehen ist. Ich sagte Euch doch, dass ich Euch nicht hinterherspioniert habe. Es tut mir leid, dass ich Euer kleines Stelldichein unterbrochen habe, aber Ihr könnt mir doch nun wirklich nicht vorwerfen, dass ich einen Korridor entlanggehe!«

Einen Moment lang erwiderte er nichts, sondern durchbohrte sie nur mit seinem glühenden Blick. Irgendwie schaffte sie es, nicht zusammenzuzucken.

»Ich bin nicht wütend auf Euch«, sagte er schließlich. »Ich achte schlicht auf Euer Wohlergehen.«

Meg konnte nicht anders, sie stieß ein ungläubiges Schnauben aus. »Habe ich mich denn in irgendeiner Gefahr befunden?«

Offensichtlich gefiel ihm der schnippische Tonfall ihrer Antwort nicht, denn er trat einen Schritt näher auf sie zu. Einen beängstigenden Schritt näher. Nah genug, um die Hitze seines Körpers fühlen und die winzigen Seidenfäden auf dem schwarzen Wams erkennen zu können. Seine Brust war wie eine Wand aus Granit. Dieser Mann war dazu gemacht, zu herrschen. Obwohl diese Erkenntnis Meg einen widersinnigen Schauer durch den Körper jagte, wusste sie, dass sie nicht nachgeben durfte. Fest entschlossen, nicht vor ihm zu kuschen, straffte sie die Schultern und reckte ihre kleine Gestalt zu voller Größe.

»Gut möglich, so wie Ihr geflirtet habt«, antwortete er geradeheraus.

Ungläubig starrte sie ihn an. »Das kann nicht Euer Ernst

sein! Ich? Geflirtet? Wie könnt Ihr es wagen, mein Verhalten zu kritisieren? Ich bin schließlich nicht diejenige, die in aller Öffentlichkeit eine Dienstmagd geküsst hat!«

Er rang offensichtlich um Beherrschung. Mit steif an den Körper gepressten Armen sah er zum Himmel empor, als bete er um Geduld. »Ich habe sie nicht geküsst«, stieß er zwischen zusammengebissenen Zähnen hervor.

Mit einem kleinen gequälten Laut wandte sie sich überrascht von dem schmerzhaften Stich in der Brust ab. Während sie in den sternenübersäten Himmel emporsah, war sie sich nur allzu deutlich der Gegenwart dieses Mannes neben ihr bewusst. Das sündig schöne Gesicht, die glänzenden weichen Wellen goldenen Haars, die den Kragen seines Hemdes streiften, die hochgewachsene, kraftvolle Statur, die Stärke, die sie in der Berührung dieser schwieligen Hände eines Kriegers gespürt hatte.

Doch Meg wusste, dass sie auf mehr als nur die körperliche Anziehungskraft des Mannes reagierte. Es war die Art, wie er alles um ihn herum völlig beherrschte. Alex war ein Mann, der sie dazu brachte, sich wunderbar weiblich zu fühlen. Seine Dominanz hatte etwas seltsam Beruhigendes. Auf eine subtile Art und Weise übernahm er durch die bloße Stärke und Autorität seiner Gegenwart die Kontrolle. Wenn sie mit diesem Mann zusammen war, dann hatte sie das Gefühl, dass nichts und niemand ihr etwas anhaben konnte. Ihre Probleme erschienen ihr nicht mehr so unbezwingbar. Sie fühlte sich nicht mehr so allein. Bei Alex konnte sie sich entspannen.

Er stieß einen langgezogenen Seufzer aus. »Es war nicht so, wie Ihr denkt.«

Aus irgendeinem Grund spürte sie, dass er die Wahrheit sagte. Obwohl sie verletzt und wütend war, erinnerte sie sich daran, dass er die hübsche Magd sanft abgewiesen hatte und dass er versucht hatte, ihre Arme von seinem Hals zu lösen. »Wie war es dann?«

Sein Gesicht wurde ausdruckslos. »Das geht Euch nichts an!« In etwas freundlicherem Ton fuhr er fort: »Es hat rein gar nichts mit Euch zu tun.«

Seine Ehrlichkeit tat weh. Er hatte recht, Alex MacLeod hatte rein gar nichts mit ihr zu tun.

Sie fühlte ein verdächtiges Brennen in den Augen, doch schnell zwang sie sich, diese unwillkommenen Gefühle in den Griff zu bekommen. Meg weinte nie. Doch anscheinend hatte sich vieles geändert, seit sie Alex begegnet war. Sie beherrschte Latein, Griechisch und Französisch, konnte ein Anwesen genauso gut leiten wie jeder Mann, doch in ihrem Herzen war sie ebenso verletzlich wie jeder andere. Sie hatte versucht, sich vor ihren Gefühlen zu verstecken, doch sie hatten sie dennoch gefunden. »Ihr habt recht«, sagte sie mit belegter Stimme. »Es geht mich nichts an. Aber ebenso wenig habt Ihr das Recht, Euch in meine Angelegenheiten einzumischen. Deshalb wäre ich Euch dankbar, wenn Ihr Euch von jetzt an um Eure eigenen Belange kümmern würdet.«

Heftig packte er sie am Arm, riss sie zu sich herum und zwang sie so, seinen unerbittlichen Blick zu erwidern. »Ihr geht zu weit«, sagte er mit leiser Stimme, in der der Hauch einer Drohung mitschwang. »Ich bin für Eure Sicherheit heute Abend verantwortlich. Also werdet Ihr tun, was ich sage und Euch von diesen Männern fernhalten!«

Trotzig hob sie das Kinn. Er hatte kein Recht, sie herumzukommandieren. Und ihr Verhalten heute Abend war über jeden Tadel erhaben. Er nahm sich weit mehr heraus, als seine Pflichten als Begleiter beinhalteten. »Ich weiß nicht, wovon Ihr sprecht.«

»Wirklich nicht? Ihr spielt ein gefährliches Spiel. Diese Männer fressen ein unschuldiges Ding wie Euch zum Frühstück.«

Sie lachte. Der Muskel an seinem Kiefer begann wieder zu zucken, doch Meg ignorierte die Warnung. »Sicherlich scherzt Ihr. Ich kenne die meisten dieser Männer schon viele Jahre. Sie sind ziemlich harmlos, das kann ich Euch versichern. Ich habe mich nur amüsiert. Vielleicht solltet Ihr das auch einmal versuchen.« Sie machte eine Pause, dann wagte sie hinzuzufügen: »Und woher wollt Ihr wissen, dass ich unschuldig bin? Ihr vermutet zu viel, Mylaird.«

Seine Augen blitzten, und er verstärkte seinen Griff um ihren Arm. »Reiz mich nicht, Meg.«

Ihr entging nicht, dass er sie vertraulich beim Vornamen genannt hatte, doch auch die Drohung war diesmal unmissverständlich. Seine Stimme war tief und geschmeidig und schien sie völlig einzuhüllen. Sie wusste, dass sie ihn nicht provozieren sollte, doch er brachte eine kecke Seite an ihr zum Vorschein, die sie lange vergessen geglaubt hatte. Fragend hob sie eine Braue. »Sonst was?«

Kaum dass ihr die spöttische Bemerkung über die Lippen gekommen war, riss er sie wieder in die Arme und presste sie fest gegen die breite Brust, die sie eben noch bewundert hatte. Heftig sog Meg den Atem ein. Nicht vor Schreck, sondern weil ihr klar wurde, wie sehr es ihr gefiel, an ihn gepresst zu werden. Wie sie das Gefühl genoss, ihre Brüste und Hüften an seinen harten Körper zu schmiegen, mit ihm zu verschmelzen, sicher in seinen Armen gehalten zu werden. Eine heiße Welle sinnlicher Erregung durchströmte sie.

Mit verhangenen Augen blickte er sie an, ihr Ausdruck war dunkel und voller Versprechen. »Sonst werde ich dir beweisen, wie unschuldig du wirklich bist, meine Süße, und wie wenig Kontrolle du über einen Mann und sein Verlangen hast.«

In seinen Augen konnte sie sehen, wie stark sein Begehren war. Die Lust, das Verlangen, der Hunger.

Nach mir. Ihr Körper reagierte darauf, wurde weich und nachgiebig. Dieser wilde Krieger, der sich selbst so unnahbar und unbeteiligt gab, wollte sie.

Die Zeit stand still. Der Maskenball, die Geräusche aus dem Saal, ihre Pflichten, alles verblasste um sie herum. Es gab nichts anderes mehr als sie beide alleine im Mondlicht. Er senkte den Kopf. Langsam. So langsam, dass ihr beinahe das Herz stehen blieb. Er ließ ihr jede Gelegenheit, sich zu wehren.

Heftig pochte ihr das Herz in der Brust. Sein Mund war so nahe. Wenn sie atmen würde, dann würde sich ihrer beider Atem in der kühlen Nachtluft vermischen. Die Augenlider wurden ihr schwer, flehten darum, sich zu schließen. Verzweifelt kämpfte sie gegen den Sog aus Wärme und Verlangen an, der von seinem verlockenden Körper ausging. Sie war schon einmal geküsst worden, und das hatte beinahe zu einer Katastrophe geführt. Doch Alex' Mund senkte sich auf ihren und, Gott möge ihr beistehen, sie konnte ihn nicht aufhalten.

Ein Flüstern. Ein Hauch. Ein warmer, würziger Duft, und dann die zarteste, süßeste Berührung. Eine Berührung, die ihr eine Schockwelle durch den Körper jagte. Jeder Zoll an ihm war hart und unnachgiebig männlich, doch er erschütterte sie mit einer sanften Liebkosung seines Mundes. Sie fühlte seine weichen Lippen nur für einen kurzen Augenblick, bevor er wieder den Kopf hob und in ihr ein enges Gefühl in der Brust und die heftige Sehnsucht nach mehr zurückließ.

Es war ein quälend zärtlicher Kuss voll unerwarteter Kraft

gewesen. Diese eine einzige flüchtige Berührung hatte etwas in ihrem Inneren bewegt, einen Teil von ihr freigelegt, der besser tief begraben geblieben wäre. Etwas, das sie nicht fühlen wollte. Sie wollte das Richtige tun und Jamie heiraten. Und nicht von einem wilden Krieger mit zweifelhafter Loyalität träumen. Von einem Mann, dessen bloße Nähe sie in völlige Verwirrung stürzte.

Das alles ist falsch, hätte sie vor Verzweiflung am liebsten laut aufgeschrien. Sie wünschte sich, er wäre rau und brutal, damit sie ihn nicht wollte. Damit er ihr bewies, dass ihre Entscheidung für Jamie richtig war. Und nicht dieser sanfte Krieger, der sie küsste, als wäre sie das kostbarste Juwel der Welt.

Heftig atmend starrte sie ihn an, unfähig, einen klaren Gedanken zu fassen. Tatsächlich sah er ebenso fassungslos aus wie sie.

Ich habe zugelassen, dass er mich küsst. Ich muss den Verstand verloren haben. Sie hatte mit dem Feuer gespielt, doch niemals hätte sie erwartet, dass sie sich durch Zärtlichkeit verbrennen könnte.

»Warum hast du das getan?«, fragte sie wie betäubt.

Er ließ sie los und trat entschlossen einen Schritt zurück. »Ich weiß es nicht.«

»Nun, tu es jedenfalls nicht wieder!«

»Diesbezüglich hast du nichts zu befürchten.«

Aus irgendeinem Grund fühlte sie sich bei seinem absolut entschiedenen Tonfall nur noch schlimmer.

Das Geräusch der sich öffnenden Balkontüren war eine willkommene Ablenkung. Die Frau allerdings, die heraustrat, war das nicht.

Bianca Gordon war ohne Zweifel die hohlköpfigste und selbstsüchtigste Frau am Königshof. Und wohl auch die schönste. Sie verkörperte das klassische Schönheitsideal:

flachsblondes Haar, Augen so strahlend blau wie das Meer und edle Gesichtszüge. Allerdings passte ihr Charakter nicht zu dem lieblichen Äußeren. Ihr Vater war der einflussreiche Marquis of Huntly, und Bianca sorgte dafür, dass jeder das wusste und ihr entsprechend huldigte.

Da Meg nur noch von Alex fort wollte und sich darüber ärgerte, dass er es gewagt hatte, ihr Vorhaltungen über ihr Verhalten heute Abend zu machen, nahm ein Plan in ihrem Kopf Gestalt an. Er schien ihre Absicht zu erraten.

»Wag es nicht, Meg«, warnte Alex mit leisem Grollen.

Meg ignorierte ihn und schenkte Bianca ein strahlendes Lächeln. »Bianca Gordon, wie schön, dich zu sehen!«

Bianca sah verwirrt aus. Meg hatte sich bisher noch nie über ihre Gesellschaft gefreut. »Meg, was hast du mit dir angestellt?«, fragte sie unverschämt. Mit schmalen Augen musterte sie Megs Frisur und ihr Kleid. »Nun, du siehst hübsch aus.«

Megs Stimme klang honigsüß. »Wie liebenswürdig von dir, dass du das sagst. Aber selbstverständlich könnte ich nie so schön wie du aussehen, Bianca.«

Bianca nickte mit dem Selbstvertrauen einer Königin, die eine Huldigung entgegennimmt, und war offensichtlich erfreut, dass sich die Aufmerksamkeit wieder auf sie richtete.

Meg drehte sich zu Alex um. »Bianca, kennst du schon meinen Nachbarn auf Skye, Laird Alex MacLeod? Er hat mich förmlich angefleht, dass ich ihn dir vorstelle.«

Meg hätte schwören können, dass sie hörte, wie Alex zischte.

Bianca strahlte eifrig und klimperte mit den langen Wimpern. »Sehr erfreut, Mylaird.«

»Mistress Gordon«, murmelte Alex und beugte sich über die ihm dargebotene Hand.

Trotz des drohenden Blicks, den Alex ihr zuwarf, flötete Meg: »Alex, sagtest du nicht gerade, dass du eine Partnerin für die nächsten Tänze suchst?«

Bevor Alex sie erwürgen konnte – was, seinem Gesichtsausdruck nach zu schließen, eindeutig seine Absicht war –, eilte Meg davon, jedoch nicht ohne noch einmal über die Schulter zu sehen und seinem wütenden Blick standzuhalten. »Genießt den Abend, ihr zwei!«

Das dürfte ihn eine Weile beschäftigen. Meg fühlte sich schon viel besser. Sie würde nicht zulassen, dass der kurze Kuss eines anmaßenden Lairds, wie aufwühlend er auch sein mochte, ihr den Abend verdarb.

Alex wusste nicht, ob er Meg Mackinnon erdrosseln oder sich lieber so weit wie möglich von ihr fernhalten sollte.

Nachdem sie ihm Bianca Gordon aufgedrängt hatte, die eitelste und unerträglichste Frau, die er je getroffen hatte, war ihm eher nach Ersterem. Doch nach diesem Kuss wagte er sich kaum noch in ihre Nähe.

Es war ein Fehler gewesen, Meg zu küssen.

Sie hatte sich so süß und weich in seinen Armen angefühlt, dass die Versuchung beinahe überwältigend gewesen war. Dennoch hätte er widerstehen können, wenn sie ihn nicht über das erträgliche Maß hinaus gereizt hätte. Bei dem Gedanken, dass sie nicht so unschuldig sein könnte, wie sie schien, traf ihn eine Welle nie gekannter Besitzgier, und seine eiserne Selbstbeherrschung zerbrach so mühelos wie ein trockener Zweig. Er wollte ihr alle Sinne rauben, doch dieser erste Impuls wurde von einer unerwarteten Welle von Zärtlichkeit gemildert. Er hatte sich langsam bewegt, um ihr die Gelegenheit zu geben, ihn aufzuhalten. Wenn sie das doch nur getan hätte!

In dem Augenblick, als sich ihre Lippen trafen, wusste er, dass sie die Leidenschaft eines Mannes noch nicht kennen gelernt hatte. Doch bei Gott, sie hätte mit der seinen Bekanntschaft gemacht, wenn es ihm nicht so vorgekommen wäre, als habe man ihm den Boden unter den Füßen weggezogen. Ihr honigsüßer Geschmack und das sanfte Zittern ihrer Lippen erfüllten ihn mit einem schmerzhaften Gefühl solcher Vollkommenheit, dass er von dessen Heftigkeit überwältigt zurückfuhr. Es war nicht Lust gewesen, sondern etwas völlig Unbekanntes und weit Mächtigeres.

Selbst eine Stunde von Bianca Gordons albernem Geplapper konnte die Erinnerung nicht dämpfen. Diese eine kleine Kostprobe hatte auf unwiderstehliche Weise seinen Appetit auf mehr geweckt. Er konnte sich nicht darauf verlassen, dass er es nicht noch einmal versuchen würde, und das nächste Mal würde nichts ihn davon abhalten, in die süßen Tiefen ihres Mundes einzutauchen und sie noch tiefer zu kosten. Statt sie also zu suchen und entweder seinen Ärger oder seine Lust an ihr abzureagieren, tat er, was er schon den ganzen Abend hätte tun sollen, und machte sich auf die Suche nach Lordkanzler Seton.

Nachdem er kurz die angrenzenden Vorzimmer abgesucht hatte, kehrte Alex in den Saal zurück, gesellte sich zu einer Gruppe von Männern, die sich über König James' Eindämmung der Grenzen unterhielten, und suchte die Menge unauffällig nach Seton ab. Der Anblick, der sich ihm bot, ließ ihm das Blut in den Adern gefrieren.

Meg ignorierte ganz offen seine Warnung. Der Kreis ihrer Bewunderer war sogar noch größer geworden, dennoch musste Alex unweigerlich feststellen, dass ihre Aufmerksamkeit sich auf einen Mann ganz besonders konzentrierte.

Sie hatte sich ihm widersetzt, eigentlich sollte ihn das nicht überraschen. Meg Mackinnon forderte ihn auf eine Art und Weise heraus, wie es noch keine andere Frau getan hatte. Unter normalen Umständen hätte ihn das vielleicht sogar amüsiert. Doch jetzt konnte er nichts anderes tun, als sich gewaltsam davon abzuhalten, hinüberzustürmen und seine Faust in das Gesicht des Mannes zu schmettern, mit dem sie gerade in eine angeregte Unterhaltung vertieft war. Eine sehr intime Unterhaltung. Alex krampfte die Finger fester um den Stiel des Rotweinkelches, als der verdammte Narr sich zu ihr beugte und ihr etwas ins Ohr flüsterte.

Abrupt stellte er seinen Kelch ab, entschuldigte sich bei der Gruppe Männer und steuerte geradewegs auf Meg zu. Sein Ärger war von einer völlig neuen Heftigkeit, angefacht von einem Gefühl, das ihm so fremd war, dass er es fast nicht erkannte. *Tod und Teufel*, er war eifersüchtig!

Am Kostüm und der Maske, die der Mann trug, erkannte Alex, dass es sich um den Zeremonienmeister der heutigen Festlichkeiten handelte. Und noch etwas an ihm kam ihm sehr bekannt vor, doch Alex konzentrierte sich zu sehr auf Megs betörendes Lächeln, um weiter darüber nachzudenken.

So sehr, dass er beinahe geradewegs in Lordkanzler Seton hineingerannt wäre. Alex murmelte eine Entschuldigung und sah Seton nach, wie er den Saal verließ. Das war genau die Gelegenheit, auf die Alex gewartet hatte. Er musste sie einfach ergreifen! Also verdrängte er seine Eifersucht und das Bedürfnis, Meg von ihrem Bewunderer fortzuzerren, und folgte Seton. Der Lordkanzler hatte beinahe schon die Tür erreicht. In wenigen Augenblicken würde er in den weitläufigen Korridoren verschwinden. Alex folgte ihm ein paar Schritte, doch dann konnte er nicht widerstehen, einen letzten Blick auf Meg zu werfen, und stieß einen Fluch aus.

Das war ein Fehler gewesen.

Sein ganzer Körper verkrampfte sich, als er sah, wie der Mann verführerisch mit dem Finger über Megs Arm strich, wobei er wie zufällig die üppige Rundung ihrer Brust streifte. Sein verschlagenes Lächeln verriet Alex, dass der Bastard es mit Absicht getan hatte. Seton war für den Augenblick vergessen, Alex stürmte rasend vor Wut zu Meg. Er würde ihn töten.

Das verschlagene Lächeln schwebte noch immer vor seinem Geiste, er hatte Meg schon fast erreicht, als ihm schlagartig klar wurde, wer der Mann war.

Das Blut wich ihm aus dem Gesicht. Als könne er spüren, dass Alex' Blick auf ihm lastete, drehte sich der Mann um und bestätigte, was Alex bereits wusste. Niemals würde er die Augen seines Feindes vergessen.

Die letzten fünf Jahre verblassten, und Alex stand wieder in dem blutigen Bergkessel im Schatten der majestätischen Cuillin-Bergkette, zurückversetzt an den Tag, der sich für immer in sein Bewusstsein eingebrannt hatte.

Ein blutiges Versprechen lag in der Luft. Seine Krieger waren begierig auf den Kampf, der jetzt so nahe war, dass Alex ihn beinahe riechen konnte.

Es war sein erstes Befehlskommando, und Alex war unglaublich stolz auf die Verantwortung, die ihm übertragen worden war. Er würde nicht nur die Männer seines Bruders, die MacLeods von Dunvegan, anführen, sondern auch ihre Verwandten, die MacLeods von Lewis. Beide Zweige des Clans hatten ihre Kräfte vereint, um gegen die MacDonalds zu kämpfen.

Sie jagten ihre Beute aus den gewaltigen Schatten der Cuillin-Bergkette. Der ganze Trupp, Nachfahren der Söhne Le-

ods, bestand aus knapp fünfzig Kriegern. Eine große Gruppe, und doch bewegten sie sich lautlos den grasbewachsenen Pfad entlang und stiegen immer höher in die über ihnen aufragenden Berge.

Alex hob die Hand und signalisierte den Männern, anzuhalten. Er bedeutete zweien seiner luchd-taighe *Gefolgsmänner, seinen Cousins John und Tormond von Lewis, ihm zu folgen. Die drei kräftigen, in Kettenhemden gekleideten Krieger schlichen ein paar Schritte vorwärts, dann legten sie sich auf den Boden und robbten zum Rand des Hügels, um hinunterzusehen.*

Das Bild, das sich unter ihnen bot, war kein schöner Anblick für einen MacLeod. Ihre Beute – die verachteten MacDonalds – feierte unter ihnen einen erfolgreichen Raubzug. Das Vieh, das die MacDonalds während ihres blutigen Überfalls auf die Ländereien seines Bruders bei Bracadale gestohlen hatten, graste friedlich in dem kleinen Tal an den grasbedeckten Ufern der Feenteiche.

Diese idyllische Szene schürte Alex' ohnehin schon schwelenden Zorn. Er war dafür verantwortlich, Rorys Ländereien zu bewachen, während sein Bruder fort war. Diese elenden Narren feierten, obwohl sie sich immer noch auf dem Land der MacLeods befanden. Alex rang um Beherrschung, denn der Überfall hatte während seines ersten Kommandos stattgefunden.

Es wurde Zeit, dass diesen diebischen Bastarden eine Lektion erteilt wurde.

Mit einem wilden Kampfschrei, der die morgendliche Stille durchschnitt wie das schrille Heulen der Banshee, stürmten die MacLeods den Hügel hinunter und fielen über die ahnungslosen MacDonalds her.

Der Kampf hatte begonnen.

Die sengende Sonne zog langsam über den wolkenlosen Mittsommerhimmel. Nach Stunden unablässigen Kampfes hatten Alex und seine Männer längst jeden Überraschungsvorteil verloren.

Im Herzen der Schlacht standen sich Alex und Dougal MacDonald gegenüber, zwei meisterliche Schwertkämpfer, Anführer gegen Anführer.

Blut tränkte das zertrampelte Gras zu Alex' Füßen und machte es schwer für ihn, sich sicher zu bewegen und nicht auszurutschen. Unter dem schweren Kettenhemd sammelte sich der Schweiß und troff bei jedem niederschmetternden gegnerischen Schwertstreich, den er abwehrte, von seinen müden Gliedern.

Allmählich begann sein Griff um das Heft des Breitschwerts zu ermüden.

Schweiß lief ihm in die Augen und trübte ihm die Sicht. Der überwältigende Gestank, der die Luft erfüllte, machte ihm das Atmen schwer. Längst überdeckte der stechend süße Geruch des Todes den frischen Duft des Heidekrauts.

Langsam ermüdete Alex. Sein Gegner spürte das und holte zum tödlichen Hieb aus. Alex wehrte den mächtigen Schlag von Dougal MacDonald ab, und heftiger Schmerz explodierte in seinem Arm. Sein Griff lockerte sich, das Breitschwert fiel ihm aus der Hand. Wie ein schimmerndes silbernes Kreuz flog es durch die Luft und landete mit einem dumpfen Aufprall weit außerhalb seiner Reichweite. Geschockt über seine Entwaffnung fuhr er wieder herum, und die Schwertspitze seines Feindes presste sich fest an seine Kehle.

»Ergebt Euch«, warnte Dougal. »Ruft Eure Männer zurück, oder wir schlachten sie ab wie die Schweine, die sie sind.«

Alex betrachtete das Gemetzel um sich herum – längst kein

ländliches Idyll mehr. Leichen lagen über den einst friedlichen Bergkessel verstreut. Blut färbte das klare Wasser der Feenteiche grausig rot. Ein paar seiner Männer kämpften noch. Manche, so wie er, waren gefangen genommen worden. Das war gleichgültig. Solange er noch einen Atemzug tun konnte, würde er kämpfen. Niemals würde er freiwillig die Schande einer Kapitulation ertragen.

Er spuckte Dougal vor die Füße und umklammerte den Dolch in seiner Hand. »Ich ergebe mich niemals einem Hurensohn der MacDonalds.«

Dougal MacDonald schien sich über seine Worte zu freuen. Mit einem Lächeln nickte er zweien seiner Männer zu, die auf der anderen Seite der Talsohle standen.

Voller Schrecken erkannte Alex, dass Dougal den beiden Männern ein Zeichen gegeben hatte, die seine gefangen genommenen Cousins John und Tormond festhielten. Wild holte er aus und sprang vor, doch es war zu spät. Seine Cousins sanken mit einem schrecklichen dumpfen Geräusch zu Boden. Der Dolch hatte ihre Kehlen so tief aufgeschlitzt, dass es keinen Zweifel daran geben konnte, dass sie tot waren.

»Sollen wir es noch einmal versuchen?«, fragte Dougal liebenswürdig. »Gib auf, oder ich gebe meinen Männern den Befehl, alle zu töten.«

Mit dem bitteren Geschmack der Niederlage auf der Zunge wandte Alex sich an den Rest seiner Männer. Sein Stolz hatte seine Cousins getötet, er würde nicht auch noch den Rest von ihnen töten. »Legt die Waffen nieder«, rief er heiser. »Es ist vorbei.«

Die Dudelsackpfeifer hatten längst aufgehört zu spielen, als Alex und die überlebenden MacLeods gefesselt und fortgeführt wurden – Gefangene statt Sieger.

Zweiundzwanzig seiner Clanmänner wurden tot im »Tal des Überfalls« zurückgelassen.

Tot unter seinem Kommando.

Nun stand der Mann, der seine Cousins ermordet und Alex in den langen folgenden Monaten gefangen gehalten hatte, keine zehn Schritte von ihm entfernt, die dreckigen Hände auf Meg und dieses vertraute höhnische Lächeln im Gesicht. Dieses Lächeln hatte einmal die Macht gehabt, ihn die Beherrschung verlieren zu lassen, doch nun nicht mehr.

Alex' Gesicht war eine eisige Maske, während der Zorn in seinem Innern wie eine offene Wunde schwärte. Alle seine Instinkte schrien danach zu kämpfen, den Tod seiner Cousins zu rächen, sein Schwert zu ziehen und Dougal MacDonald niederzustrecken. Mühsam kämpfte Alex den Hass nieder, der in ihm aufstieg und hervorzubrechen drohte. Hass, der diesen prunkvollen Saal in ein Chaos aus Tod und Zerstörung verwandeln würde. Doch er würde nie wieder zulassen, dass Dougal MacDonald seinen Zorn sah.

Langsam verebbte der Schock und wich kalter Gewissheit. Alex würde seine Vergeltung bekommen. Er und Dougal würden die Klingen wieder kreuzen, aber nicht hier. Dies war nicht der passende Ort.

Es gab nur eine einzige Art, wie er seine Vergangenheit wiedergutmachen konnte, nämlich indem er seinen Cousins half, die Invasion der Abenteurer von Fife niederzuschlagen. Dougal wiederzusehen hatte ihn mit voller Wucht daran erinnert, wie wichtig sein Auftrag war, warum er sich selbst die letzten fünf Jahre so unablässig vorangetrieben hatte. All das Kämpfen, all die Qualen hatten ihn an diesen Punkt gebracht.

Nichts würde ihn von seinem Weg abbringen.

Sein Blick glitt zu Meg. Er konnte die Unschlüssigkeit in ihren Augen sehen, als habe sie erkannt, dass sich etwas geändert hatte. Und so war es auch. Er hatte sich von einer grünäugigen Verführerin ablenken lassen. Lust hatte ihn vorübergehend dazu gebracht, sein Ziel aus den Augen zu verlieren, doch das würde nicht noch einmal geschehen. Verdammt, er hatte die Chance, Seton zu folgen, und hatte sie wegen Eifersucht verstreichen lassen.

Meg Mackinnon war nicht für ihn bestimmt.

Mit einem letzten tödlichen Blick auf Dougal drehte Alex sich auf dem Absatz um und wandte sich in die Richtung, in die Lordkanzler Seton verschwunden war. Sein Auftrag war alles, was zählte. Dougal MacDonald war nötig gewesen, um ihn daran zu erinnern, was auf dem Spiel stand.

Alex würde die Informationen finden, die er brauchte, um seine Verwandten, die MacLeods von Lewis zu retten.

Oder bei dem Versuch sterben.

8

Meg gab sich Mühe, dem Mann vor ihr weiter aufmerksam zuzuhören. Wenn sie sich nicht bereits für Jamie entschieden hätte, wäre sie vielleicht etwas aufmerksamer. Alles in allem stellte Dougal MacDonald eine gute Partie dar, die MacDonalds kontrollierten einen beträchtlichen Teil von Skye. Doch irgendetwas an dem Mann war ihr unangenehm. Er war von beeindruckender Statur, beinahe so groß wie Alex und recht gut aussehend, wie sie fand. Oberflächlich betrachtet schien er sehr charmant zu sein. Doch hinter all der Schmeichelei und dem warmen Lächeln entdeckte Meg ein skrupelloses Glitzern in den harten blauen Augen.

Ihr Argwohn, was Dougal betraf, war nicht der einzige Grund, warum sie so abgelenkt war. Ihre Gedanken wanderten ständig zu Alex zurück. Wo war er? Sie wollte, dass er sie in Ruhe ließ, sie nicht mehr verwirrte oder etwa nicht? Sein Gesichtsausdruck, als sie ihn mit Bianca allein gelassen hatte, war unbezahlbar gewesen. Er hatte es für seine Anmaßung nicht anders verdient. Schließlich hatte er kein Recht, sie herumzukommandieren. Doch Meg bereute ihre Tat gleich wieder, als sie sah, wie atemberaubend die beiden miteinander auf der Tanzfläche aussahen. Alex machte keinen Hehl aus seinem Widerwillen, mit Bianca zu tanzen, doch Meg verspürte dennoch einen Stich in der Brust, der sich verdächtig nach Eifersucht anfühlte.

Er hatte kein Recht, ihr Vorschriften zu machen, kein Recht, sie zu küssen. Sie spürte diesen Kuss noch auf den

Lippen, lange nachdem er fort war. Sie wusste, sie sollte aufhören, darüber nachzudenken. Es war nur eine momentane Schwäche, nichts weiter.

Als sie merkte, dass ihr Blick schon wieder abschweifte, zwang sie sich, die Aufmerksamkeit wieder auf Dougal zu richten. Er sah sie erwartungsvoll an, und ihr wurde klar, dass er sie etwas gefragt hatte. Als sie ihn bat, es zu wiederholen, beugte er sich näher zu ihr, viel näher, als nötig wäre. Sie bemühte sich, ihr Unbehagen nicht zu zeigen. Schließlich war sie nicht gerade eine Expertin in höfischem Kokettieren.

»Mit Bedauern habe ich von der Erkrankung Eures Vaters gehört«, wiederholte er. »Ich hörte, es gab da gewisse Aufregung?« Angesichts ihres offensichtlich verwirrten Gesichtsausdrucks fuhr er fort: »Da die Frage seines Nachfolgers nicht geklärt ist und all das.«

Ihre Augen wurden schmal, überrascht, dass das Murren einiger weniger Männer ihres Vaters bis zu den MacDonalds vorgedrungen war. Sie lächelte dünn. »Ich fürchte, da seid Ihr falsch informiert. Mein Bruder ist Vaters *tanaiste*.«

Er lächelte nachsichtig. »Aber seine, äh … eingeschränkten Fähigkeiten … machen die Situation ungewiss, oder?«

Meg rang um die Beherrschung. »Nein, ganz und gar nicht.«

Anscheinend hatte er erkannt, dass er zu weit gegangen war, denn er meinte sofort reuevoll: »Natürlich. Natürlich. Bei meinem Besuch auf Dunakin letzten Monat konnte ich selbst sehen, dass die Gerüchte, Ian sei schwachsinnig, stark übertrieben sind.«

Meg versteifte sich, doch er schien es nicht zu bemerken.

»Ich nehme an, wenn Ihr verheiratet wärt, wenn Ihr einen starken Ehemann hättet … Vielleicht sogar einen, dessen Ländereien an Eure grenzten?«

Sie lächelte gezwungen und tat so, als hätte sie nicht bemerkt, dass er von sich selbst sprach. Sein Besuch auf Dunakin, kurz nachdem es ihrem Vater wieder besser ging, war ihr ein wenig seltsam vorgekommen, doch nun wurde ihr klar, dass er beabsichtigt hatte, um sie zu werben.

Als sie nicht antwortete, schlug er vor: »Geht mit mir ein wenig draußen spazieren. Ich brenne darauf zu sehen, ob Ihr bei Mondlicht ebenso schön wie bei Kerzenlicht seid.«

Er strich mit dem Finger ihren Arm entlang. Unwillkürlich lief Meg bei dieser Berührung ein unangenehmer Schauer über den Rücken, doch als sein Finger ihre Brust streifte, zuckte sie regelrecht zusammen. Hatte er das absichtlich getan? Sie sah ihn scharf an, doch sein Blick verriet nichts. Nun begann Meg, sich äußerst unwohl zu fühlen. »Vielleicht später«, entgegnete sie und gab ihrer Stimme einen unbeschwerten Tonfall. »Ich war eben draußen spazieren.«

»Mit Alex MacLeod?«, schnauzte er.

»Ja«, antwortete sie erstaunt darüber, dass er sie so genau beobachtet hatte. »Kennt Ihr ihn?«

»Das könnte man so sagen.«

Sein Tonfall gefiel ihr nicht sonderlich. »Also kennt Ihr ihn gut?« Sie konnten keine Freunde sein, die MacLeods und die MacDonalds waren seit Generationen verfeindet.

Für einen kurzen Augenblick bekam seine charmante Fassade einen verräterischen Sprung, als er höhnisch lächelte. »Man könnte sagen, wir haben einmal eine Zeit lang eng zusammengelebt. Aber Ihr könnt ihn selbst danach fragen, er kommt gerade auf uns zu. Der finsteren Miene nach zu urteilen, würde ich sagen, dass ihm der Teufel im Nacken sitzt.«

Meg blickte über die Schulter und sah einen wütenden

Alex mit schnellen Schritten von der anderen Seite des Saales her auf sie zustürmen. Instinktiv erkannte sie, dass er eifersüchtig war. So unangebracht das auch sein mochte.

Dann plötzlich, als er sie schon beinahe erreicht hatte, erstarrte er mitten in der Bewegung. Sein Blick fixierte Dougal, und aus seinen Augen flammte so glühender Hass, dass sie das Gefühl hatte, sich daran zu verbrennen. Alex sah aus, als wollte er ihn töten. Doch sein völlig emotionsloser Gesichtsausdruck nur wenige Sekunden später war es, der ihr wirklich Angst einjagte. Er wirkte kalt und entschlossen. Und so unnahbar, dass sie wusste, dass sie ihn nicht mehr erreichen konnte. Er drehte sich auf dem Absatz um, ohne sie eines weiteren Blickes zu würdigen, und schritt in entgegengesetzter Richtung davon. Fort von ihr. Gerade so, als wolle er nichts mehr mit ihr zu tun haben.

Irgendetwas war hier nicht in Ordnung.

Sie konnte an nichts anderes mehr denken als daran, zu ihm zu gehen und ihm zu helfen, herauszufinden, was seine Verzweiflung ausgelöst hatte. Und so viel Hass.

Meg vergaß Dougal völlig und bahnte sich einen Weg durch die Menge. Doch bevor sie Alex erreichen konnte, war er verschwunden. Hilflos blickte sie um sich und suchte ihn in dem Meer von fragenden Gesichtern, die sie anstarrten. Doch er war fort.

Sie musste ihn finden. Denn Meg wusste, wenn sie das nicht tat, würde er ihr vielleicht für immer entgleiten.

Dougal MacDonald verbarg seine rasende Wut hinter einem trägen Lächeln, während er seiner zukünftigen Braut nachblickte, wie sie aus dem Saal floh, um Alex MacLeod hinterherzulaufen. Sie schien weder das einsetzende Geflüster noch die Tatsache, dass sie ihn gerade mitten im Saal hatte stehen lassen, zu bemerken. Dass sie ihn für seinen Erzfeind stehen gelassen hatte, machte es nur noch schlimmer.

Seine Spione bei Hofe hatten ihn natürlich über MacLeods Anwesenheit informiert, doch Dougal war nicht bewusst gewesen, dass er an Meg Mackinnon interessiert war. Oder sie an ihm. Das machte die Sache zwar komplizierter, doch es beunruhigte ihn nicht sonderlich. Komplikationen ließen sich leicht aus der Welt schaffen.

Er lächelte, dieses Mal vor Vergnügen. Er hatte Alex MacLeod schon einmal besiegt, er würde es wieder tun. Und diesmal würde er keine Gnade zeigen.

Selbst wenn Dougal sie nicht für sich selbst wollte, eine Verbindung zwischen einer Mackinnon und einem MacLeod durfte er nicht zulassen. Bereits seit Jahrhunderten kämpften die MacLeods und MacDonalds um die Vorherrschaft auf Skye. Sollten die Ländereien der Mackinnons einem der Opponenten zufallen, würde das zu einer Verschiebung des Mächtegleichgewichts führen. Und Dougal hatte vor, das Gleichgewicht zu seinen Gunsten zu verschieben.

Ursprünglich wollte er das Mädel keineswegs selbst heiraten. Doch als er sie heute wiedersah, war er zugegebenermaßen angenehm überrascht. Das kleine Täubchen hatte sich seit ihrer letzten Begegnung ganz schön gemausert. Dougal freute sich beinahe darauf, ihr beizuliegen. Seine Miene verhärtete sich. Wenn sie es jedoch wagen sollte, ihn noch einmal so zu blamieren, wenn sie verheiratet waren, dann würde sie die volle Wucht seines Zornes zu spüren bekommen. Keine Frau stellte ihn ungestraft bloß.

Meg Mackinnon den Hof zu machen entpuppte sich als größere Herausforderung, als er erwartet hatte. Für eine Frau war sie ungewöhnlich intelligent und würde sich nicht so leicht übertölpeln lassen. Dougal bewunderte ihr Feuer, im Schlafzimmer würde er dafür gute Verwendung finden, doch er würde niemals zulassen, dass ihr Temperament seine Pläne durchkreuzte.

Egal wie, Meg Mackinnon würde seine Frau.

Zum ersten Mal seit Alex am Königshof angekommen war, sah er seinen Auftrag klar und deutlich vor sich. Dass er sich auf die Aufgabe und nicht auf ein Paar betörender grüner Augen konzentrierte, brachte bereits erste Ergebnisse. Er konnte sein Glück kaum fassen.

Als Alex sich endlich seinen Weg aus dem überfüllten Saal gebahnt hatte, war von Lordkanzler Seton weit und breit nichts mehr zu sehen. Heftig verfluchte Alex die verpasste Gelegenheit und seine aufflackernde Eifersucht, die dazu geführt hatte. Doch als er sich suchend umblickte, sah er, wie jemand ebenso Wichtiges den Saal verließ und den Gang entlangeilte: Sekretär Balmerino – einer der ursprünglichen zwölf Mitglieder der Abenteurer von Fife, die vor einigen Jahren das erste Mal versucht hatten, die Isle of Lewis zu kolonisieren. Aufgrund seiner damaligen Beteiligung vermutete Alex, dass sein plötzliches Erscheinen bei Hofe etwas zu bedeuten hatte.

Schnell entschlossen suchte er nicht länger nach dem Lordkanzler, sondern folgte Sekretär Balmerino in der Hoffnung, dieser würde ihn zu Seton führen.

Während seines Lebens als Gesetzloser in den letzten Jahren war Alex darauf angewiesen gewesen, sich zu tarnen, um nicht von den Häschern des Königs gefangen genommen zu werden. Er war es gewohnt, sich lautlos zu bewegen, sich im Unterholz zu verbergen, mit der Landschaft zu verschmelzen. Doch mit der Umgebung bei Hofe zu verschmelzen war eine völlig andere Angelegenheit. Hier war seine Größe definitiv ein Nachteil. Es gab nicht allzu viele Möglichkeiten, sich zu verstecken. In der Nähe des Saales mit all den Menschen, die sich dort tummelten, konnte man unauffällig in der Menge untertauchen. Doch als der Sekretär den Korridor zum Audienzzimmer entlangeilte, lichtete die Menge sich beträchtlich, und Alex musste immer weiter zurückbleiben und versuchen, möglichst viel Abstand zwischen sich und dem Sekretär zu halten, ohne ihn aus den Augen zu verlieren.

Außerdem musste er sichergehen, dass ihm niemand folgte. Als er beim Geräusch sich nähernder Stimmen schnell in ein angrenzendes Zimmer schlüpfen musste, glaubte er schon, er hätte den Sekretär verloren. Doch ein paar Sekunden später führte ihn ein unterdrücktes Husten wieder in die richtige Richtung.

Um keine weiteren Risiken einzugehen, verringerte Alex den Abstand zwischen ihnen und betete im Stillen, der Sekretär möge sich nicht umsehen. Es wäre schwierig, Sekretär Balmerino zu überzeugen, dass er ihn nicht verfolgte. Als Vorsichtsmaßnahme hatte er sich den Grundriss des Palastes gut eingeprägt, doch im Gegensatz zur freien Natur waren im Palast die Fluchtwege, auf denen er unbemerkt entkommen konnte, begrenzt. Wenn man ihn beim Ausspionieren dieser Leute erwischte, wäre das gleichbedeutend mit Hochverrat. Alex war schon einmal eingekerkert gewesen, und er war nicht erpicht darauf, diese Erfahrung zu wiederholen. Doch er hatte gewusst, auf welche Risiken er sich einließ, als er sich zu dieser Aufgabe freiwillig bereit erklärt hatte.

Als Balmerino am Audienzzimmer vorbeiging und in einen dunklen, verlassenen Gang im hinteren Teil des Palastes bog, stieß Alex einen Seufzer der Erleichterung aus. Die Alkoven, die den Korridor säumten, würden ihm einen gewissen Schutz bieten. Etwa auf halbem Wege den Gang hinunter betrat der Sekretär ein kleines Vorzimmer, und Alex' Verdacht bestätigte sich. Der Sekretär hatte ihn geradewegs zu Lordkanzler Seton und seinen Kumpanen geführt, endlich könnte Alex die Unterhaltung belauschen, die ihn hoffentlich auf den Weg nach Lewis schicken würde.

Der Traum des Königs, die Isle of Lewis und später vermutlich den Rest der westlichen Inseln zu kolonisieren, basierte auf der fälschlichen Annahme, die Inseln beherbergten versteckte Reichtümer, die nur darauf warteten, von ihm geplündert zu werden. Nachdem er eine Reihe von Gesetzen erlassen hatte, die darauf abzielten, den Highlandern ihr Land zu rauben, verpachtete der König die Isle of Lewis, die rechtmäßig den MacLeods von Lewis gehörte, an eine überwiegend von der Isle of Fife stammende Gruppe von Lowlandern, die bereit waren, sich der Herausforderung zu stellen.

König James hoffte bei Stornoway, dem größten Dorf auf Lewis, eine Siedlung von Lowlandern und später einen Handelshafen errichten zu können. Doch Alex' Cousins Tornod und Neil MacLeod hatten mit geheimer Unterstützung einiger Inselchiefs die Eindringlinge durch Plündern und Brandschatzen erfolgreich nach Fife zurückgejagt.

Die »Noblen Abenteurer von Fife«, wie sie sich selbst nannten – *als ob es sich um eine verdammte Expedition und nicht um einen Eroberungsfeldzug gegen ihre eigenen Landsmänner handeln würde,* dachte Alex erbost – waren mit eingezogenem Schwanz zu einem wutschnaubenden und beschämten König zurückgekehrt. Einem König, der alles in seiner Macht Stehende unternehmen würde, um einen zweiten Versuch nicht in einer ebenso vernichtenden Niederlage enden zu lassen.

Alex andererseits würde alles tun, um das Gegenteil zu erreichen. Verdammt wollte er sein, wenn er untätig zusah, wie der König seinen Cousins das Land stahl und es mit verfluchten Lowlandern bevölkerte. Doch Alex wusste, dass es noch einen tieferen Grund gab, warum er seinen Verwandten helfen wollte. Der Tod seiner Cousins durch die Hand von Dougal MacDonald auf dem Schlachtfeld vor fünf Jahren lastete immer noch schwer auf ihm. Jetzt hatte er die Gelegenheit, es wiedergutzumachen.

In einen der kleinen Alkoven gezwängt, die den Gang säumten, versuchte Alex, so gut er konnte, seine hochgewachsene Statur zu verstecken. Sollte jemand den Raum unerwartet verlassen, dann würde er höchstwahrscheinlich entdeckt.

Dieses Risiko musste er eingehen.

Von seinem Versteck neben der Tür konnte er nicht direkt in das Zimmer sehen, doch er hörte genug, um das Wesentliche der Unterhaltung zu verstehen. Allmählich begannen seine Muskeln dagegen zu protestieren, dass er so lange in dieser ungemütlichen Haltung ausharrte. Scheinbar stundenlang musste er nichtssagendes Geplauder ertragen, bevor sie endlich auf das entscheidende Thema zu sprechen kamen.

Trotz der Unbequemlichkeiten hatte sich das Warten gelohnt.

Er erkannte die gebieterische Stimme von Lordkanzler Seton. »Seid versichert, dass Ihr Eure Schiffe bekommt, Sekretär Balmerino. Der König hat versprochen, alles in seiner Macht Stehende zu tun, um den Erfolg Eures Unternehmens zu sichern. Sind Eure Männer bereit?«

»Sobald der König es befiehlt, mein Lordkanzler. Just in diesem Moment warten meine Männer in Fife auf meine Befehle, bereiten die Kolonisten vor und stocken die Vorräte auf. Wenn die Schiffe des Königs ankommen, sind wir bereit.«

»Ausgezeichnet. Wie viele Kolonisten habt Ihr dieses Mal?«, fragte der Lordkanzler.

»Ungefähr 400, darunter Krieger, Handwerker, Zimmerleute und Frauen.«

Erleichtert darüber, endlich die Bestätigung zu hören, dass die Abenteurer von Fife einen zweiten Versuch planten, stieß Alex den angehaltenen Atem aus. Jetzt musste er nur noch in Erfahrung bringen, *wann* …

»Solange …«

Alex hörte etwas. Das schwache Geräusch von Schritten lenkte seine Aufmerksamkeit auf das Ende des Korridors und hinderte ihn daran, den Rest von Lordkanzler Setons Worten zu hören. Da kam jemand.

Das vertraute Gefühl der Gefahr ließ ihm das Blut schneller durch die Adern strömen. Er zog seinen Dolch. Die lange scharfe Klinge schimmerte im schwachen Kerzenlicht. Verstohlen schlüpfte er aus dem Alkoven und schlich durch den schwach beleuchteten Korridor in die Richtung, aus der die Schritte kamen, um so viel Abstand wie möglich zwischen sich und die offene Tür zu bringen. Gerade als der Eindringling um die Ecke bog, schlüpfte Alex in den Schatten eines weiteren Alkovens. Er wartete, jeder Nerv zum Zerreißen gespannt. Halb erwartete er, dass Dougal ihm gefolgt war.

Nachdem er den instinktiven Impuls, Dougal MacDonald zu töten, überwunden hatte, war Alex klar geworden, dass Dougals Anwesenheit bei Hofe kaum ein Zufall sein konnte. Obwohl die MacDonalds behaupteten, sich der Allianz der Chiefs, die sich zusammengetan hatten, um die Isle of Lewis vor einer Invasion zu beschützen, anzuschließen, traute Alex ihnen nicht. Er musste Dougal MacDonald genau im Auge behalten. Wenn die MacDonalds vorhatten, sie zu täuschen, würde Alex es herausfinden.

Die Schritte klangen leicht, zu leicht für einen Mann …

Er fluchte, als er die kleine Gestalt erkannte, die um die Ecke bog. Meg. Er wusste nicht, ob er wütend über diese ungelegene Unterbrechung sein sollte, oder dankbar dafür, dass es nur sie war. Noch nie hatte er eine Frau getroffen, die so darauf aus war, seinen Zorn zu spüren. Sie hatte einfach nicht genug gesunden Menschenverstand, um ihn in Ruhe zu lassen. Er ließ den Dolch wieder in den Gürtel gleiten, trat aus dem Schatten und verstellte ihr den Weg.

Erschrocken fuhr sie zurück. Als sie ihn erkannte, stemmte sie die Fäuste in die Hüften und starrte ihn finster an. »Was soll das, sich so im Schatten zu verstecken? Du hast mich fast zu Tode erschreckt. Bist du nicht ganz bei Trost?«

»Das trifft wohl eher auf dich zu«, konterte er. Sie schnappte empört nach Luft, doch er ignorierte es, packte sie am Arm und zog sie um die Ecke außer Sicht. Ihr Anblick ließ all die Gefühle wieder hochkochen, die zu ignorieren er sich geschworen hatte, als er aus dem Saal gestürmt war. Er wollte sie an die Wand pressen und sie dafür bestrafen, dass sie ihn ablenkte. Dass sie ihn frustrierte. Dass jede verdammte Faser seines Körpers vor Verlangen nach ihr pulsierte. »Oder ist es deine Gewohnheit, Männern in dunkle Korridore zu folgen?«, fragte er. Ihm war bewusst, dass die Schärfe in seiner Stimme daher kam, dass er sie mit seinem Feind gesehen hatte. Das Bild von Dougal MacDonald, wie er sie berührte, brannte lebhaft in ihm.

»Für gewöhnlich nicht«, meinte sie steif und reckte das bezaubernde Kinn. »Aber ich bin tatsächlich hierhergekommen, weil ich dich suche. Du schienst dich im Saal über irgendetwas aufzuregen …«

Alex versteifte sich. Sie wagte sich auf gefährliches Terrain.

Meg hielt inne, als sie die subtile Warnung wahrnahm. Nervös kaute sie auf der Unterlippe, während sie ihre Worte abwägte. »Ich habe mir Sorgen gemacht. Ich konnte sehen, dass etwas nicht in Ordnung ist.« Sanft legte sie ihm die Hand auf den Arm. Selbst durch den dicken Samt seines Wamses hindurch jagte ihre Berührung ihm einen heißen Schauer durch den Körper. Es war noch nicht so lange her, dass er sie in den Armen gehalten hatte, die Erinnerung daran war übermächtig.

Doch Alex wollte ihren Trost nicht. Er musste sie sich aus dem Kopf schlagen.

Zwar schwor er sich, unbeteiligt zu bleiben, doch ihr zartes Gesicht, das zu ihm aufblickte, war so verdammt bezaubernd. Diese vor Sorge geweiteten, flehenden grünen Augen. Die schmalen, geschwungenen Brauen, die sich über der kecken kleinen Nase zusammenzogen, so dass sich eine reizende Falte bildete. Selbst in dem gedämpften Licht konnte er die weiche, sinnliche Linie ihrer köstlichen Lippen erkennen. Eine Welle von Besitzgier überrollte ihn. *Mein!* Doch das war sie nicht, noch wäre sie das je. Er kämpfte den primitiven Impuls nieder, ihren Mund mit seinem zu bedecken, sie für sich zu beanspruchen und jeden Überrest von Dougal MacDonald aus ihrem Gedächtnis zu löschen.

Zur Hölle! Er schüttelte ihren Arm ab und trat entschlossen einen Schritt zurück. »Du beherzigst gute Ratschläge wohl nicht allzu sehr«, knurrte er. »Ich hatte dich gewarnt, vorsichtig zu sein.«

»Ratschläge?« Sie hob sarkastisch eine Augenbraue. »Meinst du nicht eher Befehle? Und nein, das tue ich nicht. Und du?«

Alex weigerte sich, den Köder zu schlucken. »Du gewöhnst dich besser daran, wenn du vorhast, zu heiraten.«

Sie presste die Lippen zusammen und entgegnete nichts, doch Alex bemerkte das trotzige Funkeln in ihrem Blick.

Seine Augen wurden schmal. »Oder ist das eines der Auswahlkriterien für einen Ehemann? Dass er dich alles tun lässt, was du willst?«

»Natürlich nicht«, gab sie zurück.

Alex musterte ihr empörtes Gesicht, doch er vermutete, dass er zumindest zum Teil ins Schwarze getroffen hatte. Meg hatte sich selbst eine ungewöhnliche Position geschaffen, was man so hörte, genoss sie die Verantwortung. Er bezweifelte, dass sie erpicht darauf war, diese Verantwortung wieder abzugeben.

Eine Weile betrachtete er ihr erhobenes Gesicht. »Wenn du glaubst, dass Jamie Campbell sich am Gängelband führen lässt, dann kennst du ihn nicht sehr gut.«

»Du hast kein Recht, so mit mir zu sprechen. Meine Heirat geht dich nichts an.«

Alex entging nicht, dass sie nicht abstritt, was er vorausgesetzt hatte – nämlich, dass sie tatsächlich vorhatte, Campbell zu heiraten. Das verärgerte ihn mehr, als er zugeben wollte. »Du hast recht«, versetzte er knapp. »Du solltest nicht hier sein. Ich könnte weiß Gott wer sein.« Seine Gedanken kehrten zu der Unterhaltung zurück, die er in der Taverne belauscht hatte. »Diese dunklen Korridore sind kein Ort für Frauen ohne Begleitung. Es ist gefährlich.« *Ich bin gefährlich.* »Wenn du um Hilfe rufen würdest, käme niemand, um dir beizustehen.«

Obwohl sie versuchte, es zu verbergen, sah Alex, wie ein Ausdruck des Verstehens über ihr Gesicht huschte. »Du würdest mir nie wehtun.«

»Wie kannst du dir da so sicher sein?« Er senkte den Kopf, unfähig, dem Drang zu widerstehen, ihr betörendes Parfum einzuatmen. Eine Mischung aus Rosen und ihrem ganz eigenen weiblichen Duft. Sie atmete unregelmäßig mit leicht geöffneten Lippen. Wie gebannt von dieser unwiderstehlichen Versuchung streichelte er ihr über die samtig weiche Wange, und als seine Finger ihren Nacken streiften, spürte er, wie ihr Puls raste. Sie erzitterte unter seiner Berührung, und die Erkenntnis, dass sie ihn begehrte, schürte seinen Hunger nur noch mehr. Sein ganzer Körper pulsierte vor Verlangen. Er musste all seine Willenskraft aufwenden, es nicht zu stillen.

Entschlossen trat er einen Schritt zurück. »Was willst du von mir?«, fragte er rau und fuhr sich mit den Fingern durchs Haar.

»Nichts«, gab sie automatisch zurück.

»Ich denke doch.«

Eine heiße Röte überzog ihre Wangen, sie wirkte nervös. »Ich sagte dir doch, dass ich mir Sorgen gemacht habe.«

»Nun, wie du siehst, gibt es dazu keinen Grund. Kehr auf den Ball zurück!«

Obwohl er sie mit diesen knappen Worten wegschickte, gab sie nicht nach. »Warum hat es dich so verärgert, Dougal MacDonald zu sehen?«

Alex erstarrte. Meg verstand es vortrefflich, den äußeren Anschein zu durchdringen und genau ins Mark zu treffen. Er setzte eine unbeteiligte Miene auf. »Die MacLeods und MacDonalds sind Feinde.«

Offensichtlich stellte sie diese Erklärung nicht zufrieden. Nicht nur, dass Meg selbst direkt und geradeheraus war, sie hatte auch die unheimliche Begabung, andere sicher zu durchschauen. Noch nie war er einer Frau begegnet, die so davon überzeugt war, die Wahrheit erkennen zu können. »Ist das alles?«, fragte sie geduldig.

»Ist das nicht genug?«

»Du hast meine Frage nicht beantwortet.«

»Kehr auf den Ball zurück, Meg. Aber nimm meinen Rat an. Halte dich von Dougal MacDonald fern. Er ist nicht der richtige Mann für dich.«

Verdammt! Er hörte Geräusche hinter sich, aus der Richtung des Vorzimmers. Wenn der Lordkanzler und der Sekretär ihn hier fanden, bestand das Risiko, dass ihn jemand fragte, warum er in einem abgelegenen Gang in der Nähe eines geheimen Treffens herumlungerte. Auch konnte er sich nicht darauf verlassen, dass Meg nicht mit derselben Frage herausplatzte.

Er musste sie zum Schweigen bringen.

Ein Dielenbrett knarrte hinter ihm. Sie kamen in diese Richtung. Er musste etwas unternehmen. Ihm blieb keine andere Wahl. Es gab nur eines, was er tun konnte, was er nämlich schon vom ersten Augenblick an tun wollte, als er sie gesehen hatte.

»Was …«

Ihre Worte wurden ohne Vorwarnung unterbrochen, als er sie an die Wand drückte und ihr Gesicht vor den neugierigen Blicken der Männer abschirmte, die den Grund für die Störung herausfinden wollten. Er wollte gleichzeitig verhindern, dass sie sah, wer sich in dem Raum befunden hatte. Er kannte sie, sie würde zu viele Fragen stellen.

»Was machst du da?« Sie versuchte, sich ihm zu entwinden, doch er hielt sie mit eisernem Griff fest.

Er legte ihr die Hand um die schmale Taille und zog sie leicht an sich. Ihr Körper reagierte sofort. Als sich ihre Hüften an ihn schmiegten, ließ ihn das sinnliche Gefühl, das ihn durchströmte, beinahe aufstöhnen. Eine Welle der Erregung jagte durch seinen Körper. Er fühlte, wie er hart wurde. Ohne Zweifel konnte sie den Beweis seiner Erregung sogar durch den Stoff ihrer Röcke spüren. Wurde ihr Körper für ihn feucht? Dieser erotische Gedanke schürte seine Pein nur noch.

Scharf sog sie den Atem ein. Der Blick, mit dem sie ihn ansah, war nicht mehr ganz so selbstsicher. Alex verzog die Lippen langsam zu einem gefährlichen Lächeln. Diese wunderschönen grünen, von dunklen Wimpern gesäumten Augen weiteten sich angesichts des harten Beweises seiner Erregung.

Verwirrt runzelte sie die Stirn, und zwischen ihren sanft geschwungenen Brauen bildete sich eine kleine Falte über der zierlichen Nase. Sie legte den Kopf in den Nacken, um ihn anzusehen, dabei fielen ihr die losen Locken tiefer über den Rücken.

»Du hättest mich einfach gehen lassen sollen«, murmelte er und senkte den Kopf.

»Du willst mich wieder küssen«, platzte sie heraus.

Alex lachte in sich hinein. *Immer so verdammt direkt.* »Ja, aber dieser Kuss wird ganz anders als der erste sein.« Er hob ihr Kinn an und sah ihr tief in die verwirrt blickenden Augen, deren schicksalhafte Verlockung ihn unwiderstehlich anzog. Er hatte zu lange darauf gewartet, seine Lippen auf ihre zu pressen, die Zunge in die süße Höhle ihres Mundes gleiten zu lassen, ihre Leidenschaft zu kosten. Und seine zu entfesseln. Sein Körper sehnte sich danach, zu spüren, wie sie auf seinen Kuss reagierte.

Diesmal würde er sich nicht zurückhalten.

Das dunkle, sinnliche Versprechen seiner Worte weckte ein Sehnen in ihrem Inneren. Gütiger Gott, er würde sie küssen, und dieses Mal wäre es nicht so sanft. Ihr Körper vibrierte vor Erwartung, und das Herz pochte ihr wild in der

Brust. *Erwartung*, gestand sie sich ein. Doch das hier hatte sie nicht angestrebt, als sie ihm nachgegangen war … oder etwa doch?

Meg hatte seinen Gesichtsausdruck gesehen und einfach darauf reagiert. Ihr einziger Gedanke war, ihn zu finden und zu erfahren, was ihm Qualen bereitet hatte. Heute Abend hatte sie einen kurzen Blick auf den dunklen Aufruhr erhascht, der unter der Oberfläche brodelte. Sie hatte ihn auch zuvor schon wütend erlebt, aber das war nichts im Vergleich zu der rohen Emotion, von der sie Zeuge geworden war, als er Dougal MacDonald angesehen hatte. Doch für einen kurzen Moment, bevor die kalte, mörderische Wut eingesetzt hatte, war ein Ausdruck solch unermesslicher Qual in seinem Blick zu erkennen gewesen, dass es sie bis ins Mark getroffen hatte. Es war, als hätte er ein winziges Fenster zu seiner Seele geöffnet.

Er gab sich stets so unnahbar und unberührbar. Ein wilder, unbesiegbarer Krieger, der alles um sich herum unter absoluter Kontrolle hat. Doch der Anblick von Dougal hatte, wenn auch nur vorübergehend, einen Riss in dieser Mauer der Zurückhaltung entstehen lassen. Alex war absolut nicht unbeteiligt, das wurde ihr nun klar. Er hatte sehr starke Gefühle. Stärker, als sie geglaubt hatte.

Deshalb war sie ihm nachgegangen. Doch sie hatte nur vorgehabt, ihn zu trösten, und nicht, sich in seinen Armen wiederzufinden. Egal, wie sehr ihr Körper das Gegenteil behaupten mochte.

Zuerst war er rasend vor Wut darüber, dass sie ihm gefolgt war. Einen Augenblick lang hatte sie das Gefühl, dass sie ihn bei etwas störte. Doch sein Ärger hatte sich schnell in ein weit furchteinflößenderes Gefühl verwandelt. Leidenschaft.

Er zog sie fest an sich, und die Macht seiner Männlichkeit überwältigte sie. Eine Männlichkeit, die sich nicht länger wie eine Bedrohung anfühlte. Alles, was ihre Gedanken beherrschte, war Hitze und Stärke. Eigentlich sollte sie sich verletzlich fühlen, so eingezwängt zwischen der kalten, steinernen Wand im Rücken und der heißen, muskulösen Mauer seiner Brust. Doch stattdessen durchlief sie ein aufgeregter, sinnlicher Schauer weiblicher Lust. Alex MacLeod war dazu gemacht zu beherrschen. Doch er beherrschte sie nicht. So gern sie auch etwas anderes behauptet hätte, Meg war ihm gegenüber nicht hilflos. Sie konnte ihm widerstehen. Sie wollte es nur nicht.

Gott helfe ihr, sie konnte jeden Zoll seines langen, harten Körpers spüren. Sie erbebte, als sie sich plötzlich eines ganz speziellen langen, harten Körperteils bewusst wurde, das sich eng an ihren Bauch drängte. Bei dem überwältigenden Beweis seiner Erregung spürte sie ein heißes Sehnen in Brüsten, Bauch und zwischen den Beinen. Sie konnte seine Leidenschaft fühlen, als wäre es ihre eigene.

Die halb von den Schatten verborgenen Züge seines schönen Gesichts waren zu einer Maske des Verlangens erstarrt. Der Blick aus seinen eisblauen Augen durchbohrte sie, fast als wolle er sie stumm herausfordern. Indem er sie dazu zwang, die Heftigkeit seines Verlangens zu erkennen, warf er ihr den Fehdehandschuh zu und forderte sie auf, die Herausforderung anzunehmen. Er rieb die Hüften ein wenig stärker an ihr, damit sie seine Absicht nicht missverstehen konnte. Meg stockte der Atem. Die leichte Berührung ließ all ihre Sinne explodieren. Ihr Körper prickelte dort, wo sie sich berührten, als erwache er aus einem tiefen Schlaf. Noch nie hatte sie etwas Derartiges gefühlt. Sie wollte … mehr.

Was machte er nur mit ihr? Meg war sich noch nie so deutlich der sündigen Sehnsüchte ihres Körpers bewusst gewesen wie in diesem Augenblick, dabei hatte er sie noch nicht einmal geküsst.

Eine Ewigkeit schien zu vergehen, obwohl es nur Sekunden waren, bis er leicht ihr Kinn umfasste und ihren Mund zu sich hob. Er senkte den Kopf, und seine Lippen streiften sanft die ihren, genauso wie er es auf dem Balkon gemacht hatte. Wieder blieb Megs Herz stehen, als sie das scharfe Sehnen nach mehr verspürte. Er schien einen inneren Kampf mit sich auszufechten und suchte in ihren Augen nach einer Antwort.

Offensichtlich fand er sie, denn er küsste sie erneut. Diesmal härter. Seine Lippen nahmen die ihren mit einer Rohheit in Besitz, die ihr den Atem raubte. Sein Mund war nicht länger sanft und ehrfürchtig, sondern heiß und fordernd; er küsste sie mit einer Kunstfertigkeit, die eine Antwort verlangte. Seine Lippen waren quälend zart, er schmeckte herrlich männlich nach Wein und Gewürzen und dunklen Leidenschaften.

Völlig mitgerissen von ihren Gefühlen zerschmolz sie in seinen Armen und ergab sich willig dem köstlichen Angriff. Ihr Körper seufzte vor Erleichterung auf, zu lange schon hatte sie sich gegen seine Anziehungskraft und Leidenschaft gewehrt. Sein Kuss hatte die zerbrechliche Mauer eingerissen, die sie errichtet hatte, um sich vor der Wahrheit zu schützen. Das Gefühl seiner Lippen auf ihren fühlte sich so richtig an, so vollkommen.

Sie konnte es nicht länger leugnen. Genauso wenig wie er. Das wilde Pochen seines Herzens verriet ihr, dass er ebenso aufgewühlt war wie sie selbst.

Seine großen, starken Hände wanderten über ihren Körper und streichelten Rücken und Taille, als wolle er sich jeden Zoll von ihr einprägen. Überall, wo er sie berührte, hinterließ er eine Spur aus flammender Leidenschaft. Er umfasste ihren Hintern, zog sie noch enger an sich und stöhnte auf, als er fühlte, wie perfekt sich ihre Hüften aneinanderschmiegten.

Aus dem Korridor drang das Geräusch sich nähernder Stimmen und schreckte sie auf. Sie protestierte an seinen Lippen, Alex löste den Kuss und hob den Kopf. Sie atmete heftig, als ihre Blicke sich in der Dunkelheit trafen.

»Da kommt jemand«, flüsterte sie mit atemloser Stimme, die fremd in ihren eigenen Ohren klang.

»Ignorier sie«, sagte er gepresst. »Vielleicht verschwinden sie wieder.«

Meg wusste, dass man sie in den Schatten nicht entdecken würde, es sei denn, jemand stolperte fast über sie. Die Stimmen kamen näher. Sie riss den Blick von ihm los und stellte sich auf die Zehenspitzen, um über seine Schulter zu sehen. Als ob er geahnt hätte, was sie vorhatte, senkte er den Mund erneut auf ihren und hinderte sie so daran, irgendetwas anderes zu tun, als das köstliche Gefühl zu genießen, das der sinnliche Tanz seiner Lippen in ihr auslöste.

Sie hatte schon alles um sich herum vergessen, als eine Stimme rief: »Wer ist da?«

Alex verspannte sich. Sie hätte es womöglich nicht bemerkt, wenn sie nicht praktisch mit ihm verschmolzen wäre.

»Kicher!«, befahl er ihr, die Lippen immer noch auf ihren Mund gepresst.

Erschrocken riss sie den Kopf zurück. »Was?«

»Willst du, dass sie uns sehen? Tu es einfach.«

Meg gab ihre beste Vorstellung einer einfältigen Magd und versuchte zu lachen. Offensichtlich gelang es ihr nicht überzeugend, denn Alex verdrehte die Augen und fuhr mit dem

Finger unter ihren Arm. Meg schnappte erschrocken nach Luft, um gleich darauf ehrlich loszukichern, als er sie kitzelte.

Es funktionierte. Meg hörte, wie ein Mann rief: »Sucht euch ein Zimmer!«, und dann: »Ein Stelldichein.« Die Stimmen wurden schwächer und verstummten Sekunden später nach dem lauten Zuschlagen einer Tür.

Megs Wangen glühten, als ihr klar wurde, was diese Männer gedacht hatten und was sie hätten sehen können. Irgendetwas stimmte hier nicht. Fragen begannen, sich in ihrem Kopf zu formulieren. Wegen des Maskenballs heute Abend sollte dieser Teil des Palastes eigentlich menschenleer sein. Wer waren diese Männer? Eine der Stimmen hatte bekannt geklungen. Als sie sich zu Alex umdrehte, um ihn zu mustern, bemerkte sie, dass er sie mit einem seltsamen Gesichtsausdruck betrachtete. Er hatte ihr nicht erklärt, warum er hier in den Schatten herumlungerte. Schon öffnete sie den Mund, um ihn auszufragen, doch als könne er ihre wandernden Gedanken lesen, zog Alex sie enger an sich und wischte jeden klaren Gedanken fort, als sein Mund sich wieder auf ihren senkte.

Er machte sich ihre geöffneten Lippen zunutze und stöhnte, als er die weiche Höhle ihres Mundes mit seiner warmen, verführerischen Zunge eroberte. Erschrocken über diese unerwartete Invasion keuchte Meg auf und versteifte sich einen Moment lang, nicht sicher, was sie tun sollte. Das konnte nicht schicklich sein. Nichts, das sich so sündig süß anfühlte, konnte schicklich sein. Doch die heftigen Gefühle, die ihren Körper durchzuckten, ließen sie alles um sich herum vergessen.

Ihr Körper zerfloss in der dunklen Hitze seines Mundes. Seine Zunge streichelte sie tiefer und tiefer, bis jede Faser ihres Körpers vor Erwartung bebte. Seine Lippen wanderten über ihr Kinn den Hals entlang, während er mit heißen Küssen ihre Haut in Brand setzte.

Ein leises Stöhnen purer Lust kam ihr über die Lippen. Meg konnte nicht glauben, dass dieser heisere Laut aus ihrer Kehle kam. Sein Mund zog eine heiße Spur über ihre Brust, quälend nah am Rand des Mieders. Die Knie wurden ihr weich, und sie sank tiefer in seine Umarmung. Die hart gemeißelten Muskeln pressten sie an sich. Diese Wärme! Sie schien ihr zu Kopf zu steigen, denn ihr war, als befände sie sich in einem Traum.

So hatte sie sich noch nie gefühlt. Hilflos. Unfähig, zu denken. Völlig einer Macht ausgeliefert, die stärker war als die Vernunft. Was hatte sie getan? Hatte sie etwas entfesselt, das sie nicht kontrollieren konnte? Sie konnte nichts anderes tun, als zu reagieren, mit ihm zu verschmelzen, sich der Hitze, die zwischen ihnen entflammte, zu ergeben.

Langsam, vorsichtig hob sie die Arme, um sich an seinen Schultern festzuhalten, aber vielleicht auch, weil sie sich aus irgendeinem seltsamen Grund danach sehnte, seine Stärke, seine unglaubliche Härte unter ihren Fingern zu spüren. Um zu sehen, ob er ebenso sehr in Flammen stand wie sie. Und das tat er. Ihre Hände strichen über die breiten, felsenharten Schultern die stählernen Arme entlang. Unwillkürlich spannte er die Muskeln an, und Meg verspürte das seltsame Verlangen, ihm das Wams herunterzureißen, um die harten, gemeißelten Muskelstränge zu betrachten, die sie unter den Fingerspitzen fühlte.

Ihn zu berühren ließ sie ihn noch mehr begehren. Trunken vor lüsternem Verlangen konnte sie sich gar nicht eng genug an ihn drängen. Ihre Brüste pressten sich an ihn, und die Knospen drängten sich dem granitharten Brustkorb entgegen. Einen Augenblick lang fragte sie sich, wie es sich anfühlen mochte, sich an seiner nackten, harten Brust zu reiben. Haut auf Haut.

Als könne er ihre Gedanken lesen, wurde sein Kuss fordernder, tiefer, härter, feuchter – als ob er sie verschlingen wollte. Die rauen Bartstoppeln an seinem Kinn zerkratzten die weiche Haut um ihren Mund. Er ließ die Hüften gegen sie kreisen und presste sie noch härter an die Wand. Seine Hand schloss sich um ihre Brust, und Meg stöhnte halb wahnsinnig vor Lust erneut auf.

Der mächtige Beweis seiner Erregung drängte sich fordernd gegen ihren Bauch. Eine merkwürdige Hitzewelle durchlief sie. Sie verspürte das seltsame Verlangen, ihre prickelnde Haut an dieser harten Säule zu reiben, die sich so fest an sie presste, um das unkontrollierbare Beben in ihrem Körper zu lindern. Die Welt schien wirbelnd aus dem Gleichgewicht geraten zu sein, und Meg kämpfte darum, sich festzuhalten.

Sie war zwar unschuldig, aber nicht unwissend. Von Natur aus neugierig wusste Meg, was zwischen Mann und Frau vor sich ging. Sie hatte sich auch informiert, indem sie das Paarungsverhalten der Tiere beobachtet hatte. Nie hätte sie zu träumen gewagt, dass ihr Körper sie zu dieser Tat verleiten könnte. Doch sie wollte ihn tief in sich spüren, wollte, dass er sie mit seiner Hitze ausfüllte. Sicherlich war sie sündig, und dafür, dass sie sich danach sehnte, ihn zwischen ihren Beinen zu haben, würde sie ganz bestimmt der ewigen Verdammnis anheimfallen. Aber ach, was für eine köstliche Art und Weise, zu fallen.

Durch den Schleier der Lust rief ihr Verstand sie zur Vorsicht. Er war nicht der richtige Mann für sie. Doch ihr Herz trieb sie in dem Bewusstsein weiter, dass nichts richtiger sein konnte, als ihn zu küssen, ihn zu lieben.

So fühlte es sich also an, die Kontrolle zu verlieren.

Der Traum zerplatzte. Ein klarer Gedanke brachte sie in die Wirklichkeit zurück. Was tat sie da? Es war zu viel: seine Glut, ihre Unerfahrenheit, die Heftigkeit ihrer Reaktion.

Dies war Leidenschaft in ihrer erschreckendsten Intensität. Eine Leidenschaft, wie sie sie noch nie zuvor erlebt hatte, von der Art, die einen den Verstand verlieren ließ. Die Heftigkeit ihres Verlangens nach Alex war mit nichts zu vergleichen, was sie bisher erlebt hatte. Plötzlich raste ihr Herz panisch vor Angst, die Kontrolle zu verlieren.

Ewens hübsches, lächelndes Gesicht tauchte vor ihrem inneren Auge auf.

Erst ein einziges Mal hatte sie es zugelassen, dass Gefühle ihr Urteilsvermögen trübten, diese Lektion hatte sie nicht vergessen. Das würde niemals wieder geschehen. Der Fehler mit Ewen hätte sie beinahe alles gekostet. Das durfte sie nicht noch einmal zulassen.

Der heftige Gefühlsumschwung erschütterte sie bis ins Mark. Ihr war, als würden all die heißen Wellen der Leidenschaft, die durch ihre Adern strömten, mit einem Mal zu Eis gefrieren.

Sie konnte das nicht tun.

Nur noch von dem Gedanken an Flucht getrieben riss sie in einer einzigen schnellen Bewegung das Knie hoch und stieß es ihm hart in den Schritt, so wie ihr Vater es ihr beigebracht hatte, falls sie sich je in einer solchen Situation befinden sollte.

Sie war frei. Alex krümmte sich und stieß etwas hervor, das mit Sicherheit der übelste Fluch war, den sie je gehört hatte. Sein Gesicht verzerrte sich vor Schmerz. Reuig biss Meg sich auf die Unterlippe. Ihr Vater hatte nichts davon erwähnt, wie schmerzhaft das war.

Vorsichtig wich sie rückwärts aus seiner Reichweite und versuchte, wieder zu Atem zu kommen. Bestimmt sah sie schrecklich verwüstet aus, mit zerzaustem Haar und geschwollenen Lippen, doch Meg war es egal, sie wollte nur noch fort.

»Wofür zum Teufel war das denn?«, stöhnte er heiser.

»Ich wollte, dass du aufhörst.«

»Das hättest du auch sagen können!«

»Ich …« Erschrocken schlug sie die Hand vor den Mund, als ihr klar wurde, dass sie nicht einmal versucht hatte, ihn von sich zu stoßen. Sie hatte einfach reagiert. Überreagiert. Sie stand wie versteinert, ihre Wangen glühten. »Es tut mir leid«, flüsterte sie, und ihre Augen füllten sich bedrohlich mit Tränen.

Zitternd wirbelte Meg herum, ob vor Angst oder vor noch immer schwelendem Verlangen konnte sie nicht sagen, und floh der tröstlichen Zuflucht ihres Gemachs entgegen.

Langsam ließ das Bedürfnis nach, seinen gesamten Mageninhalt loszuwerden. Mit brennenden Augen sah Alex Meg nach, wie sie den Gang entlangfloh. Was zum Teufel war da gerade passiert? Eben hatte sie noch reagiert, als könne sie nicht genug von ihm bekommen, und im nächsten Moment wurden ihm die Eier beinahe bis zu den Mandeln hochgequetscht. All sein Training mit den MacGregors hatte ihn nicht ausreichend auf diese spezielle Form der Verteidigung vorbereitet. Doch er würde sie nicht so schnell wieder vergessen. Niemals.

Langsam verebbte der Schmerz. Hatte er ihr Angst gemacht? So musste es wohl sein. Sie war unschuldig. Er hätte sie nicht drängen sollen. Doch allein schon sie zu kosten, hatte ihn beinahe jede Selbstbeherrschung verlieren lassen.

Nie hätte er geglaubt, dass unter dieser unschuldigen Fassade eine solche Leidenschaft schlummerte. Es war erstaunlich, dass eine so ernsthafte junge Frau solch sündige fleischliche Lust entfachen konnte.

Ihre leidenschaftliche Reaktion machte ihn vor Verlangen halb wahnsinnig. Obwohl sie noch unerfahren war, hatte sie seinen Kuss so eifrig und mit solch instinktivem Geschick erwidert, dass es ihn vergessen ließ, wie unschuldig sie war. Ihr lustvolles leises Stöhnen trieb ihn voran, die zögerliche Berührung ihrer Hände auf seinen Schultern und das leichte Reiben ihrer unmissverständlich harten Brustwarzen an seiner Brust waren ein unwiderstehliches Aphrodisiakum.

In diesem Moment vergaß er völlig, dass dieser Kuss nur als praktisches Alibi für seine Anwesenheit in diesem Korridor diente.

Doch das hatte er bereits vergessen, als sich ihre Lippen berührt hatten. Er begehrte sie, seit er ihr zum ersten Mal begegnet war. Sie mit Dougal zu sehen war mehr, als er ertragen konnte. Er wollte ihr mit seinem Kuss sein Brandzeichen aufdrücken, alle Gedanken an andere Männer aus ihrem Bewusstsein fegen. Sie auf die elementarste Weise besitzen.

Doch er hatte niemals vorgehabt, so weit zu gehen. Ein paar Minuten länger und er hätte eine verdammte Menge mehr getan, als sie nur zu küssen. Bei der bloßen Erinnerung daran wurde er hart. Ihr honigsüßer Mund und ihre Zunge, der Druck der vollen Brüste an seiner Brust, die quälende Folter ihrer Hüften, die sich an seine steinharte Erektion pressten. Er hatte gespürt, wie sie auf ihn reagierte, als er sie an sich gezogen hatte. Es hatte ihr gefallen. Sie war bereit und so herrlich leidenschaftlich. Der Wunsch, ihr Erfüllung zu schenken, hatte ihn fast überwältigt. Schon allein der Gedanke daran, ihren sensiblen Schoß an seiner harten Männlichkeit zu reiben, bis sie den Gipfel erreichte …

Er stöhnte. Daran durfte er gar nicht denken. Er war so hart, dass er explodieren könnte.

Wie konnte ein einfacher Kuss nur so schnell eine solche Leidenschaft entflammen? Eine Leidenschaft, die Meg so erschreckt hatte, dass sie ihn beinahe zum Eunuchen gemacht hatte. Er hätte ihre Angst ahnen müssen. Die Heftigkeit ihrer Leidenschaft hatte ja sogar ihn überrascht. Irgendwo zwischen ihrem Stöhnen und ihrem Knie hatte er sich selbst in der Hitze der Lust verloren und war nicht einmal auf den Gedanken gekommen, dass es sie ängstigen könnte.

Zum Teufel, es hatte ja sogar ihm Angst gemacht.

Meg Mackinnon zu küssen, war genau so gefährlich, wie Alex erwartet hatte. Sie brachte ihn dazu, an Dinge zu denken, an die er noch nie zuvor gedacht hatte. An eine Familie. Ein Heim. Eine Zukunft, die ihm nicht bestimmt war. Ein junges Mädchen hatte die Macht, ihn zu vernichten, ihn sein Ziel aus den Augen verlieren zu lassen, und wenn er nicht höllisch aufpasste, alles zu zerstören, wofür er gearbeitet hatte. Seine Pflicht galt jetzt seinem Bruder und seinem Clan, und zu einem gewissen Grad seinen toten Cousins. Eine Pflicht, die in völligem Widerspruch zu dem Mann lag, den Meg brauchte, um die Sicherheit ihres eigenen Clans zu gewährleisten.

Ihre Methode mochte ihm zwar nicht gefallen, aber er sollte Meg dankbar sein, dass sie der Sache ein Ende gesetzt hatte. Wahrlich, es wäre besser, wenn er Meg Mackinnon ab sofort mied.

Wie die Pest.

Sie hatte ihm wirklich schon genug Schwierigkeiten eingehandelt, nicht zuletzt hatte sie die Männer, die er bespitzelte, in dem Korridor auf ihn aufmerksam gemacht. Wenigstens hatte ihr Kuss verhindert, dass er entdeckt wurde. Megs Kichern hatte weiteres Nachforschen verhindert und dafür gesorgt, dass die Männer wieder zu ihrem Gespräch zurückgekehrt waren – nun allerdings hinter verschlossener Tür.

Natürlich würde er sich bei ihr entschuldigen. Aber nicht sofort. Er musste erst herausfinden, wann die Schiffe ablegen würden. Er konnte nur hoffen, dass die Günstlinge des Königs ihre Pläne noch besprachen. Gerade wollte er wieder in den Gang zurückschleichen, als er erneut Schritte aus Richtung des Saales auf sich zukommen hörte.

Im Schatten verborgen beobachtete er, wie ein Mann langsam den Gang entlangschlich und forschend in seine Richtung blickte. Alex verharrte völlig regungslos. Es war dunkel, dennoch konnte er erkennen, dass der große, kräftige Mann kein Gast des Maskenballs war. Er trug die Hosen und das Lederwams eines Wachmanns. Als der Mann niemanden entdeckte, schlich er weiter, nicht zurück zum Saal, sondern in die Richtung, in die Meg verschwunden war.

Ein Gefühl des Unbehagens überkam ihn. Die Art, wie sich der Mann bewegte, hatte etwas Verschlagenes an sich. Genauso wie Alex wollte er nicht gesehen werden. Doch da war noch etwas. Etwas nagte in seinem Unterbewusstsein. Der Mann kam ihm bekannt vor. Plötzlich kam ihm ein Gedanke. Möglicherweise war er einer der Männer aus der Taverne. Doch Alex war sich nicht sicher, er hatte sein Gesicht nicht gesehen und nur einen kurzen Blick auf den Rest des Körpers erhascht.

Unschlüssig starrte er den Gang hinunter auf die Tür des Zimmers, in dem Lordkanzler Seton und Sekretär Balmerino immer noch ihr Treffen abhielten. So eine Gelegenheit würde nicht wiederkommen. Vielleicht erfuhr er nie, wann sie aufbrechen wollten, und diese Information war von äußerster Bedeutung, wenn Alex und seine Verwandten irgendeine Chance haben wollten, die Invasion zurückzuschlagen. Dies hier war der einzige Grund für seine Anwesenheit bei Hofe. Und nicht, einer dickköpfigen, kleinen Frau hinterherzujagen und sie vor einer imaginären Bedrohung zu beschützen.

Er wusste, was er tun *sollte*. Sein Verstand trieb ihn in den Korridor zu dem geheimen Treffen zurück. Doch ein anderer Teil von ihm, tiefer in seinem Innern, ließ das nicht zu. Meg war vielleicht in Gefahr.

Vielleicht war es lächerlich, aber wenn Meg etwas zustoßen sollte, könnte Alex sich das nie verzeihen. Mit einem heftigen Fluch über den Schlamassel, den er sich eingebrockt hatte, huschte Alex hinter Megs möglichem Angreifer her.

Doch das wäre definitiv das letzte Mal, dass er sie über seinen Auftrag stellte.

9

Die Ereignisse des Abends hatten Megs Entschluss völlig über den Haufen geworfen. Sie sehnte sich geradezu verzweifelt danach, Jamie zu sehen, um sich zu beweisen, dass Alex zu küssen nichts geändert hatte, dass sie an ihrem Plan festhalten würde. Zum unzähligsten Mal widerstand sie dem Bedürfnis, sich die Hand auf den Mund zu pressen, weil sie seine Lippen immer noch auf ihren fühlen konnte.

Verstohlen warf sie Elizabeth, die ihr gegenübersaß, einen kurzen Seitenblick zu. Sie hatten sich entschlossen, einen ruhigen Vormittag im Salon zu verbringen, nach all der Aufregung des Maskenballs. Wenn Elizabeth nur wüsste … Meg war froh über diese kurze Atempause.

Während sie die Tasse an die Lippen hob und einen tiefen Schluck warmer Rinderbrühe trank, blickte sie ihre Freundin forschend an. »Jamie wird wohl bald zurückkommen?«, fragte sie beiläufig.

Elizabeth, die sich keinen Augenblick lang täuschen ließ, sah von dem Schachspiel auf, das sie gerade vor ihnen aufbaute. »In ein, zwei Tagen. Kannst du es nicht mehr erwarten, ihn zu sehen?«

Meg ignorierte die leichte Überraschung in Elizabeths Stimme. »Ich freue mich immer, deinen Bruder zu sehen«, antwortete sie entschieden. »Was ist denn das überhaupt für eine dringende Aufgabe, die er für euren Cousin zu erledigen hat? Jamie war ungewöhnlich ausweichend.«

Elizabeth zuckte die Schultern. »Ich bin mir nicht sicher. Irgendetwas mit Schiffen für den König, glaube ich.«

Meg runzelte die Augenbrauen. »Schiffe? Wozu?«

»Ich weiß es nicht. Aber er hat erwähnt, dass er in ein paar Wochen nach Fife reisen muss, weil die Schiffe dann auslaufen. Ich bin sicher, er erzählt dir alles, wenn er zurückkommt.« Elizabeth musterte sie noch einen Augenblick länger. Eine kleine Falte entstand zwischen ihren Brauen. »Fühlst du dich auch wirklich wohl heute, Meg? Du siehst ein wenig blass aus.«

Meg schüttelte den Kopf. »Ich bin nur müde, das ist alles. Die letzte Nacht war …« Sie brach ab, weil sie fühlte, dass jemand neben ihr stand. Erschrocken blickte sie auf und sah Alex. Wie lange stand er schon da und hörte ihnen zu? Seine Fähigkeit, sich lautlos zu bewegen, war beunruhigend. Nicht so beunruhigend jedoch wie die Tatsache, ihn so bald nach letzter Nacht wiederzusehen.

Röte schoss ihr in die Wangen, als ihr klar wurde, dass er wahrscheinlich Elizabeths Kommentar über ihr blasses Aussehen gehört hatte. Im Gegensatz zu Elizabeth kannte Alex den Grund dafür. Ihre Blicke trafen sich, und die Erinnerung an das, was zwischen ihnen geschehen war, traf sie mit voller Wucht. Schnell senkte sie die Lider, da sie nicht wagte, ihn anzusehen, aus Angst, er könnte ihre aufgewühlten Gefühle ebenso mühelos lesen, wie sie Latein lesen konnte.

Diese angespannte Situation machte ihr schwer zu schaffen. Meg war nur noch ein Nervenbündel. Bisher hatte sie es immer geschafft, mit der nervlichen Belastung durch ihre Pflichten und ihre Verantwortung umzugehen, doch das hier war etwas anderes. Das hier war persönlich. Ihre Gefühle lagen so nah an der Oberfläche, dass sie glaubte, jeden Moment in Tränen ausbrechen zu können.

Es war entsetzlich.

Meg war keine Frau, die weinte. Niemals. Tränen, das

wusste sie, waren ein Zeichen von Schwäche, ein Zeichen davon, dass man sich von Gefühlen hinreißen ließ. Sie hatte immer versucht, ihre Probleme logisch zu lösen. Doch an letzter Nacht war nichts Logisches gewesen. Die Wahrheit war, dass Meg nicht wusste, wie sie diese Art von Problem lösen sollte. Wie konnte sie Alex MacLeod vergessen, wenn er sich jeden Tag stärker in ihr Bewusstsein prägte?

Deshalb hatte letzte Nacht Megs viel gerühmte Kontrolle über ihre Gefühle ausnahmsweise den Kampf gegen eine Erleichterung bringende, gesunde Flut von Tränen verloren. Tränen, die in dem Moment angefangen hatten zu fließen, als Meg den Schutz ihres Schlafgemachs erreicht hatte, und die lange Zeit nicht versiegt waren.

Noch nie hatte sie sich so geschämt. Ihr Verhalten war skandalös. Sie hatte auf Alex so bereitwillig wie ein liederliches Frauenzimmer reagiert, und dann nach ihm getreten und ihm starke Schmerzen zugefügt, als ihr eigener Kontrollverlust ihr in einem Moment des Schreckens bewusst geworden war. Nur vom Gedanken an Flucht beseelt hatte sie reflexartig gehandelt. Was musste er nur von ihr denken? Sie schuldete ihm eine Erklärung, doch sie wusste nicht, wie sie das Thema am besten anschneiden sollte.

Warum, warum, warum hatte sie ihm nur erlaubt, sie zu küssen? Und wie konnte sie so leicht nachgeben? Als er sie küsste, konnte sie keinen zusammenhängenden Gedanken mehr fassen. Sie wollte überhaupt nicht mehr denken. Sie wollte nur noch … Sie könnte ihm nie mehr in die Augen sehen, ohne sich genau daran zu erinnern, wie es sich anfühlte, seinen Mund auf ihrem zu spüren, der sie verschlang, als wäre sie eine süße Frucht. Megs Wangen glühten. Doch es lag nicht nur an dem Kuss. Niemals würde sie das sinnliche Gefühl seiner Hand auf ihrer Brust und seiner Erregung, die sich fest an sie presste, vergessen. Oder wie nah sie ihm sein wollte.

Meg hatte es bis in ihr Zimmer geschafft, ohne von jemandem gesehen zu werden. Ein einziger Blick in ihr Gesicht hätte jedem verraten, dass sie gerade eben beinahe verführt worden war. Sie hatte es geschafft, alle Überreste der Tränen fortzuwischen, bevor Rosalind und Elizabeth kamen, um nach ihr zu sehen.

Nachdem Meg nicht in den Saal zurückkehrte, hatte Alex ihrer Mutter zufolge darauf bestanden, dass sie nach ihr sehen und sichergehen sollte, dass Meg wohlbehalten in ihrem Zimmer angekommen war. Seine Sorge um sie, nachdem sie ihn derart grob behandelt hatte, bewirkte nur, dass sie sich noch schlechter fühlte.

Noch nie in ihrem Leben war Meg so verwirrt gewesen. Sie hatte eine Pflicht ihrem Vater und ihrem Clan gegenüber. Sie dachte an den unausgesprochenen Plan, den sie vor so langer Zeit erdacht hatte. Den Plan, der sicherstellen sollte, dass ihr Bruder Chief würde und der Clan vor äußeren Bedrohungen geschützt war. Niemals hatte sie erwartet, dass es ein Opfer würde, ihre Pflicht zu erfüllen. Doch sie hatte auch nicht damit gerechnet, einem Mann wie Alex MacLeod zu begegnen.

Er konnte alles ruinieren. Wie sollte sie die richtige Entscheidung treffen, wenn alles, woran sie denken konnte, ein Mann war, der völlig falsch für diesen Plan war.

Oder etwa nicht?

Das war die Frage, um die ihre Gedanken ständig kreisten. Von Anfang an hatte sie ihre Zweifel gehabt, und je mehr sie von ihm erfuhr, umso weniger ergab der Grund für seine Anwesenheit bei Hofe einen Sinn. Es gab zu viele Dinge an ihm, die einfach nicht zusammenpassten. Sie wollte glauben, dass er mehr war als nur ein Söldner, der sein Schwert feilbot und sich mit seinem Chief überworfen hatte. Doch was, wenn das nur Wunschdenken ihrerseits war?

Ihr Herz hatte sie schon einmal getrogen. Nie würde sie vergessen, wie gründlich sie sich in Ewen Mackinnon getäuscht hatte. Alex war zwar völlig anders als Ewen, aber er verheimlichte etwas.

»Es tut mir leid, wenn ich störe«, entschuldigte Alex sich. Bei seinen Worten sah Meg hoch und bemerkte, dass er sie anstarrte. »Deine Mutter bat mich, dir zu sagen, dass sie sich verspätet und leider deinen Ausritt heute Nachmittag versäumen wird.«

Stirnrunzelnd blickte Meg an ihrer Reitkleidung herab, die sie in Erwartung ihres Ausfluges schon angelegt hatte. Ihre Mutter hatte sich schon sehr darauf gefreut, in Holyrood Park auszureiten. Meg fragte sich, was sie wohl davon abhielt. Als könne Alex ihre Gedanken lesen, fügte er hinzu: »Ich glaube, sie leistet Lady Seton Gesellschaft.«

Lady Seton konnte ziemlich fordernd sein. Ihre Mutter war wahrscheinlich dazu abberufen worden, den Nachmittag mit Kartenspielen und Sticken zu verbringen. Lady Seton. Das war es. Die Stimme, die sie letzte Nacht gehört hatte, war die von Lordkanzler Seton gewesen. Was hatte Alex in diesem Korridor gesucht?

Bei dem seltsamen Gesichtsausdruck, mit dem Alex sie ansah, fühlte Meg sich unbehaglich. »Nun ja, danke für die Nachricht, wir wollen gerade eine Partie Schach spielen.«

»Vielleicht möchte Alex ja spielen?«, schlug Elizabeth ohne den Hauch eines Stotterns vor.

Megs Herz setzte einen Schlag lang aus, sie warf ihrer Freundin einen eisigen Blick zu. Sie wollte schon nicht mit ihm im selben Zimmer sein, geschweige denn ihn weiß Gott wie lange über ein Schachbrett hinweg anstarren. Bevor er antworten konnte, warf Meg schnell ein: »Ich bin sicher, Laird MacLeod ist viel zu beschäftigt …«

»Danke, Lizzie«, fiel er Meg ins Wort. »Ich denke, für ein Spiel oder zwei kann ich ein wenig Zeit erübrigen.« Seine durchbohrenden blauen Augen hielten Megs Blick gefangen, und sie vergaß vorübergehend alles um sich herum bis auf das ohrenbetäubende Klopfen ihres Herzens, das sein intensiver Blick in ihr auslöste. Die Intimität, die sie letzte Nacht miteinander erlebt hatten, schwebte zwischen ihnen. Meg spürte ein Sehnen tief in ihrem Bauch, als sie an das raue Kratzen seines Kinns auf ihrer Haut dachte, während sein Mund den Hals hinunter bis zum Rand des Mieders geglitten war und seine heiße Spur in ihre Haut gebrannt hatte.

Sie senkte den Blick. »Du spielst Schach?«, fragte sie. Schach war kein typisches Spiel für einen Krieger. Es erforderte außergewöhnliches Geschick, Geduld und Strategie. Fasziniert fragte Meg sich, was für eine Art Spieler er sein mochte. Er war ein Anführer, ein Mann, der gerne alles unter Kontrolle hatte. Sie nahm an, dass er einen direkten Angriff spielen würde.

Alex hob eine Braue, vielleicht hatte er ihre Überraschung wahrgenommen. »Ich spiele ein bisschen.«

Elizabeth stand auf und überließ Alex mit einem amüsierten Lächeln ihren Stuhl. »Ich muss dich warnen, Alex, Meg ist eine außergewöhnliche Spielerin. Praktisch unschlagbar.«

Alex erwiderte das Lächeln. »Vielen Dank für die Warnung, Lizzie. Obwohl ich nichts anderes erwartet habe.«

Meg hätte gerne irgendwelche mädchenhaften, bescheidenen Worte gemurmelt, doch Elizabeth sagte die Wahrheit.

Besser, er war gewarnt. Nachdenklich musterte sie ihn unter gesenkten Wimpern hervor. Alex war ein sehr stolzer Mann. Sie würde darauf achten, ihn zu schonen und ihn nicht zu vernichtend zu schlagen.

Vorausgesetzt, sie konnte sich konzentrieren. Als er sich setzte, schien sein stattlicher Körper den ganzen kleinen Bereich auszufüllen. Der hölzerne Stuhl, auf dem Elizabeth gesessen hatte, sah nun aus, als wäre er für ein Kind gemacht. Er rückte ihn ein wenig zurecht, und ein leichter Hauch nach Gewürzen schwebte zu ihr herüber. Sie erinnerte sich nur zu gut an diesen betörenden, männlichen Duft, und daran, wie er sie im Korridor eingehüllt und mit Hitze übergossen hatte. Ihr Körper spürte ihn mit allen Sinnen. Der Abstand zwischen ihnen war viel zu klein. Zu vertraulich. Zu sehr eine Erinnerung an letzte Nacht.

Und daran, wie leicht sie ihm erlegen war. Entschlossen zwang Meg sich, sich auf das Spiel zu konzentrieren, und richtete nervös ein paar der schwarzen Spielfiguren neu aus, die Elizabeth aufgestellt hatte.

Alex hielt sie davon ab, indem er mit starken Fingern ihr Handgelenk umfasste. Erschrocken über die Hitze seiner Berührung und das Gefühl, das sie durchströmte, sah Meg auf und entdeckte ein amüsiertes Glitzern in seinen blauen Augen. »Es ist schon in Ordnung. Ich glaube nicht, dass alle Figuren genau in die gleiche Richtung schauen müssen.«

Megs Wangen glühten. Sie hatte nicht einmal bemerkt, was sie da tat. Ihr Hang zur Ordentlichkeit war eine unerschöpfliche Quelle der Erheiterung für ihre Mutter und Elizabeth, und nun offenbar auch für Alex. Doch bei seinem Lächeln blieb ihr fast das Herz stehen. Sie lächelte zurück und merkte, dass es ihr gefiel, wenn er sie neckte. Dass es ihr gefiel, wenn ihm Kleinigkeiten an ihr auffielen.

»Nach dir.« Er ließ ihre Hand los und deutete auf die weißen Figuren, die vor ihr aufgebaut waren.

Meg holte tief Luft und betrachtete eingehend das Spielbrett. Obwohl sie auf ihre Fähigkeiten vertraute, würde nur ein Narr einen Gegner nicht ernst nehmen, ohne vorher herauszufinden, wie geschickt er war, deshalb achtete sie sehr genau auf seine Verteidigung gegen ihren Eröffnungszug mit dem Läufer. Nach ein paar Zügen entspannte sie sich allerdings. Er war kein Anfänger, aber auch kein sehr anspruchsvoller Gegner. Er bediente sich einer wenig raffinierten Verteidigungsstrategie gegen ihren Angriff. Sie hatte ihm bereits einen Bauern abgenommen, und einer seiner Läufer war in Gefahr. Das hier sollte nicht allzu lange dauern.

Er zog mit einem Bauern, und Meg stellte fasziniert fest, wie zwergenhaft die geschnitzten Schachfiguren in seinen großen, von Narben übersäten Händen wirkten. Sie konnte sich genau erinnern, wie sanft die schwieligen Hände dieses Kriegers sein konnten.

»Du hast von deinem Vater gestern eine Nachricht erhalten?«, fragte er und riss sie damit aus ihren Gedanken.

»Woher weißt du das?«

»Deine Mutter hat es mir gestern Abend erzählt.« Er bemerkte den Ausdruck auf ihrem Gesicht und meinte erklärend: »Ich sah, wie dir ein Mann folgte, mir war nicht klar, dass er einer der Hauptmänner deines Vaters war.«

Meg unterdrückte einen unangenehmen Schauer. Thomas Mackinnon war gestern mit einer Botschaft ihres Vaters angekommen. Seit sie seinen Antrag abgelehnt hatte, fühlte sie sich in Gegenwart dieses Mannes unbehaglich, doch Gott sei Dank würde er gleich wieder nach Skye zurückkehren. »Läufer.« Sie hob den Blick und nahm die Figur vom Brett. »Hast du deshalb meine Mutter gebeten, nach mir zu sehen?«

Er nickte, Wärme breitete sich in ihr aus. Irgendwie war es ein angenehmes Gefühl zu wissen, dass er auf sie aufpasste. Doch warum tat er das? »Glaubst du immer noch, dass der Überfall kein Zufall war?«

»Es besteht die Möglichkeit, dass es keiner war«, antwortete er und zog mit einem Bauern. »Bis die Männer gefasst werden, würde ich dir raten, vorsichtig zu sein. Umsicht ist besser als Nachsicht.«

Sie versuchte, sich ihre wachsende Erregung nicht anmerken zu lassen – er hatte soeben seinen Springer gefährdet. Das würde wirklich ein kurzes Spiel. »Springer«, sagte sie und schlug die Figur. Dann lenkte sie ihre Aufmerksamkeit gerade lange genug vom Spiel, um seinen Gesichtsausdruck einzuschätzen. Sie konnte zwar immer noch nicht verstehen, warum jemand ihr etwas antun sollte, doch ihr wurde bewusst, dass sie seinem Urteilsvermögen vertraute. »Ich glaube, du hast recht. Ich werde vorsichtig sein.«

»Gut.«

Sie spielten ein paar Minuten in gemeinschaftlichem Schweigen, und Meg war überrascht, wie natürlich ihr das vorkam. Beinahe konnte sie sich vorstellen, unzählige Abende entspannt mit Alex vor dem Kaminfeuer über einer Partie Schach zu verbringen. Einen Augenblick lang war das Gefühl so real, dass sie einen sehnsüchtigen Stich verspürte, als es verblasste. Doch Alex war nicht gerade ein Mann, der sich bei Heim und Herd aufhielt. Dazu war er zu sehr Krieger. Ein Kämpfer.

Obwohl sie zugeben musste, dass er für einen Mann, der sein Leben auf dem Schlachtfeld verbrachte, ungewöhnlich geschickt darin war, sich an seine Umgebung anzupassen.

Sie hätte sich nie vorstellen können, dass dieser wilde Gesetzlose, der sie im Wald gerettet hatte, entspannt mit ihr in Holyrood Palace über einer Partie Schach saß. Doch keinen Moment zweifelte sie daran, dass es sich um denselben Mann handelte.

Das behagliche Gefühl war nur von kurzer Dauer. Sie fühlte, dass sein Blick auf ihr ruhte.

»Wegen letzter Nacht …«

»Es tut mir leid«, platzte es aus ihr heraus, und Schamesröte färbte ihr die Wangen. Meg, die normalerweise selbst so direkt war, konnte nicht fassen, dass er völlig ohne Vorrede darauf zu sprechen kam. Guter Gott, hoffentlich hörte Elizabeth nicht zu! Sie konnte ihn nicht einmal ansehen. »Ich wollte dir nicht wehtun«, flüsterte sie voller Verlegenheit in der Stimme. »Ich habe nicht nachgedacht, ich hatte Angst, ich habe einfach reagiert …«

»Die Schuld lag allein bei mir.« Er sah ihr in die Augen. »Du brauchst nichts weiter zu sagen. Ich versichere dir, dass es nicht wieder vorkommt.«

Etwas verkrampfte sich in ihrer Brust. Das war es doch, was sie wollte, oder etwa nicht?

Die Wahrheit war, dass sie sich da nicht mehr sicher war.

Alex zog seinen Springer, und Meg runzelte die Stirn. Das war ein eigenartiger Spielzug.

Er lehnte sich ein wenig in seinem Stuhl zurück und musterte sie. »Ich hoffe, die Nachricht von zuhause war nicht beunruhigend.«

Meg schüttelte den Kopf. »Es gibt da ein paar Angelegenheiten, die meine Aufmerksamkeit erfordern, und mein Vater wollte wissen, ob wir in ein paar Wochen wie geplant zurückkehren.« Mit anderen Worten, ihr Vater wollte wissen, ob Meg sich einen Ehemann ausgesucht hatte.

Alex verstand. »Dann bist du schon bereit, nach Hause zurückzukehren? Hast du deine Entscheidung getroffen?«, fragte er leise.

Meg fingerte nervös an einem Bauern herum und verriet dadurch, wie unwohl sie sich durch seine Direktheit fühlte. Verstohlen sah sie zu ihm hoch und suchte nach einem Zeichen dafür, dass ihre Antwort ihm etwas bedeutete. Doch sein Gesicht war aufreizend ausdruckslos. »Ich dachte es zumindest.«

Stumm starrte er sie an, die Zähne fest zusammengepresst. Er sah aus, als wolle er etwas sagen, doch dann betrachtete er stattdessen eingehend das Schachbrett, wobei ihm das dichte goldene Haar in die Stirn fiel und seinen Gesichtsausdruck verbarg. Sie wollte ihm das Haar aus dem Gesicht streichen und ihn dazu zwingen, etwas zu sagen. Stattdessen schlug er ihren Springer.

Überrascht darüber, dass sie diese Bedrohung übersehen hatte, runzelte Meg die Stirn.

Aufmerksam musterte sie das Spielbrett, und plötzlich kam es ihr so vor, als wäre ihr mehr entgangen als nur dieser Schachzug. Warum hatte sie das Gefühl, dass er mit ihr spielte? Dass Alex scharfsinniger war, als er zu sein vorgab? Sie beschloss, ihre Theorie auf die Probe zu stellen. »Mein Vater hat mich um Rat bezüglich eines Pächters gefragt, der einen Teil seiner Pacht dieses Jahr in Gerste statt in Hafer zahlen möchte.« Sie bemerkte, dass ihr Turm frei stand und zog, um ihn zu schützen. »Ich sagte ihm, dass das keinen Unterschied macht.«

»Du hättest ihm raten sollen abzulehnen«, entgegnete Alex spontan. »Es war ein feuchter Winter. Hafer wird dieses Jahr auf dem Markt einen höheren Preis erzielen.«

Tatsächlich war das genau das, was sie ihrem Vater gesagt

hatte. Seine schnelle Auffassungsgabe beeindruckte sie. Als Alex eine weitere Figur schlug, runzelte Meg die Stirn. Sie betrachtete das Brett, doch es dauerte einen Moment, bis ihr klar wurde, was sie da sah. Entweder war es ein Zufall, oder er verwendete eine brillante Strategie, die sie noch nie zuvor gesehen hatte. In ein paar Zügen hätte er sie geschlagen.

»Stimmt etwas nicht?«, fragte er.

Meg schluckte. »Nein.« Sie zog mit ihrer Figur, und sofort rückte er seinen Springer in Position.

»Schach!«, sagte er.

Meg zog, um ihren König zu schützen. Ganz offensichtlich war Alex MacLeod kein Anfänger, doch das beunruhigte sie nicht. Sie war entsprechend gewarnt, aber noch lange nicht ausmanövriert.

»Wo hast du gelernt, Schach zu spielen?«, fragte sie.

Er überlegte einen Augenblick, wohl um die richtigen Worte zu wählen, die ihr so wenig wie möglich verraten sollten. »Ursprünglich habe ich es von meinem Bruder Rory gelernt. Als wir heranwuchsen, haben wir fast jeden Abend miteinander gespielt, da wir von unserem Training zu müde waren, um etwas anderes zu tun.« Er machte eine Pause. Offensichtlich überlegte er, ob er noch etwas sagen sollte. »Und ich habe monatelang mit meinen Männern gespielt, als ich vor ein paar Jahren unfreiwilliger ›Gast‹ der MacDonalds war. Natürlich gaben sie Gefangenen kein Schachspiel, doch wir haben es geschafft, tausende von Partien auf in den Staub gemalten Spielfeldern zu spielen.« Er senkte die Stimme, so dass sie ihn kaum verstehen konnte. »Andernfalls wäre ich verrückt geworden.«

Da Meg spürte, dass er gerade etwas sehr Wichtiges und Persönliches mit ihr geteilt hatte, fragte sie vorsichtig: »Warum warst du eingekerkert, Alex?«

Sein Gesicht verfinsterte sich. Sie glaubte schon, er würde nicht antworten, doch nach ein paar Minuten sprach er. »Vor ungefähr fünf Jahren habe ich den Kampf verloren, der jetzt als die Schlacht ›im Tal des Überfalls‹ bekannt ist. Viele meiner Verwandten wurden an diesem Tag getötet. Ich schätze, ich war einer von denen, die Glück hatten. Ich überlebte, doch nur, um im Kerker von Dunscaith Castle eingesperrt zu werden.« Seine Stimme klang hohl, völlig emotionslos.

»Davon habe ich natürlich gehört, das war die letzte große Clanschlacht, die auf Skye geschlagen wurde. Mir war nur nicht klar, dass du …« Sie brach ab, als sie bemerkte, wie fest er die Armlehnen seines Stuhls umklammerte. »Wie lange warst du eingekerkert?«

»Drei Monate.«

Meg spürte, dass da noch mehr war, viel mehr, doch dass er nicht darüber sprechen würde. Zumindest nicht mit ihr. Doch die momentane Enttäuschung schlug in Entsetzen um, als ihr etwas einfiel, das seit dem Abend des Maskenballs an ihr nagte.

»Alex?«

Er wandte sich ihr zu und begegnete ihrem Blick. Einen Augenblick lang sahen sie sich in die Augen, und etwas Seltsames ging zwischen ihnen vor, beinahe etwas wie ein gegenseitiges Verstehen. Er wusste, was sie fragen wollte.

Bitte lass mich dieses Mal falsch liegen, betete Meg im Stillen. Dunscaith war eine Festung der MacDonalds.

Ihre Stimme zögerte. »Alex, kennst du daher Dougal MacDonald?«

Bei dem Namen verfinsterte sich sein Gesicht, sein eindringlicher Blick und der harte Zug um den Mund verrieten ihr die Antwort bereits, bevor er sie aussprach.

»Ja.«

Ihr Herz sank, als sie die grausame Wahrheit begriff. Ohne es zu wissen, hatte sie sich von dem Mann umwerben lassen, der ihn gefangen gehalten hatte. Kein Wunder, dass Alex so aufgebracht schien, als er sie mit Dougal gesehen hatte. Meg erinnerte sich an die Szene, die er mit angesehen hatte. Dougal MacDonald hatte sie berührt. Ein weiterer Fehlschlag ihrer unerfahrenen Versuche, die Spielchen bei Hofe mitzuspielen.

»Es tut mir leid«, flüsterte sie.

Sie sahen sich noch einen Moment länger in die Augen, bevor er schließlich den Blick abwandte. Offensichtlich mit ihrer Entschuldigung zufrieden nickte er, doch dabei machte er auch deutlich, dass er das Thema nicht weiter diskutieren wollte.

Trotz seiner eindeutigen Abneigung dagegen, über sich selbst zu reden, war Meg noch nicht mit ihm fertig. Die Erkenntnis, dass er für seinen Clan gekämpft hatte, diente nur dazu, sie in dem Glauben zu bestärken, dass er nicht das war, was er zu sein vorgab. Sie musste es herausfinden.

»Alex, was machst du wirklich hier bei Hofe?«

Seine Augen blitzten vor Verärgerung. »Hatten wir diese Unterhaltung nicht schon?«

»Ich glaube dir nicht.«

Er biss die Zähne zusammen. »Lass es gut sein, Meg.«

Doch Meg kümmerte sich nicht um die Warnung. »Ich habe gesehen, wie du jeden um dich herum beobachtest. Und warum warst du am Abend des Maskenballs in diesem Korridor?«

Er zog mit seinem Turm. »Hat dir schon einmal jemand gesagt, dass du eine sehr lebhafte Fantasie hast?«

Meg konterte seinen Zug, indem sie seinen verbleibenden Läufer bedrohte. »Nein«, entgegnete sie, fest entschlossen, sich nicht abhalten zu lassen. »Nun beantworte meine Frage.«

»Ich kam an den Hof, um Arbeit zu finden, und ich verließ den Saal, um von Dougal fortzukommen – wie du nun weißt, verachte ich den Mann.«

»Ich glaube nicht, dass das alles ist.«

»Glaub, was du willst, aber das ist die Wahrheit.« So gleichgültig, wie er die Schultern zuckte, wusste Meg, dass sie irgendeiner Sache auf der Spur war.

Entschieden schüttelte sie den Kopf. »Nein, das ist es nicht.« Mit forschendem Blick suchte sie in seinem Gesicht nach einem Riss in der Maske. »Ich werde die Wahrheit herausfinden, zweifle nicht daran!«

Doch ihre Drohung schien ihn nicht zu beunruhigen. Er kräuselte einen Mundwinkel zu einem schiefen Lächeln. »Meg?«

»Was?« Sie sah auf das Schachbrett hinunter, und der Mund blieb ihr offen stehen. *Unmöglich!*

»Schachmatt!«

»Wie schade, dass ich das verpasst habe«, jammerte ihre Mutter eine Stunde später. Elizabeth hatte ihr gerade alles über Alex' unerwarteten Coup erzählt.

Kopfschüttelnd sah Meg ihre Mutter an. Sie freute sich viel zu sehr über Megs Niederlage. »Es ist nur ein Spiel, Mutter.«

»Nur ein Spiel!«, rief ihre Mutter gespielt ungläubig aus. »Wie oft habe ich dich und deinen Vater über das Spiel der Könige reden hören? Der große Schiedsrichter über den Intellekt. ›Es verrät viel über einen Menschen, wie er Schach spielt‹«, ahmte sie ihre Tochter nach. »Gibst du es nun zu?«

»Was zugeben?«

»Sei nicht begriffsstutzig, Margaret. Natürlich zugeben, dass Alex MacLeod die perfekte Wahl für dich ist.«

»Nur weil er mich beim Schach geschlagen hat? Ich bin nicht perfekt, Mutter. Gelegentlich verliere ich auch mal.«

Obwohl Meg das scherzhaft gesagt hatte, wurde ihre Mutter ernst. »Es ist völlig in Ordnung, nicht perfekt zu sein, Meg.«

Ist es nicht, protestierte Meg automatisch in Gedanken und dachte dabei an ihren geliebten Bruder. »Natürlich«, stimmte sie zu.

Rosalinds stets lächelnder Gesichtsausdruck wurde ungewöhnlich ernst. »Du bemühst dich zu sehr, nicht zu versagen und immer das Richtige zu tun. Ich habe erst vor Kurzem erkannt, warum das so ist. Aber du brauchst dich nicht so unter Druck zu setzen, Meg. Ich liebe meine Kinder beide, und dein Vater auch – selbst wenn er nicht immer weiß, wie er es zeigen soll.«

Meg hoffte das, Ian zuliebe. Warum war die Liebe ihres Vaters immer von Enttäuschung und Bedingungen begleitet?

Meg betrat das kleine Arbeitszimmer und sah Ian mit einer Feder in der Hand und den blonden Kopf über ein Stück Pergament gebeugt am Schreibtisch ihres Vaters sitzen. Furcht überkam sie, als sie erkannte, dass Ian wieder eine Unterrichtsstunde bekam.

»Nein, Ian. Nicht so«, sagte ihr Vater um Geduld bemüht. »Du hast es wieder falsch zusammengezählt. Ein Silbermerk sind 13 Shilling und vier Pence. Also beträgt die Pacht von 24 Merk …«

Meg konnte die Hilflosigkeit in der Stimme ihres Bruders hören. »Ich kann das nicht, Vater.«

»Natürlich kannst du es.« Ihr Vater klang nun härter. »Versuch es noch einmal.«

Ians Gesicht war vor Anstrengung verzerrt. Er versuchte es wieder. Megs Herz raste nervös, während er ein paar Zahlen auf das Pergament kritzelte. Sie hasste es, zu sehen, wie er sich abmühte. Sie wusste, dass er den Tränen nahe war, und ihr Vater verabscheute es, wenn Ian weinte. Große Jungen von sechzehn Jahren weinten nicht.

»Du weißt es doch noch, Ian«, kam Meg ihm zu Hilfe. »Du hast es gestern doch richtig gemacht.« Sie beugte sich vor und zeigte ihm den Rechenansatz auf. Ian konnte gut genug multiplizieren und dividieren; was ihn meist überforderte, war herauszufinden, was er tun sollte. Innerhalb weniger Minuten sagte er stolz: »Fünfzehn Schottische Pfund und sechs Shilling.«

Ihr Vater nickte zufrieden, doch sein Lächeln galt Meg.

Ihre Mutter wollte die Wahrheit nicht sehen. Ihr Vater wusste nicht, wie er mit Ian umgehen sollte. Meg hatte die ganze Kindheit damit verbracht, ihren Bruder vor der Enttäuschung ihres Vaters zu beschützen. Indem sie verhinderte, dass es ihrem Vater so vorkam, als habe er keinen Erben, vergewisserte sie sich, dass er sich nicht auf Ians beschränkte Fähigkeiten konzentrierte. Doch Meg wollte nicht über ihren Vater oder ihren Bruder reden. »Du machst zu viel aus der Sache, Mutter. Es war nur ein Spiel.«

»Aber du ziehst Alex doch hoffentlich als einen geeigneten Verehrer in Betracht, Meg?«, fragte Elizabeth. »Jeder Mann, der dich im Schachspiel schlagen kann, muss ein außergewöhnlicher Stratege sein.«

Elizabeths Fragen zwangen Meg, die Wahrheit einzugestehen. Anfangs hatte sie Alex zu gering eingeschätzt, als sie ihn für einen bloßen Kriegsherrn hielt, der nicht den nötigen Scharfsinn besaß, um mit den Männern des Königs umzugehen. Sie hatte sich gewaltig geirrt. Hinter dem starken Schwertarm und der beeindruckenden Statur steckte ein unglaublich scharfer Verstand. Scharf genug, um sie im Schach zu schlagen, indem er eine brillante Verteidigungsstrategie anwendete, um den aggressiven Angriff ihres Läufers abzuwehren. Meg hatte nicht bloß verloren, sie war vernichtend geschlagen worden. Darüber hinaus hatten ihre Mutter und Elizabeth recht, sein unleugbares Geschick beeindruckte sie.

Viele Dinge an Alex MacLeod beeindruckten sie.

Ihre Mutter stand mit vor der Brust verschränkten Armen vor ihr und wirkte sehr zufrieden mit sich selbst. »Ich habe recht, Meg. Gib es zu. Alex MacLeod würde einen perfekten Ehemann abgeben.«

Ein Teil von ihr wollte ihr zustimmen, doch der andere Teil war sich immer noch nicht sicher. Natürlich steckte mehr in ihm als nur ein kampfgestählter Krieger, wie sie zuerst vermutet hatte, doch da gab es noch zu viele Ungereimtheiten. Wenn sie nur herausfinden könnte, warum sie sich so zu ihm hingezogen fühlte. »Ich gebe zu, dass mehr in ihm steckt, als ich zuerst vermutet hatte. Aber da gibt es noch ein anderes Problem. Er sucht nicht nach einer Ehefrau.«

»Er mag vielleicht nicht nach einer Frau suchen, aber das muss ihn nicht davon abhalten, eine zu finden. Seit er bei Hofe angekommen ist, hat er keinen Hehl daraus gemacht, dass er an dir interessiert ist.« Der Blick ihrer Mutter war voller Zärtlichkeit. »Du wirkst entspannter, wenn du mit Alex zusammen bist. Nicht so besorgt. Ich habe sogar bemerkt, dass er dir ein- oder zweimal ein Lächeln abgerungen hat.« Sie schüttelte voll offensichtlichem Missfallen den Kopf. »Du solltest öfter lachen, mein Liebling. Ich habe deinen Vater bereits gewarnt, dass er viel zu viel von dir verlangt. Du bist viel zu jung, um dich vor den Vergnügungen der Welt zu verschließen und dein Leben der Leitung von Dunakin zu widmen.«

»Mir gefällt, was ich tue, Mutter.«

»Das weiß ich, Kind, aber ich glaube, da steckt noch mehr dahinter.«

Meg versteifte sich vor Unbehagen. Sie wusste nicht genau, was ihre Mutter enthüllen wollte, aber ihr war klar, dass sie es nicht hören wollte. Besonders, wenn es dabei um Ian ging.

»Ich hoffe, du hörst auf deine Mutter, Meg«, meinte Elizabeth, während sie zur Tür ging. »Mir wäre nichts lieber, als dich zur Schwester zu haben. Aber Jamie verdient es, geliebt zu werden.«

Ohne Meg Gelegenheit zu einer Antwort zu geben, schloss Elizabeth die Tür hinter sich und ließ Meg mit Rosalind allein. Meg fühlte, wie ihr Schuldgefühle einen Stich versetzten. Elizabeth hatte recht, Jamie verdiente es, geliebt zu werden. Meg würde dafür sorgen, dass er auch Liebe bekam.

Sie warf ihrer Mutter einen vorsichtigen Blick zu.

»Sieh mich nicht so abwehrend an, Liebes. Ich will dich nicht verärgern. Ich denke doch nur an dein Glück. Ich möchte, dass du öfter lachst und dir weniger Sorgen machst. Du nimmst so viel auf dich, um deinen Bruder zu schützen. Wenn ich früher erkannt hätte, warum du dich selbst so antreibst, dann hätte ich schon viel eher etwas dagegen unternommen.«

Die ungewöhnliche Heftigkeit in der Stimme ihrer Mutter überraschte Meg.

Traurig schüttelte Rosalind den Kopf. »Wenn ich deinem

Vater nur mehr Söhne hätte schenken können. Ich gebe mir selbst die Schuld.«

»Es gibt nichts, wofür du dir die Schuld geben müsstest«, sagte Meg ohne nachzudenken, um ihre schwer betrübte Mutter zu trösten.

Doch Rosalind unterbrach sie. »Ich kann sehen, was du tust, selbst wenn du es nicht kannst. Ich weiß, dass du nur versuchst, deinen Bruder zu schützen, indem du seine Aufgaben übernimmst. Und ja, ich hätte schon vor langer Zeit erkennen sollen, warum du dich selbst so hart antreibst. Der Druck, immer die perfekte Tochter zu sein, ist einfach zu hoch. Du hast deine eigenen Wünsche deinem Bruder zuliebe unterdrückt.«

»Nein«, rief Meg heftig aus. »Du irrst dich, Mutter. Mir gefällt meine Arbeit. Ich möchte die Verantwortung, Dunakin zu führen. Es hat nichts mit Ian zu tun.«

»Du magst dir selbst etwas vormachen, aber ich glaube, dass es mit Ian zu tun hat. Du wirst dich für einen Mann entscheiden, den du nicht liebst, weil du glaubst, dass du das Richtige für Dunakin tust. Du hast kein anderes Ziel mehr vor Augen als die Suche nach dem perfekten Mann, der den Platz einnehmen soll, den dein Bruder nicht ausfüllen kann.« Rosalind seufzte, ergriff Megs Hände und sah ihr tief in die Augen. »Niemand ist perfekt, Meg, auch du nicht. Ich hoffe, du wartest nicht, bis es zu spät ist, bevor du erkennst, dass du einen Fehler gemacht und den falschen Mann aus den falschen Gründen geheiratet hast.«

Meg hasste es, wenn ihr Handeln hinterfragt wurde. Sie wollte nur das Richtige für ihren Clan tun. Warum musste das so schwer sein? Sie stand auf und ging zur Tür, weil sie etwas frische Luft brauchte.

»Wohin gehst du?«, fragte ihre Mutter sie.

»Wenn ich schon dieses Reitkostüm trage, dann möchte ich auch davon Gebrauch machen.«

»Aber es wird schon spät. Warte bis morgen, dann komme ich mit dir mit.«

Meg schenkte ihrer Mutter ein beruhigendes Lächeln. »Ich bleibe nicht lange fort.« Nur lange genug, um ihre Gedanken wieder in Ordnung zu bringen.

10

Es war schon weit nach Mittag, als Alex sich dem Sheep's Heid Inn näherte. Er hatte einen Umweg vom Palast aus gewählt, um sicherzugehen, dass er nicht verfolgt wurde. Das Treffen, das er mit Robbie verabredet hatte, hätte zu keinem besseren Zeitpunkt stattfinden können. Dank Lizzie und Meg enthielt die Botschaft an seinen Bruder, die Alex in seinem ledernen *Sporran* mit sich trug, wertvolle Informationen.

Ursprünglich hatte Alex vor, nach dem Frühstück loszureiten, doch er konnte sich nicht davon abhalten, erst einmal nach Meg zu sehen. Schließlich hatte er geschworen, sie zu beschützen, und es war seine Pflicht, für ihre Sicherheit zu sorgen. Zumindest sagte er sich das.

Es war dumm zu glauben, dass Meg in Gefahr war, das war ihm nach seinem Irrtum in der vorangegangenen Nacht klar. Zuerst hatte er seine Ängste für begründet gehalten, als der Mann, den er verfolgte, ihn in den Flügel führte, in dem die Schlafkammern der Damen untergebracht waren. Noch dazu war dieser Mann groß und kräftig mit roten Haaren, genauso wie der Mann, den Alex in der Taverne gesehen hatte. Als das Licht besser wurde, konnte Alex ihn sich genauer ansehen. Er war mittleren Alters, mit einer stumpfen Nase und einem Gesicht, das die unmissverständlichen Narben eines Kriegers trug. Doch gerade als Alex ihn aufhalten und nach seinen Absichten ausfragen wollte, gesellte sich der Mann zu ein paar Wachmännern der Mackinnons, denen Alex aufgetragen hatte, auf Meg und ihre Mutter aufzupassen.

Sie stellten ihn als Thomas Mackinnon vor, der gerade von Dunakin mit einer Nachricht des Chiefs gekommen war. Rosalind Mackinnon bestätigte diese Information nur wenige Minuten später, als sie vom Maskenball auf ihr Zimmer zurückkehrte. Der Mann, von dem Alex geglaubt hatte, er wolle Meg etwas antun, war tatsächlich ein getreuer Wachmann der Mackinnons – was sein Verlangen, Meg an diesem Morgen zu sehen, lächerlich machte.

Er konnte es nicht erklären, doch er musste selbst nach ihr sehen. Vielleicht war es auch besser, wenn er gar nicht versuchte, es sich zu erklären. Dieses Mal wurde sein unvernünftiges Interesse an Meg belohnt. Er konnte es kaum glauben, als er ins Zimmer trat, und genau die Information, die er am dringendsten hören wollte, beiläufig in der Unterhaltung ausgeplaudert wurde. Dank der kleinen Lizzie wusste Alex nun, wann die Schiffe ablegen würden. Irgendwann Mitte August würden die Abenteurer von Fife nach Lewis segeln.

Und er würde dort auf sie warten.

Alex näherte sich dem Gasthaus von der Rückseite. Er hoffte, dass Robbie keine Schwierigkeiten hatte, es zu finden, denn er wollte die Nachricht übergeben und so schnell wie möglich wieder an den Hof zurückkehren. Die Vorstellung, Meg zu lange allein zu lassen, gefiel ihm überhaupt nicht. Er würde nur so lange bleiben, wie es dauerte, um sein Pferd tränken zu lassen und Robbie den versiegelten Brief an seinen Bruder auszuhändigen. Das Wappen der MacLeods – der Eberkopf mit dem Motto des Clans »Haltet zusammen« – würde seinem Bruder beweisen, dass die sorgfältig formulierte Botschaft tatsächlich von ihm stammte.

Die Nachricht müsste Rory auf Skye gerade rechtzeitig vor seiner Abreise erreichen. In weniger als zwei Wochen sollten Rory und Isabel in Edinburgh ankommen, um der alljährlichen Verpflichtung der Inselchiefs nachzukommen, sich vor dem Geheimen Rat zu präsentieren. Vorgeblich sollte dies ihr fortwährend gutes Betragen sicherstellen, doch in Wirklichkeit war es eine demütigende Erinnerung an die neue Autorität des Königs über die »unzivilisierten« Highlands.

Alex freute sich schon auf ihre Ankunft. Es wäre für Isabel seit längerer Zeit die erste Reise, da sie erst vor Kurzem ihr drittes Kind in ebenso vielen Jahren geboren hatte. Seine zwei kleinen Nichten und der neugeborene, sehnsüchtig erwartete Neffe würden auf Dunvegan bleiben.

Alex hoffte, dass er mit etwas Glück detailliertere Informationen für seinen Bruder hätte, wenn er ankam. Sie hätten nicht viel Zeit, einen Plan zu entwerfen, wenn sie Lewis noch vor den Abenteurern von Fife erreichen wollten, doch Alex wusste, egal was Rory und die anderen Chiefs der Inseln beschließen würden, dass er dabei eine wesentliche Rolle spielen würde. Dieses Mal würde er seine Familie nicht im Stich lassen.

Alex kämpfte gegen den Wunsch, sofort nach Lewis aufzubrechen. Doch er durfte nicht überstürzt handeln. Dieses Mal würde er nichts dem Zufall überlassen. Es war noch Zeit. Also würde er bleiben und geduldig auf Rorys Ankunft warten, damit er seine Befehle erhalten und sie ihre Pläne koordinieren konnten. Bis dahin würde er versuchen, weitere Informationen in Erfahrung zu bringen. Unter anderem, was Dougal MacDonald an den Königshof geführt hatte. Alex vermutete, dass die Ankunft eines MacDonald bei Hofe kein Zufall war. Wenn die MacDonalds beabsichtigten, die Chiefs der Inseln zu hintergehen, dann würde Alex das erfahren.

Und in der Zwischenzeit …

Gab es da auch noch Meg. Sobald Jamie zurück war, würde Alex seine vorübergehende Rolle als Beschützer aufgeben.

Bis dahin musste er vorsichtig sein. Bei ihrem letzten Zusammensein war er gefährlich nah daran gewesen, sie zu kompromittieren. Doch seine Lust war nicht das Einzige, worüber er sich Sorgen machte. Wenn er an ihr gemeinsames Schachspiel dachte, wurde ihm klar, wie wohl er sich in ihrer Gegenwart fühlte. Es hatte ihm sehr gefallen, seinen Geist mit ihrem zu messen. Viel zu sehr.

Während er vom Pferd stieg, sah er sich auf dem Hof vor den Ställen des schlichten Gasthauses um und freute sich, als er sah, wie Robbie aus dem Gebäude auf ihn zukam. Bis auf ein bisschen Schmutz sah der Junge nicht allzu mitgenommen aus. Alex begrüßte Robbie mit einem freundschaftlichen Schlag auf die Schulter. »Wie ich sehe, bist du noch in einem Stück.«

Robbie grinste. »Bis jetzt schon, Mylaird.«

Alex senkte die Stimme. »Irgendwelche Probleme?«

Der Junge schüttelte den Kopf.

»Gut. Wir haben viel zu besprechen. Aber nicht hier. Drinnen.«

Robbie übernahm die Zügel, führte Alex' Streitross in die Stallungen und überließ den Stallburschen das geschätzte Tier erst, nachdem er ihnen genaue Anweisungen für dessen Pflege gegeben hatte. Gerade als sie den Hof überqueren und das Gasthaus betreten wollten, hatte Alex plötzlich das Gefühl, dass ihn jemand beobachtete.

Angespannt suchte er mit den Blicken die Umgebung ab, und der Anblick, der sich ihm bot, erfüllte ihn mit Ärger – nein, rasender Wut. Eine Gruppe von Reitern kam auf ihn zu, angeführt von niemand anderem als Meg Mackinnon. Sein heftiger Fluch ließ Robbie sofort zum Dolch greifen. Wütend ballte Alex die Fäuste an den Seiten und versuchte, seiner Gefühle Herr zu werden. Ihre Drohung kam ihm in den Sinn. »*Ich werde die Wahrheit herausfinden, zweifle nicht daran.*«

Sie war ihm gefolgt. Ihre närrische Sturheit konnte seinen ganzen Plan in Gefahr bringen. Bei Gott, er hatte sie gewarnt …

Meg Mackinnon würde gleich herausfinden, dass er ein Mann war, der zu seinem Wort stand.

Das war genau das, was sie brauchte. Während die beeindruckende Silhouette von Holyrood House in der Ferne hinter ihnen verschwand, ritten Meg und die Gruppe von Wachmännern, die sie als Eskorte mitgenommen hatte, durch das Wäldchen, das den Palast umgab, und weiter in den Park hinein. Holyrood Park war ein weitläufiges Areal, das sich hunderte von Morgen südlich des Palastes erstreckte. James V. hatte den Park erst vor etwa fünfzig Jahren einfrieden lassen, doch seit hunderten von Jahren war dieses Land schon das Jagdrevier der Könige. Nun bestand es hauptsächlich aus grünen Heidelandschaften und Schluchten mit atemberaubenden Felshängen.

Sie fühlte sich wie in einer völlig anderen Welt, und doch war sie kaum außer Reichweite der Palastmauern.

Tief atmete Meg die frische Luft ein, während sie diesen seltenen Augenblick der Freiheit von den steifen Sitten des Hofes genoss. Gott, wie sehr sie Skye vermisste! Die Stille, die Abgeschiedenheit. Dieses kleine Stück Highlands, in eine kleine Ecke Edinburghs gezwängt, erinnerte sie an all das, was zuhause auf sie wartete.

Sobald sie einen Ehemann gefunden hatte.

Bei diesem Gedanken beschloss sie, dass es Zeit war, wieder in den Palast zurückzukehren. Doch als sie ein letztes Mal ihren Blick schweifen ließ, fiel ihr ein goldenes Aufblitzen ins Auge, das im Sonnenlicht durch eine Lücke in den Bäumen vor ihr schimmerte. Sie konnte gerade noch die einsame Gestalt eines Reiters erkennen, der auf ein kleines Gebäude zuhielt. Meg musste zweimal hinsehen, um sicher zu sein, dass sie es sich nicht einbildete. Doch das goldblonde Haar und die hochgewachsene, muskulöse Statur waren ihr inzwischen schmerzhaft vertraut.

Alex. Doch was machte er so weit vom Palast entfernt? Seltsam, dass er heute Morgen nichts davon erwähnt hatte, noch dazu, da er wusste, dass ihr geplanter Ausritt abgesagt worden war. Es sei denn, er wollte nicht, dass sie davon erfuhr. Meg überlegte einen Augenblick – obwohl es in Wahrheit nicht viel zu überlegen gab – und entschloss sich dann, ihm zu folgen. Sie brauchte Antworten. Antworten, damit sie endlich die hartnäckige Stimme in ihrem Kopf zum Schweigen bringen konnte, die ihren Entschluss in Frage stellte.

Jamie würde bald an den Hof zurückkehren, bis dahin musste sie Klarheit haben.

Sie und ihre Wachmänner hatten gerade den Hügel hinter dem Haus erklommen, als ein hochgewachsener, schlaksiger Mann heraustrat, um Alex zu begrüßen. Megs Augen leuchteten vor Genugtuung auf, als sie in dem Neuankömmling sofort einen der Krieger wiedererkannte, die sie im Wald gerettet hatten. Er war ihr wegen seiner Jugend und seines vergleichsweise weniger wilden Aussehens aufgefallen.

Ich wusste es, dachte sie. *Soll Alex nur versuchen, es jetzt noch zu leugnen!* Doch warum hatte er gelogen? Warum wollte er nicht, dass jemand erfuhr, dass er es war, der ihnen an jenem Tag im Wald zu Hilfe gekommen war?

Alex besaß anscheinend so scharfe Instinkte wie ein Wolf. Sie war gerade erst in Sichtweite gekommen, doch er hatte ihre Anwesenheit bereits wahrgenommen. Sein Kopf fuhr herum, ein durchbohrender Blick aus eisblauen Augen traf sie. Selbst aus der Ferne konnte sie die Wucht seines Ärgers spüren. Ein Ärger, der ihr einen Schauer der Angst durch den Körper jagte – den sie prompt ignorierte.

Meg würde nicht zulassen, dass Furcht sie davon abhielt, die Wahrheit herauszufinden.

Dennoch ließ ihr Mut sie angesichts der Wut, die ihr entgegenflammte, ein wenig im Stich. Einen Moment lang dachte sie daran, zum Palast zurückzukehren, damit sein Ärger Zeit hatte, zu verrauchen. Nein, es war am besten, keine Schwäche zu zeigen. Alex würde nur Blut lecken. Sie straffte den Rücken und sagte ihren Wachmännern, dass sie in dem Gebäude, das ein Gasthaus war, wie sie nun erkannte, Erfrischungen einnehmen würden. Meg ritt auf den Hof und tat so, als bemerke sie den wilden Blick nicht, mit dem der Mann sie anstarrte, der sie dort erwartete.

Er wirkte verändert. Es dauerte einen Moment, bis sie erkannte, dass er so gekleidet war, wie sie ihn das erste Mal gesehen hatte – im traditionellen Gewand eines Highlanders. Er trug ein feines wollenes Plaid über einem safranfarbenen Leinenhemd. Das blau und grün gemusterte Plaid wurde in der Taille von einem breiten Ledergürtel gehalten, in dem ein beeindruckender Dolch steckte. Nachdem sie seit Wochen von bunter Seide und Satin umgeben war, erinnerten *breacan-feile* und *leine*, die bei den Lowlandern in Ungnade gefallen waren, sie heftig an zuhause.

Doch Heimweh war nicht der Grund, weshalb sich in ihrem Innern alles zusammenzog. Es war die bloße Anziehungskraft des Mannes, der vor ihr stand. Ihr Mund wurde trocken, wenn sie ihn nur ansah. Er war mit jedem Zoll der wilde, kampfgestählte Krieger, der sie gerettet hatte, er wirkte groß, stark und atemberaubend männlich. Es war schwer zu glauben, dass dies derselbe Mann war, der sie vor wenigen Stunden im Schach geschlagen hatte. Vielleicht war es genau diese Gegensätzlichkeit, die sie so anzog. Und ihr Grund zu hoffen gab.

Als sie näher kam, erkannte sie ihren Irrtum. Alex war nicht nur verärgert, er war rasend vor Zorn. Jeden Muskel seines Körpers angespannt kam er auf sie zu und ergriff die Zügel, als wolle er jedem Gedanken an Flucht zuvorkommen.

Meg nahm all ihren Mut zusammen, hob das Kinn und stellte sich seinem sengenden Blick. »Laird MacLeod, was für eine Überraschung, Euch hier zu treffen!«

Alex machte sich nicht die Mühe zu antworten. Stattdessen wandte er sich an den jungen Mann an seiner Seite und sagte mit harter, knapper Stimme: »Robbie, nimm diese Männer mit nach drinnen und besorg ihnen ein paar Erfrischungen. Mistress Mackinnon und ich haben ein paar Dinge zu besprechen.« Sein Blick traf sie, und Hitze flammte ihr entgegen. »Unter vier Augen.«

Als es so aussah, als wollten ihre Männer protestieren, winkte Meg ab und versicherte ihnen, dass sie in wenigen Augenblicken nachkommen würde. Ihr entging nicht, dass der junge Krieger Robbie ihr einen mitleidigen Blick zuwarf. Als sie ihnen nachsah, überfiel sie trotz der warmen Mittsommersonne ein Frösteln. Zögernd glitt ihr Blick zu Alex zurück. Ihr Herzschlag beschleunigte sich. Sie waren ganz allein.

Ohne ein Wort packte er sie an der Taille und hob sie mühelos aus dem Sattel, als ob sie so leicht wie ein Kind wäre. Einen Augenblick lang wurde sie an ihn gepresst, und das vertraute wonnige Gefühl ließ ihr die Knie weich werden. Doch sie hatte kaum Zeit, dieses Gefühl auszukosten, bevor er sie heftig absetzte, als befürchte er, er könne seine Wut über sie auf völlig andere Weise abreagieren.

Schockiert stellte sie fest, dass der Gedanke an seine heiße, heftige Leidenschaft ihr einen Schauer des Verlangens durch den Körper jagte, der sie nicht so ängstigte, wie er es eigentlich sollte.

Seine Stimme war wie ein Peitschenschlag. »In den Stall. Sofort.«

Sein Tonfall machte sie wütend, also blieb sie stocksteif stehen. »Hier draußen können wir uns genauso gut unterhalten.«

In seinen Augen funkelte es gefährlich. »Du kannst entweder auf deinen eigenen zwei Beinen hineingehen, oder ich trage dich höchstpersönlich hinein. Aber ich glaube nicht, dass dir die Art und Weise, wie ich das tun werde, gefallen wird.«

Wütend kniff Meg die Lippen zusammen und marschierte so stolz wie möglich in den Stall. Erleichtert erblickte sie ein paar Stallburschen, die sich um ein riesiges schwarzes Ross kümmerten, das sie schon einmal gesehen hatte. Ihre Erleichterung war allerdings nur von kurzer Dauer.

»Lasst uns allein«, befahl Alex.

Die Burschen brauchten nur einen Blick auf ihn zu werfen, um so schnell wie möglich das Weite zu suchen. Ritterlichkeit ist wirklich ausgestorben, dachte sie, als sie ihnen nachsah, wie sie hinauseilten, ohne sich noch einmal umzublicken. Sobald die Jungen fort waren, drehte Alex sich zu ihr um; sein Blick nagelte sie fest. Doch er rührte sie nicht an. Fast wünschte sie sich, er möge sie an den Armen packen und schütteln, denn seine tödliche Ruhe war weitaus beunruhigender. Unbewusst wich sie einen Schritt zurück. »Ich habe dich gewarnt, mir nicht zu folgen. Wenn du ein Mann wärst, dann wärst du bereits tot.«

Sein Tonfall ließ keinen Zweifel daran, dass er es ernst meinte. »Nun, dann habe ich wohl Glück, dass ich eine Frau bin.«

Offensichtlich war dies kein guter Zeitpunkt für Sarkasmus. Seine Augen blitzten, und an der Art, wie die Muskeln seiner Unterarme zuckten, konnte Meg erkennen, dass seine Selbstbeherrschung nur noch an einem seidenen Faden hing. Einem sehr dünnen seidenen Faden.

»Du stellst meine Geduld auf die Probe, meine Kleine. Hat dir deine Mutter nicht beigebracht, dass man nicht mit dem Feuer spielt?« Seine Stimme wurde trügerisch weich. »Du könntest dich verbrennen.«

»Du machst eine viel zu große Sache daraus«, meinte sie nervös. »Ich wollte nur im Park ausreiten, ich hatte nicht die Absicht, dir zu folgen. Aber als ich dich sah, nun, du kannst mir wohl kaum vorwerfen, dass ich neugierig wurde. Du hast nicht erwähnt, dass du heute ausreiten wolltest.«

»Mir war nicht bewusst, dass ich Euch über mein Kommen und Gehen Rechenschaft ablegen muss, Mistress Mackinnon.«

Meg fühlte, wie ihr die Schamesröte in die Wangen stieg. Er hatte natürlich recht. Er war nicht verpflichtet, sie in seine Absichten einzuweihen oder sie mit einzubeziehen. Auch war ihr der förmliche Tonfall nicht entgangen. Er versuchte sich von ihr zu distanzieren.

»Du hättest den Palast nicht verlassen dürfen«, fuhr er fort. »Hattest du nicht eingewilligt, vorsichtig zu sein, bis die Männer, die dich angegriffen haben, gefasst sind?«

War er vielleicht zum Teil deshalb so wütend, weil er sich um ihre Sicherheit sorgte?

»Ich habe eine Eskorte bei mir. Sicher willst du nicht, dass ich ohne guten Grund im Palast eingesperrt bin?«

Seine Nasenflügel bebten. »Ist beinahe getötet zu werden nicht Grund genug? Und ich sagte dir doch, dass ich auf dich aufpassen werde. Du hättest nicht gehen dürfen, ohne es mir zu sagen.«

Ein honigsüßes Lächeln kräuselte ihre Lippen. »Und wenn du mir von deinen Plänen erzählt hättest, dann hätte ich dich auch informiert.«

Er trat einen Schritt näher. »Reiz mich nicht, Meg.«

Es gefiel ihr nicht, in die Defensive gedrängt zu werden. Er musste auch einiges erklären. »Was ist mit dir, Alex? Glaubst du, ich erinnere mich nicht an deinen Mann Robbie?« Sie deutete auf sein Pferd. »Oder an dieses furchterregende Tier? An jenem Tag im Wald, das warst du. Du hast mich *angelogen*. Und ich will wissen, warum.«

In trotzigem Schweigen biss er die Zähne zusammen.

Megs Gefühle brodelten gefährlich nah an der Oberfläche. Sie wollte, dass er ihr vertraute. Dass er ihr bestätigte, dass zwischen ihnen eine Verbindung gewachsen war. Sie wollte irgendein Zeichen dafür, dass es ihm ähnlich ging. »Was willst du mir verschweigen?«

Sie machte ein paar vorsichtige Schritte auf ihn zu und legte ihm sanft die Hand auf den Arm. Unter den Fingerspitzen konnte sie seine Anspannung fühlen. Sie war ihm so nahe, dass sie den leichten Bartschatten auf seinem Kinn und die verräterisch pulsierende Ader an seinem Hals sehen konnte. Die Narbe, die durch seine Braue schnitt, wirkte noch auffallender. Und gefährlich. Dennoch verspürte sie den seltsamen Wunsch, sie mit dem Finger nachzuzeichnen.

»Es hat nichts mit dir zu tun«, sagte er gepresst.

»Warum kannst du es mir dann nicht sagen?« Ihre Stimme brach. »Bitte, Alex!«

Etwas an seinem Gesichtsausdruck veränderte sich. Der

Zorn wurde von etwas gemildert, das sie nur als Sehnsucht beschreiben konnte. Sie konnte den Aufruhr der Gefühle in seinem Blick lesen. Tief in seinem Innern tobte ein Kampf, den sie nicht verstand.

»Warum kannst du es nicht auf sich beruhen lassen?« Seine Stimme klang eigenartig heiser.

Sie konnte es ihm nicht sagen. Sie konnte es sich nicht einmal selbst eingestehen. Sie konnte es nicht auf sich beruhen lassen, weil sie nicht die falsche Entscheidung treffen wollte, und langsam bekam sie das Gefühl, dass die richtige Entscheidung direkt vor ihr stand.

»Willst du das wirklich?«, fragte sie leise.

Er wusste, was sie meinte. Das konnte sie in seinem Gesicht lesen. Sie wartete, ohne sich eingestehen zu wollen, wie viel ihr seine Antwort bedeutete. Wie sehr sie sich wünschte, dass er ihr bestätigte, dass sich zwischen ihnen etwas entwickelte.

»Ja, verdammt. Ich will, dass du mich in Ruhe lässt.«

Ihr Herz sank wie ein Stein. Er wollte sie nicht. Oh Gott, sie war eine Närrin. Einem Mann nachzulaufen, der nichts mit ihr zu tun haben wollte. Betroffen wandte sie sich ab, weil sie nicht wollte, dass er bemerkte, wie tief seine Zurückweisung sie verletzte.

Er fluchte. Bevor sie wusste, wie ihr geschah, lag sie in seinen Armen und sein Mund nahm den ihren mit einem wilden Hunger in Besitz, der seine Gleichgültigkeit Lügen strafte und ihr den Atem raubte.

Meg war unerbittlich, sie reizte ihn auf eine Art und Weise, wie ihn noch nie jemand gereizt hatte. Bis er jede Beherrschung verlor.

Von dem Augenblick an, als sie in den Hof des Gasthauses geritten war, den Kopf hoch erhoben und das kleine spitze Kinn so hinreißend stur vorgereckt, hatte er einen inneren Kampf mit sich ausgefochten. Einen Kampf zwischen Verlangen und Vernunft. Er wollte etwas, das er nicht haben konnte.

Es schmerzte schon, sie nur anzusehen. Die Sonne zauberte kleine goldene Lichter auf ihr Haar und überzog ihre durchscheinende Haut mit einem warmen rosigen Hauch. Kunstvoll frisierte kastanienbraune Locken betonten perfekt ihre moosgrünen Augen. Doch es war ihr Mund, der ihn wahnsinnig machte. Die Erinnerung an ihre honigsüße Sanftheit setzte zum Sturm auf die Festung seiner Zurückhaltung an.

Sein Ärger hielt ihn immer noch zurück. Sie war ihm gefolgt und hatte sich erneut in seinen Auftrag eingemischt. Er wollte unbarmherzig sein, um sicherzugehen, dass sie ihrer törichten Suche nach seiner wahren Absicht ein Ende setzte. Mit einem einzigen falschen Wort konnte sie alles zerstören.

Doch der Schmerz in ihren Augen besiegte ihn.

Einen Augenblick lang wollte er ihr sagen, warum es ihm so wichtig war. Warum er es tun musste. Warum er nicht für sie bestimmt war. Doch um ihrer selbst willen ebenso wie seinetwegen konnte er sie nicht in seinen Plan einweihen. Einen Plan, der ihn als Verräter brandmarken würde.

Sie glaubte, er kämpfe für Gold, doch das konnte nicht weiter von der Wahrheit entfernt sein. Er kämpfte für Gerechtigkeit. Für eine Art zu leben. Für das Land, das seit Generationen ihren Clans gehörte. Kämpfen war alles, was er konnte. Er konnte ihr nicht geben, was sie wollte.

Aber als sie so vor ihm stand, auf so quälende Weise bezaubernd, und ihre Augen vor Schmerz überflossen, hatte er einfach reagiert. Mit Leidenschaft. Als könne er den Schmerz seiner Worte mit seinen Lippen auslöschen.

Bei der ersten Berührung ihres Mundes stöhnte er auf, als er die sanfte Süße kostete, die er nicht vergessen konnte. Ihr Herz klopfte wild gegen seine Brust. Er wollte sie zähmen, sie küssen, bis sie sich ihm unterwarf, den Mahlstrom seiner Leidenschaft entfesseln, doch sein Ärger versank in einer unerwarteten Welle von Zärtlichkeit. Er zwang sich, sanft zu sein, und lockte sie mit sanftem Drängen seines Mundes und seiner Zunge.

Sie entspannte sich und sank gegen ihn. Er ließ die Hand durch die seidigen Locken gleiten, die ihr über die Schulter fielen. Ihr Haar war noch weicher, als er es in Erinnerung hatte. Durch die sanfte Bewegung stieg ein betörender Duft nach Rosen zu ihm empor, der seine Sinne verwirrte.

Von ihrem Haar strich er sanft die Linie ihres Kinns entlang, wobei er den rasenden Puls unter ihrem Ohr spüren konnte, dann legte er ihr die Finger unter das Kinn und hob es an. Sanft teilte er ihre Lippen, um die zarte Höhle des Mundes zu erkunden und ihre honigfeuchte Süße zu trinken.

Zögernd antwortete ihre Zunge auf sein Drängen. Hitze schoss ihm in die Lenden und erfüllte ihn mit einer so heftigen Sehnsucht, dass es ihn erschreckte. Er konnte an nichts anderes denken als an die zarte Frau in seinen Armen und wie sehr er sie begehrte.

Ihre Antwort auf seine Berührungen wurde mutiger, und verführerische kleine Seufzer kamen über ihre Lippen. An ihren drängenden Bewegungen konnte er ihr wachsendes Verlangen erkennen.

Das Blut pochte heiß und schwer in seinen Lenden. Alex kämpfte, um seine Leidenschaft im Zaum zu halten, doch er wusste, dass es ein aussichtsloser Kampf war.

Sie wollte ihn.

Diese süße, willige Ergebung war das Letzte, das er erwartet hatte, und begrub seine Entschlossenheit unter einer Lawine glühender Lust.

Ihre Zunge machte ihn verrückt, umschlang die seine in einem dunklen, köstlichen Tanz. Sie sank gegen ihn und klammerte sich an seine Schultern, als könne sie nicht genug von ihm bekommen.

Alex küsste sie härter. Er wollte mehr, wollte ihr ganzes Sein verschlingen, doch das war nicht genug. Er wollte spüren, wie sie sich nackt an ihn drängte, die Brüste an ihm rieb, die Hüften gegen ihn kreisen ließ. Sich ihm öffnete. Er wollte, dass sie vor Lust ebenso den Verstand verlor wie er selbst.

Sein Mund glitt an ihrem Kiefer entlang und ihren warmen Hals hinunter. Er ertrank in Lavendelduft und zarter, babyweicher Haut. Die üppigen, runden Brüste, die sich ihm entgegendrängten, waren zu verlockend, um sie zu ignorieren. Er konnte an nichts anderes mehr denken als daran, sie zu atmen, zu schmecken, zu berühren, dieses weiche, elfenbeinfarbene Fleisch zu kneten. Sie mit Lippen und Zunge dazu zu bringen, in seinen Armen den Gipfel zu erreichen.

Doch er wusste, dass er vorsichtig sein musste und Rücksicht auf ihre Unschuld nehmen – und auf seine Hoden. Er erinnerte sich nur zu gut daran, wie die Heftigkeit ihrer eigenen Reaktion sie erschreckt hatte.

Geschickt ließ er die Hände von der schmalen Taille über ihren Bauch zu der Rundung ihrer Brüste gleiten. Er zwang seinen Herzschlag, sich zu beruhigen, und zügelte sein heftiges Verlangen. Erneut küsste er ihren Mund, lenkte sie mit seiner Zunge ab, bis er mit der Hand endlich ihre Brust umfasste.

Er stöhnte. Gott, sie war so üppig! So quälend bereit für ihn.

Sie erzitterte vor Lust, und Alex glaubte, zu explodieren.

Sein Verlangen nach ihr hielt ihn wie in einem Schraubstock gefangen. Er wollte ihr das samtene Kleid vom Leib reißen, das ihre Nacktheit vor ihm verbarg, und sein Gesicht in ihrer heißen, duftenden Haut vergraben. Doch er zügelte seine Lust und fuhr sanft mit dem Daumen über die Brustwarze. Quälend verstärkte sich der Druck in seinen Lenden, als sie sich unter seiner Berührung sofort aufrichtete.

Ihre verlockende Empfindsamkeit gab ihm einen Vorgeschmack auf ihre Leidenschaft und ließ das gefährliche, sinnliche Geschöpf erahnen, das sich hinter dem Schleier der Unschuld versteckte. Sein Verstand explodierte förmlich vor erotischen Vorstellungen. Davon, was er mit ihr tun könnte. Was sie mit ihm tun könnte.

Sie drängte sich seiner Hand entgegen, ein stummes Flehen, das jeder Zurückhaltung ein Ende setzte. Er streichelte sie fester und spürte das aufgeregte Flattern ihres Herzens unter den Händen, als er ihre Brüste leicht anhob, um sie mit Küssen zu bedecken. Am Ausschnitt des Mieders verweilte er ein wenig auf der sahnig weißen Haut, neckte sie mit der Zunge, küsste das empfindsame Fleisch, bis sie stöhnte. Erst dann glitt seine Zunge unter den Stoff und wirbelte zuckend über den Hof ihrer Brustwarze.

Es war zu viel … Es war nicht genug. Je mehr er von ihr kostete, desto mehr wollte er. Er musste sie haben.

Er wollte in ihr versinken. Sie besitzen. Seinen Qualen ein Ende bereiten.

»Mistress, ist alles in Ordnung?«

Das Geräusch von Stimmen brachte ihn jäh in die Wirklichkeit zurück. Ihre Männer kamen, um nach ihr zu sehen.

Heftig riss er sich los und unterbrach den Kuss. Sein Atem kam stoßweise, während die Lust noch immer in seinem Körper pulsierte.

Was zum Teufel?

Sie sah so verwirrt aus, wie er sich fühlte. Es dauerte einen Augenblick, bis sie antworten konnte. »Ich bin hier drin. Es geht mir gut«, rief sie. Sie fuhr sich mit den Händen an den Kopf, um zumindest den Anschein von Ordnung in ihre Locken zu bringen, die er zerzaust hatte. »Ich komme gleich.«

Alex lief ein paar Schritte auf und ab und fuhr sich mit den Fingern durchs Haar. Was eben passiert war, verwirrte ihn mehr als alles, was er bisher erlebt hatte. In einem Moment war er noch wütend, und im nächsten küsste er sie, als hinge sein Leben davon ab. Dass das sehr gut möglich sein konnte, war etwas, das er nicht in Betracht ziehen wollte.

Sie drehte sich um, um zu gehen, doch er hielt sie auf. »Du wirst mit mir zurückkehren.« Er würde sie beschützen. Hundert Männer wären nicht genug, um ihn zu beruhigen, geschweige denn die spärliche Handvoll, die sie als Eskorte bei sich hatte. »Mach deine Männer zum Aufbruch bereit, ich bin in einer Minute zurück.« Er musste seine Angelegenheit mit Robbie schnell abschließen. »Und Meg?« Sie drehte sich noch einmal zu ihm um. »Diese Unterhaltung ist noch nicht vorbei.«

Sie ritten schweigend, die Wachen, die sie begleiteten, hielten sich ein Stück hinter ihnen. Nachdem die Hitze der Leidenschaft verflogen war, fand sich Meg in einem Zustand der Verwirrung wieder. Alex hatte verlangt, dass sie ihn in Ruhe lassen sollte, doch dann hatte er sie wieder geküsst. Und es war nicht einfach ein gewöhnlicher Kuss gewesen, sondern ein besitzergreifender Kuss, der sie als die Seine gebrandmarkt hatte. Ein Kuss, der ihre Seele erschüttert hatte und dessen Gefühlstiefe sie mit einem leeren Gefühl der Sehnsucht nach mehr zurückließ. In diesen Momenten in seinen Armen war ihr beinahe, als gehöre er ihr.

Warum versuchte er, sie von sich zu stoßen?

Von Alex würde sie keine Antworten erhalten. Das Schweigen zwischen ihnen war ohrenbetäubend. Sie waren bereits seit fast einer halben Stunde unterwegs, und er hatte kaum mehr als ein paar Worte mit ihr gewechselt. Fast wünschte sie sich, er würde ihre vorherige Unterhaltung wieder aufnehmen, wie er angedroht hatte.

War er immer noch wütend? Sie betrachtete ihn verstohlen unter gesenkten Wimpern hervor. Sie glaubte nicht. Der harte Zug um seinen Mund war weicher geworden. Er sah herrlich aus. Sein blondes Haar, das in der warmen Nachmittagssonne leuchtete, bildete einen auffälligen Gegensatz zu der tief gebräunten Haut und den glasklaren blauen Augen. Er war wirklich der bestaussehende Mann, den sie je gesehen hatte.

So wie sein Blick hin und her schoss, wusste Meg, dass er aufmerksam nach irgendetwas Ungewöhnlichem Ausschau hielt. Dennoch wirkte er entspannter als in der gesamten Zeit, seit sie ihn kannte. Sie vermutete, es hatte etwas damit zu tun, dass sie fern vom Königshof waren.

»Wunderschön, nicht wahr?«, fragte sie und zeigte auf das atemberaubende Panorama aus gezackten Felsen und einem seltsam aussehenden flachen Berg im Westen. »Schwer zu glauben, dass wir uns so nahe am Palast befinden.«

Alex nickte zustimmend. »Ja. Diese große Erhebung dort drüben hinter Salisbury Crags nennt sich Arthur's Seat.« Er musste ihren verwirrten Blick bemerkt haben, denn er fügte hinzu: »Früher nannte man ihn Archer's Seat – der Sitz des

Bogenschützen. Man kann deutlich sehen, warum – er sieht aus wie ein Vorsprung, von dem aus man alles überblicken kann, so weit das Auge reicht.«

»Es ist herrlich«, seufzte sie sehnsüchtig. »Hier fühle ich mich nicht ganz so fern von zuhause.«

Alex gefiel ihre Begeisterung offensichtlich, denn er schenkte ihr ein breites Lächeln. Meg war, als wäre sie vom Blitz getroffen worden. Das strahlende Lächeln verwandelte sein Gesicht förmlich. Er wirkte auf charmante Weise jung und ließ einen Blick auf den glücklichen Jungen erahnen, der er einmal gewesen sein musste, bevor das Leben und der Krieg ihn hart gemacht hatten.

»Vermisst du Skye?«, fragte er.

»Du etwa nicht?«

»Natürlich«, antwortete er, offensichtlich überrascht, dass sie das überhaupt in Frage stellte.

»Ich vermisse alles daran.« Sie seufzte. »Ich vermisse das beruhigende Rauschen der Wellen, das alles auf Dunakin erfüllt, die Klänge der Dudelsackpfeifer, die Abende vor dem Feuer, an denen man den Geschichten des *seannachie* lauscht, den Geruch der See, den Anblick der *birlinns*, die auf den Wellen des Loch tanzen, und vieles mehr.« Mit einem spielerischen Lächeln zog sie die Nase kraus. »Sogar den Geruch von Hering.«

»All die Symbole unserer Lebensart auf den Inseln, die König James zerstören möchte«, stieß Alex hervor, ohne seine Verachtung zu verbergen. »Sogar unsere gälische Sprache beleidigt den König und dient nur als weiterer Beweis für unsere Barbarei.«

»Ich befürchte, dass unsere alte Lebensweise in den Clans dem Ende zu geht«, sagte Meg mit Bedauern in der Stimme.

England. Schottlands Feind seit Generationen wurde nun

von einem Schotten regiert. Eine köstliche Ironie, doch alte Vorurteile und alte Gewohnheiten waren schwer zu vergessen. Nun hatte der König die Mittel, seine Maßnahmen gegen jene durchzusetzen, die er die »Barbaren« der Inseln nannte.

»Nicht, wenn ich es verhindern kann.«

Die Leidenschaft in seiner Stimme erregte ihre Aufmerksamkeit. Sie fuhr herum, um ihn anzusehen. Ärger sprach aus jeder Faser seines Körpers. Dies war kein Mann, der nur am Kämpfen interessiert war. Sie betrachtete ihn abschätzend. Er kümmerte sich viel mehr um Politik, als er zugab.

Seine Antwort war typisch für ihre Landsleute. Sie verstand seine Frustration, doch sie verstand auch die Natur ihrer misslichen Situation. Sie hatte diese Unterhaltung schon unzählige Male mit Jamie und Elizabeth geführt. »James ist jetzt König von England, nicht nur von Schottland. Er hat die Macht von zwei Regierungen hinter sich. Die Autorität der Chiefs ist bereits durch den Erlass des ›General Band‹ beschnitten worden. Ob es dir gefällt oder nicht, Alex, es gibt nicht viel, was die Chiefs tun können, um die Veränderungen zu verhindern.«

Er sah sie an, als wäre sie eine Verräterin. »Wie kannst du nur so philosophisch, so selbstgefällig über etwas so Wichtiges reden? Sind dir denn dein Heim und deine Leute egal?«

Seine Stimme strotzte vor Leidenschaft und Überzeugung. Was interessierte sich ein Söldner für Gerechtigkeit oder Politik?

»Natürlich nicht«, meinte sie ruhig. »Ich liebe alles an unserer Lebensart in den Highlands. Aber ich versuche auch, praktisch zu denken. Hier geht es nicht um schwarz oder weiß. Wir müssen neue Lösungen mit König James anstreben, sonst könnten wir alle enden wie die MacGregors.«

»Was weißt *du* über die MacGregors?«

Der heftige Ton seiner Stimme überraschte Meg. Er reagierte, als habe sie ihn persönlich angegriffen. »Genug, um zu wissen, dass sie dem Untergang geweiht sind. Der König hat ihnen ihr Land und sogar ihren Namen genommen. Ich weiß, dass sie gejagte Männer sind, die zu Gesetzlosen werden müssen, um zu überleben.« Er versuchte, es nicht zu zeigen, doch Meg sah, dass jeder Muskel seines Körpers sich dagegen wehrte, was sie damit sagen wollte. Sie senkte die Stimme, um ihren Worten die Schärfe zu nehmen. »Ich weiß genug, um zu verstehen, dass unsere Clans dasselbe Schicksal erleiden werden wie die MacGregors, wenn wir keine Möglichkeit finden, uns mit König James zu arrangieren. Sind nicht die Länder deines Bruders bereits an den König gefallen?«

Seine Finger krampften sich fester um die Zügel, so dass die Knöchel weiß hervortraten. Offensichtlich wollte er ihr widersprechen, doch er konnte es nicht. »Technisch gesehen vielleicht. Doch Dunvegan wird König James niemals besitzen.«

»Ich hoffe, du hast recht, denn das Schicksal der Mackinnons ist mit dem Schicksal der anderen Clans auf Skye eng verbunden. Wenn Dunvegan fällt, ist Dunakin auch in Gefahr. Ich möchte nicht, dass Skye das nächste Lewis wird, und der König versucht, unser Land mit Lowlandern zu kolonisieren.«

»Das wird nicht passieren«, sagte er tonlos.

Sie hatte ihn kaum verstanden, doch an seinem Tonfall erkannte Meg, dass er etwas Wichtiges ungesagt ließ. Abrupt wandte Alex sich von ihr ab. Er schloss sie aus, versuchte wieder eine Mauer zwischen ihnen aufzubauen. Jedes Mal, wenn sie das Gefühl hatte, dass sie sich näherkamen, zog er sich zurück. Doch nicht dieses Mal. Das würde sie nicht zulassen. »Wenn du ein Mann bist, der so viel Leidenschaft für seine Heimat empfindet, warum kämpfst du dann die Kriege anderer?«

Er sah sie an und schüttelte den Kopf. »Du gibst wohl niemals auf.« Ein Lächeln spielte um seine Lippen.

Sie zuckte die Schultern. »Wo, sagtest du gleich wieder, hast du gekämpft?«

Sein Kiefer wurde zu einer unnachgiebigen harten Linie. An dieser Reaktion erkannte Meg, dass sie nahe dran war.

»Ich habe nichts darüber gesagt«, entgegnete er.

»Nun denn, wo warst du?«

»Hier und da«, antwortete er ausweichend. Es war deutlich, dass er bei ihrem Verhör langsam die Geduld verlor.

An der Art, wie er die Schultern anspannte, konnte sie sehen, dass sie ihn an seine Grenze getrieben hatte. Also wechselte sie die Taktik. »Wie lange bist du schon von zuhause fort?«

»Fast drei Jahre.«

Meg konnte sich nicht vorstellen, so lange von zuhause fort zu sein. »Aber warum?«, wollte sie wissen.

»Ich musste für eine Weile fort.«

»Nachdem du eingekerkert warst?«

»Kurz danach.« Er klang angewidert über sich selbst, dass er überhaupt davon sprach. »Nachdem ich freigelassen wurde, kehrte ich für eine Weile nach Dunvegan zurück, um den Platz meines Bruders einzunehmen, der von Argyll auf Befehl des Königs festgehalten wurde. Der König war über die Fehden zwischen den Clans verärgert. Rory kehrte zurück, und ich ging fort, bald nachdem er Isabel geheiratet hatte.«

Waren die Gerüchte wahr, dass er sich mit seinem Bruder überworfen hatte? »Warum bist du fortgegangen?«

Er zuckte die Schultern. »Es wurde Zeit für mich, für eine Weile auf mich allein gestellt zu sein. Da gab es Dinge, die ich tun musste. Ich glaube, ich war einfach rastlos.«

Meg begann ihn zu verstehen. Ein Mann wie Alex wäre nicht damit zufrieden, im Schatten eines anderen Mannes zu leben. Alex war selbst ein Anführer, er musste seinen eigenen Weg gehen. Doch sie fühlte, dass da noch etwas war, das er ihr nicht erzählte. Etwas, das verhängnisvoll genug war, um ihn von seiner Familie und seinem Heim fortzutreiben. Und das ihn von ihr fernhielt.

»Hast du gefunden, wonach du gesucht hast?«, fragte sie leise.

Er sah sie lange und bedeutungsvoll an. »Nein«, antwortete er. »Noch nicht.«

Ihr Herz sank wie ein Stein. Es war eine Warnung. Eine nicht gerade subtile Art, ihr zu sagen, dass sie Distanz zu ihm wahren sollte, dass es keine Zukunft für sie gab. Doch dem dumpfen Schmerz in ihrer Brust nach zu urteilen, vermutete Meg, dass diese Warnung möglicherweise zu spät kam.

Sie erreichten den Schatten der Bäume, und es wurde merklich kühler. Der schwere Wollstoff ihrer Kleidung, der sich vor wenigen Minuten noch zu warm angefühlt hatte, war nun gerade angenehm. Auch wenn noch ein paar Stunden Tageslicht blieben, war es schon gespenstisch dunkel. Die weichen orangegelben Sonnenstrahlen hatten nicht die Kraft, das dichte Blätterdach der Bäume zu durchdringen.

Meg seufzte entmutigt von Alex' Bemerkungen und sank tiefer in den Sattel. Müde sehnte sie sich danach, auf ihr Zimmer zurückzukehren, sowohl um sich auszuruhen, als auch um darüber nachzudenken, was sie erfahren hatte. Eines war sicher, Alex war nicht der einfache Söldner, der er vorgab, zu sein.

Angesichts dessen, dass ihr Herz jedes Mal klopfte, wenn sie ihn ansah, war es von höchster Wichtigkeit, dass sie die Wahrheit herausfand.

Alex gefiel es ganz und gar nicht, auf den Prüfstand gestellt und genau unter die Lupe genommen zu werden. Er konnte ihre Enttäuschung spüren, doch sie wollte Antworten, die er ihr einfach nicht geben konnte. »Was ist mit dir, Meg? Hast *du* schon gefunden, was du gesucht hast?«

Sie sammelte sich und sagte sachlich: »Vielleicht, aber ich muss mir sicher sein. Die Zukunft unseres Clans steht auf dem Spiel, einen Fehler kann ich mir nicht leisten.«

Er betrachtete sie nachdenklich. »Dein Vater scheint viel von dir zu erwarten.«

»Er vertraut mir.« Sie seufzte. »Ich treffe immer die richtigen Entscheidungen.«

Sie sagte das nicht aus Prahlerei, sondern stellte einfach eine Tatsache fest. Das verärgerte ihn. »Das scheint mir zu viel Druck für eine junge Frau zu sein. So viel ich gehört habe, verwaltest du praktisch die Ländereien des Clans.«

»Es gibt sonst niemanden, dem mein Vater vertrauen kann. Die meisten seiner Chieftains sind schon alte Männer. Und die, die es nicht sind, zeigen keinerlei Neigung, zu führen.« Sie zögerte einen Augenblick. »Du weißt über meinen Bruder Bescheid?«

Er nickte.

»Natürlich weißt du es«, sagte sie bitter. »Es ist eine kleine Insel, und die Leute tratschen gern. Mein Bruder wird Chief, und ich werde ihn unterstützen. Ebenso wie mein Ehemann.«

»Aber was ist mit *dir*, Meg? Hast du den richtigen Mann für dich gefunden?«

»Es ist beides dasselbe«, meinte sie knapp. »Der richtige Mann für Dunakin ist der richtige Mann für mich.«

Er konnte ihre wachsende Nervosität spüren, als ob seine Fragen tiefer gingen, als ihr lieb war. Doch Alex erkannte, dass er der Wahrheit nahekam, dem Wesentlichen, das Meg antrieb. »Bist du dir da sicher? Was ist mit deinem eigenen Glück?«

Er sah, wie ihr die Röte in die Wangen stieg. Ihre Augen funkelten ärgerlich. »Du verstehst das nicht.«

An der Art, wie sie den Rücken gerade hielt, und an dem angespannten Zug um den Mund konnte er deutlich ihren Widerstand erkennen. Die Fassade der Kontrolle begann zu bröckeln. »Ich verstehe was nicht, Meg?«, bohrte er sanft.

Sie sah ihn mit großen, glasigen Augen an. »Ich kann sie nicht im Stich lassen«, sagte sie heftig. »Alle zählen auf mich.«

Alex wollte sie nicht verärgern. Doch die Heftigkeit ihrer Antwort zeigte ihm, wie wichtig es ihr war, das Richtige zu tun. Was erwartet wurde. Und aus irgendeinem Grund war das für sie zu einer Anstrengung geworden. Er glaubte, den Grund zu kennen.

Ein Geräusch lenkte seine Aufmerksamkeit auf die Baumreihe zu ihrer Rechten.

Alle seine Sinne schlugen Alarm. Das hier gefiel ihm ganz und gar nicht. Irgendetwas war nicht in Ordnung. Er hob die Hand und gebot den Männern, anzuhalten.

»Was ist los?«, fragte Meg.

»Ich habe etwas gehört.« Er machte eine Pause, um bewegungslos, alle Sinne geschärft, seine Umgebung wahrzunehmen. Dann trieb er sein Pferd vor ihres, um sich dadurch in die Schusslinie zu bringen, und befahl ihren Wachmännern mit einer Geste, sie zu umringen.

Es war beinahe zu still. Das Licht war einer tiefen Dämmerung gewichen. Sie befanden sich im dichtesten Teil des Waldes, wo der Weg sich zwischen den mächtigen Birken verengte. Es war der perfekte Ort für einen –

Plötzlich vernahm er das unmissverständliche Zischen von Pfeilen in der Luft.

Hinterhalt!

11

Runter!«, brüllte Alex und drückte Megs Kopf nach unten, nur Augenblicke bevor ein Pfeil vorbeischoss und sie nur um wenige Zoll verfehlte.

Erleichtert stieß er den Atem aus. Ihm war, als habe ihn dieser Schreck gerade zwanzig Jahre seines Lebens gekostet. Das war verdammt knapp. Viel zu knapp. Er konnte später wütend auf sie sein, weil sie ihn beinahe zu Tode erschreckt hatte. Jetzt hatte er andere Sorgen, zum Beispiel, wie er sie hier lebend herausbringen sollte.

Schnell schätzte er ihre Lage ein.

Er war zwar auf einen Angriff vorbereitet, doch die Räuber hatten, wenn es denn welche waren, sich den perfekten Ort für einen Hinterhalt ausgesucht. Alex hatte die Gefahr gespürt, doch zu spät, um sie in Sicherheit zu bringen. Es war keineswegs eine Genugtuung für ihn, dass er recht behalten hatte, was die Gefahr für Meg anging. Nicht angesichts der Tatsache, dass sie jetzt um ihr Leben kämpfen mussten.

Einer von Megs Männern fiel vom Pferd, ein Pfeil ragte ihm aus dem Bauch. Alex konnte nichts für ihn tun. Wenn er nicht bereits tot war, dann wäre er es bald. Nur zwei Männer waren übrig, und sie hatten wenig Bewegungsspielraum, deshalb war Alex klar, dass ihm nur wenige Augenblicke blieben, um eine Entscheidung zu treffen, oder sie würden einer nach dem anderen niedergemetzelt.

Der Rausch des Kampfes erfasste ihn mit voller Wucht. Sein Ziel war es, Meg zu beschützen und jeden zu töten, der es wagte, sie zu bedrohen.

Ohne sich umzusehen wusste er, dass sie umzingelt waren. Sein erster Impuls war, den Pferden die Sporen zu geben und zu versuchen, sie abzuhängen oder sich den Weg frei zu kämpfen. Wäre er allein, dann wäre das kein Problem. Doch mit Meg wagte er nicht, ein Risiko einzugehen. Zu Pferde stellte sie ein zu leichtes Ziel dar. Er müsste die Angreifer nacheinander ausschalten, aber nicht hier.

Soweit er es beurteilen konnte, waren mindestens ein halbes Dutzend Männer um sie herum verstreut. Sie mussten in den Schutz der Bäume gelangen und die Angreifer in einen Nahkampf verwickeln, damit sie ihre Bogen nicht mehr einsetzen konnten.

»Folgt mir!«, befahl er den Männern und rief ihnen schnell Anweisungen zu. Zu Meg gewandt sagte er: »Behalte deinen Kopf unten und bleib hinter uns.« Da er wusste, dass sie Angst hatte, gab er seiner Stimme einen vollkommen ruhigen und beherrschten Tonfall. Er wünschte, er hätte die Zeit, ihr mehr Mut zu machen, doch solange sie auf freiem Feld waren, waren sie verwundbar.

Ohne sich um die Gefahr, die von den Pfeilen ausging, zu kümmern, jagte er zwischen die Bäume, in der Hoffnung, dass die Angreifer nicht mit einem direkten Angriff rechneten. Er hatte recht. Einer der Männer schaffte es noch, einen weiteren, schlecht gezielten Pfeil abzuschießen, bevor Alex ihn mit dem Claymore niederschlug. Einer von Megs Männern machte einen weiteren Angreifer nieder. Megs Schrei warnte ihn vor dem dritten. Alex wirbelte herum, doch nicht rechtzeitig genug, um zu verhindern, dass das Claymore des Schurken mit einem mächtigen Hieb seine ungeschützte linke Seite traf. Alex kümmerte sich kaum um den Schmerz, obwohl die Wucht der Klinge ihm ein paar Rippen gebrochen haben musste. Ohne nachzudenken stieß er seinem Angreifer mit einer durch jahrelanges Training perfektionierten Bewegung das Schwert tief ins Herz.

Die Bedrohung von dieser Seite der Bäume her war ausgeschaltet. Zumindest mussten sie nicht mit einem Gegner im Rücken kämpfen. Ihre Lage war zwar immer noch heikel, aber nicht mehr hoffnungslos. Hier konnte er sich den Angreifern entgegenstellen.

Da er wusste, dass die Pferde sie nur behindern und sie im dichten Wald zu leichteren Zielen machen würden, saß Alex ab und befahl den anderen, es ihm gleichzutun. Schnell brachte er sie in Position und erteilte ihnen Anweisungen. Wenn er recht behielt, würde es nicht lange dauern, bis ihre Angreifer zu ihnen kamen. Schließlich hatte er, was sie wollten.

Schmerzhaft war er sich Megs Anwesenheit und der Gefahr, in der sie sich befand, bewusst. Doch er durfte nicht darüber nachdenken. Es würde ihn nur ablenken. Er musste jetzt all sein Können einsetzen, wenn sie überleben wollten.

Suchend sah er sich nach einem Versteck für sie um. Doch die Zeit lief ihm davon. Er konnte bereits hören, wie die Angreifer durch die Bäume zu ihnen vordrangen.

»Bleib hinter dem Baum!«, befahl er und zeigte auf den größten Baum, den er sehen konnte. »Benutz die Pferde als Schutzschild, wenn es nötig ist.«

»Aber Alex …«

Ihre Stimme zitterte. »Mach dir keine Sorgen, Süßes. Ich lasse nicht zu, dass dir etwas geschieht.«

»Ich bin es nicht, um die ich mir Sorgen mache.«

Alex hatte nicht gewagt, sie anzusehen, doch jetzt tat er es. Ihr Gesicht wirkte angespannt und bleich, und ihre schönen Augen beherrschten das herzförmige Gesicht. Sie machte sich um *ihn* Sorgen. Etwas schwoll in seiner Brust. Instinktiv umfasste er ihr Kinn und küsste sie leicht auf die Lippen, ohne auf das heftige Stechen in seiner Brust zu achten. »Mir wird nichts passieren«, flüsterte er. »Geh!«

Er hasste es, sie allein zu lassen, hasste es, sich von ihr zu trennen, doch er hatte keine andere Wahl.

Mit einer Handbewegung gab er den Männern das Zeichen, sich bereit zu machen. Dann schwang Alex das Schwert hoch über den Kopf und stieß einen wilden Schrei aus – »Haltet zusammen« – der Schlachtruf der MacLeods. Die Männer folgten seinem Beispiel, als die Angreifer durch die Bäume brachen.

Es waren mehr Räuber, als Alex erwartet hatte. Vielleicht zehn weitere, zusätzlich zu den dreien, die sie bereits getötet hatten. Zum Glück schienen sie keine ausgeklügelte Angriffstaktik zu haben. Während sie eifrig Befehle brüllten und sich in Position brachten, fing Alex an, ihre Überzahl zu dezimieren, wobei sein Breitschwert und sein Dolch einen tödlichen Tanz vollführten.

Keiner der Männer kam ihm bekannt vor. Obwohl ihre zerlumpte Kleidung ihn etwas anderes glauben lassen sollte, hatte er bereits erkannt, dass sie Söldner waren, die sich als Räuber verkleidet hatten. Alex wusste, wie ein Gesetzloser aussah. Diesen Männern klebte kein Schmutz oder Dreck in jeder Hautfalte, jeder Pore oder in ihrem ungekämmten Haar. Ihre Kleidung war zwar grob und schmutzig, doch die Waffe, die ihn an der Seite getroffen hatte, war von guter Qualität. Außerdem hatten diese Männer nicht diesen unverwechselbaren wilden Blick gejagter Männer. Nein, sie waren gedungene Mörder. Ihrer Zahl nach zu schließen, wollten sie sichergehen, dass sie dieses Mal Erfolg hatten.

Sie hatten offensichtlich nicht mit ihm gerechnet. Alex schlug die ersten beiden Angreifer mühelos nieder.

Megs Männer dagegen hatten kein so leichtes Spiel. Zwei Schurken stürmten auf Alex ein und hinderten ihn so daran, ihnen zu Hilfe zu kommen. Es bedurfte mehrerer Schwerthiebe und Dolchstöße, doch dann folgten sie bald dem Beispiel ihrer beiden Vorgänger. Mit einem Blick in die Runde zählte Alex schnell die Toten. Einer von Megs Männern hatte es geschafft, sich von seinen Angreifern freizukämpfen, und dabei einen von ihnen erschlagen, doch sogleich hatte ein anderer dessen Platz eingenommen. Der andere Wachmann hatte nicht so viel Glück. Er lag niedergestreckt auf dem Waldboden, und der Dolch des Mannes, der ihn getötet hatte, steckte noch in seiner Brust.

Grimmig starrte Alex auf den gefallenen Krieger hinab. Dafür würden die Angreifer bezahlen. Mit ihrem Leben. Nur noch vier Schurken waren übrig, einen dieser Männer erkannte er wieder. Einer dieser Männer, die sich diesen erbitterten Kampf mit Megs Wachmännern lieferten, war kein anderer als der dünne Mann mit den scharfen Gesichtszügen, den er in der Taverne gesehen hatte. Trotz seiner drahtigen Statur schien er sehr geschickt mit dem Schwert umgehen zu können. Megs verbleibender Wachmann würde ihm nicht mehr lange standhalten.

Die Erkenntnis, dass sein Verdacht sich bestätigt hatte, brachte Alex keine Genugtuung, sondern machte ihn nur rasend vor Wut über den gedungenen Mörder, der eine Frau töten wollte. Nicht nur irgendeine Frau, sondern eine Frau, die ihm gehörte, dachte er von einer heftigen Welle von Besitzgier erfasst.

Alex würde es genießen, sein wertloses Leben zu beenden. Doch zuerst musste er sich mit den beiden verbliebenen Männern begnügen, die ihn nun mit weitaus größerer Vorsicht angriffen. Sie näherten sich ihm von entgegengesetzten

Seiten. Alex lächelte. Er wusste, was sie vorhatten. Er beobachtete, wie einer der Männer lautlos das Signal zum Angriff flüsterte: »Eins, zwei, drei …« Als ihre Schwerter niedersausten, wirbelte Alex mit hochgerissener Klinge um die eigene Achse und wehrte so beide Hiebe mit einem einzigen, präzise ausgeführten Schwung seines Claymore ab.

Das Klirren von Stahl auf Stahl läutete den Anfang vom Ende ein. Nachdem er ihre Taktik vereitelt hatte, folgten die nächsten Hiebe seiner Gegner weniger aufeinander abgestimmt, und Alex hatte keine Schwierigkeiten, sie abzuwehren. Schnell schätzte er ab, welcher der Männer der geschicktere Kämpfer war, und konzentrierte seine Anstrengungen auf den Stärkeren der beiden, während er dem Schwächeren seine ungeschützte Seite zuwandte. Leider war das auch die Seite, die zuvor den mächtigen Hieb abbekommen hatte, und der Schurke schaffte es, ihm einen weiteren Schlag gegen die Rippen zu versetzen, bevor Alex den anderen Mann niederstrecken konnte.

Ohne seinen Gegner aus den Augen zu lassen, sah Alex aus dem Augenwinkel, dass Megs verbliebener Wachmann es geschafft hatte, einen seiner Angreifer zu töten, doch der hakennasige Mann aus der Taverne versetzte ihm gerade einen tödlichen Stoß. Alex erwies seinem eigenen Angreifer denselben Dienst, dann wandte er sich dem Mann aus der Taverne zu. Doch irgendetwas beunruhigte ihn. Mit schnellem Blick suchte er unter den Toten, mit denen der Waldboden übersät war, nach einer Leiche, die dem zweiten Mann aus der Taverne gehören konnte.

Megs Schrei durchschnitt die Luft und ließ ihm das Blut in den Adern gefrieren.

Er hatte den Mann gefunden, den er gesucht hatte. Fluchend wurde ihm klar, dass der andere Mann aus der Taverne ihn in einem weiten Bogen umkreist und Meg gefunden hatte, während der Kampf seine ganze Aufmerksamkeit gefordert hatte.

Alex ließ die Hakennase links liegen, wirbelte herum und stürmte in Richtung der Bäume, wo er Meg zurückgelassen hatte. Doch der Anblick, der sich ihm bot, ließ ihn mitten in der Bewegung erstarren.

Rasende Wut, wie er sie noch nie verspürt hatte, ergriff ihn, als er den an ihren Hals gepressten Dolch sah, und das dünne Rinnsal von Blut, das daran heruntertropfte. Der Mann hatte sie verletzt. Instinktiv reagierte jede Faser seines Körpers und verkrampfte sich vor unkontrollierbarem Zorn.

Die Erinnerung an Dougals teuflisches Lächeln, bevor seinen Cousins die Kehlen durchgeschnitten wurden, blitzte vor seinem inneren Auge auf. Er würde nicht zulassen, dass das noch einmal geschah. Nicht mit Meg.

Mordlust, so mächtig, dass sie ein Relikt seiner barbarischen Wikingervorfahren sein musste, überkam ihn. Alles um ihn herum wurde schwarz bis auf das klare Bild des Schurken, der ihr die Klinge an den Hals setzte. Ein Mann, den er nur zu gut kannte. Thomas Mackinnon. Der getreue Chieftain ihres Vaters wollte Megs Tod. *Was zum Teufel ging hier vor?*

»Lasst mich los«, flehte Meg. »Warum tut Ihr das?«

»Halt den Mund, du Miststück«, zischte Mackinnon. »Das ist alles deine Schuld! Wenn du meinen Antrag angenommen hättest, wäre all das nicht nötig.«

Das war es also. Alex musterte den Mann so scharf, dass er sehen konnte, wie sich die Härchen auf seinem Arm unter Megs gepresstem Atem bogen. Der Abstand zwischen ihnen war nur gering, doch mit der Klinge, die so tödlich nah an ihrer Kehle lag, wagte er kein Risiko einzugehen. Er hielt den Blick weiter auf den Angreifer gerichtet, denn er konnte nicht riskieren, Meg anzublicken und die Panik in ihren Augen zu sehen. Eine Panik, die ihn lähmen konnte.

Doch was er in Thomas Mackinnons Augen las, beruhigte ihn auch nicht gerade. In seinen Augen glitzerte eine Wildheit, die verriet, dass dieser Mann alles riskiert hatte und das auch wusste. Meg war nur noch am Leben, damit er Alex handlungsunfähig machen konnte. Sobald Alex gefangen war, würde er sie beide töten.

»Ich verstehe das nicht«, rief Meg. »Was hofft Ihr damit zu …«, sie brach ab, als ihr die Erkenntnis dämmerte. Alex konnte den Schrecken in ihrer Stimme hören. »Ihr wollt Chief werden.« Ihre Augen weiteten sich. »Sagt mir, dass Ihr nichts mit der Krankheit meines Vaters zu tun habt …«

»Ich habe dir gesagt, du sollst das Maul halten«, knurrte Mackinnon und presste ihr den Dolch fester an die Kehle, so dass ihr ein weiterer Blutstropfen den Hals hinunterlief. Alex spürte, wie ihm der letzte Rest Selbstbeherrschung immer schneller entglitt.

Eine kalte Wut überkam ihn, angefacht von einer Gier nach Blut, die so mächtig war, dass er sie beinahe schmecken konnte. »Lass sie los!«, sagte er. Es war keine Bitte. Aus seiner Stimme klang das Versprechen von Tod.

Alex nahm wahr, dass die Hakennase sich ihm näherte, doch mit einem einzigen wilden Blick ließ er ihn zurückweichen.

Nun richtete sich Thomas Mackinnons Wut gegen seinen Kumpan. »Du Narr! Du sagtest, es wären nur drei Wachen. Was macht Alex MacLeod hier?«

»Er ist nicht mit ihr ausgeritten«, stotterte die Hakennase nervös. »Du hättest nicht einzugreifen brauchen, ich habe alles unter Kontrolle.«

»Du solltest mir lieber dankbar sein, du Idiot«, blaffte Mackinnon. »Du wärst jetzt schon tot, wenn ich nicht wäre.«

Die Hakennase musterte Alex eingehend. »Du kommst mir bekannt vor …«, plötzlich dämmerte es ihm. »Der Gesetzlose!« Er drehte sich aufgeregt zu Mackinnon um. »Er ist es! Der Mann, von dem ich dir erzählt habe. Jetzt musst du mir glauben. Ich habe dir gesagt, er kämpft mit der Stärke von fünf Männern.«

»Ich dachte, du hast gesagt, dass es MacGregors waren«, schnauzte Mackinnon.

»Das waren sie«, versicherte die Hakennase ihm. »Meine Männer haben eine Menge von ihnen erkannt.«

Mackinnon sah ihn scharf an. »Warum kämpft der Bruder von Rory Mor mit geächteten MacGregors?«

Verdammt! Alex hörte, wie Meg nach Luft schnappte. Zweifellos müsste er ihr später einiges erklären. Er trat einen Schritt näher. »Lass sie los, und du kannst mich haben.«

»Du befindest dich nicht in der Position zu verhandeln«, versetzte Mackinnon. »Lass die Waffen fallen.« Er verstärkte seinen Griff um Megs Hals, wodurch sich der Dolch noch tiefer in das zarte Fleisch grub.

Er ist ein toter Mann.

»Ich lege meine Waffen nieder, wenn du den Dolch herunternimmst!«

Mackinnon lachte. »Warum sollte ich das tun?«

»Als Zeichen des Vertrauens. Woher soll ich wissen, dass du nicht vorhast, uns beide zu töten?«

Mackinnon lächelte und nahm den Dolch von Megs Hals. Alex holte tief Luft.

»Und nun deine Waffen«, forderte Mackinnon.

Alex ließ Dolch und Breitschwert vor seinen Füßen zu Boden fallen.

»Schieb sie mit dem Fuß von dir weg.«

Er tat wie ihm geheißen.

»Steh nicht rum und halt Maulaffen feil, du Narr«, brüllte Mackinnon die Hakennase an, der sich etwas abseits hielt, da er offensichtlich zögerte, in Alex' Reichweite zu kommen. »Beeil dich! Hol das Seil und bind ihn fest.«

Alex musste etwas tun, und zwar bald, bevor der andere Mann die Gelegenheit hatte, ihn zu fesseln. Doch dazu brauchte er Megs Hilfe. Er hatte keine andere Wahl, er musste sie ansehen. Vorsichtig richtete er den Blick auf ihr blasses Gesicht. Es ging ihr nicht so schlecht, wie er befürchtet hatte. Ihre Augen waren weit aufgerissen und glasig, aber klar, ihre Lippen zitterten leicht. Zwar hatte sie Angst, aber sie hatte sich im Griff. Der ihr eigene Ausdruck von Kontrolle und Vertrauen war zwar weniger deutlich, doch immer noch vorhanden. Teufel, er war stolz auf sie!

Er betete nur darum, dass sie ihn verstehen würde.

Seine Stimme klang beruhigend. »Alles wird gut, Meg. Tu einfach, was sie sagen. Geht das?«

Sie nickte.

»Ich möchte, dass du dich an etwas erinnerst, etwas, das dir hilft, okay? Denk an den Abend des Maskenballs, als ich dich geküsst habe.«

Ihre Augen weiteten sich ein wenig. Thomas Mackinnons Gesicht verzerrte sich vor Wut.

»Ich möchte, dass du daran denkst, was du mit mir gemacht hast …«

»Hol das gottverdammte Seil, Billy, und bring ihn zum Schweigen!«, zischte Mackinnon.

Billy die Hakennase kam mit dem Seil in der Hand zurück und näherte sich Alex, allerdings sehr vorsichtig, wobei er ihn beäugte, als wäre er ein wildes Tier. Alex blieben nur noch wenige Augenblicke. Mit den Augen flehte er Meg an, ihn zu verstehen.

Etwas blitzte in ihren Augen auf. »Ich e-erinnere m-mich«, stotterte sie.

»Hure! Ich werd dir zeigen, wie ein richtiger Mann küsst.« Mackinnon riss Meg zu sich herum und senkte den Kopf über sie.

»Jetzt!«, brüllte Alex.

Es war perfektes Timing. Meg riss das Knie hoch, stieß es ihm hart in den Schritt und tauchte dann schnell aus der Gefahrenzone.

Thomas Mackinnon presste sich die Hände zwischen die Beine und krümmte sich vor Schmerzen.

Alex lief Amok – wild wie ein Berserker in der Schlacht. Blutgier raste durch seine Adern. Er zog den kleinen Dolch, den er im Stiefel trug und zielte genau auf Billys Herz. Er starb mit einem erschrockenen Schrei auf den Lippen.

Als Alex herumwirbelte, sah er, wie Mackinnon mit erhobenem Schwert auf Meg zuhumpelte. Das würde er genießen.

Thomas Mackinnon schien zu spüren, dass Alex auf ihn zukam, denn er fuhr herum und hieb wild nach ihm. Alex schwang das Claymore in hohem Bogen. Mackinnon parierte den Hieb, doch er war kein würdiger Gegner. Beide wussten, sein Ende war ihm gewiss. Alex hätte noch eine Weile mit ihm spielen können, doch Thomas Mackinnon war es nicht wert, dass er seine Zeit mit ihm verschwendete.

Mit einem einzigen mächtigen Hieb schlug Alex ihm das Schwert aus der Hand. Mackinnon bekam keine Gelegenheit mehr, den Dolch aus dem Gürtel zu ziehen. Mit der Spitze des Schwertes drängte Alex ihn mit dem Rücken an einen Baumstamm.

»B-b-bitte, ich wollte dem Mädel nichts …«

Doch der Rest seiner Worte blieb Thomas Mackinnon im Halse stecken, als Alex ihm mit dem Dolch die Kehle durchschnitt.

Tote Männer konnten keine Lügen erzählen.

Der Angriff war so schnell erfolgt, dass Meg kaum Zeit hatte, einen klaren Gedanken zu fassen, bevor alles vorbei war. Erst später, als Alex sie an sich zog und in den Armen wiegte, wich der Schock einem unkontrollierbaren Zittern, und die lebhafte Erinnerung an all die Gewalt, die inmitten dieser trügerisch ruhigen Kulisse stattgefunden hatte, kehrte zurück. Der Waldboden war mit den blutigen Leichen von über einem Dutzend Männern übersät, drei davon ihre eigenen. Sie trauerte um diesen sinnlosen Verlust. Drei weitere Tote, die zu den jüngsten Verlusten hinzukamen, waren ein schwerer Schlag für ihren Clan.

Dennoch fühlte sich nichts so richtig an, wie in den Armen des Mannes zu liegen, der sie gerettet hatte. Schon wieder. Von Anfang an hatte Alex mit seinem schnellen, entschiedenen Kommando, das sie schon beim ersten Mal so bewundert hatte, die Situation unter Kontrolle. Seine unglaubliche Kampfkunst und seine Gelassenheit unter Druck hatten wie beruhigender Balsam auf ihre wachsende Panik gewirkt. Er wurde nicht besiegt.

Sie hatte Angst gehabt, aber sie war nicht in Panik geraten. Nicht, bis Thomas Mackinnon sie von hinten überrascht hatte. Zuerst hatte sie geglaubt, er wäre hier, um ihnen zu Hilfe zu kommen. Erst als er sich geweigert hatte, sie loszulassen, hatte sie ihren Irrtum erkannt. Sie konnte immer noch nicht glauben, dass er versucht hatte, sie zu töten. Bei dem Gedanken daran, was der Chieftain ihres Vaters aus Machtgier getan hatte, wurde ihr übel.

Die Panik, die sie während des Angriffs nicht verspürt hatte, brach jetzt mit aller Macht über sie herein. Und wieder war Alex da, um ihr Fels in der Brandung zu sein. Eine beruhigende Kraft, die ihr Halt gab, rein durch seine unerschütterliche Gegenwart. Die schwieligen Hände, die mit solch wilder Grausamkeit Leben ausgelöscht hatten, strichen ihr nun so zärtlich übers Haar, als wäre sie ein neugeborenes Baby. Er führte sie von der blutigen Szene fort zu dem grasbewachsenen Ufer eines nahen Baches. Mit dem Saum seines *leine*, den er ins Wasser tauchte, wischte er vorsichtig das blutige Rinnsal von ihrem Hals. Sie hatte Glück, es war nicht mehr als ein Kratzer.

»Schhh, Liebes. Es ist alles vorbei«, flüsterte er ihr mit leiser, sanfter Stimme zu, um ihren rasenden Herzschlag zu beruhigen.

Das zärtliche Kosewort durchdrang die Mauer aus Panik, und ihr Herz setzte einen Schlag lang aus. *Liebes*. Ein scharfer, sehnsuchtsvoller Schmerz fuhr ihr in die Brust. *Gott, wie sehr sie sich wünschte, dass es so wäre!*

Er roch nach Schweiß und Blut, doch irgendwie erinnerte sie das daran, dass sie lebendig war. Auf magische Weise nahm er ihr mit Stimme und Händen die Angst. Sie erlaubte sich den Luxus, sanft in den Armen gewiegt zu werden, und genoss die Sicherheit, die ihr sein starker Halt bot. Meg schmiegte sich enger an ihn und verstärkte ihren Griff um seine Taille.

Er zuckte zusammen.

Ruckartig hob sie den Kopf und sah ihn vorwurfsvoll an. »Du bist verletzt.«

»Es ist nichts«, versuchte er ihre Sorge fortzuwischen.

Doch die Tatsache, dass er verletzt war, brachte sie so jäh in die Realität zurück wie ein Schlag ins Gesicht. Meg wurde wütend. »Warum hast du nichts gesagt?«, schalt sie ihn und sprang von seinem Schoß. »Wie kannst du nur wegen eines kleinen Kratzers ein solches Aufhebens machen und nicht einmal erwähnen, dass du verletzt wurdest?« Sie kniete sich vor ihn hin und fing an, seine Seite mit den Fingern abzutasten.

»Es war nicht nur ein kleiner Kratzer, Meg. Er hatte den Dolch an deinem Hals.«

Meg nahm ihn nicht zur Kenntnis. Sie wollte nicht daran denken, was Alex nur knapp verhindert hatte, nicht, wenn er offensichtlich Schmerzen hatte.

Er verspannte sich, als ihre Hände über seinen muskulösen Bauch und den Rücken glitten. Obwohl er nicht blutete und es sich auch nicht so anfühlte, als wäre etwas gebrochen, konnte sie sich nicht sicher sein. Vorsichtig betastete sie die Rippen und die Wölbungen seiner Bauchmuskeln durch den Stoff des Hemdes hindurch. Als sie mit der Hand tiefer an seinem Bauch hinabglitt, gab er ein unterdrücktes Geräusch von sich und packte sie am Handgelenk.

»Es geht mir gut«, presste er hervor. Seine Stimme klang gequält, doch dieses Mal vor Verlangen. »Nur ein paar gequetschte Rippen, das ist alles.« Ihre Blicke trafen sich und sie konnte das brennende Verlangen in seinen Augen sehen. Er wollte sie, der Beweis dafür wuchs gerade direkt vor ihren Augen. Sie errötete, nicht vor Scham, sondern wegen der Erkenntnis, dass ihre unschuldige Berührung ihn so sehr erregte.

Sie wollte ihn berühren. Die Hand über seine empfindsame Haut gleiten lassen. Diese Kraft unter ihren Händen bändigen. Dieses Wunder feiern, dass sie noch lebte.

Die knisternde Spannung zwischen ihnen war eine Versuchung, die sie aus den tiefsten Tiefen ihrer Seele lockte.

Einen Augenblick lang schwankte Meg an der Schwelle der Unentschlossenheit. Sie wollte ihn. Wozu sollte sie es leugnen oder sich selbst verleugnen? Dass Meg mit ihrer eigenen Sterblichkeit konfrontiert worden war, hatte in ihr eine Sehnsucht geweckt, das Leben auf die elementarste Weise auszukosten. Durch die Gefahr, in der sie sich befunden hatten, war alles bis auf die Tatsache ausgelöscht worden, dass sie zwei Menschen waren, die sich stark voneinander angezogen fühlten. In diesem Augenblick war nichts anderes mehr von Bedeutung.

Verlangen entstand wie ein mächtiger Sog zwischen ihnen. Die dunkle Intensität in seinen blauen Augen durchbohrte sie regelrecht. Er hielt vollkommen still. Mit zusammengebissenen Zähnen, das Gesicht kantig und undurchschaubar, jeden Muskel seines Körpers angespannt erwartete er ihre Entscheidung. Es bedurfte nur einer einzigen Bewegung, und sein Mund würde ihre Lippen bedecken und all die Erinnerungen daran, was gerade geschehen war, auslöschen.

Die Versuchung war zu mächtig, um ihr zu widerstehen.

Also ergab sie sich dem Augenblick, ergab sich Alex und dem Sog der Leidenschaft, der sie auf unleugbare Weise miteinander verband.

Vorsichtig, um seine verletzten Rippen zu schonen, beugte sie sich über ihn. Schmerzhaft war sie sich der Wärme, die von ihm ausging, und der langen, harten Muskeln bewusst, die sich unter ihr ausstreckten. Zögernd presste sie die Lippen auf seinen Mund.

Mehr brauchte er nicht als Rechtfertigung. Seine mühsam aufrechterhaltene Beherrschung brach in sich zusammen. Mit einem animalischen Grollen warf er Meg auf den Rücken, rollte sich über sie und nahm ihren Mund mit wilder Leidenschaft in Besitz.

»Deine Rippen«, murmelte sie.

»Zum Teufel mit meinen Rippen«, knurrte er. »Lass mich dich einfach nur schmecken.«

Meg kam seinem Wunsch bereitwillig nach. Sein Mund war hart und fordernd, grob vor Verlangen. Vollkommen. Sie spürte seinen Hunger und öffnete sich ihm, nahm ihn tiefer in sich auf, als seine Zunge in ihren Mund eindrang. Er hielt nichts zurück. Meg begegnete der Heftigkeit seiner Leidenschaft mit ihrer eigenen.

Sie hatte recht behalten. Sein Kuss ließ sie vergessen. Er ließ sie sich lebendig fühlen. So lebendig, wie sie sich noch nie zuvor gefühlt hatte. Als stünde jeder Zoll ihres Körpers in Flammen. Die Leidenschaft zwischen ihnen verschlang alles andere um sie herum und ließ keinen Raum mehr für Vernunft oder Gedanken, nur noch für das verzweifelte Sehnen ihrer Körper.

Sie erwiderte seinen Kuss, wie er es sie gelehrt hatte. Anfangs noch zögerlich, doch dann mit wachsendem Selbstvertrauen imitierte sie das köstliche Stoßen und Parieren seiner Zunge. Sie konnte nicht genug bekommen. Je tiefer und härter er sie küsste, umso mehr wollte sie. Meg hatte sich ergeben, und sie würde es nicht halbherzig tun, sondern mit Eifer, Bereitwilligkeit und Begeisterung.

Das hier war gefährlich. *Sehr* gefährlich. Sie wusste, dass sie ihn aufhalten sollte, doch es fühlte sich zu gut an. Niemals hätte sie sich träumen lassen, dass sie so empfinden konnte, dass sie sich so nach der Berührung eines Mannes sehnen konnte. Sie hatte geglaubt, dass sie zu dieser Art Gefühl, dieser Art brennenden Verlangens nicht fähig war. Doch als er sie in den Armen hielt und sie küsste, fing ihr Herz an zu klopfen, das Blut rauschte ihr in den Adern, und ihr Puls raste. Alles, woran sie denken konnte, war, diese Hitze noch intensiver zu spüren. Von diesem Mann völlig umfangen zu werden.

Forschend strich sie mit den Händen über die muskulöse Brust und die breiten Schultern. Sie wollte jeden Zoll von ihm berühren, seine Haut unter den Fingerspitzen spüren. Als sein Kuss noch wilder wurde, klammerte sie sich fester an ihn.

Ihre fieberhafte Leidenschaft schien die seine zu verstärken. Alex hob heftig atmend den Kopf, und die intensive Gefühlsregung in seinem Blick raubte ihr den Atem. Es war Verlangen, aber auch noch etwas Tieferes. Etwas, das ihr Herz höher schlagen ließ. Etwas, das sie mit jeder Faser ihres Seins glauben wollte.

Eindringlich betrachtete er ihr Gesicht, während er mit den Fingern eine unsichtbare Linie an ihrer Seite entlangzog, wobei sein Daumen über die Rundung ihrer Brust strich. Die Brustwarze richtete sich unter der Berührung auf.

Meg sog heftig den Atem ein, als er anfing, den Daumen um die empfindsame Spitze kreisen zu lassen. Sie schloss die Augen und ließ die warmen Gefühle über sich hereinbrechen, während sie sich seiner Berührung ergab. Ihr ganzer Körper war heiß und voller Verlangen. Schwach nahm sie wahr, dass er die Schnürung ihres Kleides lockerte und den Stoff über den Rand des Mieders nach unten zog.

Sie erriet, was er vorhatte, doch sie tat nichts, um ihn aufzuhalten. Nur zu gut erinnerte sie sich daran, was er schon einmal getan hatte. Erneut senkte sich sein Mund auf den ihren und hielt sie gefangen. Er küsste sie mit einer Eindringlichkeit, die deutlich machte, was er beabsichtigte. Mit Lippen und Zunge zog er einen Pfad an ihrem Hals entlang bis an den Rand des Mieders, gefährlich nahe … quälend nahe.

Meg hielt den Atem an, als er die Finger in das Mieder und unter das leinene Unterkleid gleiten ließ, um ihre Brüste aus ihrem zarten Gefängnis zu befreien. Das sinnliche Gefühl der rauen Finger, die über ihre empfindsame nackte Haut strichen, ließ sie zusammenzucken. Ihr Körper zerfloss, und Wärme sammelte sich zwischen ihren Beinen.

Sie hörte, wie er scharf den Atem einsog.

Mit vor Scham glühenden Wangen öffnete sie die Augen, als ihr plötzlich bewusst wurde, dass er ihre nackten Brüste anstarrte.

»Gott, du bist so schön.« Seine Stimme klang rau und gepresst, und es schwang beinahe ein Hauch Ehrfurcht darin. Mit dem Finger zog er die Rundung ihrer Brust nach, so federleicht, dass sie sich fragte, ob er sie tatsächlich berührte oder ob es nur die Empfindsamkeit ihrer Sinne war, die sie dies spüren ließ. »So rund.« Sein Finger bestätigte die Worte, die mit einer Stimme so tief und dunkel wie flüssige Lava in ihr Bewusstsein drangen. »So voll.« Er umfasste sacht ihre Brüste, Meg begann erregt von seinen frechen Beobachtungen zu zittern. »So weich und weiß wie Sahne.« Er hob sie näher an die Lippen, und sein heißer Atem strich über die empfindsamen Spitzen. *Oh Gott, es war die reinste Folter.* Seine Stimme wurde leiser. »Mit vollkommenen rosigen Spitzen.« Ein Schauer durchlief sie, als seine Zunge über die Brustwarze züngelte. »Mmm. So süß.«

Sie stöhnte und wand sich in unschuldiger Frustration, erregter, als sie es je in ihrem Leben gewesen war. Jede Faser ihres Körpers vibrierte vor sinnlicher Empfindsamkeit. Neckend rieb er mit rauen Fingerkuppen über die empfindlichen Spitzen ihrer bereits steifen Knospen, dann drückte er sie leicht. Doch das war nicht genug. Meg wusste, dass es nicht genug war. Da war noch mehr. Und schließlich gab er es ihr. Mit der Zunge umkreiste er ihre Brustwarze, dann umschloss sie sein warmer Mund.

Meg hatte nicht für möglich gehalten, dass sie vor Verlangen völlig den Verstand verlieren konnte.

Sie hatte sich geirrt.

Er saugte an ihr, heftig. Ein Pfeil der Lust schoss ihr direkt ins Herz. Sie drängte sich ihm entgegen, kostete das Gefühl seiner Zähne und Zunge aus, während er sie tiefer und tiefer in einen Strudel blinder Leidenschaft zog. Ein sanftes Beben begann zwischen ihren Beinen zu pulsieren und forderte ihre Aufmerksamkeit. Sie wollte etwas; ihr Körper fühlte sich leer an und sehnte sich danach, erfüllt zu werden.

Guter Gott, sie wusste, was sie wollte.

Sie wollte ihn in sich spüren. Wollte, dass er sie ausfüllte. Die Qualen beendete.

Instinktiv wusste sie, dass Alex ihr unbegreifliche Lust schenken würde.

Eine feste Hand umschloss ihren Hintern, während er sinnlich an ihrer Brust knabberte, züngelte und saugte, dass sie fast wahnsinnig wurde. Schutzsuchend klammerte Meg sich an seine Schultern, um nicht vollends jeden Halt zu verlieren. Sie konnte bereits nicht mehr genug davon bekommen, wie er sich unter ihren Händen anfühlte. Durch das Leinen seines Hemdes spürte sie unmissverständlich die rohe Kraft dieses beeindruckenden Körpers. Mit den Fingern erkundete sie jede Wölbung, jeden Muskel. Sein Körper war dafür gebaut zu zerstören. Jeder Zoll an ihm war hart und stark. Brust und Arme mit den starken, unbeugsamen Muskeln schienen wie aus Stein gemeißelt zu sein. *Warmer Stahl.* Er erinnerte sie an warmen Stahl.

Er gab ihre Brust frei und nahm erneut ihren Mund gefangen, küsste sie mit einer dunklen Sinnlichkeit, die sie vor einer Stunde noch zu Tode erschreckt hätte, die sie jetzt jedoch nur noch erregte.

Dann glitt er mit der Hand unter den Saum ihres Kleides. Der Atem stockte ihr, als seine Finger erst übers Knie, dann den Oberschenkel entlang und noch höher strichen.

Sie erstarrte, ein Moment der Unsicherheit durchbrach den Schleier der Leidenschaft.

Meg konnte seinen Kuss nicht mehr erwidern, sie konnte an nichts anderes mehr denken als an seine Hand … und wo sie hinwanderte.

»Vertrau mir, Meg«, flüsterte er an ihrem Ohr, als er ihre Unsicherheit spürte. »Ich möchte dir nur Lust schenken. Mehr nicht.«

Sie nickte zögernd. Sie vertraute ihm.

Doch nichts hätte sie auf diese reine Explosion der Lust vorbereiten können, die sie traf, als seine Finger ihr prickelndes Fleisch berührten. So quälend sanft. Wieder und wieder, bis sie glaubte, es nicht länger ertragen zu können. Sie wusste, dass sie schockiert sein sollte. Sicherlich war alles Sünde, was sich so gut anfühlte. Doch Meg war so verloren in den Qualen dieser köstlichen Folter, dass es ihr gleichgültig war.

Besinnungslos vor Verlangen wand sie sich in süßer Pein. Sie sehnte sich nach mehr Druck, hob ihm die Hüften entgegen und presste sich härter gegen seine Hand. Er stöhnte, und endlich glitt sein Finger in sie und gab ihr allen Druck, den sie brauchte.

12

Beinahe wahnsinnig vor Lust beobachtete Alex, wie sich die Röte auf ihren Wangen ausbreitete. Wie ihr der Atem stoßweise über die leicht geöffneten Lippen kam. Wie sie den Rücken durchbog, sich die köstlichen Brüste mit den rosigen Spitzen emporreckten und sie die Hüften sinnlich gegen seine Hand presste. Sie war kurz davor zu kommen. Für ihn.

Noch nie zuvor hatte er etwas so Schönes gesehen. Er fühlte sich demütig, wenn er sie nur ansah. Sie war so zart und weich und herrlich weiblich. Ein unbekanntes Gefühl schwoll in seiner Brust. So hatte er sich noch nie gefühlt. So unbeschreiblich tief bewegt durch die Bedeutung dieses Augenblicks.

Ihm war, als habe man ihm ein kostbares Geschenk gemacht. Niemals hätte er sich träumen lassen, dass sie sich so sanft hingeben, so für ihn zerschmelzen würde. Und so ehrlich auf ihn reagieren würde. Megs Leidenschaft war wie alles andere an ihr, erfrischend offen und ehrlich. *Sie gehörte ihm.*

Sie war der Erfüllung so nahe, wand sich in unschuldiger Frustration, genauso heiß und verzweifelt wie er. Er beugte sich über sie, züngelte in perfekter Harmonie mit dem wilden Rhythmus seiner Finger über ihre steifen Knospen. Mit den Zähnen knabberte er an ihr, was ihr ein erneutes lustvolles Keuchen entlockte, das ihm geradewegs in die pochenden Lenden fuhr. Noch nie hatte er solche Qualen gespürt, sein Körper pulsierte vor Verlangen nach Erlösung, doch er kümmerte sich nicht darum. Alles, woran er denken konnte, war Meg.

Seine Finger glitten über ihre feuchte Süße. Er sehnte sich danach, sie zu kosten, den Kopf zwischen ihren Beinen zu vergraben und den warmen, weiblichen Duft zu atmen, an dem zarten Fleisch zu lecken und zu saugen, bis sie an seinen Lippen kam.

Er wollte sie verschlingen, jeden Zoll dieser wundervollen Frau entdecken, die im Begriff war, in seinen Armen den Gipfel zu erreichen.

Sein Atem kam schnell und hart. Sanfte, kleine, drängende Seufzer kamen ihr über die leicht geöffneten Lippen. Ihre seidigen Schenkel schlossen sich um seine Hand.

»Oh Gott, Alex!«

Er konnte die süße Verzweiflung in ihrer Stimme hören. »Lass es einfach kommen, Süße. Ich halte dich.«

Ihr Körper spannte sich, als die Wucht der Erfüllung über sie hereinbrach. Er wollte ihre Ekstase ausdehnen, damit sie sich ewig daran erinnern würde. Heftig saugend nahm er die Brustwarze in den Mund, während er mit dem Daumen ihre empfindlichste Stelle massierte und sie über den Rand sexuellen Vergessens taumelte.

Er fühlte ein heftiges Ziehen im Herzen, als ihm ihre leisen Lustschreie in den Ohren widerhallten.

Es war nicht genug. Sein Verlangen nach dieser Frau war zu stark. Er glaubte zu explodieren, sie war so reif und süß, so bereit für ihn. Das Blut pulsierte ihm in den ohnehin schon brennenden Lenden, seine Leidenschaft war gefährlich nahe daran, sich zu ergießen. Bei der Anstrengung, sich zurückzuhalten, verkrampfte sich sein ganzer Körper. Eine einzige Berührung, ein unschuldiges Streicheln ihrer Hand, und er wäre verloren.

Er wollte in ihr versinken, sich von ihrer Hitze umfangen lassen. Sie zu einem zweiten Höhepunkt bringen, während er tief und hart in sie stieß. Sie mit seinem heißen Samen füllen.

Sie zu der Seinen machen.

Das hatte bisher noch keine Frau vollbracht, ihn in einen verworrenen Haufen gefährlicher Sehnsüchte zu verwandeln. Das Verlangen danach, in ihr zu sein, war nicht bloß Lust, sondern weit tiefer und elementarer.

Der Teufel lockte ihn gnadenlos, trieb ihn weiter, trieb ihn dazu, sich zu nehmen, was sie ihm so unschuldig anbot. Die Pein zu lindern, in sie zu dringen und sich in ihrer Unschuld zu ergießen. Sie wollte ihn. Er wusste, dass er ihr noch mehr Lust bereiten konnte. *Es wäre so einfach …*

Flatternd öffneten sich ihre Lider. Ein bezauberndes, zufriedenes Lächeln breitete sich auf ihrem Gesicht aus, als sie ihn so voll Verwunderung und Vertrauen anblickte, dass sich etwas in seiner Brust zusammenzog.

Und die Realität wieder in sein Bewusstsein drang.

Was um Himmels willen machte er da? Beinahe hätte er vergessen, dass sie noch Jungfrau war. Doch als sich der Schleier ihres Höhepunkts hob, konnte er sehen, wie ihr die Wirklichkeit der Situation wieder bewusst wurde. Ihr Blick wurde scheu. Unschuldig. Er spürte, wie sie sich unmerklich von ihm zurückzog. In ihren Augen war wieder dieses Zögern.

Die Unentschlossenheit wankte einen endlosen Herzschlag lang. Doch das war lange genug, um die Wahrheit zu erkennen. Verdammt.

Es war falsch. Sie waren durch den Kampf emotional heftig aufgewühlt, und das darauffolgende berauschende Gefühl, überlebt zu haben, hatte sie mit sich gerissen. Aufgrund der schrecklichen Dinge, derer sie Zeuge geworden war, hatte sie noch unter Schock gestanden. Er wusste, wie verletzlich sie war und dass er in ihrem Zustand die Situation nicht ausnutzen durfte, doch ihr Kuss hatte auf ihn dieselbe Wirkung wie ein Funke auf trockenen Zunder.

Sein Verlangen nach ihr war wie ein alles verzehrendes Feuer.

Er durfte sich nichts vormachen. Es war nicht richtig. Sie verdiente Besseres, als unter den Nachwirkungen einer Schlacht auf einem Bett aus Erde und trockenen Blättern genommen zu werden. Sie war eine Jungfrau, eine wohlerzogene Lady, die es verdiente, auf einem Bett aus Seide mit Rosenblättern überhäuft zu werden. Die viel mehr verdiente, als er ihr bieten konnte.

Die Ehre gebot ihm aufzuhören.

Schweiß sammelte sich auf seiner Stirn, so angestrengt kämpfte er darum, sich zurückzuhalten. Mit fast übermenschlicher Anstrengung ergriff er die schleifenden Zügel seiner Selbstbeherrschung, rollte von ihr herunter und starrte blind in das dunkle Blätterdach über ihnen empor.

Er war so angespannt, dass er zusammenzuckte, als sie ihm die Hand auf den Arm legte.

»Alex, ist alles in Ordnung? Habe ich etwas falsch gemacht?«

Unsicherheit schwang in ihrer Stimme.

»Es geht mir gut«, sagte er schroff. Er wagte nicht, sie anzusehen, solange ihre nackten Brüste über den Rand ihres Mieders ragten.

»Aber du hast Schmerzen. Sind es deine Rippen? Warum hast du nichts gesagt?«, rief sie beunruhigt aus und legte ihm sofort die Hände auf die Brust, um sich um seine Verletzung zu kümmern, doch diese Berührung verschlimmerte den wahren Grund für seine Qual nur noch.

Er fuhr hoch, packte sie an den Handgelenken und riss ihre Hände von seiner Brust. »Es sind nicht meine Rippen«, stieß er zwischen zusammengebissenen Zähnen hervor. »Lass mir einfach nur eine Minute Zeit.«

Ihre Blicke trafen sich, und er konnte sehen, dass sie anfing, zu begreifen. »Du hast Schmerzen, weil du aufgehört hast. Warum hast du aufgehört? I … ich weiß, da ist noch mehr.«

So viel mehr. Sein Körper ließ ihn das nicht vergessen. Er fragte sich, ob er je vergessen könnte, was heute geschehen war. Das war ein ernüchternder Gedanke.

»Ja, aber nicht hier. Nicht so.« Sanft strich er ihr eine Locke hinters Ohr, die sich in ihren langen Wimpern verfangen hatte. »Es wäre nicht richtig.« Er stand auf, um die Vorbereitungen für ihren Aufbruch zu treffen. Nachdem er ihr ein wenig Zeit gelassen hatte, ihre Kleidung in Ordnung zu bringen, half er ihr hoch.

»Danke, Alex.«

»Wofür?«

»Für alles, was du heute getan hast. Dass du diese Männer getötet hast. Dass du so ehrenhaft bist.«

Alex fühlte einen Stich der Beunruhigung. In ihrer Stimme lag mehr als nur Bewunderung. Welchen Schaden hatte er heute angerichtet? Ihm war klar, dass eine Frau wie Meg sich nicht so freimütig hingeben würde, sich so von der Leidenschaft fortreißen lassen würde, außer … Er wagte nicht, darüber nachzudenken. Er würde diese Möglichkeit nicht zulassen, sich dieses Glücksgefühl, das automatisch in seiner Brust aufstieg, nicht eingestehen. Er war nicht der richtige Mann für sie. Es wurde Zeit, mit ihren ritterlichen Unterstellungen aufzuräumen. »Ich bin nicht der Mann, für den du mich hältst, Meg.«

»Was bist du dann, Alex? Wenn nicht ein geschickter Krieger, ein überragender Stratege, ein Mann von Ehre.«

Ich bin ein Mann, der einen Auftrag zu erfüllen hat.

Er hatte bereits genug gesagt.

»Hat es etwas mit den MacGregors zu tun? Ist es wahr, was Thomas gesagt hat? Warst du in all diesen Jahren mit den MacGregors zusammen?«

»Lass es gut sein, Meg.«

Verletzt starrte sie ihn an. »Du vertraust mir immer noch nicht. Hast du deshalb aufgehört?«

Schmerz zitterte in ihrer Stimme, doch er zwang sich, es zu ignorieren.

Vertraute er ihr? Er wusste es nicht. Einen Augenblick lang, bevor die Hölle losgebrochen war, hatte ein Teil von ihm in Betracht gezogen, ihr zu vertrauen. Schließlich war sie eine Highlanderin, ihr Vater war sogar an dem Plan seines Bruders beteiligt. Doch irgendetwas hielt ihn zurück. Ihre pragmatische Einstellung zur politischen Situation der Highlands, insbesondere zu der Vorgehensweise von König James gegen die MacGregors, hatte ihn verärgert. Sie war im Unrecht. Sie konnten nicht einfach tatenlos zusehen, wie ihr Leben zerstört wurde. Sie mussten kämpfen, ob es zweckmäßig war oder nicht. Wie würde sie sich fühlen, wenn er sein Schwert gegen die Männer des Königs erhob?

Und noch etwas beschäftigte ihn. Ihre enge Beziehung zu den Campbells. Jamie Campbell und sein Cousin Argyll waren mit dem König verbündet. Konnte er darauf vertrauen, dass sie nichts zu ihren Freunden sagen würde? Wahrscheinlich. Doch wahrscheinlich war ihm nicht genug.

»Vertrauen hat damit nichts zu tun«, entgegnete er barsch. »Ich habe aufgehört, weil deine Unschuld ein Geschenk für deinen Ehemann in der Hochzeitsnacht ist.«

Und das war ein Geschenk, das ihm nicht gebührte. Gleichgültig, wie sehr er es sich auch wünschte.

Er hörte, wie sie scharf den Atem einsog. Das Bedürfnis, sie zu trösten, war überwältigend, doch er blieb unbeweglich. Einen Moment lang glaubte er, Tränen in ihren leuchtenden grünen Augen schimmern zu sehen. Entschlossen ignorierte er das plötzliche Gefühl von Enge in der Brust. Es war zu ihrem Besten. Sie durfte sich keine Illusionen bezüglich einer gemeinsamen Zukunft machen.

»*Ein Geschenk für deinen Ehemann.*« Seine Worte hallten in ihren Ohren nach.

Megs Magen krampfte sich zusammen. Die Bedeutung dieser Worte konnte nicht deutlicher sein. Er hatte nicht die Absicht, diese Position einzunehmen.

Nach all den Intimitäten, die sie soeben geteilt hatten, versetzte seine Zurückweisung ihr einen schmerzhaften Stich. Schmerzhafter, als sie je für möglich gehalten hätte. Sie wusste, dass sie ihm nicht gleichgültig war, dass er sie begehrte. Was hielt ihn zurück?

Stumm starrte sie ihn an, betete um ein Zeichen, irgendetwas, das seinen Worten den Stachel nehmen würde. Sie wusste nicht, warum, doch sie wusste, es war von entscheidender Bedeutung, noch nie hatte sie sich etwas so sehr gewünscht wie in diesem Augenblick. Doch er ging mit keinem Schritt auf sie zu.

So sah also die Realität aus. Er wollte sie nicht heiraten. Er vertraute ihr nicht.

In ebendiesem Moment, im Augenblick dieser bitteren Erkenntnis, wurde Meg sich der Wahrheit in ihrem eigenen Herzen bewusst. Die Wahrheit war so offensichtlich, dass sie nicht verstehen konnte, dass sie es nicht schon früher erkannt hatte.

Sie liebte ihn.

Oh Gott, wie konnte das nur geschehen?

Wie hätte das *nicht* geschehen können? Es war so leicht, Alex zu lieben. Er war in jeder Hinsicht unwiderstehlich. Verteufelt gut aussehend, ein bewundernswerter Anführer, ein geschickter Krieger, ein beeindruckender Stratege nicht nur auf dem Schlachtfeld. Doch es lag auch daran, wie sie sich bei ihm fühlte. Seine Stärke erlaubte es ihr, sich verletzlich zu fühlen. Seit dem Tag, an dem sie die Wahrheit über ihren Bruder herausgefunden hatte, war Meg in die Rolle der Starken geschlüpft. Derjenigen, auf die ihr Vater sich immer verlassen konnte. Es war schwer, diese Fassade aufrechtzuerhalten, doch Alex schien ihre Anstrengung zu spüren. Wenn sie mit ihm zusammen war, dann fühlte sie sich stark, unbesiegbar. Als wären die Herausforderungen, denen sie sich stellen musste, nicht mehr ganz so groß.

Von Anfang an schien er geradewegs in ihr Innerstes sehen zu können. In seinen Augen fühlte sie sich schön, nicht wie das unbeholfene Mädchen bei Hofe, das nie richtig dazuzugehören schien. Er hatte sich nicht ein einziges Mal von ihrer unverblümten Redeweise abschrecken lassen, im Gegenteil, er schien sie dafür sogar zu bewundern.

Schon als sie ihn das erste Mal gesehen hatte, war ihr eine Verbindung zwischen ihnen aufgefallen. Diese Verbindung war stärker geworden, je besser sie ihn kennen gelernt hatte, und jedes Mal, wenn er sie in den Armen gehalten und ihre Leidenschaft geweckt hatte.

Wie konnte er das leugnen?

Sie wartete auf ein Zeichen, das nicht kam. Der Schmerz in ihrer Brust wurde stärker. Sie würde nicht weinen. Nicht jetzt. Später. Später, wenn sie ihre Gedanken ordnen konnte.

Mit kerzengeradem Rücken drehte sie sich um, eine stumme Bitte, ihr beim Zuschnüren des Mieders und des

Reitkleids zu helfen. Ebenso stumm erwies er ihr diesen Dienst.

Dougal MacDonald und dem halben Dutzend Palastwachen, das er mit sich führte, bot sich der Anblick eines blutigen Gemetzels. Ein überraschend starkes Gefühl der Beunruhigung durchzuckte ihn, bevor MacLeod mit gezogenem Schwert hinter einem Baum hervortrat und das Objekt von Dougals Sorge schützend hinter sich herführte.

Er stieß einen Seufzer der Erleichterung aus. Seine Braut war in Sicherheit.

Schnell ließ er einen prüfenden Blick über sie gleiten. Als er Megs zerzauste Erscheinung und die unverkennbar geschwollenen Lippen bemerkte, wurden seine Augen schmal. Er setzte eine gleichmütige Miene auf, doch innerlich raste er vor Wut. Es war offensichtlich, was die beiden getan hatten. Die Schlampe würde dafür bezahlen, dass sie sich besudelt hatte. Und MacLeod würde dafür sterben, dass er sie angefasst hatte.

Er hätte sich Alex MacLeod schon vor fünf Jahren vom Hals schaffen sollen. Dougal bereute nicht viele Dinge in seinem Leben, doch Alex MacLeod nicht erledigt zu haben, als er die Gelegenheit dazu hatte, war eines davon. Beinahe sofort hatte Dougal den seltenen Anflug von Gnade bedauert, als er bei Cuillin Alex' Leben verschont hatte. Obwohl Alex noch jung war, hatte Dougal die potentielle Bedrohung, die er darstellte, erkannt: Alex würde Vergeltung für den Tod seiner Cousins fordern.

Normalerweise hinterließ er keine solchen losen Enden.

Doch damals hatte er sich über Alex' Bruder größere Sorgen gemacht. Ohne Frage hätte Rory MacLeod den Tod seines Bruders gerächt. Dougal wäre ein gebrandmarkter Mann gewesen. Doch nun erkannte Dougal, dass er nur den einen rachedurstigen Bruder durch den anderen ausgetauscht hatte.

Aber er verschwendete seine Zeit nicht mit Reue, nicht wenn sie schon bald hinfällig würde.

Die Gelegenheit, Alex MacLeod zu erledigen, würde sich ergeben, er war bereit.

»Was macht Ihr hier?«, fragte MacLeod fordernd. Offensichtlich hatte er die Palastwachen bemerkt, sonst hätte er sicherlich die Gelegenheit genossen, von seinem Schwert Gebrauch zu machen, das er nun senkte.

Dougal ignorierte ihn und wandte sich stattdessen an Meg. Es fiel ihm schwer, ihr in das von Verführung gezeichnete Gesicht zu sehen, ohne seinen Ärger zu zeigen, doch er gab sein Bestes, wie ein besorgter Verehrer zu klingen. »Als Ihr nicht zurückkehrtet, hat Eure Mutter sich Sorgen gemacht«, erklärte er. »Ich bot an, Euch zu suchen. Wie ich sehe, war das eine kluge Entscheidung. Geht es Euch gut? Was ist geschehen?« Er sprang vom Pferd und eilte auf sie zu.

»Es geht mir gut. Wir wurden angegriffen«, antwortete Meg und beschrieb ihm mit wenigen Worten, was passiert war.

Um zu ihr zu gelangen, musste er an mehreren Leichen vorbei. Eine davon erkannte er.

Elender Narr, dachte Dougal, als er über Thomas Mackinnons Körper stieg. Er konnte nicht so tun, als wäre er darüber aufgebracht. Schließlich war er froh, Thomas Mackinnon los zu sein. MacLeod hatte ihm einen Gefallen getan, indem er ihn von einem Mann befreit hatte, der ihm nicht länger von Nutzen war. Ursprünglich war es sein Plan gewesen, durch Thomas Mackinnon an die Ländereien der Mackinnons zu kommen. Thomas, ein übellauniger Mann, der seine eigenen Fähigkeiten viel zu hoch einschätzte, war mehr als glücklich gewesen, bei Dougal ein offenes Ohr zu finden. Doch das alles hatte sich geändert, als Meg den Captain ihres Vaters abwies. Später bei seinem Besuch auf Dunakin hatte Dougal seine Meinung geändert und beschlossen, sie selbst zu heiraten. Diese Planänderung wiederum schmeckte Thomas Mackinnon überhaupt nicht, deshalb entschloss er sich, die Sache selbst in die Hand zu nehmen. Der Narr hätte alles ruinieren können.

Als Dougal sich den beiden näherte, entging ihm nicht, welch unbehagliche Stimmung zwischen ihnen herrschte. Sein Ärger verrauchte ein wenig.

»Kommt«, sagte er und streckte ihr hilfsbereit die Hand entgegen. »Das hier ist kein Ort für Euch. Ich bringe Euch zu Eurer Mutter. Meine Männer sorgen dafür, dass dieses Chaos hier beseitigt wird.« Er musste hart an sich halten, um sie nicht zu ohrfeigen, als Meg daraufhin Alex ansah, als flehe sie ihn an zu widersprechen.

Doch Alex machte keinerlei Anstalten, sich einzumischen. Dougal lächelte. Es musste MacLeod unbeschreiblich ärgern, sie mit seinem Feind gehen zu lassen. Er konnte nur ahnen, wie wütend Alex wäre, wenn Dougal ihre Verlobung bekannt geben würde. Er hatte ohnehin schon zu lange darauf gewartet, ihr einen Antrag zu machen.

MacLeod führte irgendetwas im Schilde. Irgendetwas, das ihn davon abhielt, Meg Mackinnon den Hof zu machen, obwohl es offensichtlich war, dass er sie begehrte. Dougal kannte den Mann so gut, wie jeder Mann einen Gefangenen kennen würde, den er über Monate bewacht und beobachtet hatte. MacLeod war in irgendeine Sache verwickelt, und Dougal vermutete, dass es wahrscheinlich etwas mit der Isle of Lewis zu tun hatte. Jeglicher Widerstand der Highlander gegen die Ankunft der Abenteurer von Fife auf Lewis würde von Rory MacLeod ausgehen. Sein treuer Bruder Alex wäre dann nicht weit.

Dougal würde ihn im Auge behalten. Jede Information, die er in Erfahrung bringen konnte, würde von Seton reich belohnt. Sich einem Mann wie Seton anbiedern zu müssen, widerstrebte ihm gründlich. Lordkanzler Seton behandelte alle Highlander mit Verachtung, dabei machte er keinen Unterschied zwischen so offenkundig kultivierten Männern wie ihm und nutzlosem Gesindel wie den MacLeods.

Doch Dougal lächelte und nickte, er spielte den treuen Hund, der dankbar für die kärglichen Reste aus der Hand seines Herrn ist. Am Ende würde sich das alles lohnen. Die MacDonalds würden von König James reichlich dafür belohnt, dass sie die Rebellion der Highlander verraten hatten. Auch wenn Dougal die Methoden von König James nicht zusagten, so sagte ihm doch sein Gold zu. Jegliches Zögern, das Dougal über den Verrat an seinen Landsmännern verspürte, wurde durch die Tatsache gemildert, dass die MacLeods darunter leiden würden. Dieser MacLeod ganz besonders.

»Ich danke Euch für Euer Angebot«, sagte Meg. »Doch ich würde mich gerne selbst um meine Männer kümmern.«

Mühsam schluckte Dougal seinen Ärger hinunter. Es war klar, dass sie bei MacLeod bleiben wollte. Er lächelte steif. »Ich bin sicher, MacLeod wird sich darum kümmern.« Er sah Alex bedeutungsvoll an, und als er nicht widersprach, wandte er sich wieder Meg zu. »Eure Mutter war ziemlich besorgt. Ich denke wirklich, dass Ihr jetzt mitkommen solltet.«

Meg warf Alex einen weiteren jämmerlichen Blick voller Herzschmerz zu, bevor sie sich zögernd umdrehte, um Dougals Hilfe anzunehmen. »Nun gut, ich komme.«

Möglicherweise spielte ihm die Tatsache, dass Alex das Mädel zurückgewiesen hatte, geradewegs in die Hände. Noch heute Abend würde er um ihre Hand anhalten, solange sie noch verletzlich war. Er würde sie Alex MacLeod schon vergessen lassen. Schließlich konnte der Dougal MacDonald nicht das Wasser reichen.

13

Das sanfte, perlende Lachen durchdrang den Lärm der Menge und lenkte seinen Blick wie ein helles Leuchtfeuer zu der Frau am anderen Ende des Raumes. Meg stand neben ihrer Mutter, Elizabeth, Jamie Campbell und einer Handvoll anderer Männer und lachte über eine Bemerkung, die einer der Männer gemacht hatte. Im Kerzenlicht funkelten ihre Augen bei dem überschäumenden Lachen, das Alex wie ein Dolchstoß durchbohrte.

Musste sie so verdammt hübsch aussehen? Ihn in dieser zauberhaften Kombination aus Weiß und blassem Gold verhöhnen, die all die weiblichen Rundungen ihres köstlichen Körpers zeigte? Rundungen, an die Alex sich nur zu gut erinnerte. Weiche Wellen kastanienfarbenen Haars fielen ihr in verführerischen Locken über den Rücken und betonten die cremeweiße Haut. Eine Haut, die sich unter seinen Händen so weich wie Samt angefühlt hatte und die wie Honig schmeckte. Ihm war bewusst, dass er sie anstarrte, sogar finster anstarrte, doch er konnte nicht anders.

Eifersucht fraß sich durch seine Entschlossenheit wie ätzende Säure.

So fühlte er sich schon die ganze Woche. Ruhelos. Wütend. Jeder Nerv in ihm zum Zerreißen gespannt. Ihm war, als könne er jeden Augenblick explodieren. Er versuchte sich einzureden, dass es nur daran lag, dass Rory jeden Tag mit den Befehlen ankommen konnte, die ihn zur Isle of Lewis schicken würden, doch er wusste, der wahre Grund dafür war die schöne Frau, die auf der anderen Seite des Saals Hof hielt.

Zuzusehen, wie Meg von einem ganzen Schwarm Verehrer umworben wurde, und zu wissen, dass er nichts dagegen unternehmen konnte, war die reinste Folter. Dieses Gefühl der Machtlosigkeit war für einen Mann der Tat, wie Alex einer war, sowohl fremd als auch unnatürlich. Er wollte seinen Anspruch auf die primitivste Art und Weise geltend machen. In diesem Moment fühlte er sich durch und durch wie der Barbar, für den ihn die Lowlander hielten.

Er wusste, dass er kein Recht hatte, eifersüchtig zu sein. Sie brauchte etwas, das er ihr nicht geben konnte. Ein Eheversprechen. Sie hatte jedes Recht, sich woanders danach umzusehen. Warum machte es ihn dann so wütend, dass sie es tat?

Er kippte den Rest seines Rotweins hinunter und knallte den leeren Kelch frustriert auf das Kartentischchen. Nichts konnte das beklemmende Gefühl in seinem Innern beruhigen, nicht einmal das Wissen, dass er das Richtige tat.

Doch egal, ob richtig oder falsch, Meg gehen zu lassen war das Schwerste, das er je getan hatte. Die Erinnerung an ihren Gesichtsausdruck, bevor sie mit Dougal MacDonald fortgeritten war, verfolgte ihn immer noch. Der Schmerz. Die Verwirrung. Das sanfte Flehen, das an seinem Gewissen zerrte. Er hasste es, ihr wehzutun, egal aus welch triftigem Grund.

Ebenso wenig konnte er das, was beinahe zwischen ihnen passiert war, aus dem Kopf bekommen.

Er konnte nicht vergessen, wie sich ihr Mund unter seinen Lippen angefühlt hatte. Die weichen, seidigen Brüste. Die honigfeuchte Süße zwischen ihren Beinen. Und die Ekstase in ihrem Gesicht, als sie in seinen Armen gekommen war. Er wusste nicht, wie lange er noch gegen das überwältigende Bedürfnis ankämpfen konnte, sie in die Arme zu reißen und zu beenden, was sie angefangen hatten.

Wenn es doch nur um bloße Lust ginge. Doch es war viel mehr als das. Die Gefühle, die Meg in ihm weckte, waren mit nichts zu vergleichen, das er kannte. Er bewunderte alles an ihr. Ihre Schönheit, ihre Intelligenz, ihre freimütige Ehrlichkeit, ihr Mitgefühl, ihren Elan. Das Selbstvertrauen, mit dem sie an alles heranging. Er begehrte sie auf so vielen Ebenen, dass es mit jedem Tag, der verging, schwieriger wurde, sich ins Bewusstsein zu rufen, warum er sie nicht haben konnte. Er war dazu gezwungen, tatenlos zuzusehen, wie andere Männer den Platz einnahmen, der ihm gehörte.

Frustriert über die Sinnlosigkeit des Ganzen riss er den Blick von Meg los und widmete seine Aufmerksamkeit wieder dem Kartenspiel. Nachdem Lordkanzler Seton und Sekretär Balmerino der heutigen Abendunterhaltung ferngeblieben waren, konzentrierte Alex sein Augenmerk auf den Marquis of Huntly, seinen momentanen Gegner beim Maw.

»Hübsches kleines Ding, nicht wahr?«, meinte der Marquis of Huntly. »Und reich dazu, habe ich gehört.«

Alex sah von seinen Karten auf und musterte den Mann, der ihm gegenübersaß. Den Mann, der bisher keine neuen nützlichen Informationen preisgegeben hatte. »Wer?« Alex schützte Desinteresse vor.

»Das Mackinnon-Mädchen. Ich dachte, Ihr hättet sie gerade angesehen. Wie ich höre, wird sie den jungen Campbell da drüben heiraten.«

Die Nachricht, die er befürchtet hatte, brannte ihm ein schwarzes Loch in die Brust. Er bemühte sich, seine Reaktion unter Kontrolle zu halten. »Die Ankündigung der Verlobung muss mir entgangen sein.«

Lord Huntly zuckte die Schultern. »Es gab noch keine. Doch ich nehme an, dass es in ein paar Tagen so weit ist. Meine Tochter sagt, es ist eine beschlossene Sache.«

Bianca Gordon wusste nicht das Geringste darüber, dachte Alex beruhigt. Sie wäre der letzte Mensch, dem Meg etwas anvertrauen würde. Reine Mutmaßung, das war alles. Erleichtert lockerte er den Griff, mit dem er die Karten umklammert und sie beinahe zerdrückt hatte.

»Ich habe gehört, Ihr habt letzte Woche in Holyrood Park ein beeindruckendes Schauspiel geliefert. Meine Tochter spricht kaum noch von etwas anderem.«

Alex zuckte die Schultern. Er wusste, dass er es Rosalind Mackinnon zu verdanken hatte, dass die Geschichte seiner angeblichen Heldentat die Runde machte. Er hätte es vorgezogen, wenn man ihn mit der Angelegenheit nicht in Verbindung gebracht hätte. »Zum Glück war ich zur Stelle, um meine Hilfe anzubieten.«

Huntly schüttelte den Kopf. »Eine schreckliche, schreckliche Sache für das arme Mädchen. Dass in der heutigen Zeit ein Mann versucht, ein Mädchen umzubringen, weil sie sich weigert, ihn zu heiraten. Diesen Barbaren von den Inseln muss man Einhalt gebieten.« Alex spürte, dass der Marquis ihn musterte, um seine Reaktion abzuschätzen. »Anwesende natürlich ausgenommen.«

»Natürlich.«

Huntly betrachtete ihn wohlwollend. »Ich hätte da vielleicht Verwendung für einen Mann mit Euren Fähigkeiten, falls Ihr je daran denken solltet, von diesem Schwert Gebrauch zu machen.«

Alex blieb völlig ruhig, da ihm klar war, dass Huntly möglicherweise Söldner anheuerte, um die Abenteurer von Fife zu beschützen. »Ich nehme es zur Kenntnis«, antwortete er.

»Tut das.« Huntly erhob sich vom Tisch. »Wenn Ihr mich nun entschuldigen würdet, ich fürchte, ich habe eine Verabredung, die keinen Aufschub duldet.«

Als Huntly ging, stand Alex auf, und seine Schultern spannten sich, als erneutes Lachen an sein Ohr drang. Es kümmerte ihn nicht, dass es gezwungen klang. Sein Ärger wurde stärker, besonders als er Dougal MacDonald an ihrer Seite bemerkte. Es war deutlich, was er beabsichtigte, obwohl sie seine Gegenwart kaum zu ertragen schien. Alex hatte ein wachsames Auge auf Dougal gehabt, in der Hoffnung herauszufinden, was ihn wirklich an den Hof gebracht hatte. Er glaubte nicht daran, dass er nur hier war, um um Meg zu werben.

»Er hat ihr einen Antrag gemacht.«

Alex drehte sich um und entdeckte Jamie an seiner Seite. Der finstere Ausdruck auf Campbells Gesicht spiegelte exakt wider, was Alex fühlte. Nichtsdestotrotz, auch wenn sie in Bezug auf Dougal einer Meinung waren, hatte Alex sein Bestes gegeben, Jamie seit dessen Rückkehr von Argyll in der letzten Woche aus dem Weg zu gehen. Nicht nur, weil Alex sich sicher war, dass Jamie ihn verdächtigte, über den Grund seiner Anwesenheit die Unwahrheit zu sagen, sondern auch, weil es zwischen ihnen eine gewisse Rivalität gab, die nicht zu leugnen war. Es war deutlich, dass Jamie ihm bezüglich des Angriffs auf Meg im Wald irgendetwas übelnahm, und wenn es nur die Tatsache war, dass Alex derjenige war, der sie gerettet hatte. »Sie wird ihn niemals annehmen«, meinte Alex schließlich.

»Nein, das wird sie nicht«, stimmte Jamie zu. Er warf Alex einen unverkennbar herausfordernden Blick zu. »Weil sie meinen Antrag annimmt.«

Jeder Muskel in Alex' Körper spannte sich. »Ich nehme an, du hast einen Grund für deine Zuversicht?«

»Ja, das habe ich. Ich weiß, was für einen Ehemann sie sucht, und ich bin ihre beste Wahl.«

Verärgert über Jamies Feststellungen, auch wenn sie zutreffend waren, konnte Alex sich eine Bemerkung nicht verkneifen. »Nicht ihre einzige Wahl möglicherweise.«

Jamie entging nicht, was er damit sagen wollte. »Halte dich von Meg fern!«

Die Worte fielen zwischen ihnen wie ein Fehdehandschuh zu Boden. Alex sah auf und erwiderte Jamies harten Blick. Er mochte es nicht, wenn man ihm drohte. Gleichgültig, wer es war. »Sonst?«

Jamie ließ sich nicht einschüchtern, obwohl sie beide wussten, dass er bei einem Kampf zwischen ihnen der Verlierer wäre. Eines Tages mochte es so weit sein, dass Jamie eine Herausforderung für Alex' Kampfkunst darstellen würde, doch dieser Tag war noch nicht gekommen. Zumindest musste Alex seinen Mut bewundern.

»Ich habe einen gewissen Verdacht, was den wahren Grund für deine Anwesenheit bei Hofe angeht«, sagte Jamie. »Einen Verdacht, der meinen Cousin Argyll sicher sehr interessieren würde. Natürlich ist es nur ein Verdacht, und als solchen werde ich ihn gerne für mich behalten.«

Alex lächelte, doch in diesem Lächeln lag keine Belustigung, sondern nur eine Warnung. »Du bist deinem Cousin ähnlicher, als ich dachte. Wie auch immer, deine Verdächtigungen und Erpressungsversuche sind fehl am Platz.«

»Dann hast du nicht die Absicht, Meg einen Heiratsantrag zu machen?«

Da war sie. Die Frage, die wie ein majestätischer Vogel über dem Pfad seines Schicksals schwebte und ihn verfolgte.

In den letzten Wochen hatte es unzählige Augenblicke gegeben, in denen er versucht war, sie zu bitten, auf ihn zu warten. Doch er wusste, dass er es nicht konnte. Zum Teufel, in ein paar Wochen konnte er tot sein. Bestenfalls würde man ihn für einen Verräter halten. Indem er seine Verwandten, die MacLeods von Lewis, in ihrem Widerstand gegen die Kolonisierung durch die Abenteurer von Fife unterstützte, würden die meisten Lowlander sein Handeln als Hochverrat ansehen. Alex war sich nicht einmal sicher, ob Meg das nicht auch so sehen würde. Meg hatte sich für einen Kompromiss mit König James bezüglich seiner Highlandpolitik ausgesprochen, es war unwahrscheinlich, dass sie einen bewaffneten Widerstand gegen die Männer des Königs unterstützen würde. Ein Mann, der bald ein Geächteter wäre, war nicht gerade das Idealbild des geschickten Verhandlungsführers, den Meg als Ehemann im Sinn hatte, um die Position ihres Clans gegenüber dem König zu stärken.

Darüber hinaus würde Alex nicht riskieren, sie weiterer Gefahr auszusetzen. Die Bedrohung durch Thomas Mackinnon war gerade erst überstanden. Wenn jemand entdeckte, dass er den MacLeods auf Lewis beistand, dann wäre eine Verbindung zu ihm gefährlich. Sehr gefährlich. Seine Feinde könnten sich dazu entschließen, Meg zu benutzen, um an ihn heranzukommen.

Bevor er Edinburgh verließ, musste Alex sichergehen, dass Megs Loyalität zu König James durch eine Verbindung zu ihm nicht in Frage gestellt wurde. Es war Sache ihres Vaters, zu entscheiden, inwieweit sich sein Clan an dem Versuch, die Abenteurer zurückzuschlagen, beteiligen sollte. Es war die Entscheidung des Chiefs der Mackinnons, was er seiner Tochter erzählen würde. Alex würde diese Entscheidung nicht für ihn treffen.

Doch Alex musste zugeben, dass seine Gründe noch tiefer gingen. Er konnte nicht der Anführer sein, den sie für ihren Clan brauchte, nicht bis er mit seiner Vergangenheit abgeschlossen hatte. Die Dämonen seiner Selbstzweifel verfolgten ihn unablässig. Wenn er doch nur zurückgehen und jenen Moment verändern könnte, als er sich geweigert hatte, sich Dougal zu ergeben, dann könnten seine Cousins noch leben. Doch er hatte sich Dougal widersetzt, obwohl der Kampf bereits verloren war. Er war voll jugendlicher Arroganz gewesen, überzeugt davon, unbesiegbar zu sein. Diese Rücksichtslosigkeit hatte seine Cousins das Leben gekostet.

Nun hatte er die Gelegenheit, das wiedergutzumachen. Was für ein Mann wäre er, wenn er seiner Verwandtschaft, die er schon einmal enttäuscht hatte, den Rücken kehren würde?

Er sah Jamie fest in die Augen. »Ich habe nicht die Absicht, Mistress Mackinnon einen Heiratsantrag zu machen.« Es gelang ihm, seiner Stimme die bittere Enttäuschung nicht anmerken zu lassen, doch er konnte nicht verhindern, dass sich ihm die Brust unangenehm zusammenzog.

»Gut.« Jamie erkannte, dass er sein Glück möglicherweise zu stark herausgefordert hatte, und zog sich zurück, um an Megs Seite zurückzukehren. Alex sah ihm mit kaum unterdrückter Wut nach.

Genau in diesem Augenblick, als ahne Meg, in welche Richtung seine Gedanken wanderten, trafen sich ihre Blicke. Er fühlte eine seltsame Beklemmung in seinem Inneren, die sich durch den ganzen Körper ausbreitete.

Er wusste, dass sie ihn schon die ganze Woche beobachtete, verwirrt davon, dass er sich so plötzlich von ihr zurückgezogen hatte. Er wollte sie nicht verletzen. Doch er konnte ihr nicht geben, was sie am meisten brauchte. Es war besser, wenn sie das jetzt erkannte.

Abrupt drehte er sich um und brach die Verbindung zwischen ihnen ab. Jeden Tag, nein, jede Minute in ihrer Gegenwart war ein Riss in der Rüstung seiner Entschlossenheit. Bald wäre nichts mehr davon übrig.

Er musste nur noch ein paar Tage länger durchhalten. Doch das fiel ihm verdammt schwer, wenn sich jede Faser seines Seins nach dieser einen Sache verzehrte, die er nicht haben konnte.

Aus dem Augenwinkel bemerkte er, wie Dougal sich aus dem Saal schlich. Das war genau die Gelegenheit, auf die Alex gewartet hatte. Jeder Vorwand war ihm recht, sich aus dem Staub zu machen, bevor er etwas tat, das er bereuen würde, wie zum Beispiel zu ihr hinüberzustürmen, sie in die Arme zu reißen und zu küssen, bis jeder im Saal wusste, dass sie ihm gehörte.

Er folgte Dougal durch die kühlen Korridore des Palastes in eine Richtung, die Alex schnell erkannte. Seine Sinne schärften sich, als ihm klar wurde, dass das der Beweis sein konnte, auf den er gewartet hatte, doch er hielt seine freudige Erregung im Zaum und konzentrierte sich darauf, nicht entdeckt zu werden. Dougal sah sich mehrmals um, fast so, als erwarte er, dass ihm jemand folgte, doch Alex ahnte seine Bewegungen voraus und tauchte schnell außer Sicht. Als Alex sich immer sicherer wurde, wohin Dougal unterwegs war, ließ er sich weiter und weiter zurückfallen, um die Chance, entdeckt zu werden, möglichst gering zu halten.

Sobald Dougal denselben Raum betrat, in dem Alex schon Seton und Balmerino belauscht hatte, wusste Alex, dass ihn sein Instinkt bei Dougal nicht getrogen hatte. Die MacDonalds spielten ein doppeltes Spiel mit Rory und den anderen Highlandchiefs. Vorsichtig näherte Alex sich dem Zimmer und schlüpfte in dieselbe unbequeme Nische, in der er sich schon einmal versteckt hatte.

»Ich freue mich, dass Ihr Euch zu uns gesellen konntet, MacDonald.«

Alex vernahm nur noch das Ende von Lordkanzler Setons

Begrüßung, doch es genügte, um den Sarkasmus in seiner Stimme zu hören.

»Gentlemen«, entgegnete Dougal, »ich entschuldige mich für die Verspätung, Lordkanzler, doch es ließ sich nicht vermeiden. Ich wollte sichergehen, dass mein Verlassen des Saals nicht bemerkt wurde.«

»Habt Ihr Grund zur Beunruhigung?«, fragte Seton misstrauisch. Seine Stimme klang scharf. »Seid Ihr entdeckt worden?«

»Nein, Mylord«, versetzte Dougal hastig. »Ich hielt es nur für klug, die Highlander im Auge zu behalten, die sich am Hof befinden, besonders Alex MacLeod. Ich traue dem Mann nicht.«

»Eure unbedeutenden Clanfehden interessieren mich nicht, MacDonald«, entgegnete Seton. »Die Barbaren überlasse ich Euch. Tut, was Ihr für nötig haltet. Wenn der Mann eine Bedrohung darstellt, beseitigt ihn. Wie ich bereits den anderen sagte, wird der König einen weiteren Fehlschlag nicht dulden. Alle Eventualitäten müssen berücksichtigt werden. Dieses Mal werden die Abenteurer von Fife die Isle of Lewis kolonisieren.«

Alex wurde klar, dass Seton Dougal gerade die Erlaubnis erteilt hatte, ihn zu töten. Er fragte sich, wie lange es wohl dauern würde, bis er davon Gebrauch machte.

»Ich habe bereits damit begonnen, die vorbereitenden Maßnahmen durchzugehen«, fuhr Seton fort. »Ich habe nun die endgültige Bestätigung bekommen, dass die Kolonisten wie geplant zur Abreise bereit sein werden. Was habt Ihr über den Widerstand herausgefunden, MacDonald?«

»Da gibt es nichts Neues zu berichten«, hörte Alex Dougal antworten. »Die Chiefs haben sich getroffen, um die Möglichkeit eines weiteren Versuchs, die Isle of Lewis zu kolonisieren, zu besprechen, doch es gibt keine Anzeichen dafür, dass sie glauben, es stehe unmittelbar bevor. Wenn es eine Widerstandsbewegung gibt, dann befindet sie sich noch in der Planungsphase.«

Eigentlich sollte es Alex nicht überraschen, doch sogar angesichts eines solch unstrittigen Beweises – es aus Dougals Mund zu hören – konnte er immer noch nicht glauben, dass die MacDonalds zu einem solchen Verrat fähig waren. Sie hatten den anderen Chiefs Treue geschworen, um ihnen im Kampf gegen die Bestrebungen des Königs, die Inseln zu plündern, zu helfen. Jetzt verriet Dougal MacDonald alle.

Zweifellos erwartete MacDonald, die Gunst des Königs zu erlangen, indem er Seton mit Informationen über die geplanten Angriffe der Highlander versorgte. Rory wäre außer sich vor Wut, wenn er von diesem Verrat erfuhr.

Doch die nächsten Worte des Lordkanzlers wischten alle Gedanken an die MacDonalds beiseite. »Ich möchte sofort informiert werden, sobald Ihr von den Plänen der Highlander erfahrt. Jeder Widerstand gegen die Kolonisierung durch die Abenteurer von Fife wird niedergeschlagen werden. König James hat seine Anweisungen eindeutig formuliert. Unsere Männer haben Instruktionen, die Barbaren auf Lewis mit allen Mitteln auszurotten, die sie für nötig halten.« Er machte eine Pause. »Darunter auch, sie niederzumetzeln oder zu verstümmeln, um sie von weiterem Widerstand abzuschrecken. Das Gleiche gilt für all jene, die sie unterstützen.«

Alex traute seinen Ohren nicht. *Niedermetzeln* und *verstümmeln*? Setons Worte jagten ihm einen bangen Schauer durch den Körper. In diesem Augenblick erkannte Alex das volle Ausmaß der Schmach, die der fehlgeschlagene erste Versuch, Lewis durch die Abenteurer von Fife zu kolonisieren, für König James dargestellt hatte. Zweifellos hatte der Spott seiner neuen englischen Untertanen diese Grausamkeit noch beeinflusst. Die Engländer behaupteten, dass ein König, der eine Handvoll Barbaren nicht im Zaum halten konnte, nicht in der Lage war, England zu regieren. König James ging bei diesem zweiten Versuch keine Risiken ein.

Indem er die Abenteurer von Fife ermächtigte, die Bewohner von Lewis auszulöschen, hatte der König soeben den Massenmord an seinem eigenen Volk genehmigt.

Das schien selbst Dougal in seiner schwarzen Seele ein wenig zu erschüttern. »Aber Mylord, wenn die Highlander begreifen, was geschieht, dann haben sie keine andere Wahl, als Widerstand zu leisten.«

Genau das wollen sie doch, du verräterischer Narr! Das war keine friedliche Kolonisierung, das war ein blutiger Eroberungsfeldzug und die Schändung eines ganzen Volkes. Ihres Volkes.

Setons grausames Lachen ließ Alex das Blut in den Adern gefrieren. »Ja, das werden sie, nicht wahr?« Alex glaubte fast, Seton grinsen zu hören. »Das wird eine recht tragische Angelegenheit.«

Alex lehnte sich fest gegen die steinerne Wand in seinem Rücken und versuchte, seine rasende Wut zu beruhigen. Tief holte er Atem. Endlich fegte Entschlossenheit all die verwirrenden Spinnweben fort, die seinen Verstand getrübt hatten.

Er musste seine Mission zu Ende bringen. Vorübergehend hatte er alles aus dem Auge verloren, wofür er gekämpft hatte. Beinahe hätte eine kleine Waldnymphe ihn zugrunde gerichtet. Doch angesichts solch überwältigender Beweise für die Grausamkeit seines eigenen Königs wusste er, was seine Pflicht war. Sein persönliches Verlangen war zweitrangig.

Es gab nur noch eines, das er tun konnte. Kämpfen.

Er würde nach Lewis aufbrechen, sobald Rory angekommen war.

Und keinen Gedanken daran verschwenden, was hätte sein können.

Mit einem vertrauten Stich der Enttäuschung sah Meg Alex nach, wie er den Saal verließ. Er hatte kaum mit ihr gesprochen. Jeden Abend hoffte sie, dass er sein Verhalten ändern würde. Doch auch dieser Abend unterschied sich nicht von den anderen.

Diese Woche war die schwerste Woche ihres Lebens gewesen. Sie war gezwungen, nach außen hin fröhlich zu wirken, wo ihr doch innerlich das Herz brach. Jeder Augenblick dieses Tages im Wald hatte sich für immer in ihr Gedächtnis gebrannt. Er hatte ihre Leidenschaft zum Leben erweckt, und auch ihr Herz. Sie wünschte sich, dass er sie wieder küsste, sie berührte, sie ganz zu der Seinen machte. Und sie wusste, dass auch er daran dachte.

Er blieb auf Distanz, doch seine Augen beobachteten jede ihrer Bewegungen mit einer besitzergreifenden Hitze im Blick, die alle ihre Sinne entflammte. Sie spürte den Ärger und die Frustration, die sich in ihm anstauten, doch er machte keinen Schritt auf sie zu. Es ergab keinen Sinn. Er wollte sie, doch irgendetwas hielt ihn davon ab, diese Gefühle zuzulassen. Wenn er ihr doch nur genug vertrauen würde, um ihr den Grund dafür zu sagen.

Gleichzeitig hatte sie beinahe Angst davor, herauszufinden, was es war. Wenn das, was Thomas Mackinnon gesagt hatte, wahr war, dann hatte Alex mit den MacGregors gekämpft. Alex war ein Gesetzloser – obwohl sie vermutete, dass das davon abhing, von welchem Blickwinkel aus man es betrachtete. Das beunruhigte sie, doch Meg wusste, wenn

Alex wirklich ein Gesetzloser war, dann wollte er damit einem höheren Zweck dienen. Doch sie wusste immer noch nicht, was das für seine Eignung als Ehemann und Anführer ihres Clans bedeutete.

Hatte sie ihr Herz an den falschen Mann verschenkt?

Oder, schlimmer noch, hatte sie ihr Herz an einen Mann verschenkt, der sie nicht liebte? Unerwiderte Liebe, die geliebte Nahrung von Schreibern und Dichtern seit Menschengedenken. Und das sollte ihr passieren, einer Frau, die sich geschworen hatte, niemals den Geboten ihres Herzens zum Opfer zu fallen. Meg, die kühle, harte Pragmatikerin, hatte sich verliebt.

Sie hätte sich nie träumen lassen, dass ihr Herz in Gefahr sein konnte, doch das war möglicherweise nicht von Bedeutung. Sie durfte nicht vergessen, warum sie hier war. Sie musste immer noch einen Ehemann finden, und die Zeit lief ihr davon. Was sollte sie nur tun? Sie konnte Dougal MacDonalds Antrag niemals in Betracht ziehen – nicht nach dem, was sie von ihm erfahren hatte. Konnte sie Jamie wählen, auch wenn sie wusste, dass sie ihn nicht liebte? Dass sie einen anderen liebte?

Wenn sie doch nur herausfinden könnte, was es war, das Alex davon abhielt, auf sie zuzugehen. Dann könnte er sie heiraten.

»Ist alles in Ordnung, Meg?«, fragte Elizabeth. »Du wirkst abwesend.«

Meg rang sich ein schwaches Lächeln ab. »Es geht mir gut, ich bin nur ein wenig müde«, antwortete sie. *Mein Herz bricht gerade.* »Ich denke, ich hole uns ein paar Gläser Wein.«

»Ich kann mit dir …«, hob Jamie an, doch Meg eilte bereits davon. »Ich bin gleich zurück.« Sie wollte einen Augenblick allein sein, um den Kopf frei zu bekommen. Sie wusste, dass ihre Mutter, Elizabeth und Jamie sich um sie sorgten, nach allem, was passiert war.

Es fiel ihr immer noch schwer zu glauben, dass jemand, noch dazu ein getreuer Hauptmann der Männer ihres Vaters, versucht hatte, sie zu töten. Ihre Mutter war in Ohnmacht gefallen, als sie erfahren hatte, was ihrer Tochter beinahe widerfahren war, und hatte Megs Vater sofort in einem Brief von Thomas Mackinnons Verrat berichtet.

Meg schauderte bei dem Gedanken, was geschehen wäre, wenn Alex nicht gewesen wäre. Jetzt hatte er ihr schon zweimal das Leben gerettet. Die Angriffe auf ihr Leben hatten Meg bewusst gemacht, dass es Dinge gab, die sie einfach nicht konnte, egal wie sehr sie sich anstrengen mochte. Sich gegen ein Dutzend Krieger zu verteidigen, die darauf aus waren, sie zu töten, war eins davon. Doch ihr wurde auch klar, wie schlecht sie darauf vorbereitet war, die Gefahr zu erkennen. Mit seiner Erfahrung hatte Alex die mögliche Gefahr erfasst, lange bevor Meg überhaupt bemerkt hatte, dass eine Gefahr existierte. Das war eine unschätzbare Eigenschaft für einen Highland-Chief – oder besser gesagt, für den getreuen Berater eines Highland-Chiefs.

Für eine Frau, die so lange nur auf sich selbst vertraut hatte, war es erschreckend festzustellen, wie sehr ihr die Vorstellung gefiel, von Alex beschützt zu werden.

Alex schien ein besonders geschärftes Bewusstsein für alles, was ihn umgab, zu haben. Der typische Krieger. Unabhängig. Selbstbeherrscht. Er brauchte niemanden.

Sie fühlte einen Kloß in ihrer Brust. *Er braucht mich nicht.*

Sosehr sie auch bereits von ihm abhängig war, es war offenkundig, dass das umgekehrt nicht der Fall war.

Sie bahnte sich einen Weg zu dem Tisch mit Erfrischungen, dabei musste sie immer wieder kurz stehen bleiben, um Begrüßungen auszutauschen. Sie hatte ihr Ziel schon fast erreicht, da konnte sie sich gerade noch hinter einer Säule verstecken, um Bianca Gordon aus dem Weg zu gehen, dem letzten Menschen, den Meg im Moment sehen wollte.

Bianca hatte in der vergangenen Woche jeden wissen lassen, dass, falls Alex nach einer Frau suchte, er nicht weiter zu suchen brauchte, als bis zu der höchst bereitwilligen Tochter des Marquis of Huntly. Meg runzelte die Stirn, als ihr einfiel, dass Alex heute Abend mit Huntly Karten gespielt hatte. Das erschien ihr ein seltsames Paar zu sein. Es war nicht das erste Mal, dass Meg Alex in ungewöhnlicher Gesellschaft gesehen hatte. Wahrscheinlich hatte es nichts zu bedeuten. Alex interessierte sich sicherlich nicht für Bianca Gordon. Obwohl sie ein höchst unangenehmer Mensch war, so war Bianca doch unbestreitbar schön. Aber Meg erkannte die Ungeduld, die sich hinter Alex' Lächeln versteckte, jedes Mal, wenn Bianca ihm wieder einmal aufgelauert hatte. Bianca musste es auch bemerkt haben, denn sie nutzte jede Gelegenheit, um Meg über ihre Beziehung zu Alex auszufragen.

Fragen, die Meg nicht beantworten konnte, selbst wenn sie es gewollt hätte.

Hinter der Säule war sie vor den Blicken der Menschen im Saal verborgen, ohne direkt den Eindruck zu erwecken, dass sie sich versteckte. Nur die weiten Röcke ihres Kleides verrieten sie. Doch ironischerweise, da Rosalind ein cremefarbenes, mit zarten Goldfäden besticktes Kleid, das zufällig zu dem Dekor des Saales passte, für sie ausgesucht hatte, stach Meg nicht zu sehr heraus. Zum Glück hatte ihre Mutter ihr verboten, das orangefarbene Kleid jemals wieder zu tragen. Es hatte etwas Lächerliches an sich, dass eine erwachsene

Frau sich die Kleider von ihrer Mutter aussuchen ließ, doch Meg musste zugeben, dass Rosalind ein Gefühl für Stil und Farben hatte, in dem Meg ihr niemals auch nur annähernd das Wasser reichen könnte.

Ihr eigener Name, in verächtlichem Ton ausgesprochen, lenkte Megs Aufmerksamkeit auf Biancas Unterhaltung. Sie hatte nicht vorgehabt zu lauschen, doch sicherlich konnte man die durchdringende Stimme dieser Frau in ganz Schottland hören.

»Natürlich ist er nicht an Meg Mackinnon interessiert«, spottete Bianca, gefolgt von einem perlenden Lachen. »Als ob sich der bestaussehende Mann am Hofe ernsthaft für jemanden wie sie interessieren könnte. Sie ist unscheinbar, viel zu ernst, viel zu gelehrt, und sie sagt die merkwürdigsten Dinge, wenn sie den Mund aufmacht. Überhaupt keine mädchenhafte Bescheidenheit.«

Meg spürte einen Stich in der Brust, überrascht darüber, wie sehr es sie verletzte. Doch es war nicht wahr. Alex empfand etwas für sie. Das wusste sie. Sie verstand vielleicht nicht, warum er sich so zurückhielt, doch sie wusste, dass er etwas für sie empfand.

Eine von Biancas Freundinnen antwortete. »Aber er scheint sie mit seinen Aufmerksamkeiten schon besonders zu bevorzugen. Ich stimme zu, dass die beiden ein eher ungewöhnliches Paar abgeben würden, doch du musst zugeben, dass Megs Aussehen sich in den letzten Wochen verbessert hat.«

»Nun, schlechter hätte es ja kaum werden können.« Alle lachten. Bei jedem grausamen Kichern krampfte sich Megs Herz zusammen. »Trotzdem kann man sie kaum als wahre Schönheit bezeichnen. Meg ist nur ein blasses Abbild ihrer Mutter. Merkt euch meine Worte, Alex MacLeod könnte bei Hofe jede Frau haben. Wenn er Meg Mackinnon heiratet, dann aus einem anderen Grund.«

Vielleicht hätte Biancas Gehässigkeit nicht so wehgetan, wenn Meg nicht schon oft dasselbe gedacht hätte. Vom Verstand her wusste Meg, dass sie viele andere Vorzüge als ihr Äußeres zu bieten hatte, doch für eine kurze Weile – in Alex' Augen – hatte sie sich schön gefühlt. Bianca hatte Megs neu gefundenes Selbstbewusstsein mit wenigen Worten gründlich zerstört. Sie zuckte innerlich zusammen, wenn sie daran dachte, wie sehr sie sich über die Verbesserung ihres Aussehens in den letzten vierzehn Tagen gefreut hatte. Bianca hatte recht. Meg könnte sich niemals mit ihrer Mutter vergleichen – nicht einmal mit deren Hilfe.

Doch Biancas nächste Worte ließen sich nicht so leicht vergessen.

»Zweifellos ist er hinter ihrem Land her. Schließlich ist ihr Bruder schwachsinnig.« Meg ballte die Fäuste, so dass sich ihr die Nägel in die Handflächen gruben. Bianca wusste überhaupt nichts über Ian! »Wenn er das Land besitzt, dann ist er nach dem Tod ihres Vaters der eigentliche Chief der Mackinnons. Ich kenne Männer, die für weit weniger ein Pferd heiraten würden.«

Megs Wangen glühten bei dem gemeinen Vergleich. *Du hast mehr Land als ich*, wollte sie Bianca hinterherrufen, als diese schließlich mit raschelnden Röcken davonstolzierte. *Warum ist er dann nicht hinter dir her, wenn das alles ist, was er will?*

Megs Herz pochte. Es tat weh zu hören, wie ihre tiefsten Ängste am Hofe von Leuten wie Bianca und deren Freunden breitgetreten wurden. Es tat sehr weh. Selbst wenn sie wusste, dass es nicht wahr war, was Bianca sagte.

Alex war nicht wie Ewen oder Thomas Mackinnon. Er

wollte sie nicht heiraten. Er hätte sie kompromittieren und sie zwingen können, ihn zu heiraten, doch die Tatsache, dass er aufgehört hatte, bewies, dass er ein Ehrenmann war. Er war nicht hinter ihrem Land her.

Doch Biancas boshafte Bemerkungen warfen eine düsterere Frage auf, eine Frage, von der sie geglaubt hatte, dass sie sie beantwortet hatte. Eine plötzliche Welle von Selbstzweifel schüttelte sie. Alex war kein Mann, der ihrem Bruder die Macht entreißen würde. Er war ehrgeizig und ein geborener Anführer, aber er war kein Opportunist. Er war ehrenhaft. Loyal. Sie wusste es, ungeachtet dessen, was er andere Leute glauben machen wollte.

Doch redete sie sich das vielleicht nur ein, weil sie ihn liebte? Hatten ihre Gefühle sie für seinen wahren Charakter blind gemacht?

Nein. Lass dir von dieser dummen Frau nichts einreden, Meg, befahl sie sich.

Sie konnte sich nicht so sehr in ihm täuschen.

14

Meg und Elizabeth saßen gerade in dem kleinen Salon, der früher den Hofdamen von Queen Anne gedient hatte, und arbeiteten an ein paar Stickereien, als ihre Mutter in Begleitung der schönsten Frau, die Meg je gesehen hatte, den Raum betrat.

»Margaret, hier ist jemand, den ich dir gerne vorstellen möchte.« Meg gab sich Mühe, die Frau nicht mit offenem Mund anzustarren, sie war wirklich außerordentlich schön. Langes dunkelrotes Haar, blasse Haut und … Meg blinzelte ungläubig … dunkle veilchenblaue Augen. »Isabel MacLeod, das ist meine Tochter Margaret.«

Alex' Schwägerin, dachte Meg erstaunt. Sie tauschten ein paar Höflichkeiten aus, und Meg erfuhr, dass Isabel und ihr Ehemann Rory gestern angekommen waren. Meg wunderte sich, dass sie sie beim Abendmahl am vergangenen Abend nicht bemerkt hatte. Isabel MacLeod war kaum zu übersehen.

Sie setzte sich neben Meg auf die kleine Holzbank vor einem großen Fenster, das einen wunderschönen Ausblick auf die sommerlichen Gärten bot. Nach ein paar Augenblicken sagte sie: »Ich war schon sehr gespannt darauf, dich kennen zu lernen.«

Meg hob eine Augenbraue. »Tatsächlich?«

Isabel nickte und musterte Meg mit unverhohlenem Interesse. »Seit meiner Ankunft habe ich deinen Namen mehr als einmal im Zusammenhang mit Alex gehört, ich war neugierig auf die Frau, die es endlich geschafft hat, das Herz meines widerspenstigen Schwagers zu erobern. Ich hätte es nicht geglaubt, wenn ich nicht gestern Abend selbst den Beweis dafür gesehen hätte.« Als sie Megs Verwirrung bemerkte, fügte sie erklärend hinzu: »Ich ging gerade mit Alex am Speisesaal vorbei, als er dich sah.« Sie schmunzelte. »Ich wünschte nur, seine Schwester Margaret wäre auch hier, um sich mit mir darüber zu freuen, aber ihr erstes Kind kann jeden Tag zur Welt kommen.«

Megs Wangen glühten unter Isabels forschendem Blick. Ihr Herz klopfte ein wenig schneller.

»Du irrst dich«, versetzte Meg schnell. »Alex und ich sind Freunde, nichts weiter.« So verzweifelt sie sich auch wünschte, dass es anders wäre. Doch wenn überhaupt, dann wirkte Alex sogar noch abwesender und distanzierter seit dem Abend vor zwei Tagen, als sie diese schreckliche Unterhaltung mit Bianca belauscht hatte. Diese Unterhaltung, die trotz ihres Schwurs, ihr keine Bedeutung beizumessen, schwer auf ihr lastete.

Wenn Meg doch nur wüsste, warum Alex wirklich hier am Königshof war. Ihre Überzeugung wuchs, dass es mit den MacGregors zu tun haben musste. Sie erinnerte sich daran, wie wütend er geworden war, als sie von deren durch den König entstandener Notlage gesprochen hatte. War er zu einem Gesetzlosen geworden, um Gerechtigkeit für diese gebrochenen Männer zu finden? War er nicht aus einem schändlichen Grund, wie sie zuerst angenommen hatte, sondern aus einem heldenhaften Grund hier?

Isabel bemerkte Megs besorgen Blick. »Habe ich etwas Falsches gesagt?«

Meg schüttelte den Kopf. »Nein, natürlich nicht.« Meg runzelte die Stirn, als ihr ein Gedanke kam. »Es überrascht mich nur, dass du so liebevoll von Alex sprichst. Ich habe

Gerüchte gehört ...« Meg errötete, als ihr klar wurde, dass sie schon wieder zu freimütig gesprochen hatte.

Isabel runzelte nun ebenfalls die Stirn und schien ihre Worte sehr sorgfältig zu wählen. »Was auch immer zwischen Alex und meinem Ehemann vorgefallen ist, ändert nichts daran, wie ich für Alex empfinde. Ich werde ihn immer wie meinen Bruder lieben, und möchte, dass er glücklich ist. Ich fühle, dass er in dir sein Glück gefunden hat.«

Wenn es doch nur wahr wäre! Sie wollte nicht, dass Isabel sah, welchen Schmerz ihr diese Worte unbeabsichtigterweise verursacht hatten. Verlegen wandte Meg das Gesicht ab und sah aus dem Fenster, damit die warme Sommersonne ihre plötzlich feuchten Augen trocknen sollte.

»Du liebst ihn.«

Isabel MacLeod war viel zu scharfsichtig. Meg lächelte schwach. »Ich fürchte, das macht keinen Unterschied. Ich muss heiraten.«

Falls Megs seltsame Bemerkung Isabel schockiert hatte, so ließ sie sich das nicht anmerken. »Natürlich musst du das.«

Meg drehte sich mit teilnahmslosem Gesicht wieder zu Isabel um. »Nein, ich meine, ich muss *jetzt* heiraten.«

»Ich verstehe nicht. Bist du bereits versprochen?«

»Nein. Aber da gibt es ungewöhnliche Umstände. Ich habe meinem Vater versprochen, dass ich spätestens bis zu meiner Abreise einen Ehemann gewählt haben werde.«

Isabel runzelte nachdenklich die zarten Augenbrauen. »Weiß Alex das?«

Meg nickte. »Er hat mehr als deutlich gemacht, dass er an einer Heirat nicht interessiert ist.«

Isabel biss sich auf die Lippe. Sie schien sich ein bisschen unbehaglich zu fühlen, als überlege sie, wie viel sie sagen konnte. »Ich bezweifle sehr, dass er nicht interessiert ist ...«

»Aber irgendetwas hält ihn davon ab«, beendete Meg den Satz für sie.

Isabel nickte.

»Hat es etwas mit den MacGregors zu tun?«, fragte Meg leise.

Isabel sah sie scharf an. »Hat er dir das gesagt?«

»Nicht direkt.«

Isabel runzelte die Stirn und schien innerlich mit sich selbst zu ringen, ob sie noch mehr sagen sollte. Schließlich schien sie zu einer Entscheidung gekommen zu sein. Mit einem schnellen Seitenblick auf Elizabeth und Rosalind auf der anderen Seite des Zimmers beugte sie sich näher zu Meg. »Was weißt du über Alex' Vergangenheit?«

Es dauerte einen Augenblick, bis Meg begriff, worauf Isabel hinauswollte. »Meinst du seine Gefangenschaft bei den MacDonalds?« Als Isabel ermutigend nickte, fuhr Meg fort: »Er erzählte mir, dass er nach der Niederlage der MacLeods im ›Tal des Überfalls‹ gefangen genommen wurde. Obwohl er das nicht gesagt hat, hatte ich den Eindruck, dass er den Verlust persönlich nahm.«

»Du hast recht. Hat er dir erzählt, dass er zu dem Zeitpunkt stellvertretend für seinen Bruder der Chief der MacLeods war?«

Meg schüttelte den Kopf, doch sie begann langsam zu verstehen.

»Der Überfall geschah, während Rory fort war. Es war das erste Mal, dass er Alex das Kommando überlassen hatte. Alex betrachtete den Verlust an die MacDonalds als persönliches Versagen – besonders den Tod seiner Cousins.«

Meg schnappte erschrocken nach Luft. »Mir war nicht klar, dass …«

»Ungefähr zwanzig MacLeods verloren an jenem Tag ihr

Leben. Zwei seiner Cousins ersten Grades aus Lewis wurden vor seinen Augen brutal ermordet«, erklärte Isabel sanft.

Meg dachte an den gequälten Ausdruck, den sie über sein schönes Gesicht hatte huschen sehen, an den brennenden Hass auf Dougal MacDonald und an diese innere Getriebenheit, die sie gespürt, aber nicht verstanden hatte. »Armer Alex«, flüsterte sie, das Herz schmerzte ihr für ihn. »Ich wusste, dass es etwas in seiner Vergangenheit gibt, das ihn belastet.« Der Tod seiner Cousins während des ersten Kommandos war es, der ihn so unbarmherzig antrieb. »Das erklärt vieles«, meinte Meg kopfschüttelnd. »Aber es erklärt nicht, warum er sich weigert, mich zu heiraten.«

»Wirklich nicht?«, meinte Isabel ermutigend.

Vielleicht doch, erkannte Meg. Wenn Alex das Gefühl hatte, dass er noch etwas erledigen musste. »Weißt du, warum Alex wirklich hier ist, Isabel? Hat es mit dem zu tun, was du mir gerade erzählt hast?«

Etwas, das eindeutig nach Schuld aussah, zuckte über Isabels schönes Gesicht.

»Ich habe schon zu viel gesagt«, murmelte Isabel ablehnend. »Aber ich weiß, dass ihn der Verlust dieser Schlacht sehr stark belastet. Das hat ihn verändert. In vielerlei Hinsicht lebt Alex in der Vergangenheit. Er versucht, sein angebliches Versagen an jenem Tag wiedergutzumachen …« Isabel sah aus, als wolle sie noch etwas hinzufügen, doch sie tat es nicht.

»Was kann ich nur tun?«

»Ich weiß es nicht. Den Rest wirst du von Alex selbst erfahren müssen. Er hat es verdient, glücklich zu sein. Wenn es eine Chance gibt, dass er mit dir sein Glück finden …«

»Ihr zwei seid ja schon ein Herz und eine Seele«, rief Elizabeth und kam auf sie zu.

Meg blickte kurz zu Rosalind hinüber und musste lächeln.

»Wie ich sehe, war deine Unterhaltung faszinierend wie immer, Elizabeth«, neckte Meg sie und warf einen bedeutsamen Blick auf ihre Mutter, die friedlich in ihrem Sessel eingenickt war.

Elizabeth lachte. »Ich glaube, die wirklich spannende Unterhaltung ist uns entgangen. Aber ich kann mir schon denken, worüber – oder sollte ich lieber sagen, über wen – ihr euch unterhalten habt.« Elizabeth wandte sich an Isabel. »Dein Schwager hat beachtlichen Eindruck auf meine Freundin gemacht.«

»Ich glaube, das beruht auf Gegenseitigkeit«, erwiderte Isabel lächelnd.

»Das glaube ich auch«, stimmte Elizabeth ihr zu.

»Wenn ihr zwei damit fertig seid, über mich zu reden, als wäre ich gar nicht da, dann denke ich, wäre ich für die Schachpartie bereit, die du mir versprochen hast, Elizabeth.«

Elizabeth beachtete sie nicht. »Isabel, hat Meg dir von der Partie Schach erzählt, die sie …«

»Jetzt ist es aber genug, Elizabeth!« Meg stand auf und zerrte ihre schmunzelnde Freundin spielerisch mit sich fort.

Doch sie wusste, dass sie damit nur das Unvermeidliche hinauszögerte. Sie müsste sich so oder so alles über ihre denkwürdige Niederlage gegen Alex noch einmal anhören. Aber es machte ihr nichts aus, damit geneckt zu werden. Alex war ein würdiger Gegner. Sie hatte ihn schon immer für unbesiegbar gehalten. Doch von diesem vergangenen Verlust auf dem Schlachtfeld zu erfahren ließ ihn auf eine seltsame Art und Weise menschlicher wirken. Sein Scheitern machte ihn keineswegs zu einem weniger starken Mann, vielmehr erklärte es, wie er zu dem Mann geworden war, der er war. Der

Verlust hatte sein Leben geprägt. Doch bestimmte er auch sein ganzes Leben?

Das Gespräch mit Isabel hatte Meg nur noch in dem Glauben bestärkt, dass das, was immer Alex auch am Königshof machte, für eine gute Sache war. Es war ihr gleichgültig, was er war. Söldner. Gesetzloser. Das alles bedeutete nichts. Er war der richtige Mann für sie. Das spürte sie tief in ihrem Herzen.

Aber Isabel hatte ihr auch noch etwas anderes klargemacht. Sie musste bald etwas unternehmen, sonst würde sie ihn für immer verlieren.

Doch was konnte sie nur tun, um ihm zu beweisen, wie sehr sie ihm vertraute?

Obwohl Rory und Isabel erst gestern angekommen waren, kam es Alex vor, als seien sie schon viel länger da. Er hatte darauf gebrannt, seinem Bruder zu erzählen, was er in Erfahrung gebracht hatte, doch er war gezwungen gewesen, zu warten, bis sie sich ein gutes Stück außerhalb des Palastes treffen konnten, um den verdammten Vorwand des Bruderzwists aufrechtzuerhalten. Nun, da er seinem Bruder alles anvertraut hatte, fühlte Alex sich erleichtert, dass er seine Last endlich losgeworden war. Gleichzeitig jedoch wurde ihm unangenehm bewusst, dass es bald an der Zeit war, den Hof zu verlassen.

Rory ritt schweigend neben ihm her. Zweifellos dachte er darüber nach, welche Auswirkungen der Verrat der MacDonalds und der unstillbare Hunger des Königs danach, das Blut von Highlandern zu vergießen, hätte. Sein Bruder hatte ähnlich wie Alex auf die Nachricht reagiert: Auf den Schock folgten schnell Zorn und Entschlossenheit. Das grimmig vorgeschobene Kinn und der harte Zug um den Mund verrieten Alex, wie entschlossen Rory war, diesen Verrat zu sühnen.

Sobald sie sich die beste Strategie überlegt hätten, würde Alex sich auf den Weg zur Isle of Lewis machen.

Mit dem Handrücken wischte er sich den Schweiß von der Stirn, doch es war zwecklos, er war völlig durchgeschwitzt. Die Hitze hüllte ihn wie ein nasser Plaid ein. Nach dem langen Tag im Sattel fühlte Alex sich erhitzt, müde und sehnte sich nach einem ausgiebigen Bad. Die sengende Sommersonne, die hoch am strahlend blauen Himmel stand, erinnerte ihn an seinen letzten Ausritt. Im Gegensatz zu jenem Tag wurden sie heute von einer Handvoll von Rorys wildesten Kriegern begleitet, die in kurzem Abstand hinter ihnen ritten. So wie Dougal MacDonald nach Blut dürstete, würden sie kein Risiko eingehen.

»Du weißt, du musst das nicht tun«, brach Rory das Schweigen.

Überrascht riss Alex den Kopf herum. Das hatte er nicht zu hören erwartet. Mit leicht zusammengekniffenen Augen musterte er seinen Bruder, weil er sich nicht sicher war, wie er reagieren sollte.

Er wusste genau, was »das« bedeutete – nämlich, nach Lewis aufzubrechen. Was er allerdings nicht wusste, war, *warum* Rory vorschlug, dass Alex den Plan, für ihre Verwandten zu kämpfen, aufgeben sollte.

»Natürlich muss ich das.« Wenn seine Stimme schärfer als nötig klang, dann weil er sichergehen wollte, dass Rory verstand, wie wichtig es für ihn war.

»Ich stelle deine kämpferischen Fähigkeiten nicht in Frage«, meinte Rory beschwichtigend, da er wusste, dass Alex genau zu dieser Annahme gekommen war. Ein breites Grinsen überzog sein tief gebräuntes Gesicht. »Ich habe die Prügel nicht vergessen, die ich vor ein paar Wochen auf dem Trainingsplatz bezogen habe.« Er rieb sich die Schulter. »Und den Muskelkater danach auch nicht.«

Alex lächelte, als er sich an ihren erfrischenden Kampf erinnerte, und an Isabels wirkungsvolle Methode, ihn zu beenden. Er hatte selbst ein paar Blessuren davongetragen.

Rory sah ihn aus harten blauen Augen an. »Du hast dich im letzten Monat verändert, Alex. Und ich freue mich darüber. Ich hatte mich schon gefragt, wann du jemals lange genug sesshaft würdest, um dich zu ...«

»Da ist nichts ...«

»Gib dir keine Mühe, es zu leugnen.« Mit einer wegwerfenden Handbewegung wehrte Rory seinen Einwand ab. »Du vergisst, dass ich das selbst schon erlebt habe.«

Alex kniff die Lippen zusammen. Rory irrte sich, aber es hatte keinen Sinn, mit ihm darüber zu streiten.

»Ehrlich gesagt glaube ich, dass ihr perfekt zueinander passt und dass es eine wunderbare Gelegenheit für dich ist. Ich würde dir keinen Vorwurf machen, wenn du versucht wärst, sie beim Schopf zu packen. Du hast hier ohnehin schon genug riskiert, unser Cousin Douglas kann an deiner Stelle nach Lewis gehen.«

Sein Tonfall verriet ihm, dass Rory nicht überzeugt war. Obwohl Douglas ein starker Krieger war, war Alex der Einzige, der über das nötige Geschick und die Erfahrung verfügte, um ihren Verwandten zu helfen – abgesehen von Rory, doch als Chief kam es nicht in Frage, dass er ging. »Du weißt so gut wie ich, dass ich gehen muss«, sagte Alex. »Sie brauchen mich auf Lewis. Ich will zu Ende bringen, was ich begonnen habe.«

Rory fixierte ihn schärfer, doch Alex zuckte nicht zurück. Sein furchteinflößender Bruder konnte ihn schon lange nicht mehr einschüchtern. Sie hatten schon zu viel zusammen durchgemacht. Dennoch war ihm Rorys eindringliche Musterung unangenehm.

Nach einem kurzen Augenblick war Rory zu einer Entscheidung gelangt. »Dich traf damals keine Schuld, Alex«, schnitt Rory mit sanftem Ton das verbotene Thema an.

Alex zuckte zusammen. Sein Bruder verstand ihn besser als jeder andere. Rory wusste genau, warum Alex sich selbst so hart antrieb. Er wandte sich ab und widmete seine gesamte Aufmerksamkeit der rauen Landschaft aus grasbewachsenen Heideflächen und felsigen Berghängen, die sie umgab. Bald kamen die grauen Steinmauern des Palastes in Sicht. Holyrood. Das einstige Gästehaus der alten Abtei von Holy Rood, wo König David auf wundersame Weise ein Kreuz erschienen war, war nun eine königliche Bastion von Gier und Täuschung.

»Es hätte jedem passieren können, Alex. Niemand macht dir einen Vorwurf.«

Das blutige Bild der ermordeten Cousins tauchte vor seinem inneren Auge auf.

»Doch, ich«, flüsterte Alex fast wie zu sich selbst, in der Hoffnung, dass seine Stimme vom Hufschlag der Pferde übertönt wurde. Aber Rory hatte Ohren wie ein Falke.

»Es gab nichts, was du hättest tun können. Niemand hätte etwas tun können. Dougal MacDonald ist ein blutrünstiger Hund, er hat nur nach dem kleinsten Anlass gesucht, um sie zu töten. Es wird sie nicht zurückbringen, wenn du dich auf Lewis auch umbringen lässt.«

»Das weiß ich selbst«, stieß Alex gepresst hervor.

»Ich will nur nicht, dass du denselben Fehler machst wie ich. Ich hätte Isabel um der Rache willen beinahe verloren.«

Die heftige Gefühlsregung in Rorys Stimme besänftigte

Alex' Ärger ein wenig. Er erinnerte sich an jene lange Woche vor einigen Jahren, als Rory geglaubt hatte, Isabel hätte ihn verraten. Noch nie zuvor hatte er seinen scheinbar unbesiegbaren Bruder so leiden sehen, und würde es wohl auch in Zukunft nicht mehr. Rory und Isabel waren verliebter, als er es je bei zwei Menschen für möglich gehalten hatte.

Er verstand, warum sein Bruder ihm dieses unerwartete, halbherzige Angebot machte. Rory wollte nicht derjenige sein, der seinen Bruder zwang, zwischen Pflicht und Liebe wählen zu müssen.

»Das ist nicht dasselbe«, wandte Alex ein.

Rory hob sardonisch eine Augenbraue. »Ist es nicht?«

Alex schüttelte den Kopf. »Nein, ich bin nicht der richtige Mann für sie.« Sein Bruder wusste um die Schwierigkeiten der Mackinnons in der letzten Zeit, doch Alex informierte ihn auch noch über den Rest. »Ich werde sie keiner weiteren Gefahr aussetzen, und ich kann nicht der Mann sein, den sie jetzt braucht, um ihrem Clan zu helfen. Ich weiß, wie wichtig es für sie ist, das Richtige für ihren Clan zu tun, ich werde sie nicht bitten, das für mich zu opfern. Sie hat sich in den letzten Jahren so hart dafür angetrieben, ihr Ziel zu erreichen, ich will nicht der Grund dafür sein, dass sie versagt.«

Rory sah ihn mit hochgezogener Braue an. »Angetrieben? Klingt wie jemand, den ich kenne.«

Die Bemerkung seines Bruders überraschte ihn. »Vielleicht«, gab Alex reumütig zu. Darin waren sie sich ähnlich.

»Du bist dir selbst und dem Mädchen gegenüber nicht fair. Sollte sie diese Entscheidung nicht selbst treffen?«

»Das steht nicht zur Debatte. Meg weiß nichts von unseren Plänen.« Bevor sein Bruder ihn unterbrechen konnte, fuhr er fort: »Und bevor du etwas sagst: Ich habe meine Gründe, warum ich sie nicht einweihe. Sie steht den Campbells sehr nahe, und wenn Argyll Wind davon bekommt …«

Rorys Gesicht wurde todernst. »Das wäre katastrophal. Argyll dient niemandem außer sich selbst. Er ist äußerst unberechenbar, und wenn er beschließt, dass es ihm von Nutzen ist, König James über unsere Pläne zu informieren, dann wird es ein viel schwierigeres Unterfangen sein, die Abenteurer von Fife abzuwehren – wenn nicht sogar unmöglich. Im Moment haben wir noch das Überraschungsmoment auf unserer Seite.«

»Den Vorteil dürfen wir nicht verlieren«, beendete Alex den Satz für ihn. »Ich glaube nicht, dass Meg uns absichtlich verraten würde, aber ich kann nicht riskieren, dass sie aus Versehen etwas ausplaudert. Und Argyll ist nicht der einzige Grund, der mich davon zurückhält, es ihr anzuvertrauen. Wenn sie von unseren Plänen weiß und wenn sie mit mir in Verbindung gebracht wird, dann könnte sie das in Gefahr bringen. Ich will ihre Sicherheit nicht gefährden.« Alex sah seinem Bruder fest in die Augen. »Ich weiß deinen Versuch zu würdigen, aber es ist nicht nötig. Ich weiß sehr gut, was ich riskiere, aber es lässt sich nicht ändern.«

Rory sah sichtlich erleichtert aus. »Es tut mir leid, dass es keine andere Möglichkeit gibt, die Sache mit dem Mädchen zu regeln, aber ich vertraue deinem Urteilsvermögen. Unsere Verwandten brauchen Hilfe, und es gibt niemanden, den ich an deiner Stelle schicken kann. Du wirst morgen Nacht aufbrechen. Ein Schiff liegt bereit, das dich nach Lewis bringen wird. Ich kümmere mich um die MacDonalds, der Rest liegt an dir.«

»Ich werde dich nicht enttäuschen.«

Rory wandte sich zu ihm um und sah ihn lange an. »Das habe ich auch nie befürchtet, kleiner Bruder.«

15

Meg betete, dass sie keinen gewaltigen Fehler machte. Einen Augenblick lang zögerte sie und sann noch einmal über die folgenschwere Entscheidung nach, die sie im Begriff war, zu treffen. Wenn sie noch weiterging, dann gab es kein Zurück mehr. Was hatte sie zu verlieren? Nichts, dachte sie trocken. Nichts außer ihrer Ehre und ihrem ganzen Stolz.

Sie war eine Närrin, wenn sie so viel riskierte.

Dennoch konnte sie nicht umkehren, solange es noch den Funken einer Hoffnung gab, glücklich zu werden. Seit wann ihr eigenes Glück angefangen hatte, von Bedeutung zu sein, wusste sie nicht. Es zählte nur, dass es nun von Bedeutung war. Was auch geschehen mochte, sie hatte sich entschieden, ihrem Herzen und nicht ihrem Verstand zu folgen.

Also eilte sie weiter durch diesen unbekannten Teil des Palastes und hoffte, dass die Wegbeschreibung der Dienstmagd richtig war.

Verstohlen strich sie sich eine einzelne Locke hinters Ohr und zog die Kapuze ihres Umhangs tiefer ins Gesicht – schließlich hatte sie nicht völlig den Verstand verloren –, während sie sich den Wohnräumen der Männer näherte und sich dabei größte Mühe gab, die neugierigen Blicke der Dienstboten zu meiden. Ihr Gesicht war gut verborgen, sie hoffte, dass das genügte. Sie hatte ihre Entscheidung getroffen und müsste mit den Konsequenzen leben.

Zumindest beinhaltete ihr Plan noch eine gewisse Logik. Diese Tatsache sollte sie eigentlich beruhigen, so wie es bisher immer der Fall war. Doch das tat es nicht. Denn wenn Alex auf die Vernunft nicht hörte, dann musste sie ihre letzte Trumpfkarte ausspielen. Dieser spezielle Teil des Plans beinhaltete herzlich wenig Logik. Und *diese* Tatsache machte sie nervös. Sehr nervös, um ehrlich zu sein.

Wenn sie nur wüsste, was sie erwartete. Alex MacLeod war ihr ein Rätsel, das nicht einfach zu lösen war. Der Einblick in Alex' Wesen, den Isabel ihr gestern gewährt hatte, hatte ihr klargemacht, was ihn von ihr forttrieb, wenn auch nicht vollständig. Meg hatte ihre Entscheidung getroffen. Was auch immer ihm in der Vergangenheit geschehen war, war bedeutungslos. Meg glaubte an den Mann, der er jetzt war. Genug, um ihm die Zukunft ihres Clans anzuvertrauen. Sie hatte sich entschlossen, Alex zu beweisen, wie sehr sie an ihn glaubte, indem sie ihm eine Alternative zu dem, was auch immer er bei Hofe machte, anbot. Eine Alternative, bei der seine Führungsqualitäten und seine Fertigkeiten im Kampf glänzen konnten.

Alex war der perfekte Mann für ihren Clan und der perfekte Mann für sie. Sie musste es ihm geradeheraus sagen, falls das nicht funktionierte, würde sie es ihm zeigen. Zuerst würde sie an seinen Verstand appellieren und dann auf ihre Anziehungskraft vertrauen. Sie biss sich auf die Unterlippe. Hoffentlich kam es nicht zu Letzterem. Doch falls nötig, würde sie ihm den endgültigen Beweis ihrer Liebe und ihres Vertrauens geben.

Es musste einfach funktionieren. Eine Zurückweisung wäre demütigend. *Fühlten Männer sich so*, fragte sie sich mit einem unerwarteten Gefühl des Mitleids für Thomas Mackinnon. Sich selbst in eine so verletzliche Situation zu bringen, zerrte an den Nerven.

Vor einer kleinen geschlossenen Tür blieb sie stehen. Seine

Tür. Hier war es. Sie holte tief Luft, doch das wilde Pochen ihres Herzens verriet, wie unsicher sie war. In zwanzig Jahren saßen sie wahrscheinlich zusammen vor dem Kamin und lachten darüber. Das hoffte sie zumindest.

Bevor Meg ihre Meinung noch einmal ändern konnte, klopfte sie fest an die Tür.

Nichts geschah.

Das Herz wurde ihr schwer. Was, wenn er nicht da war? Nein, die Dienstmagd hatte ihr versichert, dass er sich heute Abend bereits zurückgezogen hatte. Meg straffte die Schultern und klopfte lauter.

Die Tür flog auf und schlug gegen die Wand.

»Was zum Teufel«, brüllte er die unbekannte Person an, die es wagte, ihn zu stören.

Meg schlug die Kapuze zurück und sah, wie sich der Schock der Erkenntnis darüber, wer da gerade an seine Tür geklopft hatte, langsam auf seinem Gesicht ausbreitete. Der Gesichtsausdruck wäre komisch gewesen, wenn er nicht so verzweifelt ausgesehen hätte.

Das schöne goldene Haar war zerzaust, die blauen Augen müde, das Gesicht angespannt. Er sah traurig aus. Müde. Doch einen Augenblick lang, bevor sich seine Züge verhärteten, konnte sie sehen, wie Freude darüber, sie zu sehen, über sein Gesicht zuckte. Sie war ihm nicht gleichgültig. Diese Erkenntnis machte ihr Mut.

Doch nur für einen Moment.

Mit großen Augen starrte sie auf seine Brust. *Gütiger Gott!* Es war ein warmer Abend, deshalb hatte er das Wams ausgezogen und trug nur ein schlichtes Leinenhemd und eng anliegende Hosen. Das Hemd war am Hals geöffnet und gab den Blick auf ein Dreieck feiner goldener Haare frei, die den breiten, gebräunten Brustkorb bedeckten, der sich deutlich durch den dünnen Stoff abzeichnete. Eine rohe Sinnlichkeit ging von ihm aus, die sie erbeben ließ und ihr eine Gänsehaut auf die Arme zauberte. Die Intimität der Situation verfehlte ihre Wirkung nicht. Halb bekleidet. In seinem Zimmer. Allein. Wie sie gehofft hatte.

»Du solltest nicht hier sein.«

Sie reckte das Kinn und riss den Blick von der nackten Haut los, die sein Hemd enthüllte. »Ich muss mit dir reden.«

Er antwortete nicht, sondern starrte sie nur mit einer finsteren Eindringlichkeit an, die ihr Schauer über den Rücken jagte.

Nichtsdestotrotz deutete Meg sein Schweigen, so brütend es auch war, als ausreichende Einladung und zwängte sich an ihm vorbei ins Zimmer, wo ihr sofort das torfige Aroma von Whisky entgegenschlug. Als sie das halb volle Glas auf dem Tisch bemerkte, kam ihr kurz der Gedanke, dass sie selbst auch eines vertragen könnte. Aber nein, sie wollte sich nicht die Sinne benebeln. Seine Sinne wirkten scharf wie immer.

Neugierig auf die Höhle des Löwen sah sie sich um. Es war ein kleines Zimmer, bei Weitem nicht so elegant wie ihre Gemächer, aber wenn auch nicht luxuriös, so waren die schlichten Möbel doch angemessen. Sie ignorierte das zerwühlte Bett. Der Rest des Raumes war überraschend sauber und ordentlich, ohne verstreute persönliche Gegenstände, wie sie es erwartet hatte. Zwar war sie enttäuscht darüber, dass das Zimmer ihr nichts Neues über ihn verriet, aber sie stellte auch erleichtert fest, dass er allein war. Publikum hätte ihr Vorhaben unmöglich gemacht.

»Warum kommst du nicht rein?«

Meg runzelte bei diesem Sarkasmus die Stirn und sah ihn an. Sein Gesichtsausdruck war hart und undurchdringlich, der Körper angespannt und wachsam. Er wirkte schrecklich abweisend, und der Mut verließ sie ein wenig.

»Du sagtest, du musst mit mir sprechen?«, fragte er ungeduldig.

Es fiel ihr schwerer als erwartet. Nervös biss sie sich auf die Lippe. Wie sollte sie anfangen? »Ich wollte dir nur sagen, dass es mir egal ist, was du hier bei Hofe wirklich vorhast. Was es auch ist, es ist nicht von Bedeutung. Ich glaube, ich kann dir eine Lösung anbieten, die uns beiden dienlich ist.«

Alex' Gesicht wurde unbeweglich. Wäre da nicht die schneller pulsierende Ader an seinem Hals, sie hätte geglaubt, dass er sie nicht verstanden hatte. Doch das hatte er.

Er runzelte die Stirn. »Wovon sprichst du?«

»Eine Verbindung …«

»Teufel noch mal, machst du mir etwa einen Heiratsantrag?«

Meg errötete. Zumindest sah er nicht länger so ärgerlich aus, dachte sie bei seinem völlig ungläubigen Gesichtsausdruck. Das war schon mal ein Anfang. Sie holte tief Luft und meinte freimütig: »Ich schätze, ja. Was auch immer in der Vergangenheit geschehen sein mag, ist nicht von Bedeutung. Ich weiß, dass du die Ländereien deines Bruders verwaltet hast, bevor …«

»Was hast du gesagt?«, fragte er scharf.

»Isabel hat mir von Rorys Verletzung vor ein paar Jahren erzählt. Sie sprach davon, wie gut du Rorys Ländereien verwaltet hast.« Wenn der sagenhafte »Rory Mor« Alex seinen Clan anvertraut hatte, dann sprach das für Alex' Fähigkeiten.

»Was hat sie dir sonst noch erzählt?« Argwohn gab seiner Stimme einen scharfen Klang.

Meg zuckte die Schultern. »Oh, nicht viel.«

Alex verschränkte die Arme vor der Brust und starrte sie finster mit durchdringendem Blick aus harten, saphirblauen Augen an. Er gab sein Bestes, sie mit maskuliner Härte einzuschüchtern. Das hätte vielleicht auch funktioniert, wenn der Anblick der kräftigen Muskeln, die sich unter dem dünnen Leinenstoff abzeichneten, ihre Gedanken nicht in eine andere Richtung gelenkt hätte. Ihr Mund wurde trocken. Unwillkürlich befeuchtete sie sich mit der Zunge die Lippen. Er war wirklich atemberaubend.

»Was noch, Meg?« Er tat einen bedrohlichen Schritt auf sie zu, wobei er sie in das berauschende Aroma von Whisky vermischt mit dem Duft seiner Seife nach Heide und Myrthe einhüllte. Ihr Herz raste. Das Zimmer wirkte klein und warm. Voll roher Männlichkeit.

Sie wich zurück und stieß mit dem Bein ans Bett. Halb war sie in Versuchung, sich einfach fallen zu lassen und gleich mit dem zweiten Teil ihres Plans fortzufahren, doch stattdessen griff sie Halt suchend nach dem Bettpfosten. Gewaltsam konzentrierte sie sich wieder auf die vor ihr liegende Aufgabe und rief sich in Erinnerung, dass es dazu nicht zu kommen brauchte, wenn er auf die Vernunft hörte.

»Nicht viel mehr, als ich ohnehin schon wusste.« War das ihre Stimme, die so quiekte?

»Meg …« Er beugte sich warnend noch näher über sie, so dass sie seinen warmen Atem auf dem Haar spüren konnte, was ihr einen Schauer durch den Körper jagte.

Sie schluckte. Doch nicht aus Angst, sondern wegen der reinen Anziehungskraft, die er ausstrahlte, die sie wärmend durchdrang und ihre Sinne in Hitze einhüllte. Seine angespannte Haltung verriet ihr, dass diese Nähe auch ihn nicht kalt ließ. Die Erinnerung an das, was im Wald geschehen war, hing spürbar zwischen ihnen.

»Ich weiß von deinen Cousins«, sagte Meg sanft. Vorsichtig musterte sie ihn unter langen Wimpern hervor. Die Kontrolle über die Gesichtszüge entglitt ihm und enthüllte seine Qualen. Mitfühlend legte sie ihm die Hand auf den Arm. »Du darfst Isabel keinen Vorwurf machen. Sie dachte, es könnte helfen, manche Dinge zu erklären, und das tat es. Warum hast du es mir nicht erzählt?«

»Das habe ich.«

»Aber nicht alles.«

Er trat einen Schritt zurück und drehte ihr den Rücken zu.

»Das war vor langer Zeit.«

»Ich weiß. Aber ich weiß auch, dass es dich immer noch belastet. Erzähl es mir.«

Er drehte sich zu ihr um und begegnete ihrem hoffnungsvollen Blick mit entschlossen vorgerecktem Kinn. Sie konnte es an der schmalen Linie seiner Lippen und dem verschlossenen Ausdruck in den Augen ablesen: Er würde seine schmerzhaften Erinnerungen nicht mit ihr teilen – das tat weh. Doch es war zu spät, um umzukehren. Er würde lernen, ihr zu vertrauen.

»Meg«, begann er sanft.

An seinem Blick erkannte Meg, was er sagen würde. Er würde sie zurückweisen. Schon wieder.

»Ich kann nicht der Mann sein, den du für deinen Clan brauchst …«

Sie umklammerte seine Arme. Vielleicht hatte sie sich nicht deutlich genug ausgedrückt? »Alex, die Vergangenheit ist mir egal! Ich vertraue dir völlig. Ich vertraue auf dein Urteilsvermögen, deine Führungskraft, dein Kampfgeschick. Ich vertraue dir die Zukunft meines Clans an. Ist das nicht genug?«

»Ich fühle mich geehrt, Mädchen. Mehr als du ahnst. Wenn

die Umstände anders wären … Aber es gibt Dinge, die du nicht verstehst.«

»Dann hilf mir, sie zu verstehen!«

»Ich kann nicht.«

»Du meinst, du willst nicht.« Bitterkeit schwang in ihrer Stimme.

»Nun gut, ich will nicht.«

Es hatte nicht funktioniert.

Worte hatten nicht funktioniert.

Das Herz pochte ihr in der Brust, und ihr Puls raste, als ihr klar wurde, dass der Moment, von dem an es kein Zurück mehr gab, gekommen war. Konnte sie es tatsächlich tun? Konnte sie sich ihm wie eine gewöhnliche Dirne an den Hals werfen? Ihre Anziehungskraft ausnutzen? Verführung lief ihrer sonst so freimütigen Natur zuwider. Es wirkte beinahe … manipulativ. Sie verzog das Gesicht. Alex ließ ihr keine andere Wahl. Sie wusste, sie musste ihn zu seinem Glück zwingen. Er empfand etwas für sie, doch irgendetwas hielt ihn zurück. Wenn sie es nicht versuchte, würde sie es nie erfahren. Mit diesem Bewusstsein leben zu müssen, wäre noch schlimmer.

Sie hatte nur noch eine einzige Trumpfkarte, die sie ausspielen konnte, denn er hatte den Fehdehandschuh geworfen.

Wer nicht wagt, der nicht gewinnt.

Genau in diesem Augenblick wusste Alex, dass Meg verstanden hatte. Er sah, wie sich ein Schatten über ihre schönen grünen Augen legte und ihr die sanfte Röte aus den Wangen wich. Er sah, wie der Schmerz über seine Zurückweisung ihr zartes Gesicht verzerrte.

Er hasste es, sie verletzen zu müssen. Doch was um alles

in der Welt hatte sie sich überhaupt dabei gedacht, so in sein Zimmer zu kommen? War ihr denn nicht klar, wie gefährlich das war? Wenn jemand sie hier fand, dann wäre sie ruiniert.

Verdammt, warum hatte Isabel ihr nur von seinen Cousins erzählt? Er wollte Megs Mitleid nicht.

Heirat. Die Vorstellung quälte ihn wie ein Wunschtraum, der gerade außerhalb seiner Reichweite schwebte. Heirat war etwas, von dem er immer geglaubt hatte, dass es ihm nicht bestimmt war. Doch zum ersten Mal wurde ihm klar, dass es doch sein könnte. Das Bedauern traf ihn schnell und hart. Ihr Antrag ehrte ihn und verlockte ihn mehr, als sie jemals wüsste, doch es durfte nicht sein.

Es sah Meg ähnlich, ihm einen Antrag zu machen. Hartnäckig und geradeheraus, koste es, was es wolle. Hierherzukommen erforderte einiges an Mut. Doch es machte auch alles noch komplizierter. War sein Leben denn je anders gewesen, seit er sie getroffen hatte?

Im Widerstreit mit seinen Gefühlen zu liegen, beschrieb seinen Zustand nicht einmal annähernd. In einem Moment wollte er aufs nächste Pferd springen und zur Küste preschen, begierig darauf, sich seiner Zukunft zu stellen, im nächsten Moment wollte er Meg in die Arme reißen und jeden kostbaren Moment mit ihr genießen. So fühlte er sich, seit Rory und Isabel angekommen waren, seit er die Tatsache nicht länger ignorieren konnte, dass er fortmusste. Und zwar bald.

Er sollte stolz darauf sein, was er bei Hofe erreicht hatte. Den ersten Teil seiner Mission hatte er erfolgreich erfüllt. Er hatte getan, wozu er hergekommen war. Doch er konnte sich über seinen Erfolg nicht freuen. Nicht seit Meg auf so unschuldige Weise in seine Machenschaften verwickelt worden war. Zumindest tröstete es ihn, dass der Schaden nicht irreparabel war. Vorausgesetzt, er konnte sich davon abhalten, sie aufs Bett zu stoßen und sie zu verführen, so wie er es sich wünschte.

Morgen um diese Zeit wäre er bereits auf dem Weg nach Lewis. Er war überrascht, dass Rory ihn gebeten hatte, noch einen Tag zu warten. Eigentlich hatte Alex damit gerechnet, inzwischen schon fort zu sein. Er wusste nicht, ob er darüber betrübt oder erleichtert sein sollte. Wahrscheinlich Letzteres, dachte er, als er Meg ansah. Egal wie elend er sich im Moment fühlte.

Wenn es um Meg ging, dann befand sich alles in ihm in Aufruhr. Noch nie hatte eine Frau solche Gefühle in ihm geweckt. Eines wusste er mit Sicherheit. Er würde dafür sorgen, dass sie nie erfuhr, wie schwer sie es ihm gemacht hatte zu gehen. Er wollte ihr keine falschen Hoffnungen machen. Gott allein wusste, dass er sie nicht verletzen wollte, genauso wenig, wie er ihr Lebewohl sagen wollte. Doch er musste beides tun.

Sie ging zur Tür. Gleich würde sie gehen. Doch alles, was er wollte, war, sie in die Arme zu reißen und den Schmerz, den seine Zurückweisung hinterlassen hatte, mit einem Kuss auszulöschen.

Gewaltsam hielt er die Arme an die Seiten gepresst. Sie stand mit dem Rücken zu ihm, er konnte sehen, wie sie am Verschluss ihres Umhangs nestelte. Das war also der Abschied. Die Brust wurde ihm eng. Fest presste er die Lippen zusammen, um die Worte daran zu hindern, herauszuquellen und sie zurückzurufen.

Er wollte sie. Doch selbst wenn das, was sie sagte, zutraf, selbst wenn sie wirklich glaubte, dass er ein guter Chief für ihren Clan wäre, wusste Alex, dass er zu Ende bringen musste, was er begonnen hatte. Rory brauchte ihn. Es gab niemand sonst mit Alex' Erfahrung und Fähigkeiten. Er hatte die Pflicht seinem Clan und seinen ermordeten Cousins gegenüber, ihren Verlust zu sühnen. Und er würde Meg niemals einer Gefahr aussetzen, weder körperlich durch seine Feinde noch durch ihn selbst. Eine Verbindung mit einem Verräter wäre das genaue Gegenteil von dem, was sie sich von einem Ehemann erhoffte. Nein, es war besser so. Sobald er fort war, würde sie Jamies Antrag annehmen. Der Magen krampfte sich ihm zusammen, so heftig traf ihn die Vorstellung von Meg und Jamie als Paar.

Irgendwie war ihr der Umhang von den Schultern geglitten und auf einem Stuhl gelandet. Anstatt die Tür zu öffnen und zu gehen, legte Meg mit einem dumpfen Geräusch den hölzernen Riegel vor und drehte sich zu ihm um.

Ein seltsamer Ausdruck lag auf ihrem Gesicht, entschlossen und doch verletzlich. Sie machte einen zögerlichen Schritt auf ihn zu. Langsam hob sie die Hände an ihr Haar. Der Atem stockte ihm. Eine nach der anderen zog sie die Nadeln heraus, die das dichte Haar bändigten, bis ihr diese wunderschönen kastanienbraunen Locken lose über den Rücken fielen. Wie eine verführerische Sirene schüttelte sie den Kopf, um ihn ins Paradies zu locken. Oder ins Verderben. Alex war wie gebannt von den schimmernden weichen Wellen, die im Kerzenlicht wogten.

Er begann, sich sehr unbehaglich zu fühlen. Und sehr erregt. Sein Verstand weigerte sich, zu akzeptieren, was ihm die Augen sagten. Seine verletzliche kleine Waldnymphe tat ihr Bestes, um wie eine erfahrene Verführerin auszusehen. Es war absolut bezaubernd. Und äußerst wirkungsvoll.

»Was machst du da?« Seine Stimme klang selbst für seine eigenen Ohren rau.

Sie hob eine Augenbraue und kräuselte die Lippen zu einem amüsierten Lächeln. »Ich muss zugeben, dass ich noch keine Erfahrung habe, doch ich hatte gehofft, es wäre offensichtlich.«

Mit langsamem, wiegendem Gang kam sie auf ihn zu, bis sie direkt vor ihm stand. So nah, dass er sich vorbeugen und sie auf den zarten Scheitel hätte küssen können.

Plötzlich schüchtern sah sie unter langen Wimpern hervor zu ihm empor, dann legte sie ihm die Hände auf die Schultern. Er stöhnte, doch er zwang seinen Körper, unter ihrer Berührung nicht nachzugeben.

Gott stehe ihm bei, sie wollte ihn verführen! Sein ganzer Körper versteifte sich. Das hätte er niemals erwartet. Nicht von Meg.

»Du musst jetzt gehen«, stieß er hervor. Und dann, unnachgiebiger: »Sofort!« *Bevor es zu spät ist.*

Sie schüttelte den Kopf und hob das Kinn, um ihm direkt und unerschrocken in die Augen zu sehen. »Sag mir, dass du mich nicht willst.«

Verdammt, wusste sie denn nicht, wie schwer das für ihn war? Dass es ihn schon fast umgebracht hatte, sie das letzte Mal nicht zu nehmen? Dass allein schon ihre Nähe ihn mit einer so heftigen Sehnsucht erfüllte, dass er nicht wusste, wie lange er es noch aushalten würde?

»Ich will dich nicht«, fluchte er, während sein Körper vor Verlangen pulsierte.

Sie ließ die Hand über die Schulter hinauf zu seinem Nacken gleiten und drängte ihren zarten Körper an ihn. Quälte ihn. Er konnte kaum atmen.

»Ich glaube dir nicht«, flüsterte sie und hauchte ihm einen federleichten Kuss auf die Wange, unter der sich die Kiefermuskeln spannten.

Es schmerzte beinahe körperlich, bewegungslos stehen zu bleiben.

Als er nicht reagierte, zog sie sich mit einem hinreißenden, verwirrten Gesichtsausdruck zurück. Doch Alex hielt ihrem sanften Angriff stand. Sie lehnte sich stärker an ihn, legte ihm die Hand auf die Brust und streifte sanft seinen Mund mit den Lippen. Ihr Geschmack setzte ihm heftig zu, erfüllte ihn mit langsam schwelender Hitze. Erregung bestürmte seine Sinne. Er fühlte sich berauscht, nicht vom Alkohol, sondern vor Verlangen.

Es kostete ihn jedes Quäntchen Selbstbeherrschung, sich nicht zu nehmen, was sie ihm anbot. Das leise Geräusch, das er von sich gab, schien offensichtlich alles zu sein, was sie an Ermutigung brauchte, denn nun küsste sie ihn fester, bewegte die Lippen, wie er es sie gelehrt hatte. Ihr Mund war weich und unerträglich süß. Er wollte in ihr versinken. Die köstliche Höhle ihres Mundes mit der Zunge plündern. Er hätte noch widerstehen können, wenn sie nicht mit der Zungenspitze die Vertiefung zwischen seinen Lippen nachgezeichnet hätte.

Verdammt sollte sie sein!

Er riss sie mit einem solchen Drängen in die Arme, dass er befürchtete, er könnte sie verletzt haben. Doch sie gab nur ein leises Maunzen von sich, wie ein süßes, zufriedenes kleines Kätzchen. Wild nahm er ihre bebenden Lippen in Besitz, Lippen, die ihre Nervosität verrieten. Die Brust zog sich ihm vor Beschützerinstinkt zusammen, als ihm klar wurde, dass sie nicht so selbstsicher war, wie sie schien.

Statt des harten, fordernden Kusses, nach dem sich sein erhitzter Körper sehnte, wurde sein Mund weich und streichelte ihre Lippen, überredete sie, öffnete sie. Er ließ die Zunge in ihren Mund gleiten. Sie schmeckte so süß wie warmer Honig. Davon hatte er schon seit dem Tag im Wald geträumt. Er konnte nicht genug bekommen. Lust durchpulste ihn, drängte ihn, quälte ihn, flehte ihn an, dieses verzweifelte Verlangen zu stillen. Er war vollkommen davon erfüllt, seine Männlichkeit war hart und pulsierend.

Bald würde es kein Zurück mehr geben. Sich von diesem Kuss und dem Versprechen, das er enthielt, loszureißen, war das Schwerste, das er jemals tun musste.

»Ich kann das nicht, Meg«, stieß er außer Atem hervor.

Ihre Augen waren von Leidenschaft verschleiert, der rosige Mund von seinem Kuss geschwollen. Nie hatte sie schöner ausgesehen. Endlich durchbrach Klarheit den Nebel. »Ich verstehe nicht. Willst du das nicht? Ich weiß, was ich tue. Noch nie in meinem Leben war ich mir einer Sache so sicher. Du bist alles, was ich brauche. Lass es mich dir beweisen.«

Ihr Vertrauen in ihn durchbrach den Schutzschild, in den er sein Herz gehüllt hatte. Er glaubte ihr. Eine Frau wie Meg gab sich nicht leichtfertig hin. Sie brachte ihn dazu, von Dingen zu träumen, die er sich nicht einmal vorzustellen erlaubt hatte. Einen Augenblick lang vergaß er den Schatten, der ihn die letzten fünf Jahre verfolgt hatte. Diese kluge, schöne Frau glaubte an ihn.

Sein Körper wankte, doch in den Tiefen der Seele wusste er, dass es falsch war. Er konnte nicht zulassen, dass sie sich selbst, ihre Zukunft, ihre Seele für ihn opferte. Er wollte nicht der Grund dafür sein, dass sie ihren Vater enttäuschte. Er wusste, wie hart sie dafür gearbeitet hatte, sich zu beweisen. Hier bei ihm zu sein, war ein Fehler. Er konnte ihr nicht geben, was sie brauchte. In mehr als einer Hinsicht. Das musste aufhören. Hier. Jetzt.

»Es wird nichts ändern, Meg. Ich kann dir nicht bieten, was du willst.«

»Ich will keine Versprechen«, flüsterte sie leise. »Ich will nur dich.«

Mit rasendem Herzen löste er ihre Arme von seinem Hals, packte sie bei den Schultern und schob sie von sich fort. Er versuchte, seiner Stimme einen festen Klang zu geben. »Nein. Ich will es nicht.«

Sie sah ihn an, als hätte er sie geschlagen, und ihr Blick suchte in seinem Gesicht nach einem Zeichen von Nachgiebigkeit. Er zwang sich, eine harte, unerbittliche Miene aufzusetzen. Beinahe konnte er sehen, wie ihr Verstand die Bedeutung seiner Worte herauszufiltern versuchte.

Das Herz zog sich ihm zusammen, als Scham und Demütigung ihr Gesicht überzogen.

»Es tut mir leid«, hauchte sie mit zitternder Stimme. »Ich dachte, du wolltest …« Die Worte verstummten. Ihre Wangen glühten feuerrot, wie zwei leuchtende Handabdrücke auf blasser Leinwand. Die überwältigenden Gefühle schnürten ihr die Kehle zu, so dass sie kaum sprechen konnte. »Nein, es ist unwichtig, was ich dachte.«

In einer einzigen schnellen Bewegung griff sie sich den Umhang und floh zur Tür.

Verdammt, was hatte er nur angerichtet? Alex packte sie am Arm, um sie aufzuhalten. »Meg, du verstehst nicht. Es ist nicht so, dass ich dich nicht will …«

Sie schnitt ihm das Wort ab, gefährlich nahe dran, in Tränen auszubrechen. »Bitte. Du musst nichts mehr sagen.« Sie versuchte zu lächeln, doch sie brachte nur ein Zittern der Lippen zustande. »Offensichtlich habe ich die falschen Schlüsse gezogen.« Ihre Wangen brannten vor Scham. »Sieh dich an. Sieh mich an. Ich bin sicher, so etwas passiert dir ständig, dass sich Frauen dir an den Hals werfen«, sagte sie gezwungen fröhlich.

Ihre mühsame Selbstbeherrschung war zu viel für ihn.

Mit einem wilden Fluch riss er sie an sich. Er wollte sie

schütteln, weil sie ihm so zusetzte. Sie dafür verfluchen, dass sie diese Situation heraufbeschworen hatte. Verdammt, wie konnte sie nur an seinem Verlangen zweifeln. Er nahm ihre Hand und zeigte ihr, wie sehr er sie begehrte. »Gott, spürst du denn nicht, was du mit mir machst?«

Mit erschrockenem Blick nickte sie.

»Du weißt nicht, worum du mich bittest, Meg. Geh wieder auf dein Zimmer.«

Sie schüttelte den Kopf und schlang zögernd die Finger um ihn. Streichelte ihn beinahe. Er stöhnte, als die dunklen Empfindungen ihn durchströmten und sich die Bauchmuskeln über seiner vor Verlangen pulsierenden Männlichkeit zusammenzogen.

Sie hob ihm die Lippen entgegen und widersetzte sich ihm ein letztes Mal. »Nein.«

Seine Selbstbeherrschung brach in sich zusammen. Zur Hölle damit. Er hatte versucht, sie zu warnen. Er war es leid, zu leugnen, was sich seit dem ersten Augenblick, an dem er sie auf der anderen Seite des Schlachtfeldes gesehen hatte, zwischen ihnen aufgebaut hatte. Der Tag der Abrechnung war gekommen. Sie würde erfahren, wie sehr er sie begehrte.

Er küsste sie heftig, wild. Endlich entfesselte er die gewaltige Leidenschaft, die sie in ihm geweckt hatte. Er küsste sie härter, strafte sie mit seinem Mund für das, was sie ihm antat. Was sie ihn fühlen ließ. Wenn er gehofft hatte, ihr damit Angst zu machen, dann hatte er sich getäuscht. Meg begrüßte seine Leidenschaft und begegnete ihr mit ihrer eigenen.

Es gab keine Geheimnisse mehr zwischen ihnen, zwischen ihren Körpern zumindest nicht.

Sie hatte ihn zu weit getrieben. Es gab Grenzen dafür,

wie viel Folter ein Mann ertragen konnte. Die Wärme ihrer Hand, die ihn umschloss, war mehr, als er ertragen konnte. Alex verdrängte jeden klaren Gedanken, obwohl ein Teil von ihm *genau* wusste, was dies bedeutete. In diesem Moment hatte er den Punkt überschritten, an dem er noch einen klaren Gedanken fassen konnte. Sein Körper verzehrte sich nach ihr, auf eine Art und Weise, wie er es noch nie erlebt hatte. Hier ging es um Besitz. Er hatte nur noch das eine Ziel, sie zu besitzen.

Sie gehörte ihm. Für immer. Nichts hatte sich jemals so richtig angefühlt.

Er wollte sie.

Meg sollte eigentlich schockiert darüber sein, wie intim sie ihn berührte, doch stattdessen schien der Beweis seiner Erregung die letzte Barriere zwischen ihnen einzureißen. Sie wollte ihn spüren, seinen Körper berühren. Alle Geheimnisse zwischen ihnen beseitigen.

Also gab sie sich ihm hin, hielt nichts zurück. Sie glaubte an ihn, vertraute ihm. Wenn er ihren Worten keinen Glauben schenkte, dann würde sie es ihm mit ihrem Körper beweisen.

Die Heftigkeit seines Kusses sagte ihr, was er selbst nicht konnte. Das Herz schien ihr vor Freude zu zerspringen. Eine Leidenschaft brach sich Bahn, von der sie nicht gewusst hatte, dass sie dazu fähig war.

Die rauen Bartstoppeln brannten auf ihren Wangen, als sein Mund über ihren glitt. Er fuhr ihr mit den Händen durchs Haar und zwang ihren Kopf in den Nacken, um sie noch tiefer zu küssen. An seinen Bewegungen war nichts Sanftes. Doch trotz der rohen Leidenschaft lag immer noch etwas unglaublich Zärtliches in seinem primitiven Begehren.

Sie, Meg Mackinnon, hatte die Maske der Gleichgültigkeit durchbrochen. Das Herz quoll ihr über vor Liebe für diesen unglaublichen Mann.

Sie legte ihm die Hand auf die breite Brust und genoss das aufgeregte Pochen seines Herzens unter dem dünnen Hemd. *Sie* machte ihn verrückt, das machte sie mutiger, als alles andere es vermocht hätte. Schamlos streichelte sie ihm über Brust und Rücken, folgte den harten Kanten seines Körpers, presste sich enger an ihn, so dass ihre Körper wie zu einem einzigen verschmolzen.

Er ließ die Lippen am Kinn entlang die Linie ihres Halses hinunterwandern, während seine Finger flink die Schnürung ihres Kleides und des Mieders lösten. Das wunderschöne smaragdgrüne Brokatkleid, das sie mit so viel Sorgfalt ausgesucht hatte, um zu verführen, lag bald in einem Haufen zu ihren Füßen, ihre Nacktheit wurde nur noch von einem dünnen Hemd bedeckt.

Seine Lippen wanderten tiefer zu der empfindlichen Haut über dem Mieder. Geschickt löste er die Schnüre und entblößte ihre Brüste.

»Gott, du bist so schön!« Er bewunderte sie mit den Händen, umschloss ihre Brüste und zog dann wie ein Bildhauer die sanfte Rundung von Bauch und Hüften nach. Als sich sein warmer Mund beinahe schmerzhaft um die Brustwarze schloss und er anfing, daran zu saugen, schoss ein heißer Blitz durch ihren Körper. Sie liebte das Gefühl seines rauen Kinns auf der Haut, während er mit der Zunge um jede Spitze züngelte und leckte, bis sie zu festen rosigen Knospen erblühten. Geschmolzene Lava ergoss sich durch ihren Körper, und Verlangen tränkte ihre Sinne. Zwischen den Beinen spürte sie ein Beben und Sehnen, das nach Erfüllung hungerte, nein, verlangte.

Vor Ungeduld streifte sie mit der Hand unbewusst über seinen Bauch und die geschwollene Spitze seiner Erektion.

Alex zuckte zusammen und hielt den Atem an. Unter dem Hemd strafften sich die Bauchmuskeln.

»Vorsichtig, Süße«, flüsterte er rau, aber zärtlich. »Sonst ist es vorbei, bevor es angefangen hat.«

Meg errötete. »Es tut mir leid.«

Er hob leicht ihr Kinn, so dass er ihr in die Augen blicken konnte. »Was denn? Dass du mich dazu bringst, dich so sehr zu begehren?« Er lächelte. »Wenn du mich berührst, dann verliere ich die Kontrolle. Das erste Mal ist für eine Frau manchmal schmerzhaft. Ich möchte mich darauf konzentrieren, dir Vergnügen zu bereiten.« Er machte eine Pause und sah sie eindringlich an. »Verstehst du das?«

Sie nickte.

Er küsste sie erneut. Geschickt zog er ihr das Hemd über den Kopf. Doch bevor sie Zeit hatte, sich ihrer Nacktheit zu schämen, hob er sie schon empor, trug sie zum Bett und legte sie dort beinahe ehrfürchtig nieder. Der Ausdruck in seinen Augen ließ ihr die Brust eng werden. Meg wusste, dass sie diesen Moment niemals vergessen würde. In seinen Augen sah sie die Erfüllung ihrer Träume.

Trotz des warmen Sommerabends fühlte sie ein plötzliches Frösteln, als er sie aus dem Schutz seiner Arme freigab. Gänsehaut überzog ihr nacktes Fleisch und schärfte ihr die Sinne vor Erwartung.

»Gott, wie habe ich davon geträumt«, murmelte er, während er das Hemd auszog und zu Boden warf. Er ließ den Blick wärmend über ihre nackte Haut wandern und hinterließ dabei einen sengenden Pfad vom Kopf bis zu den zierlichen Zehenspitzen. »Du bist vollkommen.«

Sie liebte den heiseren Klang seiner Stimme. Meg wusste

kaum, wie sie reagieren sollte. Seine Bewunderung ließ ihre anfängliche Sittsamkeit schwinden, und dann löschten die mächtige gebräunte Brust und kräftigen Arme jeden rationalen Gedanken aus. »Du auch«, hauchte sie. Und das war er. Sie würde sich niemals an diese perfekt geformten männlichen Züge oder die sinnliche Anziehungskraft seines kräftigen Körpers gewöhnen. Er war so viel größer als sie, so offenkundig männlich. Arme und Brust waren tief gebräunt und glatt, bis auf das weiche Dreieck goldener Haare unter dem Hals. An dem muskulösen Körper war kein Quäntchen überflüssiges Fleisch. Er wirkte wie aus Stahl geformt, ohne massig zu sein wie die meisten stark muskulösen Männer.

Die enganliegenden Hosen saßen tief auf der Hüfte und betonten die harten Linien des flachen Bauches. Sinnlich saugte er an ihren Brüsten, bis sie sich ihm entgegenbäumte und aufschrie. Mit Zunge und Lippen erstickte er ihre Lustschreie und ließ die Hand federleicht über ihren Bauch tiefer gleiten.

Sie seufzte und sank in die Kissen. Ihr ganzer Körper prickelte vor heißer Erinnerung daran, was er schon einmal getan hatte. Sie wollte es wieder spüren. Sehnte sich danach. Dieses Mal reizte er sie nicht, sondern drang sanft mit dem Finger in sie ein und sah ihr dabei tief in die Augen, bis sie unter dem Ansturm der Gefühle, die er in ihr erzeugte, die Lider schloss und den Kopf nach hinten sinken ließ.

Die rhythmische Bewegung seiner Finger löschte jeden zusammenhängenden Gedanken aus. All ihre Aufmerksamkeit wurde von der Meisterhaftigkeit seiner Hand gefangen genommen.

Er streichelte sie, bis sie sich vor Verlangen unter ihm wand. Bis sie fühlte, wie sich die Spannung stetig bis zu dem Versprechen süßester Erlösung aufbaute.

Alex beobachtete, wie sich ihre Augen schlossen, sie den Kopf in die Kissen sinken ließ und in süßer Pein hin und her warf. Er beobachtete, wie sich ihr Körper vor Verlangen wand. Träge streichelte er sie zwischen den Beinen, obwohl sein eigener Körper vor Drängen aufschrie.

Er konnte es kaum noch aushalten. Während sie vor Vergnügen stöhnte, kämpfte er gegen die Dämonen seines eigenen Verlangens. Alles, was er wollte, war, in dieser feuchten Hitze zu versinken, die seinen Finger einhüllte. Tiefer und tiefer in sie zu stoßen, bis die Muskeln, die ihn umgaben, sich unter der berstenden Ekstase ihres Höhepunkts um ihn zusammenzogen.

Beinahe. Sie war beinahe so weit. Beinahe bereit für ihn.

Er brachte sie mit der Hand bis an den Rand der Erfüllung, bevor er sich der Beinkleider entledigte und über sie glitt. Vorsichtig stützte er die Hände neben ihren Schultern auf und sah ihr in die verhangenen Augen. Diese wunderschönen, verzaubernden Augen der Frau, die er mehr als jede andere begehrte.

»Es wird wehtun«, warnte er sie mit belegter Stimme. »Aber nur einen kurzen Moment lang.«

Ihre Lider hörten auf zu flattern, als sie die Augen plötzlich fragend auf ihn richtete. Langsam wanderte ihr Blick an der Brust hinab zu seiner geschwollenen Männlichkeit.

Ihre Augen weiteten sich vor Schreck. Selbst feucht vor Verlangen wäre ihr unschuldiger Körper nicht auf einen Mann seiner Größe vorbereitet. Irgendwie schien sie das zu wissen. »Vertrau mir!«

Sie nickte. »Immer.«

Die von Herzen kommende Antwort ließ ihn sich demütig fühlen. Alex führte die Spitze seiner Erektion zwischen ihre Beine und widerstand dem Drang, es schnell zu machen.

Auch wenn es ihn umbrachte, er wollte, dass es für sie schön war. Quälend langsam drang er in sie ein, Zoll um Zoll, und gab ihr so Zeit, sich an ihn zu gewöhnen. Schweiß sammelte sich auf seiner Stirn vor Anstrengung, die Enge ihres Körpers umschloss ihn wie ein sinnlicher Handschuh. Nichts hatte sich jemals so gut angefühlt. Er wollte die Augen schließen, den Kopf in den Nacken legen und sich vom Rhythmus fortreißen lassen.

Noch nicht. Er wusste, dass er ihr Schmerzen bereitete, doch langsam öffnete sie sich für ihn. Als er den Punkt erreichte, an dem es kein Zurück mehr gab, zögerte er. Das volle Bewusstsein darüber, was er im Begriff war zu tun, was er bereits getan hatte, traf ihn mit einer Schmerzlichkeit, die er nicht vergessen wollte. Die Bedeutung dieses Moments würde sich für immer in seine Seele brennen. Er sah ihr tief in die Augen und wusste, dass er sich noch niemals einem andern Menschen so nahe gefühlt hatte.

Mit einem einzigen mächtigen Stoß durchdrang er den Schleier ihrer Unschuld und drang tief in sie ein.

Meg Mackinnon war sein.

Meg stieß einen Schrei aus, den er mit dem Mund erstickte und sie von dem Schmerz ablenkte. Das quälende Stechen seines Eindringens wich einem prickelnden Gefühl der Lust. Langsam entspannte sich ihr Körper um ihn, während sie sich an das Gefühl ihrer Vereinigung gewöhnte. Er war in ihr. Sie schwelgte in dem Gefühl der Erfülltheit, der Verbindung. Wie sehr sie diesen Mann liebte.

Sie spürte, wie schwer es für ihn war, sich zurückzuhalten. Seine Muskeln wölbten sich an den Schultern, das Gesicht war vor Anstrengung verzerrt. Trotz seines offensichtlichen Verlangens nach mehr wollte er verzweifelt, dass sie es genoss. Diese Rücksichtnahme rührte ihr Herz, wie es sonst nichts vermochte. Alex zügelte all diese Kraft und Stärke für sie.

Kraft und Stärke, an denen sich ihre Augen kaum sattsehen konnten. Sein Körper war atemberaubend. So fein gemeißelt wie eine Statue. Eine Statue, die Hitze ausstrahlte. Die erste Berührung der heißen Haut unter ihren Händen war reinste Magie. Die granitharten Muskeln spannten sich unter ihren Fingerspitzen, während sie die Hände über die nackte Haut gleiten ließ und jeden Zoll von Armen und Rücken erkundete. Allein ihn zu berühren, erregte sie.

Das spürte er. Das war das Signal, auf das er gewartet hatte. Langsam begann er sich zu bewegen. Das war es. Darauf hatte sie gewartet. Und doch hätte sie sich nie träumen lassen, wie es sich anfühlte. Wie die Lust an- und abschwellen konnte, wie Wellen, die sich am Strand brachen. Sie spürte jeden sinnlichen Zoll seiner langen, tiefen Stöße, die sie vor Verlangen wahnsinnig machten. Halt suchend klammerte sie sich an ihn, dass sich die Fingernägel in seine Arme gruben. Sie hob ihm die Hüften entgegen und nahm ihn noch tiefer in sich auf. Doch bald war das nicht mehr genug. Was auch immer sich zwischen ihnen abspielte, ließ sich nicht mehr kontrollieren. Sie wollte es härter. Schneller. Tiefer.

Und, guter Gott, er gab es ihr.

Er ließ die Hand zwischen ihre Beine gleiten und liebkoste sie sanft, während er in sie stieß. Der Druck baute sich auf, bis etwas in ihr zerbrach, zerbarst wie tausende Scherben aus Glas. Sie schlang die Beine um ihn, umklammerte seinen muskulösen Hintern und zog ihn noch tiefer in sich.

Mit einem letzten Stoß fanden sie den Himmel, und die Spannung, die sich zwischen ihnen aufgebaut hatte, fand in einer mächtigen Explosion der Leidenschaft Erlösung. Zwei

Seelen taumelten zusammen in einer Sturzflut prickelnder Emotionen zur Erde. Die Gefühle, die sie durchströmten, waren so göttlich, dass Meg nicht fassen konnte, wie sie einst glauben konnte, sie könne ohne Liebe leben.

Atemlos vor Erstaunen klammerte sie sich an Alex, ihr Atem kam kurz und stoßweise. Er hielt sie schützend und eng an seinen Körper geschmiegt in den Armen. Als ihr Atem sich beruhigt hatte, rollte er zur Seite, wobei ein Arm immer noch schützend auf ihrer nackten Brust ruhte.

Sanft strich er ihr eine Haarsträhne aus dem Gesicht, die sich in ihren Wimpern verfangen hatte. Mit einem Blick purer Bewunderung, der seine Züge so erhellte, dass er kaum wiederzuerkennen war, streichelte er ihre Wange, und sein Ausdruck wurde zärtlich. Er schien etwas sagen zu wollen, und Meg wollte glauben, dass es für ihre Zukunft von Bedeutung wäre.

Wartend zog sich ihr das Herz zusammen.

Doch Meg sollte niemals herausfinden, was Alex sagen wollte, bedeutsam oder nicht.

Denn genau in diesem unglaublich vielversprechenden Moment, als alles möglich schien, flog die Tür auf, und Megs Leben änderte sich für immer.

16

»Du Bastard!«, fluchte Jamie wild. »Dafür sollte ich dich töten!«

Sofort rollte Alex sich schützend vor Meg, um sie vor Jamies Blicken zu verbergen. Meg zog nicht weniger schnell die Bettdecke hoch und bedeckte damit ihre Nacktheit.

Mit hartem Gesicht starrte Alex seinen ehemaligen Freund an. »Du kannst es ja versuchen«, sagte er mit tödlich ruhiger Stimme. »Doch ich würde es dir nicht raten. Besonders nachdem du gerade ohne Einladung in mein Zimmer geplatzt bist und nicht einmal die Höflichkeit besitzt anzuklopfen.«

»Ich bin auf der Suche nach Meg, und als mir ihre Kammerzofe gesagt hat, wohin sie gegangen ist …« Jamie warf einen spöttischen Blick auf das Bett. »Nun, anscheinend komme ich zu spät.«

»Sei vorsichtig, Campbell, bevor du etwas sagst, das ich nicht tolerieren kann.«

Alex' kaum in Zaum gehaltene Androhung seines Zorns dämpfte Jamies rechtschaffene Entrüstung etwas. Alex sollte derjenige sein, der eine Herausforderung aussprach. Wenn er sich nicht wegen der Eifersuchtsqualen des anderen Mannes schuldig fühlen würde, hätte er das auch getan. Er war rasend vor Wut darüber, dass Jamie derartig hereingeplatzt war und Meg in Verlegenheit gebracht hatte. Seine bloße Anwesenheit schien das, was sie miteinander geteilt hatten, zu etwas Schändlichem und Schmutzigem zu machen. Doch am meisten ärgerte es ihn, dass Jamie ihn dazu zwang, der Wahrheit darüber, was er getan hatte, ins Auge zu blicken, bevor er überhaupt Gelegenheit hatte, diesen Augenblick des Glücks und der Zufriedenheit zu würdigen.

»Wenn du nicht willst, dass der ganze Hof von der Sache Wind bekommt, dann senkst du besser die Stimme und schließt die Tür.«

Jamie sah aus, als wolle er sich weigern, und wenn auch nur aus Prinzip, doch nach einem schnellen Blick auf Megs blasses Gesicht schloss er die kaputte Tür.

Im selben harten Ton befahl Alex: »Wenn du dich jetzt kurz umdrehst, dann kannst du Meg weitere Verlegenheit ersparen.«

Jamie tat wie ihm geheißen und drehte ihnen steif den Rücken zu, damit sie sich anziehen konnten. Alex glitt vom Bett, hob Hose und Hemd von dem Kleiderhaufen auf dem Fußboden auf und zog sich schnell an. Als er fertig war, reichte er Meg ihre Kleider. Er gab ihr etwas Zeit, das Hemd überzuziehen, dann half er ihr, so gut er konnte, ihr Mieder und das Kleid zu schnüren.

Als ihre Kleidung wieder halbwegs ordentlich war, bedeutete Alex Jamie, dass er sich wieder umdrehen konnte. Die Stille in dem kleinen Zimmer war ohrenbetäubend, während sie sich gegenseitig anstarrten. Stumme Anschuldigungen flogen zwischen ihnen hin und her.

Dann brach Jamie das Schweigen. »Nun, es scheint so, als ob du deine Meinung geändert hast. Wirst du nun um sie anhalten?«

Es war mucksmäuschenstill.

Alex konnte fühlen, wie die Konsequenzen seiner Entscheidung mit Macht über ihn hereinbrachen. Konsequenzen, derer er sich bewusst gewesen war, von denen er aber geglaubt hatte, dass er alleine mit ihnen fertig werden konnte.

Er wusste, was er zu tun hatte. Die Ehre verlangte es. In

dem Augenblick, in dem er sie in sein Bett genommen hatte, hatte er die Entscheidung getroffen. Selbst im Rausch der Leidenschaft war es ihm bewusst gewesen. Jamies ungelegenes Auftauchen beschleunigte seine Entscheidung nur. Doch das machte es nicht einfacher, es auszusprechen. Auch wusste er nicht, was es für seine Pläne, nach Lewis zu gehen, bedeutete. Er wollte Meg keiner Gefahr aussetzen; doch wie sollte er der Ehemann sein, den sie brauchte, wenn er auf Lewis kämpfte?

Wie konnte er all das gefährden, wofür er die letzten fünf Jahre gearbeitet hatte? Er dachte an die Stunden, die er auf dem Schlachtfeld damit verbracht hatte, seine Kampfkunst zu perfektionieren, an die Jahre, die er nicht bei Heim und Familie verbracht hatte, sondern unter Bedingungen gelebt hatte, die eines Hundes nicht würdig gewesen wären. Am meisten musste er an seine Cousins denken und an die unglückselige Entscheidung, die zu ihrem Tod geführt hatte. Musste er zwischen Meg und seinem Gewissen wählen?

Genau das wollte er vermeiden. Alex empfand mehr für Meg, als er je für eine andere Frau in seinem Leben empfunden hatte. Mehr als er sich eingestehen wollte. Genug, um zu wissen, dass ihn zu heiraten ihr eine Menge Probleme einbringen würde. Doch er hatte keine Wahl. Er konnte sie nicht dem Ruin und der Enttäuschung ihres Vaters überlassen.

Er gab keinem anderen als sich selbst die Schuld dafür, doch es gefiel ihm nicht, zu etwas gezwungen zu werden, ganz besonders nicht auf diese Weise.

Meg konnte nicht glauben, was gerade geschah. Eben hatte sie noch in dem wunderbarsten Augenblick ihres Lebens geschwelgt, im nächsten Moment war Jamie ins Zimmer gestürmt und hatte sie *in flagranti delicto* erwischt. Plötzlich fühlte sich alles so ... falsch an.

Einen Augenblick lang glaubte sie, dass sie sich schlagen würden. Zwischen diesen beiden starken Männern, für die sie so viel empfand, floss eine unglaublich gewaltbereite Spannung. Meg hasste es, sehen zu müssen, wie sie sich wegen ihr beinahe gegenseitig an die Kehle gingen.

Sie wollte etwas zu Jamie sagen, versuchen, es ihm zu erklären, doch die Worte schienen ihr im Hals stecken zu bleiben. Er sah sie nicht einmal an. Meg fühlte sich elend. Sie wollte ihm nie wehtun. Sie hatte Jamie sehr gern, er war wie ein Bruder für sie.

Sie wusste, was sie riskiert hatte, indem sie hierhergekommen war, doch sie hatte sich natürlich nie ein so albtraumhaftes Szenario wie dieses vorgestellt. Ein Szenario, das nur noch schlimmer wurde, als Jamie eine Antwort auf die Frage forderte, die sie am dringlichsten hören wollte. Doch sie wollte es von Alex hören. Aus freien Stücken, ohne Zwang.

Meg wartete.

Es war offensichtlich, dass Alex einen inneren Kampf gegen Dämonen ausfocht, die sie nicht kannte.

Der Magen krampfte sich ihr bei einer dunklen Vorahnung zusammen. Mit jeder endlosen Sekunde, die verstrich, klammerte sie sich an die Hoffnung auf eine Zukunft, die drohte, zu ihren Füßen in tausend Scherben zu zerspringen.

Alex sah sie nicht an, sondern hielt den Blick fest auf Jamie gerichtet. »Ich brauche niemanden, der mich an meine Pflicht erinnert.« Meg konnte den Groll zwischen den Männern beinahe körperlich spüren. Ein Groll, der sich letztlich auch auf sie erstrecken würde, befürchtete sie. *Pflicht*. Das Wort brannte ihr ein Loch in die Brust. Sie wollte keine Pflicht sein.

Schließlich wandte Alex sich zu ihr um und nahm ihre eiskalte Hand in die seine. »Meg, würdest du mir die Ehre erweisen und meine Frau werden?«

Da war er.

Der Antrag. Mit starker und fester Stimme ausgesprochen, in dem tiefen Klang, den sie so liebte. Er sprach, ohne zu zögern oder auszuweichen, dennoch zog sich Meg das Herz schmerzhaft zusammen. Denn der Antrag kam aufrichtig, aber nicht von ihm selbst. Nicht durch seine eigene Entscheidung. Nicht mit Worten der Liebe, sondern erzwungen durch sein unfehlbares Gefühl für Anstand und Ehre.

Die Wahrheit streckte sie beinahe nieder. *Er will mich nicht heiraten.*

Was hatte sie sich nur dabei gedacht hierherzukommen?

Ich habe ihn dazu gezwungen, mich zu heiraten, erkannte sie. *Was kann ich noch tun? Ich bin ruiniert. Ich habe eine Pflicht gegenüber meiner Familie, meinem Clan.*

Mit diesem Antrag bekam sie, wofür sie hergekommen war, doch nun wünschte sie sich, er würde sie abweisen. *Er hat es versucht*, erinnerte sie sich nur zu lebhaft. Vor Demütigung bildeten sich rote Flecken auf ihren Wangen. Tief in ihrem Innern hatte sie wirklich geglaubt, dass er sie heiraten wollte. Sie hatte sich geirrt. Nun würden sie beide deswegen leiden.

Heiße Tränen schnürten ihr die Kehle zu und nahmen ihr die Sicht. Sie versuchte zu lächeln, doch es wurde nur eine zitternde, unbeholfene Grimasse daraus. »I … I … ja«, brachte sie schließlich heraus. Gleich würde sie anfangen zu weinen. Sie musste hier raus. »Ich muss auf mein Zimmer zurück«, sagte sie übertrieben fröhlich. Mit so viel Würde, wie sie aufbringen konnte, legte sie den Umhang um und ging zur Tür. Mit einem letzten Blick auf die beiden Männer flüsterte sie: »Es tut mir leid.«

»Meg«, rief Alex und machte einen Schritt auf sie zu. »Warte.«

Doch sie tat so, als höre sie ihn nicht, und floh, so schnell ihre winzigen Lederschuhe sie trugen, den kühlen, dunklen Korridor hinunter.

Oh verdammt, dachte Alex, als er einen Blick auf Megs Gesichtsausdruck erhaschte, bevor sie durch den Korridor verschwand. Er drehte sich zu Jamie um. »Nun, das ist ja gut gelaufen. Nicht gerade so, wie ich mir einen Heiratsantrag vorgestellt hatte. Was zum Teufel hast du dir dabei gedacht?«

Alex würde es bei Meg später wiedergutmachen, es war offensichtlich, dass sie erst einmal alleine sein musste, um den Schock über das, was gerade geschehen war, zu verarbeiten. Er konnte ihr Bedürfnis danach, alleine zu sein, nachvollziehen. Allerdings sah Campbell nicht so aus, als beabsichtige er zu gehen.

»Ich wollte nie …« Jamie verstummte, als er endlich zu begreifen schien, was sein unbedachtes Handeln ausgelöst hatte. Indem er derart ins Zimmer gestürmt war, hatte er genau das heraufbeschworen, was er vermeiden wollte – Megs Verlobung mit Alex. »Verdammt!« Er schritt nachdenklich in dem kleinen Zimmer auf und ab, gelegentlich sah er Alex an, als wolle er die Antworten von seinem Gesicht ablesen. Als er schließlich stehen blieb, war der Blick, mit dem er Alex musterte, kein freundlicher und würde es vielleicht auch nie wieder sein, doch zumindest war er nicht mehr von Hass zerfressen. »Ich merkte, dass Meg sich verändert hat, als ich zurückgekommen war«, sagte er. »Sie glaubt, dass sie in dich verliebt ist. Du hast sie ausgenutzt.«

Liebe? Alex war wie vom Donner gerührt. Sein ganzer Körper erstarrte. Konnte das möglich sein?

Ja. Das Herz quoll ihm über, als ihm bewusst wurde, dass Jamie recht hatte. Meg musste glauben, dass sie ihn liebte. Sie würde sich nicht einem Mann hingeben, wenn sie nicht glaubte, dass sie ihn liebte. Und die Heftigkeit seiner Reaktion sagte ihm, wie sehr er sich wünschte, dass es wahr wäre. Die Erkenntnis überwältigte ihn. Erfüllte ihn mit Demut. Erschütterte ihn. Und gab ihm einen Augenblick lang Hoffnung. Megs Liebe zu besitzen war etwas, das er für immer in Ehren halten würde.

»Offensichtlich habe ich dich unterschätzt«, fuhr Jamie fort. »Du arbeitest schnell. Worum geht es dir? Geld? Land?«

Alex' Augen wurden schmal. »Mach dich nicht lächerlich! So ist es nicht.«

»Es ist nicht so?«

Alex schüttelte den Kopf. »Ich habe dir die Wahrheit gesagt. Ich hatte nicht vor, dass das passiert.«

»Aber es tut dir auch nicht leid.«

Alex dachte einen Moment darüber nach und erkannte, dass Jamie recht hatte. Er hatte versucht, sie zu beschützen, indem er das Richtige tat, doch er wollte Meg zur Frau. »Nein, tut es nicht. Die Art und Weise, wie es zustande gekommen ist, vielleicht, aber nicht, dass es geschehen ist.«

»Du empfindest etwas für sie.« Jamie klang verblüfft.

Alex brauchte nicht zu antworten.

Mit abschätzendem Blick musterte Jamie ihn, als ob etwas, das ihn beschäftigte, endlich einen Sinn ergab. »Du empfindest wirklich etwas für sie. Deshalb willst du nicht, dass sie in das verwickelt wird, was immer du auch hier bei Hofe machst.« Mit einer Handbewegung blockte er Alex' Einspruch ab. »Gib dir keine Mühe. Ich weiß nicht, was du vorhast, aber ich bin sicher, du suchst keine Arbeit als Söldner.

Ich habe selbst ein paar Nachforschungen angestellt. Anscheinend kann sich niemand daran erinnern, dass ein Alex MacLeod in den letzten paar Jahren als Söldner mit den O'Briens gekämpft hätte.«

Alex zeigte keine Reaktion. Es überraschte ihn nicht, dass seine Tarnung aufgedeckt worden war, sondern nur, dass Jamie es so schnell geschafft hatte. Es war ein Trost für ihn, dass alles, was Jamie im Moment gegen ihn in der Hand hatte, nur ein Verdacht war. Er wusste nichts Konkretes. Alex war klar, dass es Campbell nur noch darin bestärken würde, wenn er versuchte, es zu leugnen. Also entgegnete er nichts, weder Zustimmung noch Widerspruch. »Glaub, was du willst. Meine Angelegenheiten sind allein meine Sache.«

»Nicht, wenn du Meg mit hineinziehst. Dann habe ich auch etwas damit zu tun.« Jamie holte tief Luft. »Es ist nicht notwendig, dass du sie heiratest.«

»Natürlich ist es das.«

»Ich werde niemandem erzählen, was ich heute gesehen habe.« Jamie straffte den Rücken noch etwas stärker. »Ich habe vor, Meg zu bitten, mich zu heiraten.«

Alex ballte die Faust, bereit, sie in Jamies entschlossen vorgerecktes Kinn zu donnern. Er trat einen Schritt auf ihn zu. »Ich glaube, das Mädchen ist bereits verlobt.«

Herausfordernd hielt Jamie seinem Blick stand. »Lass sie selbst ihre Wahl treffen.«

Mit Mühe kämpfte Alex die rasende Wut nieder, die ihn bei Jamies Worten erfasste. Meg gehörte ihm. Jeder Muskel seines Körpers wehrte sich gegen Jamies Vorschlag, selbst als sein Verstand erkannte, dass er recht hatte.

Jamie bemerkte sehr wohl, wie Alex reagierte, doch er gab nicht nach. »Meg hat nicht verdient, in Gefahr gebracht zu werden«, fuhr er fort. »Wenn du etwas Ungehöriges vorhast, dann wirst du sie da nicht hineinziehen. Du musst wissen, dass eine Heirat mit so einem Mann das Allerschlimmste wäre, was ihrem Clan – und dadurch ihr – passieren könnte. Es sei denn, du bist bereit aufzugeben, was auch immer du geplant hast.«

Es gefiel Alex überhaupt nicht, dass Jamie ihm seine eigenen Bedenken unter die Nase rieb. Die Ehre gebot ihm, zwei einander widersprechende Dinge zu tun: Meg zu heiraten und gegen die Ungerechtigkeit des Königs auf der Isle of Lewis zu kämpfen. Mit schmalen Augen musterte er seinen Feind, halb argwöhnisch, halb besorgt. Intuitiv hatte Jamie das erkannt. Er verstand den Konflikt, in dem Alex sich befand, und verwendete nun Alex' Gewissen gegen ihn. Jamie wusste, dass Alex Meg nicht unnötig in Gefahr bringen würde, nicht, wenn sie aus der Sache noch unbeschadet hervorgehen konnte. Er sah ihr Gesicht vor sich, wie sie den Raum verlassen hatte. Nun, zumindest halbwegs unbeschadet.

Er biss die Zähne zusammen und schluckte die ablehnende Antwort hinunter, die er Jamie verzweifelt entgegenschleudern wollte. Er konnte es nicht, weil Jamie recht hatte. *Der Teufel sollte ihn verdammt noch mal holen!* »Nach dem, was du gerade gesehen hast, weißt du, dass mich die Ehre dazu zwingt, sie zu heiraten«, brachte er schließlich hervor. »Ich werde meinen Antrag nicht zurücknehmen. Es ist ihre Entscheidung.«

Sie glaubte, dass sie ihn liebte. Alex kannte Meg. Wenn er sie in seine Pläne einweihte, würde sie in ihm einen verdammten Helden sehen und die Gefahr für sich selbst ignorieren. Ein Teil von ihm wollte genau das tun, ihr die Wahrheit sagen, die Bürde der Entscheidung auf sie abwälzen. Sie konnte die Tatsachen erfahren und dann selbst entscheiden.

Damit würde er sie vor eine Wahl stellen, von der er ziemlich sicher war, dass sie zu seinen Gunsten ausfallen würde.

Konnte er sie heiraten, obwohl er wusste, dass er sie dadurch in Gefahr brachte, wenn es eine Alternative gab? Eine *sichere* Alternative?

Selbstsüchtig wollte er sie behalten, nun, da er sie besaß. Doch er wusste, dass er nicht der beste Mann für sie war.

Verflucht seien Jamie Campbell und sein verdammter Vorschlag.

Alex musste sie von sich stoßen, er durfte ihr keine andere Wahl lassen, als die Verlobung zu lösen.

Wenn es einen Weg gab, sie vor Gefahr zu bewahren und sie davon abzuhalten, einen Fehler zu begehen, indem sie ihn heiratete, dann würde er ihn finden. Gleichgültig, was es ihn selbst kostete.

17

Alex hätte sich keine Gedanken darüber machen müssen, wie er Meg davon überzeugen sollte, ihre Verlobung aufzulösen. Die Möglichkeit dazu bot sich ihm von selbst.

Und das keine Minute zu früh. Innerhalb weniger Stunden würden seine Männer sich vor den Toren der Stadt treffen, um zur Isle of Lewis aufzubrechen. Doch er konnte nicht fortgehen, ohne die Dinge mit Meg zu klären – auf die eine oder andere Weise. Gerade hatte er sein Frühstück beendet und dachte darüber nach, seinen Bruder um Rat zu fragen, als der Marquis of Huntly auf ihn zukam.

»Habt Ihr über mein Angebot nachgedacht?«, fragte Huntly.

Da er mit seinen Gedanken woanders war, dauerte es einen Moment, bis ihm klar wurde, wovon Huntly sprach. Ach ja, Huntly wollte ihn als Söldner anheuern. Da er nach seiner Abreise diese Tarnung nicht mehr brauchen würde, lagen ihm die Worte für eine höfliche Absage schon auf der Zunge, als er aus dem Augenwinkel sah, dass Meg in der Nähe der Tür zum Speisesaal stand. Sie musste stehen geblieben sein, als sie sah, mit wem Alex sich unterhielt. Er tat so, als sähe er sie nicht.

Sein Verstand arbeitete fieberhaft. Das war es. Das war seine Gelegenheit. Er fühlte einen scharfen Stich des Bedauerns darüber, was er gleich tun musste. Dank Huntly nahm Alex ihr die Entscheidung wirkungsvoll aus der Hand. Huntly hatte ihm unwissentlich die perfekte Gelegenheit gegeben, sie dort zu treffen, wo sie am verletzlichsten war – ihrem Bruder.

»Ein wenig«, antwortete Alex. »Was genau schlagt Ihr mir vor?«

»Ich bin mir nicht sicher, ob es Euch zusagen wird. Ich kann Euch keine Einzelheiten nennen, aber so viel kann ich sagen: Es könnte bedeuten, dass Ihr gegen andere Highlander kämpfen müsst.«

Alex zuckte gleichgültig die Schultern. Doch nun war er nur noch mehr davon überzeugt, dass Huntly davon sprach, *für* die Abenteurer von Fife zu kämpfen. Die Ironie des Ganzen entging ihm nicht.

»Vielleicht sogar gegen Euren Bruder«, warnte Huntly.

Stand sie nahe genug? Um nichts zu riskieren, sprach Alex etwas lauter. »Zweifellos habt Ihr gehört, dass mein Bruder und ich über vielerlei Dinge unterschiedlicher Meinung sind. Für eine entsprechende Gegenleistung wäre ich empfänglich«, meinte er und betonte dabei besonders das Wort Gegenleistung. Er wagte nicht nachzusehen, ob Meg zuhörte.

»Ihr würdet reich entlohnt«, antwortete Huntly. »Ein Schwertarm wie Eurer wäre für die Sache, die wir im Sinn haben, äußerst wertvoll.«

»Natürlich. Doch das ist nicht die einzige Gegenleistung, die ich meine.« Kurz stockte er angesichts dessen, was er gleich tun würde. *Vergib mir.* »Wie es scheint, sind mir kürzlich ein paar Ländereien zugefallen. Beträchtliche Ländereien.«

Er hörte einen schwachen Laut. Ein ersticktes, scharfes Einatmen. Also hörte sie zu. Die Brust wurde ihm eng, als ihm klar wurde, welchen Schmerz er ihr zufügte. Noch nicht einmal einen ganzen Tag verlobt, und er beanspruchte bereits ihr Land. Doch er tat das Richtige. Das Beste für Meg. Dieses Wissen ließ ihn fortfahren, obwohl jedes Wort, das er sprach, den Dolch nur noch tiefer in seine Brust trieb.

Huntly wirkte überrascht. »Oh?«

»Ja, Mistress Mackinnon hat zugestimmt, meine Frau zu werden. Sicher seid Ihr Euch bewusst, dass eine so reif dargebotene Gelegenheit gepflückt werden will.«

Huntly lächelte. »Also hatte ich recht. Ihr hattet Absichten bei dem Mädchen.«

Alex setzte eine Miene auf, die so viel wie »Erwischt« bedeuten sollte. »Sie ist verlockend«, betonte Alex.

»Ja«, stimmte Huntly ihm zu. »Ein sehr verlockender Bissen für einen ehrgeizigen Mann wie Euch. Die richtige Unterstützung, und Ihr könntet Chief werden.«

Alex machte eine Pause, bevor er das Wort aussprach, das sein Schicksal besiegeln und Meg für immer von ihm fort und in Jamies Arme treiben würde. Sein ganzer Körper verspannte sich und kämpfte dagegen an. Er wünschte, es gäbe eine andere Möglichkeit …

»Genau«, log er. Meg *war* verlockend, doch aus keinem dieser Gründe. Nun würde sie ihn niemals heiraten. Nicht, wenn sie glaubte, dass er die Position ihres Bruders an sich reißen wollte.

»Und die Gegenleistung, von der Ihr spracht?«

»Dass Ihr, falls nötig, wenn die Zeit reif ist, ein gutes Wort beim König für mich einlegt.«

Huntly sah ihn nachdenklich an. »Ich werde sehen, was ich tun kann. Dann sind wir uns also einig?«

Als er das sanfte Rauschen sich entfernender Röcke hörte, wagte Alex einen schnellen Blick zur Tür, um zu sehen, ob Meg tatsächlich fort war. Er stand auf. »Ich werde darüber nachdenken.«

Huntly sah etwas überrascht aus, als Alex nicht sofort annahm, doch er nickte ihm zu, als Alex zur Tür ging. Seine Beine bewegten sich so gezwungen wie die eines Mannes, der zu seiner Hinrichtung schreitet. Alex hatte noch eine weitere Sache zu erledigen, bevor er abreiste. Der Augenblick war gekommen, um mit Meg zu reden. Oder, korrigierte er sich, ihr die Gelegenheit zu geben, mit ihm zu reden.

Megs Gedanken waren am Morgen kein bisschen klarer als am Abend zuvor, als sie zu Bett gegangen war. Sie liebte Alex und war davon überzeugt, dass er der richtige Mann für ihren Clan war. Selbst nun, da sie wusste, dass er sie nicht heiraten wollte, konnte sie ihren Vater und den Clan nicht enttäuschen, indem sie allein ihres Stolzes wegen die Verlobung löste. Es stand zu viel auf dem Spiel.

Er empfand etwas für sie, das wusste sie. Sicher würde er irgendwann einlenken, oder?

Mit diesem Gedanken war sie in der Hoffnung, ihn zu finden, in den Speisesaal gegangen.

Wenn sie das doch nur nicht getan hätte!

Es kam ihr seltsam vor, ihn wieder mit Lord Huntly sprechen zu sehen. Da sie das Gespräch nicht unterbrechen wollte, hatte sie sich im Hintergrund gehalten, um zu warten, bis sie ihre Unterhaltung beenden würden.

Ihre Stimmen drangen zu ihr herüber, als wären sie extra für ihre Ohren bestimmt. Als sie Lord Huntlys Angebot, Alex als Söldner anzuheuern, hörte, war sie schockiert. Noch mehr schockierte sie allerdings seine Antwort. Sie musste ihn falsch verstanden haben. Alex würde nicht gegen Highlander kämpfen – gegen seinen eigenen Bruder – oder etwa doch? Schon der bloße Gedanke daran war abstoßend. Meg mochte eine pragmatische Einstellung zu den Problemen der Highlands haben, doch sie würde niemals hinnehmen, dass jemand das Schwert gegen ihr eigenes Volk erhob. Das war nicht das erste Mal, dass sie seine Loyalität in Frage stellte, schoss es ihr durch den Kopf, als sie sich daran erinnerte, wie sie ihn kurz nach seiner Ankunft beim Kartenspiel mit den Männern des Königs gesehen hatte.

Was wusste sie denn wirklich von seinen Aktivitäten? Für sein Kämpfen mit den MacGregors hatte sie ihm ein höheres Ziel unterstellt. Doch was war, wenn es keines gab? Ihr Herz fing an zu pochen.

Ein Pochen, das zu einem wilden Hämmern wurde, als sie seine nächsten Worte hörte.

»Mir sind kürzlich ein paar Ländereien zugefallen.«

Das klang nicht nach ihm. Dieser opportunistische Fremde konnte unmöglich Alex sein. Doch es war dasselbe goldene Haupt, dieselben schönen, starken Züge und derselbe sinnliche Mund, der sie letzte Nacht so leidenschaftlich geküsst hatte. Sie fühlte Panik in sich aufsteigen, als sie darauf wartete, was als Nächstes kommen würde.

»Eine reif dargebotene Gelegenheit, die gepflückt werden will«, hatte er gesagt. Sie bedeutete ihm so viel wie eine reife Frucht.

»… Ihr könntet Chief werden«, hatte Huntly gesagt.

Die Antwort darauf hatte sie bis ins Mark getroffen: *»Genau.«*

Nein! Sie krümmte sich und fuhr sich mit der Hand an den Bauch, als hätte er sie mit seinen Worten körperlich getroffen. Sie wollte es nicht glauben. Sie hätte es nie geglaubt, wenn sie es nicht von ihm selbst gehört hätte.

Er wollte sie zwar nicht heiraten, doch das hielt ihn nicht davon ab, aus der Situation seinen Vorteil zu ziehen. Er hatte vor, die Autorität ihres Bruders anzufechten. Das Schlimmste war, dass er zweifellos einen guten Chief abgeben würde. Aber nicht so. Nicht, indem er sie betrog und ihren Bruder aus dem Amt drängte.

Wie zuvor schon Ewen Mackinnon, der Junge, der ihre mädchenhaften Träume so grausam zerstört hatte, war auch Alex nur ein Mann, der sie für seine ehrgeizigen Pläne benutzte.

Das ergab alles keinen Sinn. Nach allem, was sie miteinander geteilt hatten? In seinen Armen hatte sie sich geliebt und geschätzt gefühlt. Er hatte sie mit solch zärtlicher Rücksichtnahme geliebt. Hatte er das alles nur gespielt?

Sie hatte geglaubt …

Ein leiser Aufschrei drang erstickt aus ihrer Kehle. *Oh Gott, sie war eine Närrin! Eine blinde, liebeskranke Närrin.* Sie hatte geglaubt, dass er etwas für sie empfand.

Sie hatte sich geirrt. In allem geirrt. Sie hatte ihr Vertrauen dem falschen Mann geschenkt. Zu glauben, dass sie befürchtet hatte, er wäre zu sehr Kriegsherr, ohne den nötigen politischen Scharfsinn, um mit den Männern des Königs verhandeln zu können! Er war schon scharfsinnig genug – nur nicht auf die Art und Weise, wie sie sich das vorgestellt hatte.

Er hatte sie enttäuscht.

Nein, das stimmte nicht. Sie hatte sich selbst enttäuscht. Denn für diese Katastrophe konnte sie niemand anderem die Schuld geben als sich selbst.

Meg war ruiniert, ohne Hoffnung, jemals einen Ehemann zu finden, der ihr helfen würde, Dunvegan zu verteidigen. Sie hatte bei der Aufgabe, die ihr gestellt worden war, kläglich versagt, das würde sie sich nie verzeihen. Sie hatte ihren Vater enttäuscht, der ihr vertraut hatte, wo andere Männer es nicht getan hätten. Was würde aus ihrem Bruder? Aus ihrem Clan? Wie konnte sie so selbstsüchtig sein?

»Du bist ein kluges Mädchen, Meggie. Ich weiß nicht, was ich ohne dich tun würde«, klang ihr die Stimme ihres Vaters

in den Ohren. Das Herz krampfte sich ihr zusammen, wenn sie daran dachte, wie enttäuscht er wäre. Klug vielleicht. Aber nicht klug genug.

Sie hatte sich hinters Licht führen lassen. Ihr war klar gewesen, dass sie mit dem Herzen und nicht mit dem Kopf dachte, doch sie konnte nicht damit aufhören. Die Zeichen waren da gewesen, sie hatte es nur vorgezogen, sie zu ignorieren. So sehr hatte sie sich gewünscht, dass er der Richtige wäre. Meg hatte sich von einem gut aussehenden Gesicht täuschen lassen, so wie schon tausende Frauen vor ihr.

Nun musste sie den Schmerz der Enttäuschung erdulden. Den Schmerz darüber, dass sie die Menschen im Stich gelassen hatte, die sie liebte.

Sie hatte alles für die Liebe riskiert. Und verloren.

Musste es denn wirklich so wehtun? Dieser brennende Schmerz in der Brust, der ihr das Herz zuschnürte. Sie war schon einmal enttäuscht worden. Es sollte beim zweiten Mal doch leichter zu ertragen sein. Sie hatte das schließlich bereits durchgemacht.

Doch so war es nicht. Nichts hätte sie auf die Seelenqualen vorbereiten können, die Alex' Betrug ihr bereitete. Den brennenden Schmerz, der sie zu verzehren schien.

Atme!

Doch sie wollte nur noch den Kopf in die Hände legen und dem reißenden Mahlstrom aus Tränen freien Lauf lassen, der in ihr tobte. Von irgendwoher nahm sie die Kraft, auf den Beinen zu bleiben. Es war eine Kraft, die aus der Enttäuschung entstand. Sie wusste, was sie zu tun hatte.

Ihr Rücken fühlte sich unnatürlich steif an, als sie sich vom Speisesaal zurückzog, die Hände fest in die kühle Seide ihrer Röcke verkrampft. Sie fühlte sich zerbrechlich, so als könne sie bei der kleinsten Berührung in tausend Teile zerspringen. Kurz dachte sie daran, in ihr Gemach zurückzukehren oder wieder zu Alex' Zimmer zu gehen, um dort auf ihn zu warten, doch sie wusste, dass sie das hier sofort tun musste, sonst wäre sie vielleicht nicht mehr dazu fähig. Sie betrat ein kleines Vorzimmer nicht weit vom Speisesaal entfernt. Dort hätten sie ein gewisses Maß an Privatsphäre, doch der öffentliche Charakter des Raumes würde sie daran hindern, zusammenzubrechen. Sie hatte sich schon genug zum Narren gemacht.

Zu nervös, um sich hinzusetzen, blieb sie neben dem großen steinernen Kamin stehen, von wo aus sie den steten Strom der Höflinge beobachten konnte, die aus dem Speisesaal kamen. Sie musste nicht lange warten.

»Mylaird«, rief sie ihn, als er an der offenen Tür vorbeiging.

Beim Klang ihrer Stimme wandte er den Kopf. Ihre Blicke trafen sich, und der scharfe Schmerz, der gerade angefangen hatte, abzustumpfen, schnitt mit neuer Schärfe in ihre Brust und nahm ihr den Atem. Wie konnte solche Schönheit so viel Verrat verbergen? Das Gesicht, das sie anfangs angezogen hatte, war nur noch schöner geworden, je mehr sie sich in ihn verliebt hatte. Nun, nachdem die Maske gelüftet war, sollte sie eigentlich seine Hässlichkeit sehen. Doch alles, was sie sah, war der Mann, der sie geliebt hatte und der sie angesehen hatte, als wäre sie der schönste und wichtigste Mensch auf der ganzen Welt.

Ihr Schmerz war so greifbar, dass sie sich fragte, ob er ihn spüren konnte.

»Meg«, sagte er und machte ein paar Schritte in den Raum. »Was machst du hier?«

Sie konnte das nicht tun. Verzweiflung stieg in ihr hoch und drohte aus ihr herauszubrechen.

Nein! Sie verdrängte den Schmerz. Er würde niemals erfahren, wie sehr sein Betrug sie getroffen hatte. Sie hatte ihm nie von Ewen erzählt.

Mit erhobenem Kinn sah sie ihm in die Augen. »Ich möchte mit dir reden.« Sie wartete darauf, dass er näher kam. »Dein edles Opfer wird nicht nötig sein«, sagte sie mit einer Schärfe in der Stimme, die ihr völlig fremd war.

Er wirkte ungerührt. »Ich fürchte, ich verstehe nicht.«

»Nicht?« Sie hob eine Augenbraue. »Siehst du, ich habe meine Meinung geändert. Ich fürchte, ich habe deinen Antrag letzte Nacht zu schnell angenommen. Die Antwort ist Nein. Nein, ich werde dich nicht heiraten«, wiederholte sie ein wenig bestimmter.

Wenn er überrascht war, dann zeigte er es nicht. Doch so war Alex, eine undurchdringliche Mauer aus Granit. Ein Krieger. Ein Mann, der niemanden brauchte. Am allerwenigsten sie.

Sein Blick durchbohrte sie mit harter blauer Eindringlichkeit. »Darf ich fragen, warum? Du wirst vielleicht verstehen, dass mich das nach letzter Nacht etwas verwirrt.«

Megs Wangen glühten. »Ich bin zu dem Schluss gekommen, dass wir doch nicht zusammenpassen.«

Er sah sie an, als warte er darauf, dass sie noch etwas sagte. Schließlich fragte er: »Du überlegst es dir nicht mehr anders?«

Sie wünschte sich, er möge ihr widersprechen. Ihr sagen, dass sie sich irrte. Ihr all die Gründe nennen, warum sie heiraten sollten. Das Herz zog sich ihr zusammen. Ihr sagen, dass er sie liebte. Doch er nahm ihre Entscheidung so gleichmütig hin, dass es ihr das Herz brach.

Sie schüttelte den Kopf. »Nein«, sagte sie leise, um das Zittern in ihrer Stimme zu verbergen. Tränen brannten ihr hinter den Augen. Sie konnte sich nicht viel länger zusammenreißen.

Er schien das zu spüren und ging auf die offene Tür zu. Einmal sah er sich noch um und hielt ihren Blick einen Augenblick lang fest. Für einen Moment glaubte sie, Bedauern aufblitzen zu sehen. So rohen Schmerz, dass er dem ihren gleichkam. »Leb wohl, Meg. I …« Er brach ab. »Leb wohl.«

Dann war er fort und ließ Meg zurück, leerer und einsamer, als sie sich je in ihrem Leben gefühlt hatte.

Ironie. Manchmal köstlich, dann wieder bitter. Für Alex traf in diesem Augenblick eindeutig Letzteres zu. Gerade als er sie erfolgreich für immer von sich fortgetrieben hatte, erkannte er, wie sehr er sie liebte. Genau in dem Moment, in dem er jede Chance auf eine Zukunft mit Meg zerstört hatte, konnte er ironischerweise den Gefühlen endlich einen Namen geben, die sich ihm so lange entzogen hatten.

Leider war ihr gebrochenes Herz nötig, um ihm die Wahrheit bewusst zu machen.

Die Wahrheit traf ihn wie ein Schlag vor die Brust, als er sah, wie sie sich ihm stellte, mit dieser verletzlichen Kombination von Stolz und Stärke, die ihn so anzog. Seine eigenen Gefühle wurden auf schmerzhafte Weise deutlich, als sich jede qualvolle Gefühlsregung, die über ihr Gesicht zuckte, in der Qual in seinem Innern widerspiegelte.

Ihr Blick durchbohrte ihn, das gebrochene Herz stand ihr deutlich ins zarte Gesicht geschrieben, als sie ihn stumm anflehte, ihr zu erklären, was nicht erklärt werden konnte. Dieses stumme Flehen zu ignorieren, ihr den Trost zu verweigern, war reinste Folter.

Sein vergifteter Pfeil hatte ihre verwundbarste, bestgehütete Stelle getroffen: das Herz. Er wusste, wie gut sie ihre

Gefühle hinter dieser selbstbewussten, intelligenten Fassade behütete. Sie hatte sich selbst erlaubt, sich ihm zu öffnen, ihm zu vertrauen, und hatte ihm das kostbare Geschenk ihrer Unschuld gemacht, nur damit er auf ihrem Herz herumtrampelte.

Er wollte sie niemals verletzen. Der Kummer und die Verzweiflung in ihrem Gesicht, als er den Raum verließ, fühlten sich wie Peitschenhiebe auf seinen Schultern an. Es kostete ihn jedes Quäntchen Selbstbeherrschung, nicht zu ihr zurückzugehen.

Obwohl ihm die Erkenntnis, dass er sie liebte, plötzlich kam, wusste Alex, dass er sie schon länger liebte. Vielleicht sogar schon von Anfang an, schon damals hatte er gespürt, dass Meg anders war.

Doch nun hatte er Gelegenheit gehabt, die Tiefen dieser anfänglichen Anziehungskraft zu erkunden. Er liebte diese seltsame Mischung aus Ernsthaftigkeit und Naivität, ihre geradlinige Tüchtigkeit, ihre praktische Herangehensweise an Probleme. Mühelos strahlte sie Selbstvertrauen und Tüchtigkeit aus. Er liebte ihr Mitgefühl, ihren trockenen Humor, ihr Engagement für Freunde und Familie. In Wahrheit liebte er alles an ihr.

Alex liebte Meg Mackinnon, und es gab verdammt noch mal nichts, was er dagegen tun konnte. Doch seine plötzliche Erleuchtung, so schmerzhaft sie auch war, änderte nichts an den Tatsachen. Er musste nach Lewis segeln, musste gegen die Abenteurer von Fife kämpfen, er würde ihr Leben in Gefahr bringen, wenn er sie in seine Pläne verwickelte.

Sie wäre bei Jamie besser aufgehoben.

Selbst wenn er das Desaster, das sie gerade belauscht hatte, irgendwie wiedergutmachen könnte, würde das nichts daran ändern, dass sie keine gemeinsame Zukunft hatten. Sie gehen zu lassen, ihr Glück über seines zu stellen, war das Selbstloseste, das er je getan hatte.

Er liebte sie, vielleicht liebte sie ihn sogar ebenfalls. Doch das war nicht genug. Wenn sie die einzigen Menschen auf der Welt wären und es nichts anderes zu berücksichtigen gäbe, dann würde er sie auf der Stelle suchen und sie anflehen, ihm seine Lügen zu verzeihen, dann würde er sie lieben, bis sie alles andere vergaß.

Doch so war es nicht.

Beide hatten sie Menschen, die auf sie zählten, sich auf sie verließen. Das einzig Richtige, Ehrenhafte, das er tun konnte, war, sie ihren eigenen Frieden finden, ihr eigenes Schicksal erfüllen zu lassen. Er musste seines auf Lewis erfüllen.

Alex seufzte schwer. Das Atmen schmerzte ihn, weil die Pein ihm die Brust einschnürte.

Niemals hätte er geglaubt, dass er sich das Herz aus dem Leib schneiden müsste, um seine verlorene Seele zu retten.

Stunden später, als ihre Tränen endlich versiegt waren, riss ein leises Klopfen an der Tür sie aus den Gedanken. »Ich bin es, Meg.« Sie erkannte Jamies Stimme. »Ich weiß, dass du da drin bist. Bitte, ich muss mit dir reden.«

Jamie war der letzte Mensch, den sie jetzt sehen wollte. Nun ja, der zweitletzte. Doch sie schuldete auch ihm eine Erklärung. Vorausgesetzt, sie konnte eine finden. Sie erhob sich von dem Platz am Fenster, glättete ihr Haar und die Röcke, wenngleich ihr bewusst war, dass sie die tränennassen Wangen und verquollenen Augen nicht verbergen konnte.

Langsam öffnete sie die Tür. »Jamie«, flüsterte sie mit viel schwächerer Stimme als üblich. »Ich bin überrascht, dass du hier bist.« Sie senkte verlegen den Blick. »Nach letzter Nacht.«

»Wir sind Freunde, Meg. Daran hat sich nichts geändert. Darf ich reinkommen?«

Sie nickte, erleichtert darüber, dass er keine Bemerkung zu ihrem Aussehen gemacht hatte. »Natürlich. Wenn du willst. Aber ich fürchte, ich bin im Augenblick keine angenehme Gesellschaft.«

Jamie trat ein und schloss die Tür hinter sich. »Ich würde dich nicht stören, wenn es nicht wichtig wäre.«

Sie nickte und führte ihn in den angrenzenden Salon, einen Raum, in dem sie sich für gewöhnlich sehr wohl fühlte. Die penible Ordnung war seltsam beruhigend. Sie warf einen Blick auf die Bücher im Schrank: Seneca, Shakespeare, Sidney, Sophokles, Spenser. Alle Bücher waren alphabetisch geordnet und exakt ausgerichtet. Doch sie fühlte … nichts. Leere. Sie fragte sich, ob sie jemals wieder etwas fühlen würde.

Es gab zwei Sitzbereiche, einen um einen kleinen Kamin und einen anderen in der Nähe eines kleinen Fensters. Eine Vase mit weißen Rosen stand genau in der Mitte eines kleinen Tischchens in der Mitte des Zimmers, zwei emaillierte Döschen waren in exakt gleichem Abstand zur Vase darauf platziert. Sie bedeutete ihm, sich ans Fenster zu setzen, und nahm dann neben ihm auf der kleinen Bank Platz.

Überraschend nahm Jamie ihre Hand. Zutiefst verlegen hielt sie den Blick gesenkt.

»Ich muss mich dafür entschuldigen, was letzte Nacht geschehen ist«, hob er an.

Ihr Kopf fuhr hoch, und sie sah ihn mit großen Augen an. »Wovon redest du? Wenn sich jemand entschuldigen muss, dann bin ich das. Ich fühle mich schrecklich.«

Er schüttelte den Kopf. »Bitte, lass es mich erklären. Ich hatte kein Recht, so bei Alex ins Zimmer zu platzen. Ich war verärgert und besorgt um dich. Es tut mir leid, dass ich genau das forciert habe, was ich eigentlich vermeiden wollte.«

Seine Liebenswürdigkeit sorgte nur dafür, dass sie sich noch schlechter fühlte. Sie hatte ihn schlecht behandelt, und er war ihr immer ein Freund gewesen. »Jamie, es tut mir so leid …«

Er drückte ihre Hand und fiel ihr ins Wort. »Ich würde mich geehrt fühlen, wenn du dich bereit erklärst, meine Frau zu werden.«

Sie starrte ihn mit offenem Mund an. »Das kann nicht dein Ernst sein!«

Bei ihrem Erstaunen versteifte er sich verärgert. »Es ist mein voller Ernst. Ich würde niemals bei etwas so Wichtigem scherzen.«

»Aber Jamie«, rief sie, immer noch fassungslos. »Nach dem, was du gesehen hast, wirst du mich doch sicher nicht heiraten wollen.«

»Ich empfinde sehr viel für dich, Meg. Wir haben die gleichen Interessen, wir denken ähnlich.« Er lächelte sie an. »Wir passen gut zusammen, und unsere Familien würden es auch gutheißen. Und nichts, was Alex MacLeod tut, kann daran etwas ändern.«

Meg konnte es nicht glauben. Sie hätte sich nie träumen lassen, dass Jamie sie immer noch heiraten wollte. Er bot ihr die Möglichkeit, alles zu retten, wofür sie gearbeitet hatte.

Forschend musterte sie sein Gesicht. »Aber liebst du mich?«, fragte sie leise.

»Natürlich liebe ich dich. Ich liebe dich ebenso sehr, wie ich meine Schwester liebe …«

»Genau das ist es«, unterbrach sie ihn mit einem schiefen Lächeln auf den Lippen. »Verstehst du denn nicht? Ich bin nicht deine Schwester. Bist du in mich *verliebt*?«

Röte überzog seine Wangen. »Natürlich bin ich in dich verliebt, was auch immer verliebt bedeutet.«

»Wenn du fragen musst, dann bist du nicht in mich verliebt.«

Jamie fuhr sich mit den Fingern durchs Haar. »Meg, warum ist das denn so wichtig? Unsere Stellung schreibt uns vor, dass wir so heiraten, wie es unsere Pflicht ist. Du bist deinem Vater gegenüber verpflichtet zu heiraten.« Bei dieser unverblümten Ermahnung zuckte sie zusammen. »Eine Verbindung mit den Campbells ist genau das, was dein Clan braucht. Ich kann Ian helfen. Ich kann deinen Clan beschützen. Ich will, dass du die Wahl hast. Du musst Alex MacLeod nicht heiraten. Er ist nicht, wofür du ihn hältst.«

Nein, das ist er wirklich nicht. »Ich werde Alex nicht heiraten.«

Jamie sah verblüfft aus. »Aber ich dachte ...«

»Ich habe meine Meinung geändert.«

»Gut, dann heirate mich.«

»Du musst dich nicht für mich opfern, Jamie. Ich mache dir keinen Vorwurf. Ich wusste, was ich tat.«

»Ich versichere dir, dass dich zu heiraten kein Opfer ist, Meg«, sagte er steif.

Sie nahm seine Hand. »Sei nicht böse. Ich will dich nicht beleidigen. Du bist ein guter Freund, Jamie. Du musst mich für schrecklich undankbar halten. Mich zu bitten, dich zu heiraten, nach allem, was du gesehen hast ... Nun, das würden nicht viele Männer tun.«

»Das ist jetzt nicht der richtige Zeitpunkt.« Er beugte sich vor und drückte ihr einen sanften Kuss auf die Stirn. »Du musst dich nicht gleich entscheiden. Ich bin sicher, du wirst erkennen, dass es wirklich am besten so ist, sobald du in Ruhe über mein Angebot nachgedacht hast.« Er umfasste ihr

Kinn und zwang sie, ihm in die Augen zu sehen. »Ich liebe dich wirklich. Ich werde dich glücklich machen.«

Ihre Augen wurden feucht. Sie nickte und schien um eine Entscheidung zu ringen. »Du bist wirklich ein guter Freund, ich verdiene dich gar nicht. Ich muss nach Dunakin zurückkehren, vielleicht sehen die Dinge auf Skye klarer aus.«

»Nun gut, sprich mit deinem Vater darüber. Du wirst erkennen, dass mein Vorschlag am besten ist, wenn du von hier fort bist.«

Sie wusste, was er meinte. Fort von Alex MacLeod.

Teil II

18

Dunakin, Isle of Skye, September 1605

Drei Wochen waren anscheinend genug Zeit, um sich zu *ver*lieben, jedoch nicht lange genug, um sich zu *ent*lieben. An diese unglückselige Tatsache wurde Meg jeden Morgen gnadenlos erinnert, wenn sie aufwachte und hoffte, dies wäre der Tag, an dem sie Alex vergaß, der Tag, an dem sie mit ihrem Leben weitermachen und Edinburgh hinter sich lassen konnte.

Sie verzog das Gesicht. Drei Wochen, drei Jahre, es machte keinen Unterschied. Sie würde sich daran erinnern. An alles. Jedes Detail dieser wenigen kostbaren Wochen stand ihr so lebhaft vor Augen, als wäre es erst gestern gewesen. Alex' Stärke und natürliche Autorität. Die Art, wie er einen Raum betrat und jeden anderen Mann überflüssig machte. Seine Ruhe unter Druck, und die unmittelbare Kontrolle, die er inmitten der Gefahr ausstrahlte. Die Art, wie er dafür sorgte, dass sie sich sicher fühlte. Doch am lebhaftesten erinnerte sie sich an das köstliche Gefühl in seinen Armen, daran, wie die Wärme seiner Haut sie erhitzte, wie ihr das Herz klopfte, wenn er sie küsste, und an das sinnliche Gefühl, wenn er in ihr war. Sie ausfüllte. Sie vervollständigte.

Sie versuchte es zu vergessen. Oh, sie gab sich wirklich redlich Mühe, sich ihn aus dem Kopf zu schlagen, indem sie sich immer wieder den Anblick in Erinnerung rief, als sie ihn zum letzten Mal gesehen hatte, als er ihr das Herz gebrochen hatte und dann einfach fortgegangen war. Doch nichts konnte die Erinnerungen an die Liebe und Leidenschaft vor dem Betrug auslöschen, die sie heimsuchten.

Sie liebte den Mann, für den sie ihn gehalten hatte, immer noch – obwohl dieser Mann nie wirklich existiert hatte.

Der Schock verging, doch nicht der Schmerz. Er würde sie beständig an ihren Fehler erinnern.

»Was machst du denn hier schon wieder so ganz abgeschieden, mein Liebes?« Rosalinds helle Stimme riss sie aus ihren Gedanken.

Meg drehte sich um und begegnete dem besorgten Blick ihrer Mutter. »Die Aussicht genießen. Ich liebe diesen Teil des alten Turms. Es ist so friedlich hier oben, wenn man zusieht, wie die *birlinns* die Meerenge überqueren.«

»Du zählst die Tageseinnahmen, nicht wahr?«

Meg lächelte. Seit hunderten von Jahren, seit ihre geschäftstüchtige Vorfahrin »Saucy Mary« – die kecke Mary – eine schwere Kette über die Meerenge gespannt hatte, erhoben die Mackinnons Zölle von den Booten, die die schmale Durchfahrt zwischen Skye und dem Festland passierten. Auch sie hätte die Tageseinnahmen gezählt, wenn sie sich auf irgendetwas anderes konzentrieren könnte als auf … Sie schüttelte den Kopf, um wieder klar denken zu können. »Nein, heute nicht.«

»Ich hatte erwartet, dass du irgendwo mit deinem Vater die Köpfe zusammensteckst, da der Michaelistag immer näher rückt.« Rosalind trat näher an den Stuhl heran, auf dem Meg saß, legte ihr die zierlichen Finger unters Kinn und hob ihr Gesicht an. Schwermütige grüne Augen blickten sie traurig an. »Was ist los, mein Liebes? Seit wir vom Königshof zurückgekehrt sind, bist du nicht mehr du selbst. Ich hätte nie gedacht, dass ich mich einmal darüber beschweren würde, aber ich kann mich nicht erinnern, wann ich das letzte Mal gesehen habe, wie du ein Buch liest, die Rechnungsbücher ausgleichst oder etwas über Rentabilität oder andere Wörter, die ich noch nie gehört habe, murmelst.«

Beim Gedanken an Alex zog sich ihr das Herz zusammen. »Vielleicht bin ich ein bisschen ruhiger als sonst, ich musste über vieles nachdenken.« Sie versuchte, ein fröhliches Lächeln aufzusetzen. »Tatsächlich wollte ich gerade Vater suchen. Ich muss mit ihm über Jamie sprechen.«

»Also hast du dich schon entschieden?«, fragte Rosalind vorsichtig.

Hatte es denn jemals wirklich etwas zu entscheiden gegeben? Welche Wahl hatte Meg denn? Nichts hatte sich geändert, seit sie nach Hause zurückgekehrt war: Entweder sie nahm Jamies Antrag an oder sie verletzte ihre Pflicht dem Clan gegenüber. Der Gedanke, eine Wahl zu haben, war eine Illusion. Sie schob das Gefühl der Schuld beiseite, da sie wusste, dass sie Jamie nicht liebte. Elizabeth hatte recht, er verdiente es, geliebt zu werden, und Meg würde alles tun, was in ihrer Macht stand, um ihn zu lieben.

»Ich werde Jamie heiraten, natürlich.«

Eine Mischung aus Enttäuschung und Verzweiflung überzog Rosalinds zartes Gesicht. »Oje, mein Liebes«, murmelte sie. »Ich hatte so gehofft ... Ich hatte gedacht, dass vielleicht Laird MacLeod ...«

Meg erstarrte.

Als Rosalind Megs Reaktion bemerkte, runzelte sie die Stirn. »Nur weil ich dich nicht danach gefragt habe, heißt das nicht, dass ich nicht bemerkt habe, dass zwischen dir und Alex MacLeod etwas vorgefallen ist.«

»Ich weiß nicht, was du meinst.«

»Margaret Mackinnon!« Rosalind stampfte mit dem zierlichen Fuß auf, was ihrem Tadel Nachdruck verleihen sollte, wie Meg vermutete. »Spiel mir nicht die Unwissende! Wir haben den Königshof in solcher Hast verlassen, dass ich kaum noch Zeit hatte, mich umzuziehen und mir meine Reisekleidung anzulegen. Die arme, gute Alys musste noch nie so schnell unsere Sachen packen.« Sie warf empört die Hände in die Luft. »Zerknitterte Seide, zerdrückter Samt, zerrissene Spitze … da hätte alles Mögliche passieren können!«

»Da hatten wir tatsächlich Glück, dass wir es unbeschadet überstanden haben.«

Um Rosalinds Mundwinkel zuckte es, doch ansonsten ignorierte sie Megs scherzhafte Erwiderung. »Und als ob diese Eile noch nicht schlimm genug gewesen wäre, hast du während der ganzen Heimreise keine fünf Worte gesprochen, deine Augen waren tagelang rot und geschwollen. Wirklich, Liebes, du hättest mir erlauben sollen, dir kühle Umschläge zu machen, um diese schrecklichen Augenringe zu verhindern.«

»Wie ich dir schon sagte, ich fühlte mich krank und wollte nach Hause.«

»Krank!« Rosalind schnaubte ungläubig und stemmte die Hände in die schmalen Hüften. »Ich bin vielleicht nicht so belesen wie du und dein Vater, aber ich habe den gesunden Menschenverstand, den Gott mir gegeben hat.«

Überrascht riss Meg die Augen auf. *War ihre Mutter gerade eben spöttisch gewesen?* Dann musste Rosalind wirklich sehr verärgert sein, denn Spott war ihr normalerweise völlig fremd.

»Bitte, Mutter. Darüber gibt es nichts weiter zu diskutieren. Da war und ist nichts von Bedeutung zwischen Alex MacLeod und mir.«

Erschrocken riss Meg den Kopf herum und starrte ihre

Mutter an, die das unfeinste, undamenhafteste Schnauben ausgestoßen hatte, das sie je gehört hatte.

Nachdem sie sich von diesem letzten Schock wieder erholt hatte, fuhr Meg fort und betonte noch einmal ihren Standpunkt. »Ich werde Jamie Campbell heiraten.«

Rosalind schüttelte den Kopf. »Es war für jeden offensichtlich, dass Alex so viel für dich empfindet. Deinem Vater geht es gesundheitlich schon viel besser. Sicher kannst du noch warten …«

»Es ist vorbei, Mutter«, unterbrach Meg sie scharf.

Rosalind warf ihr einen verärgerten Blick zu und schürzte deutlich missmutig die Lippen. »Ich habe mit deinem Vater gesprochen, er hat es schon viel zu lange aufgeschoben. Er hat dir etwas zu sagen, das deine Meinung vielleicht ändert.«

Neugierig darauf, was ihre Mutter meinte, verlor Meg keine Zeit und eilte die Treppe hinunter, um ihren Vater zu finden.

Sie musste nicht lange suchen. Der Chief der Mackinnons saß über einen Stapel Rechnungsbücher gebeugt in der Bibliothek im zweiten Stock des alten Turms, zwei Stockwerke unter dem Raum, in dem sie sich noch vor einigen Augenblicken aufgehalten hatte, und massierte sich mit faltigen Fingern die lichter werdenden Schläfen.

Er sah auf, als sie den Raum betrat. Seine gedrungene Statur gepaart mit einem beeindruckenden Leibesumfang ließ auf eine fröhlichere Persönlichkeit schließen, als das ernste Gesicht vermuten ließ. Meg nahm an, dass sie zumindest in Bezug auf diesen Gesichtsausdruck nach ihrem Vater kam.

Erleichtert hob er leicht die Mundwinkel, aber man konnte die Mimik nicht als Lächeln bezeichnen. Betroffen stellte

Meg fest, wie viel älter er nach seiner kürzlichen Erkrankung wirkte. Das Gift hatte seine Spuren hinterlassen.

»Ah, Meg. Ich bin diese Konten immer wieder durchgegangen, weil ich mir Sorgen über die Ländereien mit Grundschuld mache, ich kann die Einträge für den Norden nicht finden.«

Meg beugte sich vor und blätterte durch den dicken Stapel Pergament.

»Die Einträge sind erst geografisch, dann alphabetisch nach Namen der Pächter geordnet, dann nach Fläche und schließlich nach der Art der Schuld, ob Grundschuld oder Pacht. Unter jedem Eintrag habe ich das Datum und die Zahlungsweise aufgelistet, ob Getreide, Vieh oder Geld. Bei jedem Pachtvertrag findest du die Anzahlung, die der Pächter anfangs geleistet hat, dann den jährlichen Pachtzins, wieder nach Art der Schuld aufgelistet. Die Einträge, die du suchst, müssten …« Sie fuhr mit dem Finger über die schwach leserlichen Tintenstriche des Federkiels bis zum Ende der Seite. »… genau hier sein.«

»Es ist so klar ersichtlich, wie konnte ich es nur übersehen?«, sagte er trocken.

Meg errötete, nicht sicher, ob er sie lobte oder neckte. Sie vermutete Ersteres. Ihr Vater schätzte genau wie sie Detailgenauigkeit und Gründlichkeit. »Ich habe in einem anderen Buch Querverweise zu diesen Einträgen nach Grundschuld und Pacht angelegt«, fuhr sie fort. »Die Gesamtschuld für Ländereien mit Grundschuld ist in diesem Buch aufgelistet. Damit sollte es leichter sein, den Betrag zu bestimmen. Wenn du einen Augenblick wartest, dann hole ich es für dich.«

Mackinnon konnte nur erstaunt den Kopf schütteln. »Mein liebes Mädchen, ich weiß gar nicht, was ich ohne dich machen würde.«

Kurz erfasste sie eine Welle von Stolz, doch gleichzeitig erinnerte es sie auch unaufdringlich an ihre Pflicht.

Rosalind rauschte ins Zimmer. »Pacht, Grundschuld! Wen interessiert das schon? Deiner einzigen Tochter wurde das Herz gebrochen …«

»Mein Herz ist nicht gebrochen.« Es war in tausend Stücke gerissen worden.

Rosalind fuhr fort, als hätte Meg nichts gesagt. »Und alles, worüber du reden kannst, ist Land! Lachlan Mackinnon, du hast viel Wichtigeres zu besprechen.«

»Was hat diese ganze Hysterie zu bedeuten, Rosie?«

Ihre Mutter schwenkte drohend den Finger vor der Nase ihres Vaters. »Komm mir ja nicht mit Hysterie. Ich habe dich gewarnt, dass so etwas geschehen könnte. Du hättest es ihr sofort bei unserer Rückkehr sagen sollen, nun ist das arme Kind drauf und dran, ihr ewiges Glück für dich zu opfern!«

Ihr Vater sank ein wenig in seinem Stuhl zusammen. Mit leicht beschämtem Gesichtsausdruck wandte er sich Meg zu. »Worum geht es, Mädchen?«

»Ich habe beschlossen, Jamie zu schreiben und seinen Heiratsantrag anzunehmen.«

Er nickte. »Eine gute Wahl.«

»Gute Wahl!«, schrie Rosalind auf. »Hast du denn überhaupt nichts von dem verstanden, was ich dir gesagt habe? Das Mädchen ist in Laird MacLeod verliebt, und alles, was du zu sagen hast, ist ›gute Wahl‹?«

Ihr Vater seufzte. »Meg ist eine erwachsene Frau, die ihre eigenen Entscheidungen trifft. Und Jamie Campbell ist ein mächtiger Verbündeter. Was soll ich deiner Meinung nach sagen, Frau?«

Rosalind verschränkte demonstrativ die Arme, offensichtlich felsenfest entschlossen, nicht klein beizugeben.

Meg kannte diese beherrschende Seite an ihrer Mutter gar nicht. Obwohl sie wusste, dass die beiden sich liebten, hatte Meg immer angenommen, dass ihr Vater in der Ehe den Ton angab. Es war etwas befremdlich, festzustellen, dass die Beziehung ihrer Eltern komplexer war, als sie vermutet hatte.

»Ich möchte, dass du Meg erzählst, was du über Alex MacLeod weißt.«

»Mutter, ich versichere dir, dass ich nicht daran interessiert bin, etwas über Alex MacLeod …«

»Margaret Mackinnon, sei still!«, befahl Rosalind in scharfem Ton.

Meg sank stumm auf ihren Stuhl und starrte die fremde, wütende Frau an, die vor ihr stand. Dieselbe Frau, die nicht einmal laut geworden war, als Meg mit acht Jahren ihr bestes Silbertablett dazu benutzt hatte, einen verschneiten Gipfel der Cuillins herunterzurodeln, oder mit elf ihren kostbaren flämischen Wandteppich als Zielscheibe zweckentfremdet hatte.

Ihr Vater sah ebenso verstört aus. »Schon gut, meine Liebe«, versuchte er sie zu besänftigen. »Aber Meg, das muss streng vertraulich behandelt werden. Nur eine Handvoll Leute wissen, was ich dir gleich erzählen werde.«

Meg nickte, von der ungewöhnlichen Heftigkeit seiner Stimme verwirrt. Neugierig und ein wenig besorgt darüber, worum es eigentlich ging, wartete sie darauf, dass er fortfuhr.

Er schien seine Worte sorgsam abzuwägen. »Alex MacLeod wurde auf Veranlassung der Inselchiefs an den Königshof geschickt, um Informationen aufzudecken, und zwar über den angeblich geplanten Versuch der Abenteurer von Fife, die Isle of Lewis zu kolonisieren.«

Es dauerte einen Moment, bis die Bedeutung seiner Worte

zu ihr durchdrang. Die Farbe wich ihr aus dem Gesicht. »Du meinst, Alex war ein Spion?«

»In gewisser Weise ja«, antwortete ihr Vater. »Wenn auch bei Weitem nicht so dramatisch. Er sollte einfach nur Augen und Ohren offen halten und sehen, was er in Erfahrung bringen konnte. Wir glaubten, dass seine Anwesenheit auf Holyrood als Bruder eines Chiefs, und da er schon oft bei Hofe war, bei den Regierungsmitgliedern der Lowlands keinen Verdacht erregen würde. Doch es kam auch sehr gelegen, dass er in den letzten paar Jahren keine so enge Verbindung mit seinem Bruder hatte.« Er machte eine Pause und räusperte sich. »Natürlich wissen nicht viele Leute, dass Alex in den letzten Jahren mit den geächteten MacGregors gekämpft hat.«

Meg starrte dumpf auf ihre Hände, die fest zu Fäusten geballt in ihrem Schoß lagen. Sie konnte nicht glauben, was sie da hörte. Sie hatte gewusst, dass Alex etwas im Schilde führte, hatte erkannt, dass es etwas gab, das er ihr nicht gesagt hatte, doch sie wäre niemals darauf gekommen, dass er ein Spion war. Ganz sicher kein Söldner. Auch hatte er sich offensichtlich nicht mit seinem Bruder entzweit.

Plötzlich ergaben viele seltsame Ungereimtheiten einen Sinn: das Kartenspiel mit Jamie in einem Raum voll von Männern des Königs, sein Ärger bei der Erwähnung der MacGregors und der politischen Situation von Lewis bei ihrem Ausritt an jenem Tag, sein Herumlungern in dem dunklen Korridor …

Ihr Magen krampfte sich zusammen. Als sie sich zum ersten Mal geküsst hatten. Hatte er sie da nur geküsst, um seine Anwesenheit in dem Gang zu vertuschen?

»Erzähl ihr auch noch den Rest«, forderte Rosalind, die offensichtlich Megs Verzweiflung spürte, ungeduldig.

Ihr Vater seufzte und fuhr zögernd fort: »Die Informationen, die Alex bei Hofe erfahren konnte, haben es den Chiefs der Inseln ermöglicht, den MacLeods of Lewis ihre heimliche Unterstützung zu geben. Als die Abenteurer landeten und Stornoway Castle vor ein paar Wochen einnahmen, waren wir vorbereitet – was zu einem großen Teil Alex zu verdanken war.« Ihr Vater schien nichts weiter sagen zu wollen, doch Rosalinds durchdringender Blick nötigte ihn, fortzufahren. »Alex hat sich Neil MacLeod angeschlossen, um den Widerstand auf Lewis anzuführen.«

»Alex? Kämpft auf Lewis?«, wiederholte sie leise. Sie hatte bereits geahnt, was er sagen würde, doch es war dennoch ein Schock für sie. Ihre Gedanken rasten, als sie versuchte, das eben Gehörte mit der Unterhaltung mit Lord Huntly in Verbindung zu bringen. Warum sollte er zustimmen, für Huntly zu kämpfen. *Das würde er nicht.* »Aber wie? Für wie lange?«

Ihr Vater zuckte die Schultern. »Er ist jetzt seit über zwei Wochen dort, nachdem er kurz vor den Abenteurern ankam. Er hat den Hof wohl ungefähr zur selben Zeit wie du verlassen. Neil und Alex haben Überfälle auf die Siedlung bei Stornoway organisiert, Lebensmittel und Vorräte abgefangen, die für die Abenteurer bestimmt waren – sie zermürbt wie beim letzten Mal. Kleine Scharmützel bisher, doch das wird sich bald ändern.«

»Ich wusste, dass er etwas vorhatte, ich hätte nur nie vermutet …« Sie zuckte zusammen, als wäre sie geschlagen worden. Dieser zweite Betrug traf sie beinahe so hart wie der erste. Ihr Vater, der Mann, den sie so verzweifelt zufriedenstellen wollte, dem sie beweisen wollte, dass sie Dunakin leiten konnte, hatte ihr nicht vertraut.

Die heftige Enttäuschung formte einen harten, bitteren Kloß in ihrer Kehle.

»Warum hast du es mir nicht gesagt? Warum weiß ich nicht, dass du vorhattest, den MacLeods of Lewis zu helfen? Wie konntest du mir so etwas Wichtiges verheimlichen?« Erstickt brach sie ab, da ihr die heftige Gefühlsregung die Kehle zuschnürte.

Ihr Vater hatte sich gegen den König verbündet und sie darüber völlig im Dunkeln gelassen.

»Du bist vieles, Meg«, sagte er sanft. »Aber du bist nicht Chief. Das ist ein Posten, den ich hoffentlich noch ein paar, nein, viele weitere Jahre innehaben werde.«

Ihr Vater vertraute ihr nicht.

»Lachlan, du machst deine Sache im Moment nicht gerade gut«, warnte Rosalind.

Ihr Vater warf einen Blick auf Meg und bemerkte ihre Verzweiflung. »Es ist nicht so, wie du denkst, Mädchen. Ich bin stolz auf dich, du hast dich bewundernswert gut bewährt angesichts schwieriger Umstände, mit deinem Bruder ...« Nervös, wie immer, wenn er über Ian sprach, blätterte er in einem Stapel loser Pergamentbögen auf dem Tisch. »Vielleicht verlasse ich mich zu sehr auf dich. Deine Mutter wirft mir vor, dass ich zu viel von dir verlange. Der Gedanke kam mir nie, aber vielleicht hat sie recht. Wenn du Jamie Campbell heiraten willst, dann tu es, weil *du* es willst, nicht weil du glaubst, dass ich es von dir erwarte. Manchmal ist die beste Lösung nicht die offensichtlichste. Vertrau auf dich selbst.«

»Doch du vertraust mir nicht«, klagte Meg, immer noch verletzt darüber, dass er sie nicht eingeweiht hatte.

»Unsinn. Du musst dir darüber klar sein, dass du nicht in alle Entscheidungen eingeweiht wirst, die hier getroffen werden.«

Tatsächlich war Meg sich darüber nicht im Klaren gewesen.

»Es war sicherer für dich, es nicht zu wissen. Je weniger Menschen darüber Bescheid wissen, umso besser. Wir wollen nicht riskieren, dass der König von unserer Beteiligung erfährt.«

»Ich würde nie ...«

Ihr Vater hob die Hand. »Das weiß ich. Hätte ich gewusst, dass du und Alex euch näher kennen lernen würdet, hätte ich dich gewarnt. Nachdem du nach Hause gekommen warst, hast du nur von einem Antrag von Jamie gesprochen. Ich war nicht überzeugt davon, oder weigerte mich, mich davon überzeugen zu lassen, dass das, was deine Mutter mir über deine Gefühle für Alex MacLeod erzählte, wahr wäre.«

Heiße Röte überzog ihre Wangen. Sie hörte, wie ihre Mutter ein dumpfes »Hmpf« von sich gab, das so viel bedeutete wie: »Ich habe es dir ja gesagt.«

»Wenn du warten willst, bis Alex MacLeod zurückkehrt, bevor du Jamie eine Antwort gibst, dann habe ich nichts dagegen. Aber du musst verstehen, dass die Situation auf Lewis unberechenbar ist und natürlich auch sehr gefährlich. Es besteht die Möglichkeit ...«

Er brach abrupt ab, als Meg blass wurde.

»Es tut mir leid, Meg, aber ich möchte nicht, dass du dich irgendwelchen Illusionen hingibst. Alex kommt vielleicht nicht zurück. Selbst wenn er es schafft, wird der König nicht gerade erfreut über ihn sein. Durch das Gerücht über ein Komplott gegen die Abenteurer, das gerade in London die Runde macht, wurde Neil bereits geächtet. Dasselbe könnte Alex auch passieren.«

Tausende von Fragen schwirrten ihr durch den Kopf. Sie bemerkte nicht einmal, dass sie sie laut aussprach. »Welche Rollen spielen wir denn genau bei der Sache? Welche Chiefs sind daran beteiligt? Hat der König einen Verdacht gegen uns? Wann wollen sie die Burg einnehmen? Welche Nachrichten gibt es von …«

»Von Alex?«, beendete Rosalind den Satz für sie.

Meg nickte.

»Wir stehen in täglicher Verbindung mit den Männern, die auf Lewis kämpfen. Zusätzlich zu den MacLeods von Dunvegan und den Mackinnons sind die MacLeans von Duart, MacLaines von Lochbuie, MacLeans von Coll und die MacQuarries von Ulva an unseren Plänen beteiligt. Wir haben natürlich Männer und Proviant gestellt, aber unsere wichtigste Unterstützung besteht aus Informationen. Falls der König unsere Beteiligung vermutet, dann kann er noch keine anderen Maßnahmen dagegen ergreifen, als das Reisen zur Isle of Lewis zu verbieten – deshalb sind unsere Boten nur nachts unterwegs.«

Meg brauchte einen Augenblick, um diese letzte Information zu verdauen. Dann fragte sie: »Aber was ist mit den MacDonalds, sind sie nicht beteiligt?«

»Ah, du hast das Fehlen unserer wankelmütigen Freunde bemerkt. Ja, sie sind beteiligt. Doch die MacDonalds glauben, sie könnten auf zwei Hochzeiten tanzen, indem sie eine Allianz mit den Chiefs eingehen, während sie heimlich Lordkanzler Seton mit Informationen versorgen. Sie haben einen eigenen Spion an den Königshof geschickt, aber Alex fand heraus, wer es ist, und wir spielen ihm falsche Informationen zu.«

»Und wer ist dieser Spion?«, fragte Meg, obwohl sie es bereits ahnte.

»Dougal MacDonald. Deine Mutter sagte, er war einer deiner Verehrer bei Hofe?«

»Ein abscheulicher Mann«, warf ihre Mutter ein. »Einem

MacDonald kann man nicht vertrauen. Ich hätte ihn dir niemals in den Wald nachgesandt, wenn ich gewusst hätte, welche Rolle er spielt.«

»Niemand von uns wusste es, Mutter«, besänftigte Meg sie. »Ich habe sein Angebot ohnehin niemals ernsthaft in Erwägung gezogen.« Nicht nach dem, was er Alex angetan hatte. Seinen Heiratsantrag abzulehnen war einfach gewesen, die Schwierigkeit hatte darin bestanden, es höflich zu tun. Sie wandte sich wieder ihrem Vater zu. »Jetzt, da Alex nicht mehr am Königshof ist, wie bekommen die Chiefs ihre Informationen aus Edinburgh?«

»Spione. Informanten. Es gibt immer Leute, die für den entsprechenden Preis bereit sind, zu reden. Ich glaube, Alex hat auch jemanden aus Setons persönlicher Dienerschaft rekrutiert.«

Oh nein! Kein Wunder, dass er so wütend gewesen war, als er geglaubt hatte, sie spioniere ihm nach. »Eine Magd möglicherweise?«, fragte Meg wie betäubt.

Ihr Vater zog eine Braue hoch. »Ja, ich glaube schon.« Er sah sie einen Augenblick lang an und fuhr dann fort: »Rory MacLeod ist immer noch bei Hofe. Er schickt Botschaften in zweifacher Ausfertigung, eine an seinen Bruder auf Lewis und eine an mich. Es ist meine Pflicht, die anderen Chiefs auf dem Laufenden zu halten.«

»Ich glaube, Meg wird sich besonders für die letzte Botschaft interessieren, die du von Rory Mor erhalten hast«, meinte ihre Mutter.

Ihr Vater räusperte sich. »Ja, natürlich. Der letzte Bericht besagt, dass heute in zwei Nächten die nächste Proviantlieferung stattfinden soll. Darauf haben wir gewartet. Dann sollte es Alex und seinen Männern möglich sein, die Burg einzunehmen und die Abenteurer nach Fife zurückzujagen.« Für den Fall, dass Meg entgangen war, was das bedeutete, fügte er hinzu: »Wenn die MacLeods die Burg einnehmen, dann ist das alles vorbei. Und Alex wird nach Dunvegan zurückkehren.«

Als Held, dachte sie. Obwohl er sie betrogen hatte, fühlte Meg eine Welle von Mitgefühl für Alex. Ein Sieg auf Lewis würde vielleicht helfen, den Schmerz über den Verlust seiner Cousins zu mildern. Sie hoffte es zumindest, um seinetwillen.

Meg wusste nicht, was sie sagen sollte. Diese Neuigkeit erklärte vieles, doch sie änderte nichts daran, was er zu Huntly gesagt hatte. Oder doch? Er hatte Huntly angelogen, als er sagte, er würde für die Lowlander kämpfen. Hatte er bei allem anderen auch gelogen? Doch warum?

Ihr Vater stand auf und fing an, vor dem großen steinernen Kamin auf und ab zu gehen. »Was ich nicht verstehe, ist, warum sollte Alex sich mit dir einlassen, wenn er weiß, welche Gefahr eine Verbindung mit ihm für dich darstellen würde.«

Meg hörte nicht, was er als Nächstes sagte, denn zum zweiten Mal innerhalb weniger Minuten durchzuckte es sie wie ein heftiger Blitz. *Gefahr*. Ihr Verstand arbeitete blitzschnell. *Eine Verbindung mit Alex wäre gefährlich.* Er wusste das. Er wusste auch, welche Gefahr ihn auf Lewis erwartete. Dass er vielleicht nie zurückkehren würde, und falls er zurückkehrte, dass er eingesperrt oder getötet werden könnte. Hatte er gewusst, dass sie die Unterhaltung belauschte? Hatte er versucht, sie zu schützen?

Ihr Herz jubelte. Ein heller Sonnenstrahl durchdrang die erdrückende Dunkelheit, die ihre Seele seit jenem Morgen in Edinburgh eingehüllt hatte.

Zum ersten Mal seit drei Wochen erlaubte Meg es sich, zu

hoffen. Wenn er seinen Auftrag auf Lewis erfüllt hatte, vielleicht würde Alex dann zu ihr kommen?

Wie ein Omen drang plötzlich der Ruf eines Mannes von dem kleinen Befestigungswerk über dem der See zugewandten Tor herauf: »Ein *birlinn* nähert sich.«

Ihr Herz tat einen Satz. Konnte es möglich sein?

19

Meg schoss zum Fenster und spähte hinunter auf das kleine *barmkin* über dem Tor, das zur See hinausging. Gerade noch konnte sie die Gestalt eines Mannes erkennen, der schnell die Stufen emporeilte. Er war groß und breitschultrig genug …

Doch sie sah sofort, dass es nicht Alex war. Ihr Herz sank wie ein Stein, als ihre Hoffnungen mit Gewalt wieder auf den Boden der Realität zurückgerissen wurden. Natürlich war es zu früh, Alex kämpfte noch auf Lewis.

Sie sah zu, wie der Mann sich den Weg durch die Gruppe von Mackinnon-Clanmännern bahnte, die im Hof ihre Kampfübungen absolvierten. Doch auch wenn er durch die Menge halb verdeckt war, konnte sie mühelos den dichten kastanienbraunen Schopf des Neuankömmlings erkennen.

»Wer ist es, Meg?«, fragte Rosalind, und die Aufregung in ihrer Stimme verriet, dass sie ebenfalls auf jemand anderen hoffte.

»Es ist Jamie«, antwortete Meg fröhlich, um ihre Enttäuschung zu verbergen.

Ihr Vater hob eine buschige graue Augenbraue. »Es scheint so, als ob du dich schneller als erwartet entscheiden müsstest, Tochter.«

Meg wappnete sich dagegen, wie Jamie reagieren würde. Er hatte sich in den letzten Wochen verändert. Er wirkte älter. Härter. »Es tut mir leid, dass du den ganzen weiten Weg hergekommen bist, Jamie, aber ich kann dich nicht heiraten.«

Er versteifte sich und presste die Lippen zu einer harten Linie zusammen. »Ich fürchte, ich verstehe nicht. Ich dachte, du würdest dich über mein Angebot freuen.«

Er war verärgert und nicht wenig überrascht. In Wahrheit war sie über sich selbst überrascht. Es war schon das zweite Mal, dass Meg sich entschieden hatte, Jamie zu heiraten, und es sich dann anders überlegt hatte. Bald müsste sie Wankelmütigkeit zu ihrer beständig wachsenden Liste von Charakterschwächen hinzufügen. Doch sie konnte ihn nicht heiraten. Nicht, wenn sie ihn nicht liebte. Elizabeth hatte recht, Jamie verdiente jemanden, der ihn liebte. Zumindest schloss sie aus seiner Reaktion, dass sie seinen Stolz stärker verletzt hatte als sein Herz.

»Das tue ich«, versicherte sie ihm. »Ich weiß es mehr zu schätzen, als ich sagen kann. Dich zu heiraten würde alle meine Probleme lösen, doch es wäre nicht fair dir gegenüber.«

»Fair mir gegenüber?« Er schüttelte ungläubig den Kopf, fuhr sich mit den Fingern durchs Haar und sah sie nach einer Erklärung suchend an, als hätte sie den Verstand verloren. Vielleicht hatte sie das. Jamie Campbell war ein Mann, den keine Frau leichtfertig abweisen würde. Aber er war nicht der richtige Mann für sie. Seine Augen weiteten sich. »Gütiger Gott, du erwartest doch nicht etwa ein Kind, oder?«

Meg errötete bis unter die Haarwurzeln. Schnell sah sie sich um und stellte erleichtert fest, dass sie immer noch alleine waren. »Nein.« Ihre Stimme schwankte. »Es ist kein Kind unterwegs.« Auch wenn sie wusste, dass es lächerlich war, fühlte Meg einen Stich des Bedauerns.

Jamie musste aus ihrer Stimme etwas herausgehört haben, denn sein Ärger schien zu verfliegen. Aufmerksam musterte er ihr Gesicht. »Warum dann?«, fragte er sanft.

Sie holte tief Luft. Er verdiente es, die Wahrheit zu erfahren. »Du bist ein guter Freund, Jamie, aber ich liebe dich nicht. Zumindest nicht so, wie du es verdient hast, geliebt zu werden.« Sie legte ihm die Hand auf den Arm. »Ich glaube auch nicht, dass du mich liebst. Nicht so, wie ich es verdiene, geliebt zu werden.«

»Aber …«

Sie unterbrach ihn. »Ich liebe Alex.«

Seine Augen wurden hart. »Aber ich dachte, du hättest die Verlobung gelöst.«

»Das habe ich auch.«

»Dann verstehe ich es nicht.«

Meg lächelte trocken. »Ich bin mir nicht einmal sicher, dass ich es selber verstehe.« Wie konnte sie es Jamie erklären, wenn sie es sich selbst nicht erklären konnte? Doch wenn eine Chance bestand, dass die Unterhaltung mit Lord Huntly, die sie belauscht hatte, nicht aufrichtig gewesen war, dann musste sie herausfinden, ob es noch eine Chance für sie gab. Selbst wenn es bedeutete, dass sie auf seine Rückkehr warten musste. »Ich löste die Verlobung, weil ich mit angehört habe, wie Alex darüber sprach, dass er mich nur heiraten wollte, um eines Tages Chief zu werden. Doch ich glaube nicht, dass das stimmt. Ich glaube, er wollte, dass ich das Schlimmste von ihm denke.«

»Um dich zu schützen«, beendete Jamie den Satz für sie. Als er ihren überraschten Gesichtsausdruck bemerkte, fügte er hinzu: »Ich weiß über Alex' Beteiligung auf der Isle of Lewis Bescheid, Meg.«

Also war das Geheimnis gelüftet. Sie nahm an, dass Alex das Dougal MacDonald zu verdanken hatte. »Wenn du also weißt, was Alex tut, dann kannst du verstehen, warum er mich vielleicht vor einer Verbindung mit ihm beschützen möchte.«

»Ja.« Jamie wirkte kein bisschen überrascht. Tatsächlich

sah er aus, als wüsste er mehr, als er vorgab. »Ich fragte mich schon, wie er es gemacht hat«, murmelte er fast wie zu sich selbst. Auf Megs fragenden Blick hin fügte er erklärend hinzu: »Ich frage mich, wie er dich dazu gebracht hat, die Verlobung so schnell wieder zu lösen. Alex wusste, dass ich vorhatte, dir einen Antrag zu machen.«

Megs Herz jubelte. »Ist das wahr?« Es bestärkte sie noch mehr in dem Glauben, dass Alex versucht hatte, sie von sich fortzustoßen. Meg vermutete, dass Jamie das ebenso wusste. »Welche Rolle hast du bei dem Ganzen gespielt, Jamie?«

»Keine«, antwortete er schlicht. »Außer, dass ich ihm sagte, ich wäre der Meinung, du solltest die Wahl haben, welchen Antrag du annimmst.«

Ihre momentane Begeisterung wurde plötzlich bitter. »Eine Wahl, die er mir offensichtlich nicht lassen wollte.«

Jamie sah sie lange an. »Er muss wirklich viel für dich empfinden, um etwas zu tun, wofür du ihn hassen würdest.«

»Warum hat er mir dann nicht vertraut und mich selbst entscheiden lassen?«

Er verzog leicht den Mundwinkel zu einem schiefen Lächeln. »Vielleicht weil er dich gut genug kennt, um zu wissen, dass du nicht gehen würdest, wenn du die Wahrheit wüsstest. Du kannst ziemlich hartnäckig sein, wenn du etwas willst, Meg.«

»Das ist mir schon mal gesagt worden«, meinte sie reumütig. »Ich werde jedenfalls ein ernstes Wort mit ihm reden, wenn er zurückkommt.«

»Das wird wohl nicht so schnell geschehen, Meg. Du musst wissen, dass es sehr gut möglich ist, dass Alex nicht zurückkommt.«

Etwas in seinem Tonfall jagte ihr einen besorgten Schauer durch den Körper. »Was meinst du?«

»Selbst wenn die MacLeods von Lewis die Abenteurer von Fife erfolgreich von der Insel vertreiben, wissen Lordkanzler Setons Männer, dass Alex daran beteiligt war.«

Das war nicht alles. Jamie verheimlichte noch etwas. Sie packte ihn entschlossen am Arm. »Was noch?«

Er antwortete nicht sofort. Welchen inneren Kampf er ausfocht, ließ sich deutlich an den widerstreitenden Emotionen in seinem Gesicht ablesen. Schließlich schien er eine Entscheidung getroffen zu haben. »Ich will nur, dass du glücklich wirst, Meg. Bist du sicher, dass es das ist, was du willst?«

Meg nickte. »Bitte, Jamie, wenn du etwas weißt, dann musst du es mir sagen. Ich weiß, du bist wütend auf Alex, aber ihr wart einmal Freunde. Ich kann nicht glauben, dass du unbeteiligt zulassen kannst, dass ihm etwas geschieht. Nicht, wenn du es verhindern könntest.«

Jamies Mund verzog sich zu einem trockenen Lächeln. »Wenn es bedeuten würde, dass du deine Meinung änderst, dann könnte ich das vielleicht. Alex hat Glück, dass er eine so standhafte Verteidigerin hat. Nun gut, ich werde dir sagen, was ich weiß. Aber um deinetwillen, nicht um seinetwillen.« Er sah ihr fest in die Augen. »Einer der Männer, die mit Alex auf Lewis kämpfen, hat den Befehl, sowohl Alex als auch seinen Cousin Neil zu eliminieren.«

»Dougal MacDonald?«

Jamie nickte, wenig überrascht, dass sie den Verräter erraten hatte.

»Aber Alex weiß doch sicher von der Bedrohung und behält ihn sorgfältig im Auge?«

»Ja, aber Dougal weiß, dass er enttarnt wurde. Er tut nicht länger so, als nehme er Befehle von den MacLeods an. Und er bekommt Unterstützung. Die nächste Lieferung wird nicht nur Vorräte beinhalten, wie Alex glaubt, sondern Männer.

Krieger. Wenn Alex und seine Männer zur Anlegestelle gelockt werden, dann fallen ihnen Dougal und seine Männer in den Rücken.«

Meg erbleichte. Alex würde in eine Falle laufen.

»Mach dir keine Sorgen«, beruhigte Jamie sie. »Das nächste Versorgungsschiff läuft nicht vor nächster Woche aus. Es ist noch genug Zeit, um ihm eine Botschaft zu senden.«

Meg schüttelte den Kopf, und Panik stieg in ihr auf. »Nein. Der Bericht über die nächste Lieferung kam letzte Nacht. Sie soll in zwei Nächten stattfinden.«

»Verdammt!«, fluchte Jamie wütend. »Sie müssen sich entschieden haben, die Sache zu beschleunigen.«

Megs Verstand raste. Ihre Angst um Alex machte es ihr schwer, einen zusammenhängenden Gedanken zu fassen. Alles, woran sie denken konnte, war, dass er in eine Falle lief. Sie hatte ihn kämpfen gesehen, wusste, was für ein geschickter Krieger er war, doch sie wusste auch, dass er eher sterben würde, als sich Dougal zu ergeben. »Ich muss ihn warnen.«

»Das kannst du nicht. Der König hat eine Proklamation erlassen, die es allen Highlandern verbietet, nach Lewis zu reisen. Außerdem ist es viel zu gefährlich. Dein Vater würde dich niemals gehen lassen.«

Jamie hatte recht. Aber was hatte sie denn für eine Wahl? Sie konnte es ihrem Vater sagen, und der würde einen seiner Männer schicken. Doch konnte sie etwas so Wichtiges jemand anderem anvertrauen? Meg kannte ihren wahren Grund. Sie wollte, nein, musste Alex unbedingt sehen. Um selbst herauszufinden, ob es noch eine Chance für sie gab.

»Ich habe die kurze Reise nach Lewis schon oft gemacht. Ich bin wieder zurück, bevor mein Vater überhaupt bemerkt, dass ich fort war.«

»Ich kann nicht zulassen, dass du das tust.«

Meg starrte ihn hart und abschätzend an. In diesem Moment sah er genau so stur wie Alex aus. »Das hast du nicht zu entscheiden.«

»Ist dir je der Gedanke gekommen, dass Alex dich dort nicht haben möchte, dass er deine Hilfe vielleicht nicht will?«

»Was schlägst du denn vor? Dass ich ihn einfach sterben lassen soll? Ich warne ihn vor der Verschwörung und kehre dann sofort nach Dunakin zurück. Du tust gerade so, als wäre ich die einzige Frau auf der Insel.«

»Du begibst dich geradewegs in eine verdammte Schlacht, Meg!«

Sie musterte erneut seinen unbeugsamen Gesichtsausdruck. »Bitte, Jamie, ich muss es tun. Ich muss ihn sehen. Wenn du dich dadurch besser fühlst, dann sage ich meiner Mutter, wo ich hingehe. Sie wird mich verstehen.«

Jamie schien davon nicht überzeugt zu sein. »Nun gut, wenn deine Mutter einverstanden ist, dann werde ich deinem Vater nichts davon sagen.«

»Oh Jamie, ich danke …«

»Dank mir nicht«, unterbrach er sie. »Ich werde mit dir gehen.«

»Das ist nicht nötig …«

»Doch, das ist es. Ich kann dich beschützen. Ich hätte wissen müssen, dass du darauf bestehst, selbst zu gehen. Ich würde ja alleine gehen, aber Alex würde mir nicht glauben.«

Meg betrachtete ihn mit zur Seite geneigtem Kopf. Er hatte die Muskeln angespannt und den Mund zu einer harten Linie zusammengepresst. Sie war so mit ihrer Angst um Alex beschäftigt gewesen, dass ihr erst jetzt klar wurde, in welch unhaltbare Position sie ihn brachte, indem sie ihn nach den Plänen der Männer des Königs gefragt hatte. Jamie genoss offensichtlich deren Vertrauen, und da Jamie seinem Cousin gegenüber loyal war, konnte sie annehmen, dass der stets verschlagene Argyll zumindest namentlich an dem Kolonisierungsversuch der Abenteurer von Fife beteiligt war. Doch Jamie war auch ein Highlander. Als solchem musste ihm die Vorstellung, dass Lowlander ihnen das Land stahlen, zuwider sein.

»Auf welcher Seite stehst du, Jamie Campbell?«

Sie erwartete nicht, dass er antwortete, doch er tat es.

»Auf beiden.«

20

Nahe Stornoway, Isle of Lewis

Alex wischte sich mit dem Handrücken den Schmutz aus den Augen und verschmierte ihn nur von einem Augenwinkel zum anderen. *Herr im Himmel, was würde ich jetzt für ein Bad und ein frisches Hemd geben!* Die drei Wochen, in denen er praktisch im Dreck gelebt und nur gelegentlich im salzigen Meer gebadet hatte, um sich die verkrustete Schicht aus Schmutz abzuwaschen, fingen an, ihm zuzusetzen.

Er konnte es kaum erwarten, dass diese Schlacht zu Ende ging. Wenn alles nach Plan verlief, dann würde sie das auch. Bald schon.

Von seinem Wachposten aus an der felsigen Küste von Arnish Point, der kleinen Landspitze, die als perfekter Aussichtspunkt über den Hafen von Stornoway diente, hielt Alex aufmerksam Ausschau. Müdigkeit ließ ihm die Lider schwer werden, doch sein steter Blick glitt immer wieder über die Wasseroberfläche. Selbst bei Vollmond war das Wasser dort draußen dunkel wie Melasse, nachdem der Nebel sich vor ein paar Stunden herabgesenkt hatte, war die Nacht beinahe undurchdringlich. Diese Bedingungen trugen noch zu dem allgemeinen Gefühl der Unruhe bei. Alle seine Sinne waren in Alarmbereitschaft, das Gefühl von drohender Gefahr unnatürlich greifbar in einer unheimlichen Nacht wie dieser.

Normalerweise belebte ihn die Erwartung herannahender

Gefahr. Doch der Gedanke an eine Schlacht brachte ihm keine Befriedigung mehr. Es war nicht mehr genug.

Mit seinen Verwandten auf Lewis zu kämpfen sollte die Erfüllung seiner ehrgeizigen Ziele sein. Zu führen. In der Hitze des Gefechts Entscheidungen zu treffen. Sich selbst zu erproben. Unbestreitbar hatten sich die harte Arbeit und das Training der letzten Jahre bezahlt gemacht. Obwohl sie in viel geringerer Zahl als ihre Feinde waren, hatten die gezielten Angriffe der MacLeods die Position der Abenteurer auf Lewis empfindlich geschwächt. Bald wäre alles vorbei, und er hätte den entscheidenden Sieg errungen, den er seit Jahren anstrebte. Seine Verwandten würden ihr Land behalten, und die Highlander würden Gerechtigkeit gegenüber den Machenschaften eines gierigen und blutdürstigen Königs erfahren.

Alex sollte eigentlich außer sich vor Freude sein. Und doch erschien ihm der Erfolg auf unerklärliche Weise schal.

Stattdessen konnte er nur an Meg und daran, wie schrecklich er sie verletzt hatte, denken. Er träumte nachts von ihr. Während des Tages sah er in den unpassendsten Momenten ihr Gesicht vor sich. Er konnte ihren herzzerreißenden Blick an jenem Morgen nicht vergessen, den Schmerz, die unglaubliche Qual. Während der langen, einsamen Nächte erinnerte er sich nur zu gut an das sinnliche Gefühl ihres Körpers, der sich an seinen drängte. Der bloße Gedanke daran versetzte seinen Körper in Aufruhr. Er war schon zu lange ohne eine Frau gewesen, doch von dem Moment an, als er sie gesehen hatte, war sie die einzige Frau, die seine unerträgliche Lust stillen konnte.

Drei lange Jahre hatte er nichts als Krieg gelebt und geatmet. Doch nun hatte sich etwas verändert. Er hatte sich verändert. Der alles vereinnahmende Drang nach Vergeltung, der ihn seit Binquillin unablässig überschattet hatte, war verstummt. Die Macht seiner zielstrebigen Entschlossenheit löschte nicht länger alles andere um ihn herum aus. Denn er wusste, was ihn diese Schlacht gekostet hatte.

Er lächelte traurig. Wie sich herausstellte, lenkte ihn Meg Mackinnon durch ihre Abwesenheit ebenso ab, wie es ihre Anwesenheit am Königshof getan hatte. Vielleicht sogar noch mehr. Die brennende Leere in seiner Brust erinnerte ihn unablässig an alles, was er verloren hatte.

Das Geräusch von Schritten aus der Dunkelheit riss ihn aus seinen melancholischen Gedanken. Der leise Ruf der Sumpfohreule identifizierte den Eindringling als Freund.

»Siehst du etwas?«

Alex drehte sich um und sah Neil MacLeod, seinen Cousin und gegenwärtigen Anwärter auf den Posten des Chiefs der MacLeods of Lewis, an seine Seite treten. Er schüttelte den Kopf. »Nein, aber da das Versorgungsschiff in ein paar Tagen ankommen soll, will ich verdammt sichergehen, dass wir keine Überraschungen erleben. Dougal MacDonald ist verschwunden.«

»Seit wann?«

»Seit ein paar Tagen. Er kam vom letzten Botengang nicht zurück.«

»Einem nutzlosen Botengang.«

Alex lächelte, als er an die zahlreichen »Missionen« dachte, auf die sie Dougal in den letzten Wochen mit falschen Informationen ausgestattet geschickt hatten. »Ja, es war nur eine Frage der Zeit, bis er erkannte, dass wir ihm auf die Schliche gekommen sind. Aber ich will nicht, dass irgendetwas unsere Pläne, das Schiff abzufangen, durchkreuzt.«

»Und damit auch unsere beste Gelegenheit, die Burg einzunehmen.«

»Ja«, antwortete Alex. Bisher war es ein schwieriges Katz-und-Maus-Spiel gewesen. Sie verfügten vielleicht nicht über genug Kampfkraft, um die Truppen der Lowlander daran zu hindern, an Land zu gehen und die Burg einzunehmen, doch sie hatten genug Männer, um den Großteil der Ladung der Abenteurer von Fife zu versenken. Mit Hilfe von Rorys Spionen hatten sie außerdem verhindert, dass noch mehr Proviant und Nachschub zu den Feinden durchkam. Angesichts der ständigen Überfälle durch die MacLeods mussten die Vorräte der Abenteurer gefährlich knapp sein. »Sie brauchen diese Lieferung und werden genug Männer aus der Burg schicken, um sicherzugehen, dass sie sie auch bekommen. Wir machen uns ihre Verzweiflung zunutze.«

»Hast du einen Plan?«

Alex beugte sich vor, hob einen Stock auf und zeichnete eine Skizze in die felsige Erde zu seinen Füßen, um seinen Plan zu verdeutlichen. »Ich werde das Schiff abfangen und um Ladung und Mannschaft erleichtern. Ein paar meiner Leute werden es in den Hafen rudern, und ich komme in einem Bogen mit dem Rest der Männer, um unsere am Ufer wartenden Feinde von hinten anzugreifen. Gleichzeitig wirst du, während ihre Verteidigung abgelenkt ist, den Angriff auf die Burg führen.«

Neil nickte und zwirbelte die langen Barthaare am Kinn zu einer feinen Spitze. »Das müsste funktionieren. Du wirst aber nicht viele Männer haben.«

»Ich werde nicht viele brauchen. Meine Männer sind gut ausgebildet. Ich würde es jederzeit mit einer Handvoll MacLeods und MacGregors gegen eine Armee Lowlander aufnehmen.«

Neil lachte. »Du hast wahrscheinlich recht.« Er blickte wieder auf Alex' Zeichnung hinunter, die im Mondlicht kaum zu erkennen war. »Da die Verteidigung der Burg stark geschwächt sein wird, ist das die beste Gelegenheit für uns, sie einzunehmen.«

»Die ›Kolonisten‹ sind bereits zermürbt. Eine weitere Niederlage dürfte die Abenteurer von Fife mit fliegenden Fahnen in die Lowlands zurückjagen – zum zweiten Mal.«

Alex erhob sich und verwischte die Zeichnung mit dem Fuß. Die beiden Männer verharrten einige Minuten in gemeinsamem Schweigen und lauschten wartend auf die kleinste Störung der rhythmischen Geräusche der Nacht.

Eine plötzliche Bewegung fiel Alex ins Auge, der schwache Schatten eines Bootes, das verstohlen durch die Wellen glitt.

»Wer zum Teufel ist das?«, fragte Neil.

»Ich weiß es nicht«, antwortete Alex und starrte angestrengt in die Dunkelheit. Seine Hand fuhr an den Griff des Schwertes auf seinem Rücken. Er wollte gerade das Signal zum Angriff geben, als er den entfernten Ruf der Eule hörte. Der Griff, mit dem er sein Schwert umklammert hielt, lockerte sich. Ein Freund. Als das *birlinn* näher kam, erkannte Alex einen der Männer der Mackinnons.

Er blinzelte und rieb sich erneut die Augen. Er musste müder sein, als er dachte, denn er hätte schwören können, dass er die unverkennbare Gestalt einer Frau in der Nähe des Steuerruders kauern sah.

Das *birlinn* kam näher. Sein Puls beschleunigte sich.

Nein. Nicht irgendeine Frau.

Er musste wirklich müder sein, als er dachte, denn er konnte schwören, er sah Meg.

»Ich hoffe, du weißt, was du tust«, brummte Jamie, als das *birlinn* auf eine kleine, von einer kleinen Landspitze gesäumten Bucht an der östlichen Küste von Lewis unmittelbar südlich des Hafens von Stornoway zuhielt.

Tatsächlich hatte Meg sich während der letzten Stunden selbst gefragt, ob ihr Plan eine kluge Entscheidung war. Ihre einfache Reise hatte sich als viel schwieriger und länger erwiesen, als sie erwartet hatte. Der Wind blies schwach, was die Männer zwang, mehr als üblich zu rudern. Doch sie weigerte sich, sich von ihrem Ziel abbringen zu lassen.

Ein plötzliches Frösteln ließ sie den Umhang enger um sich ziehen. Der Nebel hatte sich ohne Vorwarnung auf sie herabgesenkt. »Natürlich weiß ich das«, entgegnete sie mit stur erhobenem Kinn. »Du machst dir unnötig Sorgen. Meine Mutter hat zugestimmt, dass ich gehe, oder etwa nicht?«

»So wie du ihr unseren kleinen Botengang geschildert hast, ist das kein Wunder.«

Megs Lippen kräuselten sich zu einem listigen Lächeln. »Kann ich etwas dafür, dass sie eine hoffnungslose Romantikerin ist? Ich denke, meine Anspielung auf die heldenhaften Taten von Roland war ein genialer Einfall.«

Trotz seiner düsteren Stimmung, seit sie Skye verlassen hatten, musste Jamie leise lachen. »Mir war nie bewusst, dass du ein so großes Talent zum Barden hast. Du hast dir eine so fantastische Geschichte ausgedacht, es wundert mich regelrecht, dass du nicht auch noch den Feen die Schuld gegeben hast.«

Meg zuckte die Schultern. »Das war gar nicht nötig. Eine Anspielung an eine heldenhafte Reise unterbrochen von unerwiderter Liebe und einem Hinterhalt, der den von Ganelon für Roland in den Schatten stellt, hat schon ausgereicht.«

Jamie warf ihr einen schnellen Blick zu, weil er ihren Gebrauch des Wortes »unerwidert« in Frage stellen wollte, doch stattdessen schüttelte er den Kopf und seufzte schwer. »Ich denke nicht an Rosalind, sondern an Alex.«

Der Gedanke an Alex' Reaktion auf ihre Ankunft ließ ihr einen beunruhigenden und nicht unerheblichen Angstschauer über den Rücken laufen. Trotz all ihrer Fantasie konnte Meg sich wirklich nicht vorstellen, wie Alex darauf reagieren würde, sie wiederzusehen, noch dazu sie auf Lewis wiederzusehen. Während sie Rosalind ihre dramatische Geschichte vorgetragen hatte, war Meg vorübergehend selbst der romantischen Vorstellung verfallen. Mehr als einmal hatte sie sich Szenen von wiedervereinten Liebenden ausgemalt, die sich leidenschaftlich in die Arme fielen.

Aber nachdem ihr wieder klar wurde, dass ein solcher Lauf der Ereignisse zwar sehr erbaulich, aber auch höchst unwahrscheinlich war, vermutete Meg, dass seine erste Reaktion Überraschung wäre. Dann würde die Überraschung wahrscheinlich in Verärgerung umschlagen, weil sie mitten im Kampf nach Lewis gereist war. Doch ihre größte Angst war möglicherweise, dass ihre Ankunft ihm gleichgültig sein könnte.

Die Wahrheit war, dass sie nicht wirklich *wusste*, wie er reagieren würde. Sie verspürte gerade genug Unsicherheit, um nervös zu sein. Was, wenn sie sich irrte und er wirklich nichts für sie empfand?

Doch das wollte sie sich vor Jamie nicht anmerken lassen, deshalb straffte sie die Schultern und sagte bestimmt: »Es ist zu spät, um es sich noch einmal zu überlegen. Ich bin sicher, Alex freut sich, mich zu sehen, sobald er hört, was ich zu sagen habe.«

»Das finden wir bald genug heraus.« Jamie deutete auf die beiden Männer, die auf das Boot zukamen. »Unser Begrüßungskomitee wartet schon.«

Meg blinzelte angestrengt in die Dunkelheit und konnte schwach die Gestalten zweier Männer erkennen. Zwei sehr großer Männer, doch das allein wollte in diesem Teil Schottlands noch nichts heißen.

»Ich vermute, sie kommen, um den Boten meines Vaters zu begrüßen.« Auch wenn sie überzeugt klang, verriet das wilde Hämmern ihres Herzens unter der weichen Wolle ihres Umhangs wachsende Beunruhigung. Die schemenhaften Umrisse der Männer am Ufer nahmen langsam Gestalt an.

»Du musst mir später erklären, wie du die Männer deines Vaters dazu gebracht hast, uns überzusetzen.«

Meg zuckte die Schultern. Ihre Mutter hatte ihr gesagt, wer schon des Öfteren Botschaften nach Lewis gebracht hatte, der Rest war einfach gewesen. »Ich habe sie nicht gebeten. Du wärst überrascht, wie weit einen ein kleines bisschen Selbstvertrauen und die unerschütterliche Stimme der Autorität bringen können.«

Jamie warf ihr einen verärgerten Blick zu. »Ich wäre überhaupt nicht überrascht.«

Im Augenblick nahm sie Jamies Sarkasmus nicht wahr. Denn kaum zwanzig Fuß vor ihr im knietiefen Wasser stand der Mann, der in den letzten Wochen alle ihre Gedanken beherrscht hatte. Der Mann, der offensichtlich – wenn die Art, wie ihr die Brust vor Gefühlen eng wurde, irgendein Beweis dafür war – noch immer ihr Herz in Händen hielt. Meg biss sich auf die Unterlippe. Der Mann, der dem wütenden Gesichtsausdruck nach zu schließen absolut nicht erfreut war, sie zu sehen.

Das Boot legte mit einem plötzlichen Ruck am Ufer an. Sie klammerte sich an den hölzernen Sitz, um sich und ihren flatternden Nerven Halt zu geben. Mit wachsender Beklommenheit beobachtete sie, wie Alex mühelos durch die rauen Wellen auf das *birlinn* zuwatete – direkt auf sie zu.

Der nebelverhangene Mond tauchte seine Züge in ein unheimliches Licht. Ihr stockte der Atem, und sie fühlte einen heftigen Stich. Das Gesicht, das sie in ihren Träumen verfolgt hatte, war genauso schön, wie sie es in Erinnerung hatte, doch unendlich gefährlicher. Der Kampf hatte seinen Tribut gefordert, nicht nur in Form der neuen Kratzer und Schnitte, die sein Gesicht überzogen. Er sah aus wie ein Mann, der sich seinen Weg in die Hölle und zurück erkämpft und dabei keine Gefangenen gemacht hatte. Der Mund war zu einer harten, entschlossenen Linie zusammengepresst, das stoppelige Kinn angespannt und unnachgiebig.

Alex sagte kein Wort. Das brauchte er nicht. Zorn sprach aus jeder Faser seines Körpers. Seine Wut wurde in jeder der schroffen Bewegungen deutlich, als er quälend langsam auf sie zukam. Ihr war, als beobachte sie eine brennende Lunte und wartete auf die Explosion.

Keine ihrer romantischen Vorstellungen hatte sie auf diese spezielle Reaktion vorbereitet. Nein. Das hier war absolut nicht so, wie sie sich ihr Wiedersehen vorgestellt hatte. Irgendwie ein bisschen weniger wütend. Vielleicht hatte Gleichgültigkeit doch ihr Gutes. An Alex' Reaktion auf ihre Ankunft auf Lewis war jedenfalls nichts Gleichgültiges. Das sollte ihr eigentlich Mut machen, doch *diese* Reaktion war zu heftig.

Hilfesuchend sah Meg zu Jamie, doch dessen Ausdruck zeigte wenig Mitleid. Sie hatte sich die Suppe eingebrockt, sie musste sie auch auslöffeln.

Endlich hatte Alex sie erreicht. Sie hielt den Atem an. Das Wasser schwappte ihm um die Hüften, und das nun nasse *leine* klebte ihm an der muskulösen Brust und den harten Strängen der Bauchmuskeln, die sich nicht vor Leidenschaft, sondern einer völlig anderen Emotion anspannten. Wut. Vor Angst richteten sich ihr die winzigen Härchen im Nacken auf, doch Meg zwang sich dazu, ihm ins Gesicht zu sehen.

Konnte man unter der Hitze eines Blickes verdorren? Unsinn. Und doch stellte Meg zu ihrem Erschrecken fest, dass sie sich auf ihrem Sitz zusammenkauerte. Wütend beschrieb nicht einmal annähernd den rasenden Zorn, der ihr aus seinem Blick entgegenflammte. So hatte sie ihn noch nie gesehen.

Vielleicht sollte sie versuchen, es zu erklären. »Alex, ich …«

»Sag kein verdammtes Wort! Nicht bis wir das Ufer erreicht haben. Und dann hast du besser eine ganze Menge zu sagen.«

Meg zuckte zusammen. Noch nie hatte er so barsch mit ihr gesprochen. Jedes Wort stieß er mit stählerner Präzision aus. Seine Stimme war so mit Ärger überladen, dass sie sie beinahe nicht erkannte. Sie verstand es nicht. Ja, sie war ein Risiko eingegangen, indem sie hierhergekommen war, doch kein so großes, um diese extreme Reaktion zu rechtfertigen. »Ich …«

Der Blick, den er ihr zuwarf, glühte und erstickte jeden möglichen Versuch, den sie wagen könnte, ihn zu beruhigen. Er umfasste sie an der Taille, hob sie kurzerhand aus dem *birlinn*, und Meg wurde rau an die harte, muskulöse Brust gepresst, die sie so gut in Erinnerung hatte. Nach Wochen der Sehnsucht nach dieser Nähe verzehrte Meg sich danach, gegen ihn zu sinken und sich tiefer in seine Arme zu schmiegen.

Doch an dem Mann, der sie in den Armen hielt, war nichts,

das sie willkommen hieß. Jeder Muskel seines Körpers war gestrafft wie eine Bogensehne. Eine Bogensehne, die warm, männlich und so vertraut duftete, die sie an alles erinnerte, was sie miteinander geteilt hatten, daran, wie sehr sie ihn vermisst hatte und wie sehr sie ihn liebte.

Die Welle der Sehnsucht traf sie hart. Ihr war nicht bewusst gewesen, wie sehr sie sich an die Hoffnung geklammert hatte, dass er froh wäre, sie zu sehen. Dass er sie in die Arme nehmen und sie alles Leid der letzten drei Wochen vergessen lassen würde.

Doch wenn überhaupt, dann hatte ihr Kommen alles nur noch schlimmer gemacht. Angst sammelte sich wie ein schwerer Klumpen in ihrem Magen. Gütiger Gott, hatte sie sich geirrt? Wollte er sie wirklich nicht?

Noch nie in seinem Leben war Alex so wütend gewesen. Sie war ihm gefolgt. Welcher Wahnsinn konnte Meg dazu getrieben haben, mitten während eines verdammten Krieges auf die Isle of Lewis zu kommen! Er bebte regelrecht, als er durch die Wellen auf das Ufer zupflügte und dabei alles, was ihm auf dieser Erde kostbar war, in den Armen hielt. Der vertraute Duft nach Rosen stieg aus ihrem Haar auf, eine mächtige Erinnerung an alles, wonach er sich in diesen letzten Wochen gesehnt hatte – und alles, was er verlieren könnte.

Meg. Auf Lewis. Gott, er fühlte sich elend. Verstand sie denn nicht, wie gefährlich das war? Wenn ihr irgendetwas geschehen sollte … Er würde wahnsinnig, wenn er nur daran dachte. Noch nie hatte Alex sich so ungeschützt, so verletzlich gefühlt. Beinahe verlor er vor Angst den Verstand.

Die Belastbarkeit eines jeden Mannes hatte Grenzen, und indem Meg ihm ohne Rücksicht auf die Gefahren nach Lewis gefolgt war, hatte sie ihn an seine Grenze getrieben. Er wusste, dass er sich nicht mehr unter Kontrolle hatte, doch es war ihm egal. In dem Moment, in dem ihre Füße das felsige Ufer berührten, brach es aus ihm heraus. »Was zum Teufel machst du hier?«

Meg schien an seinem Tonfall Anstoß zu nehmen und nahm sich viel mehr Zeit als nötig, um umständlich ihre Kleider zu ordnen. Jede Sekunde, die verstrich, war ein Beweis für seine übermenschliche Zurückhaltung. Alex ballte und öffnete die Fäuste, während er darauf wartete, dass sie seinen Blick erwiderte. Schließlich sah sie unter langen Wimpern zaghaft zu ihm hoch.

Diese anmutige, feminine Geste ließ ihn beinahe zusammenbrechen. Der Mond tauchte ihr Gesicht in sanftes Licht. Er verschlang ihr Gesicht mit Blicken, als wäre gerade etwas außergewöhnlich Schönes aus einem Traum wahr geworden. Sein Herz schmerzte. Sein Körper schmerzte. Gott, wie sehr er sie liebte.

Sie in dem Boot zu sehen, hatte einen Sturm der Gefühle entfesselt. Als er erkannt hatte, wer sie war, hatte ihn eine Welle der Freude erfasst. Er wollte sie an sich reißen, ihren süßen Duft einatmen, fühlen, wie sich ihr Körper an seinen schmiegte. Einen Augenblick lang. Bis er sich wieder daran erinnerte, wo er war. Dann hatte die Angst einen nie gekannten Zorn entfacht.

»Offensichtlich bin ich auf der Suche nach dir«, sagte sie.

Die Unsinnigkeit ihrer Antwort goss Öl in die Flammen. Seine Beherrschung hing nur noch an einem sehr dünnen Faden, und sie redete mit ihm, als hätte sie ihn nicht gerade zehn Jahre seines Lebens gekostet. »Hast du völlig den Verstand verloren?« Er packte sie an den Schultern, und die Zerbrechlichkeit der zarten Gestalt in seinen Händen bewies ihm noch deutlicher, wie verletzlich sie war. »Auf der Suche nach mir? Du hast besser verdammt noch mal einen triftigeren Grund dafür, hierherzukommen.«

»Alex, du schüttelst mich.«

Er ließ die Hände sinken und trat einen Schritt zurück. Mit wildem Blick versuchte er, seine Gefühle zu zügeln.

»Wenn du aufhören würdest, mich anzuschreien, und einen Moment lang vernünftig wärst, dann würde ich dir einen Grund nennen.«

Alex hatte nicht erwartet, dass er noch wütender werden könnte, doch so war es. Trotz seiner nassen Kleider glühte er vor Hitze. Seine Stimme wurde gefährlich leise. »Das ist vernünftig. Aber ich bin kurz davor, etwas Unvernünftiges zu tun.«

Meg erbleichte. »Wenn du es mich nur erklären lässt …«

Doch Alex nahm ihre Worte kaum wahr, als er ihr über die Schulter blickte und ihren Begleiter bemerkte, der gerade an Land kletterte. Er hatte geglaubt, dass ihn nichts noch stärker erschüttern könnte, als Meg hier zu sehen. Er hatte sich geirrt. Jamie Campbell. Ihm war, als hätte ihm jemand einen Schlag in die Magengrube verpasst. Sie hatte ihren verdammten Verlobten mitgebracht.

»Du hast Campbell mitgebracht? Um Gottes willen, Meg, er ist Argylls Cousin!«

»Lass deinen Ärger nicht an Jamie aus, er versucht nur zu helfen«, warf sie ein.

Ihm entging nicht, dass sie Jamies Verteidigung ergriff. Der Dolch bohrte sich ihm tiefer in die Brust. Ein Dolch, den Alex selbst hineingestoßen hatte. Doch das machte es nicht einfacher zu ertragen.

»Ich bestand darauf, sie zu begleiten«, sagte Jamie steif.

»Das kann ich mir denken.« Er sah wieder Meg an. »Wie

konntest du das tun? Indem du Campbell hierherbringst, riskierst du unser aller Leben.« Ihre Einmischung gefährdete seine gesamte Mission. Die Burg gehörte beinahe schon ihnen. Und damit auch der schwer fassbare Sieg, dem er seit Jahren nachjagte. Alles, wofür er so hart gekämpft hatte, lag so nahe. Campbell konnte alles gefährden.

»Jamie ist keine Bedrohung, du solltest ihm danken.«

Er schleuderte Jamie einen Blick entgegen, der töten könnte. *Wenn die Hölle zufriert!*

Meg packte ihn am Arm. »Ich weiß, du bist wütend, aber ich musste kommen. Ich muss dich warnen. Dein Leben ist in Gefahr. Dougal MacDonald hat den Befehl erhalten, dich zu töten.«

Angesichts der Tatsache, dass Dougal vor ein paar Tagen verschwunden war, konnte Alex nicht gerade behaupten, dass ihn das überraschte. »Ich bin mir der Bedrohung, die von Dougal ausgeht, bewusst.«

»Das habe ich vermutet. Aber dank Jamie wissen wir, wann und wie er angreift.«

Seine Augen wurden schmal, er konnte den Anflug von Eifersucht nicht verhindern, als er sich fragte, wie sie Jamie wohl überredet haben mochte, ihr diese Information anzuvertrauen – falls man ihm tatsächlich vertrauen konnte. »Fahr fort«, meinte er vorsichtig.

»Sie erwarten deinen Angriff auf das Versorgungsschiff und haben vor, dich mit einem neuen Trupp Krieger zu überrumpeln. Während du in diesem Hinterhalt kämpfst, wird Dougal dir in den Rücken fallen und dir den Fluchtweg abschneiden.«

Rorys Botschaft hatte nichts von zusätzlichen Kriegern erwähnt. Wenn Megs Informationen richtig waren, dann wären Alex' Männer gefährlich in der Unterzahl. Er zweifelte nicht daran, dass es ihm gelungen wäre, zu entkommen, doch das könnte nicht ohne großes Blutvergießen geschehen.

Alex und Neil tauschten Blicke aus. Meg bemerkte es, doch er war nicht in der Stimmung, ihr Neil förmlich vorzustellen. Sie würde nicht lange genug bleiben. Am liebsten hätte er sie sofort wieder zurückgeschickt, doch es blieben nur noch wenige Stunden bis Sonnenaufgang. Sie musste bis morgen Nacht warten. Wie zum Teufel sollte er sie einen ganzen Tag lang beschützen und gleichzeitig die Finger von ihr lassen? Es würde ihm wie eine verdammte Ewigkeit vorkommen.

»Woher soll ich wissen, dass das keine Falle ist?«, fragte Alex und sah Jamie an.

»Da kannst du nicht sicher sein«, antwortete Jamie schlicht. »Aber es ist die Wahrheit.«

Alex wusste nicht, was er glauben sollte.

»Was ist für dich dabei drin, Campbell?«

Er zuckte die Schultern. »Es macht Meg glücklich.«

Eifersucht fraß sich durch seine Brust wie Säure.

»Bitte, Alex!« Meg ergriff seinen Arm, ihre zarten Finger verbrannten ihm die Haut. »Triff einfach entsprechende Vorkehrungen.«

Das würde er. Sie mussten ihre Pläne ändern. Dennoch konnte er kaum fassen, dass sie sich um seinetwillen in Gefahr gebracht hatte. Auch dämpfte es keineswegs seinen Zorn.

Alex konzentrierte seine Wut auf Jamie. »Ich kann nicht glauben, dass du ihr erlaubt hast hierherzukommen.«

Der wütende Blick, den Jamie ihm zurücksandte, stand dem von Alex in nichts nach. »Es war nicht meine Idee, aber Meg hat recht. Für etwas anderes blieb keine Zeit. Du solltest Meg danken. Wenn es nicht um ihretwillen wäre, hätte ich mich nicht erweichen lassen, ihr zu sagen, was ich weiß.«

Alex konnte kaum atmen, so sehr schnürte es ihm die Brust zusammen. *Erweichen lassen.*

»Sei nicht wütend auf Jamie. Wenn du auf irgendjemand wütend sein musst, dann auf mich alleine.«

Das war er auch. Wie konnte sie vergessen, was zwischen ihnen gewesen war? Das war zwar, was er gewollt hatte, doch er hätte nicht gedacht, dass es so schnell ginge. Er konnte nicht länger hier stehen und den beiden zuhören. »Mach dir darüber keine Sorgen, meine kleine Kreuzfahrerin.« Er zog sie zu einem kleinen Wäldchen, das ihren vorläufigen Lagerplatz verbarg. »Ich habe mehr als genug Wut übrig.«

Er wandte sich an Neil. »Lass Campbell nicht aus den Augen.«

»Warte!«, rief Jamie. »Wo bringst du sie hin?« Jamie versuchte ihn aufzuhalten, doch Neil hielt ihn zurück.

»Ich tue nur, was die Lady wünscht«, lachte Alex, ein schroffer Laut ohne jede Spur der Belustigung. »Ich werde meine beträchtliche Wut an ihr auslassen. An ihr alleine.«

21

Nun, das klang nicht gerade vielversprechend. Es lief überhaupt nicht so, wie sie geplant hatte. Nicht ein einziges Dankeschön. Nicht ein einziges kleines Zeichen dafür, dass er froh war, sie zu sehen. Meg hätte gedacht, dass er wenigstens für ihre Information dankbar wäre, wenn schon nicht erfreut. Stattdessen war er steif und unnachgiebig, und wütender, als sie ihn je gesehen hatte.

Wütender, als er das Recht hatte, zu sein. Es ergab keinen Sinn.

Nachdem er sie tief in das Wäldchen und weit von den Männern am Strand fortgezerrt hatte, blieb Meg plötzlich wie angewurzelt stehen und riss den Arm aus seinem Griff. »Ich verstehe nicht. Warum bist du so wütend? Ich habe nur versucht, dir zu helfen.«

Er sah sie an, als wäre sie verrückt, und holte ein paar Mal tief Luft, deutlich darum bemüht, nicht die Beherrschung zu verlieren. »Weil du dich mit jeder Minute, die du hier bist, in höchster Gefahr befindest.«

Sein emotionsloser Tonfall strafte jeden Gedanken, sie könne ihm etwas bedeuten, Lügen. Megs überreizte Gefühle lagen gefährlich dicht unter der Oberfläche. »Was interessiert es dich überhaupt?«, fragte sie mit belegter Stimme. »Ich habe gehört, was du zu Lord Huntly gesagt hast. Du brauchst nicht so zu tun, als läge dir etwas an mir.«

Nichts. Keine Reaktion. Kein Leugnen. Er konnte sie nicht einmal ansehen. Gott, es tat weh!

»Das hier ist kein Ort für eine Frau. Was ich nicht verstehe, ist, warum dein Vater nicht einfach einen Boten geschickt hat? Ich kann nicht glauben, dass er …«

Unbewusst biss sie sich auf die Unterlippe, das verriet sie.

»Natürlich«, sagte er in gleichmütigerem Ton, als sie angesichts seines augenblicklichen Gemütszustandes für möglich gehalten hätte. »Dein Vater weiß gar nicht, dass du hier bist. Wie konntest du dich nur so unüberlegt auf den Weg machen, Meg?«

»Ich wollte so etwas Wichtiges keinem Boten anvertrauen. Ich habe meiner Mutter Bescheid gesagt«, verteidigte sie sich. »Sie weiß, dass ich hier bin.«

»Aber dein Vater ist es, der dich dafür erwürgen wird, wenn er es herausfindet.« Er machte eine Pause und fügte dann unheilvoll hinzu: »Wenn ich ihm nicht zuvorkomme.«

»Mach dich nicht lächerlich«, meinte sie mit einer kurzen, wegwerfenden Handbewegung.

Ihre Leichtfertigkeit wirkte wie ein Zündfunke. Alex riss sie heftig in die Arme und presste sie fest an seine Brust. Sofort fühlte Meg die vertraute Hitzewelle, das träge Dahinschmelzen, die völlige Hingabe ihres Körpers.

»Treib es nicht zu weit, Meg«, warnte er sie, sein Mund schwebte quälend nah über ihrem. »Du hättest nicht herkommen sollen.« Seine Lippen waren blass vor Zorn, und die dunkle Schärfe in der Stimme jagte ihr einen Schauer über den Rücken. Doch das kümmerte Meg nicht. Vielleicht war es waghalsig, doch es gefiel ihr, ihn die Beherrschung verlieren zu lassen. Wenigstens hatte sie so das Gefühl, dass sie ihm nicht völlig gleichgültig war.

Sie legte den Kopf in den Nacken, während sie sein Gesicht musterte und versuchte, die Gefahr einzuschätzen. Wenn der düstere Gesichtsausdruck irgendein Zeichen dafür war, dann war die Gefahr beträchtlich. Jeder Zoll seines unglaublich harten Körpers presste sich an sie, bereit zu explodieren. Wut, Frustration und unleugbare Anziehungskraft knisterten zwischen ihnen.

Alles, was sie wollte, war, sich an ihn zu lehnen und ihn zu küssen, ihn dazu zu zwingen, einzugestehen, dass etwas zwischen ihnen war. Ein Zeichen. Irgendetwas, das ihr zeigte, dass sie mit ihren Gefühlen nicht allein war. Doch sie wusste, dass das wahrscheinlich das Letzte war, woran er dachte. Meg begann, die Wahrheit zu akzeptieren – es war ein Fehler, hierherzukommen.

Sein Versuch, sie einzuschüchtern, war nicht erfolglos geblieben. »Nun gut«, gab sie zu. »Vielleicht war es riskant. Doch ich hatte Angst. Ich habe nur daran gedacht, dich zu warnen. Ich musste …«

»Musstest was, Meg?«

War sein Mund näher gekommen, oder wünschte sie sich das nur?

»Ich musste dich sehen«, sagte sie leise und schlug die Augen nieder, unfähig ihn anzusehen – aus Angst, er könnte zu viel sehen.

Sie war eine Närrin. Warum gab sie es nicht einfach zu? Sie hätte sich an jeden Strohhalm geklammert, um festzustellen, dass diese plötzliche Kehrtwende, die Alex in Edinburgh vollführt hatte, aus Sorge um sie geschehen war. Doch ihr Wiedersehen war überhaupt nicht so verlaufen, wie sie es geplant hatte.

Nun kam es ihr töricht vor, dass sie hergekommen war. *Sie* kam sich töricht vor, einem Mann nachzulaufen, der sie nicht wollte.

Um die Sache noch schlimmer zu machen, befürchtete sie, dass sie gleich anfangen würde, zu weinen. Meg war erschöpft, hungrig und es leid, von dem Mann, den sie die letzten Wochen so verzweifelt vermisst hatte, angeschrien zu werden. Ihr war, als könne sie jeden Moment zusammenbrechen.

Einen endlosen Augenblick lang war es schrecklich still.

Schließlich legte er ihr den Finger unter das Kinn und zwang sie, ihn anzusehen. »Warum wolltest du mich sehen? Du bist jetzt mit Jamie verlobt.«

Sie runzelte die Augenbrauen. »Ich bin nicht mit Jamie verlobt.«

Sein Gesicht verfinsterte sich. »Aber Jamie versicherte mir, dass er vorhatte, um dich anzuhalten.«

»Das hat er auch.«

»Du hast ihn abgewiesen?« Er konnte es nicht fassen. Einen Augenblick lang glaubte sie, einen Funken Erleichterung in seinen Augen aufblitzen zu sehen, doch dann fluchte er. »Teufel noch mal, was hast du dir dabei gedacht?«, tadelte er sie mit völlig ungerechtfertigter Härte. »Du kannst ihn nicht abweisen!«

Meg stieß ein undamenhaftes Wutschnauben aus. Sie hob das Kinn und erwiderte seinen wütenden Blick. »Ich kann es, und ich tat es«, schleuderte sie ihm entgegen, ohne sich die Mühe zu geben, die Bitterkeit in der Stimme zu dämpfen. »Was interessiert es dich, wen ich heirate? Du hast deine *Pflicht* getan und mir einen Antrag gemacht, obwohl wir beide wussten, dass ich zu dir gekommen war. Dein Gewissen ist mehr als reingewaschen.«

Sein Gesicht war wie versteinert. »Darum geht es nicht.«

»Worum geht es dann?«, rief sie, unfähig, ihre Frustration länger zu verbergen. »Warum sollte es dich interessieren, ob ich überhaupt heirate?« *Du wolltest mich nicht. Du wolltest nur das, was ich dir einbringen konnte.*

»Hast du daran gedacht, was passieren würde, wenn dein Vater versuchen würde, eine Hochzeit zu arrangieren? Du bist keine Jungfrau mehr.«

Als ob es nötig wäre, sie darauf hinzuweisen, wenn doch jede Minute in seiner Gegenwart sie an all das erinnerte, was sie miteinander geteilt hatten. Wenn sie nichts anderes tun wollte, als ihm wieder in die Arme zu sinken und für immer dort zu bleiben. Doch es war deutlich, dass das nicht geschehen würde. Sie straffte den Rücken. »Das ist nicht mehr deine Angelegenheit. Auch wird mich meine nicht mehr vorhandene Jungfräulichkeit nicht daran hindern, einen Ehemann zu finden. Wie du bereits Lord Huntly gegenüber so scharfsinnig erwähnt hast, ist mein Land Anreiz genug. Aber du kannst versichert sein, dass ich keinen Mann zwingen werde, mich zu heiraten, der mich nicht will.«

»Jamie will dich«, warf er ein. »Er ist alles, was du bei einem Ehemann suchst. Er könnte dich glücklich machen.«

Meg wusste, dass das nicht mehr stimmte. Sie wollte das Richtige für ihren Clan tun, und das würde sie auch. Doch Alex war der einzige Mann, der sie je glücklich machen konnte.

Sie standen so nahe beieinander, dass Meg die Anspannung fühlen konnte, die von ihm ausging. Sie sehnte sich danach, ihm die Hände um den Nacken zu legen und mit seiner Hitze zu verschmelzen. Hatte sie sich alles nur eingebildet?

Sie musste es einfach wissen. Gleichgültig, was es für ihren bereits vernichteten Stolz bedeutete. Sie stellte sich auf die Zehenspitzen und legte ihm die Hände auf die Schultern, wobei ihre Brüste seine Brust streiften. Ihre Hüften wiegten sich ihm entgegen. Der mächtige Beweis seiner Erregung ließ sie vor Erwartung erbeben. Sie war ihm nicht gleichgültig. Er wollte sie, das konnte er nicht leugnen. Sie rieb sich fester an ihm und entlockte ihm ein Stöhnen, das ihr Mut verlieh. Dicht an seinem Mund öffnete sie leicht die Lippen und leckte sich langsam mit der Zungenspitze über die Unterlippe. Ihr Herz pochte dicht an seinem. Sie antwortete ihm mit einem Flüstern, gerade laut genug, dass er es hören konnte. »Wie könnte ich mit Jamie glücklich werden? Ich liebe ihn nicht. Mein Herz gehört einem anderen.«

Alex stieß einen Fluch aus, und mit diesem Laut, halb Qual, halb Raserei, ergab er sich ihrer süßen Verführung. Mit einer wilden Umarmung nahm er ihren Mund in Besitz.

Sein Geschmack sandte ihr sofort wieder Schauer der Erinnerung durch den Körper. Danach hatte sie sich in all diesen Wochen gesehnt, das hier war die Wirklichkeit. Sie liebte ihn, nichts konnte sich vollkommener anfühlen. Ein Gefühl der Glückseligkeit durchströmte sie. Meg glaubte, das Herz müsste ihr vor Glück zerspringen.

Sein Mund strich über ihre Lippen und brandmarkte sie mit der Hitze seines Kusses. Weich und süß hielt er sie mit seinen Lippen gefangen. Er ließ die Zunge in ihren Mund gleiten und neckte sie mit seinem sinnlichen Rhythmus.

Leidenschaft flammte zwischen ihnen auf. Mit einem Mal waren ihre Bewegungen von einer wilden Dringlichkeit, sie zerrten aneinander, damit die Vernunft sie nicht wieder einholte. Heiß, heftig und absolut vollkommen. Mit einer Hand umfasste er ihre Brust, mit der anderen ihren Hintern, rieb ihre Hüften in heißen, kreisenden Bewegungen an dem Beweis seiner Erregung, der sich pulsierend an ihren Bauch drängte. Sie stöhnte, als sie die Feuchte zwischen ihren Beinen spürte und ihr Körper auf die Erinnerung an seine tiefen Stöße, an die heftige Erlösung, die ihre Seele erschüttert hatte, reagierte.

Er lehnte sie mit dem Rücken an einen Baum und zog eine

Spur von Küssen an ihrem Hals entlang. Dann schob er den Umhang beiseite, während er mit den Lippen die Haut über dem Mieder suchte und sein Kinn kratzend einen sanften Pfad zog, tiefer und tiefer. Sie bog den Rücken durch und bettelte stumm um mehr.

Suchend ließ sie die Hände seinen Rücken hinunterwandern und erforschte die straffen Muskeln unter seiner Haut. Die Wochen des Kampfes hatten diesen Körper eines Kriegers nur noch gestärkt. Er roch nach Sonne und Meer, so wunderbar männlich. Er hatte etwas Rohes und Primitives an sich, das in ihr ähnliche Gefühle weckte.

Verzweifelt drängte sie sich enger an ihn, doch das war nicht nah genug. Sie wollte seine nackte Haut auf ihrer spüren, wollte das Gewicht dieses kräftigen Körpers auf sich spüren.

Mit einem rauen Geräusch brach er den Kuss ab.

Wortlos starrte er sie mit undurchdringlicher Miene an. Das harte Heben und Senken seiner Brust war das einzige Zeichen dafür, dass gerade etwas Bedeutsames geschehen war.

»Das funktioniert nicht, Meg. Nicht dieses Mal. Du wirst mich nicht umstimmen.«

»Warum nicht?«, fragte sie tief getroffen von seiner Zurückweisung. »Ich weiß, du willst mich.«

»Das kann ich wohl kaum leugnen. Aber hier geht es nicht um Leidenschaft.«

Megs Herz brach. Wieder. Was war es dann? Er begehrte sie, aber nicht genug, um sie zu heiraten? Tränen brannten in ihren Augen. Sie hatte nur noch eine weitere Frage. »Also ist es wahr? Was du zu Lord Huntly gesagt hast? Wolltest du mich nur wegen dem heiraten, was ich dir bieten konnte?«

Sie musterte aufmerksam sein Gesicht, suchte nach einem Aufblitzen, einer Veränderung, irgendetwas. Mit jeder Sekunde, die verstrich, legte sich die Verzweiflung stärker auf ihre Brust.

Er blieb vollkommen regungslos. »Was willst du von mir, Meg?« Seine Stimme klang so seltsam. Heiser. Gepresst.

»Die Wahrheit.«

»Du hast gehört, was ich sagte. Warum zweifelst du daran?«

»Ich dachte, dass du mich vielleicht nur schützen wolltest.« Sie zögerte. »Ich wollte nicht glauben, was du zu Lord Huntly gesagt hast. Sag mir, dass das dort in dem Zimmer nicht du warst, Alex. Sag mir, dass ich mich nicht so täuschen kann.«

Sein Gesicht blieb teilnahmslos. Sie hätte ihn am liebsten geschüttelt. Wie konnte er nur hier stehen und alles leugnen, was zwischen ihnen war?

»Bitte, Alex.« Sie packte ihn am Arm. »Ich muss es wissen.«

»Ist es wirklich von Bedeutung?«, fragte er mit hohler Stimme.

»Wie kannst du das fragen? Es bedeutet alles. Ich gab dir alles.« Sie holte tief Luft. »Ich habe dir nie erzählt, dass ich schon einmal verlobt war.«

Das überraschte ihn.

»Ich war sechzehn und eine Närrin. Ich habe ihn mit einer Dienstmagd in den Ställen erwischt, dabei prahlte er damit, dass er eines Tages Chief würde.«

Er fluchte. »Oh Meg …«

Sie hielt das Kinn hoch erhoben und schüttelte den Kopf. »Nicht. Ich will nicht, dass du Mitleid mit mir hast. Das war eine Lektion, von der ich glaubte, ich hätte sie gelernt. Ich habe dir die Zukunft meines Clans anvertraut. Ich sah etwas anderes in dir, Alex.«

Alex wandte sich von ihr ab und starrte wortlos in die Dunkelheit. Sie hatte schon die Hoffnung aufgegeben, als er endlich sprach.

»Ich sah dich an der Tür stehen.«

»Dann wusstest du, dass ich zuhörte.« Ihr Herz hüpfte vor Freude darüber, was das bedeutete.

»Ich wusste es. Ich wollte dich Jamie in die Arme treiben. Ich dachte, es wäre am besten so.«

»Aber warum? Ich hätte auf dich gewartet.«

»Hättest du?« Er lachte schroff. »Du hast eine Verpflichtung deinem Clan gegenüber. Du musst heiraten. Ich bezweifle, dass dein Vater einen geächteten Schwiegersohn für eine gute Wahl hält. Sag mir nur eines: Bekommst du ein Kind?«

»Würde das einen Unterschied machen?«, fragte sie leise.

Er biss die Zähne zusammen. »Meg …«

Sie wollte lügen. »Nein. Ich bekomme kein Kind.«

Er stieß den Atem aus. Sie konnte nicht sagen, ob er erleichtert oder enttäuscht war.

»Dann hat sich nichts geändert. Ich bin nicht der Mann für deinen Clan, und du gehörst nicht hierher.«

Meg war das egal. Für sie zählte nur, dass sie sich in ihm nicht getäuscht hatte. Doch wenn sie an den Schmerz dachte, dem er sie ausgesetzt hatte, wollte sie am liebsten schreien. Stattdessen überhäufte sie ihn mit wütenden Anschuldigungen. »Wie konntest du mich das glauben lassen? Warum hast du dich mir nicht anvertraut und mir die Wahl gelassen? Warum hast du mir nicht gesagt, dass du auf Lewis kämpfen würdest?«

»Je weniger Leute davon wussten, desto besser.«

»Das hat mein Vater auch gesagt«, erwiderte Meg bitter.

»Er hatte recht. Eine Verbindung mit mir wäre gefährlich für dich. Meine Feinde könnten dich benutzen, um an mich heranzukommen. Ich konnte auch nicht riskieren, dass du etwas durchsickern lässt, besonders durch deine Freundschaft mit den Campbells. Und nach manchen unserer Unterhaltungen war ich mir nicht sicher, ob du mit dem, was ich tun würde, einverstanden wärst.«

»Wie kannst du so etwas sagen?«, fragte Meg. »Nur weil ich mir der Schwierigkeiten bewusst bin, die die Highlands betreffen, heißt das nicht, dass ich mit den Maßnahmen des Königs einverstanden bin. Ich würde dich niemals verraten oder etwas tun, das meinen Clan in Gefahr bringt.«

»Aber bringst du uns nicht auch dadurch in Gefahr, dass du einen der Männer des Königs geradewegs zu unserem Camp führst? Die Tatsache, dass du Campbell mitgebracht hast, beweist, dass ich recht hatte, vorsichtig zu sein.«

Ihre Wangen brannten vor Entrüstung. »Jamie riskiert viel, indem er dir hilft. Du solltest ihm dankbar sein. Ich glaube kaum, dass er dich verrät.«

»Bist du dir da sicher?«

»Er ist derjenige, der mich über die Verschwörung gegen dein Leben informiert hat.«

»Du hast ihm unbesehen geglaubt? Kannst du dir sicher sein, dass es kein Trick ist? Sein Cousin Argyll ist ein gerissener Opportunist. Die Campbells hätten einen großen Nutzen davon, wenn Jamie den König zu uns führen würde.«

Meg fühlte sich schrecklich. Wie konnte er das glauben? Und doch wusste ein Teil von ihr, dass er recht hatte. Die Auswirkungen ihres Handelns dämmerten ihr schlagartig. Sie hatte nie ernsthaft in Erwägung gezogen, dass Jamie aus ihrer Freundschaft einen Vorteil ziehen könnte.

Sie wusste, dass Alex sich mit seinen Verdächtigungen irrte, doch er hatte recht, sie zu kritisieren, dass sie gehandelt hatte, ohne nachzudenken. »Es ist wahr, dass Jamie seinem Cousin gegenüber loyal ist, aber er ist ebenfalls ein Highlander. Er war einmal dein Freund. Ich bin nicht wie du, Alex. Ich sehe nicht in jedem Schatten Verrat.«

»Das ist meine Pflicht. Menschenleben hängen von meiner Fähigkeit ab, zu sehen, was in den Schatten lauert.«

Meg errötete. Sie wusste, dass er dabei an seine Cousins dachte. So hatte sie es keineswegs gemeint. Ihr Magen krampfte sich zusammen. Sie hatte geglaubt, sie könne die Situation unter Kontrolle halten, wenn sie hierherkam. Sie hatte die Information für sich behalten und ihrem Vater nichts davon gesagt. Und was hatte sie dadurch erreicht? Sie hatte vielleicht seine Position auf Lewis gefährdet. Wie konnte alles nur so schiefgehen? »Ich wollte doch nur helfen.«

Alex fuhr sich mit den Fingern durchs Haar. *Verdammt!* Er hörte, wie ihre Stimme zitterte, und wusste, dass sie gefährlich nahe daran war, in Tränen auszubrechen. Er wollte nicht so schroff sein. Die ganze Situation setzte ihm unheimlich zu. Ihm war klar, dass sie ihn nur warnen wollte.

Das wusste er zu schätzen, doch er fühlte sich völlig schutzlos, wenn sie in der Nähe war. »Du hast recht. Ich schulde dir meinen Dank. Wenn das, was Jamie sagt, wirklich wahr ist, dann wären wir gefährlich in der Unterzahl gewesen und hätten sehr wahrscheinlich in der Falle gesessen.« Sie blinzelte die Tränen fort, die zu fallen drohten. Behutsam legte er ihr die Finger unter das zitternde Kinn. »Aber das heißt nicht, dass ich gutheiße, dass du ein so großes Risiko auf dich nimmst, indem du hierherkommst. Es heißt auch nicht, dass ich Jamie vertraue. Der Tag wird bald kommen, an dem er sich für eine Seite entscheiden muss.«

Mit großen, glasigen Augen sah sie zu ihm hoch. Sie sah müde und blass aus, doch immer noch schmerzhaft schön. Und so verdammt verführerisch. Die Erinnerung an ihren Kuss durchströmte ihn, doch er verdrängte diesen Gedanken.

»Du reist bei Sonnenuntergang mit den Männern deines Vaters ab. Und du kommst nicht zurück. Egal, was passiert, Meg. Hast du mich verstanden?«

Sie nickte. »Und Jamie?«

»Er soll mit dir gehen, unter Beobachtung, bis er wieder bei deinem Vater ist. Ich schreibe eine Botschaft an deinen Vater und bitte ihn, Jamie für ein paar Tage auf Dunakin festzuhalten. Bis dahin sollte alles vorbei sein.«

»Und was dann?«, fragte sie mit immer noch zu Boden gesenktem Blick.

Beinahe hätte er über ihre Fähigkeit, genau ins Mark zu treffen, gelächelt. Eine Myriade von Fragen, kurz und knapp in einer kleinen, unverfänglichen Frage zusammengefasst.

»Ich weiß es nicht.«

So vieles zwischen ihnen blieb ungesagt. Doch er war froh, dass sie die Wahrheit kannte. Es machte zwar alles noch komplizierter, doch das war es ohnehin schon. Er konnte nicht verhindern, dass ihr Herz litt, ob er sie nun einem anderen Mann in die Arme getrieben hätte oder ob er niemals von Lewis zurückkommen würde. So würde sie zumindest nicht an sich selbst zweifeln. Unwissenderweise hatte sein vergifteter Pfeil sie zu tief getroffen. Er wünschte, er könnte alles, was er zu Lord Huntly gesagt hatte, zurücknehmen. Er wollte damals ihr Pflichtgefühl treffen, nicht eine alte Wunde.

Sie straffte die Schultern, hob das Kinn und sah ihm in die

Augen. Der sanfte Mondschein warf tiefe Schatten auf ihre Wangen. Er wusste, was sie gleich sagen würde, und wollte sie davon abhalten. Schon öffnete er den Mund, doch es war bereits zu spät.

»Ich liebe dich, weißt du?«, sagte sie sanft.

Da waren sie. Worte, die besser ungesagt geblieben wären.

Sein Herz zog sich zusammen. Er konnte kaum atmen. Tausend Gedanken schossen ihm durch den Kopf, Gedanken an eine Zukunft, an eine Familie, Träume von Glück. Zwischen ihnen standen keine Lügen mehr, die die Wahrheit verschleierten. Nachdem alle Geheimnisse aus dem Weg geräumt waren, lag die Wahrheit mit all ihren Konsequenzen offen vor ihnen. Sie liebte ihn. Doch er war nicht bereit, diese Worte zu hören. Nicht, solange er noch eine Aufgabe zu erledigen hatte. Nicht, bis er endlich die Geister der Vergangenheit zum Schweigen gebracht hatte.

Von seinen Gefühlen überwältigt brachte er nur ein einziges Wort als Antwort hervor. »Nicht.« Er legte ihr die Finger auf die zitternden Lippen.

Als er sah, wie ihr Gesicht in sich zusammenfiel, musste er es ihr einfach begreiflich machen. »Noch nicht.« Er nahm ihre Hände und zog sie hoch, so dass sie vor ihm stand. So zauberhaft, so unendlich kostbar. Sanft streichelte er ihr über die Wange. »Du verdienst mehr, als ich dir im Augenblick geben kann.« Seine Stimme war voller Bedauern.

»Wie kannst du das sagen? Ich weiß, dass ich dir etwas bedeute. Du kannst mich nicht vom Gegenteil überzeugen.«

Er lächelte schief und schüttelte über ihre unerschütterliche Entschlossenheit den Kopf. »Das werde ich auch nicht versuchen. Aber im Augenblick ist das nicht genug, Meg. Dass du nach Lewis gekommen bist, hat mir nur klargemacht, wie wichtig es ist, dass ich zu Ende bringe, was ich hier angefangen habe.«

»Selbst wenn du dabei stirbst? Wenn nicht durch die Hände der Abenteurer, dann durch Dougal?«

»Ja. Wenn es so sein soll.«

»Aber …«

»Ich verspreche dir, dass ich nicht gerne gehe. Aber …«, er machte eine Pause, »das ist alles, was ich dir im Moment versprechen kann.«

»Aber warum?«, rief sie wütend, eher über die Ungerechtigkeit der Welt als über ihn, vermutete er. Ihre Augen sprühten vor Zorn. »Warum opferst du deine Zukunft für deine Vergangenheit? Du musst weder mir noch irgendjemandem sonst etwas beweisen.« Sie wollte es verstehen. »Erzähl mir, was mit deinen Cousins geschehen ist.«

»Da gibt es nicht viel zu erzählen. Du weißt so gut wie alles darüber.«

»Aber ich will es von dir hören.«

Er spürte wieder, wie er die vertraute Mauer um sich errichtete, wann immer dieses Thema zur Sprache kam. »Warum?«

»Ich will es verstehen.«

»Nun gut.« Er wandte den Blick ab. »Ich hatte das Kommando. Wir hatten den Überraschungsvorteil auf unserer Seite. Ich verlor ihn.«

»Und deine Cousins?«

»Sie hätten nicht sterben müssen. Ich weigerte mich, mich zu ergeben. Mein verdammter jugendlicher Stolz hat sie das Leben gekostet.« Seine Stimme klang gepresst. »Ich sehe es immer wieder vor mir. Wenn ich es noch einmal erleben und mich anders entscheiden könnte …«

»Wusstest du, was Dougal vorhatte?«

»Nein!«, schleuderte er ihr entgegen. »Natürlich nicht!«

»Warum gibst du dir dann die Schuld? Du hast die beste Entscheidung getroffen, die du unter diesen Umständen treffen konntest. Ich weiß, dass es falsch war, hierherzukommen. Jamie warnte mich, dass du meine Einmischung nicht gutheißen würdest. Aber das liegt nicht daran, dass ich nicht an dich glaube, Alex. Es gab niemand anderen, dem ich eine solch wichtige Nachricht anvertrauen konnte.«

»Es *war* falsch von dir, zu kommen, Meg. Ich weiß, du willst nur helfen, aber es ist zu gefährlich für dich hier. Es ist zu gefährlich für mich, wenn du hier bist.«

Er konnte sich auf nichts anderes konzentrieren, wenn sie ihm so nahe war. Er sehnte sich so sehr danach, sie in die Arme zu nehmen und ihre Liebe in Ehren zu halten, ihren Körper in Ehren zu halten. Sich nicht auf die vor ihm liegende Aufgabe zu konzentrieren, konnte ein tödlicher Fehler sein. Ihre bloße Anwesenheit auf Lewis lähmte ihn und setzte ihn einem großen Risiko aus.

Das Licht der Sterne schien sich in den weichen Lichtreflexen auf ihrem Haar zu spiegeln. Unbewusst ließ er die Hand über die weichen Wellen gleiten und wob die Finger in die seidigen Tiefen. Ihre sanfte Weichheit entfesselte sein Verlangen. Sein Körper stand in Flammen. Er wollte das Gesicht in ihrem Haar vergraben, ihr die Kleider vom Leib reißen und jeden Zoll dieser zarten Haut kosten. Er wollte, dass sie erbebte und in seinen Armen Erlösung fand. Wenn sie nicht bald ging, würde er womöglich die Gefahr vergessen und der Versuchung nachgeben. Seine Stimme wurde heiser vor Verlangen. »Ich kann nicht denken, wenn du in meiner Nähe bist.«

»Dann tu es auch nicht«, flüsterte sie mit der sanften, lockenden Stimme einer Verführerin.

Sie drängte sich an ihn. Ihre sanfte Weichheit schmolz gegen seinen heißen Körper, lockte ihn quälend mit so heftiger Lust, dass er anfing zu zittern. Trotz der kühlen Nachtluft sammelte sich Schweiß auf seiner Stirn. Das Blut rauschte ihm durch die Adern und seine Erektion pulsierte unbarmherzig. Die Erlösung lag so nah.

Er trat zurück und durchbrach den unsichtbaren Sog, der ihn zu ihr zog. »Ich muss. Menschen verlassen sich auf mich, Meg. Willst du wirklich, dass ich gehe und meine Verwandten im Stich lasse, wenn sie sich auf mich verlassen? Was für ein Anführer wäre ich dann für deinen Clan?«

Sie sah ihn ausdruckslos an und weigerte sich stur, die Wahrheit zu akzeptieren.

Er stieß den Dolch der Wahrheit noch tiefer hinein. »Könntest du deinen Clan im Stich lassen, deine Verantwortung hinter dir lassen? Willst du von mir etwas verlangen, das du selbst nicht tun würdest?« Sie sah ihn an, als wollte sie ihm widersprechen. Dieses halsstarrige Mädchen räumte eine Niederlage nicht leicht ein. »Das ist es, was ich tue, Meg. Ich kämpfe. Was der König mit Lewis macht, ist falsch, und ich kann nicht tatenlos zusehen, wie meine Verwandten unschuldig ermordet werden.« Diese Berufung war ebenso ein Teil von ihm, wie sie ein Teil von Meg war. Er konnte es nicht leugnen. »Ich muss meine Pflicht dem Clan gegenüber erfüllen, ebenso wie du«, sagte er.

Ihre Gesichtszüge entglitten ihr, als ihr klar wurde, was er meinte.

»Aber ich kann Jamie nicht heiraten!« Tränen glitzerten ihr in den Augen.

Alex war erleichtert darüber. Schockiert, aber auch unglaublich erfreut. Er konnte immer noch nicht glauben, dass sie Campbell abgewiesen hatte.

»Natürlich kannst du das nicht«, meinte er sanft. »Nicht jetzt.« Er zog mit den Fingern leicht die Kontur ihres Mundes nach. »Aber du wirst ihn heiraten, falls du musst.«

Falls ich sterbe. Die Worte blieben ungesagt, doch er wusste, dass sie verstand.

»Ruh dich ein wenig aus, es sind nur noch ein paar Stunden bis Sonnenaufgang.« Er stieß einen Pfiff aus, sofort traten ein paar seiner Männer aus den Schatten. Er drängte sie zu gehen und sah ihr nach, wie sie in der Dunkelheit verschwand. Eine Dunkelheit, so tief wie der Abgrund des Bedauerns in seiner Brust.

22

Bittersüße Erinnerungen. War das alles, was sie für den Rest ihres Lebens erwartete? Würde Alex sterben und sie mit vergänglichen Erinnerungen an eine Liebe, die kaum die Gelegenheit hatte, zu voller Größe zu erblühen, zurücklassen?

Enttäuschung gemischt mit Verbitterung wuchs in ihr. Das Schlimmste war, dass sie wusste, er hatte recht. Alex konnte Lewis nicht verlassen, genauso wenig wie sie ihren Clan ohne Anführer lassen konnte, der ihren Bruder in Zukunft unterstützen würde.

Es gab keine andere Wahl: Alex musste seinen Verwandten helfen, sich gegen den Angriff der Abenteurer von Fife zu verteidigen. Edelmut. Stärke. Stolz. Keine dieser Eigenschaften würde sie nachts warm halten. Doch Meg erkannte auch, dass sie keinen Mann lieben konnte, der diese Eigenschaften nicht besaß.

Nicht, dass es das einfacher machte, ihn zu verlassen.

Nicht, da sie nun wusste, dass er sie liebte. Er hatte es vielleicht nicht gesagt, doch sie wusste tief in ihrem Herzen, dass er es tat. Er würde es ihr nicht sagen, konnte es nicht. Nicht, bevor er nicht frei war. Nicht, wenn er vielleicht nicht überlebte. Nun verstand sie das, verstand, warum er versucht hatte, sie von sich zu stoßen. Doch dieses Verständnis brachte ihr keinen Frieden und linderte auch nicht das hohle Gefühl unerfüllter Sehnsucht, das an ihrer Seele nagte.

Eine Stunde lang wälzte sie sich auf ihrem behelfsmäßigen Feldbett herum, bevor sie beschloss, dass es nur eine Möglichkeit gab, ihre Rastlosigkeit zu beruhigen. Ihr blieb nicht viel Zeit. Es war schon beinahe Morgen. Und morgen, das wusste sie, würde es kaum Gelegenheit für weitere Intimität geben. Er hatte eine Aufgabe zu erledigen, sie würde ihn nicht daran hindern. Sie würde ihn morgen verlassen, so wie er es wünschte, doch die Nacht gehörte ihr.

Meg schlich lautlos durch das Lager voll schlafender Clanmänner, sorgsam darauf bedacht, keinen der Männer aufzuwecken, die zurückgeblieben waren, um ihre sichere Abreise zu gewährleisten. Nachdem sie sich von der Wärme des Feuers entfernt hatte, ließ die kalte Nachtluft sie frösteln, sie zog den zusätzlichen Plaid, den sie über ihrer Reisekleidung trug, enger um die Schultern. Obwohl sie sich bemühte, nicht daran zu denken, wie beängstigend es hier draußen alleine in der Dunkelheit war, sträubten sich ihr die Härchen auf Armen und Nacken. Ihr Herz raste. Sie folgte dem schmalen Pfad durch das Dickicht der Bäume, wo Alex zuvor verschwunden war. Trotz ihres Unbehagens erkannte Meg, was für ein Glück sie hatte, dass er angeboten hatte, die erste Wache zu übernehmen. Dass er das vermutlich nur deshalb getan hatte, um nicht in ihrer Nähe zu sein, war nicht von Bedeutung.

Was sie vorhatte, konnte nicht in einem überfüllten Camp funktionieren.

Je weiter sie sich vom Feuer entfernte, umso stärker war sie gezwungen, sich mit ausgestreckten Händen das dunkle Labyrinth des schmalen Pfades entlangzutasten. Ein Zweig zerkratzte ihr die Wange. Sie keuchte auf, mehr vor Überraschung als vor Schmerz.

Schnell legte sich ihr eine Hand über den Mund und erstickte den unwillkürlichen Laut.

Panik ergriff sie. Wild schlug sie um sich und versuchte,

sich loszureißen, doch ihr Widersacher hielt sie eng an sich gepresst.

»Schhh.«

Sie beruhigte sich, als sie die tiefe Klangfarbe der Stimme erkannte.

»Still. Es sei denn, du willst, dass uns eine Bande Lowlander entdeckt.« Sein warmes Flüstern so nah an ihrem Ohr sandte ihr einen erregenden Schauer über den Rücken.

Meg nickte, um ihm zu zeigen, dass sie verstanden hatte, und er lockerte seinen Griff, ohne sie jedoch freizugeben. Nun, da sich ihr Herzschlag wieder einigermaßen beruhigt hatte, erkannte Meg die vertrauten Formen des harten Körpers hinter ihr und den leichten, sinnlichen Duft nach Sonne und Meer, der ihn wie eine warme Decke einhüllte. Sie genoss das Gefühl seiner Nähe, und da sie nicht der Typ war, der eine Gelegenheit verstreichen ließ, schmiegte sie sich enger an ihn und rieb ihren Hintern an seinen Lenden.

Nun war er es, der ein Keuchen unterdrücken musste, doch er lockerte seinen Griff nicht. Gefahr musste nahe sein.

Meg lauschte, obwohl sie nicht genau wusste, worauf.

Minuten später wurde es ihr klar, als sie den donnernden Hufschlag einer großen Gruppe von Reitern hörte, die keine fünfzig Fuß von ihnen entfernt vorbeigaloppierten.

Nach einigen Minuten angespannten Wartens waren die Eindringlinge endlich in sicherer Entfernung verschwunden. Alex wirbelte sie herum.

»Was machst du hier draußen? Warum bist du nicht im Bett?«

»Ich konnte nicht schlafen.« Meg ignorierte seinen wütenden Gesichtsausdruck. »Haben die nach uns gesucht?«

Er starrte sie mit schmalen Augen an. Offensichtlich überlegte er, ob er seinem Ärger Luft machen sollte. Meg hielt seinem Blick entschlossen stand. Es hatte schon genug Ärger zwischen ihnen gegeben. Schließlich antwortete er: »Ja, alle paar Tage schicken sie einen Spähtrupp aus.«

»Mir war nicht bewusst, dass sie uns so nahe kommen.«

Er zuckte unbeteiligt die Schultern. »Es ist eigentlich eher lästig. Es zwingt uns, in Bewegung zu bleiben, aber sie versuchen nie, uns in einen Kampf zu verwickeln. Nicht hier draußen. Nicht auf unserem Gelände. Doch egal wie unwahrscheinlich es ist, müssen wir nichtsdestoweniger darauf vorbereitet sein, dass sie sich dazu entschließen, uns doch anzugreifen.«

Meg verstand. »Sie halten euch unter Beobachtung, aber sie ziehen es vor, mit der Burg im Rücken zu kämpfen.«

Alex nickte. »Ihre Stärke liegt in ihrer Verteidigungsposition, sie werden nicht riskieren, ihre beste Waffe zu verlieren, indem sie unsere Truppen hier draußen angreifen. Zumindest nicht ohne Unterstützung. Aber wenn du sie auf uns aufmerksam gemacht hättest, hätte sie das nicht davon abgehalten, uns beide zu töten. Allerdings hast du meine Frage noch nicht beantwortet: Warum bist du hier?«

Meg errötete, dankbar dafür, dass er es in der Dunkelheit nicht sehen konnte. Sie holte tief Luft, rief sich in Erinnerung, dass das möglicherweise ihre einzige Chance war, und trat näher auf ihn zu. Sie stand so dicht vor ihm, dass sie den Kopf in den Nacken legen musste, um ihm in die Augen zu sehen. »Ich wollte dir Lebewohl sagen. Unter vier Augen. Morgen haben wir vielleicht nicht mehr die Gelegenheit dazu.«

Er seufzte, dann sagte er sanft: »Meg, wir haben alles gesagt, was zu sagen ist.«

»Haben wir das?«, hauchte sie und legte ihm mutig die Hände auf die Brust. »Ich glaube nicht.« Er versteifte sich, doch er schob ihre Hände nicht fort. Durch sein Zögern ermutigt, wob sie mit den Fingern einen verführerischen Pfad seine Brust entlang nach unten und wurde bewusst langsamer, als sie den flachen Bauch erreichte. Ihre Fingerspitzen streichelten leicht über die gewölbten Muskeln, sie genoss es, wie sein Körper sich unter ihrer Berührung anspannte. Sie neckte ihn, strich tiefer und tiefer, doch gerade eben nicht tief genug.

Er sog durch zusammengebissene Zähne den Atem ein.

Meg lächelte ermutigt.

Ihre Lippen berührten sein Schlüsselbein. Sanft hauchte sie ihm kleine Küsse auf den Hals. »Ich glaube, wir haben uns noch mehr zu sagen, Alex. Viel mehr.« Um ihren Standpunkt zu verdeutlichen, ließ sie die Hand tiefer sinken und streifte die pralle Spitze seiner Erektion, die sich unter dem Bund seiner Hose wölbte. Sie wollte seine Länge mit den Fingern umschließen, die Stärke in ihrer Hand spüren, mit dem Daumen über die runde Spitze reiben ... aber jetzt noch nicht.

»Verdammt«, knurrte er. Er behielt die Arme wie festgewachsen dicht am Körper, doch die mächtigen Muskeln waren zum Zerreißen gespannt, während er darum kämpfte, die Lust zu zügeln, die sie in ihm weckte.

Sie fuhr fort, mit den Lippen seinen Hals zu erkunden und ließ die Zunge über die pulsierende Halsschlagader gleiten. *Gut, er rang bereits um Beherrschung.* Sie liebte seinen Geschmack, er schmeckte wie die frische, leicht salzige Meeresbrise auf Skye.

»Ich bin kein verdammter Heiliger, Meg.«

Meg kicherte und warf vielsagend einen bewundernden Blick auf seine beeindruckende Erektion. »Dem Himmel sei Dank, es wäre eine Verschwendung.« Hungrig leckte sie sich die Lippen. »Eine gewaltige Verschwendung.«

Alex stieß einen gequälten Laut aus. Offensichtlich war er nicht in der Verfassung, ihren pietätlosen Humor entsprechend zu würdigen. »Das willst du nicht«, stöhnte er gepresst.

Wenn er nur wüsste, wie sehr er sich irrte. Schon allein die Tatsache, dass ihn ihre bloße Berührung so sehr erregte, machte sie rasend vor Lust. Verlangen sammelte sich tief in ihrem Bauch, und ihre Sinne vibrierten vor plötzlicher Erwartung.

Meg ließ das Plaid von den Schultern gleiten und zu Boden fallen. Heute Nacht würde ihr sein Körper alle Wärme geben, die sie brauchte. Sie schmiegte sich an ihn und schlang ihm die Arme um den Hals, wobei sich die harten Knospen ihrer Brüste an seine Brust pressten. Träge kraulte sie das goldene Haar, das im Nacken von seinem Bad noch leicht feucht war. »Noch nie habe ich etwas so sehr gewollt wie das hier«, entgegnete sie aufrichtig.

Zögernd schlang er die Arme um sie. »Es wird nichts ändern«, protestierte er, wenn auch schwach.

Sie legte ihm den Finger auf die Lippen. »Keine Versprechen, erinnerst du dich? Ich will dich einfach in mir spüren. Noch ein einziges Mal.«

Diese von Herzen kommende Bitte war genug. Sie konnte regelrecht sehen, wie die Spannung von ihm abfiel. Sie hatte gewonnen, obwohl er in Wahrheit nicht allzu sehr dagegen angekämpft hatte. Dieser Augenblick hatte etwas Unvermeidliches an sich, das keiner von ihnen leugnen konnte.

Er küsste sie, und Meg glaubte, ihr Herz würde vor Glück zerspringen. Die Unsicherheit, die sie in den letzten Wochen beinahe erdrückt hatte, verblasste zu einer schwachen Erinnerung. Die Schönheit dieses Augenblicks würde sie für immer in ihrem Herzen bewahren. Meg fühlte sich lebendiger, freier als jemals zuvor. Er küsste sie mit all dem Gefühl, das er nicht in Worte fassen konnte, und zeigte ihr seine Liebe in der Zärtlichkeit, mit der er sie umarmte, der Heftigkeit, mit der er sie begehrte. Er zeigte sie ihr bei jedem Blick in ihre Augen.

Der Kuss wurde tiefer. Sein köstlicher Geschmack ließ sie vor Verlangen erbeben. Ihre verführerische Berührung hatte bereits seine Leidenschaft entflammt, und er küsste sie heiß und fordernd, so dass sie sich weich, schwerelos und träge vor Verlangen fühlte. Sie hätte es nicht für möglich gehalten, doch ihre Leidenschaft war sogar noch intensiver und überwältigender geworden. Dieser Moment hatte etwas schmerzlich Liebevolles an sich, so als vereinigten sich nicht nur ihre Körper, sondern auch ihre Herzen.

Er liebte sie mit Lippen und Zunge, und die Welle der Lust traf sie schnell und hart. Mit jedem rhythmischen Schlag seiner Zunge schlug ihr Herz schneller vor Erwartung. Seine Zunge umwarb und neckte sie, trieb sie vor Begehren beinahe in den Wahnsinn. Das Feuer ihrer Emotionen war so rein und mächtig, dass es ihr den Atem nahm.

Zwischen ihren Beinen breitete sich eine Wärme aus, die den ganzen Körper wie flüssiges Feuer durchströmte. Seine Männlichkeit drängte sich besitzergreifend an ihren Bauch, während er sie mit den rhythmischen Stößen der Zunge vor Lust fast wahnsinnig machte. Sie wollte ihn in sich spüren. Wollte, dass er sie ausfüllte. Dass er tief und hart in sie stieß, bis ihr Körper unter ihm erbebte. Ihr Körper wurde feucht und bereitete sich auf sein mächtiges Eindringen vor, während sie ihm die Hüften entgegenwiegte und den köstlichen Druck suchte, den nur er ihr geben konnte.

Schmerzhaft sehnte sie sich danach, seine Finger auf ihr, in ihr zu spüren, doch immer noch berührte er sie nicht. Sie wusste, dass er sich zurückhielt, dass er versuchte, die anschwellende Leidenschaft unter Kontrolle zu halten, die über sie hereinzubrechen und sie mit sich zu reißen drohte.

Ein leises Stöhnen kam ihr über die leicht geöffneten Lippen, als er endlich mit der Hand ihre Brust umschloss. Durch den Stoff des Kleides hindurch rieb er mit dem Daumen über die geschwollene Knospe. Es war nicht genug. Sie wollte spüren, wie seine rauen Hände ihr die Haut versengten, und drängte sich ihm entgegen. Zwischen ihnen gab es keine Verstellung mehr. Sie wollte die Lust, die nur er ihr geben konnte. Sie wollte alles.

Alex löste den Mund von ihren Lippen und lächelte – ein listiges, räuberisches Lächeln, das sie hätte warnen sollen. »Nicht so schnell, meine Süße. Ich werde die Dunkelheit bis zur letzten Minute ausnützen.«

Sie wussten beide, dass es vielleicht für ein ganzes Leben reichen musste.

Ihr Atem ging schneller, als er sich hinkniete und ihr Plaid auf einem kleinen moosbedeckten Fleckchen Waldboden ausbreitete. »Ich wünschte, ich könnte dir ein besseres Bett bieten.«

»Es ist wunderschön«, entgegnete Meg.

Und das war es auch. Ein Gemach der Natur unter den Bäumen. Obwohl Alex zu lieben sich an jedem Ort wie das Paradies anfühlen würde.

Als er schließlich davon überzeugt war, das provisorische Bett so bequem wie möglich bereitet zu haben, stand er auf und fing an, die Schnürung ihres Kleides zu lösen. Eines nach dem anderen streifte er ihr die Kleidungsstücke vom Leib, bis sie nackt vor ihm stand. Die kühle Nachtluft auf der glühenden Haut ließ sie erzittern. Plötzlich schüchtern widerstand sie dem Bedürfnis, sich zu bedecken und sah verlegen zu ihm auf, um zu sehen, wie er reagierte.

Er betrachtete sie mit gierigem Blick, wie ein halb verhungerter Mann, dem ein köstliches Mahl angeboten wird. Seine Augen strahlten vor Bewunderung. »Du bist wunderschön!«

Seltsamerweise glaubte Meg zum ersten Mal wirklich, dass es so war. Welche Frau würde sich nicht schön fühlen, wenn dieser wilde Krieger sie mit solch schmerzhaftem Begehren ansah.

Als er sie berührte und mit dem Finger sanft die Rundung ihrer Brust nachzog, glaubte Meg, die Beine könnten sie nicht länger tragen, weil ihr die Knie weich wurden. Es war nicht genug. Merkte er denn nicht, dass er sie quälte? Sie zitterte am ganzen Körper vor Verlangen.

»Deine Brüste sind herrlich.« Er umfasste sie, wog die üppige Fülle elfenbeinfarbenen Fleisches in seinen gebräunten Händen. »So groß und rund, und doch sind deine Knospen so klein und rosig. Ich werde nie vergessen, wie süß du schmeckst.«

Sie schloss die Augen und gab sich der Hitze hin, die sie durchströmte, als seine Worte sie einhüllten wie ein dunkles Tuch aus Seligkeit, die alles überdeckte und nichts als pure Wonne zurückließ.

Mit einem sündhaften Lächeln beugte Alex sich über sie und züngelte über die harte Spitze. »Mmmmh. Ich glaube nicht, dass das genügt.« Er begrub das Gesicht zwischen ihren Brüsten, und sein Kinn kratzte über die empfindsame Haut. Spielerisch pustete er über die Brustwarzen, und sein warmer Atem schürte das Feuer.

Mit der Zunge neckte er wirbelnd die harte Knospe, so dass sie erwartungsvoll erbebte und sich seinem Mund in süßer Qual entgegenwölbte.

»Alex!«, stöhnte sie.

»Sag mir, was du willst«, flüsterte er.

Sie wollte, dass er ihre Qual beendete. Normalerweise nicht gerade um Worte verlegen, war ihre Antwort nur ein schwaches, ersticktes »Dich«.

Das genügte.

Endlich umschloss er mit den Lippen ihre Brust. Sie krallte ihm die Finger in den Rücken, während er sie heftig saugend an den Rand der Erlösung brachte.

Alex musste sich stärker zurückhalten, als er je für möglich gehalten hätte. Gott, sie war vollkommen. Sie schmolz ihm entgegen, so weich und geschmeidig. So aufrichtig in ihrer Leidenschaft. Er konnte das Glück nicht fassen, das Meg zu ihm gebracht hatte. Er kämpfte nicht mehr länger gegen das Schicksal an. Meg in den Armen zu halten, war ihm vorherbestimmt. Die Ehre hatte ihren berechtigten Platz, doch nicht zwischen ihnen.

Meg zitterte vor Verlangen. Er wusste, dass er sie quälte, doch es kümmerte ihn nicht. Als sie ihn vorhin mit ihrer sinnlichen Berührung gefoltert hatte, hatte sich wieder der alles andere ausblendende Nebel unvergleichlichen Verlangens über ihn gesenkt. Das Blut rauschte ihm durch die Adern, der Druck, der sich in seinen Lenden aufbaute, war kaum vorstellbar. Er wollte tief in sie stoßen, sich in der warmen Hitze vergraben und sich dem alles verzehrenden Verlangen nach ihr ergeben, das ihm die Seele zu rauben drohte.

Nur eines hielt ihn zurück. Er liebte sie, und er musste ihr zeigen, wie sehr. Immer und immer wieder. Und sich jeden Augenblick davon in seiner Erinnerung einprägen.

Mit wirbelnder Zunge saugte er an der Brustwarze und schwelgte in dem honigsüßen Geschmack ihrer Haut. Mit dem Mund zog er eine zärtliche Spur den Bauch entlang, während er mit den Händen ihre Rundungen von den üppigen Brüsten zu der schlanken Taille und den schmalen Hüften streichelte. Wie zierlich sie war, wie köstlich und zart. Seine Hände wirkten groß und rau im Vergleich dazu.

Sein Mund glitt tiefer. Scharf zog sie den Atem ein, als er sich vor sie kniete und ihren kleinen, runden Po mit den Händen umfasste. Sie war so weich und zart, so herrlich süß. Er fuhr neckend mit der Zunge die seidige Haut an der Innenseite ihres Oberschenkels entlang. Sie erschauerte und gab einen leisen Laut von sich. Ihr köstlicher weiblicher Duft betörte seine Sinne und erfüllte ihn mit wildem Verlangen.

Vielleicht ahnte sie, was er vorhatte …

»Alex, was …«

Er unterbrach die Frage mit einem leichten Schlag seiner Zunge und kostete die süße Essenz ihrer Lust. Ein mächtigeres Aphrodisiakum konnte er sich nicht vorstellen. Sie war so weich und quälend feucht für ihn. Seine Männlichkeit war bereits hart wie ein Fels und drängte sich fordernd an seinem Bauch.

Zweifellos schockiert erschauderte sie und gab einen protestierenden Laut von sich.

»Es ist in Ordnung, Meg. Vertrau mir. Ich will jeden Zoll von dir kosten.«

Erneut züngelte er sanft erforschend über die zarte Haut. Der Schock über diesen intimen Kuss schwand schnell. Er neckte sie, bis sie zitterte. Als er sich wieder zurückzog, gab sie erneut einen protestierenden Laut von sich, diesmal allerdings aus einem anderen Grund. »Willst du immer noch, dass ich aufhöre?« Wieder küsste er sie sanft. »Sag es mir, Meg.«

Sie hob ihre Hüften seinem Mund entgegen. Sein Atem streichelte sie. »Sag es mir.«

»Gott, nein!«

Er drang mit der Zunge in sie ein und fühlte, wie sie sich ihm zitternd völlig ergab. Das Geräusch, das ihr über die Lippen kam, war so leise und zauberhaft, so voller Erfüllung, dass ihm die Brust vor Freude darüber eng wurde, wie viel Lust er ihr bereitete. Er wollte diesen Augenblick festhalten, die Ekstase verlängern, diese Nacht ewig währen lassen.

Sie spannte sich an, und er wusste, dass sie kurz vor der Erfüllung stand. Sein Mund bedeckte sie, saugte, verschlang sie, nahm sie tief und fest. Sie schrie auf, wölbte sich ihm entgegen und presste die Hüften gegen seine Lippen.

Gott, sie war süß.

Ihre Erlösung kam schnell und hart. Mit der Hand erstickte sie ihren Schrei, während ihr Körper unter ihm zuckte.

Doch er war noch nicht fertig. Nicht, nachdem er so lange darauf gewartet hatte, sie zu besitzen. Unnachgiebig wollte er auf eine elementare Weise seinen Anspruch auf sie geltend machen. Schluchzende Lustschreie schüttelten sie, als er sie unnachgiebig zu einem zweiten Höhepunkt trieb, kaum dass der erste verebbt war.

Nie hatte sie schöner ausgesehen. Nackt, mit den kastanienbraunen Locken, die ihr über die nackten Schultern flossen, und der elfenbeinfarbenen Haut, der die Leidenschaft einen rosigen Schimmer verlieh. Die roten Lippen waren leicht geöffnet und von seinen Küssen geschwollen, die sanften grünen Augen schwer von der Anstrengung ihrer Erfüllung und immer noch verhangen vor Lust. Augen, die ihn bis in die Seele trafen.

»Ich hätte mir nie träumen lassen …«

Alex zog fragend eine Braue hoch und bemühte sich, nicht zu lächeln. »Dann hat es dir gefallen?«

Sie warf ihm einen scharfen Blick zu. »Deinem Gesichtsausdruck nach zu schließen, weißt du ganz genau, dass es mir gefallen hat. Schließlich siehst du selber viel zu selbstgefällig aus.« Ihre vorgetäuschte Ernsthaftigkeit machte einem anzüglichen Lächeln Platz. »Aber ich denke, das ist wohlverdient.«

Er strich ihr eine verirrte Haarsträhne aus dem Gesicht und grinste. »Dein Vergnügen ist auch meines.«

Sie erwiderte sein Lächeln, doch dann blitzte ein neugieriges Funkeln in ihren Augen auf. Sie ließ den Blick vom Gesicht über seinen Körper nach unten gleiten und abschätzend auf seiner Erektion verweilen. Hitze durchströmte ihn. Schon allein ihr Blick auf ihm ließ ihn heiß und hart wie ein verdammter Felsen werden.

Was mochte ihr wohl durch den Kopf gehen, mit diesem unartigen kleinen Funkeln in den Augen.

Sein Lächeln erstarb. Er wusste, wie schnell ihr Verstand arbeitete. Sein Herz setzte einen Augenblick lang aus und fing dann heftig an, zu rasen, als sie die Lippen zu einem trägen, sinnlichen Lächeln kräuselte.

»Jetzt bin ich an der Reihe«, meinte sie. »Ich frage mich, ob ich dich dazu bringen kann, mich anzuflehen ...«

Sein ganzer Körper spannte sich an, er wagte kaum, zu denken.

Sie zog ihm das Hemd über den Kopf. Normalerweise hätte ihn die Bewunderung in ihrem Blick entflammt, doch er brannte bereits lichterloh durch das sinnliche Versprechen in ihren Worten. Streichelnd ließ sie die Hände über seine Brust auf einem feurigen Pfad nach unten gleiten. Mit den Fingern fuhr sie die straffen Muskeln entlang, doch damit hielt sie sich nicht lange auf. Er bemerkte das leichte Zittern ihrer Hände, als sie den Ledergürtel löste, der das Plaid hielt, doch das war nichts im Vergleich zu dem Zittern in seinem Innern.

Er half ihr, ihm Hose und Stiefel abzustreifen, bis er ebenso nackt wie sie war, dann verharrte er regungslos und wartete auf ihre Reaktion. Wartete darauf, dass sie den Blick tiefer senkte …

Ihre Augen weiteten sich. »Oh!« Sie sah ihn zögernd an und biss sich auf die Lippe. »Das könnte schwieriger werden, als ich dachte. Du bist ein sehr großer Mann, nicht wahr?« Sie errötete. »Ich meine, überall.«

Er brachte ein Nicken zustande. *Ja, verdammt. Und er wurde auf schmerzhafte Weise von Minute zu Minute größer.*

Sie umfasste ihn behutsam mit der Hand und bewegte die weichen, zarten Finger langsam und leicht auf und ab, wie er es ihr gezeigt hatte.

Sie brachte ihn um den Verstand. Schweiß stand ihm auf der Stirn, während er versuchte, an etwas anderes zu denken als daran, seinen Samen in ihre Hand zu ergießen. Nur das Versprechen einer noch süßeren Folter hielt ihn zurück.

Er stöhnte und sein Bauch spannte sich, doch er tat nichts, um ihrer unschuldigen Entdeckungsreise Einhalt zu gebieten.

Mit einem Finger fuhr sie zart die gesamte Länge seines Schafts von der Wurzel bis zur Spitze entlang, dann glitt ihr Daumen über die Kuppe und verrieb ein kleines Tröpfchen Flüssigkeit, eine sinnliche Bewegung wie von der erfahrensten Verführerin – doch unendlich erregender durch ihre Unschuld.

Sie sah ihm tief in die Augen und kniete sich vor ihn, ohne den Blick von ihm zu lösen. Es war der erotischste Moment seines ganzen Lebens. Nur wenige Zoll trennten ihren Mund von der prallen Spitze seiner Männlichkeit. Schon allein der Gedanke an die zarten roten Lippen, die sich um ihn schlossen und ihn tief in die warme Höhle ihres Mundes aufnahmen, erfüllte ihn mit unerträglicher Hitze. Sie umfasste ihn mit der Hand, und seine Hoden zogen sich unter ihrer Berührung leicht zusammen, er stand in Flammen, jeder empfindsame Zoll von ihm bereit, bei der kleinsten Berührung zu explodieren.

»Meg.« Mit krächzender Stimme stieß er etwas hervor, das wie eine Warnung klingen sollte. Wenn sie ihn dazu bringen wollte, zu betteln, dann hatte sie Erfolg. Sie quälte ihn. Zahlte ihm voll und ganz die süße Folter heim, die er ihr angetan hatte. Diese Frau konnte ihn zu Fall bringen.

Dicht an seinem Glied öffnete sie leicht die weichen, feuchten Lippen und umfasste gleichzeitig mit den Händen seine Pobacken. »Ich frage mich …«

Seine Augen glühten schwarz vor Leidenschaft, er hatte die Zähne fest zusammengepresst. Die Ader an seinem Hals pulsierte. Verdammt sollte sie sein! Sie verwandelte ihn in ein zitterndes Durcheinander und war sich dabei ganz genau bewusst, wie sehr er wollte, dass sie ihn in den köstlichen kleinen Mund nahm.

»Ich frage mich«, fuhr sie fort, »ob du so gut schmeckst, wie du aussiehst.«

»Oh Gott, Meg …«, stieß er mit einem kehligen Stöhnen hervor.

Ein weiteres kleines Tröpfchen bildete sich an der Spitze, und ihre sündige Zunge schoss vor, um ihn zu kosten. »Mmmmh«, murmelte sie.

Fast gaben seine Beine nach.

Sie lachte schelmisch und folgte mit der Zunge dem Pfad, den ihre Finger seine volle Länge entlanggezogen hatten.

Er stöhnte einen Fluch und vergrub stumm flehend die Hände in ihrem seidigen Haar. Endlich gab sie ihm, was er wollte. Sie züngelte um die Spitze und schloss langsam die Lippen um ihn.

Alex konnte nicht länger denken. Er war gestorben und im Himmel.

Fest saugend nahm sie ihn tiefer und tiefer in sich auf, streichelte ihn mit Mund und Zunge. Er wollte sich so sehr in ihr ergießen, dass er gegen den überwältigenden Drang ankämpfen musste, zu stoßen und tief in ihrem Mund zu explodieren.

Mit einem leisen Stöhnen entzog er sich ihren Lippen. Er hatte genug von dieser köstlichen Folter. Heftig atmend nahm er ihr Gesicht in die Hände und kniete sich hin, damit sie sich auf gleicher Augenhöhe befanden. Sie sah aus wie ein gefallener Engel. Die Brust schnürte sich ihm zu, als ihn eine Welle unvergleichlicher Zärtlichkeit erfasste. Noch niemals im Leben hatte er sich jemandem so nah gefühlt.

Langsam ließ er sie auf das wartende Plaid zurücksinken. Er kniete sich zwischen ihre schlanken Beine, drang leicht mit den Fingern in sie ein und weckte ihren Körper so aus dem satten Schlummer der Erschöpfung, bis sie ihm wieder die Hüften entgegenwiegte.

Ein sanftes Wimmern kam über ihre leicht geöffneten Lippen. Sie warf den Kopf hin und her, die Züge von wilder Hingabe verzerrt. Sie war beinahe so weit. Und er ebenso. Sie fing an zu stöhnen, lauter diesmal, er legte die Hand auf ihren Venushügel, um der anstürmenden Heftigkeit ihres Höhepunkts noch mehr Druck entgegenzusetzen. Zuckend vor Lust wand sie sich unter seiner Hand. Unmittelbar bevor sie den Gipfel erklomm, drang er tief in sie ein und füllte sie mit einer einzigen geschmeidigen Bewegung völlig aus.

Enge, unglaubliche Hitze umgab ihn.

Er schloss die Augen und trieb stoßend ihr empfindsames Fleisch einem weiteren Höhepunkt entgegen. Vor auferzwungener Selbstbeherrschung brach ihm der Schweiß aus, als er versuchte, vorsichtig zu sein, weil sie so zart war.

»Ich werde nicht zerbrechen«, flüsterte sie, als könne sie seine Gedanken lesen. »Halt dich nicht zurück. Ich will alles von dir, Alex.«

Verdammt, sie wusste nicht, worum sie ihn da bat. Doch ihre leuchtenden grünen Augen blickten geradewegs in sein Innerstes, zwangen ihn, ihr jeden dunklen, gequälten Teil von ihm zu offenbaren. Den Teil, den noch niemand zuvor gesehen hatte. Etwas in ihm zerbrach. Er war außer Kontrolle, roh, entblößt. Alles, was übrig blieb, war sein primitives Verlangen nach ihr, das alles verzehrende Feuer, das in ihm wütete und das nur sie löschen konnte.

Also gab er ihr, was sie wollte, mit tiefen, harten Stößen. Mit all den wilden Gefühlen, die sie in ihm geweckt hatte. Er gab ihr alles. Alles, bis auf das Versprechen einer Zukunft. Sie begegnete seinen dunklen Stößen mit ihrer eigenen Lust, hielt seinen Blick gefangen, beraubte seine Seele aller Geheimnisse.

Sie wusste, was sie ihm bedeutete.

Er fühlte, wie der Druck anstieg, wusste, dass er sich nicht viel länger zurückhalten konnte. Er sah ihr tief in die Augen und suchte stumm danach … angenommen zu werden. Etwas beinahe Heiliges floss zwischen ihnen hin und her. Der Widerschein einer Liebe, die so rein war, dass sie die letzten Schatten zwischen ihnen auflöste.

Eine Welle unglaublichen Glücks brach über ihm zusammen, als er sich in ihr ergoss, die Heftigkeit seines Höhepunkts entriss ihm einen tiefen Schrei, dem ihre eigenen Lustschreie in nichts nachstanden. Wieder und wieder zog sich sein Körper vor Erlösung zusammen, während sie in einem herrlichen Sturm zur Erde taumelten.

Meg war, als wäre sie gestorben. Sie konnte sich nicht bewegen, selbst wenn ihr Leben davon abhinge. Noch nie zuvor hatte sie sich gleichzeitig so völlig verausgabt und so vollkommen erfüllt gefühlt.

Alex brach neben ihr zusammen. Sie schmiegte sich an ihn, legte ihm den Kopf auf die Brust und lauschte dem wilden Klopfen seines Herzens. Er schlang die Arme um sie und zog sie eng an sich.

Keiner von ihnen sprach ein Wort, denn Worte schienen völlig unzureichend zu sein.

Niemals hätte sie für möglich gehalten, dass ihr Körper solche Energie aufbringen und solche Ekstase erfahren könnte. Viermal hatte er sie ins Paradies befördert. Sie glaubte nicht, dass sie dazu noch einmal fähig wäre.

Bei diesem schrecklichen Gedanken blieb ihr das Herz stehen. Es gab vielleicht kein nächstes Mal. Er hatte sie gewarnt, doch niemals hätte sie … *das hier* erwartet. Was gerade zwischen ihnen geschehen war, hatte auf gewaltige Weise alles verändert, doch es hatte nichts an der Tatsache geändert, dass sie ihn morgen verlassen musste.

Sie schloss die Augen und konzentrierte sich auf das kraftvolle Schlagen seines Herzens. Sie wollte diesen Augenblick genießen, ihn ewig währen lassen.

Der Morgen kam früh genug.

23

Sie liebten sich erneut, in den kühlen Morgenstunden, als die ersten Strahlen der aufgehenden Sonne die Dunkelheit der Nacht durchdrangen. Vielleicht war es falsch angesichts dessen, wie unsicher ihre Zukunft war, doch Alex konnte nicht länger dagegen ankämpfen, was zwischen ihnen war, oder dagegen, wie sehr er sie brauchte.

Er weckte sie mit einem Kuss und vertrieb mit der sanften Überredungskunst von Lippen und Zunge den Schlaf aus ihrem Blick. Die wilde, hungrige Leidenschaft der vergangenen Nacht wandelte sich zu einer trägen, sinnlichen Entdeckungsreise zweier Liebender. Ineinander verschlungen liebkoste er ihre samtig weiche Haut, bis sie unter seiner Berührung erglühte, und streichelte sie, bis sie sich, die bezaubernden vollen Brüste zum Himmel emporgereckt, seiner Hand entgegenwölbte.

Er ließ die Zunge um ihre Brustwarze kreisen, knabberte sanft mit Zähnen und Lippen daran, bis sie sich unter ihm wand. Sie war so verdammt süß. Ihre begierige und aufrichtige Leidenschaft war von einer Intensität, die der seinen gleichkam.

Langsam drang er in sie ein und beobachtete dabei ihr Gesicht, da er sich einprägen wollte, wie die rosige Röte der Lust ihre Wangen überzog, als sie ihn in sich aufnahm. Ihn fest umschloss.

Er verharrte einen Augenblick lang bewegungslos und genoss das Gefühl, tief in ihr vergraben zu sein, sie auszufüllen, mit ihr in göttlicher Umarmung verbunden zu sein.

Als er ihr in die Augen sah und noch tiefer in sie eindrang, durchlief ihn ein Schauer reiner Zärtlichkeit. Der Blick aus ihren Augen traf ihn in die Seele. Er konnte sich nicht bewegen, denn er wollte diesen Moment festhalten, wollte niemals vergessen, wie es sich anfühlte, die Vollkommenheit zu erfahren.

Langsam zog er sich zurück, dehnte seine Stöße aus und steigerte den Rhythmus erst langsam, dann mit wachsender Dringlichkeit. Als sie die Augen schloss und den Gipfel erreichte, ließ er sich völlig gehen und stieß hart und schnell, bis er ganz in ihr versank und mit einer Heftigkeit kam, die ihn erschreckte. Es war der intensivste Höhepunkt seines ganzen Lebens, aus den Tiefen der Seele, völlig erfüllt von der Kraft seiner Liebe zu dieser Frau.

Es war die schönste, bittersüßeste Erfahrung. Alex hielt sie mit der Zärtlichkeit eines Mannes, dem alles geschenkt worden war, was sein Herz begehrte, nur um festzustellen, dass er es ebenso schnell wieder verlieren konnte, wie ein Pfeil treffen oder ein Schwert niedersausen konnte. Er wünschte sich, dieser Moment würde ewig dauern, doch nicht einmal sein beachtlich starker Wille konnte die Sonne daran hindern, ihren unbeirrbaren Lauf anzutreten.

Widerstrebend ließ er sie gehen und schickte sie ins Lager zurück, bevor die anderen erwachten. Obwohl er bezweifelte, dass sie irgendjemandem etwas vormachen konnten. Jamie, da war er sich ziemlich sicher, wusste genau, wo Meg die Nacht verbracht hatte. Im Blick seines alten Freundes konnte Alex Tadel, aber auch widerwillige Zustimmung lesen.

Die Stunden vergingen schnell. Angesichts der drohenden Schlacht hatten er und Neil den größten Teil des Tages damit verbracht, eine neue Angriffstaktik zu entwickeln. Dabei behielt er Meg die ganze Zeit im Auge. Wenn sich ihre Blicke zufällig trafen, dann wusste er, dass sie sich ebenso wie er an ihr Zusammensein erinnerte, doch sie hatten kaum Gelegenheit, sich zu unterhalten. Was gesagt werden musste, war in der vergangenen Nacht bereits gesagt worden. Ihre Zukunft, wenn es eine gab, lag nun in Gottes Hand.

Er liebte sie mehr, als er es jemals für möglich gehalten hätte. Doch irgendetwas hielt ihn davon ab, es ihr zu sagen. Vielleicht glaubte er, dass es so leichter für sie wäre, weiterzumachen, wenn er nicht zurückkehrte. Oder vielleicht wollte er, wenn er ihr sagte, dass er sie liebte, das ohne Einschränkung tun können.

Als es Zeit wurde, das *birlinn* zu beladen, befahl er Robbie und zwei seiner vertrauenswürdigsten Krieger, die Mackinnons zu begleiten. Er konnte sie eigentlich nicht entbehren, aber er wollte keinerlei Risiken bezüglich ihrer Sicherheit eingehen. Meg protestierte, doch er ließ sich nicht umstimmen.

Schließlich war der Zeitpunkt gekommen.

Sie stand abseits am felsigen Ufer, allein, und sah den Männern zu, wie sie die Boote beluden. Alex trat auf sie zu und wappnete sich innerlich gegen das, wovor er sich seit dem Augenblick ihrer Ankunft gefürchtet hatte. Lebewohl sagen.

Als er ihr ins Gesicht sah, verstärkte sich der Schmerz in seiner Brust. Sie versuchte, tapfer zu sein, doch ihre Augen verrieten sie. Groß und glänzend schimmerten sie vor ungeweinten Tränen, in denen sich die Tiefe ihrer Furcht widerspiegelte. Er wusste, wie stark sie war, doch sie wirkte so herzzerreißend zerbrechlich, dass er alles an Selbstbeherrschung aufbringen musste, um sie nicht in die Arme zu reißen und ihre Angst zu lindern.

Bei Gott, er hatte nicht die Absicht, getötet oder gefangen genommen zu werden. Oder zu verlieren. Er hatte verdammt noch mal zu hart für diesen Augenblick gekämpft. Jeder Krieger wusste, dass jede Schlacht die letzte sein konnte. Er hatte sich darüber niemals tiefere Gedanken gemacht, sondern akzeptiert, dass das der Preis war, den er für das Leben, das er gewählt hatte, bezahlen musste. Doch noch niemals hatte Alex so viel gehabt, wofür es sich zu leben lohnte. Er war sich ebenso sehr wie sie dessen bewusst, dass sie sich vielleicht nie wiedersehen würden. Entschlossen schüttelte er diesen düsteren Gedanken ab. Das würde er nicht zulassen.

Er wollte ein Leben mit Meg. Sie beschützen. Ihr die Last von den Schultern nehmen. Ihrem Clan helfen. Er spürte einen Kloß in der Kehle. Ihr erstes Kind in den Armen halten. Das wollte er mehr als jemals etwas anderes in seinem Leben. Doch er musste zu Ende bringen, was er begonnen hatte. Solange er noch zu einem Atemzug fähig war, würde er gegen die Ungerechtigkeit des Königs kämpfen. Tief in seinem Innern wusste er, dass er mit Meg nicht das Leben führen konnte, das er sich wünschte, solange er nicht die Vergangenheit hinter sich gelassen hatte.

Er stand vor ihr und nahm ihre Hände. Sie zitterten leicht, trotz des warmen Morgens waren sie kalt. »Es ist Zeit, Mädchen.«

Die Farbe wich ihr aus dem Gesicht, und das Aufflackern von Panik in den Augen traf ihn hart.

»Lass mich bei dir bleiben!«, flehte sie.

Er erstarrte. Sie brachte ihn beinahe um. Wusste sie denn nicht, wie schwer das für ihn war? Er wollte auch nicht, dass sie ging. Er wollte sie nie mehr gehen lassen. Doch er hatte die Risiken abgewogen, und es war weit gefährlicher für sie, wenn sie blieb. Also schüttelte er den Kopf. »Nein.«

»Neils Frau ist hier, genauso wie viele der anderen Ehefrauen«, protestierte sie.

»Sie haben keine Wahl. Das hier ist ihre Heimat. Ihre Schlacht. Nicht deine.«

»Das ist mir egal«, rief sie heftig. »Ich will dich nicht verlassen!«

Und ich will nicht, dass du mich verlässt. Es würde ihm ein zweites Mal das Herz aus dem Leib reißen, sie fortzuschicken. »Aber das wirst du«, entgegnete er in einem Tonfall, der keinen Widerspruch duldete.

Sie hielt seinem Blick stand, flehte ihn stumm mit den Augen an, doch Alex ließ sich nicht umstimmen. Nicht in dieser Angelegenheit. Er wollte sie weit genug fort in Sicherheit wissen. Nur dann konnte er sich auf die Aufgabe konzentrieren, die vor ihm lag.

»Komm«, sagte er und führte sie zum Boot. »Es ist Zeit.« Er war erleichtert, dass sie ihm ohne weiteren Widerspruch folgte. Es war so schon schwer genug.

Seine Beine fühlten sich schwer wie Blei an, mit jedem Schritt blutete sein Herz. Er half ihr ins Boot, und als er Jamie ansah, wurde ihm bewusst, dass er etwas versäumt hatte. »Ich weiß zu schätzen, was du für uns getan hast«, sagte er. »Ich danke dir. Ich weiß, was es dich möglicherweise gekostet hat.«

Jamie nickte.

»Pass gut auf sie auf«, fügte Alex hinzu.

»Das werde ich«, antwortete Jamie. »Bis du zurückkommst.«

Alex wandte sich wieder zu Meg um. Es war so weit. Er ließ den Blick über ihr Gesicht wandern und versuchte, sich jedes kleinste Detail einzuprägen, von den vereinzelten Sommersprossen auf dem Nasenrücken bis zu den goldenen Lichtern, die in ihren grünen Augen funkelten. Sie war so klein und zierlich und so überaus kostbar für ihn.

Die Nacht brach herein, der Wind nahm zu und spielte mit einer Locke ihres Haars, die sich gelöst hatte. Ohne nachzudenken strich er sie ihr hinters Ohr, wobei sein Daumen die weiche Rundung ihrer Wange streichelte. Sie schmiegte das Gesicht in seine Hand.

»Wir sehen uns wieder ...« Ihre Stimme brach ab, sie fing an zu weinen. Leise. Tapfer. Auf eine Art, die ihm das Herz brach.

Der Schmerz in seiner Brust war beinahe unerträglich. Jede Träne, die fiel, riss ihm ein größeres Loch ins Herz. Ohne auf die anderen Leute um sie herum zu achten, küsste er sie sanft, doch mit einer Schmerzlichkeit, die sich nicht leugnen ließ. Einen Augenblick lang verweilten seine Lippen, kosteten ihren Geschmack, um ihn für immer in Erinnerung zu behalten.

Schließlich hob er den Kopf. Er hob ihr Kinn zu sich hoch und sah ihr tief in die Augen. »Das werden wir, mein Liebes. Bald.« Daran durfte er nicht zweifeln.

Das Boot stieß vom Ufer ab. Der Wind wirbelte ihr das Haar wild ums Gesicht, Tränen liefen ihr ungehindert über die blassen Wangen.

Alex wollte sich abwenden, doch er zwang sich, stehen zu bleiben und ihr nachzusehen, obwohl der Schmerz mit jeder Minute größer wurde, die sie weiter von ihm forttrug. In Sicherheit, rief er sich in Erinnerung.

Wenn sie sich doch nur zu einer anderen Zeit begegnet wären, dachte er. Bevor sein Leben sich so unlösbar mit dem Kampf zur Befreiung von Lewis verflochten hatte. Bevor die Reihe von Ereignissen an jenem Tag vor langer Zeit in dem Tal am Fuß der mächtigen Cuillins-Gebirgskette, als seine Cousins ihr Leben verloren hatten, in Bewegung gesetzt worden waren.

Er biss die Zähne zusammen und kämpfte die Welle von Emotionen nieder, die ihn überrollte, als Meg in der Ferne verschwand. *Bald, mein Liebes.*

Der Moment war gekommen, die Vergangenheit zum Schweigen zu bringen.

24

Günstige Schicksale wurden aus Glück und Beharrlichkeit geschmiedet, Dougal MacDonald besaß beides. Im Übermaß.

Die Sonne war gerade am westlichen Horizont verschwunden, die Nacht brach schnell herein und brachte den grauen Nebelschleier mit sich, der Dougal bei seinem Plan heute Nacht unterstützen würde, indem er vor den Blicken der Menschen am Ufer verbarg, was auf See geschah. Er lächelte. Er hatte wieder einmal Glück.

Es war gerade noch hell genug, um erkennen zu können, was an dem felsigen Ufer unter ihm vor sich ging. Von dem günstigen Aussichtspunkt versteckt zwischen den Bäumen, die die südliche Bucht säumten, beobachtete er, wie Margaret Mackinnon und ihre Clanmänner in das wartende *birlinn* stiegen und sich darauf vorbereiteten, vom Ufer abzulegen.

Welche Ironie, dachte er. Ihr Boot lief aus, und seines war gerade angekommen.

Indem Alex MacLeod das Mackinnon-Mädchen mit dem Boten fortschickte, bot sich Dougal die Gelegenheit, eine beinahe ausweglose Situation zu retten.

Die Männer des Königs waren zunehmend ungeduldig geworden, weil er sie nicht mit nützlichen Informationen versorgen konnte. Die MacLeods hatten ihn so gut abgeschirmt, dass er die Abenteurer von Fife nicht einmal zum Lager der Rebellen hatte führen können.

Dougal hatte nicht erwartet, dass Alex und Neil MacLeod seinem doppelten Spiel so schnell auf die Schliche kommen würden. Das erste Mal hatte ihre falsche Information Dougal erfolgreich davon abgehalten, ihre Gefangennahme zu bewerkstelligen, was ihn vor den Männern des Königs wie einen Idioten dastehen ließ. Beim zweiten Mal, als Dougal auf einen nutzlosen Botengang geschickt worden war, während Alex eine Schiffsladung Vorräte abfing, wurde Dougal klar, dass er entdeckt worden war.

Er hätte MacLeod schon am Königshof erledigen sollen, als er die Gelegenheit dazu hatte. Doch Dougal hatte sich in einer prekären Lage befunden. Er hätte es nicht tun können, ohne sich selbst zu verraten, was seine Nützlichkeit auf Lewis stark geschmälert hätte. Nun, da er wusste, dass die MacLeods ihm auf die Schliche gekommen waren, war das nicht länger von Belang.

Alex hatte ihn gezwungen, sich für eine Seite zu entscheiden. Das hatte Dougal getan. Es war zu schwer, die vom König angebotene Belohnung abzuweisen.

Da er wusste, dass er von den MacLeods keine weiteren Informationen erhalten würde, war er sich klar darüber, dass er auf eigene Faust nachforschen musste. Also konzentrierte er seine Bemühungen darauf, ihre Boten abzufangen. Wer hätte geahnt, dass der nächste Bote Meg Mackinnon bringen würde?

Nun würde Dougal beide bekommen. Alex und Dougals widerwillige Braut.

Die Schlampe hatte ihn abgewiesen. Selbst nach drei Wochen konnte er es noch nicht fassen. Da sein Doppelspiel sich inzwischen sicher schon in den Highlands herumgesprochen hatte, bezweifelte er, dass sie sich jemals dazu überreden lassen würde, seinen Antrag anzunehmen. Deshalb hatte er heute doppeltes Glück. Sobald er sie erst einmal hatte, war ihre Zustimmung nicht mehr nötig.

Sie glaubte wohl, dass sie in den Bastard verliebt war. Ihre Zurückweisung hatte Dougal nur noch in seinem Entschluss bestärkt, sich Alex vom Hals zu schaffen. Meg Mackinnon war das passende Hilfsmittel, um Alex in die Knie zu zwingen.

Ungeduldig drehte er sich um und schwang sich auf den mächtigen Hengst, der neben ihm wartete. Er genoss es, den Willen temperamentvoller Tiere zu brechen, genauso, wie er es genießen würde, Alex MacLeod zu brechen.

Er hatte es schon einmal getan, unglücklicherweise hatte er es damals nicht zu Ende geführt.

Nun war es nur noch eine Frage der Zeit. Dougal konnte ein geduldiger Mann sein. Ein *sehr* geduldiger Mann. Die Belohnung wäre das Warten wert. Er würde seinem Chief dienen, indem er den Abenteurern von Fife half, die MacLeods zu besiegen, und er hätte endlich die Mittel, alle losen Enden seiner eigenen Vergangenheit zu beseitigen.

Er galoppierte auf das mit bewaffneten Männern vom Clan der MacDonalds besetzte *birlinn* zu, das auf der anderen Seite der kleinen Bucht wartete, und sog tief die frische Morgenluft ein. Es ging doch nichts über das Versprechen einer guten Jagd, um das Blut eines Mannes in Wallung zu bringen.

Ich werde nicht zusammenbrechen, schwor Meg sich. Obwohl ihr war, als würde ihr das Herz aus dem Leib gerissen und in tausend Teile zerfetzt. Das *birlinn* entfernte sich immer weiter vom Ufer, der große Mann, der unbeweglich an der Wasserlinie stand, verschmolz mit den Schatten der hereinbrechenden Nacht. Nicht gewillt, ihn gehen zu lassen, hielt Meg den Blick auf die Stelle geheftet, an der er stand, weil sie so lange wie möglich an ihm festhalten wollte. Das

Herz zog sich ihr vor Sehnsucht zusammen. Sie verstand, warum er sie fortschickte, doch das machte den Abschied nicht leichter.

Meg straffte den Rücken und widerstand dem Drang, sich zu einer Kugel zusammenzurollen und der Verzweiflung freien Lauf zu lassen, die sie in Stücke riss. Sie wäre stark. Eine würdige Gefährtin für den mutigen, ehrenhaften Mann, der ihr Herz gewonnen hatte. Mit jeder Faser ihres Körpers widerstrebte es ihr, Alex zu verlassen, doch Meg würde ihre Pflicht tun, so wie Alex die seine erfüllen musste. Sie war stolz auf ihn, und sie würde ihn nicht beschämen, indem sie an ihm zweifelte.

»Ihm wird nichts geschehen, Mistress.«

Meg drehte sich zu Robbie, der schützend an ihrer Linken saß, und Jamie an ihrer rechten Seite um. Sie hatte versucht, dagegen zu protestieren, dass Robbie und die anderen Krieger sie begleiteten, doch Alex war unerbittlich gewesen. Dadurch fühlte sie sich noch schlechter, dass sie nach Lewis gekommen war. Ihr war nur zu deutlich bewusst, dass Alex' Männer dadurch noch stärker in der Unterzahl waren. Mit dem Handrücken wischte sie sich die Tränen aus den Augen und holte tief Luft. »Ja, Robbie.«

Meg glaubte an Alex. Absolut und ohne Einschränkung. Er war der wildeste, geschickteste Krieger, den sie je gesehen hatte. Wenn es Alex und Neil MacLeod gelang, zu verhindern, dass die Vorräte und die Verstärkung die Burg erreichten, und sie Verwirrung stiften konnten, dann war ihnen der Sieg gewiss. Alex würde zu ihr nach Hause kommen. Sie würden ihr gemeinsames Leben beginnen. Dieses Wissen hielt sie aufrecht.

Sie zog das *earasaid* enger um die Schultern. Der Nebel hatte sich schnell wie Treibsand auf sie herabgesenkt und alles in seinen ätherischen Schleier gehüllt. Die salzige Brise, die ihr ins Gesicht blies, war kalt und feucht. Wenigstens würde sie ihre Reise beschleunigen. Nun, da sie sich getrennt hatten, konnte Meg es nicht erwarten, nach Hause zurückzukehren. Je eher sie zuhause war, desto eher würde Alex zu ihr kommen.

Nach einer Weile brach Jamie das Schweigen. »Geht es dir gut?«

Nein. Da war dieses dumpfe Gefühl der Leere in ihrer Brust, das nicht verschwinden würde, bis Alex nach Skye zurückkehrte. Doch Jamie brauchte das nicht zu wissen. »Es geht mir gut«, antwortete sie stattdessen.

Jamie nahm ihre Hand und drückte sie mitfühlend. »Ich hätte genauso wie Alex gehandelt, Meg. Es ist nicht sicher für dich, hier auf Lewis zu bleiben.«

Sie brachte ein wackeliges Lächeln zustande. »Ich weiß.«

Sie verbrachten ein paar weitere Minuten mit Schweigen, bis Jamie wieder etwas sagte, diesmal zu Robbie. »Schau mal, dort drüben«, rief er und deutete auf eine Stelle hinter ihnen.

Sie konnte an der Aufregung in seiner Stimme hören, dass etwas nicht stimmte. Als sie über die Schulter blickte, bemerkte sie ein *birlinn*, das plötzlich aus dem Nebel aufgetaucht war und sich ihnen schnell näherte. Ein viel größeres, schnelleres und stärker bemanntes *birlinn*.

Sofort verstand sie, was Jamie so beunruhigte. Etwas an der Art, wie das Boot sie verfolgte, ließ ihre ohnehin schon angespannten Nerven vibrieren. Eine Reaktion, die sich in den nächsten Minuten noch verschlimmerte, als ihre Männer versuchten, dem anderen Boot auszuweichen, indem sie die Richtung änderten, nur um festzustellen, dass ihre Verfolger dasselbe taten. Egal, wie schnell sie ruderten, das andere *birlinn* kam mit entschlossener, beinahe bedrohlicher Geschwindigkeit immer näher.

Ein Regen aus dunklen Punkten tauchte aus dem Nebel, und Meg sah voller Entsetzen, wie ein Dutzend Pfeile im Wasser um sie herum landeten.

Es bestand kein Zweifel. Sie wurden gejagt. Doch von wem? Hatten die Männer des Königs sie entdeckt? Würden ihre Männer eingekerkert? Gütiger Gott, was würde mit Robbie geschehen? Wenn sie herausfanden, dass er ein MacGregor war, würden sie ihn hängen. Megs Herz setzte aus. Sie durften nicht gefasst werden.

Ein weiterer Regen aus Pfeilen prasselte auf sie nieder. Jamie packte sie an den Schultern und drückte sie nach unten. »Um Gottes willen, Meg, Kopf runter!«

Ihr Herz raste, doch sie hatte keine Zeit, in Panik zu geraten. In dem plötzlichen Tumult versuchten alle mit vereinten Kräften, ihren Verfolgern zu entkommen. Die endlose blau schimmernde See schien mit einem Mal ihr Feind zu sein. Sie konnten dem anderen Boot nicht davonrudern, und der Rückzug nach Lewis war ihnen abgeschnitten.

Ihre Männer bemühten sich wacker, doch am Ende erwies sich die Flucht als aussichtslos. Sie waren schlicht in der Unterzahl. Als ein Pfeil mit einem dumpfen Geräusch den Rücken eines ihrer Männer traf, wusste Meg, dass sie dem Ganzen ein Ende setzen musste.

»Aufhören! Es gibt nichts, was wir tun können.«

»Wir können es versuchen …«, hob Jamie an.

Sie schüttelte den Kopf. »Sie würden uns alle töten. Wenigstens haben wir so eine Chance. Vielleicht ist alles nur ein Irrtum.«

Er nickte und gab ihren Befehl, das Rudern einzustellen, an die Männer weiter.

Es kam ihr wie eine Ewigkeit vor, bis das andere Boot sie erreichte, während sie alle in gespannter Erwartung darauf warteten, dass es sich näherte.

Ein Enterhaken wurde über die Bordkante ihres *birlinn* geworfen, und langsam zogen die Angreifer das Boot längsseits. Nahe genug, um die Insassen des anderen Bootes erkennen zu können. Hörbar stieß Meg einen Seufzer der Erleichterung aus. Keine Männer des Königs. Diese Männer hier trugen Plaids. Sie waren keine Lowlander, sondern Highlander. Vielleicht war es wirklich nur ein schrecklicher Irrtum.

Ihre Erleichterung war allerdings nur von kurzer Dauer. Ein Schauer lief ihr über den Rücken, der ihr das Blut gefrieren ließ, als sie einen der Männer erkannte.

Nein. Es war kein Irrtum. Sie waren tatsächlich gejagt worden. In diesem Augenblick wünschte sie sich fast, es wären die Männer des Königs. Denn der Mann, der sie gefangen genommen hatte, war kein anderer als Dougal MacDonald. Er stand mit verschränkten Armen am Ruder, ein selbstgefälliges Lächeln verzerrte sein gut aussehendes Gesicht. Der Ausdruck jagte ihr Angst ein, da sie genau wusste, wozu er fähig war.

Als er Jamie bemerkte, schlug seine Selbstgefälligkeit schnell in Ärger um. »Was macht Ihr hier, Campbell?«

»Ich könnte Euch dasselbe fragen«, erwiderte Jamie und erhob sich von seinem Sitz. Bei dem Wellengang, der ihr kleines Boot hin und her warf, musste er breitbeinig das Gleichgewicht halten. »Mein Cousin wird nicht erfreut sein, von Eurer Impertinenz zu erfahren.«

Dougal lief rot an. »Diese Männer sind Rebellen!«, rief er und deutete auf Robbie und den Rest von Alex' Männern. Als diese Anstalten machten, mit dem Schwert dagegen zu protestieren, schüttelte Meg den Kopf. Dougal würde sich nur über die Gelegenheit freuen, sie zu töten.

»Diese Männer beschützen eine Frau, die nach Hause zurückkehren möchte«, sagte Jamie. »Geht, MacDonald, bevor Ihr etwas tut, das Ihr bereuen würdet!«

Dougal starrte ihn wütend an, während er überlegte, was er tun sollte. Meg wusste, dass Jamies Anwesenheit die Angelegenheit für ihn komplizierter gemacht hatte. Krieg gegen Highland-Rebellen zu führen, war eine Sache, den Cousin des Earl of Argyll gefangen zu nehmen, war etwas anderes. Seine Augen verengten sich, er ließ es darauf ankommen. »Ich glaube, Ihr seid es, der es sich noch einmal überlegen sollte, wo er steht, junger Campbell. Ich habe die Erlaubnis des Königs, alle Rebellen festzunehmen. Wenn Ihr Euch mir widersetzt, widersetzt Ihr Euch dem König. Ich glaube, Euer Cousin wäre überrascht, Euch mit diesen Männern zu sehen. Vielleicht möchtet Ihr sie mir stattdessen lieber ausliefern?«

Sie saßen in der Falle. Indem sie Jamie mitgebracht hatte, hatte Meg ihn in diese schreckliche Lage gebracht. Sie ergriff Jamies Arm und zwang ihn, sie anzusehen. »Es tut mir leid, Jamie. Es hat keinen Zweck, sich ihm zu widersetzen. Das macht die Sache nur noch schlimmer für dich.«

Jamie wusste, dass er in der Falle saß, doch er würde nicht aufgeben. »Meg hat damit nichts zu tun«, sagte er. »Bedient Ihr Euch neuerdings einer Frau, um Eure Schlachten zu gewinnen, MacDonald?«

Dougal zuckte ungerührt die Schultern. »Es ist bedauerlich, aber ich werde tun, was nötig ist. Mistress Mackinnon ist meine Trumpfkarte. Der König interessiert sich nicht dafür, *wie* die Rebellen besiegt werden, Hauptsache, sie werden besiegt. Außerdem wird sich der König wohl schwerlich um eine Angelegenheit zwischen einem Mann und seiner *Ehefrau* kümmern.«

Erschrocken schnappte Meg nach Luft. »Niemals!« Lieber würde sie sterben, bevor sie Dougal MacDonald heiratete.

Robbie und Jamie sprangen gleichzeitig vor sie, um sie zu schützen und sie mit ihren Körpern vor Dougals widerwärtigen Blicken abzuschirmen.

Dougals Gesicht verfinsterte sich. »Seid vorsichtig, Mistress Mackinnon, ich bin geneigt, Euch vieles nachzusehen, aber stellt meine Geduld nicht auf die Probe!« Meg erzitterte unter der Kälte seines Blicks. »Ihr solltet mich lieber nicht verärgern.«

»Bastard!«, knurrte Jamie. »Ihr werdet sie aus der Sache raushalten!«

Dougals Belustigung verflog und wich Verärgerung. »Ihr befindet Euch schwerlich in der Lage, Befehle zu erteilen. Ich werde tun, was ich tun muss. Alex MacLeod hat sich als äußerst schwierig zu töten erwiesen. Wenn es sein muss, dann wird Mistress Mackinnon einen unwiderstehlichen Köder darstellen.«

Megs Herz sank. Nein. Sie durfte nicht das Mittel zu Alex' Vernichtung sein. Guter Gott, was hatte sie angerichtet? Sie hätte niemals hierherkommen dürfen.

»Was habt Ihr mit uns vor?«, fragte sie herausfordernd, entschlossen, sich nicht von solchem Abschaum einschüchtern zu lassen. Sie mochte starr vor Angst sein, doch sie wusste, wenn Dougal ihre Angst spürte, dann hätte das auf ihn dieselbe Wirkung wie der Geruch von Blut auf einen Aasgeier.

Dougal lächelte höhnisch über ihren Mut. »Ich würde sagen, das hängt ganz von dir ab, meine Liebe.«

Meg erfuhr schnell, was Dougal gemeint hatte. Kaum dass sie wieder zurück auf Lewis waren, hatte er gedroht, Robbie und die anderen Männer töten zu lassen, und ihr Leben erst in letzter Minute verschont, als Meg einwilligte, ihn zu heiraten. Solange sie tat, was er wollte, waren die Männer in Sicherheit.

Dougal MacDonald widerte sie an. Der bloße Gedanke, ihn zu heiraten, war abstoßend. Sie wussten beide, dass sie nur unter Zwang zugestimmt hatte, doch Meg vermutete, dass Dougal es genoss, mit ihr zu spielen. Er empfand sadistische Lust daran, sie nach seinem Willen zu manipulieren, ihre Panik zu sehen, wenn er Robbie die Klinge an den Hals hielt, ihr bewusst zu machen, dass sie seine Gefangene war und er völlige Kontrolle über sie hatte. Meg dachte an Alex' Gefangenschaft vor all diesen Jahren in einem Kerker der MacDonalds und konnte sich nicht vorstellen, was er damals alles erdulden musste.

Es gab ihr einen Einblick in die Wut, die Alex antrieb. Dougal MacDonald war ein Mann, der Rachsucht weckte. Wut konnte eine mächtige Antriebskraft sein, das hatte Meg gelernt. Wut trieb sie auch vorwärts, während sie viele Meilen unwegsames Gelände klaglos zurücklegten.

In der vergangenen Nacht hatten sie ihr Lager in den Wäldern ein gutes Stück südlich von Stornoway aufgeschlagen. Meg war zu aufgeregt und ängstlich, um zu schlafen, obwohl sie sich wünschte, dass sie Schlaf gefunden hätte. Der Tag war ein Albtraum gewesen. Sie waren stundenlang zu Fuß nach Norden zu einer felsigen Erhöhung kurz hinter Stornoway über dem nördlichsten Teil des Hafens marschiert und hatten dabei einen großen Bogen um die MacLeods geschlagen. Schließlich hatten sie haltgemacht, doch nicht für lange.

Seit ihrer Gefangennahme hatte Dougal sie von den anderen getrennt und scharf bewachen lassen, damit sie keine Möglichkeit hatte zu fliehen. Dougal wusste ebenso gut wie sie, dass Jamie oder die anderen sie nicht allein zurücklassen würden, selbst wenn ihnen die Flucht gelingen sollte.

Müde saß Meg auf einem Felsen, entspannte die schmerzenden Füße und hätte vor Erschöpfung und Frustration am liebsten geweint. Als sie sich eine Haarsträhne aus dem Gesicht strich, konnte sie den Staub und Schmutz des langen Tages auf der Haut spüren. Doch sie wusste, dass es noch schlimmer würde, bevor der Tag sich dem Ende zuneigte.

Sobald Alex unter ihnen auftauchen würde, würde Dougal seinen Schachzug ausführen. Und sie dazu benutzen.

Meg hätte Dougal niemals etwas verraten, das Alex in Gefahr bringen konnte. Das musste Dougal geahnt haben, denn er wendete seine Überredungskunst bei Jamie an und benutzte sie dazu als Druckmittel. Meg flehte Jamie an, nichts zu sagen. Dougal würde sie nicht töten, nicht bevor sie ihn geheiratet hatte. Doch als er ihr die Klinge an die Kehle gehalten hatte, hatte Jamie ihm alles gesagt, was er wusste – was zum Glück nicht viel war. Sie war froh, dass Alex sie nicht in alle Pläne eingeweiht hatte. Doch als Dougal erkannte, dass er keine Chance bekäme, Alex auf See anzugreifen, blieb ihm immerhin Meg, die er als seinen Schild benutzen konnte.

Indem sie nach Lewis gekommen war, hatte Meg Dougal unbeabsichtigterweise die perfekte Gelegenheit gegeben, auf die er gewartet hatte. Meg wusste ebenso gut wie Dougal, was Alex' Cousins zugestoßen war und dass sich Alex die Schuld an ihrem Tod gab. Dougal würde Alex eine weitere Gelegenheit bieten, sich zu ergeben, doch dieses Mal war sie der Köder.

Sie hätte am Ende Alex' Tod verschuldet. Denn selbst

wenn Alex sich ergab und ihr so das Leben rettete, bestand kein Zweifel daran, dass Dougal vorhatte, ihn zu töten. Alex wüsste das ebenfalls, doch es würde ihn nicht daran hindern. Und es stand nicht nur das Leben von Alex auf dem Spiel. Wenn Alex seinen Beitrag nicht erfüllte, dann würde Neil MacLeod vor der Burg geradewegs in eine tödliche Falle laufen.

Wegen ihr konnte die gesamte Rebellion scheitern.

25

Alex und seine Krieger näherten sich dem Hafen von Stornoway aus südlicher Richtung, wobei sie sich so dicht wie möglich am Waldrand hielten, um zu verhindern, dass sie entdeckt wurden. Als sie sich den Felsen näherten, die den nördlichsten Teil des inneren Hafens begrenzten, gab er seinen Männern das Zeichen, anzuhalten und sich auf den Kampf vorzubereiten. Von seinem günstigen Aussichtspunkt aus konnte er genau das auf die See hinausgehende Tor von Stornoway Castle und den darunter liegenden Hafen überblicken.

Aufmerksam behielt er die Umgebung im Auge, da er nicht nur vor einem Angriff auf der Hut war, sondern auch auf die Rückkehr von Robbie und den anderen Männern wartete, die er Meg als Geleit mitgegeben hatte. Sie sollten jeden Augenblick zurückkommen, er brauchte sie auch dringend. Noch bestand kein Grund zur Beunruhigung. Dennoch wäre Alex erleichtert, wenn sie zurückkommen und bestätigen würden, dass Meg sicher auf Dunakin angekommen war.

Meg. Gott, wie sehr er sie vermisste! Dass sie zu ihm nach Lewis gekommen war, hatte so vieles verändert. Nun, da keine Geheimnisse mehr zwischen ihnen waren, hatte sich die Zerstreutheit gelegt, die ihn seit seiner Abreise aus Edinburgh gequält hatte. Nun konnte er seine volle Aufmerksamkeit der Schlacht widmen, da er wusste, dass die Frau, die er liebte, auf ihn wartete.

Wenn seine Aufgabe erledigt war.

Die Schlacht, auf die er gewartet hatte, war endlich gekommen. Endlich würde seinen Verwandten Gerechtigkeit widerfahren, sowohl den lebenden als auch den toten.

Wie jedes Mal vor einem Kampf fühlte er, wie das Blut erregt durch seinen Körper strömte. Dann war er in seinem Element, wenn die klaren, auf ein einziges Ziel gerichteten Gedanken alles andere um ihn herum ausblendeten. Die Herausforderung machte ihn stark. Jede Schlacht erforderte nicht nur Stärke, sondern auch Strategie und Schläue, Mut und Ehre.

Der heutige Tag war die Erfüllung jahrelangen Trainings und monatelanger Vorbereitung. Sein Plan war einfach, so wie die besten Pläne es gewöhnlich sind. Einfachheit minimierte die Möglichkeiten, dass etwas falsch lief. Doch der richtige Zeitpunkt war ausschlaggebend.

Der Angriff erfolgte an drei Stellen. Auf See würden sie aufgrund der Informationen, die sie von Meg erhalten hatten, nicht versuchen, das Versorgungsschiff zu entern, wie sie es ursprünglich geplant hatten, da sie nun wussten, dass dafür zu viele Männer nötig wären. Stattdessen hofften sie nun, dass sie das Schiff aufhalten und es schließlich, wenn sie erfolgreich waren, daran hindern konnten, überhaupt anzulegen.

Zwei *birlinns* mit sechzehn Männern der MacLeods standen vor der Küste bereit und warteten nur auf sein Signal, das Versorgungsschiff anzugreifen, sobald es den äußeren Hafen erreichte. Alex' treuer Gefolgsmann Patrick MacGregor würde die Besatzung des Schiffs nach besten Kräften ablenken, während die Landphase des Angriffs begann.

Alex hatte eine handverlesene kleine Truppe Männer ausgewählt, die er bei dem Angriff auf die Wachen anführen würde, die aus der Burg kamen, um das Versorgungsschiff zu empfangen. Sie würden einer Überzahl gegenüberstehen, doch das war nicht das erste Mal. Zur selben Zeit würden Neil und seine Männer die Burg angreifen und hoffen, sie schwer zu treffen, da sie nicht so stark verteidigt wäre. Allerdings war dadurch Neils Flanke verwundbar. Wenn etwas schieflief und die Wachen zu früh oder mit mehr Männern zur Burg zurückkehren konnten, dann würden Neil und seine Männer in der Falle sitzen. Außerdem mussten sie darauf achten, dass Dougal nicht versuchte, Patrick auf See zu überlisten.

Die MacLeods wären auf einige Kriegsschauplätze verteilt, doch sie hatten das Überraschungsmoment auf ihrer Seite. Das musste genügen.

Alex ließ den Blick erneut über das Meer schweifen. Es war schon beinahe dunkel, doch er konnte gerade noch ein weißes Segel in der Ferne ausmachen. Er befahl den Männern, auf sein Signal zu warten, und hielt den Blick weiterhin auf die Burg geheftet. Wartend. Jeden Augenblick …

Das Tor von Stornoway Castle öffnete sich.

Mit jeder Faser seines Körpers konzentrierte er sich auf das kleine Landstück zwischen Burg und Hafen, wo gerade ungefähr sechzig Mann die Stufen des zur See hinausführenden Tores herunterkamen und auf die vier wartenden Galeeren zumarschierten. Es blieb nicht viel Zeit. Alex und seine Männer mussten angreifen, bevor die Lowlander an Bord ihrer Schiffe gehen konnten. Bereit, das Signal zu geben, um seine Männer den Hügel hinunter auf die ahnungslosen Soldaten zugaloppieren zu lassen, hob er sein Claymore.

Es war so weit. Der Augenblick, auf den er gewartet hatte, war gekommen. Es wurde Zeit, die Dämonen dorthin zu verbannen, wohin sie gehörten. In die Vergangenheit. Und den Sieg für die MacLeods of Lewis zu gewinnen.

Das Geräusch donnernder Hufe hinter ihm ließ ihn mitten in der Bewegung erstarren. Gerade als er das Signal geben und die Hand mit dem Schwert senken wollte, erscholl eine Stimme hinter ihm.

»Das würde ich nicht tun, wenn ich du wäre.«

Alex erkannte die Stimme, und Sekunden später auch das dazugehörige Gesicht, als der Mann keine zwanzig Fuß von ihm entfernt sein Pferd zum Stehen brachte. Dougal MacDonald. Die Welle von Hass traf ihn hart, doch er würde nicht zulassen, dass sie ihn bei seiner bevorstehenden Aufgabe behinderte. Er warf einen Blick hinunter auf die Soldaten, die sich den Booten näherten. Alles sah in Ordnung aus. Doch er kannte Dougal gut genug, um zu wissen, dass er etwas im Schilde führte. Was auch immer es war, es würde nicht funktionieren. Alex war nicht länger ein Junge von achtzehn Jahren.

Er würde sich nicht besiegen lassen. Vielleicht war es passend, dass sein Erzfeind gekommen war, um diesen Augenblick mitzuerleben.

Dougal führte etwa ein Dutzend Männer über die Lichtung, die einen Halbkreis um sie bildeten.

Angesichts dieser Drohung wurden Alex' Augen schmal, und ihn beschlich die leise Ahnung, dass Schwierigkeiten bevorstanden. »Misch dich nicht ein, MacDonald. Du bist in der Unterzahl.« Er deutete auf seine eigenen zwanzig Krieger, die auf das Signal warteten, den Hügel hinunterzustürmen. »Ergib dich jetzt, und du musst nicht sterben.«

Etwas in Dougals Miene beunruhigte ihn. Dougal sah zu selbstsicher aus, wie ein Mann, der noch eine unschlagbare Trumpfkarte auf der Hand hatte. Alex' Besorgnis wuchs. Dougal würde Alex nicht derartig herausfordern, wenn er sich nicht verdammt sicher wäre, wie die Sache ausginge.

»Nicht ich werde mich ergeben, MacLeod. Denn weißt du, ich brauche nur einen einzigen Menschen, um dich zu besiegen.«

Alex erstarrte. *Nein. Er konnte nicht …*

Dougal drehte sich um und befahl jemandem vorzutreten.

Aus der Dunkelheit zwischen den Bäumen erschien eine schmale, vertraute Gestalt in seinem Blickfeld. Meg. Eine vor Zorn sprühende Meg, der einer von Dougals Männern ein Messer an die Kehle presste. Schwach nahm er Jamie und die anderen Männer wahr, die an den Armen gefesselt hinter ihr standen.

Der Boden bewegte sich unter seinen Füßen, als die Erinnerungen an die Vergangenheit mit der Gegenwart zusammenprallten. *Nicht schon wieder!*

»Alex, hör nicht auf ihn! Er wird mich nicht töten, es ist nur ein Trick …«

»Halt den Mund«, brüllte Dougal und schlug ihr hart mit dem Handrücken ins Gesicht, so dass Megs Kopf unter der Wucht des Schlags nach hinten fiel.

Alex stieß einen erstickten Laut aus und sprang vor, um ihn anzugreifen. Nur mit äußerster Anstrengung konnte er den heftigen Impuls unterdrücken, ihn zu töten, als er sah, wie der Krieger der MacDonalds das Messer noch fester an Megs Hals presste.

Roter Nebel schob sich vor seine Augen. Er zwang sich, ruhig zu atmen und seinen Herzschlag zu beruhigen, damit sein Verstand wieder klar wurde. Er musste nachdenken. Sein Blick heftete sich auf Meg, doch aus dem Augenwinkel bemerkte er, dass auch Jamie und Robbie vorgesprungen waren, um sie zu verteidigen.

»Halt dich da raus, Campbell!«, warnte Dougal.

Alex war unfähig zu sprechen. Eiskalte Angst schnürte ihm die Kehle zu, während er auf das Messer starrte.

»Nun, es ist deine Entscheidung«, meinte Dougal hämisch.

Genau wie vor vier Jahren, dachte Alex. Dougal hatte mit durchschlagender Wirkung die Szene von damals wiederaufleben lassen. Würde er diesmal Meg vor seinen Augen die Kehle durchschneiden?

Alex war darin geübt, die Führung zu übernehmen. Entscheidungen zu treffen. Schwere Entscheidungen zu treffen.

Nur nicht diese Entscheidung.

Konnte er sich ergeben und ihr das Leben retten, obwohl er wusste, dass er dadurch gezwungen war, so viele andere zu opfern, die sich auf ihn verließen?

Alex warf einen Blick auf die Männer der Burgwache am Ufer, die sich schnell den Booten näherten. Es blieb nicht mehr viel Zeit. Wenn sie die Boote erreichten, dann hatte er versagt. Patrick und seine Männer in den zwei *birlinns* würden sich bei einer Schlacht auf dem Wasser gegen die Soldaten der Burg sowie die neuen Rekruten einer gewaltigen Überzahl gegenübersehen. Die Lowlander würden mit Verstärkung zur Burg zurückkehren, und Neil würde geradewegs in eine tödliche Falle laufen.

Er traf seine Entscheidung. Die einzig mögliche.

Er riss das Claymore hoch, schwang es in weitem Bogen über seinen Kopf und gab damit den Männern an Land und auf See das Zeichen zum Angriff. Sie gehorchten ihm in absolutem Vertrauen. Mit dem wilden Schlachtruf »Haltet zusammen!« preschten die Männer um ihn herum los und jagten donnernd auf die ahnungslosen Wachen zu, die ihre Boote besteigen wollten. Sie ließen Alex allein zurück, um gegen Dougal und dessen Dutzend Krieger zu kämpfen.

Die Schlacht um Stornoway Castle hatte begonnen. Ohne Alex.

Meg wagte kaum zu atmen.

Als der durchdringende Kriegsschrei der MacLeods ihr in den Ohren gellte, wusste sie, dass jeder Atemzug ihr letzter sein konnte. Nicht, dass sie bereit wäre, zu sterben. Sie betete, dass Alex noch ein paar Tricks im Ärmel hatte.

Sie war so stolz auf ihn. Ihr war bewusst, was ihn diese Entscheidung gekostet hatte, doch sie hatte ihr auch bewiesen, was für ein Mann er geworden war. Ein Anführer, der bereit war, alles zu tun, was notwendig war, um seine Leute zu schützen, ungeachtet dessen, was es ihn persönlich kostete. Nie war sie überzeugter davon, dass das hier der Mann war, den sie sich wünschte, um ihrem Bruder dabei zu helfen, ihren Clan anzuführen.

Dougals überrumpelter Gesichtsausdruck zeigte deutlich, dass Alex ihn überrascht hatte.

»Offensichtlich habe ich überschätzt, welchen Wert das Mädel für dich hat«, zischte Dougal abfällig.

»Du willst nicht sie«, entgegnete Alex ruhig, »sondern mich. Ich ergebe mich, aber nicht bevor ich Gewissheit habe, dass Meg in Sicherheit ist. Lass Campbell sie von hier fortbringen, und ich komme mit dir.«

»Nein!«, schrie Meg auf, da sie sich völlig im Klaren darüber war, was Alex da tat. Dougal würde ihn nirgendwohin bringen. Alex bot sein eigenes Leben für Megs Leben an.

»Gut«, stimmte Dougal viel zu schnell zu. »Lasst das Mädchen frei! Campbell, nehmt sie!«

Der MacDonald lockerte den tödlichen Griff um ihren Hals und senkte das Messer, um Jamies Fesseln zu durchtrennen.

Sie wollte losstürmen und zu Alex hinüberlaufen, doch Jamie griff nach ihr, um sie aufzuhalten.

»Nicht, Meg«, stieß er flüsternd hervor. »Du kannst ihm nicht helfen.«

Es war ihr egal. »Alex, nicht! Es ist eine Falle …« Trotz seiner Worte wusste Meg, dass Dougal nicht die Absicht hatte, sie gehen zu lassen. Sobald Alex tot war, würden sie gejagt werden. Alex würde sein Leben umsonst opfern.

»Genug!«, fiel Alex ihr schroff ins Wort, ohne sie anzusehen. »Campbell. Tu, was er sagt, bring sie weg von hier!« Er glitt vom Pferd und legte seine Waffen ab. Eine nach der anderen fiel auf den felsigen Boden.

Alex warf einen flüchtigen Blick zum Ufer, wo seine Männer mit der Burgwache kämpften. Trotz ihrer geringeren Zahl schienen die MacLeods im Vorteil zu sein. Ein Reiter galoppierte mit einer Fackel am Strand hin und her. Meg folgte seinem Blick und sah zwei *birlinns* aufs Meer hinausrudern. Ein zufriedenes Lächeln spielte um seinen Mund. Sie verstand. Sein Plan verlief erfolgreich. Bis jetzt. Doch sie brauchten ihn. Indem er sich Dougal ergab, riskierte er alles, wofür er gekämpft hatte. Er riskierte die Niederlage. Es war der äußerste Beweis seiner Liebe, doch niemals hätte sie ein so edles Opfer von ihm verlangt.

Jamie versuchte sie fortzuführen, doch ihre Beine wollten sich nicht bewegen. Nicht, bis … Endlich trafen sich ihre Blicke. Sein Gesicht war eine Maske aus Stärke und Entschlossenheit. Das Herz krampfte sich ihr zusammen. Oh Gott! Er wusste es. Er wusste, dass Dougal ihn niemals gefangen nehmen würde, dass er ihn niemals am Leben lassen würde. Doch er wollte ihr eine Chance geben, gleichgültig, wie gering sie war. Seine selbstlose Tapferkeit erfüllte sie mit Ehrfurcht. Er gab sein Leben für sie.

Ein heißer Kloß schnürte ihr die Kehle zu. Sie konnte es nicht ertragen. »Bitte!«, schluchzte sie erstickt. »Bitte, tu es nicht!« *Ich will nicht, dass du stirbst. Nicht für mich.* Ihre Stimme brach. »Zwing mich nicht, dich zu verlassen!«

Alex blickte zu Jamie. »Pass gut auf sie auf, Campbell. Ich liebe sie«, sagte er sanft.

Ich liebe sie. Die Worte klangen ihr in den Ohren. Schmerz und Glück ergriffen ihr Herz, als er so schlicht die Worte aussprach, die zu hören sie sich so sehr gewünscht hatte. Tränen strömten ihr aus den Augen. Was der schönste Moment ihres Lebens hätte sein sollen, war stattdessen ein Augenblick tiefster Verzweiflung und Qual. Wie konnte das nur geschehen? Er gab ihr das größte Geschenk ihres Lebens, seine Liebe, und bezahlte dafür mit dem Leben.

»Alex«, rief sie leise. Er hörte das leise Flehen in ihrer Stimme und sah ihr in die Augen, doch nur eine Sekunde lang. Lange genug, um die Tiefe seiner Gefühle erkennen zu können, in die sich Bedauern mischte, bevor er sich abwandte.

»Bring sie weg von hier«, befahl er Jamie. »Sofort!« Alex und Jamie tauschten einen Blick, und Meg konnte sehen, wie die Erinnerung an die langjährige Freundschaft, die sie einst miteinander verbunden hatte, wortlos zwischen ihnen hin und her wechselte. Jamie nickte verstehend, nahm sie am Arm und zog sie gewaltsam mit sich fort.

Ihr war, als würde ihr Verstand in tausend Richtungen zugleich gerissen, als Hysterie von ihr Besitz ergriff. Das durfte nicht geschehen, es musste etwas geben, das sie tun konnten. Sie konnte ihn nicht einfach zurücklassen, um getötet zu werden. Unbewaffnet. Von der Hand eines Feiglings niedergemetzelt.

Ich habe ihn doch erst gefunden. Bitte, nimm ihn mir nicht wieder fort.

Ich brauche ihn.

»Wie rührend! Nicht, dass das einen Unterschied machen würde«, höhnte Dougal. »Jedenfalls nicht dort, wo du hingehst.«

Sie erstarrte, da sie genau wusste, was er damit meinte. In einem plötzlichen Kraftausbruch schaffte sie es, sich von Jamie loszureißen. Sie wirbelte herum. Gerade rechtzeitig, um zu sehen, wie Dougal den Dolch zog.

»Nein!«, schrie sie, ein kehliger Laut, der aus den Tiefen ihrer Seele drang.

Was dann geschah, dauerte nur Sekunden, obwohl jede Bewegung so schrecklich langsam abzulaufen schien, dass es ihr wie eine Ewigkeit vorkam.

Meg dachte nicht nach. Sie rannte auf Alex zu, während Dougals Arm heimtückisch niederzusausen begann. *Nicht genug Zeit*, erkannte sie, als sie vorsprang, um Dougal den Dolch aus der Hand zu schlagen. Doch sie verfehlte ihn.

Unaufhaltsam in seinem mächtigen Schwung schnitt Dougals Dolch tief ins Fleisch.

Ihr Fleisch.

Sie fühlte die brennende Klinge, den scharfen Stich des Schmerzes, und dann nichts mehr.

Umzingelt von Dougal und seinen Männern, unbewaffnet und ohne seine Männer, die bereits den Hügel hinuntergestürmt waren, wusste Alex, dass es sehr wahrscheinlich war, dass er sterben würde. Doch er würde kämpfend untergehen. Dougals Augen glänzten vor Erregung. Er hob den Dolch hoch über den Kopf, und die silberne Klinge schimmerte im Mondlicht wie das Sensenblatt des Todes.

Er betete, dass er Dougal lange genug aufhalten konnte, um Meg die Gelegenheit zur Flucht zu geben. Dann hörte er einen Schrei und wusste, dass seine Gebete nicht erhört worden waren. Doch er konnte den Blick nicht von der schimmernden Klinge lösen.

Pack seine Hand, schoss es ihm durch den Kopf, als der Dolch niedersauste.

Doch eine Bewegung aus den Augenwinkeln lenkte ihn ab. Als ihm klar wurde, was sie da tat, war es bereits zu spät. Meg hatte sich schützend vor ihn geworfen. Alex hatte es zwar geschafft, Dougals Arm wegzuschlagen, doch er hatte dessen Hand nicht zu fassen bekommen. *Das Messer. Oh mein Gott! Das Messer.*

Nicht Meg! Nimm mich, verdammt noch mal! Mich sollte es treffen.

Sie brach zu seinen Füßen zusammen, und Dougals Dolch ragte aus ihrer Seite.

Ein rasender Wutschrei entfuhr ihm.

Sein erster Impuls war es, auf die Knie zu sinken und sie in die Arme zu nehmen. Der nächste war es zu töten. Er wusste, dass er ihr nicht helfen konnte, bevor Dougal nicht erledigt war, also stürzte er sich auf den MacDonalds-Clansmann, der ihm am nächsten stand, schlang ihm den Arm um den Hals und brach ihm das Genick, während er ihm gleichzeitig den Dolch entriss. Dougals Gesicht wurde kreidebleich, als er voll Grauen auf Meg hinabstarrte, die leblos am Boden lag. Doch er erholte sich schnell genug, um sein Claymore zu ziehen, in der Absicht, sich Alex endgültig vom Hals zu schaffen.

Doch dazu war es bereits zu spät.

In einer einzigen fließenden Bewegung stieß Alex den Dolch tief in Dougals schwarzes Herz. Beinahe ohne nachzudenken. Nach all den Jahren, in denen er auf die Gelegenheit zur Rache gewartet hatte, erschien ihm Dougals Tod nun bemerkenswert enttäuschend und unbedeutend angesichts dessen, welchen immensen Preis ihn seine Rache vielleicht gekostet hatte.

Er konnte sie nicht ansehen. Noch nicht. Nicht bevor er ihr helfen konnte. Erst musste er die Situation unter Kontrolle bringen.

Er warf Jamie ein Messer zu, damit dieser die anderen befreien konnte. Innerhalb weniger Minuten, nachdem drei weitere MacDonalds tot waren, ergab sich der Rest von Dougals Männern.

Alex kniete bereits an Megs Seite. Sie hatte die Augen geschlossen, und ihr Gesicht war bleich, doch am schlimmsten war, wie leblos sie dalag. Beängstigend leblos. Wie eine kleine, kaputte Puppe. Das durfte nicht wahr sein. Er wollte sich selbst die Möglichkeit nicht eingestehen.

Sanft nahm er sie in die Arme, zog sie an seine Brust und drückte die Lippen auf ihre Stirn. Der zarte Duft nach Rosen hing immer noch in ihrem Haar. »Oh, Meg!« Seine Stimme brach. »Warum?« Verzweiflung und unglaublicher Kummer erfassten ihn und ließen ihm das Herz schwer wie ein Stein werden.

Es dauerte einen Augenblick, bis er bemerkte, dass ihre samtige Haut warm war, wunderbar warm, und dass ihr gleichmäßiger Atem sanft seine Wange streifte. Eine Welle der Erleichterung erfasste ihn. Er vergrub den Kopf tief in der warmen Fülle ihres Haars. Gott sei Dank. Sie lebte.

Vorsichtig ließ er sie zurücksinken, um die Wunde besser untersuchen zu können. Ein kleiner Blutfleck hatte sich um den Dolch herum ausgebreitet, groß genug, um ihm das Blut in den Adern gefrieren zu lassen, doch nicht so groß, wie er befürchtet hatte. Die Klinge schien nicht allzu tief eingedrungen zu sein. Sein Versuch, den Stoß abzuwenden, hatte ihr wahrscheinlich das Leben gerettet. Mit zitternden Händen zog er den Dolch aus der Wunde. Sie blutete weiter, doch das Herausziehen der Klinge hatte die Blutung nicht verstärkt. Erleichtert stieß er den angehaltenen Atem aus.

»Campbell, bring mir etwas, um die Blutung zu stillen!«

Jamie eilte davon, um den Auftrag auszuführen. Bis er zurückkehrte, versuchte Alex sein Bestes, die Wunde mit seinem Plaid zu schließen. Sie schien nicht lebensbedrohlich zu sein, doch Alex wollte kein Risiko eingehen. Während der letzten Jahre hatte er schon viele Kriegsverletzungen versorgt, doch noch keine hatte für ihn eine solch persönliche Bedeutung gehabt.

Robbie kam zurück, nachdem die MacDonalds gefesselt waren, und Alex trug ihm auf, Ruaidri zu finden. Der alte Soldat war kein Heiler, doch er war das Beste, was sie hatten, bis Alex Meg ins Dorf bringen konnte. Ein schneller Blick zum Fuß des Hügels zeigte ihm, dass seine Männer sich im Kampf behaupteten. So weit lief alles nach Plan. Er für seinen Teil jedoch konnte Meg nicht verlassen. Nicht, bis sie in Sicherheit war.

Jamie war Sekunden später mit einem bemerkenswert sauber aussehenden Handtuch wieder an seiner Seite. Schnell faltete Alex es zusammen, legte es auf die Wunde und befestigte es mit einem Stück Leinen, das er von seinem *leine* abgerissen hatte.

»Wird sie wieder gesund?«, fragte Jamie.

»Ich glaube schon«, antwortete Alex. »Aber bis sie aufwacht …«

Er brach ab. Flatternd öffneten sich ihre Lider. Wunderschöne grüne Augen – überraschend klare grüne Augen – begegneten seinem Blick. »Was ist passiert?«

Alex hätte weinen können vor Glück. Ihre Stimme klang

erstaunlich kräftig. Er wusste, dass er sie nicht zu stark bewegen durfte, deshalb widerstand er dem Bedürfnis, sie in die Arme zu reißen und bis zur Besinnungslosigkeit zu küssen. Stattdessen strich er ihr zärtlich das Haar aus der Stirn. Da er sie nicht daran erinnern wollte, was geschehen war, beantwortete er ihre Frage mit einer Gegenfrage. »Wie fühlst du dich?«

Seine Frage schien sie wieder in die Gegenwart zurückzubringen. Ein Freudestrahlen überzog ihr Gesicht. Sie legte ihm die Hand an die Wange und streichelte über sein stoppeliges Kinn. »Alex! Du lebst! Ich hatte solche Angst …«

Er küsste sie zart auf die Nasenspitze und lächelte, wobei seine Augen verdächtig feucht wurden. Vor Ergriffenheit war ihm die Kehle wie zugeschnürt. Alles würde gut. »Ja, Mädchen, ich hatte auch Angst.« *Größere Angst, als ich jemals in meinem Leben hatte.*

Sie zog die bezaubernde kleine Nase kraus. »Alles, woran ich mich erinnere, ist, dass ich losrannte, und der Dolch …« Sie sah an sich herunter und erbleichte. »Oh!«

»Warum hast du das getan, Liebes? Gott, Meg, du hättest getötet werden können!« Die Erkenntnis, was hätte geschehen können, traf ihn erneut mit voller Wucht.

»Ich habe nicht lange nachgedacht, ich habe einfach reagiert.« Sie schenkte ihm ein hinreißendes schüchternes Lächeln. »Ich liebe dich, Alex. Ich konnte nicht zulassen, dass er dich meinetwegen tötet.« Das Lächeln wurde breiter, als sie sich noch an etwas anderes erinnerte. »Du liebst mich auch.«

»Ja, das hast du gehört, nicht wahr?«

Sie nickte.

»Mehr als mein Leben.«

Mit Tränen in den Augen drückte sie seine Hand. »Sag es. Bitte.«

Alex sah ihr tief in die Augen. »Ich liebe dich, Margaret Mackinnon. Von ganzem Herzen.«

Sanft küsste er sie auf den Mund, er musste sie einfach kosten. Selbst wenn es nur kurz war. Sofort reagierte sie auf ihn, öffnete die Lippen und schmiegte sich in süßer Ergebenheit an ihn.

Als er hörte, wie Ruaidri mit Robbie näher kam, unterbrach Alex den Kuss. Wie der Junge es so schnell geschafft hatte, ihn zu finden, war Alex ein Rätsel, er war ihm dankbar dafür. Er trat zur Seite, damit der ältere Mann Meg untersuchen konnte, doch er hielt während der ganzen Zeit ihre Hand, weil er die Verbindung mit ihr brauchte. Er konnte nicht aufhören, sie zu berühren, um sich zu vergewissern, dass sie wieder gesund würde. Dass sie nicht sterben würde.

Nach ein paar Minuten stand Ruaidri auf. »Es muss genäht werden, ich denke, dass sie noch ein paar Tage lang sehr schwach sein wird, doch mit einem anständigen Breiumschlag wird sie wieder.«

Alex stieß einen Seufzer der Erleichterung aus. Es war sein erster entspannter Atemzug, seit Dougal mit Meg aufgetaucht war.

Wenn er daran dachte, was sie getan hatte, dass sie ihr Leben für ihn riskiert hatte, dann bewegte ihn das so sehr, dass er es nicht in Worte fassen konnte. Er fühlte sich demütig, ehrfürchtig, und nun, da er wusste, dass sie wieder gesund würde, nicht nur ein wenig wütend. Doch *diese* Unterhaltung würde er sich für später aufheben. Im Augenblick wollte er sie nur von hier fortbringen.

Meg trieb auf einer Welle reinster Euphorie, sie fühlte nichts außer der Stärke von Alex' Liebe. Der brennende Schmerz in ihrer Seite wirkte seltsam losgelöst, als wäre er gar nicht ihr eigener. Alles würde gut. Alex war in Sicherheit. Dougal war tot, und sie, nun, sie hatte alles, was sie sich jemals gewünscht hatte. Den perfekten Mann für sich *und* für ihren Clan.

Alex schob ihr den Arm unter den Rücken und wollte sie hochheben. Sie zuckte unter dem scharfen Schmerz, der sie an ihre Verletzung erinnerte, zusammen.

»Es tut mir leid, Liebes. Das wird vielleicht wehtun, aber ich muss dich hochheben, damit ich dich auf mein Pferd setzen kann, in Ordnung?« Als sie nickte, fügte er hinzu: »Du musst das hier fest daraufdrücken.« Er legte ihre Hand auf das Handtuch, das er zu einer Bandage zusammengefaltet hatte. »Im Moment hat es aufgehört, zu bluten, sag es mir sofort, wenn es wieder anfängt.«

»Ich glaube, ich kann selbst stehen«, bot sie an.

»Nein.«

Er sah so liebenswürdig besorgt aus, dass sie beschloss, nicht mit ihm zu streiten. Es fühlte sich zu wunderbar an, so liebevoll umsorgt zu werden. Sanft hob Alex sie hoch und hielt sie in den Armen. Sie schmiegte das Gesicht an den dicken, wattierten *cotun*, wobei die kleinen Metallplättchen ihre Wange kühlten. Sie wollte ewig so in seinen Armen liegen. Und das konnte sie, sobald …

Mit einem Mal traf sie der Gedanke.

»Alex! Die Schlacht. Ist sie vorbei?«

Er schüttelte den Kopf. »Sie hat erst angefangen, Liebes.«

Der Magen krampfte sich ihr zusammen. Ihr eigenes Bedürfnis danach, ihn bei sich zu haben, von ihm gehalten zu werden, lag im Widerstreit mit dem Wissen darüber, was sie zu tun hatte. Sie wusste, wie wichtig es für ihn war, wusste, was auf dem Spiel stand. Sie kannte die Männer, die sich auf ihn verließen. *Es war noch nicht vorbei.* Egal, wie sehr sie an ihm festhalten wollte, wie sehr sie ihn brauchte, er gehörte ihr nicht – noch nicht. Das Herz wurde ihr eng, als sie sich zwang, die Worte auszusprechen, die ihn freigeben würden. »Du musst zu ihnen gehen. Deine Männer brauchen dich. Jamie kann mich ins Dorf bringen.«

»Meine Männer sind gut ausgebildet. Ich werde dich nicht verlassen. Nicht, bevor ich dich nicht in Sicherheit weiß.«

»Dann könnte es vielleicht zu spät sein …«

Sein Gesichtsausdruck wurde unnachgiebig und furchteinflößend. »Keine Widerrede, Meg. Du hättest sterben können.«

Etwas in seinen Augen ließ sie innehalten. Die heftige Gefühlsregung in seinem Blick. Er hatte immer noch Angst um sie.

»Aber ich bin nicht gestorben«, sagte sie sanft. »Versprich mir, dass du gehst …«

»Sobald ich mich vergewissert habe, dass du in Sicherheit bist.« Sie hatten die Stelle erreicht, an der sein Pferd angebunden war. Stolz hörte Meg zu, wie Alex seinen Männern Befehle erteilte. Seine schnelle Entschlusskraft und vollkommene Befehlsgewalt beeindruckten sie immer wieder aufs Neue. Die meisten seiner Männer schickte er fort, um die Krieger zu unterstützen, die gegen die Burgwache kämpften. Ein paar der Männer ihres Vaters, die sie auf ihrer Reise hierher begleitet hatten, sollten die MacDonalds bewachen, und Robbie würde zu Neil reiten und ihm berichten, was vorgefallen war.

»Gibt es irgendetwas, das ich tun kann?«, fragte Jamie.

Alex nickte. »Reite voraus. Finde eine Heilerin und lass sie sofort zum Gasthaus kommen.«

Vorsichtig übergab er sie an Robbie, während er aufs Pferd stieg. Sie fühlte erneut einen stechenden Schmerz in der Seite, doch sie unterdrückte einen Aufschrei, da sie Alex nicht beunruhigen wollte. Bald darauf saß sie vor ihm im Sattel und schmiegte sich glücklich an seine schützende Brust.

Der Ritt zum Dorf dauerte nicht lange, doch Meg fühlte sich nicht sonderlich gut. Ihr war übel, und sie fühlte sich unerträglich schwach, aber sie zwang sich, stark zu sein, und kämpfte die Übelkeit nieder, die ihr in die Kehle stieg. Ihr wurde klar, dass die Wunde wieder aufgebrochen war und ihr Blut aus der Seite sickerte, zum Glück gut verborgen unter dem *earasaid*.

Es fiel ihr zunehmend schwerer, die Augen offen zu halten. Sie war so müde, so schrecklich müde. Die Augenlider fühlten sich so schwer an. Ihre Träume lockten sie, riefen sie. Nein, es gab noch etwas, das sie tun musste. Nur eine einzige Sache noch, bevor sie einschlafen konnte.

Ein Schauer der Besorgnis durchlief sie, als ihr bewusst wurde, dass sie zu viel Blut verlor. Doch sie wagte nicht, Alex etwas davon zu sagen. Wenn sie es tat, würde er sie nicht verlassen. Er musste das hier zu Ende bringen. Er musste seinen Verwandten beistehen, sonst würde ihn die Vergangenheit ewig verfolgen.

»Wie fühlst du dich, Liebes?«

Schrecklich. »Gut. Ich bin sicher, es sieht schlimmer aus, als es ist«, antwortete sie. Sie musste alle Kraft aufbringen, die sie noch hatte, um ihre Stimme normal klingen zu lassen.

»Wir sind fast da.«

Ein paar Minuten später fanden sie das Gasthaus und ein freies Zimmer. Alex hatte sie gerade sanft aufs Bett gelegt, als Jamie gefolgt von der Heilerin hereintrat. Sie war eine kleine, rundliche Frau unbestimmbaren Alters, mit leicht ergrautem Haar und einem liebenswürdigen Gesicht. Meg entspannte sich sofort. Die Frau strahlte eine Aura unbestreitbarer Kompetenz aus.

Alex beschrieb kurz, was geschehen war, dann beugte sich Mairi, die Heilerin, über Meg, um sie zu untersuchen. Meg geriet in Panik, was die Frau offensichtlich fälschlicherweise für Schamgefühl hielt und die Männer eilends aus dem Zimmer scheuchte.

Als sie anfing, mit einem Messer die Nähte ihrer Kleidung aufzutrennen, um die verklebten Stoffschichten von der Wunde zu schälen, zuckte Meg zusammen.

Mairi sah sie scharf an. »Warum habt Ihr nichts gesagt? Ihr habt eine Menge Blut verloren.«

»Bitte!«, flehte Meg. »Ihr müsst etwas für mich tun!« Meg wusste, dass sie verzweifelt, beinahe schon hysterisch klang. »Ihr müsst ihm sagen, dass alles in Ordnung ist. Er wird nicht gehen, wenn … Bitte!«

Die Frau runzelte missbilligend die Stirn und schüttelte den Kopf. »Wenn Ihr sicher seid, dass Ihr das wollt?«

Meg nickte heftig. »Ja. Bitte! Es ist sehr wichtig.«

»Nun gut.« Die Heilerin öffnete die Tür, und sofort trat Alex ins Zimmer.

»Ich werde die Wunde nähen, um die Blutung zu stoppen. Alles, was sie dann braucht, ist Ruhe«, versicherte Mairi ihm.

»Siehst du«, bestätigte Meg mit leichter Stimme. Die Erleichterung in seinem Blick verlieh ihr neue Kraft, sie brachte ein Lächeln zustande. »Es geht mir gut. Jetzt geh!«

Er beugte sich über sie und küsste sie heftig. Begierig nahm Meg seinen Geschmack in sich auf, wollte ihn festhalten und niemals wieder loslassen. Spürte er ihre Verzweiflung an der Heftigkeit ihrer Reaktion?

»Bist du sicher?«, fragte er unschlüssig.

»Natürlich bin ich sicher. Ich warte hier, bis du zurückkommst.«

»Ich komme zurück, so schnell ich kann.« Er sah zu Jamie. »Lass nach mir schicken, wenn sich irgendetwas ändern sollte.«

Er drückte einen Kuss auf ihre Stirn, nahm sie fest in die Arme, flüsterte etwas, dann war er fort.

Mit äußerster Willenskraft weigerte Meg sich, dem Schwindelgefühl und der Schwere, die sie niederzudrücken versuchte, nachzugeben. Noch nicht … Die Tür fiel zu. Ein Pferd galoppierte fort. Noch ein paar Minuten …

Erst als sie sicher war, dass er wirklich fort war, umfing sie die Dunkelheit.

26

Stornoway Castle fiel, doch nicht ohne Kampf. Es dauerte zwei Tage, bis Alex mit Neil durch die Burgtore schreiten und den Sieg genießen konnte, den zu erringen es zwei lange Tage ununterbrochenen Kampfes und vier Jahre des Wartens bedurft hatte.

Er war schmutzig, wund und erschöpft, ein Dutzend neuer Schnitte und Schrammen überzog seinen narbenübersäten Körper, doch er war glücklicher, als er es seit vielen Jahren gewesen war. Alex fühlte sich, als wäre ihm eine große Last von den Schultern gefallen.

Es war vollbracht.

Die Abenteurer von Fife waren nach Edinburgh zurückgejagt worden. Lewis gehörte wieder seinen Verwandten, die Gerechtigkeit hatte gesiegt. Endlich waren die Geister zum Schweigen gebracht worden. Der Tod seiner Cousins war gesühnt.

Er konnte es nicht erwarten, zu Meg zurückzukehren. Zu der Frau, die er liebte. Die seine Zukunft war. Es würde Probleme geben, und die prekäre Situation mit dem König war nicht das geringste davon, doch er war zuversichtlich, dass sie eine Lösung finden würden. Zusammen.

Der Geruch von Blut, der die Morgenluft durchdrang, lenkte seine Aufmerksamkeit wieder in die Gegenwart zurück. Er ließ den Blick über den Burghof und über die vielen Leichen, die im Staub verstreut lagen, schweifen und schüttelte angeekelt über diese ungeheure Verschwendung von Menschenleben den Kopf.

Nachdem er Meg im Gasthaus zurückgelassen hatte, war Alex gerade rechtzeitig angekommen, um seinen Männern zu helfen, die letzten Wachen der Burg zu besiegen. Mit den Booten der besiegten Wachen waren Alex und seine Krieger anschließend Patrick bei der Schlacht auf See zu Hilfe gekommen. Da das Versorgungsschiff nicht anlegen konnte und unablässig angegriffen wurde, hatte es den Rückzug angetreten und die Burg zu schwach verteidigt zurückgelassen. Trotz der sicheren Niederlage hatten die Wachen, die in der Burg zurückgeblieben waren, sich geweigert, aufzugeben, was den Verlust weiterer Menschenleben nötig machte.

Er wollte gerade veranlassen, dass die Leichen beseitigt wurden, als ein Reiter durch das Tor in den Burghof preschte. Alex' Stimmung schlug schlagartig um, als er den Mann erkannte. Es war der Bote aus dem Dorf, der Jamies Nachrichten über den Zustand von Meg bringen sollte. Er war offensichtlich in Eile.

»Für Euch, Mylaird«, sagte der Mann und reichte Alex eine Botschaft.

Alex überflog den Brief, und der Magen krampfte sich ihm zusammen. *Nein!*

»Meg bat mich, dir nicht zu schreiben, ich habe damit so lange gewartet, wie ich es nur wagte.
Komm schnell. Wundfieber hat eingesetzt. Ich befürchte …
Komm, so schnell du kannst!«
J.

Neil musste etwas in seinem Gesicht gelesen haben. »Was ist los?«

Alex rannte bereits zu seinem Pferd. »Ich muss gehen!«

Meg erwachte mit einem seltsamen Gefühl der Schwere, die ihren Schädel zu zerquetschen schien. Sie öffnete die Augen, schloss sie aber gleich wieder, weil die hellen Sonnenstrahlen, die durch ein kleines Fenster drangen und das Zimmer erfüllten, ihren Kopf in zwei Hälften zu spalten schienen. Mit einem Schmerzenslaut zuckte sie unter dem grellen Sonnenlicht zusammen.

Sofort erfasste jemand ihre Hand mit festem Griff, und sie spürte eine warme, beruhigende Gegenwart an ihrer Seite. Dieselbe starke Gegenwart, die sie in ihren Träumen gespürt hatte. Dieselbe starke Gegenwart, die sie zurückgerufen hatte, als sie auf die ruhige See hinausgetrieben war.

»Gott sei Dank, du bist wach!«

Alex, erkannte sie. Warum klang seine Stimme so merkwürdig? Rau, beinahe verzweifelt. Sie runzelte die Stirn. Was um Himmels willen machte er hier? Er hatte versprochen, zu Neil zu gehen. Jamie hatte geschworen, nicht nach ihm zu schicken.

Sie öffnete erneut die Augen, dieses Mal vorsichtiger. Es war kein Traum. Er war hier, an ihrer Seite, so golden, so strahlend schön, dass es beinahe schwer war, ihn anzusehen. Sie blinzelte und sah noch einmal hin. Tatsächlich sah er aus, als wäre er eben erst durch die Hölle und wieder zurück gegangen. Seine Augen waren blutunterlaufen, er wirkte maßlos erschöpft, das Gesicht war abgespannt und mit kaum verheilten Schrammen übersät.

Sie riss die Augen auf.

»Oh Gott, Alex, du bist verletzt!«, schrie sie auf und versuchte sich aufzusetzen, nur um sofort wieder aufs Bett zurückzusinken, als ihr Kopf vor Schmerz explodierte. Sie kämpfte den heftigen Anflug von Übelkeit nieder.

»Schhh«, flüsterte er sanft, während er ihr ein feuchtes

Tuch auf die Stirn tupfte. »Es geht mir gut. Ein paar Schrammen und blaue Flecke, nichts weiter. Versuch nicht, dich aufzusetzen.«

»Aber warum bist du hier? Warum bist du nicht bei deinen Männern? Was ist geschehen?«

Er strich ihr zärtlich übers Haar und massierte ihr sanft kreisend die Schläfen, wodurch der Druck in ihrem Kopf sofort leichter wurde.

»Es ist vorbei.«

»Was?« Sie fuhr hoch, nur um gleich wieder in die Kissen zu sinken. Vielleicht hatte er recht. Liegen zu bleiben, schien wirklich eine gute Idee zu sein. »Aber seit wann? Wie?«

»Stornoway Castle gehört uns. Die Schlacht verlief im Wesentlichen wie geplant. Ohne die Verstärkung fiel die Burg innerhalb von zwei Tagen.«

Sie ließ den Blick über sein Gesicht wandern, nahm jeden Zoll von ihm in sich auf, bemerkte jeden einzelnen Kratzer auf seinem geliebten Antlitz. Abgesehen davon, dass er dringend Schlaf und eine Rasur brauchte, schien es ihm gut zu gehen. »Du bist nicht verletzt? Wirklich nicht?«

»Kaum ein Kratzer«, versicherte er ihr und streichelte ihr die Wange.

Meg sank entspannt in die Kissen zurück. »Ich bin so stolz auf dich. Ich weiß, wie viel dir das bedeutet.«

»Ja, aber das ist nichts im Vergleich dazu, was du mir bedeutest.«

Meg versuchte zu lächeln, doch eine erneute Welle von Schmerz ließ sie nur gequält das Gesicht verzerren. »Es tut mir leid, aber ich habe fürchterliche Kopfschmerzen.«

Er hauchte ihr einen sanften, beruhigenden Kuss auf die Schläfe. »Das überrascht mich nicht. Du warst krank.« Seine Stimme wurde leise. »Sehr krank.«

»Ich fühle mich aber nicht krank. Bis auf die Kopfschmerzen.« Sie zog die Nase kraus. »Vielleicht bin ich ein bisschen hungrig.«

»Das Fieber ging erst letzte Nacht zurück. Du warst vier Tage lang ohne Bewusstsein.«

»Vier Tage!« Das traf sie wie ein Schlag, ihr Zustand musste schlimmer gewesen sein, als sie dachte. Sie warf einen Blick zu dem Plaid hinüber, das auf der Bank vor der Feuerstelle lag. Offensichtlich hatte er dort jede einzelne Minute dieser vier Tage zugebracht. Kein Wunder, dass er so müde aussah.

Er ließ die Stirn auf Megs Hand sinken. »Oh Gott, Meg. Ich hatte nicht mehr geglaubt …« Er hob den Kopf und sah sie mit wildem Blick an. »Ich glaubte schon, dass ich dich verliere. Ein zweites Mal.« In seiner Stimme schwang ein Unterton, der etwas viel Ernsteres erahnen ließ. »Tu mir das nie wieder an. Du hättest mir sagen sollen, dass du blutest. Warum hast du denn nicht nach mir schicken lassen?« Seine Stimme erstickte. »Ich hatte solche verdammte Angst. Du hattest so viel Blut verloren, und als die Wunde anfing zu eitern, hattest du nicht die Kraft, gegen das Fieber anzukämpfen.«

Als Meg sah, wie verzweifelt er war, versetzten ihr Schuldgefühle einen heftigen Stich. Ihr war bewusst gewesen, dass ihr Zustand ernst war, doch nicht, dass er lebensbedrohlich war. Eine Haarsträhne fiel ihm nach vorne ins Gesicht und verbarg es vor ihren Blicken. Sie streckte die Hand aus und strich ihm das Haar aus der Stirn. Der Blick aus seinen Augen erfüllte sie mit Demut. Niemals mehr würde sie an der Liebe dieses Mannes zweifeln. Sie legte ihm die Hand an die bärtige Wange. »Es tut mir leid. Aber ich wusste, dass du sonst nicht gegangen wärst …«

»Verdammt richtig, ich wäre nicht gegangen«, versetzte er

rau. »Verstehst du denn nicht, was du mir bedeutest? Du bist alles für mich. Daran darfst du niemals zweifeln. Mein Platz ist bei dir, nur bei dir.«

Das tiefe Gefühl in seiner Stimme rührte ihr Herz. Sie verstand genau, was er meinte, denn sie fühlte dasselbe. Zerknirscht schlang sie ihm die Arme um den Hals. »Und du bist alles für mich.«

Mit einem Stöhnen sank er über sie und bedeckte ihre Lippen mit den seinen. Er küsste sie so hungrig, dass es sie den Schmerz in ihrem Kopf schnell vergessen ließ und ihr Körper unter seiner männlichen Stärke warm und nachgiebig wurde. Sie öffnete den Mund, seine Zunge fand ihre, und er vertiefte den Kuss. Einen Kuss, dessen rohe Verzweiflung sie spüren ließ, welche Angst er um sie gehabt hatte. Einen Kuss, den sie mit all den Gefühlen erwiderte, die sie zurückgehalten hatte, während er für seinen Clan gekämpft hatte. Sie hielt sich an seinen Schultern fest, er war so stark und hart, und sie liebte ihn geradezu verzweifelt. Die Heftigkeit ihrer Leidenschaft erfasste sie und jagte ihr einen Schauer des Verlangens durch den Körper.

Mit einem Fluch riss er sich los. »Gott, ich will dich so!«

Sie warf ihm einen anzüglichen Blick zu, wobei sie die Hand langsam zu seinen straffen Bauchmuskeln hinuntergleiten ließ.

Er packte ihr Handgelenk, bevor sie ihn umfassen konnte. »Nicht jetzt, du Verführerin. Du musst erst wieder zu Kräften kommen. Dafür werden wir noch genügend Zeit haben.«

Sie lächelte zufrieden. »Wie viel Zeit?«

Er nahm ihr Gesicht in die Hände und streichelte ihr mit dem Daumen übers Kinn. Bei dem Blick aus seinen Augen tat ihr Herz einen Satz. »Für immer«, versprach er heiser.

Sie war so benommen vor Glück, dass es ihr beinahe unwirklich erschien. »Ist es wirklich vorbei? Sind die Abenteurer von Fife fort?«

»Ja, es wird eine ganze Weile dauern, bis der König so etwas wieder wagen wird.«

Meg seufzte. »Aber er wird es wieder versuchen.«

Alex nickte. »Es scheint unausweichlich. Er wird den Gedanken an die verheißungsvollen Reichtümer, die auf den Inseln zu finden sein sollen, nicht aufgeben.« Anscheinend hatte auch Alex bemerkt, dass eine Veränderung bevorstand. Doch sie wusste, dass er niemals tatenlos zusehen würde, wie ihnen Ungerechtigkeit widerfuhr. Alex war ein Highlander, ein Krieger. Und sie wünschte ihn sich nicht anders. Er war der perfekte Mann, um ihren Clan in die Zukunft zu führen. Die Position ihres Bruders war gesichert.

Sie runzelte die Stirn, als ihr klar wurde, dass sie noch nicht alles überstanden hatten. »Wie geht es jetzt weiter? Der König wird wütend auf dich sein.« Panik stieg in ihr hoch, als ihr die Realität der Situation ins Bewusstsein drang. »Du wirst womöglich eingekerkert.« Die Worte wollten ihr nicht über die Lippen kommen. »Oder Schlimmeres.«

»Mir wird nichts passieren«, flüsterte er beruhigend und streichelte ihr übers Haar. Sein Mund verzog sich zu einem schiefen Lächeln. »Ich nehme an, das haben wir Jamie zu verdanken.«

»Was meinst du?«

»Mit Jamies Hilfe haben Argyll und mein Bruder ein Bündnis ausgehandelt. Argyll hat zugestimmt, sich beim König für mich einzusetzen. Es sieht so aus, als würde mir vergeben. Ich bin ein freier Mann.«

Sie konnte nicht anders. Sie schoss hoch, warf ihm die Arme um den Hals und vergrub das Gesicht in der Wärme seines Nackens. Das Herz quoll ihr über, und Tränen strömten ihr über die Wangen. »Es ist wirklich vorbei.«

Er lachte, ein tiefer Laut, der sie bis in ihr Innerstes erwärmte. »Ja, Liebes, es ist wirklich vorbei. Wir können uns auf die Zukunft freuen.«

Meg war, als ob die letzten Spuren der Vergangenheit aus ihrem Bewusstsein verschwunden waren. Sie waren frei. »Unsere Zukunft«, sagte sie. »Gemeinsam.«

Doch anstatt ihre Gefühle widerzuspiegeln, war seine Miene seltsam nüchtern. »Was ist los, Alex? Was verheimlichst du mir?«

»Rory hat mir zur Belohnung die Ländereien von Miningish übertragen.«

»Das ist wunderbar«, rief sie, da sie wusste, wie wichtig es für ihn war, eigenes Land zu besitzen. Dennoch war sie enttäuscht. Sie hatte gehofft, er würde von ihrer Zukunft sprechen. Ihrer gemeinsamen Zukunft. Doch etwas stimmte nicht. Irgendetwas hielt er zurück. Ihr blieb das Herz stehen. Würden ihn diese Ländereien davon abhalten, sie zu heiraten?

Von Gefühlen überwältigt wurde seine Stimme rau. »Ich habe mir solche Sorgen um dich gemacht, Meg.« Seine Stimme brach. »Wenn ich daran denke, was ich alles hätte verlieren können. Wie konntest du mir das nur verheimlichen?«

Sie war aufrichtig verwirrt. »Wovon redest du? Ich habe mich doch bereits dafür entschuldigt, dass ich dir nicht gesagt habe, wie schwer ich verletzt war.«

»Ich spreche von dem Baby.«

Meg zog überrascht die Augenbrauen hoch. »Welches Baby?«

Er musterte eindringlich ihr Gesicht. »Du weißt es nicht?«

Sie schüttelte wie betäubt den Kopf. »Aber ich dachte …« Ungläubig legte sie sich die Hände auf den immer noch vollkommen flachen Bauch. Konnte es möglich sein? Sie hatte zur Zeit ihres Monatsflusses Blutungen gehabt; sie waren ungewöhnlich schwach gewesen, aber sie hatte einfach angenommen …

»Mairi, die Heilerin, glaubt, es wird Anfang Mai so weit sein.«

Immer noch sprachlos nickte Meg nur. Ein Kind. Ihr Kind. Es war beinahe zu schön, um wahr zu sein. Ein warmes Glühen breitete sich tief in ihrem Innern aus, und sie glaubte, das Herz würde ihr vor Freude zerspringen, wenn sie daran dachte, dass sie einen Teil von Alex in sich trug.

»Ich habe nach deinen Eltern und deinem Bruder, Rory und Isabel, meiner Schwester Margaret und ihrem Ehemann Colin schicken lassen. Wir heiraten, sobald sie angekommen sind.«

Meg konnte ein Lächeln nicht zurückhalten, auch wenn es schmerzte. *Verheiratet. Ein Kind.* Alles würde gut. Ihre Zukunft konnte nicht vollkommener sein.

Alex sah sie erwartungsvoll an und fragte sich anscheinend, ob sie an seinen Anordnungen Anstoß nehmen würde. Doch Meg wusste, wann es angebracht war, sich zu ergeben. Ihre Mundwinkel zuckten. »Dann habe ich in der Sache also kein Mitspracherecht?«

Alex grinste und beugte sich vor, um ihr einen Kuss auf die Lippen zu hauchen. »Absolut keines«, murmelte er an ihrem Mund.

Meg hatte absolut nichts dagegen. Schließlich hatte sie erreicht, was sie sich vorgenommen hatte: den perfekten Mann für Dunakin zu finden.

Der einzige Mann für sie. Vom ersten Augenblick an, als

er durch die Bäume geprescht war und sie vor dem sicheren Tod gerettet hatte, hatte er ein Stück ihres Herzens für sich beansprucht. Nun gehörte es ihm ganz.

»Ich liebe dich«, sagte sie. »Und für den Fall, dass du dich fragst, das bedeutet ›Ja‹.«

Er streichelte mit dem Finger über ihre Wange, ihre Blicke trafen sich, und sie sahen einander in die Seele. Der sanft neckende Ausdruck der letzten Minuten wich einer tief empfundenen Aufrichtigkeit. »Und ich liebe dich, mein Liebes. Heirate mich, sei mein, für immer!«

»Von ganzem Herzen!« Sie küsste ihn mit all der Verheißung, die die Zukunft ihnen bot.

Historische Anmerkung

Letzten Endes versuchten die Abenteurer von Fife dreimal, die Isle of Lewis zu kolonisieren, und versagten dreimal. Unglücklicherweise war der Sieg der MacLeods auf Lewis nur von kurzer Dauer. Neil MacLeod wurde schließlich im Jahre 1613 gefangen genommen und gehängt. Im Jahre 1610 heiratete der Mackenzie of Kintail die letzte Tochter der *Siol Torcuil*, »Söhne des Torquil«, dem Lewis-Zweig der MacLeods, und erhielt deren Ländereien. So verschwand der Lewis-Zweig der MacLeods.

Für die Niederlage der MacLeods im »Tal des Überfalls«, der letzten Schlacht zwischen den Clans auf Skye im Jahre 1601 wurde Alex MacLeod verantwortlich gemacht. Gerüchte besagen, dass Alex zu der Zeit, in der diese Geschichte spielt, auf Lewis gekämpft haben soll. Es erscheint plausibel, dass er versucht haben mag, seinen früheren Verlust wiedergutzumachen.

Die Figur des Dougal MacDonald basiert in Ansätzen auf Donald MacIain »ic Sheumais«, einem Verwandten des Erzfeindes der MacLeods, dem MacDonald of Sleat. Der MacDonald of Sleat spielte eine bedeutende Rolle im ersten Buch der Trilogie, *Mein ungezähmter Highlander*. Donald MacIain war ein berühmter Krieger und Barde der MacDonalds, es wird berichtet, dass sein Erscheinen am Schauplatz der Schlacht bei Binquihillin nach deren Beginn unter den MacLeods großen Schaden angerichtet haben soll.

Obwohl die meisten Charaktere in dieser Geschichte auf tatsächlichen historischen Figuren basieren – die wichtigsten Ausnahmen sind Jamie und Elizabeth Campbell und Rosalind Mackinnon –, ist die Liebesgeschichte reine Fiktion. Doch Alex MacLeod von Miningish und Talisker heiratete tatsächlich Margaret Mackinnon, Tochter des Mackinnon von Strathardale und Schwester von »Ian, dem Einfältigen«. Alex und Margaret hatten mindestens zwei Kinder, William und Norman.

Bitte besuchen Sie meine Website unter www.MonicaMcCarty.com für weitere Informationen.